BRUNO GMÜNDER

Gordon Merrick

Ein Fall von Liebe
Teil 3

Im Licht der Liebe

Aus dem Amerikanischen von Katharina Löw

Aus dem Amerikanischen von Katharina Löw

Leuschnerdamm 31, 10999 Berlin
info@brunogmuender.com

Originaltitel: Forth into Light

Coverfoto: »A Place in the Sun« by Steve Walker,
Acryl auf Leinwand
Covergestaltung: Stefan Adler
Druck: Nørhaven A/S, Dänemark

ISBN 3-86187-233-1

Bitte fordern Sie unser kostenloses Verlagsprogramm an!

Ein Fall von Liebe

Teil 3

Im Licht der Liebe

Für Charles G. Hulse,
der dieses Buch erfunden hat.
In ewiger Liebe und Dankbarkeit

Es war ein Schock: George Cosmo Leighton waren fast zweitausend Dollar gestohlen worden! Und das, nachdem er wochenlang auf das Geld gewartet hatte. Sollte es hier, auf dieser friedlichen griechischen Insel, tatsächlich einen Dieb geben? Oder war das Geld einfach verloren gegangen?

Alles, was auf der Insel geschah, wurde von den ausländischen Inselbewohnern an den Tischen vor Lambraikis Kolonialwarengeschäft auf der Hafenpromenade kommentiert, dort wurden Meinungen gebildet. In diesem Fall plädierte man für Diebstahl. Ein Verdächtiger war schnell ausgemacht. Es hatte ein paar andere kleine beunruhigende Vorfälle – Diebstähle, wie jedermann jetzt annahm – gegeben und die Fakten führten nur zu einem möglichen Schuldigen: Ein Grieche natürlich.

Der Fall nahm schnell seltsame und unerwartete Ausmaße an. Für eine nicht gerade betuchte Gemeinde ging es um sehr viel Geld. In diesem Sommer 1960 wäre es genug gewesen, um drei oder vier Häuser auf der Insel zu kaufen; eine ausländische Familie hätte sechs oder acht Monate, eine einheimische sogar ein Jahr oder länger davon leben können. Zudem war Leighton zweifellos der angesehenste ausländische Bewohner der Insel und mit Sicherheit der etablierteste. Nur Charlie Mills-Martin hätte ihm diese Vorrangsstellung streitig machen können, mit mehr Besitz zu seinen Gunsten. Aber in der Regel stellt ein geradezu legendärer Literat einen erfolgreichen Maler in den Schatten.

Ein prominenter Einwohner, ein beträchtlicher Diebstahl – Nahrung für umfangreichen Klatsch. In kürzester Zeit wurde jedoch viel mehr daraus. Vor Ende des

Tages hatten sich Beziehungen aufgelöst, neu formiert und völlig andere Richtungen eingeschlagen. Zu Beginn des darauffolgenden Tages waren die Gerüchte bereits zu den Mills-Martins gedrungen und auch sie, die auf der Insel als Inbegriff der Stabilität galten, waren in den sommerlichen Wahnsinn verwickelt worden. Menschen kamen an und fuhren wieder ab. Vielleicht hatte all dies etwas mit der Hitze zu tun.

Der Tag hatte wie tausend andere begonnen. Die Sonne ging an ihrem angestammten Platz auf und goss einen safrangelben Schimmer über die milchige Ägäis. Erst nach etwa einer Stunde trafen ihre Strahlen den Hafen, der eng zwischen zwei Ausläufern des Vorgebirges eingebettet lag. Um sieben waren die letzten felsigen Hindernisse überwunden und die Stadt lag endgültig im Glanz eines grellen, weißen Lichtes. Der Tag hatte begonnen.

Die Obst- und Gemüsehändler hatten die Planen von ihren Waren genommen und warten jetzt auf Kunden. Die Wasserverkäufer hatten ihre viereckigen Metalkannen an der Zisterne gefüllt und belieferten dann mit ihren Eseln die Cafés und Restaurants auf der Straße. Kleine Jungen schwärmten mit Eisblöcken in Schnurschlingen in die steilen, stufigen Straßen der Oberstadt aus. Einer der drei Müllmänner ging, begleitet von seinen beiden, mit großen geflochten Tragekörben bepackten Maultieren, zur Mole, um die erste Tagesladung zu entsorgen.

Da es auf der Insel keine Straßen und nur wenige Maschinen gab, waren alle Geräusche natürlicher Herkunft. Menschen brüllten einander an, Esel schrieen, Hähne krähten wie schon die ganze Nacht und liebestolle Katzen jammerten wie Babys.

Diese Geräusche weckten George Cosmo Leighton langsam auf. Eine Fliege ließ sich auf seiner nackten Schulter nieder und er zuckte, um sie loszuwerden. Er wusste, sie würde sich wieder auf der gleichen Stelle niederlassen. Vor der Hautür schwatzten zwei Frauen kreischend miteinander und George erschauerte, als ihre Stimmen seine Nerven malträtierten. Die Fliege landete wieder und er zuckte und fluchte. Schon von dieser kleinen Anstrengung brach ihm der Schweiß aus. Es war heiß, die Hitze so unbeweglich und bedrückend, sein ganzer Körper fühlte sich in ihrem Griff wehrlos an.

Er war nicht sicher, ob es Vormittag oder Nachmittag war – eine Siesta konnte den gleichen bewusstlosen Schlaf herbeiführen – aber nach einem Moment sagte ihm sein Zeitgefühl, dass es Morgen war und er fahndete nach Ereignissen des vorhergegangenen Tages, um sein Urteil zu bestätigen. Irgendetwas war passiert, das dem Tag eine spezielle Note gab, irgendetwas Angenehmes. Irgendetwas ... Das Geld war gekommen. Das war es. Er fühlte sich erleichtert, getröstet und sank in einen himmlischen, halbbewussten Schlaf. Sarah. Sarah. Ein Boot. Ein Hund sprach mit ihm.

Die Fliege ließ sich wieder nieder und riss ihn in die Wirklichkeit zurück. Das Geld war gekommen. Gut. Und dann – ja, dann war da der Abend gewesen. Er hatte das Geld mit vollen Händen ausgegeben, schon allein wegen dem angenehmen Gefühl, Bargeld in der Tasche zu haben. Möglicherweise hatte er an einem Abend so viel Geld ausgegeben, wie er sich normalerweise für den Alkohol einer ganzen Woche bewilligte. Leute waren dabei gewesen, die gewöhnliche Truppe. Langsam stieg die Erinnerung an den Streit mit Sarah wieder in ihm hoch. Hatte er endlich alles gesagt? Hatte er die Worte, die all diese Monate in ihm verschlossen gewesen waren, tatsächlich ausgesprochen? Hatte er ihr gesagt, dass er sie nie wieder anfassen wollte, dass sie frei war, jeden Mann zu haben, der ihr gefiel? Nein. Seine hilflose Liebe für sie hatte einen Feigling aus ihm gemacht. Zerschlagene Gläser fielen ihm ein und der rasende Drang, es ihr schließlich doch zu sagen, aber er hatte sich kontrollieren können. Vorsichtig öffnete er die verklebten Augen, um zu sehen, ob er seinen Wutanfall auch zu Hause ausgelebt hatte.

Er lag nackt auf der Couch in dem großen weißen Zimmer, seinem Arbeitszimmer, im obersten Stockwerk. Seine Erektion erschien ihm widerlich, aber tröstlich. Gerne würde er für immer auf Sex verzichten, offensichtlich war er ja nicht impotent – es lag an Sarah. An Sarahs Untreue. An Sarahs *Fehltritt* (an wohlwollenden Tagen). An Sarahs Verrat. Zuerst hatte er mit dem Gedanken gespielt, Gleiches mit Gleichem zu vergelten, aber er glaubte, dass Untreue mehr war, als mit jemandem anderen ins Bett zu gehen. Untreue hatte sein Leben zerstört, das sorgfältig ausbalancierte Gleichgewicht über den Haufen geworfen und Chaos war ausgebrochen. Die Insel war ein Sexparadis, mit hübschen, willigen Mädchen, aber er hatte die Richtige noch nicht gefunden. Oder dem Sex ganz abschwören – leider hatte er jedoch den Verdacht, dass Sarah in dieser Hinsicht anderer Meinung war.

Der Stoff unter ihm wurde plötzlich unerträglich, feucht und klebrig. Sein Körper war schweißüberströmt. Hemd und Hose lagen in einem zerknüllten Haufen auf dem bemalten Boden neben der Türe, noch immer vage seine Körperformen andeutend, wie ein Mann, aus dem die Luft herausgelassen worden war. Alles schien in Ordnung zu sein. Auf dem Boden lag kein Müll – seiner Lieblingsbeschäftigung, wenn er betrunken war, Manuskripte zu zerreißen, war er offensichtlich nicht nachgegangen. Erleichtert schloss er die Augen und versuchte, den zähen, sauren Geschmack in seinem Mund herunterzuschlucken. Seine Gedanken waren wieder bei Sarah und er konnte noch immer die schwelende Wut in sich fühlen – Wut und Hoffnungslosigkeit waren alles, was die Liebe ihm zu bieten hatte.

Er stütze sich auf die Kante der Couch und kämpfte sich leicht schwankend in eine sitzende Position hoch.

Sein Magen war in einem fürchterlichen Zustand und sein Herz klopfte bedrohlich. Zumindest war das Geld ohne Probleme angekommen. Die nächsten Monate waren gesichert.

Während er versuchte, Kraft zu sammeln, um auf die Beine zu kommen, beschleunigte sich das ungleichmäßige Klopfen seines Herzens und er machte eine Pause um es zu beruhigen.

Tricks, die Panik in Schach zu halten, kannte er zur Genüge. *Los, beweg' dich, fang' den Tag an. Alles wird gut.*

Unsicher bewegte er sich zu dem Kleiderhaufen auf dem Boden und – während er sich an einer Stuhllehne festhielt – beugte er sich nach vorne und hob die Kleider auf. Er legte das Hemd weg, trennte die engen Boxershorts von der Hose und tat auch diese beiseite. Taumelnd gelang es ihm, zuerst auf einem, dann auf dem anderen Fuß balancierend, in die Hose zu kommen und diese hochzuziehen. Die Anstrengung ließ sein Glied zusammenschrumpfen, der Schweiß lief ihm in Strömen herunter. Schweiß floss ihm von der Stirne in die Augen und tröpfelte über seine Rippen. Sein Bauch war prall gefüllt von den Drinks des gestrigen Abends. Nur mit Mühe gelang es, die Hosenknöpfe zu schließen.

Als er die Hose an seinen Oberschenkeln fühlte, fiel ihm ein, wie beruhigend sich das dicke Bündel Geldscheine anfühlte, das er am Abend zuvor dabeigehabt hatte. Um sich zu vergewissern steckte er die Hand in die Hosentasche.

Die Hosentasche war leer. Er langte nach Hemd und Unterhose und schüttelte sie aus, ließ sie wieder fallen. Er stand da wie angewachsen, bewegungsunfähig und dann lief ihm ein eiskalter Angstschauer über Kopfhaut und Rücken. So ein Quatsch. Das Geld musste irgendwo sein.

Er drehte sich um, stolperte wie blind zur Couch und

begann herumzusuchen. Dann richtete er sich auf und bemühte sich verzweifelt, klar zu denken. Bestimmt hatte er seine Taschen unten ausgeleert, sonst wäre zumindest *irgendetwas* darin, wenn auch nur sein Feuerzeug oder eine Schachtel Streichhölzer.

Er erblickte ein Päckchen Zigaretten unter dem Rand der Couch, kniete sich hin und beugte sich hinunter. Das Feuerzeug blinkte ihn an, er tappte danach, bekam es zu fassen. Keine Spur von dem Geld.

Ein Bündel Geldscheine rollte nicht einfach irgendwohin. Er ließ sich auf den Boden sinken und strich sich durch das feuchte, wirre Haar. Bestimmt hatte er das Geld Sarah zur Aufbewahrung gegeben. Plötzlich fiel ihm ein, dass er es im Lambraiki aus der Tasche gezogen hatte. Um eine Runde zu bezahlen? Unwahrscheinlich, er hatte immer eine Getränkerechnung im Lambraiki. Trotzdem hatte er es gegen Ende des Abends dort noch gehabt. Sicher hatte er es hervorgeholt, um es Sarah zu geben. Hatte es bei ihrem Streit eine Rolle gespielt? Hatte er es ihr in einer Wahnsinnsgeste ins Gesicht geworfen, bevor er anfing, Gläser zu zerschlagen?

Panik kroch wieder an ihm hoch – reale und gerechtfertigte Panik. Das Geld konnte einfach nicht weg sein. Sie mussten davon leben, bis er das Buch beendet hatte, mehr hatten sie nicht. Er hatte seine Kredite bei Verlegern, Agenten und Mäzenen vollkommen ausgeschöpft. Mit dem Buch lief es schlecht, es war schlecht gelaufen, seit …

Er hatte keine Zeit, darüber nachzudenken. Er musste sich versichern, dass das Geld irgendwo im Haus war. Seine Gedanken wichen vom Naheliegenden ab, sprangen zu allgemeinen Überlegungen über Geld: das Böse, das dessen ungleicher Verteilung entsprang, die Zerstörung aller Werte durch Besitz, die Notwendigkeit, die daraus resultierende Versklavung zu bekämpfen. Genug davon. Er musste genau *dieses* spezielle gottverdammte Geld finden.

Er zog sich hoch und suchte das Zimmer noch einmal ab, tappend, außer sich, bevor er durch das Labyrinth seines Hauses nach unten ging. Es waren einmal zwei Häuser gewesen mit engen Treppen – fast schon Leitern – unvermittelten Stufen und schwer vergitterten Fenstern.

Als er den überdachten Balkon, der ins Badezimmer führte, erreicht hatte, fielen ihm andere bruchstückhafte Details ein. Er erinnerte sich deutlich daran, wie Sarah und er sich schweigend durch dunkle, unebene Gässchen nach Hause gekämpft hatten, mit der Entschlossenheit von Betrunkenen, einen geraden Kurs zu steuern. In der gemeinsamen Anstrengung hatten sie alle Feindseligkeiten eingestellt. Sie hatte ihren Einkaufskorb dabeigehabt und es wäre absolut normal gewesen, das Geld dort hineinzuwerfen. Der Einkaufskorb diente als Behälter für alles Mögliche.

Auf dem Balkon machte er wie immer eine Pause, um die Aussicht auf das Meer und den felsigen Hügel zu genießen, aber die blendende Sonne ließ ihn zurückweichen und er eilte an die schattige Mauer gepresst ins Badezimmer. *Sein Inselparadies*. Der Gedanke war lächerlich. Anders als die meisten Leute, die hierher kamen, hatte er kein Allheilmittel für die Übel der Welt erwartet. Die lange Reise durch Europa hatte er vor Jahren gemacht, um den weniger angenehmen Auswirkungen von Ruhm und Erfolg zu entkommen. Eine Farm in Vermont oder eine Ranch in Montana hätte es für ihn ebenso getan, aber er war mit einem romantischen Mädchen verheiratet – ja, in vielerlei Hinsicht war sie immer noch ein Mädchen – das davon gefesselt war, was sie in Büchern gelesen hatte und so hatte ihre Reise auf einer griechischen Insel geendet. Und tatsächlich hatte er etwas hier gefunden: Das Beobachten einer von allen Zwängen befreiten Gemeinschaft, das Aufeinanderprallen von Anarchie und Ordnung hatte Freiheit für ihn neu definiert und ihm neue Einsichten ermöglicht. Interessant. Lohnend. Bis Sarah – bis Sarah – Scheiß auf das gute Leben. Scheiß auf Glück.

Lange stand er im Halbschlaf und leicht schwankend vor der Toilette, während die Flüssigkeit, die er am Abend vorher zu sich genommen hatte, aus ihm herausfloss. Er nahm allen Mut zusammen, um sich der Ruine seines Gesichtes zu stellen. Der Spiegel über dem Waschbecken bot keine angenehmen Überraschungen. Die Augen waren rot und geschwollen, die tiefe Sonnenbräune wirkte grau und leblos, graue Bartstoppeln ließen die Konturen des Unterkiefers verschwimmen. *Der berühmte George Cosmo Leighton!* Na ja, vielleicht nicht ganz … der *einst* berühmte George Leighton? Seine Flucht vor dem Ruhm war möglicherweise ein wenig erfolgreicher geworden, als er geplant hatte. Dass sein Gesicht, sogar im derzeitigen Zustand, in den Augen und um den Mund sensibel wirkte und trotzdem keine Spur Schwäche zeigte, überraschte ihn immer wieder. In etwa einer Stunde würden Sekrete und Gewebe ihr geheimnisvolles Wunder vollbracht haben und mit klaren Augen würde er wieder stark, brauchbar aussehen. Welche Rolle spielte dieser physiognomische Kunstgriff in seinem Leben? Und wenn er wie ein Wrack aussehen würde? Müsste er dann alle Hoffnung fahren lassen, die Niederlage anerkennen, den Stolz aufgeben und Sarah anflehen, ihn zu retten?

Er drehte den Wasserhahn an, ein wenig Wasser tröpfelte heraus und verrann. *Zum Teufel mit Jeff,* fluchte er und überantwortete seinen Sohn göttlicher Vergeltung. Von einem siebzehnjährigen Wunderkind konnte man nicht erwarten, im Haushalt produktiv mitzuarbeiten, aber er hatte den Jungen doch nur gebeten, den Wassertank immer voll zu halten, was dieser regelmäßig nicht schaffte. Ein Wutanfall bemächtigte sich seiner, der sich wie ein Buschfeuer ausbreitete: Alles und jeder war Ziel seines Jähzorns – Sarah, die Kinder, das Haus und dessen nervtötend primitive

Rohrleitungen, die Insel, seine Verleger, Kritiker – die gesamte Menschheit und die ganze Welt. Er hielt sich am Rande des Waschbeckens fest, bis sich die Normalität wieder eingestellt hatte, ging dann wackelig und leicht zitternd zur Notration in dem irdenen Gefäß in der Ecke und schöpfte einen Becher Wasser. Hastig beendete er seine Toilette, indem er sich nachlässig mit einem Kamm durch die Haare fuhr. Sarah und das Geld. Er musste mit Sarah sprechen, um das Geld zu finden.

Die volle Kaffeekanne auf dem Herd in der kühlen, dunklen Küche zeigte ihm, dass Sarah schon auf war. Die Tasse klapperte auf der Untertasse, als er sich einschenkte. Der Drang, mit Sarah zu reden und die Furcht, seine Arbeitsgewohnheiten zu ändern, kämpften in ihm. Der Vormittag war ihm und seiner Arbeit heilig. Wenn er sich den Qualen auslieferte, die jeder Kontakt mit Sarah auslöste, könnte er den Vormittag abschreiben. Er konnte es sich nicht leisten, noch mehr Vormittage zu verlieren. Hier, getragen von dem lebendigen Bild der Stabilität und Ordnung, das die Küche in ihm erweckte – dunkle handgeschnitzte Balken, der rosige, von der Zeit geglättete Steinfußboden, kupfernes Glühen, Sträuße wilder Kräuter, die von der Decke hingen, Knoblauch- und Zwiebelringe, rustikale Körbe gefüllt mit Obst und Gemüse – fast überkam ihn das Gefühl, dass Geld nicht wichtig war. Und doch gab es in diesem wundervollen Zimmer einen Schandfleck. Seine eigene Perversion oder die menschliche Unfähigkeit, mit dem Garten Eden klar zu kommen? War es anmaßend, in Frieden in einer aus den Fugen geratenen Welt leben zu wollen?

Er nahm einen Pfirsich aus einem Korb und prüfte ihn mit dem Finger, zögerte die Begegnung mit Sarah noch ein paar Sekunden hinaus. Er würde so tun müssen, als hätte es gestern Abend keinen Streit gegeben, auch wenn er ihn genauso deutlich fühlte, als hätten sie sich gegenseitig tätlich angegriffen. Aus Stolz und Verlegenheit wollten sie beide das Problem zwischen sich nicht benennen, so dass ihre Auseindandersetzungen unfruchtbar waren, am Thema vorbeigingen und keine Möglichkeit zur Versöhnung boten.

Er legte den Pfirsich zurück und setzte die Tasse zittrig ab. *Mach los!* Er wäre nicht imstande, an etwas anderes zu denken, bevor er das Geld nicht gefunden hatte.

Er traf sie im Garten und ihr erster Anblick erweckte seine unverhohlene Bewunderung. Bewusst versuchte er ihr zu verübeln, dass sie ihn auf so unfaire Weise ausbeutete. Sie trug eine reine weiße Bluse und einen frisch gebügelten, blauen Rock. Ihr Haar war sorgfältig frisiert, ihr Make-up makellos. Alles an ihr bezeugte ihre Unschuld. Man konnte dieser perfekten Ehefrau nicht vorwerfen, betrunken und schlampig gewesen zu sein. Sie hatte den ersten Sieg des Tages errungen.

Sie stand über die Geranien gebeugt und entfernte mit gewandten, ruhigen Händen abgestorbene Blüten. Schmerzhafte Liebe wogte ihn ihm auf, Liebe für die fließende Grazie ihrer Bewegungen, für die wunderschöne Körperlinie, das Heben des Armes, wie sich die Brüste an den Stoff ihrer Bluse schmiegten. Die Kurve der Hüfte ging in schlanke Beine über. Sie hatte diese Schönheit einem anderen Mann gegeben. Er konnte ihr das Recht dazu nicht absprechen. Treue, soll sie von Wert sein, muss etwas Freiwilliges sein. Ihm war bewusst, er wollte sie, wie er sie immer gewollt hatte, aber sein Körper begehrte sie nicht mehr. Es hatte damals mit einem scheinbar normalen körperlichen Rückzug begonnen, einer instinktiven Abneigung, ihren Körper mit einem anderen zu teilen. Als die Liebe schließlich gesiegt und sein Verlangen die Abscheu zermürbt hatte, war es zu spät. Seine Vergeltung hatte ihn in seinem selbstgerechten Zölibat gefangen. Die quälende Entschlossenheit, ihr seine Impotenz zu verheimlichen, war der Inhalt seines Leben geworden. Er hatte diese Komödie gespielt seit ... seit weniger als einem Jahr? Diese Farce war Teil seines Lebens. Er war zu seiner sterilen Liebe zu Sarah verdammt.

Es war zweifellos bizarr, dass er nach fast zwanzigjähriger Ehe nur diese Frau begehrte und von ihr erwartete, sich mit ihm zufrieden zu geben. Eheliche Untreue war ja völlig normal, aber er hatte immer gedacht, dass sie beide eine Ausnahme seien. In den Anfangsjahren, während seines ersten spektakulären Erfolges, hatte er einige Fehler gemacht, unausweichliche Dummheiten, Folgen des Ruhmes, aber er hatte schnell gelernt: Wie sehr er auch Sarah verletzen konnte, der Verlust, den er riskierte, war größer. Er hatte die Beziehung zu Sarah gebraucht. Nun waren die Bande gelockert. Er verfluchte alles, was ihn gefangen hielt – die Kinder (sie waren eigentlich keine Kinder mehr), das Haus, den Geldmangel und diesen Vormittag, an dem nun genaugenommen überhaupt kein Geld mehr da war. Anscheinend hatte er die Kontrolle über sein Leben verloren – alles, weil Sarah mit einem anderen Mann hatte ins Bett gehen müssen. Alles, weil sie etwas noch viel Schlimmeres verbrochen hatte: nicht wirklich zu versuchen, ihren Seitensprung geheim zu halten.

»Hallo«, fing er vorsichtig an, ohne sie richtig anzusehen. Trotzdem nahm er das mutige, zärtliche Lächeln wahr, das sie ihm schenkte, als sie sich umdrehte. Er schloss aus dem Glitzern in ihren schmerzlich ausdruckvollen, rätselhaften Augen, dass sie bereits getrunken hatte.

»Guten Morgen, Schatz«, erwiderte sie. Sie hatte eine melodiöse Altstimme. Für Leute, die sie nicht mochten klang sie »affektiert«, aber diese Stimme war fähig zu subtilen, provokativen Andeutungen. Mit drei Worten konnte sie ihm sagen, dass sie ihm vergeben hatte und dass da viel zu vergeben gewesen war.

»Du siehst heute Morgen einfach glänzend aus«, sagte er trocken und gab ihr damit zu verstehen, dass er sich von ihrer sorgfältigen Tarnung nicht hatte täuschen lassen.

»Ich *fühle* mich glänzend«, betonte sie in erfrischend angenehm Ton. »Heute wird wieder ein heißer Tag.«

Eines Tages, dachte er, *werde ich sie wahrscheinlich umbringen.* Offensichtlich gab es keinen anderen Ausweg. Er trat in den Schatten eines Obstbaumes und ließ sich in einen Stuhl fallen. Die Zikaden feierte in zartem Rhythmus die Hitze, nervtötend wie das Kratzen von Fingernägeln auf einer Schiefertafel. Er fuhr sich durch die Haare. »Du hast doch noch das Geld, das ich dir gestern Abend gegeben habe, oder?«, fragte er und drückte sich instinktiv so aus, dass sie in jedem Fall mitverantwortlich war.

»Geld? Was für Geld? Warum solltest du mir Geld geben?« Ein schneller, entschlossener Einspruch, sie stritt praktisch ab, irgendetwas mit ihm zu teilen.

»Ich rede über *das* Geld«, sagte er und es war ihm jetzt egal, wer gegen wen punktete, als er offen und nüchtern der entsetzlichen Möglichkeit ins Auge blickte, dass das Geld verloren sein könnte. »Das von gestern. Alles. Ich hab's dir nicht gegeben?«

»Nein, natürlich nicht. Du willst sagen ...« Sie begann in ihrer lebhaften, unnachgiebigen Art, aber schließlich klang ihre Stimme ein wenig ungläubig, bestürzt, wie er mit erbarmungsloser Befriedigung feststellte. Sie steckte mit ihm zusammen da drin, ob es ihr gefiel oder nicht.

»Bist du sicher, dass ich es nicht in deinen Einkaufskorb getan habe?«, fragte er.

»Ich hab' nicht nachgeschaut. Um Gottes Willen, warum ...«

»Wo ist er? Der Korb, mein' ich?« Er war schon gegangen, eilte in Richtung Haus.

»Er steht auf dem Stuhl in der Halle.« Sie klang

atemlos und er merkte, dass sie ihm folgte. Das gab ihm ein willkommenes Gefühl der Macht über sie. Er ging über den gepflasterten Innenhof ins Haus und erspähte den geflochtenen Korb. Ein paar Kleinigkeiten waren darin: seine Badehose, ein Handtuch, eine Büchse Milch. Er wühlte darin herum, warf den Korb auf den Boden und stand dann unentschlossen da, fuhr sich mit den Fingern durch die Haare. Er musste nachdenken. Er musste sich erinnern. Sie beobachtete ihn von der Tür aus, anklagend und doch aufmerksam.

»Das ist nicht dein Ernst, du hast es verloren«, sagte sie, als wäre alle Hoffnung vergebens, es jemals wiederzufinden.

»Verloren?«, antwortete er unwirsch. »Wie meinst du das? Soweit ich weiß, könnte es genauso gut gestohlen worden sein. Ich weiß nur, dass es nicht mehr da ist.«

»Aber was sollen wir denn jetzt machen? Ja, ja, ich weiß. Geld ist nicht so schrecklich wichtig. Das mag ja gut und schön sein, wenn man welches hat, aber das war das letzte, was wir gerade noch irgendwie auftreiben konnten.«

»Scharf beobachtet!« Er zügelte den Drang, die Sache für sie angenehmer zu machen. Aus Liebe hatte er immer versucht, ihr zu helfen, Probleme aus dem Weg zu räumen und ein düsteres Bild mit fröhlicher, falscher Farbe aufzuhellen. Vielleicht brauchten sie einen richtigen Zusammenstoß. Vielleicht würde die grauenhafte Lage, in der sie waren, sie aus ihrem hochmütigen Schweigen reißen.

»Wie schön, dass du dich so leicht über deine geradezu kriminelle Fahrlässigkeit hinwegsetzen kannst«, provozierte sie ihn.

»Wenn's weg ist, ist's weg. Was soll ich deiner Meinung nach machen?« Er empfand ein neues, grausames Vergnügen daran, ihr das Ausmaß der Katastrophe unter die Nase zu reiben und hasste sich dafür. Sie auch nur kurz in die Arme zu nehmen, würde ihm die Kraft geben, mit allem klar zu kommen und für sie war das genauso. Sie brauchten einander, die gegenseitige Unterstützung und Zuneigung, aber eine Umarmung könnte zu Leidenschaft führen und enthüllen, was er über Monate zu verbergen gesucht hatte. »Vielleicht ist es im Lambraiki aus meiner Tasche gefallen«, meinte er und versuchte ein wenig hoffnungsvoller zu klingen – schon für sich selbst. »Stavro wird's schon für mich aufheben.«

»Also, wenn du dir da so sicher bist, solltest du dich mal ganz fix auf die Socken machen.« Auf ihrer neutralen, sicheren Position in der Tür fühlte sie ihr beiderseitiges Verlangen und versuchte sich dagegen zu wehren. Er hatte sich ihr verschlossen und sie zu einsamen Schuldgefühlen verdammt. Es war zu viel für ihre Nerven, auf jede Lücke in seiner Deckung zu reagieren. Wenn sie einen Schritt auf ihn zuging, war die Mauer um ihn sofort höher und dicker als je zuvor. Ihre Augen verweilten einen kurzen Moment auf dem schmerzlich offenen, verletzlichen Gesicht und sie konnte fühlen, wie sehr er sich quälte. Ihr Herz blutete ob der zurückgewiesenen Liebe. In den letzten Monaten hatte sie sich daran gewöhnt, sich an Strohhalmen festzuklammern, sie neigte fast dazu, die drohende Armut als Erleichterung zu betrachten. Die Beschränkung auf das Wesentliche könnte etwas bewegen: Entweder zerbrachen sie daran oder sie würden wiedervereinigt.

»Ich muss den ganzen Vormittag in den Wind schießen«, nörgelte er, als wäre die Katastrophe nur ein kleines Ärgernis.

»Ich versteh' es einfach nicht – wie *hätte* es rausfallen können?«

»Es sind schon ganz andere Sachen aus Taschen gefallen.«

»Es passt einfach nicht zu dir.«

»So?« Er wischte sich den Schweiß aus den Augen.

Wahrscheinlich erschien er ihr noch immer wie ein Muster an Selbstbeherrschung, Entschlusskraft und Effizienz. Er fühlte sich nicht wie ein Musterbeispiel. War das Versagen ihr gegenüber ein Symptom eines tiefgreifenden Zerfalles, ein Hinweis, dass es mit ihm insgesamt bergab ging. War er körperlich und geistig schlaff, »auf den Hund gekommen«, wie die Durchreisenden – ganz benommen von der idyllischen Inselatmosphäre – sagten? »Ich versteh' nicht, wie du hier leben kannst, ohne auf den Hund zu kommen«, sagten sie nervös und wünschten sich wahrscheinlich, ohne ihre Ehemänner und Ehefrauen hierher gekommen zu sein.

Er atmete tief durch, streckte die Schultern, um sich selbst zu beweisen, dass er noch heil war. »So, ich glaube, ich geh' jetzt lieber. Könntest du Jeff sagen, dass er Wasser hochpumpen soll?«

»Ich hab' heute morgen viel Wasser verbraucht. Ich musste wieder mal richtig baden.«

»Du brauchst ihn nicht zu verteidigen. Was, wenn ich hätte duschen wollen? Der Tank muss immer voll sein.« Wieder erfüllte ihn Hass, dieser lodernde Hass, der jeden und das ganze Leben verzehrte und ihn in unendlicher Einsamkeit zurückließ. Er ballte die Hände in den leeren Hosentaschen und zwang sich zu Toleranz und Mitgefühl.

»Vielleicht solltest du mal mit ihm reden«, sagte Sarah. »Ich komm' momentan überhaupt nicht mit ihm klar.«

Kein Wunder, dachte er. *Er war dabei, als du dem hübschen jungen Typen hinterhergegeifert hast. Was hat er gesehen? Was hat Kate gesehen?* Wieder flammte Hass in ihm auf. »Wenn ich was wegen dem Geld machen soll, hab' ich keine Zeit für Jeff«, sagte er. »Sag' ihm einfach, dass er pumpen soll.« Als er sich abwandte, blickte er sie an und stand wie angewurzelt da, einmal mehr am Boden zerstört. Licht umgab sie, setzte überwältigende goldene Lichtreflexe in ihrem nussbraunen Haar, machte ihre Haut glatt, liebkoste die Wölbung ihrer Brust und stattete sie mit strahlender Anmut aus. Er dachte daran, wie sie sich in seinen Armen anfühlte, sich an ihn kuschelte, sich ihm in leidenschaftlicher Freigiebigkeit hingab, die ehrlichen Augen voller Sehnsucht. Fast erregte ihn dies sexuell, fast war er sicher, dass es geschehen könnte; aber ihre Augen wiesen ihn zurück und beschämt wandte er sich ab. »Ich zieh' mir lieber was Anständigeres an«, murmelte er, als er ging.

Sie wartete, bis sie seine Schritte im oberen Stockwerk hörte und floh dann durch das Esszimmer in die Küche. Ihre Flasche Brandy stand neben Gewürzen, Essig- und Olivenölflaschen auf der Anrichte. Sie war nicht versteckt. Sarah hatte sie einfach dort, wo sie nicht auffallen würde, aber leicht zugänglich war. Sie goss sich großzügig ein. Als sie das Glas zum Mund hob, zitterte ihre Hand (wie schön, dass sie das endlich zulassen konnte, nach den Strapazen, sich heute Morgen zusammenreißen zu müssen), doch als sie trank, war die Hand ruhig. Auf der Stirn brach ihr Schweiß aus, sie warf das Haar zurück und schnappte ein wenig nach Luft. Alles würde gut werden. Er würde das Geld finden. Sie konnte jetzt losgehen und sich auf die Felsen legen, wo sicher Pavlo sein würde. Erotische Phantasien überkamen sie bei dem Gedanken an den jungen Mann – kräftige Oberschenkel, glatte Brust, muskulöser Oberkörper, eine straffe, wohlgefüllte Badehose, die sich vor ihrem inneren Auge zu wölben und zu dehnen schien, bis ihre Beine fast unter ihr nachgaben.

Sie zog die Schultern nach vorne und schlug sich mit Fäusten auf den Bauch, als ob dort etwas aus der Welt zu schaffen wäre. Ein wimmerndes Klagen entfuhr ihr. Sie dachte an ihre Mutter, eine robuste Person aus dem Westen, die ihr Leben lang in der Schule unterrichtet hatte und ständig Eigennutz als höchstes Gut predigte.

Eigennutz? Man gab sich Qualen nicht hin, man bekämpfte sie. Ihre Gedanken an Pavlo waren nicht angenehm, sie waren ein zwanghaftes, erniedrigendes Bedürfnis.

Dafür war George verantwortlich. Manchmal hatte sie das Gefühl, dass er sie vernichten wollte. Für sie war Sex nie ein Problem gewesen. Nie hatte sie Grund gehabt, viel darüber nachzudenken; es war einfach ein Teil der Liebe, die ihr Leben mit George erfüllte. George war immer Zentrum ihres Lebens gewesen. In ihrer Teenagerzeit hatte sie ein paar intensive, eigenartige Affären gehabt und dann einen um Anerkennung ringenden Schriftsteller geheiratet, dessen Kampf rührend war – schließlich konnte er sie an Wochenenden mit auf das riesige Gut seiner Eltern am Hudson nehmen, wo es nicht einfach nur Bedienstete, sondern *weißes* Personal gab. Für ein Mädchen, dass in einer von der Depression erschütterten Kleinstadt aufgewachsen war, war dies ziemlich überwältigend – sie hatte von solchen Häusern gelesen, jedoch nicht geglaubt, dass sie wirklich existierten – und es war noch überwältigender, plötzlich die Frau eines Literaturpapstes zu sein. Die Erfüllung ihrer Mädchenträume, Träume, von ihrem Vater ererbt und genährt, ebenso wie sie ein unverbesserlicher Romantiker, ein gescheiterter Poet im Gewand eines Gelegenheitsjournalisten. Übernacht hatte George für sie das erreicht, was sich ihr Vater stets gewünscht hatte – Freiheit von Plackerei und Routine, die Freundschaft einiger der bedeutendsten Talente ihrer Zeit – die Welt, über die sie immer nur gelesen hatte, mit eigenen Augen zu sehen.

In den letzten Jahren hatte der Traum zu verblassen begonnen, wahrscheinlich war sie deshalb Ronnie erlegen. Vielleicht hatte dies sie dazu gebracht, ihre uneingeschränkte Verpflichtung George gegenüber in Frage zu stellen. Im Gegensatz zur übrigen Welt hatte sie den Glauben an George jedoch nicht verloren. Ronnie hatte ihr das Gefühl gegeben, jung zu sein und ihr gleichzeitig das schnelle Verstreichen der Jahre drastisch bewusst gemacht. George war geschäftlich in New York gewesen, eine ihrer seltenen Trennungen. Sie hatte Ronnie dabei ertappt, wie er Jeff ansah und hatte das Gefühl gehabt, dass sie als Frau sein Leben in natürliche Bahnen zurücklenken könnte. Sie hatte ihn genommen, obwohl sie wusste, dass er ihr nichts bieten konnte, was George ihr nicht gab, außer körperlicher Abwechslung.

War es so einfach und so entwürdigend? War Pavlo der konsequent nächste Schritt? Hatte Ronnies eher ätherisch romantische Art ihr ermöglicht, ihren animalischen Hunger nach anderen Männern hinter Gefühlen zu verstecken? Sie konnte sich nicht über Pavlo hinwegtäuschen. Insbesondere von seinem Körper, dem Körperteil in seiner Badehose, war sie einfach besessen. Sein Ding. Sein Schwanz. Sein Hammer. Sie zwang sich, die Worte offen auszusprechen, um den Bann zu brechen, aber ihre Lippen öffneten sich und sie atmete schneller, als sie daran dachte, ihn nackt zu sehen, seinen Schwanz zu berühren, ihn in sich zu fühlen, vor seiner gewaltigen Macht zu kapitulieren.

Sie richtete sich mühsam auf, strich sich das Haar aus der Stirn und goss sich sorgfältig noch einen Drink ein. Auch dafür war George verantwortlich. Seit er das mit Ronnie herausgefunden hatte, hatte er sie zum Trinken animiert. An einen nüchternen Abend mit ihm konnte sie sich nicht erinnern. Trinken half. Sie hob das Glas an die Lippen und stürzte den puren Brandy auf einmal herunter. Der Boden unter ihr begann plötzlich leicht zu schwankte und ihre Gedanken schweiften in die Ferne.

Nein, es gab nicht die leiseste Verbindung zwischen Ronnie und Pavlo. Ronnies Not hatte sie gerührt, sie hatte sich ihm als Frau angeboten, um ihm zu helfen, seine Männlichkeit voll zu entfalten. Entschuldigen konnte sie ihren Seitensprung nicht, aber ihre Motive waren nicht selbstsüchtig gewesen. Die Zwangsvorstellungen von Pavlo waren jedoch widerlich. Sie hasste es, sich wie eine notgeile läufige Hündin zu fühlen, aber welche normale, gesunde Frau Ende Dreißig wäre nicht notgeil, wenn ihr seit einem Jahr der Ehemann den Geschlechtsverkehr verweigert würde. Unter anderen Umständen hätte sie Pavlo vielleicht lediglich angestarrt und seinen fantastischen Körper bewundert, ohne sich gleich auf ihn stürzen zu wollen, genauso wie viele Frauen Charlie Mills-Martin zwischen die Beine gafften. Auf diesem niedrigen, rein funktionalen Niveau hatte ihr Sex nie etwas bedeutet. Trotzdem konnte sie das Hämmern ihres Herzens nicht unterdrücken, wenn sich Pavlo ihr präsentierte. Beide hatten sie dies seit seinem ersten Auftauchen unten bei den Felsen erkannt. Offensichtlich hatte er sie in einem unvorsichtigen Moment dabei ertappt, wie ihr Blick auf ihm ruhte, hatte sie träge, selbstgefällig, wissend angelächelt und sich seitdem großzügig zur Schau gestellt. Wenn er aus dem Meer stieg, schnellte seine Hand gewohnheitsmäßig vorne in die Badehose, um sein Ding zu positionieren. Bald hatte er angefangen, dabei Blickkontakt mit ihr zu suchen, und seine Hand verweilte den Bruchteil einer Sekunde länger, sein Glied zeichnete sich gegen den Bauch noch ein wenig ausgeprägter ab. Wenn er sich neben sie setzte, um ein paar Banalitäten auszutauschen, wanderte die Hand zu seinem Glied, nicht zurückhaltend oder heimlich, sondern stolz. Daumen und Zeigefinger beschrieben liebevoll die Konturen des festen, säulenförmigen Fleisches, seine Augen gestatteten ihr zuzuschauen. Immer wehrte sie sich dagegen und immer kapitulierte sie, bewilligte sich jedoch nur flüchtigste Blicke.

Gestern war er zu ihr herübergeschlendert, das verächtliche, wissende Lächeln auf den Lippen und hielt beiläufig ein Handtuch vor sich. Als er über ihr stand, hatte er das Handtuch an einem Ende fallen lassen und eine Hand tief auf die Hüfte gelegt, so dass die Fingerspitzen etwas berührten, dass sie nicht ansehen wollte und hatte etwas über das Wetter gesagt. Ihre Gesichtsmuskeln hatten sich verkrampft, ihr war schwindlig geworden und sie hatte mit offenem Mund das angestarrt, was er ihr enthüllt hatte. Es war klar konturiert, teilweise oder völlig erigiert, von der gedehnten Badehose an seine Leistengegend gedrückt, eingesperrt und doch kaum von dieser gehalten.

Pavlo hatte über ihr gestanden, während sie starrte und seine Bemerkung über das Wetter überhörte. Er hatte die Hüften leicht bewegt, deutete vorsichtig Geschlechtsverkehr an. Lachend hatte er dann das Handtuch wieder vor sich gehalten und war hinunter zum Meer geschlendert.

Was hatte er von ihr erwartet? Aufzustehen und ihn zu bitten, sie irgendwo zu nehmen? Sie atmete tief durch, schüttelte ärgerlich den Kopf und füllte das Glas wieder. So würde sie ohne Probleme bis zum Mittagessen durchhalten. Sie trank langsamer, in gleichmäßigen Schlucken. Als sie ausgetrunken hatte, umspielte ein kleines Lächeln ihre Lippen. Dem Himmel sei Dank für die Hitze, die einen sogleich von dem Gedanken an Sex abbrachte. Er würde nackt vielleicht sogar ziemlich widerlich aussehen. Das ganze männliche Instrumentarium. Grotesk. Egal, er hatte ihr gezeigt, was er ihr zu zeigen hatte, abgesehen vom Runterlassen der Unterhosen. Vielleicht würden sie zu einer rein geistigen Beziehung gelangen. Sie kicherte, als sie die Flasche wieder verschloss und sie an ihren Platz bei den Gewürzen zurückstellte.

Das Haus der Mills-Martins lag auf dem östlichen Ausläufer des Vorgebirges, das sich bis zum Hafen erstreckte. Von hier oben überblickte man die ganze Stadt. Der Tag hatte in fröhlichem Tumult begonnen.

Die beiden erwachsenen männlichen Mitglieder des Haushaltes waren, wie üblich, miteinander im Bett. Wegen der Hitze lagen sich in einigem Abstand voneinander. Als sie zur Besinnung kamen, hielt jeder das steife Glied des anderen mit festem, liebkosendem Griff. Sie entspannten sich, als sie noch einmal einschliefen. Ein Laken bedeckte ihre Leistengegend, die schlanken, muskulös geschmeidigen, tiefbraunen Oberkörper lagen ausgestreckt, zerzaustes blondes Haar auf den Kissen, Peters goldenes und Charlies ergrautes, mit von der Sonne vergoldeten Strähnen. Jeder atmete den Geruch des anderen ein, den süßen Duft von Zufriedenheit, Sicherheit und zeitgeprüfter Leidenschaft.

Als die Kinder ins Zimmer stürmten, erwachten sie mit einem Mal. Auf die Attacke gefasst, rollte sich Charlie blitzschnell auf den Bauch. Peter zog das Laken eng an den Körper, während Klein Petey über ihn herfiel und mit Fäusten auf seine Hüfte trommelte.

»Papi, Papi, Papi«, schrieen die Kinder.

Ein fehlgegangener Schlag traf Peters schrumpfendes Glied. »Stimmt, Papi ist hier«, protestierte Peter lachend. »Hört schon auf.«

»Mami hat gesagt, dass ihr aufstehen sollt«, sagte Charlotte.

Charlie stöhnte. »Mami hat wahrscheinlich Recht, wie immer«, sagte er aus den Tiefen seines Kissens. Das Mädchen beugte sich über ihn und küsste ihn aufs Ohr, er streichelte dabei ihre hellen Haare.

Klein Petey stützte sich auf die leicht gedrehte Hüfte seines Vaters und ließ einen Arm über dessen Oberschenkel fallen, so dass seine Hand in unmittelbarer Nähe zu Petes Glied zu liegen kam. Da er diese Bewegung erwartet hatte, war es Peter gelungen, sich aus der Gefahrenzone zu manövrieren. Der kleine Junge hatte eine eigene Art, intime Stellen zu untersuchen, lehnte sich gern gegen sie oder ließ seine Hände herumwandern. (»Eindeutig der Sohn seines Vaters«, hatte Peter gemeint, als die drei Eltern darüber gesprochen hatten.) Eine kleine Hand betatschte seinen Bauch. »Wo ist dein Spielzeug jetzt?«, fragte das Kind verschwörerisch und sah ihn forschend von unten an.

»Es ist verschwunden. Das ist so seine Art.« Das Spielzeug war erfunden worden, als Klein Peteys Hand eines Morgens eindeutigen Kontakt mit Peters Erektion gemacht hatte. Er hatte behauptet, ein Spielzeug bei sich im Bett zu haben.

Klein Peteys große prüfende Augen weiteten sich in Erwartung eines neuen Spiels. Er schüttelte unsicher den Kopf, hin- und hergerissen zwischen Skepsis und Bereitschaft, die Geschichte zu glauben. Dann lächelte er schlau. »Nö, ist es nicht. Wie denn?«

»Es ist einfach so. Es kommt und geht. Ich weiß nie, wann es auftaucht.«

Petey verlagerte Gewicht auf die Hüfte seines Vaters und zupfte aufgeregt am Laken. »So was wär' lustig. Warum darf ich nicht auch so was haben? Du hast gesagt, dass du mir auch eins gibst.«

»Später. Du musst noch ein bisschen älter werden, damit du Spaß damit haben kannst.«

»Bekommt Lottie zuerst eins?«

»Nein. Mädchen wollen so was nicht. Das ist nur was für Jungs.«

Das Bett wackelte, weil Charlie sich lautlos vor Lachen bog. Petey warf den Kopf zurück, blickte seinen Vater bewundernd an und seufzte tief, als könnte er seine Freude kaum zügeln. Peter war immer wieder überwältigt, wenn er sich selbst in den lebhaften Augen, der Form der Nase, dem großen Mund, dem Goldschopf wiedererkannte. Jedermann fand seinen Sohn wunderschön.

»Er ist so *blöd«,* sagte Charlotte, während sie um das Bett herumging und Peter auf die Wange küsste. Mit ihren neun Jahren war sie schon eine selbstsichere, erwachsene junge Dame. Peter legte den Arm um sie und setzte sie auf die Bettkante neben sich. Klein Petey jagte durchs Zimmer und machte furchtbare Geräusche. Er war ein Flugzeug oder eine Rakete oder vielleicht auch eine Wasserstoffbombe.

»Wirst du wirklich schon vierzig?«, fragte das Mädchen Peter.

Der traurige Klang in ihrer Stimme ließ Peter auflachen. Er hob die Hand und legte sie auf ihre Wange, nah bei den Augen, wo sie genau wie Charlie aussah. »Jemand hat meine Geheimnisse verraten«, sagte er. »Aber ich bin noch einen Monat neunundddreißig.«

Charlotte sah ihn mitleidig an. »Das klingt total komisch. Ich kann's gar nicht glauben.« Jedem, der Charlie und Peter kannte, ging es genauso. Ihre Körper waren gut gepflegt und sie konnten auch zehn Jahre alte Kleidungsstücke noch immer tragen. Ein paar museumsreife Stücke hatten sie aufgehoben, die sie schon besaßen, als sie sich kennen gelernt und ineinander verliebt hatten. Charlie sah langsam etwas wettergegerbt aus, seine ergrauten Haare ließen ihn älter wirken, aber Peter sah bei günstiger Beleuchtung noch so jung aus, dass Leuten, die sein wahres Alter erfuhren, regelmäßig die Kinnlade herunterfiel.

Peter lachte über das ernsthafte, süße Gesichtchen, dass ihn mit solcher Besorgnis musterte. »Wart' nur ab. Der Altersunterschied zwischen uns ist nicht so groß. Wenn du fünfzig bist, bin ich erst achtzig und dann bist du die Doofe.«

Klein Petey zerbarst in einer Reihe furchteinflößender Explosionen und landete auf Charlies Seite des Bettes. Er strich das Laken über Charlies Hintern glatt, so dass dessen Konturen sich klar abzeichneten. »Hey, Papi«, sagte er, während er eine Pobacke streichelte. »Warum schlafen du und Papi immer in einem Bett? Kyria Tula hat gesagt, dass Papis das sonst nicht machen.«

Charlie drehte sich auf den Rücken. »Weil wir das schön finden, Dummkopf«, erklärte er.

»Warum sonst?«, stimmte ihm Peter zu. »Warum gehst du gerne zu Mami ins Bett? Es ist einfach schön, mit Leuten zu schlafen, die man lieb hat.«

»Er versteht einfach gar nichts«, bemerkte Charlotte gelangweilt.

»Warum wollt ihr dann nicht, dass Mami zu euch ins Bett kommt?«, bohrte Petey weiter. Sein stämmiger kleiner Körper verschwand fast hinter dem Bett. Der Schalk blitzte in seinen Augen und er suchte auf Charlies makellosem Hintern nach einer Antwort.

»Sie findet es schrecklich, wie wir schnarchen«, erklärte Peter.

Lebhaftes Mitgefühl erhellte das Gesicht des Kindes.

»Mach's mir mal vor, Papi«, drängte Klein Petey und begann aus Dankbarkeit einen urkomischen Freudentanz aufzuführen. Peter schnarchte entsetzlich, Charlie stimmte ein. Alle bekamen einen schrecklichen Lachanfall und rollten im Bett herum.

Fragen hatten sie erwartet, seit sie sich entschlossen hatten, eine so anormale Familie zu gründen. (Hatten sie sich dafür entschieden, *mit* oder *für* diese Wunder zu leben? Was hätten sie zu verlieren gehabt, wenn es nicht funktioniert hätte?) Sie hatten beschlossen, alle Fragen so ehrlich wie möglich zu beantworten. Martha hatte Charlotte schon erklärt, dass Charlie ihr Vater war, dass sie aber damals mit einem anderen Mann verheiratet gewesen war und nach ihrer Scheidung Peter geheiratet hatte, um mit ihm Petey zu haben.

»Es kommt aufs Gleiche raus«, hatte Martha bemerkt, ohne dass ihr klar war, dass sie irgendetwas Außergewöhnliches sagte. »Sie waren schon immer zusammen. Sie sind sich näher als Brüder. Wenn du älter bist, und mehr von der Liebe verstehst, wirst du merken, wie selten und wunderbar so was ist.«

Das Annehmen eines gemeinsamen Namens hatte die Familie gefestigt. Peter hatte die Idee gehabt, Charlies und seinen Nachnamen mit einem Bindestrich zu kombinieren und dies amtlich zu machen, so dass die Kinder, mit der Zustimmung von Marthas Ex-Mann, gesetzlich Bruder und Schwester waren. Martha war rechtmäßig die Mutter beider Kinder und Charlie und Peter hatten eine Art amtlicher Bestätigung ihrer außergesetzlichen Beziehung erlangt.

Das hatte die ganze Konstellation hübsch unklar gemacht, nur wenige Leute konnten sich merken, wer in welcher Beziehung zu wem stand. Manche glaubten, Charlie und Peter waren in Wirklichkeit Brüder, obgleich sie offen und unübersehbar ineinander verliebt waren. Andere waren davon überzeugt, dass Martha es beneidenswerterweise geschafft hatte, Ehemann und Liebhaber in einem Haus zu haben, jedoch wollten sich diese Leute immer nicht so gerne festlegen, wenn es darum ging, wer wer war. Da sie ihr brisantes und skandalträchtiges Potenzial nicht auslebten, galten sie auf der Insel als Innbegriff von Vernunft und Ehrbarkeit. Im Allgemeinen herrschte auf der Insel das beruhigende Gefühl, solange die Mills-Martins da waren, würde alles schon in Ordnung kommen.

»Okay«, sagte Charlie, während er sich von kindlichen Armen und Beinen befreite. »Sagt Mami, dass ihr uns genug genervt habt und dass wir gleich runterkommen.« Charlie warf Charlotte in die Luft, Peter fing sie auf und stellte sie auf die Füße. Petey stützte sich fest und schmerzhaft auf Charlies Genitalien ab, als er sich auf den Boden gleiten ließ. Die Kinder flitzten durch das große, verdunkelte Zimmer und waren verschwunden.

»Ich hab' schon immer gedacht, dass Mills-Martins wie eine Zirkusattraktion klingt«, kicherte Charlie. Sie hielten unter der Decke Händchen. »Mein Gott, das hat mir nach gestern Abend gerade noch gefehlt. Was machen wir jetzt mit den Leightons?«

»Keine Ahnung. Ich denke, wir müssen sie wahrscheinlich langsam in getrennten Käfigen halten. Ich hatte noch keine Zeit, es dir zu erzählen. Jeff ist gestern mitten im Gefecht heimlich zu mir gekommen. Er will mit mir reden.«

Gleichzeitig wandten sie einander das Gesicht zu und sahen sich an. Charlie hob die Augenbrauen. »Hat seine Stunde endlich geschlagen?«

»Würd' mich nicht überraschen.«

»Dimitri?«

»Ich weiß genauso viel wie du.«

»Ich hoffe nicht. Der arme Kleine. Ich schätze, Dimitri ist nicht gerade eines unserer tollsten Modelle. Könnte es zufällig sein, dass er sich für dich interessiert?«

»Wahrscheinlich eher für dich – mehr so was wie 'ne Vaterfigur«, lachte Peter auf.

»Na ja, als alte Repräsentanten der internationalen Homosexualität müssen wir Verantwortung tragen. Hoffentlich kannst du ihm irgendwie helfen. Jeff ist ein lieber Junge.«

»Ich werd' versuchen, so damit umzugehen, wie ich mir das für Klein Petey wünsche, falls es jemals dazu kommen sollte.«

»Der Grabscher? Spinnst du? Wenn er erst mal zwölf ist, werden ihn Männer so anöden, dass er bestimmt der allerspießigste Hetero wird.«

Sie lächelten einander an. »Sein Pech. Weißt du, wenn Fräulein Charlie dir noch ähnlicher wird, werd' ich mich unsterblich in sie verlieben. Wär' das Inzest? Lass mich mal überlegen. Du bist ihr Vater und Martha ist ihre Mutter und ich – nö, das ist völlig in Ordnung. Sie ist nur die Halbschwester von meinem Sohn. Was könnte näher liegen?«

Sie brachen in Lachen aus. Ein ganz schön kompliziertes Beziehungsnetz hatten sie da geknüpft! Charlie zog ihm das Laken weg, stützte sich neben Peter, beugte sich hinunter und küsste Peters Glied. Die Hitze schmälerte Peters Leidenschaft, aber er berührte Charlies Haare und murmelte zustimmend, um Charlie seine Bereitschaft zu signalisieren, falls dieser es wollte.

»Ein wunderschönes Spielzeug«, sagte Charlie und erregte ihn auf seine unnachahmliche Weise mit der Zunge. Er drückte Peters Oberschenkel, drehte sich um, schwang die Beine aus dem Bett und stand auf. Peter starrte gebannt auf die Konturen von Charlies halberigiertem Glied, als dieser sich zum Badezimmer wandte. Selbst nach zwanzig Jahren war es für Peter noch immer das herrlichste und erregendste Naturschauspiel. Als Charlie ihm den Rücken zudrehte, wanderten Peters Augen von den breiten Schultern hinab zu der kräftigen Hüfte und den knackigen Pobacken. Er lächelte, als ihm lüsterne Gedanken kamen und sein Glied sich aufrichtete. »Wenn es nicht so heiß wäre, würde ich dich zurückzerren und 's dir richtig zeigen«, rief er der entweichenden Gestalt nach.

Charlie lachte. »Es wird bestimmt abkühlen. Ich bin dann immer noch da.«

Nachdem sie nacheinander im Bad gewesen waren, wickelten sie sich Stofftücher wie Sarongs um die Taille und machten sich auf den Weg zu Martha. Peters Hand ruhte leicht auf Charlies Schulter.

Als sie das Haus vor zehn Jahren gekauft hatten, hatte es wie ein strenger, einfacher Steinblock gewirkt. Beim Umbau gab es viele Überraschungen. Nach alten Fotografien hatten sie den Säulengang auf dem breiten oberen Balkon wiederhergestellt. Sie hatten Terrassen freigeräumt, weiträumige Loggien gebaut und schattige Innenhöfe angelegt. Das Haus, mit großen kühlen Zimmern, Marmornfußböden und unvermuteten Privaträumen, lag auf drei Etagen an einem Hang. Von überall hatte man einen wunderschönen Ausblick auf Hafen, Stadt und die im Meer verstreuten Inseln. Ihr Hauptquartier war das Haus nicht – für sie stand noch immer die Farm in Connecticut an erster Stelle – aber es war ihnen wichtiger geworden, als sie erwartet hatten. Als Kunsthändler diente es Peter oft als Zwischenstation auf seinen häufigen Geschäftsreisen durch Europa. Für Charlie bot es die perfekte Arbeitsatmosphäre. Ein wenig hatten sie angefangen, die Insel als ihren Besitz zu betrachten. Beunruhigt angesichts der wachsenden Touristenströme, seit vor zwei Jahren ein erfolgreicher Hollywoodfilm auf der Insel gedreht worden war, hatten sie ihren Einfluss bei den hiesigen Behörden geltend gemacht, damit der Bau von Hotels und Nachtclubs beschränkt wurde. Sie hatten Pionierrechte. Wären sie nicht bereits dort gewesen, hätten die Leightons sich nicht niedergelassen und ohne diese beiden Familien hätte niemand je von diesem Ort gehört. Inzwischen sprachen sie bereits davon, zumindest die Hälfte des Jahres hier zu verbringen, wenn die Kinder alt genug wären, um allein zu reisen.

Sie stiegen eine überdachte Außentreppe hinab, überquerten den Hof und betraten Marthas Wohnbereich. Sie saß an einem Tisch vor einer geöffneten Balkontür und wartete auf sie. Vom Balkon konnte man den Hafen überblicken. Die Sonne stand noch immer hinter dem Haus und das Zimmer lag dunkel und schattig hinter den bewegungslosen Leinenvorhängen an den Fenstern. Die Aussicht durch die Balkontüren ließ die dicht an den Hafen gebaute Unterstadt wie eine winzige Bühnendekoration erscheinen.

»Guten Morgen, ihr Süßen«, begrüßte sie die beiden, drückte sie kurz an ihre weichen Brüste und gab jedem einen mütterlichen Kuss. Dünn war sie nie gewesen und im Lauf der Zeit angenehm füllig geworden. Ihre hübschen, sanften Züge wirkten alterslos und um sie war ein Hauch solider Reife, die den beiden Männern fehlte. »Konntet ihr bei dieser Hitze schlafen?«

»Es ging ganz gut, bis du die Höllenhunde auf uns gehetzt hast«, sagte Charlie.

Martha lachte. »Sie haben euch besucht? Das war nicht meine Idee. Ihr solltet euch geschmeichelt fühlen. Sie können es nicht aushalten, wenn ihr nicht da seit.«

»Diese Terroristen. Übrigens haben wir übel gerauft. Peters Spielzeug ist nicht aufgetaucht.«

Sie brachen in Gelächter aus.

»Ruft doch mal Kyria Tula, sie soll euch euren Kaffee bringen«, sagte Martha und schüttelte schelmisch den Kopf.

Das tat Peter dann auch. Die Küche und das Esszimmer waren auf der anderen Seite des Hofes. Die drei saßen in Korbstühlen um den Tisch. Ein großer Feldstecher lag darauf. Peter nahm ihn und begann, die Stadt zu erkunden.

»Was für ein schrecklicher Abend«, sagte Martha. »Ich mag die Leightons wirklich sehr, aber sie machen sich in der Öffentlichkeit völlig unmöglich. Eigentlich könnte man denken, dass sie den Krach vom letzten Jahr mittlerweile überwunden haben sollten. Leider glaub' ich, dass Sarah da auf eine richtige Katastrophe zusteuert.«

»Pavlo?«, fragte Peter hinter dem Feldstecher.

»Sie kann die Augen nicht von ihm lassen. Sie hat ihn sogar mit Charlie verglichen. Wirklich! Diesen nichtssagenden Bodyboy.«

Peter lies den Feldstecher sinken. »Ist ja wohl offensichtlich, wo sie hingeschaut hat.«

Martha zwinkerte ihn an. »Na ja, vielleicht gibt's da ja eine winzige Ähnlichkeit. Ich glaub' allerdings, dass er nicht mal auf diesem Gebiet konkurrenzfähig ist.«

»Vertrau' dem Expertenauge. Er hat keine Chance.«

»Um Gottes willen«, rief Charlie. »Ihr zwei habt vielleicht eine schmutzige Fantasie. Bleiben wir jetzt mal bei den Leightons.«

Die griechische Haushälterin kam herein und begrüßte alle freundlich. Sie stellte Tassen und eine

Kaffeekanne auf den Tisch und zog sich zurück. Peter beobachtete weiter die Außenwelt.

»Ich hab' das Gefühl, wir sollten ihnen irgendwie helfen«, fuhr Martha fort und goss sich Kaffee ein. »Sie sind doch immer noch ineinander verliebt. Da bin ich ganz sicher. Auch wenn sie fast schon so lange zusammen sind wie ihr beide. Sie haben im Moment keine finanziellen Sorgen und ich hab' gedacht, dass ihnen das vielleicht helfen würde, sich zu beruhigen. Könntet ihr Pavlo nicht irgendwie abschrecken?«

»Was erwartest du?«, fragte Charlie. »Sarah steht auf ihn. Man kann ihm echt nicht verübeln, dass er nimmt, was er kriegen kann, besonders, wenn es um eine so erstklassige Frau geht. Wahrscheinlich ist er nur an kleine Schlampen gewöhnt.«

»Da geht er gerade«, sagte Peter und spähte durch den Feldstecher an dem gegenüberliegenden Vorgebirge entlang, wo die Straße verlief, die zu den Badefelsen führte.

»Auf dem Weg, um den Mädels ihren Morgenkick zu verpassen.« Er schwenkte zurück zum Stadtzentrum, hielt den Feldstecher einen Augenblick ruhig und bewegte ihn dann langsam zum Lambraiki. »Ja, so was! Es gibt was Neues. Da kommt der alte George höchstpersönlich. Scheinbar ist er völlig aus dem Häuschen. Ich hab' ihn noch nie so schnell laufen sehen. Warum arbeitet der denn heute nicht? Wenn er jetzt schon anfängt zu trinken, fliegen am Mittag die Gläser. Und drin ist er.« Er legte den Feldstecher beiseite und griff nach seiner Tasse.

»Wo wir gerade von Arbeit sprechen«, sagte Charlie und stellte seine Tasse auf die Untertasse zurück, »der Meister sollte lieber langsam mal anfangen.« Er stand auf, zögerte aber, als Peter den Kopf hob und sich ihre Blicke trafen. »Diese Sache, die ich gestern angefangen habe, läuft richtig scheiße«, sagte er. »Komm doch gleich mal im Atelier vorbei, ich würd' gern mit dir drüber reden.« Er strich über Peters Kinn. »Du schöner Mistkerl!« Er beugte sich vor und sie küssten sich kurz. Dann drückte er Peters Nacken und glitt mit der Hand liebevoll über Marthas Schultern, bevor er sich abwandte.

»Ich komm' gleich, ich trink' nur noch meinen Kaffee aus, Schatz«, sagte Peter, folgte ihm mit den Augen, lüsterne Gedanken zauberten ein Lächeln auf seine Lippen und in seinem Gesicht machte sich Zufriedenheit breit.

Als sie seinen triumphierenden Blick sah, eine Kombination aus Sehnsucht und selbstbewussten Besitzansprüchen, lehnte sich Martha leicht seufzend im Stuhl zurück. Peters Blick war ihr vertraut und erinnerte sie an einem Vorfall, der sich in einer ihrer ersten Nächte in diesem Haus ereignet hatte, kurz nachdem Charlie es gekauft hatte.

Sie war mit seiner Tochter Charlotte schwanger gewesen und verzehrte sich vor Leidenschaft für ihn. Damals war sie noch immer mit Jack verheiratet gewesen und hatte keine Ahnung gehabt, was die Zukunft bringen würde. Zuerst Charlie, dann überzeugender Peter, hatten sie überredet, sich nach der Scheidung in deren Nähe niederzulassen, so dass Charlie das Kind mit aufziehen konnte. Verzweifelt hatte sie sich an die Hoffnung geklammert, ihn Peter irgendwie abspenstig machen, ihn auf völlig konventionelle Weise heiraten und ihm ein Duzend Kinder schenken zu können.

Sie erinnerte sich an diese seltsame, kritische Zeit hauptsächlich als eine Phase tiefer innerer Stille, einer mentalen Lähmung, die möglicherweise von der Szene ausgelöst worden war, die sie versehentlich beobachtet hatte. Das Haus war damals wenig mehr als eine Ruine gewesen, mit seiner jetzigen Pracht kaum vergleichbar, so dass sie nicht einmal sicher war, wo sich die Szene ereignet hatte.

Sie war unten und die beiden irgendwo oben gewesen, wie es dann auch in Zukunft gewesen war – sie in ihren Räumen und die beiden in den ihren – auch wenn sie damals noch nicht eingesehen hatte, dass dies so bleiben würde. Vielleicht war sie etwas begriffsstutzig gewesen, aber in diesem Sommer war so viel geschehen, damals, als sie sich angefreundet und gemeinsam eine Griechenlandreise unternommen hatten, sie, ihr Mann und die beiden wunderschönen jungen Männer, die ziemlich deutlich machten, dass sie ein Paar waren.

Mit dem Scheitern ihrer kinderlosen Ehe mit Jack hatte sie sich schließlich abgefunden. Sie hatte Charlie verführt und war von ihm schwanger gewesen, bevor sie akzeptieren konnte, dass seine Qualitäten als Liebhaber kein Anzeichen von Heterosexualität waren. Weil Charlie darauf bestanden hatte – Erfahrungen, die seinen Freund ausschlossen, lehnte er ab – hatte sie auch mit Peter geschlafen.

Als sie eines ruhelosen Abends Geräusche gehört hatte, war sie ohne zu zögern nach oben gegangen, um sich vor dem Zubettgehen noch ein wenig mit den beiden zu unterhalten. Oben hatte sie eine offene Tür gefunden, der Schein einer Lampe fiel auf den Absatz der steilen Treppe. Sie war schon einige Schritte darauf zugegangen, als ihr klar wurde, was die Geräusche bedeuteten. Instinktiv war sie zurückgewichen, um die Privatsphäre der beiden nicht zu verletzen, auch wenn diese immer offen über ihre sexuelle Beziehung sprachen. Plötzlich fühlte sie einen rebellischen Drang, es mit eigenen Augen zu sehen. War es einfach Lüsternheit? Eine verbliebene Illusion, dass das Sexspiel der beiden nicht mit ihrer eigenen Leidenschaft Charlie gegenüber vergleichbar war? Vorsichtig schlich sie sich heran, bis sie – selbst von der Dunkelheit verborgen – das von der Tür eingerahmte Bett sehen konnte.

Charlie und Peter hielten sich eng umschlungen, ihre Gliedmaßen im weichen Licht der Lampe wunderschön modelliert und so ineinander verkeilt, dass sie einen Moment brauchte, ihre Stellung auszumachen. Peter lag auf Charlies Rücken, Charlie wurde bestiegen. Sie sah, wie die beiden sich aufrichteten, knieten und Charlie zurück auf Peters Schoß glitt, die Hüften bewegten sich, der Körper wand sich devot, er schrie vor Lust, besessen zu werden, der Blick verzückt, ekstatisch – so stellte sich Martha das Gesicht einer Frau vor, die von einem Mann genommen wird.

Wut und Entsetzen überwältigten sie bei dem Anblick, mit welch erfahrener Virtuosität Peter mit Charlie umging, wie er unbekümmert, besitzergreifend autoritär dessen Verlangen befriedigte. Sie wandte sich ab und bewegte sich lautlos, so schnell sie es wagte, weg von dem Licht, hinunter, zurück in den Teil der Ruine, der ihr zugewiesen war.

Lange hatte sie im Dunkeln gesessen, erst nach mehreren Stunden wurde ihr bewusst, was sie empfand. Es gab keinen Grund, schockiert zu sein; beide hatten deutlich gemacht, wie ihr Liebesspiel geartet war, trotzdem hatte sie es sich immer andersherum vorgestellt. Sie empfand den Akt als abstoßend, unnatürlich. Nachdem sie sich jedoch ein wenig beruhigt hatte, wusste sie, dass sie keinen der *beiden* abstoßend fand. Sie war noch immer in Charlie verliebt, aber das Feuer war in dem Moment verloschen, als sie die Verzückung in seinem Gesicht gesehen hatte und ihr bewusst geworden war, dass es ihr nie gelingen würde, ihn so in Ekstase zu versetzen. Merkwürdige Trauer erfüllte sie, eine unglückliche mütterliche Zärtlichkeit für ihn war damals entstanden, vermischt mit der Liebe, deren Feuer erstickt war.

Während sie im Dunkeln gesessen hatte, hatte sie beschlossen, beide zu verlassen, sich dann doch zum Bleiben entschieden, um das Band zwischen den beiden zu zerstören, um zu retten, was von Charlie übrig war und ihn zu heiraten. Inmitten dieser Entscheidungen bemerkte sie eigentümliche Anzeichen dafür, eine strapaziöse Initiation durchgemacht zu haben.

Sie war zur Hohepriesterin des Mysteriums geweiht worden. Die beiden hatten ihr etwas jenseits der Welt normaler Männer und Frauen gezeigt, ein raum- und zeitloses Reich der Liebe. An einem anderen Ort würde sie sich nie mehr zu Hause fühlen können. Sie war Dienerin des Unerfahrbaren geworden, das ihr eines Tages enthüllt werden würde. Wenn es ihr nicht möglich war, die beiden zu verlassen, musste sie sich in die ihr zugewiesene Rolle fügen.

Martha sah Peter an, der gerade seinen Kaffee austrank. Sie liebte die Form seines Nackens und die langen, mädchenhaften Wimpern. Ihr Ehemann. Der Vater ihres Sohnes, was Charlie ebenso gewollt hatte wie Peter selbst. Das erschien ihr noch immer unglaublich, auch wenn es nur ein formales Detail war. Als sie schließlich alle bereit waren, sich fest aneinander zu binden, hatte es keine Rolle mehr gespielt, wen von beiden sie rechtmäßig heiratete.

Zuneigung hatte die Risse gefüllt, wo sich Liebe als unangemessen erwiesen hatte. Entscheidend war Peters steuerliche Situation gewesen, da er damals am meisten Geld gehabt hatte. Sie hatte ein für die meisten Leute unbegreifliches Leben gewählt, aber es funktionierte. Nur selten, wenn Peter geschäftlich unterwegs war und Charlie die Nacht mit ihr verbringen wollte, hatte sie das Gefühl, dass sie sich hatte betrügen lassen.

»Lass ihn nicht warten«, sagte sie, als er die Tasse abstellte.

»Was?« Er schenkte ihr ein kleines, leeres Lächeln. Der Blick, den Charlie auf sein Gesicht gezaubert hatte, war noch sichtbar. Offensichtlich kostete es ihn Mühe, auf die Erde zurückzukommen. »Ach ja, der Meister. Nein, bin schon auf dem Weg. Ich hab' grad an ihn gedacht.«

Na, so eine Überraschung«, sagte Martha ironisch. »Hörst du eigentlich jemals damit auf?«

Peter lächelte sie zärtlich an. »Manchmal. Immer mal wieder für 'ne Minute oder zwei.« Er fand es immer reizvoll, wenn Charlie ihn in seine Arbeit einbezog. Das machte er erst, seit er ein etablierter, erfolgreicher Maler geworden war und vielleicht war das die Anerkennung für Peters Anteil daran. Charlie hatte nicht zufällig einen neuen Stil gefunden. Peter hatte eine sich abzeichnende Entwicklung auf dem Kunstmarkt entdeckt und mit scharfsinniger Erfindungsgabe Charlie der Strömung zugeordnet, so dass dieser nun einigen wenigen bedeutenden Neuerern der zeitgenössischen amerikanischen Kunst zugerechnet wurde.

Charlie hatte sich stark verändert. Er bezeichnete sich jetzt als »Peters Eigentum«. Seit Martha ihm ein Kind geschenkt hatte, lebte er seine weiblichen Anteile aus, als ob die Vaterschaft ihn von dem Zwang befreit hatte, seine Männlichkeit beweisen zu müssen. Ihre sexuellen Gewohnheiten, Charlies sorgfältig gehegtes Selbstbild, »normal« zu sein, und Peters bereitwilliges Annerkennen seiner eigenen weiblichen Züge hatten sich weiterentwickelt. Schließlich war Peter als Mann in ihrer Beziehung bestätigt worden. Mittlerweile war es keine Frage mehr, wer der Chef war, Charlie wandte sich in allen Dingen an Peter. Er war viel weicher geworden, beugte sich Peter bereitwillig. Die Art, wie er Peter ansah, wie er sich auf diesen zubewegte, wirkte, um es überdeutlich auszudrücken, weibisch. Peter musste jedes Mal lächeln, wenn es ihm auffiel. Es war eine so unvorhersehbare Entwicklung. Charlie, der alte Macho, der am Anfang Hemmungen gehabt hatte, ihn vor Martha »Schatz« zu nennen. Reserviertheit und starke emotionale Kontrolle war nach wie vor vorhanden, jedoch so abgemildert, dass Leute, die ihn jetzt kennen lernten, häufig seine charmante Unkompliziertheit hervorhoben.

Peter brach in Lachen aus und berührte Marthas Hand, was diese als Ausdruck seiner normalen guten Laune interpretierte.

»Ich geh' jetzt mal nach dem Genie schauen. Wollen wir dann bald mal schwimmen gehen? Ich würd' gern rausfinden, was so los ist. Ich kann mir überhaupt nicht erklären, warum George um diese Zeit nicht bei der Arbeit ist.«

»Ich mach' mir wirklich Sorgen. Gut, dass es dir auch so geht. Wenn ihnen irgendwer helfen kann, dann ihr beide.«

Er stand auf und Jeff fiel ihm ein. Er war ein sensibler Junge und Peter hoffte, ihm zufällig über den Weg zu laufen, um ihre Verabredung für später zu bestätigen und ihm das Gefühl zu geben, willkommen zu sein. Er mochte Jugendliche und konnte sich in ihre Schwierigkeiten gut einfühlen, weil ihm seine eigene bewegte Jugend noch sehr nahe war. Als sie Jeff kennen gelernt hatten, hatten er und Charlie schon vermutet, was einmal dessen großes Problem sein würde. Jeff war damals noch nicht einmal ein Teenager gewesen. Woher sie das wussten, war schwer zu sagen, es war etwas Undefinierbares, etwas, das beide gefühlt hatten. Er zog sich den Sarong fester um die Hüften und drückte Marthas rechte Schulter.

»Na gut, altes Haus. Bis so in 'ner Stunde, okay?«

»Ja, Schatz. Aber beeil dich, es ist wahnsinnig heiß.«

Er wandte ihr den muskulösen und wohlgeformten Rücken zu und verließ unbeschwert den Raum, vor Stolz beinahe platzend, weil er um seine Meinung zu Charlies Arbeit gebeten worden war. Martha empfand eine leichte Bitterkeit, die aber schnell einem Gefühl geradezu unumstößlicher heimischer Stabilität wich. Im Vergleich erschien ihr der konventionelle Lebenswandel ihrer Freunde bruchstückhaft und vergänglich. Sie besaßen kein Durchhaltevermögen in ihren Beziehungen. Wie die Leightons. Sich wegen einer früheren Dummheit von Sarah so voneinander zu entfernen. Natürlich war Treue kein Problem für die Mills-Martins. Am Anfang hatte sie erwartet, vielleicht sogar gehofft, dass junge Männer als zerstörerische Kraft wirken würden, es war jedoch nicht so gekommen. Nachdem sie Mutter geworden war, hatte sie aufgehört, in diesen Mustern zu denken. Gebären war für sie etwas sinnlich Erregendes, sexuell befriedigender als alles, was sie je mit einem Mann erlebt hatte – abgesehen von den ersten heimlichen sexuellen Erfahrungen mit Charlie. Das Gebären von Kindern hatte ihr Verlangen gelöscht, da sie dabei ein so viel größeres Lustgefühl erlebt hatte. Manchmal ertappte sie sich noch immer bei Wunschfantasien, wie Peter sich eines Tages unsterblich in eine Frau verlieben und sich ein neues Leben aufbauen würde. Sie konnte sich jedoch nicht wirklich vorstellen, dass das passieren könnte. Sie durfte nicht vergessen, was sie hatte. Andere, weniger Glückliche, machten sich gegenseitig fertig und wandelten am Rande des Abgrunds.

Die Leightons. Deren Entfremdung empfand sie zerstörerisch, explosiv bedrohlich. Lag es vielleicht an der Hitze?

Mittlerweile war die gesamte Insel wach. Die unerbittlichen Alkoholiker saßen an den Tischen am Ufer. Sid Coleman und seine Freundin teilten den ersten Joint des Tages.

Joe Peterson, der Theologiestudent, führte einen eher verlotterten Haushalt. Er wanderte nackt und konfus durch die Küche seines gemieteten Hauses und fragte sich, wie er wohl Kaffee kochen konnte, ohne die Türme von schmutzigem Geschirr im Spülbecken und auf den wenigen Ablagen aus dem Gleichgewicht zu bringen. Der kleine Gasherd diente als Aufbewahrungsort für schmutzige Töpfe. Wie die Küche, so war auch das lange schmale Zimmer im oberen Stockwerk überfüllt, in zwei schräg stehenden, durchgelegenen Betten lagen vier Personen, drei Frauen und ein Mann.

Da war Lena, seit etwa einer Woche Joes Gespielin. Bevor sich Joe in die Küche zurückgezogen hatte, hatten sie mit einer Engländerin, die Penny hieß und vor ein paar Tagen von irgendwoher aufgetaucht war, einen Dreier gemacht. Lena hatte eine gesunde skandinavische Haltung gegenüber Sex – je mehr, desto besser und mit möglichst viel Abwechslung. Was sie jetzt vorhatte, wusste allein der liebe Gott. Im anderen Bett lagen die beiden deutschen Reisegefährten Gunther und Hilda, die erst gestern eingezogen waren.

Wie sie es da oben in dieser Hitze aushalten konnten, war Joe ein Rätsel. Nicht einmal im heimischen Kalifornien hatte er je eine solche Hitze erlebt. Sie war völlig unbeweglich, so niederdrückend, irgendetwas lag in der Luft. Joe fühlte sich in der voll gestopften Küche bedrängt.

Er war ein langer Kerl mit schweren Knochen unter einer kräftigen Schicht weichen kalifornischen Fleisches. Seine braunen Locken streiften die Küchendecke. Joe hatte einen großen Mund und wenn er lächelte, schien sein Gesicht nur noch aus einer imposanten Zahnreihe zu bestehen.

Er starrte auf die schmutzigen Töpfe auf dem Herd. Solange sie dort standen, würde er keinen Kaffee bekommen. Er hob sie auf, trug sie durch den kahlen, an die Küche grenzenden Raum und warf sie auf den Hof. Das Klappern zerschmolz geradezu in der Hitze. Er ging in die Küche zurück, schöpfte aus einem Gefäß in der Ecke Wasser in den Kessel und stellte ihn auf. Gunther schlenderte schweigend herein, ebenfalls nackt.

»Hallo«, sagte Joe.

»Guten Morgen.« Der Deutsche ging zum Küchentisch und blieb davor stehen.

Ihre Nacktheit war Joe trotz der sexuellen Ausschweifungen unter seinem Dach peinlich. »Ich versuche grade Kaffee zu machen«, erklärte er. Er hob die Hand, um Gunther vom Tisch zu verscheuchen und berührte dabei Gunthers Hüfte. Die Hüfte bewegte sich nicht. Joe sah ihn an.

Sie waren gleich groß. »Schluss mit Frauen, glaub' ich. Du und ich, okay?«, schlug Gunther vor. Das Gesicht war ausdruckslos, aber die Augen verrieten seine Gedanken. Er bewegte leicht die Hüfte und Joe fiel auf, dass seine Hand noch immer auf ihr lag.

Joe fühlte, wie er rot wurde. Wahrscheinlich sollte er es versuchen, um herauszufinden, was Typen so miteinander trieben; scheinbar machte man das heutzutage einfach.

Bibelzitate schossen ihm durch den Kopf. Vor einer Woche, bevor Lena eingezogen war, war er versucht gewesen, mit Costa, dem Bootsmann, zu experimentieren. Costa war Vermittler zwischen Ausländern und Einheimischen. Von Hummer bis Pot konnte er alles besorgen. Eines späten Abends hier im Haus hatte er im Spaß eindeutige Gesten gemacht und vorgeschlagen, bis zum nächsten Morgen zu bleiben. Etwas widerstrebend hatte Joe ihn weggeschickt. Die Insel war verrückt. Wozu würde er sich wohl demnächst noch hinreißen lassen? Er ertappte sich dabei, wie er Gunthers Augen fixierte.

»Na ja, weiß nicht«, sagte er. »Ist ja schon 'ne ganz schön verrückte Idee. Mal sehen.« Seine Stimme klang wie immer eifrig und unschuldig, jetzt vielleicht auch etwas williger, als er das vorgehabt hatte. Er spreizte die Hand auf der Hüfte des Jungen.

»Es ist toll. Wir werden Brüder. Mit Frauen ist es ganz anders.«

Joe hatte dem nichts entgegenzusetzen und verstärkte seinen Druck, um Gunther aus dem Weg zu schaffen. Ohne wirklich hinzusehen, konnte er erahnen, dass er den Jungen erregt hatte. Seine eigene Ruhe versicherte ihm, dass er nicht über Nacht schwul werden würde.

In der unwirklichen Hoffnung, ein paar saubere Löffel zu finden, öffnete er die Schublade des Tisches. Es waren keine da. Er wollte sie gerade wieder schließen, als er zögerte, sie wieder ganz aufriss und in die leere Schublade starrte.

»Verdammte Scheiße!«, rief er. »Ich hab' gestern tausend Drachmen da reingetan. Wo sind die?«

»Hast du was verloren?«

»Nein, verdammt noch mal.« Jo hob anklagend die Augen. In Dollar war das nicht viel Geld, aber man könnte hier zwei Wochen davon leben. »Mein Geld. Gestern war's noch da. Irgendwer hat sich's unter den Nagel gerissen.«

»Du denkst, ich klaue oder was? Dein Geld? Warum sollte ich?« Das erste Mal, seitdem Joe ihn kannte, lächelte Gunther. Es war kein offenes Lächeln, aber es wirkte belustigt, was ihn sofort freisprach.

»Nein, nicht du. Klar nicht.« Joe legte dem Jungen die Hand auf die Schulter. Sie war schmächtig und fühlte sich sehr angenehm an, fast wie die einer Frau. »Vielleicht hat's Lena ja genommen. Ich frag' sie lieber mal.«

Gunther rückte näher heran. »Gehen wir jetzt miteinander ins Bett?«

»Jetzt nicht. Ist dir nicht heiß?« Joes Augen lagen auf dem Mund des Jungen und er fand, dass dieser, wenn man den leichten Schatten eines Schnurrbarts ignorierte, durchaus küssbar wirkte. »Ich muss eh' erst mal mein Geld finden. Ich find's nicht so toll, beklaut zu werden. Ich bin neugierig, was der alte George sagt, wenn ich's ihm erzähle. Er hat doch immer behauptet, dass hier niemand klaut. Kennst du ihn? George? George Leighton? Den berühmten Schriftsteller?«

»Schriftsteller. Geld. Ist mir alles egal. Ich hab' dir angeboten, dein Bruder zu werden.«

»Danke, Gunther. Später vielleicht«, sagte Joe abwesend. »Ich muss mir das mal überlegen.Polizei bringt nichts. George kann mir bestimmt irgendwas raten.« Er schob Gunther energisch beiseite und ging nach oben, um die Frauen mit dem Verschwinden des Geldes zu konfrontieren.

Schweißgebadet erreichte George Leighton das Lambraiki. Er drängte sich an einer Gruppe einkaufender Frauen vorbei in den dunklen schmalen Laden und ging um den Ladentisch herum. Stavro sah ihn aus dem Augenwinkel, fuhr jedoch fort, einen Laib Ziegenkäse zu wiegen.

»Guten Morgen, mein Jiorgo«, begrüßte er ihn, ohne sich die Mühe zu machen, die Lippen zu bewegen. Die Lethargie, die die üppige Gestalt in ihrem schmutzigen Arbeitskittel ausstrahlte, wirkte einschläfernd. Das abwesende Fummeln seiner Hände machte den Eindruck, er würde bis in alle Ewigkeit weiter mit dem Käse hantieren. Stöhnend stellte sich George auf den Lebensrhythmus der Insel ein. Er fühlte sich wie ein Idiot, dass er praktisch den ganzen Weg gerannt war. Immerhin war jetzt das Ende seiner Mission in Sicht.

»Hör' mal zu«, sagte er flehend. »Hast du gestern Abend irgendwelches Geld gefunden?« Stavro packte den Käse ein und schob ihn über den Ladentisch. »Sonst noch was?«, flötete er die Kundin an und sagte, ohne sich umzudrehen in gleichem Ton: »Geld? Was für Geld, mein Jiorgo?«

»Sehr viel Geld. Ein Bündel tausend Drachmen-Noten. Fast sechzigtausend. Das muss mir gestern Abend am Tisch runtergefallen sein.«

Ohne ein Anzeichen, George gehört zu haben, zählte Stavro der Kundin das Wechselgeld vor. Alles, was er tat, machte er so unendlich schwerfällig, es war fast schon beruhigend. George erwartete beinahe, dass er das Bündel Geldscheine mit der gleichen ausdruckslosen Bedächtigkeit aus seiner Kasse holen und ihm aushändigen würde. Stattdessen wandte sich Stavro vom Ladentisch ab, legte George die Hand auf die Schulter, drehte ihn behutsam um und führte ihn an den

Lebensmitteln vorbei ins Hinterzimmer. Neben Tischen und Stühlen enthielt dieses auch ein Durcheinander von Zinneimern, Seilrollen, Kerosinlampen und riesigen Wein-, Brandy- und Ouzofässern. Er umarmte George kurz.

»Ihr wart draußen. Am Ende habt ihr hier gesessen«, sagte er und machte klar, dass George das einfach glauben musste. »Ich hab' selber aufgewischt. Eine Menge kaputte Gläser. Aber kein Geld, mein Jiorgo.«

In Erwartung des Zaubertricks hatte Georges Herz wild geklopft, aber jetzt setzte es völlig aus, während Stravos Worte schwarz und endgültig in sein Bewusstsein sickerten. »Warum waren wir hier drin?« Würde es einen Unterschied machen, wenn er Stavro bei einem Fehler ertappte? »Gestern Abend war's doch richtig warm.«

»Ihr wart draußen. Und dann bist du mit Sarah hier reingegangen. Die anderen sind euch nachgekommen, wie das halt so ist.«

»Und es kann nicht sein, dass du's aufgekehrt hast, ohne dass du's mitgekriegt hast?«, fragte er, ohne zu merken, wie unpassend Hoffnung angesichts eines solchen Gedankens war. Der Kehricht war in jedem Fall schon vor Stunden ins Meer gekippt worden.

»So was merke ich immer, Jiorgo«, bedauerte Stavro liebevoll. »Die Leute verlieren hier ständig was.«

»Verdammt noch mal«, fluchte Leighton hilflos auf Englisch. »Ich sag' dir, das war eine Menge Geld. Ich wollte meine Rechnung zahlen.«

»Na, macht nichts.« Stavros Gesicht hellte sich angesichts des Silberstreifens am Horizont sofort auf. Er umarmte George, wiegte ihn hin und her und klopfte ihm ermunternd auf den Rücken. »Die Rechnung ist egal. Du kannst zahlen, wann du willst.«

Nur mit was?, fragte sich George. Die Einheimischen konnten sich nicht vorstellen, dass Ausländer finanzielle Probleme haben konnten wie normale Sterbliche.

Sie waren hier, weit von zu Hause, ohne Jobs und mit unendlich viel Freizeit. Er würde Stavros Vertrauen verletzen, wenn er unter diesen Umständen noch weiter anschreiben würde. Er befreite sich aus der Umarmung des korpulenten Mannes und zuckte mit den Schultern.

»Na ja, wenn's nicht hier ist, ist's nicht hier«, sagte er, weil er nicht wusste, was er sonst sagen sollte und weil das Ausmaß der Katastrophe sinnvolle Kommentare unmöglich machte.

»Genau«, stimmte ihm Stavro zu, froh, die unangenehme Angelegenheit beiseite schieben zu können.

»Trink doch was. Geht aufs Haus. Was willst du?«

»Danke, Stavro. Ein Bier wär' vielleicht ganz gut.«

»Stamatis, ein Bier für Herrn Jiorgo.« Lambraiki rief nach einem seiner unsichtbaren Kinder und sie gingen gemeinsam hinaus vor das Geschäft. Leighton quetschte sich an den wartenden Kunden vorbei, stolperte ins Sonnenlicht und ließ sich in einen Stuhl fallen. Sogar unter dem Sonnensegel war die Hitze bedrückend. Sie klebte so greifbar an ihm, dass er sie am liebsten zusammen mit seinem durchgeschwitzten Hemd ausgezogen hätte.

»So eine verdammte Scheiße«, murmelte er und strich sich durch die Haare. Das Geld war weg. Das Geld war *weg!* Was sollte er jetzt nur tun? Er zwang sich, über das uninteressanteste Thema der Welt nachzudenken – Geld.

Als Sohn und einziger Erbe reicher Eltern hatte er nur selten daran gedacht, Besitz anzuhäufen oder was jemand wie er auch immer so machen sollte. In seiner erfolgreichen Zeit hatte er das Geld mit vollen Händen ausgegeben und seine Reserven waren schnell dahingeschmolzen, nachdem die letzten beiden Bücher nicht die gewohnten Gewinne eingebracht hatten. Trotz allem war nicht alles negativ. Für Jeffs und Kates Ausbildung war gesorgt, er hatte Treuhänder für sie eingesetzt. Sarah war hoch versichert, die Policen ließen sich versilbern, aber er hatte nur eine vage Vorstellung, wie das funktionieren sollte. Wochenlanger lästiger Briefverkehr mit dem Freund der Familie, der sich um so etwas kümmerte, wäre nötig, um sich Klarheit darüber zu verschaffen, wie viel er noch wert war. Das lezte sofort verfügbare Bargeld war spurlos verschwunden. Was sollte er also tun, bis er mehr aufgetrieben hatte?

Arbeiten. Das wollte er eigentlich. Er brauchte Zeit zum Arbeiten. Wie könnte er das neue Buch beenden, wenn er den nächsten Monat – oder auch zwei – damit zubrachte, Geld aufzutreiben?

Wieder kroch ihm ein Angstschauder über den Rücken, er warf sich rastlos im Stuhl herum und hielt nach dem Bier Ausschau. Ein kleiner Junge, dem eine viel zu große Schürze um die Knöchel flatterte, kam auf ihn zu und stellte eine Flasche und ein Glas auf den Tisch. Dankbar schenkte sich George mit zitternder Hand ein. Der erste kalte Schluck beruhigte seinen Geist und er atmete erleichtert durch.

Immerhin waren sie hier und mussten nicht in irgendeiner Stadt auf großem Fuß leben. Eines der Dinge, die ihm hier am besten gefielen, war, dass man hier den ganzen Tag gedankenlos Geld ausgeben konnte und am Ende immer noch einige Dollar übrig waren. Wenn man Geld hatte. Die Ladenbesitzer würden ihn unbegrenzt durchfüttern, aber man musste Leuten für bestimmte Dinge Metallstücke oder Papier in die Hand drücken. Warum würden es Blätter oder Grasbüschel nicht genauso tun? Vielleicht könnten ihm die Mills-Martins etwas leihen. Herrgott. War es so weit mit ihm gekommen? Freunde anpumpen? Alle bisherigen Schulden waren geschäftlicher Natur gewesen – es waren weniger Schulden als Optionen auf seine Zukunft.

Er hatte keine Angst davor, arm zu sein. Im Gegenteil, philosophisch betrachtet begrüßte er diesen Zustand sogar. Er hatte sein Haus. Viel Mühe und Gedanken hatte er da hineingesteckt, der einzige materielle Besitz, der ihm jemals wichtig gewesen war. Zum Teufel mit allem Besitz – was jedoch nicht hieß, dass er nachlässig mit Geld umging. Auch betrunken hätte er es nicht einfach auf dem Tisch liegen lassen oder auf den Boden geworfen. Bei Stavro hatte er sich nur erkundigt, um sicher zu sein. Er hatte nicht wirklich erwartet, das Geld zu finden. Offensichtlich war es gestohlen worden.

Jetzt musste er der Wahrheit ins Auge blicken, nachdem er so lange versucht hatte, sie zu verdrängen. Es war ein großer Schock für ihn. Unter den Rucksacktouristen, die hier durchkamen, könnte es Diebe geben, aber er kannte keinen von ihnen. Er war mit Freunden unterwegs gewesen.

Kein Grieche konnte es genommen haben. Griechen stahlen nicht. Die Mills-Martins, die Varnums, Sid Coleman und dessen Freundin – jeder von ihnen war absolut unverdächtig. Trotzdem war das Geld weg. Jemand, den er kannte, war ein Dieb, vielleicht ein krankes Hirn. Er musste allen zu verstehen geben, wie wichtig das Geld für ihn war. Wer auch immer es genommen hatte, würde es zurückgeben. Oder vielleicht hatte jemand gesehen, dass er betrunken war und Gefahr lief, es zu verlieren, es aus Spaß und als Warnung mitgehen lassen. Sid wäre zu so etwas fähig, um ihm eine Lehre zu erteilen, als Teil von dessen Kampagne gegen das Saufen und für den Haschischkonsum.

Als er sein Bier fast ausgetrunken hatte, war er so ruhig geworden, dass er sich fragte, ob er nicht doch noch versuchen sollte zu arbeiten. Irgendwie musste er das Geld zurückbekommen. Vielleicht noch ein Bier? Er hatte sich noch nicht wirklich entschlossen, den Morgen abzuschreiben, als Joe Peterson sich einen Stuhl heranzog und sich schwerfällig zu ihm an den Tisch setzte.

»Hey George. Genau dich hab ich gesucht.« Joe suchte George immer. George war einer seiner literarischen Helden und Joe war deshalb auf die Insel gekommen, weil er gehofft hatte, George kennen zu lernen. Bisher waren sie noch keine engen Freunde geworden, aber Joe freute sich über jede Gelegenheit, die Aufmerksamkeit des Älteren auf sich zu lenken. »Darf ich dich auf einen Drink einladen? Ich hab' da ein Problem.«

George wurde aufmerksam. *War Joe gestern Abend dabei gewesen? Wenn er das Geld zurückgeben wollte, warum machte er das dann nicht und brachte es hinter sich?* »Ich glaub', ich nehm' noch 'n Bier«, sagte er, hob die Hand und schnippte mit den Fingern.

Joe verzog das Gesicht. »Bier? Bier ist ganz okay, um am Morgen den Kaffeegeschmack aus dem Mund zu kriegen. Herrgott, es ist doch echt nicht mehr *so* früh. Ich glaub', ich nehm' 'nen Gin. Gin ist super, wenn's heiß ist. Martini nicht. Martini ohne Eis ist grauenhaft. Aber Gin mit Soda ist nicht schlecht.«

»Hast du das mal deinem Mormonenprediger, diesem Dr. Barth erzählt?«, witzelte George. »Oder hebst du dir das für deine Doktorarbeit auf?« Joe war ein pedantischer Trinker, so als wäre das Trinken Gegenstand seiner Forschungen.

»Man könnte wirklich was über biblische Verweise auf Wein und Schnaps schreiben«, sinnierte Peterson. Auf Georges Wink erschien das Kind mit der flatternden Schürze und sie bestellten.

»Was für ein Problem hast du?«, fragte George. Wenn Joe etwas über das Geld wusste, warum sagte er es dann nicht?

»Na ja, ich wollte dich fragen, was du von Costa hältst.«

»Costa? Welcher Costa?« Das war nun wirklich nicht, was er erhofft hatte.

»Unser Costa. Costa, der fröhliche Bootsmann. Der da drüben bei dieser Schlägerbande sitzt.«

George blickte in die Richtung, in die Peterson gezeigt hatte. Eine Gruppe Hafenarbeiter und Fischer saßen an einem Tisch vor der Admiralsstatue, unrasiert, barfuß, in speckigen Unterhemden und schmutzigen geflickten Hosen. Costa leuchtete in ihrer Mitte, wie immer tadellos gekleidet, mit weißem Hemd und frischen Baumwollhosen. George suchte Blickkontakt mit ihm und sie lächelten und winkten. Er wandte sich wieder Peterson zu. »Er ist ein prima Typ. Was soll mit ihm sein?«

»Versteh' mich recht, ich mag ihn. Er ist ein Freund. Das Problem ist, ich bin fast sicher, dass er mir tausend Drachmen geklaut hat.«

George erste Reaktion war eine Art dümmlicher Neid. Läppische tausend Drachmen! Was würde Peterson sagen, wenn es sechzigtausend wären? Er sah den jungen Mann an, runde Backen, große unschuldige Augen, ein eifriger, fast mädchenhafter, verletzlich wirkender Mund. Sein Neid verwandelte sich in Ärger. Immer waren es die gutmeinenden, großäugigen Unschuldslämmer, die mit naivem Verhalten und gutgemeinten Moralvorstellungen Ärger machten und immer mussten die Einheimischen dafür büßen. »Costa würde nie klauen«, sagte er rundheraus.

»Für mich ist es ein ziemlich klarer Fall, George. Gestern hatte ich den tausend Drachmen-Schein noch. Ich hatte nichts an – ich mein', keine Taschen, du verstehst schon. Das Geld lag bei mir in der Küche rum und deshalb hab ich's in die Schublade vom Küchentisch getan. Normalerweise hab' ich da kein Geld drin. Später ist Costa vorbeigekommen und, wie's halt so geht, hab' ich ihn in der Küche allein gelassen und bin aufs Klo gegangen. Als ich heute früh nachgeschaut hab', war das Geld weg.«

»Klingt ganz schön armselig. War er der einzige im Haus?«

»Nee. Bei mir sind noch diese Freaks zu Besuch, aber

du weißt bestimmt, wie die sind. Die haben keinen Bock auf Klauen. Macht viel zu viel Ärger.«

»Wie nüchtern warst du? Immerhin bist du ohne Taschen rumgerannt. Hast du ihn vielleicht ins Bett gezerrt? Ich kann mir gut vorstellen, dass Costa sich das Geld genommen hat, wenn er was gemacht hat, für was er eigentlich bezahlt werden sollte.«

Peterson lachte nervös. »Jetzt mach' mal halblang. Wo hier doch so viele Muschis rumrennen, warum sollte ich?« Schamröte stieg ihm ins Gesicht und es nahm einen ernsthaften studentischen Ausdruck an. »Du weißt ja wohl, das ich so was nicht gut finde.«

»Leute machen hier alle möglichen Sachen, auf die sie normalerweise keine Lust haben. Ich will nur die ganze Geschichte hören.« Als die Getränke auf den Tisch gestellt wurden, blickte George wieder hinüber zum Fuß der Admiralssäule. Plötzlich fiel ihm ein Detail des vergangenen Abends ein. Costa hatte ihn gebeten, einen tausend Drachmen-Schein zu wechseln. Deshalb hatte er das Bündel Scheine aus der Tasche gezogen. Vorher hatte das Ganze keinen Sinn ergeben. Leighton runzelte die Stirn. Wäre das Joes Geld gewesen, hätte Costa nicht herausposaunt, dass er es hatte. Und Costa war kein Taschendieb. »Was willst du deswegen unternehmen?«, fragte er plötzlich.

»Na ja, das ist das Problem. Geld ist mir egal. Gottverdammt, ich hätt's ihm gegeben, wenn er mich gefragt hätte. Ich find's nur nicht so toll, beklaut zu werden. Das klingt zwar ziemlich spießig und materialistisch, aber ich find's einfach scheiße. So was macht mein Vertrauen dem Typen gegenüber kaputt.«

»Du willst nicht zur Polizei gehen? Die lassen sich wahrscheinlich nicht so leicht überzeugen, dass deine Chaotenfreunde nicht klauen.«

»An die Polizei hab' ich gar nicht gedacht«, versicherte ihm Peterson. »Die Sache ist, du hast 'ne Menge Einfluss. Ach, zum Teufel, du steckst die ganze

Insel in die Tasche. Kannst du nicht mit Costa reden und ihm vorschlagen, dass er's zurückgibt?«

»Was würdest du sagen, wenn jemand zu dir kommen würde und dich fragen würde, ob du das Geld, das du geklaut hast, zurückgeben kannst?«

»Na, klar müssest du das irgendwie dezent machen. Ich bin sicher, dass er's genommen hat. Wer anders kann es nicht gewesen sein.«

»Ach, Quatsch.« George sprach mehr zu sich selbst als mit Joe. »Diese Leute sind clever, die bescheißen einander bis zum Umfallen, aber sie respektieren die Freundschaft mit den Ausländern. Gastfreundschaft zählt hier noch was. Hier gab's noch nie Diebe. Man kann sein Zeug überall rumliegen lassen und wenn man 'ne Woche später zurückkommt, ist's noch da.«

Er lehnte sich zurück und nahm einen Schluck Bier. Seinen Verdacht hatte er sich ausgeredet.

Peterson nickte wie ein verwirrtes, unglückliches Kind. »Sicher hast du Recht, George, aber ich will mein Geld zurück. Wenn's sein muss, werd' ich's persönlich aus ihm herausprügeln. Ich hab' nur gedacht, du würdest vielleicht ein bisschen diplomatischer damit umgehen. Hier hören doch alle auf das, was du sagst.«

»Wenn das stimmt, muss ich demnächst aufpassen, was ich sage. Ich kann mich wegen deinem Geld wirklich nicht so aufregen. Ich hab' gestern Abend fast sechzigtausend Drachmen verloren.«

Joe blieb der Mund offen stehen, er lehnte sich zurück und gab dann einen langen Pfiff von sich.

»Herrgott noch mal. Das sind zweitausend Dollar. Gottverdammt. Wie hast du das gemacht?«

»Ich hatt' es in der Hosentasche, ich verdammter Vollidiot. Es ist so ein Mist, dass wir keine Bank hier haben. Costa hat mich hier im Hinterzimmer gefragt, ob ich tausend Drachmen wechseln kann und deshalb hab' ich das ganze beschissene Zeug rausgeholt. Wenn ich mich recht erinnere, hab' ich's dann wieder in die

Tasche gestopft. Das war das letzte Mal, dass ich's bewusst gesehen hab'. Als ich's heute morgen gesucht hab', war's weg.«

Peterson warf sich in seinen Stuhl zurück, der wacklige Rahmen quietschte unter seinem mächtigen Körper. Er breitete die Arme aus.

»Heilige Mutter Gottes! Was willst du noch mehr? Ich hab' doch gesagt, es ist ein klarer Fall.«

»Nur, dass Costa kein Dieb ist«, beteuerte George. »Aus Verzweiflung würde wahrscheinlich jeder klauen. Aber wenn Costa Probleme hätte, wüssten wir davon. Er würde zuerst versuchen, sich irgendwo Geld zu leihen, bevor er klauen würde, genau so, wie ich das werd' machen müssen.«

»Die Psychologie überlasse ich dir, George. Ich will nur mein Geld zurück.«

»Ich will meins ungefähr sechzigmal mehr zurück«, sagte Leighton gereizt. Er schielte zum Meer. Es war heute nicht wie normalerweise hellblau, sondern grau, ruhig und bewegungslos wie Zement. Die Fahne bei den Kanonen an der Hafeneinfahrt hing schlaff am Mast. Unten an der breiten Anlegestelle entlud ein kleines orangefarbenes Boot Wassermelonen groß wie Kanonenkugeln. Esel torkelten schwer beladen vorbei. Es war zu heiß, um sich Sorgen um Geld zu machen. Lieber würde er die ganze Sache vergessen, als von Verdächtigungen zerfressen zu werden. Dass ihn Costa oder irgendjemand der Einheimischen bestehlen würde, konnte er einfach nicht glauben. Zu lange hatte er hier gelebt; zu viele Gesten der Freundlichkeit und Wertschätzung von beiden Seiten hatten Freundschaften besiegelt. »Ich hab' verdammt noch mal keine Ahnung, was wir machen können«, sagte er abschätzend.

»Guten Morgen allerseits!«, sagte jemand hinter ihnen. Henry Varnum zog sich einen Stuhl heran und packte seinen dürren Körper hinein. Er hatte ein hageres Clownsgesicht, eine lange dünne Nase, deren Spitze wie eine Glühbirne wirkte, die jeden Moment aufleuchten müsste. Er stützte seine knochigen Ellbogen auf den Tisch und knetete sich mit Fäusten die Augen. »Irgendwelche Verwundete gestern Abend?«, fragte er mit knorrigem australischem Akzent. »Nichts gebrochen? Du bist ja ganz schön ausgerastet, Georgie, mein Guter.«

»Offenbar bin ich nicht der einzige, der nicht zu Hause ist und auf die Schreibmaschine einhackt«, bemerkte George plötzlich interessiert. *War es das?* Zog Henry jetzt gleich das Geld aus der Tasche und hielt eine kleine Rede über finanzpolitische Verantwortung?

»Scheiße, ne? Bin mitten in 'ner Schneesturmszene. Vielleicht könntest du dir bei diesem Wetter was aus den Fingern saugen, aber wir bei uns gemeineren Schreiberlingen bockt die Fantasie.«

»Versuch's mal mit 'ner Eispackung. Hör mal zu, Henry. Du warst doch gestern Abend dabei. Ist dir aufgefallen, ob ich irgendwas mit einer Handvoll Geld gemacht hab'? Hab' ich's zum Beispiel einer kleinen blinden Dame gegeben?«

»Du hast irgendwann mal damit rumgefuchtelt. Ich war wahrscheinlich auch ziemlich dicht. Auf jeden Fall kann ich mich erinnern, dass es wie das gesamte Geld Griechenlands ausgesehen hat.«

»Es war viel. Du weißt nicht zufällig, ob ich's dabei hatte, als ich gegangen bin?«

»Leider nicht. Willst du damit sagen dass du's verloren hast? Scheiße, ne? War ziemlich fahrlässig von dir, George.«

»Fast sechzigtausend Drachmen!«, führte Joe ehrfürchtig aus. »Ich bin auch beklaut worden, aber es waren nur tausend.«

»Beklaut, ne?« Varnum blickte vom einen zum anderen. »Na ja, wir auch. Was man auch immer davon halten will. Jenny hat vor ein paar Tagen ihr Einkaufsgeld vermisst. Wir haben uns keine Gedanken darüber gemacht, aber jetzt frage ich mich schon. Man denkt einfach nicht, dass die Leute hier klauen würden.«

»Hast du 'nen Verdacht?«, fragte Joe eifrig.

»Zuwenig, um wen zu beschuldigen, aber ganz unter uns: Ich kann mir verdammt noch mal nicht helfen, aber ich bin mir nicht so sicher bei Costa. Was denkst du, George? Am Abend vorher ist er bei uns gewesen. Ihr wisst ja, wie er aus heiterem Himmel reingeschneit kommt und dann wieder verschwindet. Ein richtiges Katzenwesen. Ich mag ihn gerne, zum Teufel mit ihm. Ich hab' einfach keine Ahnung, wer es sonst noch genommen haben *könnte*. Unser Haus ist immer tiptop ordentlich.

George sah Peterson an und bemerkte dessen triumphierenden Blick. Er fühlte sich da in etwas hineingezogen, wogegen er sich intuitiv wehrte. Die Ausländer hatten nicht das Recht, ihre Probleme auf die Einheimischen abzuwälzen; das System war zu sehr zu Gunsten der Ausländer ausgerichtet. »Na ja, zumindest wisst ihr, wer euch beklaut hat«, sagte er. »Ich wünschte, ich wüsste das auch.«

»Ist auch egal, du musst auf jeden Fall zur Polizei, bei so 'ner Menge Geld«, sagte Vernum, als würde das von vornherein feststehen.

»Polizei? Hey, ist was passiert? Ist jemand ermordet worden?« Sid Coleman platzte in die Gruppe. George setzte sich auf, als sich Sid einen Stuhl griff. Er bewunderte Sid, einen Dichter, neidlos für sein bemerkenswertes Talent. Er war ein unberechenbarer Witzbold, die Person, die Georges Geld am ehesten in fürsorgliche Obhut genommen hätte. Joe und Henry Varnum unterrichteten den Neuankömmling simultan über die mutmaßlichen Diebstähle.

»Hey, das ist ja prima, Jungs«, rief Sid ohne ein Wort des Mitgefühls an George zu richten. Er war eher Jude als Kanadier. Ein Lächeln wilder, ansteckender Freude erhellte seine kühnen Züge. »Ein *Rätsel!* Das müssen wir *lösen.* Henry, du hast doch Krimis geschrieben. Was machen wir?«

»Es ist zu verdammt einfach. Es löst sich schon von selbst.«

»Warum seid ihr euch alle so sicher wegen Costa? Jeder könnte es gewesen sein. Vielleicht war ich's ja. Herrgott noch mal. Ne, ne. Hey, hey hört mal zu, Leute. Ich weiß, was wir tun müssen. Hey, hört mal zu.« Sid schaukelte vor und zurück. Er konnte seine Freude kaum unterdrücken und stocherte mit dem Finger in der Luft herum. »Wir *verhaften* ihn. Was haltet ihr davon? Wir verhaften ihn und machen ihm den Prozess. Inselgerechtigkeit. Ein richtiges Verfahren mit Geschworenen. Ich übernehm' die Verteidigung. Einer von meinen Onkeln ist Rechtsanwalt. Ich wette, ich kann ihn *rauspauken.* Wenn er schuldig ist, muss er das Geld zurückgeben. Wenn er unschuldig ist, kaufen wir ihm einen Drink. Hey, das wird prima.«

Die Gruppe bekam schnell weibliche Gesellschaft. Joes Lena schleppte einen voll gestopften Einkaufskorb heran. Jenny Varnum folgte ihr mit ein paar kleinen Bündeln. Die Varnums hatten keine Kinder. Passanten, von der Betriebsamkeit um den Tisch angelockt, drückten sich herum und gingen dann weiter. Da war die englische Dame, frisch verheiratet mit einem griechischen Gigolo, den sie in Athen aufgegabelt hatte. Eine sanfte, junge, amerikanische Alkoholikerin, um die sich die ganze Gemeinde – Einheimische wie Ausländer – kümmerte. Der italienische Maler und sein niederländischer Freund.

Sid und Henry brachten alle zum Lachen. Die Geschichte wurde den Neuankömmlingen immer wieder von Neuem erzählt und das Wort *Polizei* zischte durch die Luft. George wollte auf keinen Fall zur Polizei gehen, nicht mal für zehnmal so viel Geld. Deren Methoden waren berüchtigt. Er hatte keinen Grund, jemanden zu verdächtigen. Dass Sid möglicherweise das

Geld hätte, schien ihm nicht mehr sehr wahrscheinlich, aber er klammerte sich weiter fest an diese Hoffnung. Vielleicht waren sie ja alle Sids Opfer und dieser hatte sich dieses Spiel als Nervenkitzel vor einer glücklichen Auflösung ausgedacht. Inselspaß.

»Los, fangen wir an«, schrie Sid, freudig schaukelnd. »Wer verhaftet ihn? Ich verlange, dass mein Klient *verhaftet* wird.«

»Ich denke, wenn wir die Polizei bitten, ihn zu verhaften, werden sie ihn behalten«, wandte Varnum ein.

»Die Bürgerwehr! Die SA! Wir klopfen mitten in der Nacht an seine Tür!«

Bevor sie sich auf diese Idee einschießen konnten, wandte sich George über den Tisch direkt an Sid. »Hör mal, Kumpel. Das ist ja alles ganz prima, aber ich mach' mir ziemliche Sorgen. Weißt du, wo mein verdammtes Geld hingekommen ist?«

»Ich? Von was sprichst du, Alter?

»Du warst doch dabei. Ich hab' gedacht, du weißt vielleicht was davon. Ich hab' gedacht, du hast es vielleicht genommen, um's für mich aufzuheben.«

»Spinnst du, Mann?! Warum sollte ich so was machen? Meinst du, ich will, dass du 'nen Herzanfall bekommst? Ich wär' bestimmt schon tot umgefallen, wenn ich so viel Geld verloren hätte.«

»Aha.« Und hin war eine ehedem bestenfalls schwache Hoffnung. Wenn Charlie und Peter es aufgehoben hätten, wäre es früh morgens an die Haustür geliefert worden. So waren die beiden. Korrekt. Sonst war niemand mehr dabei gewesen. *Vergiss es*. Er sah Joe an. »Ich glaub', ich werd' lieber doch mal mit Costa sprechen.« Zumindest würde ihm dies das Gefühl geben, alles ihm Mögliche versucht zu haben.

Er schob seinen Stuhl zurück und stand auf. Die Stille, die sich über die Gruppe breitete, als er ging, war ihm wohl bewusst. Costa saß mit dem Rücken zu ihm unter der Admiralsstatue und George legte ihm die

Hand auf die Schulter, als er ihn erreicht hatte. Costa sah auf und sie begrüßten sich.

»Kann ich 'nen Moment mit dir reden?«, fragte George. Er nickte den anderen am Tisch zu.

»Na klar, Jiorgo, klar.« Er stand auf und folgte Leighton ein paar Stufen hinauf in den Schatten eines Sonnendaches. Er bewegte sich gleitend, graziös. Seine feinen Züge wirkten nordeuropäisch – irisch oder bretonisch – er hatte helles Haar und vor Witz sprühende blassblaue Augen. Wenn er lächelte, leuchtete sein Gesicht elfenhaft charmant.

»Ich brauch' deine Hilfe«, fing George an. Seine Nerven waren am Zerreißen und sein Herz spielte ihm wieder Streiche. Er musste unbedingt die richtigen Worte wählen, wenn er irgendetwas erreichen wollte. Er sah Costa genau an, versuchte jedoch diesen das nicht merken zu lassen. »In den letzten paar Tagen hat's ein paar Diebstähle gegeben. Die Leute wollen langsam was dagegen machen.«

Cosa ließ seine Hand vor ihm rotieren, eine griechische Geste der Bestrafung. »Was willst du, Jiorgo? Die Leute, die jetzt kommen!« Seine Sprachkenntnisse waren gut, er hatte sie am Hafen aufgeschnappt, wie auch alles andere, was er wusste.

»Ja, ich weiß, aber so wie's aussieht, war's einer, den wir kennen, der sich in unseren Häusern auskennt. Das ganze Geld, das ich gestern Abend dabeihatte, ist weg.«

Costa wirkte tatsächlich besorgt und zischte durch die Zähne. »Aber das war sehr viel. Das ist schlecht, Jiorgo. Es war noch da, wo du los bist bei Stavro. Es ist zu Hause, sicher.«

»Du hast es gesehen? Wie meist du das?«

»Es macht eine Beule – wie sagt man? – in deine Tasche.«

»Ach?« Leighton brauchte eine Weile, um diese Information zu verdauen. Es war eine weite Hose mit großen Taschen. Er konnte die Geschichte mit einem

Bündel Papier leicht nachprüfen. »Na ja, das beweist nur, was ich gesagt habe. Ein völlig Fremder hätte sich nie in der Nacht im Haus zurecht gefunden, ohne jemanden aufzuwecken. Ich hab' eigentlich gedacht, ich hätt's vielleicht fallen lassen, nachdem ich dir die tausend Drachmen gewechselt habe.«

»Nein, ich hab's gesehen, wo du los bist«, wiederholte Costa. In seinen Augen war jetzt kein Witz mehr zu erkennen, sie waren konzentriert und wachsam, aber freundlich.

»Ich will nur mein Geld zurück. Das Gleiche gilt für die anderen. Ich hab' gedacht, du könntest vielleicht verbreiten, dass alles vergessen ist, wenn das Geld wieder auftaucht.

»Aber keiner kann hergeben das Geld. Dann ist er ein Dieb.«

»Ich hab' darüber nachgedacht. Wärst du bereit, den Vermittler zu spielen? Das heißt, du sagst den Leuten, dass du das Geld zurückgibst, ohne dass irgendwelche Fragen gestellt werden?«

»Dann bin ich ein Dieb. Nein, Jiorgo, kann ich nicht machen.«

»Ernsthaft, *Costaiki mou.* Wenn jemand zur Polizei geht und deinen Namen erwähnt, dann steckst du tief in der Scheiße.«

»Die Polizei!« Er stieß mit gespreizten Fingern in die Luft, die Handfläche nach oben und verfluchte so die Polizei. »Was die Polizei kann machen? Und warum mein Name?«

»Ich sag' das zwar jetzt nicht gern, aber dein Name ist schon genannt worden. Zwei von den Ausländern glauben, dass du es gewesen sein könntest. Ich hab' ihnen gesagt, dass das nicht sein kann.«

»Und wer denkt so?«, fragte Costa empört.

»Das kann ich dir nicht sagen. Der Punkt ist, sie mögen dich. Die wollen keinen Ärger machen.«

»Die Ausländer.« Er spuckte die Worte aus. »Sie sind

meine Freunden und dann du verlierst Geld und ich bin schuld. Ich will nicht mehr sprechen mit die Ausländer.«

»Sei doch nicht blöd, Costa. Ich will dich nur warnen, dir zuliebe.«

»Keine Angst. Costa kann aufpassen auf Costa.« Er klang arrogant, aber George hatte das Gefühl, dass er gefährlich wurde. »Der Ausländer kommt und mitbringt nur Ärger. Das Saufen. Das Dope. Das Klauen. Alles, wenn der Ausländer kommt. Ich warne. Ich warne vorher. Die Polizei schnappt diesen Bar-Jungen Dimitri. Jeff Freund. Schau du nach, im Haus vielleicht ist was, das ist schlecht für Jeff.«

»Über was sprichst du, verdammt noch mal?«, wollte George wissen, völlig unvorbereitet auf diese neue, zusammenhangslose Wendung ihrer Unterhaltung.

»Dope rede ich. Teuer ist das. Woher kommt das Geld?«

»Willst du sagen, dass Jeff Dope nimmt?«

»Nicht Jeff nur. Die Polizei kommt und fragt, ich sage alles. Jeff. Deine Freunde. Ganz viele. Geld klauen ist für Dope.«

Leighton war einen Moment sprachlos, angeekelt von sich und Costa. Sie hatten ihre Drohungen ausgetauscht, nach den verwundbaren Stellen des anderen gesucht, ihre Freundschaft verworfen. Wofür? Für Geld. Erschüttert, dass er in die pauschale Aburteilung der Ausländer miteinbezogen worden war, wollte er Costas Schulter in einer Versöhnungsgeste berühren, aber er hielt sich zurück. Gerade begann er den klaren erpresserischen Wink in Costas Worten zu verdauen. Wenn George wegen dem Geld Ärger machte, würde Costa Jeff in Schwierigkeiten bringen. Alle sorgfältig unterdrückten Verdachtsmomente wurden an die Oberfläche geschwemmt. Warum hatte nur Costa diese Beule in seiner Tasche gesehen? Sehr praktisch. Er wollte nicht zur Polizei gehen, aber sein Recht dazu würde er sich nicht nehmen lassen. Den Luxus einer Versöhnung konnte er sich nicht leisten. Er musste das Geld zurückbekommen.

»Du lässt mir keine große Wahl«, sagte er und sammelte Kräfte, um Costa auf dessen Art zu begegnen. »Ich denke, die ganze Sache sollte besser aufgeklärt werden. Ich gehe um sechs Uhr abends zur Polizei. Wenn du mir helfen kannst, in der Zwischenzeit mein Geld zurückzukriegen, treffen wir uns dort und damit ist die Sache erledigt. Wenn nicht ...« Er zuckte mit den Schultern, um seine letzten Skrupel loszuwerden.

»Ja, klar. Was Costa ist gegen Mr. Jiorgo? Der Ausländer spricht und – schnapp.« Costa hielt seine Handgelenke so, als wäre er mit Handschellen gefesselt. Weil diese Geste eine hässliche Tatsache illustrierte, stieg in George der Zorn hoch. Er wollte Costa packen und ihn schütteln, bis das Geld aus ihm herausfallen und diesen üblen Vorfall beenden würde. Stattdessen drehte er sich abrupt um und ging zurück zu seinem Tisch. Peter und Martha hatten sich dazugesellt. Er drehte seinen Stuhl so, dass er neben ihnen sitzen konnte.

Auf seine süße, besorgte Weise gab Peter ihm als erster das Gefühl, dass sein Verlust von Bedeutung war. »Das ist ja unglaublich, George«, sagte er, die klaren, außergewöhnlich direkten blauen Augen voller Besorgnis. »Ich hab' grade davon gehört. So ein Pech. Ich wollt' nur sagen, genier dich bloß nicht, ja? Wenn du verstehst, was ich mein'.«

»Danke, mein Lieber. Ich muss wahrscheinlich drauf zurückkommen.« George legte seine Hand auf Peters nackten Arm und drückte ihn. Er war nie ein Fan von solchen intimen Berührungen gewesen, aber er war sich bewusst, dass er Peter gern berührte. Peter war physisch einfach absolut ansprechend. Er vermutete, dass er, in einem abgelegenen bisexuellen Winkel seiner Seele, ein bisschen in Peter verliebt war. Er zog seine Hand zurück.

»Henry sagt, du willst zur Polizei gehen«, sagte Martha. »Was willst du denen erzählen?«

»Ich hab' keine Ahnung, woher Henry das schon wieder weiß. Ich wollte nicht zur Polizei, ich hatte nur grade ein sehr komisches Gespräch mit Costa.«

»Er hat damit nichts zu tun.« Peter behauptete das ebenso energisch wie George vorher. Costa war ein Freund der Mills-Martins und halb von ihnen angestellt. Sie hatten eine Abmachung, dass sie sein Boot jederzeit nutzen konnten, solange sie auf der Insel waren.

»Ich weiß nicht, Peter«, sagte George und fuhr sich erregt durch die Haare. »Er hat so viel gesagt, wie wenn ich zur Polizei gehe, lässt er den Drogenhandel hier auffliegen und belastet Jeff. Warum sollte er so was sagen, wenn er das Geld nicht genommen hätte?«

Peter runzelte die Stirn. »Klingt nicht sehr nach ihm. Weißt du, wie er's formuliert hat? Seine Ausdrucksweise ist manchmal nicht so einwandfrei zu verstehen.«

»Er hat gesagt, ›ich warne dich. Ich habe dich vorher gewarnt.‹ Und dann 'ne Menge über Jeff und Dimitri in der Bar und die ganzen Leute, die hier Dope rauchen.«

George sah, wie sich Sid Colemans mächtiges, markantes Profil ihm zuwandte und er war überrascht, mit welcher Dringlichkeit sich Sid nach vorne beugte und durch das Gemurmel um sie herum mit ihm sprach.

»Hey, wart' mal. Hör' mal zu, George. Red' nicht so laut. Und fang bloß nicht irgendwas an, was du nicht zu Ende bringen willst. Jeff ist sauber. Ich geb' dir mein Wort drauf. Ich kenn' mich da aus. Mach keinen Scheiß mit Dimitri. Dimitri ist in Ordnung.«

»Zum Teufel mit Dimitri!«, sagte George hitzig. »Ich geb' 'nen verdammten Scheiß auf den. Costa hat mit ihm angefangen. Costa benimmt sich verdammt verdächtig.«

»Aber denk' dran«, warf Peter ein, »wenn du zur Polizei gehst, dann bestehen die darauf, dass du jemanden beschuldigst. So arbeiten die.«

»Ich *kann* aber niemanden beschuldigen. Joe und Henry sind sich sicher, dass es Costa war, aber ich bin wegen gar nichts sicher. Er hat mir gerade gesagt, dass er das Geld in meiner Tasche gesehen hat, als ich gestern Abend nach Hause gegangen bin. Ich werd' das mal ausprobieren, wenn ich zu Hause bin. Wenn man ein Bündel Papier in der Tasche von der Hose, die ich gestern Abend angehabt hab', nicht sehen kann, muss ich ihn wirklich verdächtigen.«

»Er war schon mal im Gefängnis, weißt du.« Peter gab nicht nach.

»Ich hab' da was gehört. Was war da los?«

»Er erzählt verschiedene Varianten. So ist er halt. Ich denke, es läuft drauf raus, dass er als Kind, gleich nach dem Krieg, gestohlen hat, um zu überleben und geschnappt wurde. Der Punkt ist, dass das Gesetz hier hart mit Wiederholungstätern umgeht. Er hat mir selber gesagt, dass er schon wegen einer Lappalie zehn Jahre kriegen könnte.«

George nickte. »Versteh' schon. Was würdest du machen, wenn du an meiner Stelle wärst?«

Sie sahen sich einen Moment liebevoll besorgt an. George war nur ein paar Jahre älter, aber Peter sah aus, als könnte er Georges Sohn sein. Trotzdem hatte er Autorität, etwas, das Georges Respekt forderte. George wartete auf eine Antwort und war bereit, sich davon leiten zu lassen.

»Es ist schwierig, George, ich weiß. Versuch' das mal mit deiner Hose. Es ist so viel Geld, dass es nur ein richtiger Lump genommen haben kann. Das macht mir Sorgen. Ich red' mal lieber mit Costa.« Peter sah hinüber zur Admiralstatue, wo er ihn mit George gesehen hatte. Er war nicht mehr dort.

»Das wär' klasse«, sagte George. »Ich will eigentlich nichts mit der Polizei zu tun haben. In einer vernünftigen Gesellschaft …« Er machte eine Pause, als er bemerkte, wie sich der Mann vom Telegrafenamt hinter ihm herumdrückte und sah auf.

»Da sind sie ja, Herr Jiorgo«, sagte der Mann. »Ich denke, ich hab' was für sie.« Er fummelte an seiner Posttasche herum und fing dann an, gewissenhaft darin herumzusuchen. Schließlich förderte er ein Telegramm zu Tage und hielt George seinen Quittungsblock zum Unterschreiben hin. *Herrgott, was ist denn nu' wieder los?* dachte George. Seine Mutter? Sein Vater? Als er unterschrieb, hatte er Mühe, sein Zittern zu unterdrücken. Er nahm das Telegramm und riss es brutal auf.

ANKOMME MORGEN FÜR TAG MIT LEIGHTON REISE INKOGNITO BITTE KEINE PRESSE

COCHRAN

George starrte diese eigenartige Mitteilung ein paar Sekunden lang an, bevor er verstand. Cochran. Mike Cochran. Konnte das sein? Der reiche, erfolgreiche, prominente Michael Cochran? Er kannte keinen anderen Cochran. Der alte Mike, sein Klassenkamerad und Busenfreund, jetzt Dramatiker, Drehbuchautor, Vertrauter von Präsidenten, Prinzen und den großen Tieren der internationalen Prominenz. Aus Erfahrung vorsichtig überprüfte er hastig das Datum auf der Nachricht. Der siebzehnte. Er sah auf und blickte in die Runde um den Tisch.

»Weiß jemand von euch, welches Datum wir heute haben?«, fragte er

»Es ist nicht der sechzehnte, oder?«

»Nein, ich glaub', wir haben heute den achtzehnten.«

»Heute ist doch Donnerstag?«

»Das ist doch kein Datum, du Vollidiot.«

»Ich kann's dir genau sagen«, sagte Peter, nachdem er einen Moment nachgedacht hatte. »Sonntag war der fünfzehnte. Heute ist Mittwoch, der achtzehnte.«

Logisch, dachte George. *Warum sollte ein Telegramm nicht vierundzwanzig Stunden für sechzig Kilometer brauchen?* Dann war *morgen* heute und Mike würde in weniger als einer Stunde hier sein. Er konnte es nicht glauben. Herrgott noch mal, nach all diesen Jahren. Er versuchte, sich seinen Freund vorzustellen, wie er aussah, als sie sich zum letzten Mal gesehen hatten – vor zwölf Jahren war das? – aber in ihm stieg nur ein vages, kaum mit körperlichen Details ausgeschmücktes Bild hoch – glatte Haare, die zähe Gestalt eines Bauernjungen, eine witzige, bissige Stimme. In Gedanken experimentierte er mit altersbedingten Veränderungen – war er jetzt dünn und ergraut? – hatte er einen Bauch? – aber all das war genau so unüberzeugend wie die Bärte, die auf die Bilder hübscher Mädchen in der U-Bahn gekritzelt werden. Mike hatte Erfolg, großen, langanhaltenden Erfolg, und auch Zeit damit klar zukommen – Erfolg und Geld. Er faltete das Telegramm und steckte es in die Tasche.

»Ich glaub', Mike Cochran kommt mit dem Morgenschiff«, kündigte er an.

»Michael Cochran!«, rief Varnum. »Meine Güte. Das wird ja langsam immer besser auf dieser Insel. Ich hab' gelesen, dass er auf irgendeiner Kulturveranstaltung in Athen war.«

»Echt? Ah, jetzt versteh' ich.« George strahlte so überglücklich, wie er es schon gar nicht mehr gewohnt war. Sein Gesicht fühlte sich deshalb geradezu unangenehm an.

Mike würde ihn eine Zeit lang von dieser Geldgeschichte ablenken. Bis zum Abend konnte er deshalb in dieser Angelegenheit sowieso nichts unternehmen.

Offensichtlich waren alle froh, das Geld zu vergessen. Mikes Name wurde aufgenommen und umrundete den Tisch, begleitet von meist respektlosen Kommentaren. Peter wandte sich zu Martha. »Erinnerst du dich? Eine Zeit lang war er mit Charlies Ehefrau, der Schauspielerin, verheiratet.« Peters Augen schweiften ab, er warf den Kopf zurück und ließ sein ansteckendes Lachen vernehmen. »Oh, mein Gott.«

Martha und die anderen sahen, was er gesehen hatte und lachten mit. Eine kleine Gestalt unter einem Strohhut hatte unten am Rande der Hafenmauer eine unmissverständliche Haltung eingenommen und zielte mit einem glitzernden Wasserbogen in das Hafenbecken. Peter stand auf und ging über die Hafenmauer, gerade als der Strahl endete. Klein Petey sah auf, als sein Vater zu ihm trat und sein Gesichtchen strahlte vor Freude und schlechtem Gewissen.

»Du hast mich mit meinem Pipi draußen erwischt«, verkündete er.

Peter lachte. »Aber ganz bestimmt.« Er hockte sich hin, in Augenhöhe des Kindes und half ihm, die Hose wieder richtig zuzuknöpfen. Er war immer wieder überrascht und entzückt, dass elterliche Liebe ihn sexuell erregen konnte. Während er den süßen Duft des kleinen Jungen einatmete, tauchte das Spielzeug kurzzeitig in der ungemütlichen Enge seiner Shorts auf. »Mit deinem Pipi ist alles in Ordnung«, sagte er. »Ich mein', es ist kein großes Geheimnis. Die Leute denken nur, dass er irgendwie was Privates ist. Deshalb tragen wir Hosen. Egal, auf jeden Fall sollst du nicht in den Hafen pinkeln, okay?«

»Es hat Spaß gemacht, Papi«, kicherte Petey.

»Gut, du hast deinen Spaß gehabt, aber du machst es nie wieder, okay? Was wäre, wenn alle Leute in den Hafen pinkeln würden?« Er umarmte seinen Sohn und küsste ihn auf die Wange.

Petey sah ihn gespielt feierlich an. »Okay, Papi, ich werd's nie, nie, nie mehr machen.«

Peter lachte über die kleine Lüge und führte Petey, seine Hand an dessen Nacken, zum Tisch zurück. Er hörte, wie George sich abends mit Joe vor der Polizeiwache verabredete. Joe sah feierlich und selbstgefällig drein, offensichtlich gefiel ihm seine Schlüsselrolle in dem Drama.

»Du gehst doch noch nicht, oder?«, fragte George

Peter. »Bleib doch noch. Ich will, dass du Mike kennen lernst.«

Peter blickte zu Martha hinüber. »Jetzt nicht, George. Bring ihn doch mal mit zu uns. Wenn er länger bleibt, laden wir ihn mal zum Abendessen ein. Wir machen was aus, sobald du Genaueres weißt.«

»Ich mach auch mal los. Ich muss Sarah auftreiben und was fürs Mittagessen organisieren. Hat jemand von euch sie gesehen?«

Die zuletzt Angekommene, die Malerin Dorothy, Sid Colemans amerikanische Freundin, drehte sich zu ihm. »Sarah? Sie ist unten bei den Felsen schwimmen.«

»Herrgott noch mal, ich muss los. Bis bald, allerseits.« George sprang auf, winkte kurz und lief eilig in Richtung des westlichen Vorgebirges und der Straße, die zu den Schwimmfelsen führte. Peter und Martha sahen sich wieder an.

Sid griff über den Tisch und drückte Peters Handgelenk. »Hey, hör mal zu, Mann. Warum redet Costa über Dimitri? Wo ist die Verbindung? Ist da was zwischen Dimitri und Jeff?«

»Ich weiß nicht. Ich treffe mich nach dem Mittagessen mit Jeff. Ich werd' versuchen, was rauszukriegen.« Peter gab Martha ein Zeichen, dass er bereit war zu gehen. Petey, der um den Tisch gewandert war und alle Getränke probiert hatte, gesellte sich zu ihnen, als sie aufstanden. Beide nahmen Petey bei den Händen, machten eine Runde um den Tisch, lächelten, nickten und verabschiedeten sich von der versammelten Truppe. Dann gingen sie zur Ladentür und Peter rief der Familie Lambraiki eine Nachricht für Costa zu. Mit Petey zwischen ihnen machten sie sich auf den Weg zur anderen Seite des Hafens.

»So viel Aufregung«, sagte Martha. »Was denkst du?«

»Sid hat Schiss wegen seinem Pot-Nachschub. Jeder Idiot weiß, dass er das Zeug von Dimitri kriegt. Dieser kleine blöde Mistkerl. Ich hätte wirklich kein Problem damit, wenn sie ihn verhaften würden. Ich hab' keinen blassen Dunst, was das alles mit Georges Geld und Costa zu tun haben soll. Vielleicht hat Costa ja versucht, ihn zu warnen und George hat das als Drohung verstanden. Na, wir werden ja sehen.« Er hielt in jedem Grüppchen, an dem sie vorbeigingen, weiter Ausschau nach Costa. Als sie sich einer Taverne näherten, die fast ausschließlich von Einheimischen frequentiert wurde, fiel Peters Blick auf ein außergewöhnlich schönes Mädchen, das an einem der Tische saß. Er stutzte, als er sie wahrnahm. Dunkles zurückgekämmtes Haar, ein bezauberndes Profil mit anmutig geschwungener Nase. Ihr Mund sah aus, als würde er sich eben für einen Kuss öffnen. Peter beschleunigte seinen Schritt, begierig darauf, sie von vorn zu sehen. Er sah, wie sie sich jetzt aufrichtete, nach vorne beugte, den Kopf leicht neigte, eine Geste vollkommener Versunkenheit. Seine Bauchmuskeln verkrampften sich als wäre er geschlagen worden. Seine Arme und Beine kribbelten. Wenn sie ihn so ansehen würde, würde er ohnmächtig zu ihren Füßen niedersinken.

»Was?«, fragte Martha. »Hast du was gesagt?«

»Papi, du bist auf mich getreten«, protestierte Petey.

Peter lachte, als er seinen Blick mühsam von dem Mädchen abwandte. »'Tschuldigung. Kleine Ablenkung. Hast du dieses wahnsinnig schöne Mädchen gesehen?«

»Ach so, deshalb«, lachte Martha mit ihm. »Männer!«

Sie waren schon an ihr vorbeigegangen, bevor Peter bewusst wurde, dass sein Blick so auf die Frau fixiert gewesen war, dass er gar nicht bemerkt hatte, wem sie diesen elektrisierenden Blick geschenkt hatte.

Rasiert, aber immer noch schwitzend stand George Leighton unter der Markise des Cafés an der Anlegestelle. In wenigen Minuten würde Mike wirklich hier sein. George hatte Sarah neben Pavlo, dem neuen Bodyboy, auf den Felsen sitzend gefunden und sie zum Einkaufen geschleppt. Kurzzeitig waren sie bester Laune gewesen, als sie das Mittagessen besprochen hatten, eine hohe Rechnung für Fisch und ein paar Flaschen guten Weines zusammenkam und sie mit dem Fleischer über ein essbares Stück Rindfleisch verhandelten. Sie hatten sich beeilt, nach Hause zu kommen, waren aufgeregt gewesen und wie in alten, glücklichen Zeiten aufeinander eingegangen. Er hatte sie dort zurückgelassen, damit sie sich umziehen und sich mit Chloë absprechen konnte, die weniger ein Dienstmädchen als eine Freundin war, die die Leightons für deren Mithilfe im Haushalt bezahlten. Dann hastete er zurück, um rechtzeitig fürs Morgenschiff am Hafen zu sein. Er hoffte, auch Sarah würde es schaffen. Für Mike sollte alles perfekt sein.

Dieses Wiedersehen bedeutete ihm viel mehr als einfach die Erneuerung einer alten Freundschaft. Mikes und sein Leben standen beispielhaft für einander entgegengesetzte Weltanschauungen. Sie hatten gemeinsam angefangen, hatten beide Erfolg gehabt, George etwas früher als Mike. Mike hatte um Erfolg gekämpft, hatte es zu Reichtum, Berühmtheit und zahlreichen Ehefrauen gebracht. George hatte eine dauerhaftere Wirklichkeit angestrebt, Geld und Ruhm waren ihm egal gewesen. Er hatte es sogar geschafft, bei Mikes Ankunft pleite zu sein.

Trotzdem gab es keinen Grund für eine wirkliche Konfrontation. George Leightons Ruf war hervorragend und gesichert, unabhängig von Bankkonten oder Publikiumsgunst, auch wenn er diese zeitweilig errungen hatte. Mike war in jungen Jahren außerordentlich ehrgeizig gewesen, hatte jedoch seine leichten Broadway-Komödien beileibe nie für große Kunst gehalten. Auf diesem Gebiet gab es keinen Konflikt zwischen ihnen. Angeblich war George Leighton nicht mehr auf dem Laufenden – auf dem Laufenden womit? Was das Leid menschlichen Daseins anging, war George jedenfalls weiß Gott ständig auf dem neuesten Stand. Mit seinem Land? Exilliteratur hatte eine angesehene Tradition. Nein, es gab nichts zu entschuldigen, nichts zu verstecken. Abgesehen von dem drohenden Ruin seines Lebens.

Er fragte sich, welchen Preis Mike bezahlt hatte. Er fragte sich auch, warum Mike kam. Wenn er aus geschäftlichen Gründen in Athen gewesen war, wäre es nicht ungewöhnlich, einen in der Nähe wohnenden Freund zu besuchen – abgesehen davon, dass er ihn auch zu anderen Gelegenheiten hätte treffen können. Hatte der Präsident ihn bestimmt, George eine hohe Auszeichnung zu verleihen? Oder hatte ihn ein Überrest des Konkurrenzdenkens ihrer Jugend dazu veranlasst, sich mit eigenen Augen davon zu überzeugen, dass aus George ein abgetakeltes Wrack geworden war? George hob sein Kinn und straffte seine Schultern. Er war zuversichtlich, dass man nichts sehen konnte.

Eine Gruppe zerlumpter Hafenarbeiter ging zur Anlegestelle hinunter. Die war eine neue Errungenschaft, bis vor kurzem waren die Passagiere von kleinen Booten ans Ufer gerudert worden. Die Hafenwache in weißen Uniformen hatte ihre Position in dem eingezäunten Bereich eingenommen. Nichtstuer, die als selbst ernanntes Empfangskomitee agierten, stellten sich am Zaun entlang auf. George bemerkte wieder, wie grau und leblos das Meer heute aussah. Die Hitze war nicht nur bleiern, sie wirkte bedrohlich, so als würde ihr Druck demnächst die Atmosphäre zertrümmern.

Er hoffte schon nicht mehr auf Sarah, als er sie sah und winkte.

»Du siehst fast so aus, als wäre dir kühl«, bemerkte er bewundernd, als sie da war.

»Das Meer hat geholfen.«

»Mike will später vielleicht auch noch schwimmen gehen.«

»Ja, das solltest du nach dem Mittagessen mit ihm machen. Ihr könnt euch ins Meer setzen und euch bis zum Abwinken unterhalten. Bei der Hitze kann man eh keinen Mittagsschlaf machen.«

»Ich hoffe wirklich, dass wir uns alle noch erkennen«, sagte er kichernd. »Zwölf Jahre sind eine lange Zeit, auch wenn es sich nicht so anfühlt.«

Sie sah auf, musterte ihn und lächelte. »Du hast dich überhaupt nicht verändert. Du siehst vornehmer aus. Dass wir beide kohlrabenschwarz sind, könnt' ihn vielleicht ein bisschen verwirren.«

Er nahm ihren Arm und führte sie hinaus ins gleißende Sonnenlicht, hinüber zur Hafenmauer. Ein dunkler Junge mit hungrigen Augen stürzte auf sie zu und schubste dabei einen noch Kleineren grob aus dem Weg.

»Brauchen Sie mich?«, wollte er wissen und sah drein, als würde er jeden angreifen, der seine Hilfe ablehnen würde.

»Ja, mein Kind«, sagte George und lächelte leicht. »Hast du deinen Esel dabei? Wart' auf uns. Wahrscheinlich gibt's Gepäck.«

Genau so, hoffte er, sollte Mikes Besuch ablaufen – eifrige Leute, die nur darauf warteten, sie zu bedienen, alles klappte bestens, alle Probleme, mit denen sie im täglichen Leben zu kämpfen hatten, für den Anlass hübsch zugedeckt. »Ich hab' Chloë gesagt, wir wollen um halb zwei Mittag essen. Passt dir das? Ich hab' gedacht, wir wollen keinen so langen Aperitif.«

»Fein«, sagte sie. »Das heißt, ich ... äh ... ich mein', du kannst mit Mike dann so um drei zum Schwimmen gehen.

»Ja«, bestätigte er. Sie war wirklich scharf darauf, ihn ins Wasser zu kriegen. Dachte sie, er würde ausnüchtern müssen? Er wischte sich den Schweiß von der Stirn und aus den Augen. Die Sonne drückte ihn fast zu Boden.

»Da kommt es«, kündigte Sarah wie eine Hellseherin an – weit und breit war kein Schiff zu sehen. Kaum hatte sie das jedoch ausgesprochen, war ein Tuten zu vernehmen und das Schiff bog um die steilen Felsen des Vorgebirges, steuerte durch die leblose See in die bleierne Dünung. Die Schiffsmotoren rumpelten im Rückwärtsgang, Leinen wurden ausgeworfen, Pfiffe ertönten, der Maschinentelegraph klirrte. Dringende Nachrichten von unten. Das Schiff stieß breitseits an die Hafenmauer und kam zum Stillstand, während Wogen wuchtig gegen den Rupf schwappten. Alles begann zu schreien. Die Hafenarbeiter hievten die Gangway an ihren Platz und Horden drängten vom Schiff. Augenblicklich war der eingezäunte Bereich voll drängelnder, schreiender Leute, Päckchen, Kisten, Körben, Rohren, Toilettenschüsseln und Kinderwagen.

Mike war nirgendwo zu sehen. Leute strömten über die Gangway, aber die erste Flut verebbte schnell. Leighton wandte sich zu Sarah, deren Augen das Oberdeck absuchten, die großen Fenster der Lounge der ersten Klasse.

»Siehst du ihn?«

Sie schüttelte den Kopf und er beobachtete weiter das Chaos um die Gangway.

Ein paar letzte Passagiere tröpfelten von irgendwoher aus den Tiefen des Schiffes. Eine sperrige Kiste wurde an Land gerollt. Weiße Jacken wirbelten im Schatten des überdachten Decks umher und zwei Stewards schwankten unter einer Last nobler, zusammenpassender Koffer die Gangway herunter. Leighton wurde aufmerksam. Die Koffer könnten Mike Crochan gehören. Warum so viele? Wollte er einen Monat bleiben?

Dann war er plötzlich da, mitten auf der Gangway, ein Auftritt wie der eines Musicalstars und schüttelte dem Kapitän die Hand. George lachte. Er sah genau so aus wie der gute alte Mike, abgesehen von seiner völlig ungewohnten Eleganz und dem Haarschopf, der von professioneller Hand gestutzt worden war. Er schien nicht in Eile, auch wenn das Schiff offenkundig wegen ihm aufgehalten wurde. Seine Bewegungen wirkten wohlüberlegt und einstudiert, Zeichen des Ruhmes. Der Kapitän verbeugte sich tief, Mike drehte sich um und schlenderte die Laufplanke hinunter. Sein frischer Sommeranzug sah teuer aus. Lang wird er nicht so frisch *ausschauen*, dachte George mit hämischer Befriedigung. Die beiden Stewards warteten beim Gepäck und Mike verteilte großzügig Trinkgelder.

George lehnte sich über die Absperrung und rief: »Mike, du Arschloch, willst du nicht mal die Eingeborenen begrüßen?«

Crochan drehte sich um und lächelte. »Die Autogrammstunde ist in einer Stunde in der Hotellobby«, schrie er zurück. Dann lachte er und sein Selbstbewusstsein schwand, als er auf George und Sarah zueilte. Freundschaftlich klopfte er George auf beide Schultern und schüttelte ihn. Über die Absperrung hinweg nahm er Sarah in die Arme und küsste sie auf beide Wangen. Er hatte eine leicht gebogene Nase und die Haut spannte sich über breiten Wangenknochen, als wäre er indianischer Herkunft. Bei Frauen war er immer erfolgreich gewesen.

»Mein Gott, das ist ja fabelhaft«, rief er. »Lasst euch mal anschauen. Ihr seht hinreißend aus. Wie seid ihr nur auf diesen tollen Ort gekommen? Ich glaub' das keine Minute. Das ist doch alles Kulisse. Der alte Cosmo persönlich. Warum hast du nicht dein Strandgutsammler-Outfit an? Darauf hab' ich mich besonders gefreut. Gott, wie geht's euch beiden? Ihr seht fantastisch aus.«

Sie lachten viel und tauschten recht unzusammenhängende, eintönige Nettigkeiten aus.

»Na ja, wir sollten langsam mal aus der Sonne gehen und versuchen, was auf die Reihe zu bekommen«, schlug George schließlich vor. »Ich gehe davon aus, dass du keine von deinen Ehefrauen mitgebracht hast.«

»Im Moment sind mir die Ehefrauen leider ausgegangen. Eine Frau bei dieser Hitze. Was für ein entsetzlicher Gedanke. Entschuldige, Sarah, meine Alte.«

Das zerlumpte Kind kam auf George zu und er deutete auf das Gepäck, abermals erstaunt angesichts der Menge. »Hör mal, du Mistkerl«, sagte er, »du hast doch diesen ganzen Scheiß nicht nur für einen Tag dabei. Wie lang bleibst du?«

»Bis morgen. Keine Sorge. Ich werd' euch schon nicht auf den Wecker fallen. Ich hab' gehört, dass das Hotel hier einigermaßen zivilisiert ist.«

»Unser Haus auch. Sei doch nicht albern. Du wohnst natürlich bei uns.«

»Nein, das Hotel ist viel besser. Nicht, dass ich ein Problem damit habe, euer Haus auf den Kopf zu stellen. Ich hab' nur gern ein eigenes Loch, in dem ich mich verkriechen kann. Irgendwer hätte das arrangieren sollen.«

George legte einen Arm um die Schulter seines Freundes und umarmte ihn. George war der größere von beiden, was sein Selbstvertrauen stärkte. »Es ist zu heiß, um darüber zu streiten. Das Kind macht das mit deinen Sachen schon. Der Manager soll dir das schönste Zimmer geben.«

»Spinn' ich?«, rief Mike aus, als er den kleinen Jungen sah, wie der sich abmühte, das Gepäck auf dem Esel zu befestigen. »Ist Kinderarbeit hier nicht verboten?«

»Nein. Alle können sich von Geburt an dem freien Unternehmertum hingeben.«

»Jetzt mal ernsthaft. Ist so was hier normal?«

»Viele Kinder arbeiten, wenn du das meinst.«

»Und das stört dich nicht?«

»Jetzt mach mal halblang, Mike«, griff Sarah ein. Sie wollte, dass dieses Wiedersehen ein Erfolg wurde und konnte deshalb nicht die kleinste Missstimmung dulden. »Fang nicht an zu theoretisieren, bevor du irgendwas über diesen Ort weißt.«

Leighton erinnerte sich an ihre Zeit an der Universität. Er und Mike hatten Treffen organisiert, Petitionen aufgesetzt. Für oder gegen was waren sie gewesen? Für den Krieg? Gegen den Krieg? Auf jeden Fall sozialistisch. Mike hatte unerschütterliche, dogmatische Ansichten über alles und jeden gehabt, für George waren das Offenbarungen gewesen. Das Leben hatte ihn gelehrt, pragmatischer und toleranter zu werden. Sollte er schockiert sein, wenn ein Zehnjähriger seinen Lebensunterhalt verdienen durfte? Er sah Mike von der Seite an, dunkel, schlank, schick – extravagant fiel ihm ein – und fragte sich, ob es ihn wirklich interessierte. Er fragte sich auch, von Bedauern und Zweifeln geplagt, ob sich ihre alte, spontane Vertrautheit wiedereinstellen würde.

Sie ließen das Kind sich weiter mit dem Gepäck abmühen und schlenderten die Hafenpromenade entlang in Richtung des neuen Hotels.

»Wo ist das zwanzigste Jahrhundert geblieben?«, fragte Mike. »Schaut doch mal, diese riesigen Lasttiere! Habt ihr keine Autos oder Lastwagen?«

»Um Gottes Willen, nein«, rief Sarah.

»Aber wie kommt ihr denn dann irgendwohin?«

»Wir laufen oder nehmen ein Boot.«

»Lebwohl, motorisierte Welt. Nicht, dass ich manchmal nicht auch da raus will. Leider kann ich mir das nicht leisten.«

»Leisten!«, protestierte George. »Du gibst wahrscheinlich in einem Monat aus, wovon wir ein Jahr leben.«

»Das ist ein Geheimnis zwischen mir und meinem Steuerberater. Vergiss nicht meine kostspieligen Ehefrauen. Die müssen in einem Stil unterhalten werden, an den ich sie nie hätte gewöhnen dürfen.«

George lachte. »Bestimmt könnte man auch ein Wörtchen darüber verlieren, wenn man's nur mit einer aushält.«

»Ganz klar. Aber nicht jeder hat das Glück, eine Sarah zu finden.« Er und Sarah verbeugten sich gespielt förmlich voreinander.

Sarah kämpfte mit einer Entscheidung. Die Einladung war eindeutig. Kurz bevor George sie und Pavlo zusammen auf den Felsen gefunden hatte, war er damit herausgerückt. Er würde den ganzen Nachmittag alleine zu Hause sein. Das Risiko, die Einladung anzunehmen, war ihr zu groß erschienen, auch wenn sie in seiner Anwesenheit nicht imstande gewesen war, abzulehnen. Mikes Ankunft hatte alles verändert. George würde beschäftigt sein. Wahrscheinlich würde sich wochen- oder monatelang keine solche Möglichkeit mehr ergeben. Mit dieser Obsession konnte sie nicht weiterleben. Ein einziges Mal mit ihm würde sie davon befreien. Er war nur ein Körper.

Sie unterhielten sich, während sie so nah wie möglich an den Hausmauern entlang schlenderten, um tunlichst im Schatten zu bleiben. Mikes Stimme war höher als in Georges Erinnerung und alles, was er sagte, klang oberflächlich, ein wenig unmännlich. Nein, wahrscheinlich wirkte seine neue Eleganz nur so. Er arbeitete beim Theater, da musste ja etwas von dieser Oberflächlichkeit dort auf ihn abfärben.

Sie bogen in eine Straße, die in dem Amphitheater, das die Stadt bildete, ganz unten lag. Um sie herum stiegen die Häuser steil nach oben, aber die Sonne verwischte die Konturen, ließ sie flach erscheinen, so dass an Stelle einer Aussicht nur eine gleißende weiße Wand zu sehen war, die in den Augen weh tat.

»Ist euer Haus hier in der Nähe?«, fragte Mike.

George zeigte links hinauf. »Da oben. Man kann einen Teil von hier sehen, aber ich kann's dir jetzt nicht zeigen.«

»Mein Gott, müssen wir da *rauflaufen*?«

George lachte. »Ich erinnere mich, als wir in New York waren, sind wir in der verdammten Stadt überallhin gelaufen. Damals war's 'ne Geldfrage.«

»Wahrscheinlich hast du Recht. Wir waren damals auch ein bisschen jünger.«

George sah ihn an und lächelte. Vielleicht würden sie jetzt den richtigen Ton treffen. Diese wenigen beiläufigen Worte ließen Erinnerungen auf ihn einstürmen, Erinnerungen an diese kurze Zeit vor Sarah, als sie gerade der Armee entkommen waren und gemeinsam New York entdeckten, Erinnerungen an die winzige Wohnung, die sie sich über einem Drugstore geteilt hatten, Erinnerungen an Frauen, die sie manchmal auch geteilt hatten, Erinnerungen an einen linkischen Mike aus Neuengland, in schlecht geschnittenen Kleidern, unerfahren, aber mit leichtfertig taktlosem Humor, der ihn älter und erfahrener als George wirken ließ. Mike war der Anführer gewesen. Ein Überbleibsel dieses Aspekts ihrer Beziehung färbte Georges Reaktion jetzt, stärkte und bestätigte ihn, als könnte die Anwesenheit des Freundes die Konflikte lösen, die ihn – das war nicht übertrieben zu sagen – zermalmten.

Sie überquerten den ummauerten Hof des Hotels und blieben an der Rezeption stehen. Mike sah sich um. »Mein Gott, das soll Griechenland sein? Das sieht mir mehr nach Santa Monica aus.«

George betrachtete die vertraute Lobby mit Verwunderung. Sie waren alle ziemlich stolz auf das neue Hotel gewesen. Jedes Zimmer hatte Badezimmer und WC, Betten mit Sprungfedern und allen möglichen ungewohnten Luxus. Zum ersten Mal fragte sich George, was Mike wohl von ihrem Haus halten würde. Er vertraute darauf, dass das Haus unwiderlegbar beweisen würde, wie glücklich ihr Leben hier war. Er klopfte auf den Tisch und rief ungeduldig nach dem Manager, der von irgendwoher unten heraufgeschlurft kam. Die Ehrerbietung, in welcher George begrüßt wurde, beschwichtigte ihn.

»Ich hab dem Jungen mit dem Esel gesagt, er soll alles arrangieren. Deine Taschen sind auf deinem Zimmer«, erklärte er Mike. »Du solltest deinen Staat lieber ablegen, bevor du schmilzt.«

»Okay, ich werf' mich in mein Inselröckchen und bin gleich wieder unten.«

Ein Zimmermädchen führte Mike nach oben und die Leightons standen mit dem Manager zusammen, dem George ausführlich darlegte, wie sichtig der Gast war. Er erfand exorbitante Summen, um Mikes Einkünfte vom Broadway und aus Hollywood angemessen zu illustrieren. Das könnte Mike zwar eine viel höhere Rechnung einbringen, zumindest aber würde ihm jeder Service, zu dem das Hotel nur irgendwie imstande war, zur Verfügung stehen. Während er noch mitten in seinen Ausführungen war, erschien es ihm plötzlich absurd, dass auch er das Gefühl hatte, den berühmten Michael Crochan verhätscheln zu müssen. Würde es einen Unterschied machen, wenn Mike sich für eine Nacht ein kleinwenig unbehaglich fühlte? Absurd war auch, dass er sich darüber freuen sollte, dass der Glanz seines prominenten Freundes seine eigene Stellung auf der Insel verbessern würde. Aber zweifellos war dem so.

Ein paar Minuten später kehrte Mike makellos und in der vollen Pracht seiner feinen langen Leinenhosen und einem Sporthemd aus wertvollem, locker gewebtem Stoff zurück. An seinen sorgfältig gepflegten Füßen trug er Sandalen. Er sah so getrimmt, adrett gestutzt und poliert aus wie ein Fotomodell. Es gab keinen wirklichen Grund, warum ein Schriftsteller nicht so aussehen sollte, gestand sich George ein, aber normal war das nicht. Mike war sowieso kein Schriftsteller, sondern ein Spezialist für Massenunterhaltung.

»Alles klar?«, fragte er.

»Ich werd's überleben. Könntest du deinem Freund hier vielleicht sagen, dass kein warmes Wasser da ist?«

»Das weiß er. Am Morgen wird's angestellt.«

Mike runzelte die Stirn. »Na, egal. Die Griechen haben zweifellos die Wasserleitungen erfunden und deshalb müssen wir ihnen dankbar sein.«

»Ich hab' dir doch gesagt, du hättest bei uns wohnen sollen. Dann hättest du morgens, mittags und abends warmes Wasser.« Er war froh, dies klarstellen zu können, auch wenn sie während der heißen Monate den Boiler immer abgeschaltet hatten.

»Könntest du ihnen sagen, dass ich eine Thermosflasche mit Eis in meinem Zimmer haben möchte.«

»Cochran, jetzt gehst du aber zu weit.«

»Habt ihr hier etwa kein Eis?«

»Natürlich. Aber tu nie Eis in Getränke. Nicht, wenn du überleben willst.«

»Warum nicht?«

»Eis wird aus Wasser gemacht«, erklärte George. »Das einzige Wasser, das wir hier haben, ist Regenwasser. Das Kühlhaus verwendet alle Flüssigkeiten, an die sie rankommen können. Es gibt sogar Gerüchte, dass sie reinpinkeln.«

»Heißt das, wenn's nicht regnet, sitzt ihr ohne Wasser da?«

»So ungefähr. Wir sind hier auf Natur eingestellt. Natur, das ist was ganz schön Interessantes, aber wahrscheinlich hast du sie völlig aus deinem Leben eliminiert. Wir haben auch gelernt, die Natur zu kontrollieren. Das ist auch spannend.«

»Klimaanlagen!«, rief Sarah ablenkend. Der aggressive Beigeschmack der Unterhaltung war ihr wohl bewusst. »Es muss so komisch sein, wenn man nicht weiß, wie das Wetter draußen ist.«

»Wundervoll komisch. Was würde ich jetzt für ein bisschen Klimatisierung tun!«

Sie brachen wieder auf, hinaus in die brütende Hitze. George führte durch die sanft ansteigenden Gässchen, die hin und wieder von Stufen unterbrochen wurden. Sie bewegten sich durch das Geflimmer blendend weißer Mauern und Straßen. Sogar die Felsbrocken, die hier und da herausragten und die Straße zwang, einen Bogen zu machen, wirkten wie weiß getüncht. Als sie in die Nähe des Hauses kamen, erschien George seine wachsende Aufregung plötzlich irrational. Warum sollte er sich Gedanken darüber machen, ob Mike das Haus gefiel? Sie erreichten die dunkelgrüne Tür in der hohen Mauer und er fühlte, wie sich Euphorie und Angst seltsam in ihm mischten, wie bei einem Kind, das ein Weihnachtsgeschenk öffnet. Er drückte die Tür auf und trat beiseite, um Mike in die gepflasterte Oase von Weinranken, Zitrusbäumen und glühender Bougainvillea einzulassen, die die Silhouette des weiß getünchten Hauses verdeckte.

»Na ja, das ist schon eher was«, sagte Mike, der stehen blieb und sich umsah.

Leighton atmete erleichtert auf und fühlte die stolze Erregung, die ihn immer überkam, wenn er einem Neuankömmling das Haus zeigte. Vor sechs Jahren war dieser Garten ein Unkraut überwucherter Hof gewesen, das Haus eine schmutzige Ruine. Den Großteil harten Arbeit hatte er selbst geleistet, was ihn immer wieder mit Stolz erfüllte. Dieser Ort war das Einzige in seinem Leben, dessen er sich absolut sicher war. »Ich mix uns einen Drink und kann dich dann rumführen, wenn du Lust hast.«

Eine Flasche Ouzo und eine Thermoskanne Eiswasser standen auf dem Tisch unter den Weinreben. Er goss die Drinks ein, sich selbst genehmigte er einen starken

– er hatte ja bis jetzt nur ein Bier getrunken – und erhob sein Glas auf Mike.

»So, da bist du also«, sagte er und hatte das Gefühl, dass sie jetzt endlich die Verbindung zueinander wiederherstellen könnten. »Willkommen!«

»Wenn der Rest genauso ist, ist es einfach hinreißend!«, sagte Mike und erhob sein Glas ebenfalls. »Hoffentlich fang' ich nicht an, dich zu beneiden.«

»Los, komm mit. Die Tour gehört zum Pflichtprogramm.«

Sie gingen durch die Räume im Erdgeschoss, reich an polierten Hölzern und schimmerndem Messing, an den Wänden Bücher und Bilder, die Böden aus Stein oder Fliesen, die Decken mit für die Insel typischen komplizierten Mustern bedeckt. Im oberen Stockwerk kamen sie auf die weite, überdachte Terrasse, die einen grandiosen Blick auf die Stadt, über den Hafen ganz unten und das Meer bot. Ihr Rundgang endete ihn Leightons großem Arbeitszimmer in der obersten Etage.

»Na, du hast dir auf jeden Fall was gegönnt«, gab Mike zu. Das Haus hatte seine Verunsicherung komplett gemacht. Er war gekommen, um eine Rettungsaktion durchzuführen, die Überreste des George Leighton aufzusammeln und sie nach Hause zu schicken. Das besoffene Wrack, auf das er vorbereitet worden war, erfreute sich blendendster Laune, offensichtlich bester Gesundheit und strahlte Selbstvertrauen und Wohlstand aus. Er hatte sich darauf eingestellt, beträchtliche Kredite zu gewähren, aber George lebte wie ein König. In Hollywood oder im Umland von New York würde ein vergleichbares Haus mehr als hunderttausend Dollar kosten. Das Haus stellte Mikes eigene Leistungen in den Schatten, stellte die Richtigkeit des Weges, den er eingeschlagen hatte, in Frage und erweckte angesichts der Kompromisse, die er hatte eingehen müssen, unbekannte Schuldgefühle in ihm. Es war irritierend. Er würde alles tun, um den Fehler unter dieser scheinbar sorglosen Oberfläche zu finden. Diesen Fehler, der in jedem Leben vergraben lag, wollte er aufdecken, damit sogar George gezwungen war, diesen zuzugeben. Bevor er das geschafft hatte, würde er nicht abfahren.

»Was ich nicht verstehe«, sagte er, »wie kannst du dir das leisten? Ich hab's nie geschafft, so viel Zaster anzuhäufen.«

»Ich auch nicht.«

»Jetzt komm schon. Ich weiß, dass du 'ne Menge Kies gemacht hast, aber Hanscombe hat mir gesagt, dass deine letzten paar Bücher nicht gelaufen sind. Du hast auf jeden Fall nicht von denen gelebt.«

»Klar hab' ich das. Dir ist nicht bewusst, dass wir hier von hundertfünfzig Dollar pro Monat leben können, wenn wir aufpassen.«

»Du machst wohl Witze. Meine Hunde kosten mich schon mehr.«

George verfluchte seine Ehrlichkeit. Bescheidenheit war nicht das Richtige für diesen neuen Mike. »Ich hab' gesagt, wir *könnten*«, führte er aus. »Ich hab' nicht gesagt, dass wir das machen.«

»Okay. Was ist dann der Trick?«

George fühlte, wie sich seine Hand um das Glas verkrampfte. Warum konnte ihn dieser verdammte Idiot nicht in Ruhe lassen? Konnte er sich nicht vorstellen, dass ein Mann weiterhin darum kämpfen konnte, das Beste von sich zu geben, auch wenn die Auszeichnungen abnahmen. Er dachte an das gestohlene Geld und schleuderte beinahe das Glas gegen die Wand. Er fühlte sich in die Ecke getrieben und sein blankes Überleben schien gefährdet. Und Mike saß da, sah kühl und elegant aus und sprach über die Kosten der Hundehaltung.

»Einerseits hab ich mir nie viel aus Geld gemacht«, sagte er vorsichtig und war überrascht, dass er so ruhig klang. »Daran solltest du dich noch erinnern, auch wenn sich deine Einstellung offensichtlich geändert hat. Ich bin altmodisch, aber ich glaub' immer noch nicht an den Erfolg-und-Geld-Maßstab.«

»Du schlägst ja ganz schön um dich! Aber du hast ja reiche Eltern.«

»Da liegt vielleicht der Hund begraben. Wahrscheinlich hab' ich irgendwo im Hinterkopf, dass ich irgendwann ein stabiles Einkommen haben werde, was die Sache erleichtern wird, auch wenn ich die nächsten fünfzehn oder zwanzig Jahren noch nicht damit rechnen kann.«

»Na ja, da wir grade bei der Wahrheit sind, muss ich dir ehrlich sagen, Cosmo, dass ich mehr oder weniger von Hanscombe beauftragt worden bin, dich lebendig zurückzubringen.«

»Herrgott, also deshalb bist du da. Was will Hanscombe eigentlich? Er bekommt doch regelmäßig meine Bücher.«

»Das ist nicht unbedingt genug. Hanscombe macht überhaupt keinen Hehl daraus. Er denkt, wenn du so weitermachst, hast du in ein paar Jahren überhaupt kein Publikum mehr.«

»Hanscombe reißt scheinbar das Maul ganz schön auf.«

»Er denkt nur an deine Interessen. Ach Scheiße, du könntest zu Hause doch 'ne Menge Geld verdienen. Für einen renommierten Schriftsteller gibt's da doch alle Möglichkeiten. Dein Name würde sich auf 'ner Vortragsreisen super machen. Wenn du wieder da wärst, könnten dich die Leute sehen und vielleicht würden deine Werke auch verfilmt werden.«

»Und wann soll ich meine Arbeit machen?«

»Oh ja, der hingebungsvolle Künstler! Ein großes Publikum zu erreichen ist keine Schande. Sogar Shakespeare war ein Lohnschreiber. Was ist so besonders an dir?« Als er die Frage ausgesprochen hatte, wusste Mike, dass George tatsächlich etwas Besonderes war.

Unbestreitbar haftete seinem Namen ein Renommee an, das nach Mikes Einschätzung in keiner Relation zu dessen Leistungen stand. Wenn Leighton nicht zu den nationalen Kulturgütern gehören würde, wäre Mike nicht gekommen. Fehlschläge brachten ihn in Verlegenheit. »Ich sag's dir ganz offen: Ich denke, dir fehlt was. Dein Zeug wird immer unzugänglicher. Heutzutage wollen die Leute geschockt werden. Wenn du in die Welt zurückkommen würdest, würdest du das merken. Ich glaub', du bist einfach nicht mehr auf dem Laufenden.«

George lachte fast lauthals heraus, angesichts der Pointe, die er exakt so erwartet hatte. »Was zum Teufel meinen alle mit ›nicht mehr auf dem Laufenden‹?«, fragte er. »Erwarten die, dass ich so schreib' wie diese jungen Schreiberlinge? Ich interessier' mich nun mal nicht für Achselhöhlen und Erbrochenes und Pissoirs und Pot. Ich weiß nichts darüber, wie Typen sich gegenseitig durchficken. Wenn ich es wissen wollte, hätte ich hier alle Möglichkeiten. Die Leute kriegen es einfach nicht in ihre Köpfe, dass das Leben hier genauso schmutzig und schweißig und versaut ist wie überall anders.«

»Warum kommst du dann nicht dahin zurück, wo die großen Sachen passieren? Die Welt verändert sich. Griechenland war vor zweitausend Jahren up to date. Und jetzt sind wir dran. Verdammt noch mal, die Sache mit den Schwarzen ist das Wichtigste heute.«

»Die Sache mit den Schwarzen! Herrgott, ich bin kein Neger. Wenn ein Schwarzer meine Tochter heiraten will, kann er das machen, kein Problem. Ernsthaft, ich hab' dazu nichts zu sagen.«

»Aber hier wird sie wahrscheinlich keine Neger treffen, oder?«

»Warum denn nicht, in Gottes Namen? Auf der Insel wimmelt es nur so von ihnen. In Scharen kommen sie von den Booten. Wir haben hier schon so was wie Kleinharlem.«

Mike lachte kurz und abschätzig. »Mensch, Cos«, sagte er, »auch wenn du's behaupten würdest, würd' ich nicht glauben, dass das hier ein wichtiges kulturelles und intellektuelles Zentrum ist.«

»Ich könnt' schon, weißt du. Hier gibt es so was Ewiges, etwas Wichtigeres als die ganzen aktuellen Spinnereien. Das versuch' ich in meine Arbeit zu integrieren. Vielleicht bin ich dazu nicht bedeutend genug, aber das ist dann mein Fehler, nicht der Fehler dieser Insel.«

»Erwartest du, dass du in die Geschichte eingehst als der einzige amerikanische Künstler, dem das Exil nicht geschadet hat?«

»Henry James? Tom Eliot? Wer wären die, wenn sie nicht im Exil gewesen wären?«

»Es ist doch völlig sinnlos, Ratespielchen zu spielen. Tatsache ist, du bist ein amerikanischer Schriftsteller. Deine beste Arbeit ist hundert Prozent amerikanisch. Du brauchst dieses Land genau so, wie es dich braucht.«

Leighton war einen Moment still. Er dürfte verdammt noch mal nicht zugeben, dass das, was als Entdeckungsreise mit Sarah angefangen hatte, zu einer wirtschaftlichen Notwendigkeit geworden war. Noch war er nicht fähig, Mike zu sagen, dass er ihn auf schockierende Weise verändert fand, verändert vom Mitspielen des Erfolgsspieles. Und er konnte ihm auch nichts über den eigentümlichen Vertrauensverlust sagen, den er schmerzlich an sich beobachtete. Der kurze Austausch hatte ihn bereits stark mitgenommen, er fühlte sich unruhig, stand mit dem Rücken zur Wand. Da gab es all die guten Sachen, die er hier gefunden hatte, aber wenn er versuchte, Mike diese zu erklären, wären sie nicht mehr greifbar. Zu viele Schatten fielen über sie.

»Weißt du, Mike,« sagte er und bemühte sich verzweifelt, überzeugend und Respekt einflößend zu klingen. »Ich sehe viele Leute aus eurer großen Welt. Sie humpeln hier rein, von Geschwüren und Neurosen zerfressen und es ist einfach faszinierend zu sehen, was mit ihnen passiert. Sie ziehen sich aus und legen sich in die Sonne und sie blühen einfach auf. Sie können gar nicht mehr aufhören darüber zu reden, wie entsetzlich ihr Leben war, wo auch immer sie herkommen. Aber sobald es ihnen besser geht, sobald sie wieder intakt und glücklich sind, fangen sie an, um sich herum ein Inferno anzurichten und früher oder später fliegt alles in die Luft und sie hauen wieder ab. Ich würde gern glauben, dass der Mensch imstande ist, glücklich zu sein und hier gibt's viele Recherchemöglichkeiten. Wenn ich diese Frage für mich beantwortet hab', bin ich vielleicht bereit zu gehen.«

»Kannst du zu Hause etwa nicht glücklich sein?«

»Gott im Himmel, ich rede nicht über *mein* Glück.« George stand abrupt auf und ging ans Bücherregal, um sein Gesicht vor Mike zu verbergen. Er nahm einen langen Schluck aus seinem Glas. Der Drink half, aber viel mehr würde er nicht aushalten können. Er sah zu seinen fünf erschienen Romanen hinauf. Kaum fünf Zentimeter nahmen sie auf dem Regal ein. Fünfzehn Jahre Gedanken und Gefühle und harte Arbeit. Er hatte gerade erst angefangen. Wenn er nur noch ein wenig durchhalten könnte, wenn er nur wieder zu Sarah durchdringen könnte, würde er Mike und Hanscombe und dem ganzen Rest schon zeigen, was *schreiben* bedeutete. Und einen Haufen Geld machen, wenn er schon dabei war. Er drehte sich um und schaffte es, seinen Freund gefasst anzulächeln.

»Na komm, vertagen wir das Treffen der Rettet-George-Cosmo-Leighton-Gesellschaft. Vielleicht haben wir noch Zeit für einen Schnellen vor dem Mittagessen.«

»Danke, nicht für mich. Noch einer von denen und ich liege auf der Nase.«

»Du wirst alt, Mike. Die zerstörerischen Auswirkungen der Zivilisation.«

Er schnippte mit den Fingern, ging zu seinem Schreibtisch und begann Schreibmaschinenpapier in Streifen zu reißen. »Einen Moment noch«, sagte er über die Schulter. Als er fand, dass es genügend waren, sammelte er die Streifen ein und knäulte sie zusammen.

»Hat dich die Hitze jetzt endgültig erledigt?«, fragte Mike.

»Nur 'n Moment noch. Bleib, wo du bist.« Er rannte zur Treppe und so schnell er konnte hinunter. Die Hose, die er am Vorabend getragen hatte, fand er in einem Schrank und zog sich schnell um. Das Papierknäuel steckte er in die Tasche und kletterte wieder zu Mike hinauf.

»Also. Schau mal, ob du sehen kannst, ob ich irgendwas in der Tasche habe«, instruierte er Mike.

»Spielst du hier irgendein Spiel? Was soll ich machen, etwa deine Beule bewundern?«

George ging vor ihm auf und ab. »Sag schon. Kannst du was sehen?«

»Armer alter Comso. Er ist durchgeknallt. Nein, ich kann nicht sehen, ob du irgendwas in der Tasche hast. Vielleicht ein Päckchen Zigaretten in der linken?«

George stellte seinen linken Fuß auf einen Stuhl. Das Papierknäuel war unter dem Stoff deutlich zu erkennen. Es sah viel eher wie eine zerdrückte Zigarettenschachtel als wie ein Papierknäuel aus. Das Experiment war ergebnislos, aber nachteilig für Costa verlaufen. Hatte er gestern Abend das Bein auf einen Stuhl gestellt?

»Würdest du geruhen, mir das ein wenig zu erläutern?«, forderte Mike.

»Wir hatten heute Vormittag eine Diskussion. Es ist zu kompliziert zu erklären. Komm, gehen wir runter. Es gibt gleich Mittagessen.«

In scheinbarer Harmonie gingen sie ihren Weg zurück durch das Haus.

»Ich sehe, du hast ein paar nette Bilder«, sagte Mike.

»Ich hab' auch ganz schön zu sammeln angefangen. Hauptsächlich Impressionisten. Kennst du Peter Mills-Martin?«

»Klar. Er will dich zum Abendessen einladen, wenn du bleibst.«

»Ich hab' ihn ein- oder zweimal getroffen, du weißt schon, auf großen Partys. Klasse Typ. Ich hab gewusst, dass er ein Haus hier hat. Ich hab' in Athen ein kleines Geschäft auf seinem Spezialgebiet abgeschlossen. Ich würd' gern mal mit ihm reden.«

»Nichts einfacher als das. Wahrscheinlich treffen wir ihn später sowieso irgendwo. Wenn nicht, kann ich ihm 'ne Nachricht raufschicken.«

Sarah lag im Garten auf einer Chaiselongue und las. George bemerkte freudig überrascht, dass kein Drink neben ihr stand.

»Habt ihr zwei die alten Zeiten wiederauferstehen lassen?«, begrüßte sie die beiden heiter lächelnd. George bemerkte, wie sie mit hastigen, nervösen Fingern das Buch zuschlug. Sie hatte etwas fiebrig Übereifriges an sich, was ihn verwunderte. Es war so anders als die alkoholbedingte Anspannung, die er so gut kannte. Irgendwie wirkte sie unterdrückt beschwingt oder erwartungsvoll, als wäre sie drauf und dran, ein Wunder zu vollbringen. Vielleicht war sie einfach mit dem Mittagessen zufrieden.

»Mike hat dem Haus seinen Pflichtbesuch abgestattet,« sagte George.

»Wahnsinn! Wie ein fernöstlicher Palast.«

»Trinkst du keinen Aperitif?«, fragte George sie.

Sie schüttelte den Kopf. »Wir essen gleich. Ich hab' gedacht, Mike hat wahrscheinlich Hunger.«

Seitlich stand bereits der gedeckte Tisch: leuchtende Keramik, grobe Leinensets, ein Laib Brot und eine Flasche Wein in einem Eiskübel. Alles war, wie George es sich gewünscht hatte, einfach, aber hübsch und suggerierte gute Organisation und rustikalen Überfluss.

Wenn das Essen fertig war, würde das Wunder perfekt sein. Normalerweise schafften sie es gerade noch, zwischen zwei und vier Uhr ein paar Bissen herunterzuwürgen. Wie eine Heldin stellte sich Sarah der heutigen Herausforderung. Er stand über ihr und streichelte ihre Schulter. »Hat jemand unseren Sohn und Erben gesehen?«

»Ich glaub', ich hab' ihn in seinem Zimmer gehört.«

George wandte sich zum Haus und rief hinauf: »Jeff, Mittagessen ist gleich fertig.«

»Was ist mit eurer Tochter?«, fragte Mike.

»Sie ist bei einer Freundin in Athen«, erklärte Sarah. Mike bot viel Charme auf und fragte weiter nach den Kindern, wie alt sie waren, wo sie zur Schule gingen und so weiter. Sarah spürte eine Wachsamkeit unter seiner Oberfläche und war auf der Hut, als sie wortreich zu erzählen anfing.

Nach ein paar Minuten erschien Chloë mit einem ausgezeichnet aussehenden Fisch auf einer Platte. Jeff schlurfte hinter ihr her. Beide wurden Mike vorgestellt.

»Weshalb dieses ganze Theater?«, bemerkte Jeff und blickte finster hinüber zum Tisch. Man hätte darauf wetten können, dass Jeff in seiner schon fast aggressiven Taktlosigkeit, so was sagen würde. Aber da er eher gemurmelt hatte, als es deutlich auszusprechen, war George zuversichtlich, dass Mike ihn nicht gehört hatte. Chloë holte noch einen großen Salat und setzte sich dann zu ihnen an den Tisch.

»In Griechenland sind Dienstboten Teil der Familie«, erklärte er Mike. »Es gibt hier keine wirklichen Klassenunterschiede. Das ist eine der schönsten Sachen hier.«

»Wir essen normalerweise nicht viel zu Mittag«, sagte Sarah sorgsam. »Ich hoffe, es wird reichen.«

»Meine Güte, habt ihr vergessen, was es bei uns zu Hause zum Mittagessen gibt. Ich ess' normalerweise nur ein Sandwich.«

Abgesehen von Mikes misslungenen Versuchen, Jeff aus der Reserve zu locken, die lediglich mürrisches Knurren ernteten, war das Tischgespräch ein lebhafter Austausch von Neuigkeiten und Gerüchten. Sarah nippte nur an ihrem Wein, anstatt ihn wie gewöhnlich gläserweise in sich hineinzuschütten. George schnappte begierig nach jeder Hoffnung. Wenn sie für Mike die Selbstbeherrschung aufbringen konnte, war sie dem Trinken vielleicht noch nicht mit Haut und Haaren verfallen. Die gute Unterhaltung und der Wein, den er getrunken hatte, hielten ihn aufrecht und er träumte davon, dass das Leben wieder glücklich sein könnte, wie früher. Es *könnte* hier schön sein. Eine oder zwei Stunden mit Mike und der Gedanke an die große, weite Welt waren genug gewesen, um alle Zweifel zu zerstreuen. Bisher war noch nichts endgültig zerstört. Wenn das neue Buch besser ankommen würde als das letzte, hätten sie möglicherweise sogar genug Geld, um eine Zeitlang wegzufahren, nach Paris vielleicht, oder London, um sich an den alten Quellen zu erquicken – Theater, Freunde, Ausstellungen, Geschäfte. Sarah war schon immer von Geschäften fasziniert gewesen. Er lächelte in sich hinein, als er an ihre eifrige Kauflust dachte. Es war lange her, seit Sarah ihr das letzte Mal hatte frönen können.

Jeff entschuldigte sich, murmelte etwas davon, jemanden treffen zu müssen. Der Tisch war abgeräumt, der Kaffee serviert.

»Wann geht ihr beiden schwimmen?«, fragte Sarah. »Das ist doch euer Plan, oder?« Sie fragte demonstrativ, wie um das mittägliche Zwischenspiel für beendet zu erklären. Das berühmte Schwimmen – na ja, zweifellos hatte sie ihren Mittagsschlaf verdient.

»Das könnte uns abkühlen«, stimmte George zu. »Wie steht's bei dir, Mike, mein Junge?«

»Ich glaub', ich könnte zuerst mal ein Nickerchen gebrauchen. Eine Viertelstunde reicht, um meine Batterien wieder aufzuladen. Und keine Witze mehr über das

Altwerden. Ich folge nur deinem Beispiel und lasse mich von der Inselträgheit anstecken.«

»Na, dann leg' dich doch hier im Gästezimmer hin. Es ist bestimmt weniger heiß als im Hotel. Ich hab' um sechs einen Termin, aber wir haben viel Zeit.«

Er führte Mike ins Gästezimmer und ging dann nach unten in die Küche und kontrollierte Sarahs Brandyflasche. Tatsächlich hatte er Recht gehabt, der Pegel war nicht sichtbar gesunken. Daraufhin ging er in den Garten zurück, um nach ihr zu sehen. Sie lag wieder auf der Chaiselongue. Er trat von hinten an sie heran, küsste sie aufs Haar und setzte sich dann ans Fußende der Chaiselongue.

»Das war wunderbar, Sal. Du kannst stolz auf dich sein.«

Sie lächelte und zuckte mit den Schultern, aber irgendetwas in ihrer Stimme klang seltsam, als sie sagte: »Kann ich doch immer, oder?«

»Na klar. Aber ich wollte, dass es heute ganz besonders gut klappt. Ich glaub', er war beeindruckt.«

»Ich kann es nicht ertragen, wie er bei dir den großen Macker spielt. Als wenn Geldscheffeln in Hollywood etwas mit Schriftstellerei zu tun hätte. Er hat sich sehr verändert. Wenn ich ihn zu oft sehen muss, könnte meine Nummer ein bisschen nachlassen.«

»Na, bis heute Abend hast du frei. Danke für den Aufwand. Ich würd' gern den Frieden wahren, um der alten Zeiten willen.«

»Und was ist mit dieser zutraulichen Schiene da mit Jeff?«

»Was meinst du?«

»Ach nichts. Frauen sehen so was schneller als Männer. Wie er ihn angeschaut hat. Es ist mir egal, mit wie vielen Frauen er verheiratet war. Die Psychiatrie treibt alle in den Staaten in den Wahnsinn und sie wagen es, hierher zu kommen und uns zu erzählen, dass *wir* ein komisches Leben führen.

»Ach, na ja, er bleibt ja nur eine Nacht. Wahrscheinlich sehen wir uns dann die nächsten zwölf Jahre wieder nicht.«

»Da wär' ich mir nicht so sicher. Ich wette, nicht viele Leute stärken sein Selbstwertgefühl so wie du. Du behandelst ihn, als wäre er immer noch was wert. Du bist einfach zu nett. Jetzt, wo er das Haus gesehen hat, kommt er wahrscheinlich regelmäßig.«

»Das wär' echt ein Problem. Egal, du warst fantastisch.« Er drückte ihr Fußgelenk. Wegen Mikes Anwesenheit riskierte er es, sie zu berühren, wagte, sie unbekümmert anzusehen, seinen Blick völlig von ihr fesseln zu lassen. Ob sie schön war, wusste er nicht. Für ihn war sie die attraktivste und begehrenswerteste Frau – da war er sich sicher. Die Augen, die vor Feuer sprühen konnten, der Mund, der Ausdruck und Format besaß, nicht eine schlaffe Öffnung war, wie andere Münder. Die Beschaffenheit ihrer Haut, ihr Hals, ihre Schultern – wenn er eine Frau erschaffen würde, würde sie so aussehen. Er streichelte ihr Fußgelenk, fuhr mit der Hand daran auf und ab. Ihre Blicke trafen sich. Ihrer war vorsichtig, aber er konnte etwas Mehrdeutiges darin erkennen, etwas zurückhaltend Fragendes, aber auch Begehren. Er fühlte, wie sich sein Glied rührte und er schneller atmete. Es passierte wirklich. Mit ihr. Gefährliche Spielchen – zu gefährlich, um sie nüchtern zu spielen.

Er wartete darauf, dass der Gedanke, allein mit ihr zu sein, wie üblich sein Begehren zügeln würde, aber das Verlangen schwelte weiter in ihm. Würde es ihm endlich gelingen? Es jetzt zu tun, kam nicht in Frage, aber er war nahe daran, es zu wagen. Morgen, wenn Mike weg war, würde sich der Augenblick vielleicht wiederholen. Ihre Augen glänzten, ein angespanntes kleines Lächeln umspielte ihre Lippen.

»Wenn ihr gehen wollt, solltet ihr dann nicht jetzt langsam gehen?«, fragte sie plötzlich scharf und vernichtend. »Es ist bestimmt schon nach halb vier.«

Er stand auf, steckte die Hand in die Hosentasche, um sein sogleich schrumpfendes Glied zu arrangieren. Die Verbindung zwischen ihnen war völlig unterbrochen. Er erlebte ein Gefühl körperlicher Entfernung, als würde er ins All geschleudert. Diese Empfindung war ihm nicht unbekannt, es war eine Art halluzinatorischer Zauber, der ihn hin und wieder überkam und dem er sich freiwillig ergab, weil dieser, solange er anhielt, ihn scheinbar vom belanglosen täglichen Leben befreite. Er hatte das Gefühl, den Sinn des Lebens erkannt zu haben. Er war allein und alle Geheimnisse des Lebens waren sein.

»Ich geh' schon«, sagte er und war sich kaum bewusst, dass er mit ihr sprach. »Die Polizei wird mich nicht zu lange aufhalten. Ich bin auf jeden Fall um sieben wieder da.«

Sie wartete, bis er außer Sichtweite war, schloss dann die Augen, hielt sich an den Armlehnen fest und drückte den Rücken durch. Sie atmete tief ein und aus und entspannte sich. Wie lange musste sie noch warten? So lange, bis George fertig war und Mike sich zusammengerissen hatte. Noch eine halbe Stunde? Es war unausweichlich. Hatte sie je gezweifelt, so wusste sie jetzt, dass es passieren musste. Einen Moment hatte George sie angesehen wie schon lange nicht mehr, als begehrte er sie und alles in ihr war vor ihm zurückgeschreckt. Sie verachtete sich dafür. Um für ihn wieder ins Lot zu kommen, bedurfte es eines weiteren Verrats.

Um nicht von der Liege zu fallen, musste sie sich schrecklich anstrengen. Sie kämpfte dagegen an, in die Küche zu gehen und sich einen Drink zu genehmigen. Es durfte nicht im Alkoholdusel geschehen. Sie wollte es kalt und nüchtern erleben, um ihr Verlangen nach neuen jungen Körpern zu besiegen.

Schließlich hörte sie Stimmen und die Tür gehen. Da niemand durch den Garten gekommen war, mussten sie wohl die Seitentür genommen haben. Sie sprang auf und ging sofort in ihr Zimmer – ihrer beider Zimmer – aber es war mehr und mehr ihres geworden. Sie zog die Tagesdecke von dem großen Doppelbett, zerwühlte die Laken und zerknüllte das Kissen. Dann zog sie sich nackt aus und legte ihre Kleidung sorgfältig beiseite. Sie vermied es, ihren Körper anzusehen, sein Verlangen beschämte sie. Schließlich schlüpfte sie in ein gerade geschnittenes Sackkleid und Sandalen und war bereit. Einen Moment stand sie lauschend da. Nichts war zu hören. Sie ging zum Absatz der steilen Treppe, die zu Georges Arbeitszimmer führte und rief zur Vorsicht seinen Namen. Keine Antwort. Geräuschlos ging sie hinunter, durch den Garten und war verschwunden.

Von den Briefen, die mit dem Morgenschiff angekommen waren, hatte sich Peter einen bis ganz zuletzt aufgehoben. Er öffnete ihn jetzt. Im Haus war es sehr still. Charlie arbeitete und Martha und die Kinder machten Mittagsschlaf. Peter wartete in seinem Zimmer auf Jeff. Es war wie ein Büro eingerichtet; da es offiziell sein Schlafzimmer war, stand auch ein Bett darin, er schlief jedoch nie dort.

Der Brief war von Raoul Bertin, einem Freund, der in Südfrankreich ein berühmtes Restaurant besaß. Peter hatte diesen Brief als letzten lesen wollen, weil er ihn am meisten interessierte. Vor einem Monat hatte er aus der Zeitung erfahren, dass in Raouls Restaurant eingebrochen worden war. Nach französischer Tradition hatte Raoul jahrelang verschiedene Hungerkünstler finanziell unterstützt und dafür eine Menge Bilder geschenkt bekommen. Einige dieser Maler waren mittlerweile bedeutende zeitgenössische Künstler und deren Bilder bildeten die Hauptwerke einer Sammlung, die Raoul beharrlich, wenn auch mit wenig Sachverstand, erweitert hatte. Es war eine beachtliche, wenn auch uneinheitliche Sammlung. Vor einem Monat war ein Großteil davon gestohlen worden. Peter überflog den

Brief. Wie er gehofft hatte, ging es darin um den Diebstahl.

... Ich bin ziemlich sicher, wer's war ... transportiert wird per Yacht ... die Bilder werden in Gruppen im Mittelmeerraum – Spanien, Ägypten, vielleicht auch in der Türkei und in Griechenland – an den Mann gebracht ... ich bin nicht absolut sicher, aber ich habe so etwas läuten hören ... Ich kooperiere nicht mit der Polizei. Ich hatte schon einige Zeit den Verdacht, dass diverse Bilder Fälschungen sind. Mein Lieber, du hast doch auch vermutet, dass einige nicht ganz sauber sind? ... Die Versicherung ist erstklassig. Ich denke, ich werde den Verlust verschmerzen, selbst wenn ich die Bilder nie mehr sehen sollte. Da du in der Gegend bist, wird dir möglicherweise etwas zu Ohren kommen. Ich persönlich wäre glücklich, wenn du dann diskret weghören könntest. Ich weiß, du hast Skrupel und fühlst dich möglicherweise dazu verpflichtet, irgendwas zu tun. Das ist deine Sache. Ich schreibe dir, damit dir mein Verlust nicht zu nahe geht ...

Lächelnd las Peter den Brief zu Ende und ließ ihn auf den Schreibtisch vor sich fallen. Nach einem Moment zerriss er den Brief in winzige Fetzen und spülte ihn das Klo hinunter. Eine üble Wasserverschwendung, aber Raoul hätte auf keinen Fall schreiben dürfen, dass er einen Versicherungsbetrug vorhatte. Peter war sich sicher , dass eine ganze Reihe der Sammelstücke Fälschungen waren, aber er hatte nie etwas gesagt und taktvoll abgelehnt, als Raoul ihn dazu bringen wollte, einige der Stücke zu verkaufen.

Als er zum Schreibtisch zurückging, fiel ihm wieder ein, dass er nackt war. Er hob seinen Sarong auf, wo er ihn hatte fallen lassen und band ihn sich um die Hüfte. Im gleichen Moment hörte er, wie unten die Haustür geöffnet und geschlossen wurde. Ein unverwechselbares Geräusch. Costa? Jeff? Er hatte Jeff gesagt, wo er war, damit er hereinkommen konnte, ohne das ganze

Haus zu stören. Niemand sperrte hier jemals eine Tür zu. Costa schien immer instinktiv zu wissen, wo er jemanden finden konnte, den er suchte. Kurz darauf hörte er Schritte im Zimmer nebenan und ging zur Tür, um seinen Besuch zu begrüßen.

»Hallo, Kleiner«, sagte er, als er beiseite trat, um Jeff hereinzulassen. Der Schatten eines Lächelns glitt über das Gesicht des Jungen, als er hereinschlenderte.

Er hatte breite Schultern, der Rest seines Körpers war jedoch noch in Entwicklung begriffen, er sah ein bisschen aus, als hinge er an einem Kleiderbügel. An den großen Händen und Füßen konnte man sehen, dass er noch nicht ausgewachsen war. Er würde wohl so groß wie sein Vater werden, ein paar Zentimeter größer als Peter mit seinen Einsachtzig. Jeff ließ sich in einen Stuhl fallen, Arme und Beine weit von sich gestreckt. Peter zog den Schreibtischstuhl zu ihm heran. »Möchtest du was trinken? Kaffee? Etwas Kaltes?«

»Nein, danke.« Jeffs Stimme war tief und angenehm. Schwarzes Haar fiel ihm in die Stirn, darunter wuchsen kräftige Augenbrauen. Er hatte eine starke, gerade Nase und einen schön geschwungenen Mund. Sein Gesicht würde wohl einmal ein wenig kantig, schön und männlich sein, aber noch hatte es etwas Weiches, Androgynes, das Peter nicht gefiel. Jeffs riesengroße, faszinierende Augen, intelligent und verträumt, wanderten beständig zwischen Peter, der Decke und den geschlossenen Fensterläden hin und her. Mit Mädchen hatte er nie etwas zu tun gehabt, obwohl sein Verhalten bereits unterschwellige Leidenschaft ausdrückte. Das war eines der Dinge, über die Charlie und er sich wunderten.

»Gibt's was Neues vom Familienbesitz?,« fragte Peter, als er saß. »Von dem Geld?« Jeff zuckte mit den Schultern und fuhr sich mit kraftvollen Fingern durchs Haar, eine Angewohnheit, die er wohl von seinem Vater hatte. »Papa hat es wahrscheinlich irgendwo im Haus verlegt. Die meiste Zeit ist er so betrunken, dass er nicht mehr weiß, was er tut. Er wird es schon finden.«

»Es wäre ziemlich unangenehm, wenn Costa Schwierigkeiten bekommen würde, wenn das des Rätsels Lösung ist.«

Jeffs blitzte ihn an und sah sofort wieder weg. »Wenn es keine Beweise gibt, können sie ihm auch nichts tun.«

»Hoffentlich hast du Recht. Ist euer prominenter Gast schon da?«

»Mike Cochran? Ich mag ihn. Er ist irgendwie seltsam.«

»Wirklich?«

»Wie er mich anschaut. Angeblich soll er doch all diese Frauen gehabt haben.« Jeff warf seine langen, braun gebrannten Beine hin und her und ließ seinen Kopf auf die Rückenlehne sinken. Er sah Peter durch halbgeschlossene Augen an. »Ich denke, du weißt, worüber ich mit dir reden wollte. Ich hab' mich in Dimitri verliebt.«

»Verstehe.« Peter hatte eine etwas weniger direkte Herangehensweise erwartet. (»Könnte ein Typ …« oder »Ich hab' so ein komisches Gefühl …«) Er hätte wissen müssen, dass Jeff, der hier aufgewachsen war, die verschiedenen Arten körperlicher Liebe als gegeben hinnahm. »Lass mich mal nachdenken. Du bist fast achtzehn, oder?«

»Ich werd' im Herbst achtzehn, wenn ich nach Harvard gehe. Du glaubst wahrscheinlich, dass ich nichts über Liebe weiß und ich weiß auch tatsächlich nichts darüber.« Er lehnte sich nach vorne, stützte seine Ellbogen auf die Knie, legte den Kopf zwischen die Hände und starrte auf den Boden. »Ich weiß nur, dass ich mich unglaublich zu ihm hingezogen fühl', seitdem er im Frühling zurückgekommen ist. Deshalb musste ich mit dir sprechen.«

Peter war gerührt. Jeff war fast zwei Jahre jünger als er damals, als er Charlie kennen gelernte und seine erste sexuelle Erfahrung gemacht hatte. Er versuchte sich an damals zu erinnern und ihm wurde bewusst, dass ein solches Gespräch für ihn undenkbar gewesen wäre. Peter stand auf und trat an seinen Schreibtisch, wo es für ihn jedoch nichts zu tun gab. Er drehte sich zu Jeff um. »Möchtest du reden oder willst du, dass ich dich frage?«

»Mir egal. Du kannst mich fragen, was du willst.« Jeff hob den Kopf und ließ die Arme sinken. Die unverhohlene Bewunderung in seinen großen dunklen Augen schnürte Peter die Kehle zu. Jeffs Jugend appellierte an sein Verantwortungsgefühl. Jeff fuhr fort: »Du und Charlie, ihr seid meine Götter. Das musst du wissen. Ich könnte mit Charlie nicht so reden – er ist irgendwie so weit weg und schwebt über allem – aber ich verehre ihn auch.«

Peter räusperte sich. »Wir mögen dich auch sehr, Jeff. Wir haben uns über dich unterhalten und uns gefragt, ob vielleicht zwischen dir und Dimitri was ist. Was ist los? Ist irgendwas schief gelaufen? Behandelt er dich schlecht?«

»Du verstehst mich nicht.« Jeff ließ sich in den Stuhl zurücksinken, die Hände zwischen den Schenkeln. Der Schatten eines Lächelns umspielte wieder seine Lippen. »Es ist nichts passiert. Nichts. Nie. Weder mit Dimitri noch mit sonst irgendwem. Vor Dimitri wollte ich keinen Sex und er wollte nichts mit mir zu tun haben. Er hat gesagt, ich bin zu jung. Er hat Angst gehabt, dass er Schwierigkeiten mit meinem Vater bekommt.«

»Das klingt überraschend vernünftig«, sagte Peter, während er zu seinem Stuhl zurückging.

»Das ist jetzt anders. Es ist was passiert – ich kann dir nicht alles erzählen – auf jeden Fall lässt er mich heute bei sich übernachten.«

»So?« Ein vager Gedanke schoss Peter durch den Kopf und war verschwunden. »Na ja, in so einem Moment kann man wohl nicht viel sagen. Weißt du, worauf du dich einlässt? Ich brauch' dir wohl nicht zu erzählen, dass jeder mal irgendwelche Phasen durchmacht und so weiter – dazu bist zu intelligent. Ich wünschte nur, es wäre nicht Dimitri.«

»Ich weiß. Ich weiß alles über ihn. Ich weiß, dass er mit jedem dahergelaufenen Typen ins Bett geht. Ich musste so tun, als hätte ich unglaublich viel Erfahrung, bevor er mich überhaupt wahrgenommen hat. In Wirklichkeit hab' ich aber überhaupt keine Ahnung von Sex. Deshalb bin ich zu dir gekommen. Ich könnte nicht mit den Schwulen in der Stadt darüber sprechen. Die würden mich nur dazu überreden wollen, und das will ich nicht. Bitte, Peter, sag mir, was ich wissen muss.«

»Das ist ganz schön viel verlangt, mein Lieber. Weißt du beispielsweise, was er im Bett mag?«

»Klar weiß ich das. Ich kann mir allerdings nicht vorstellen, so was zu machen. Alle Kids ficken sich hier gegenseitig in den Hintern. Sie wollten, dass ich mitmache, aber sie sind so hässlich und das Ganze wirkt so animalisch. Ich weiß, dass ihm Größe wichtig ist. Er spricht ununterbrochen davon, aber ich weiß nicht mal, ob meiner groß oder klein ist. Ich hab' Schiss. Ich will nicht, dass ich heute Nacht ein Trauma für mein ganzes Leben davon trag'.«

Peter unterdrückte ein Lächeln. Jeffs Pathos war komisch, aber auch rührend. »Du klingst 'n bisschen planlos. Niemand zwingt dich, mit einem Typen ins Bett zu gehen.«

»Oh, ich weiß das von mir. Wusste ich schon immer.« Er zog seine Hände zwischen den Beinen hervor und strich langsam mit flachen Händen über seinen Bauch hinauf zur Brust, wo seine breiten Finger verharrten – raffinierte, unbewusst verführerische Tricks der Jugend. Das angedeutete Lächeln wurde breiter. »Ich hätte in Delos geboren werden sollen. Ich wär' Nackttänzer geworden und hätt' unaussprechliche Riten vor einem monumentalen Phallus vollführt. Ich wusste das von mir, bevor ich irgendwas von Sex wusste. Ich erinnere mich, wie ich als Kind die Geschichte von Apollo und Hyazinth gelesen habe – einer dieser Mythen für Kinder, aus dem alle sexuellen Andeutungen entfernt sind – und ich bin fast ohnmächtig geworden, es war so unglaublich schön. Ich hab' alles verstanden, ohne zu wissen, was ich verstanden hab'. Ich wusste, die Geschichte handelt von Apollo, der sich in einen wunderschönen Jüngling verliebt hat und das hat mich fast umgehauen. Im wahrsten Sinne des Wortes. Wen würde es stören, einen Diskus zwischen die Augen zu bekommen, wenn Apollo wegen dir eine Erektion bekommen hat? Für mich ist der Phallus das erregendste, schönste Wunder der Natur. Ich sehe ihn überall, er ist das Leben an sich. Ich versteh' wirklich nicht, wie jemand ihm nicht huldigen kann. Ich wünschte, meiner wäre einen Meter lang. Wenn ich masturbiere – das mach' ich oft – denk' ich immer an dich und Charlie mit riesigen Erektionen. Zwei wunderbare riesige Phalli.«

»Meine Güte, ich werd' gleich knallrot.« Peter war froh, lachen zu können. »Bei Charlie ist das ja vielleicht gerechtfertigt, aber meiner ist wirklich nichts Besonderes.«

»Ich frag' mich, wie man homosexuell wird. Eigentlich müsste doch jeder homosexuell sein, aber da das nicht so ist, muss es dafür einen Grund geben. Weiß das jemand? Ich mein', ich kenn' diese Theorie mit der dominanten Mutter und dem schwachen Vater, aber bei mir war das nicht so. Bis vor Kurzem war Papa immer klasse. Ich denke, dich und Charlie zu kennen und zu sehen, was für ein wunderbares Leben ihr zusammen habt und zu wissen, dass ihr ineinander verliebt seid – das hat mir geholfen, mich nicht dafür zu schämen. In den USA gilt Schwulsein als ein Schicksal schlimmer als der Tod. Aber auch, wenn ich dort aufgewachsen wär', würd' ich Männer vergöttern. Den göttlichen Phallus. Weißt du warum?«

Peter lächelte und schüttelte den Kopf. »Keinen Schimmer. Bei mir war's anders, aber das Ergebnis ist das Gleiche. Ich bin aufgewachsen, ohne irgendwas darüber zu wissen. Bewusst habe ich damals nie einen Schwulen auch nur zu Gesicht bekommen. Aber als mich Charlie an dem Tag, an dem wir uns kennen gelernt haben, angeschaut hat, hab' ich genau gewusst, was ich wollte.« Peter hob den Kopf und lachte. »Die einzige sinnvolle Erklärung ist, dass wir alle bisexuell sind und manche ihren homosexuellen Anteil mehr unterdrücken als andere. Vielleicht wär' ich heterosexuell, wenn ich mich nicht so in Charlie verliebt hätte. Wichtig ist, dass man sich keiner Sache verschließt. Vielleicht erlebst du eines Tages noch 'ne Überraschung.«

»Du bist so lässig und so sicher. Ich hab' das Gefühl, ich kann dir alles sagen. Könnte ich dich nackt sehen?«

Peter war perplex, es gelang ihm jedoch, dies zu verbergen. »Ich bin schon ziemlich nackt. Würde ein bisschen mehr einen solchen Unterschied machen?«

»Na klar, das weißt du genau. Wenn ich dich nackt sehen könnte, würd' ich eine Erektion bekommen. Und wenn ich auch nackt wär', könntest du mir sagen, ob meiner annähernd groß genug ist, um Dimitri zu interessieren. Verstehst du nicht? Ich weiß, dass du mir die Wahrheit sagen würdest. Du gibst mir das Gefühl, dass alles gut ist. Ich will nicht, dass alles wegen meiner völligen Ahnungslosigkeit kaputtgemacht wird.« Er schwang ein Bein über die Armlehne, ließ seinen Kopf zurückfallen und starrte an die Decke. Auf seinem langen Hals wurde ein prägnanter Adamsapfel sichtbar, der auf- und abhüpfte, während er verträumt sagte: »Kennst du diese Geschichte – von Homer oder so – von Apollos Geburt? ›Er war lichtgeboren.‹ Vielleicht sind Götter so. Aber mir kam alles immer ziemlich dunkel vor.« Plötzlich ließ er seinen Kopf nach vorne fallen und vergrub sein Gesicht in den Händen. »Es ist unglaublich wichtig für mich«, sagte er mit einem tiefen, schmerzlichen Grollen.

Peter war bewegt, aber nicht im Geringsten in Versuchung. Seit Jahren hatte er nicht mehr mit dem Gedanken gespielt, mit einem Jungen Sex zu haben – nicht unbedingt aus Treue zu Charlie oder weil er gegenwärtig weniger eindeutig homosexuell war als früher – sondern einfach, weil er nicht mehr daran interessiert war.

Peter wusste nicht wirklich, wie es dazu gekommen war; das war eines von Charlies Mysterien. Indem Charlie darauf bestanden hatte, Martha mit ihm zu teilen, hatte er Peter bewiesen, dass dieser fähig war, Frauen zu befriedigen und selbst Spaß daran zu haben. Diese Entdeckung hatte Peter eine neue Welt erschlossen und ihn bereichert. Diese gelegentlichen heterosexuellen Episoden waren anregend, neuartig und gaben ihm gleichzeitig die Gewissheit, dass ein wenig emotionales Chaos ihn nicht aus der Bahn werfen konnte. Wie Charlie zweifellos gehofft hatte, hatte das irgendwie sein Interesse an Jungen beseitigt.

Peter sah den gepeinigten Jungen vor sich an und wählte seine Worte sorgfältig, damit ihm die Unterhaltung nicht entglitt. Er wollte nicht, dass Jeff sich noch mehr quälte oder sich zurückgewiesen fühlte. »Ich muss dich nicht mit einer Erektion sehen, ich kann mir auch so ziemlich gut vorstellen, wie du gebaut bist«, sagte er. »Bei dir ist alles in Ordnung.«

»Ist dir das aufgefallen?«

»Klar, ich bin zwar nicht mehr auf der Jagd, aber ich hab' immer noch ein theoretisches Interesse dran, was Typen so zwischen den Beinen haben.«

Jeff sah auf, sein Lächeln war plötzlich jungenhaft und lebendig. »Du bist was Besonderes, du bist irgendwie so natürlich. Ich kenn' keinen Erwachsenen wie dich. Offen gesagt, ich hab' nicht das Gefühl, dass da irgendein Altersunterschied zwischen uns ist. Für dich ist das vielleicht kein Kompliment, aber es soll eins sein. Unglaublich. Ich darf dich nackt sehen, oder?«

»Ich hab' noch nie ein Problem damit gehabt, mich auszuziehen, aber ich glaub' nicht, dass das jetzt eine gute Idee wär'.«

»Wegen Charlie?«

»Wie meinst du das?«

»Du bist ihm treu, oder?«

»Klar bin ich ihm treu. Ich wäre ihm jetzt nicht untreu, wenn ich mich für dich ausziehen würde. Charlie und ich können uns gar nicht untreu sein, das wissen wir schon ewig. Ich habe hin und wieder was mit einer Frau, aber er mag das. Wir sind alle ein bisschen eigenartig. Der Gedanke, dass ich mit einer Frau schlafe, macht Charlie einfach an.« Er machte eine Pause und dachte an das Mädchen am Hafen heute Mittag. Er lenkte seine Aufmerksamkeit wieder auf Jeff. »Das letzte Mal, dass ich ihm fast untreu war, war mit Dimitri, o Gott, und das war vor zehn Jahren, als wir auf dieser Kreuzfahrt mit Martha und ihrem Mann nach Griechenland gekommen sind. Als wir das Haus gekauft haben.«

Jeffs Augen weiteten sich vor Interesse. »Wie war er?«

»Sehr unschuldig und attraktiv. Nicht so schön wie jetzt. Ungefähr so alt wie du. Seiner ist ziemlich klein, wenn das so wichtig für dich ist, wie es klingt.«

»Es ist für *ihn* wichtig. Ich hab' keine Ahnung, was für mich wichtig ist«, platzte Jeff heraus und warf sich in dem Stuhl herum. »Ich wollte bis jetzt keinen Sex. Ich fand Sex einfach schmutzig. Ich glaub', weil bei den Kids Sex nichts mit Liebe zu tun hat. Jetzt bin ich bereit. Ich muss lernen, damit klar zu kommen. Wenn ich das nicht schaff', werd' ich meine Tage mit Fantasien über dich und Charlie und Apollo beschließen und den Rest meines Lebens masturbieren. Ist es verrückt zu glauben, dass ich als Homosexueller gut leben kann? Ist das sehr schwer?«

»Ich denk' schon. Vielleicht schwieriger als für andere Leute, aber gut zu leben ist für niemanden einfach. Ich beschwer' mich nicht, aber…« Er machte eine Pause und ein Schatten zog über sein sonst immer fröhliches Gesicht. »Manchmal ist es komisch. Schwul zu sein, mein' ich. Du lebst ein schönes Leben – ich mein' wirklich schön – du liebst und lebst für die Liebe, so wie jeder das für gut hält – und dann passiert irgendwas und erinnert dich daran, dass du dich eigentlich für ein Monster halten solltest. Charlie hat sich am Anfang dagegen gewehrt. Er hat mich rausgeschmissen und hat geheiratet. Ich mein' 'ne richtige Ehe, nicht diese Wahnsinnskonstruktion, die wir jetzt haben. Du hast wahrscheinlich davon gehört. Als wir wieder zusammen waren, haben wir lange versucht, es geheim zu halten. Du weißt schon, wir haben so getan, als wären wir gute Freunde. So was macht viel kaputt. Dann ist Martha aufgetaucht und unglaublicherweise war sie die eine Frau unter neunzig Millionen, mit der wir das irgendwie organisieren konnten, mit Kindern und so. Ich erzähl' das den meisten Leuten nicht, aber wenn Martha nicht aufgetaucht wär', wären wir auch ohne sie glücklich gewesen. Es war super und ich liebe die Familie, aber Charlie ist das Zentrum meines Lebens und das war immer so. Vielleicht haben wir die anderen getäuscht, aber wir waren uns darüber immer im Klaren. Ja, verdammt noch mal, klar können Homosexuelle gut leben.«

Jeff starrte ihn an. Erstaunt bemerkte Peter, dass Jeff Tränen in den Augen hatte. »Zwischen euch ist so viel Liebe und Verständnis«, sagte er verwundet. »Warum ist das bei anderen Leuten nicht auch so? Wenn ich daran denke, was zu Hause los ist, könnt' ich kotzen. Mein Vater wird zu einem versoffenen Wrack und meine Mutter rennt jungen Typen nach, die nicht viel älter sind als ich. Und *reden* tun sie nie miteinander. Sie streiten, aber sie sagen nie die Wahrheit. Du hast Ronnie nicht kennen gelernt, weil du nicht da warst, aber du solltest wissen, was da los war. Er war scharf auf mich. Ich wollte nicht und so hat ihn sich meine Mutter geschnappt. Deshalb ist das heute Abend so wichtig für mich. Ich muss irgendwann mal anfangen. Ich muss ein eigenes Leben leben. Vielleicht bin ich wirklich in Dimitri verliebt, aber ich werd's nie rausfinden, wenn ich so zu ihm gehe, so komplett fertig.«

Seine Stimme erstarb, er hob die Fäuste und presste sie an die Schläfen. »Ich werd' verrückt. Er merkt bestimmt, dass ich ein unerfahrenes Kind bin und schmeißt mich raus. O Gott, Peter, du könntest mir so helfen.« Er schloss die Augen und Tränen liefen ihm über die Wangen.

Peter unterdrückte den Reflex, zu ihm zu gehen und ihn zu umarmen. Der Junge war bereits jetzt emotional überstrapaziert, Zärtlichkeit würde ihn möglicherweise die Gewalt über sich verlieren lassen. Jeff seinen Körper zu zeigen schien die direktere Alternative. Er zögerte einen Moment und stand dann auf. »Na gut, Jeff. Wir können ein bisschen Dampf rauslassen.« Er ging zur Tür und verschloss sie. Er band das Tuch um seine Hüfte los, warf es auf die Seite und drehte sich zu Jeff. Sie waren so oft gemeinsam beim Schwimmen gewesen, wo er nur wenig mehr angehabt hatte, dass er sich kaum vorstellen konnte, dass seine Nacktheit jetzt so aufregend sein konnte. »So schau' ich aus«, sagt er und ging auf den Jungen zu.

Jeff starrte auf das Stück, das er noch nie gesehen hatte. Als Peter vor ihm stehen blieb, atmete er tief durch und seine Brust hob sich heftig. »Du bist so unglaublich schön. Du und Charlie, ihr seid die schönsten Männer, die ich jemals gesehen habe. Ich hab's gewusst. Deiner ist jetzt schon größer als meiner, wenn er steif ist.

»Das glaub' ich nicht. Wenn wir mit unserer vergleichenden Studie weitermachen wollen, solltest *du* mir jetzt mal was zeigen.«

Jeff befreite sich aus dem Stuhl und stand auf. Er warf seine Sandalen ab und zog das Hemd aus. Nach einem Moment war er aus Shorts und Unterhosen gestiegen, sein Blick war abgewandt.

»Meine Güte, du hast ja wirklich eine Erektion«, rief Peter. Der Oberkörper des Jungen war noch unbehaart, aber auf der Brust und dem flachen Bauch war schon ein Flaum zu erkennen. Nur sein Schamhaar war voll entwickelt. Von dort erhob sich das blasse, sehr kraftvoll wirkende Glied steil nach oben. Seine ausgereifte Männlichkeit stand im krassen Gegensatz zu dem braun gebrannten, knochigen Körper des Jungen. »Genau wie ich dir gesagt hab'. Du hast einen guten durchschnittlichen Schwanz. Eher größer als der Durchschnitt. Leider ist mein Wortschatz nicht so elegant wie deiner. Ich kann nicht von ›unseren Phalli‹ sprechen.«

»Ist er größer als der von Dimitri?« Jeffs Blick war noch immer abgewandt.

»Wesentlich. Außer seiner ist gewachsen.«

Jeff sah auf, seine klaren Augen bettelten. »Ich versteh' immer noch nicht, was wir machen sollen. Wenn Dimitri und ich jetzt so wären, was würde passieren?«

Peter lächelte ihn an. »Wenn ihr so wärt, würdet ihr miteinander ins Bett gehen und der Natur freien Lauf lassen.«

»Aber ich weiß doch nichts über Natur. Wie fängt man an?«

»Wie du Lust hast. Sex ist ein Ausdruck von Leidenschaft. Es soll Spaß machen. Wenn du mit Dimitri zusammen wärst, auf was hättest du Lust?«

»Darf ich ehrlich sein? Deinen ... ich weiß nicht, wie ich's sagen soll, aber es ist wahr ... ich will deinen Schwanz küssen. Ist das lächerlich?«

Peter lachte. »Von mir kannst du nicht erwarten, dass ich das komisch finde. Zu meiner Zeit hatte ich eine große Schwäche fürs Schwanzküssen. Eine Menge

Leute haben das, Frauen genauso wie Männer. Du wirst bestimmt nicht als Erfinder des Schwanzlutschens in die Geschichte eingehen.«

Jeff sah ihn ernsthaft an. »Würdest du mich lassen?«

»Spinnst du? Natürlich nicht.« Seine Ablehnung klang scharf, was er augenblicklich bedauerte. Er war nicht wütend. Er empfand eine tiefe Zuneigung für den Jungen und nun, da seine erste Überraschung angesichts der Entwicklungen nachgelassen hatte, war er völlig ungezwungen. Dieses nackte Beisammensein ließ ihn sich wieder jung fühlen, was jedoch nicht ungewöhnlich war. Er fragte sich oft, ob er jemals ganz erwachsen werden würde. Fühlte er sich jung, weil er jung aussah oder war es andersherum? Vielleicht würde er unter dem Gewicht der Jahre zerbröckeln, wenn er erst mal vierzig war. In der Zwischenzeit war es sehr angenehm, einen attraktiven Jugendlichen mit einer Erektion zu sehen. Das musste er unbedingt Charlie erzählen. Er ging zu Jeff, blieb aber stehen, bevor er in Reichweite war. »Zuerst mal hab' ich keinen Ständer gekriegt. Nicht, weil du kein verdammt attraktiver Junge bist. Es ist einfach so. Viele Leute denken, dass Schwule jeden Typen flachlegen wollen, den sie sich irgendwie schnappen können, aber das solltest du besser wissen. Also bleiben wir bei Dimitri.«

»Wie kann ich an Dimitri denken, wo du doch da bist?« Jeffs Blick fiel wieder auf sein Kultobjekt. »Er ist einfach hinreißend. Ich könnte mich vor Neid umbringen. Er ist zweimal so groß wie meiner.«

»Spinn doch nicht rum. Größer vielleicht, aber was soll's? Dieses Theater um Größe ist wirklich albern. Für Dimitri mag das wichtig sein, aber für die meisten Leute ist es nicht entscheidend. Ich fand's immer nett, ein bisschen mehr zum Herumfuchteln zu haben, aber es war jetzt auch nicht die Sache meines Lebens.«

»Ist der von Charlie größer als deiner?«

»O mein Gott, seiner ist wirklich zweimal so groß wie deiner, aber das ist ein Phänomen. Ich muss zugeben, ich bin völlig verrückt danach.« Peter lachte. »Ich wollte immer, dass er einen Abguss davon macht. Das wär' dann ein ganz schön fetter Eisenklumpen.« Jeff hob seine großen, dunklen, bewundernden Augen und Peter hatte das Gefühl, dass die Verbindung zwischen ihnen jetzt direkt und leicht war. Der Gesichtsausdruck des Jungen klärte sich, er war aufgeregt und neugierig, seine Bewunderung war jedoch nicht ursächlich sexuell, glühend, aber nicht leidenschaftlich. Peter sah die zart geschwungenen Lippen an und war einen Moment fassungslos, als im bewusst wurde, dass das Kind, das er hatte aufwachsen sehen, das jung genug war, sein Sohn zu sein, hier nackt mit einer dauerhaften Erektion vor ihm stand. »Ehrlich gesagt hab' ich heimlich gehofft, dass du einer von uns werden würdest«, sagte er lächelnd. »Du bist sicher der attraktivste Junge, den wir kennen. Wahrscheinlich bist du noch nie geküsst worden, oder? Wenn du deine Kleider wieder anziehst, können wir vielleicht was dagegen tun.«

Das begeisterte junge Gesicht erhellte sich, der sehnsüchtig Blick ruhte noch einmal ausgiebig auf Peters Körpermitte. Dann richtete er sich auf und, graziöser und bewusster als Peter das je an ihm gesehen hatte, ging er dahin zurück, wo er seine Kleider hatte fallen lassen. Mit seiner Erektion sah er aus wie ein obszöner heidnischer Gott auf einer griechischen Vase. Peter hatte sich seinen Sarong geholt und band ihn sich um die Hüfte. Er war froh, dass er nicht ein großes Geheimnis um seinen Körper gemacht hatte. Sie konnten jetzt ohne sinnlose Missstimmungen und Spannungen freundschaftlich und ebenbürtig miteinander umgehen. Er ging zu Jeff hinüber, der sich gerade wieder die Shorts hochzog. Als er die Hose zugeknöpft hatte, sah er Peter erwartungsvoll an. Peter kam noch näher und zog Jeffs Kopf zu sich heran. Ihre Münder begegneten sich. Jeffs Mund war geschlossen. Peter fuhr mit der Zunge leicht an Jeffs Lippen entlang, die sich keuchend öffneten. Ihre Zungen berührten sich und dann trat Peter lachend zurück. »Du darfst deinen Mund nicht zulassen, wenn du dich vor Leidenschaft verzehrst.« Er dachte an die unzähligen ekligen männlichen Küsse mit offenem Mund, die er in alten Zeiten auf »schwulen« Cocktailpartys bekommen hatte.

Jeffs Augen strahlten vor Staunen. »O mein Gott, Peter. Das ist wunderbar!« Seine Stimme wurde emotional. »Das ist das Aufregendste, was ich mir vorstellen kann! Ich hab' mich natürlich in dich verliebt, aber das ist nicht wie bei Dimitri oder andern Normalsterblichen. Es ist gut, dass du mich nicht begehrst – nicht das ich das jemals gedacht hätte – aber das wäre zu viel. Zeig' mir mehr – sag' mir alles, solange ich noch unschuldig bin. Dann krieg' ich keinen Schock fürs Leben. Sag' mir einfach alles, was man so macht. Du kannst mich nicht verderben, ich werd's sowieso rausfinden. Ich denke, ich weiß es schon, aber sag' mir genau, was ich mit Dimitri machen soll.«

Peter fuhr mit den Fingern an der klaren Unterkieferlinie entlang, ließ die Hand dann sinken, nahm Jeffs und führte ihn zu einem Stuhl. Er setzte sich ihm gegenüber hin. »Wenn du's weißt, weißt du's«, sagte er knapp und klar. »Er will gefickt werden. Er will deinen Schwanz in sich.«

»Ja, aber tut das denn nicht weh? Ich glaub' fast, es wär' besser für ihn, wenn meiner klein wäre.«

»So funktioniert das nicht. Typen, die gefickt werden wollen, wollen es fühlen. Je größer, desto besser. Ich weiß zufällig, von was ich rede.«

»Und du sagst, meiner ist größer als der Durchschnitt? Okay, was soll ich machen? Wie soll ich's angehen?«

»Ihr seid natürlich im Bett. Ach Scheiße, es kommt mir überhaupt nicht geheimnisvoll vor.« Peter lehnte sich hilflos kichernd zurück. »Wenn du mit jemandem im Bett bist, den du begehrst und du ihn küsst und so weiter, dann lass dich einfach gehen. Du wirst ihn vielleicht an allen möglichen und unmöglichen Stellen küssen. Ich bin sicher, dir fällt nichts ein, was Dimitri überraschen würde.«

Auf dem Gesicht seines Zuhörers schien sich Düsternis breit zu machen. »Du erzählst mir nicht«, murrte Jeff laut, »wie man in die richtige Stellung für so was kommt.«

»Auweia, ich schätze, ich muss das Drehbuch schreiben. Schau, du musst dich nicht auf ihn stürzen und in ihn hineinstoßen. Vielleicht könnt ihr euch vorher noch ein bisschen vergnügen. Wenn du seinen Schwanz lutschen willst, bin ich sicher, wird er begeistert sein. Wenn er kommt, schluck's runter. So viel weißt du, oder?

»Nein, ich hab' mich schon gefragt, ob man da nicht kotzen muss oder so.«

»Natürlich nicht. Es ist gut für dich. Manche Typen spucken's aus. So was schafft 'ne unangenehme Atmosphäre.« Er stand auf und ging zum Nachttisch hinüber. Aus einer Schublade holte er eine Tube Gleitmittel, die er dort aufbewahrte. Er und Charlie benutzen das Zimmer manchmal, weil es außer Reichweite der Kinder lag.

Er ging zu Jeff zurück und setzte sich auf die Armlehne von dessen Stuhl. »Du musst etwas verwenden, was es einfacher macht. Manche Frauen machen das auch. Dimitri hat ganz sicher was, Olivenöl oder Vaseline oder weiß Gott was, aber mit dem hier ist es viel besser. Kann man in der Apotheke kaufen. Nimm' das heute Abend mit, das zeigt ihm, dass du weißt, um was es geht. Wenn sich ein passender Augenblick ergibt, wo du mit seinem Hintern machen kannst, was du willst, schmier es drum rum und nimm ihn.«

Jeff starrte die Tube an. Einen Augenblick herrschte Stille und dann platzte er gereizt heraus: »Ich wusste es! Ich wusste, es kann auf keinen Fall funktionieren!«

»Was ist los?« Peter legte ihm Hand fest auf die nackte Schulter.

»Ich hatte bis gerade eben eine Erektion«, protestierte Jeff, als wäre er irgendwie betrogen worden. »An das ganze Zeug denken, und es schrumpft weg. Dieses Zeug, dass man mit allem aufhören muss, um das hinzuschmieren. Das Problem ist, dass ich es vielleicht gar nicht so will. Als ich deinen riesigen einmaligen Phallus angeschaut hab', ist mir aufgefallen, dass ich genauso bin wie er. Ich will ... ich will ihn in mir haben. Die ganze Sache ist lächerlich.«

Peter unterdrückte ein Lachen. Jeffs junge, verwirrte Unschuld tat ihm im Halse weh. Er machte es sich auf der Armlehne gemütlicher und begann das Haar des Jungen beruhigend zu streicheln. Jeffs Kopf fiel gegen seinen Brustkorb und er fühlte diese angenehme väterliche Erregung, die, wie er an Klein Petey gelernt hatte, irgendetwas mit Sexualität zu tun hatte. »Ich glaub' nicht, dass dir viel entgeht, wenn das heute Nacht nicht funktioniert«, sagte er mitfühlend, »aber wenn du wirklich in Dimitri verliebt bist, brauchst du dir über Sex keine Sorgen zu machen. Vielleicht lernt er ja mit dir was Neues über sich. Es funktioniert nämlich in beiden Richtungen. Charlie und ich haben das rausgefunden. Er würd' mich umbringen, wenn er wüsste, dass ich dir das erzählt hab'. Er mag's nicht, wenn wir über unser Sexleben reden und er hat wahrscheinlich Recht. Ich mach' für dich 'ne Ausnahme. Ich mach' 'ne Menge Ausnahmen für dich.« Der Kopf drückte sich fester an ihn und er lächelte hinunter. »Von Anfang an hat Charlie immer mich genommen, hat mich gefickt und ich konnte mir nicht vorstellen, dass es andersrum sein könnte. Aber dann, das war ungefähr, als wir mit Martha zusammengekommen sind, hat er gesagt, er will es jetzt andersrum. Er denkt viel nach. Ich bin nur ein fröhlicher Idiot. Ich hab' gedacht, er ist verrückt geworden und dass das alles zerstören würde, aber natürlich war's der Wahnsinn, wie alles mit ihm. Ich glaub', er hat gedacht, dass ich mal meine aggressiveren, männlicheren Anteile entwickeln sollte und dass mir das helfen würde, es mal mit Frauen zu probieren und ich glaub', er hatte Recht. Wie ich schon vorher gesagt hab', es ist wichtig, offen für neue Erfahrungen zu bleiben. Ich hab' ganz bestimmt vorher nie 'ne Frau auch nur *angeschaut* und ich bin froh, dass er das geändert hat, wenn ich ihnen auch jetzt nicht unbedingt nachrenne. Es ist einfach gut, für *alle Menschen* so empfänglich wie möglich zu sein. Deshalb glaub' ich auch, dass wahrscheinlich alle eigentlich bisexuell sind und nicht in eine Richtung gedrängt werden sollten. Die Sache ist, er hat das Leben immer vergrößert und verbessert, indem er aufgepasst hat, in welche Richtung wir uns entwickeln und hat was draus gemacht. Auch wenn wir Probleme hatten – meistens waren das meine, so wie Untreue, ob du's glaubst oder nicht, es hat echte Versuchungen gegeben – hat er's geschafft, hat sich angepasst und hat Wege gefunden hat, dass auch schlechte Sachen *für uns* funktionieren. Er macht mich manchmal wahnsinnig, wenn er in eine neue künstlerische Phase kommt und ganz darin aufgeht, immer spielt sich alles in ihm ab, aber ich glaub', das liegt jetzt hinter uns. Mein Leben ist durch ihn wunderbar geworden. Deswegen nehm' ich Liebe ernst. Deshalb red' ich so viel. Ich möchte, dass du einsiehst, wie schön es sein kann. Ich glaub' nicht wirklich an dein Rendezvous heute Abend. Dimitri gibt 'nen Scheiß auf andere Leute.«

Jeff griff hinauf zu seiner Hand und klammerte sich daran, als hätte er Angst. »Ich schätze, so was lernt man aus Erfahrung.« Seine Stimme klang tief und schmerzlich. »Ist es nicht normal, wenn man glaubt, dass jemand, dem man ganz und gar ergeben ist, mit einem ganz anderes umgeht als mit anderen?«

»Völlig normal, aber es funktioniert fast nie so. Ich

wollte, wir könnten jemanden für dich finden, über den du Dimitri ganz vergisst.«

Jeff schüttelte sich vor Lachen. Peter wollte in sein Gesicht sehen, um zu sehen, was als nächstes kommt, aber Jeffs Kopf blieb weiterhin abgewandt. Peter drückte ihn kurz an sich, stand dann auf. Den Jungen zu halten, an Charlie zu denken, über die intimen Mysterien ihres Lebens zu sprechen, hatte sein Glied erregt. Es hob sich gegen das Tuch um seine Hüfte und zunehmende Länge und Gewicht ließen es beim Gehen verdächtig hin- und herschwingen. Er band das Tuch fester, legte die Tube wieder auf den Nachttisch und ging so um Jeff herum, dass er ihm den Rücken zuwandte, bevor er sich ihm gegenüber in einen Stuhl fallen ließ.

»Jetzt hör' mal zu, Jeff, mein Süßer«, fing er bestimmt an. »Warum sagst du dein Date nicht ab? Offensichtlich bist du mit der ganzen Sache nicht so glücklich.«

»Zu spät«, sagte Jeff und fuhr sich mit Fingern durchs Haar, das Peter liebevoll glatt gestrichen hatte und bedeckte dann mit den Händen beide Ohren. »Ich hab' so ein Theater darum gemacht. Ich muss da durch.«

»Schau mich um Himmels willen an. Was soll denn das alles? Ich wollte dich noch was fragen. Steckst du da mit Dimitri in irgendwelchen Drogengeschäften drin?«

»Jeff schüttelte den Kopf. »Ich weiß davon, aber ich stecke da nicht wirklich mit drin.«

»Was ist es dann? Irgendwas solltest du mir sagen. Ich weiß es.«

»Nein. Wirklich, ich kann nicht …«

»Hör mal zu, Jeff. Mal ganz abgesehen von seinem ganz schön ausschweifenden Sexleben ist Dimitri wirklich kein sehr netter Typ. Es hat fiesen Ärger mit diesem reichen Engländer in Poros gegeben und Dimitri musste die Insel verlassen. Wenn wir die Story gekannt hätten, als er hergekommen ist und eine Bar eröffnen wollte, hätten wir versucht, ihn dran zu hindern. Du musst mir sagen, wenn du irgendwas mit ihm zutun hast, abgesehen davon, dass du mit ihm ins Bett willst.«

Jeff hob den Kopf und Peter konnte ihm endlich in die Augen sehen. Sie waren beunruhigt, aber ehrlich. Seine Lippen bewegten sich tonlos, bevor er etwas herausbekam.

»Das ist wirklich alles. Alle Schwierigkeiten hängen damit zusammen. Nach heute Nacht wird alles klar sein. Er hatte mich völlig in der Hand, aber du hast mir gezeigt, dass ich ein hysterisches Kind war. Es ist nur, weil ich noch nie Sex hatte. Jede Initiation ist okay. Ich hab' nur Angst, dass es ein Chaos gibt. Wahrscheinlich ist das wegen meiner Unreife. Man darf nicht Mondschein und Rosen erwarten.«

»Nein, darf man nicht. Aber es ist nicht so ein Chaos, wie man denken könnte. Als mich Charlie rausgeworfen hat, hab' ich mich von jedem attraktiven Typen, den ich finden konnte, durchficken lassen. Ich weiß von was ich rede.«

Der Junge brach in schallendes Gelächter aus. »Du bist wirklich was Besonderes. Alles klingt so gesund und natürlich bei dir. Ich hab' in letzter Zeit gemerkt, wie selten so was ist.«

Peter stand auf und wollte zu ihm gehen, aber er war noch immer sichtlich erregt und drehte sich hastig um, um hinter dem Schreibtisch Schutz zu finden. Er wusste nicht, warum er sich immer noch so angeturnt fühlte. Sicher war es nicht wegen Jeff. Eine momentane Stimmung. Vielleicht sollte er Charlie suchen. Er dachte an das Wort, dass er am allerhässlichsten fand: *anschwellend*. Dazu kam das zweithässlichste: *Penis*. Er hatte einen leicht anschwellenden Penis. Eine schreckliche Krankheit. Herrgott noch mal. Er lächelte und sah Jeff an. »Vergiss nicht, Süßer, wir gehören jetzt ein bisschen zusammen, also wenn du dir weh tust, tust du auch mir weh. Nach dem hier kannst du mir alles sagen.«

»Wie könnte ich das vergessen? Es bedeutet mir so viel.« Seine Augen flackerten und ein kleines Lächeln umspielte seine Lippen. »Weißt du, dieser kleine Rock zeigt mehr als du vielleicht merkst. Dein… Dein Schwanz ist größer als vorher. Ich muss gehen. Aber zeig' ihn mir zuerst.«

»Findest du nicht, dass wir für heute genug gestrippt haben?«

»Du hast dich zu schnell angezogen. Das ist Beschiss.« Jeff stand auf. Wenn er gerade dastand, war er ein großer und vornehm aussehender junger Mann. Sein Blick war auf den Sarong gerichtet.

»Du weißt, wie Schwänze sind«, sagte Peter. »Man weiß nie, was sie als nächstes tun. Ich hab' schon lange aufgegeben, Verantwortung für meinen zu übernehmen.«

»Dann ist's ja wohl kein Problem, wenn ich ihn sehe. Wenn ich ihn so verhüllt anschaue, stachelt das nur meine kranke Fantasie an.«

Peter warf den Kopf zurück und lachte. »Gott bewahre, dass ich so was mache.« Er zog den Sarong hinunter und kam hinter dem Tisch hervor. Als er hinunterblickte, war er überrascht, wie weit die Sache schon gediehen war. Er hatte sich nicht *so* angeturnt gefühlt, aber jetzt konnte er nur noch einen Witz machen. »So, da wären wir. Zeit für die zweite Vorstellung.«

Jeff kam näher, seine Augen weit geöffnet und konzentriert. »Oh, Peter«, sagte er respektvoll murmelnd. »Der ist unglaublich. So hab' ich ihn mir vorgestellt, es ist nur noch viel besser. Wie kannst du sagen, dass Größe keine Rolle spielt? Ich würde meine Seele für so einen verkaufen.« Er bleib stehen, streckte die Hand aus und fuhr mit der Hand an Peters Glied entlang.

»Hey, wer hat dir das erlaubt?« fragte Peter, ohne sich zu rühren.

»Du musst mir das nicht erlauben. Ich weiß, ich kann dich berühren, ohne dass das eine große Sache zwischen uns ist. Weißt du, ich werd' nichts Verrücktes machen. Ich bin absolut in deiner Gewalt. Du weißt das.«

»Okay, aber übertreib's nicht.« Bei der ersten zärtlichen Berührung war sein Glied mit einem kleinen Satz länger und ein bisschen steifer geworden, aber Peter konnte fühlen, dass es nicht mehr werden würde. Eigentlich schade. Jeff war so ein dankbarer Zuschauer. Er verdiente es, die ganze Vorstellung zu sehen. In einem kleinen Anfall von Exhibitionismus stieß er die Hüfte nach vorne um sein Glied noch mehr in den Vordergrund zu stellen. Es stand nicht aufrecht, war nur andeutungsweise steif, aber fast so lang wie im vollerigierten Zustand.

Jeff blickte darauf und stimmte eine Lobeshymne an. »Das erste Mal, dass ich einen Mann mit einer beginnenden Erektion sehe. Dein Schwanz muss einfach gewaltig sein. Er ist jetzt schon riesig. Schwindel erregend. Er ist so eben und so ... so kraftvoll, lang und gerade wie ein Dolch. Kein Wunder, das ich schwul bin. Wie kann jemand so ein Wunder, eine solche Schönheit nicht anbeten? O Gott, Peter, ich würd' gern so viele Sachen damit machen, aber anschauen reicht. Ich weiß jetzt, dass Männer wirklich so sind. Es ist nicht nur meine Einbildung.«

»Na ja, das war's, was mich angeht. Ich hab' dir gezeigt, was ich kann.« Peter klopfte dem Jungen auf die Schulter und entfernte sich von ihm. Er warf sich den Sarong über die Schulter. »So sollten wir uns aber nicht erwischen lassen. Ich hoff' irgendwie, dass Costa noch auftaucht.« Er sah, wie sich das Gesicht des Jungen verdunkelte, als sich dieser schließlich von dem Anblick losriss und nervös abwandte.

»Ich muss gehen«, sagte Jeff, als er sein Hemd anzog ohne es in die Hose zu stecken und in die Sandalen schlüpfte.

»Keine Eile.«

»Nein, ich muss mit Dimitri wegen was reden.«

»Ich freu' mich schon, die ganze Geschichte zu hören.«

Jeff sah ihn an, ein gespenstisches Lächeln auf den Lippen. Er schien angespannt und wieder verschlossen. »Ja. Es würd' mich nicht wundern, wenn das Beste daran wär', dir davon zu erzählen. Kann ich dich morgen Nachmittag wieder besuchen?«

»Du kannst mich besuchen, wann immer du willst, mein Lieber. Lass dich nicht durcheinander bringen.«

»Das war die schönste Stunde in meinem ganzen Leben. Ich werd's nie vergessen.«

Sie sahen einander in die Augen und, als sie aufeinander zugingen, senkte Jeff zwangsläufig seinen Blick auf Peters Intimbereich. Peter legte ihm den Arm um die Schulter, begleitete ihn zur Tür und schloss sie auf. Jeff sah ihn noch einmal lange an, drehte sich um, murmelte »bis dann« und trottete hinaus.

Peter ging ins Zimmer zurück und streckte seinen ganzen Körper. Sex. Sex. Sex. Sein verdammter Schwanz ging ihm allmählich auf die Nerven. Er dachte wieder an das Mädchen am Hafen. Wenn es je eine Frau gegeben hatte, der er mit Freuden nachjagen würde, war sie es. Wie sie aussah! Ihre reizenden Züge! Der Gedanke an die Frau vollbrachte, was Jeff nicht geschafft hatte. Sein Schwanz erhob sich und stand. Also *das* war los mit ihm! Er sah an sich herunter und lachte. Der arme Jeff hatte das Finale verpasst. Er musste Charlie erzählen, dass er seine heterosexuellen Pflichten nicht vergessen hatte. Er warf den Sarong zu Boden, ging ins Bad und nahm eine kalte Dusche.

Gedankenfetzen wirbelten durch seinen Kopf. Irgendetwas war ihm entgangen. Irgendetwas, was mit Jeffs Widerwillen gegen das Date mit Dimitri zusammenhing. Peter hatte das Gefühl, dass er mehr wusste, als er zusammenhängend formulieren konnte, als hätte er Informationen bekommen, die er nicht ganz verstand.

Er beschloss, nach Costa zu suchen, wenn dieser nicht bald auftauchte. Irgendetwas Verdächtiges ging vor sich, das konnte er in den Knochen fühlen. Und weil normalerweise so wenig vor sich ging, verdächtig oder wie auch immer, hatte er das Gefühl, dass alles irgendwie zusammenhing – Georges Geld, Costas untypische Drohungen, Jeff und Dimitri. Den Brief, den er das Klo hinuntergespült hatte, konnte er seiner kleinen Kuriositätensammlung hinzufügen. Könnten die gestohlenen Bilder auch etwas damit zu tun haben? In so etwas könnte Dimitri seine Finger drin haben. Hoffentlich hatte Jeff die Wahrheit gesagt. Er fühlte sich für den Jungen verantwortlich. Das Nebeneinander nackter Körper, wenn auch unschuldig, hatte Auswirkungen über normale menschliche Kontakte hinaus. Er wunderte sich über Charlies Mysterium. Dass er so eine Begegnung durchleben konnte, ohne die leiseste Versuchung! Er würde alles tun, was, um den Jungen herauszuhalten, komme, was wolle.

George und Mike lagen nebeneinander auf Handtüchern im Schatten eines Felsens. Scheinbar versuchten sie, die alte Freundschaft wiederzubeleben, die sie vor so langer Zeit verbunden hatte, tatsächlich jedoch war Mike fest entschlossen, Georges Fassade niederzureißen. Dessen Leben hier war zu idyllisch, um wahr zu sein. Mike hatte den Verdacht, dass George den Eindruck erwecken wollte, dass sein eigenes erfolgreiches Leben leer und fiktiv war.

»Du lebst in einer Traumwelt!«, insistierte Mike. »Leben alle deine verwandten Seelen hier in solchen Palästen wie du? Übrigens, wie macht ihr das – eine komplette Familie plus Gäste und nur ein Bad? Ich würd' verrückt werden.«

George lachte. »Gesegnet sei Amerika. Weißt du eigentlich, dass es hier auf der Insel kein einziges Bad gegeben hat, als wir hierher gekommen sind? Na ja, die Mills-Martins hatten schon eins, aber ist ja auch egal. Du wärst überrascht, auf wie viele Sachen man ohne Probleme verzichten kann.«

»Nein, ich wär' nicht überrascht. Als Kind hatten wir ein Außenklo im Hinterhof. Wir hatten nicht mal Strom bis ich zwölf war. Wir sind klar gekommen. Aber wer will so was? Es ist irgendwie anormal, den Fortschritt rückgängig machen zu wollen.«

»Fortschritt ist nichts, wenn er am menschlichen Geist vorbeigeht. Ich kann mich erinnern, dass du so was ähnliches vor Jahren auch mal gesagt hast.«

»Ich hab' früher ziemlich überspannte Sprüche geklopft. Ich glaub' nicht, dass das viel fundierter war, als das, was andere Kids so sagen.«

»Ich denk' schon. Es hat mir viel bedeutet. Ich bin damals aus den Staaten weggegangen, wegen Gefühlen, von denen ich gedacht hab', dass wir die teilen. Es gefällt mir irgendwie nicht, wie die Leute da drüben sind. Plötzlich berühmt zu sein, hat die Sache nicht besser gemacht. Ich hatte das Gefühl, dass ich auf eine öffentliche Rolle festgenagelt werde. Aber ich wollte was entdecken. Ich hatte keine Lust auf ein flaches, ordentliches, einfaches und hygienisches Leben, wie das in den Staaten so ist. Wenn's irgendwo kantige Stellen gibt, geht man zum Psychiater. Der glättet die dann.«

»Wahrscheinlich macht er das wirklich. Wo ist das Problem?«

»Oh, Mike, was ist mit Kampf, was mit Hoffnungen und Träumen? Was ist mit Leid und Glück? Was ist mit dem Tod?«

»Du klingst, als würdest du an dieser europäischen Selbstgeißelungskrankheit leiden. Das ist doch sinnlos. Offen gesagt brauchst du dir um Berühmtheit keine Sorgen mehr zu machen. Vielleicht kannst du hier von deinem Einkommen leben, aber in den Staaten wär' das nicht möglich. Auf jeden Fall nicht ohne Probleme. Du verdienst nicht so viel wie du eigentlich könntest. Irgendwas läuft doch falsch. Es klingt zwar nicht schick intellektuell, aber Geld spielt eben doch 'ne entscheidende Rolle.«

»Klar, aber es ist nicht wirklich wichtig.« Alles Geld der Erde würde seine Probleme mit Sarah nicht lösen. Geld. Bald war es sechs und er musste etwas unternehmen. Seit fast zwei Stunden lagen sie schon hier, waren hin und wieder ins Wasser gegangen. Überraschenderweise war es ihm gelungen, nicht an das Geld zu denken. Jetzt wurde er jedoch langsam nervös. Ein Drink würde helfen. *Pass auf,* warnte er sich, *du darfst dich nicht betrinken, solang Mike da ist.*

Schon heute Morgen hatte er das Gefühl gehabt, dass Mike auf Konfrontationskurs ging, hatte dies jedoch als grundlos abgetan. Jetzt wurde dieser Eindruck immer stärker. Er konnte fühlen, wie Mike nachbohrte, wie er ihn zu ertappen suchte. Wollte er George zwingen, seinen glänzenden Erfolg anzuerkennen oder war er so unsicher, dass er beweisen musste, dass er auf jeden Fall besser war als George?

George hatte Aggressionen in sich aufsteigen fühlen. Das hatte ihn mit solch unendlicher Trauer erfüllt, dass er versuchte sie zu ignorieren. Früher wäre er Mike vielleicht einfach offen entgegengetreten, hätte ihn mit Verachtung gestraft und dafür verspottet, dass Mike sich so bereitwillig mit dem Kommerz arrangiert hatte, den zu beschimpfen er früher nie müde wurde. Angriffslustig fühlte sich George jetzt jedoch nicht. Er kämpfte ums blankes Überleben und hatte keine Kraft für einen solchen Konflikt. Er liebte Mike. Irgendetwas musste einfach zwischen ihnen übrig geblieben sein.

Beide bewegten sich gleichzeitig, setzten sich auf und wischten sich den Schweiß aus den Augen.

»Ich muss noch mal ins Wasser«, sagte George, »und dann muss ich mal langsam los zur Polizei.«

»Was willst du denn bei der Polizei?«, fragte Mike und stand auf.

»Ach, nichts, ich helf' nur einem jungen Amerikaner.« George wollte Mike die Sache mit dem Geld möglichst nicht erzählen. Genau so etwas konnte Mike aufgreifen – so viel Stress wegen lumpiger zweitausend Dollar. Mike würde ziemlich sicher davon erfahren, aber vielleicht würde Costa noch etwas abliefern oder vielleicht würde auf der Polizeiwache etwas passieren, was diese ganze Angelegenheit beenden würde.

Sein Herz schlug schneller und die Magengrube fühlte sich leer an. Ein einziger Drink würde nicht schaden. Er stand neben Mike, blickte auf ihn hinunter und genoss seine physische Überlegenheit. Ohne die teuren Kleider hatte Mike seine neue Eleganz verloren. Er hatte den stämmigen Körper eines Bauernjungen, proper und kräftig. Der Wanst, den sich George heute Morgen vorgestellt hatte, war nirgendwo zu sehen. Dass Mike noch genauso aussah wie damals, machte ihn George sympathisch. George dachte an die Intimität zwischen ihnen, als sie sich damals Frauen geteilt hatten.

»Gibt es in deiner mustergültigen Gemeinde eigentlich Verbrechen?«, fragte Mike leichthin.

»Verdammt wenig. Polizisten sind hier eher politische Agenten als sonst irgendwas.«

»Das hab' ich auch schon gehört. Na ja, es ist ja dann auf jeden Fall von Vorteil, wenn man Exilant ist. Man kann sich gemütlich zurücklehnen, mit den Achseln zucken, und was um einen herum passiert, geht einen nichts an.

»Quatsch, Mike. Das ist doch hier ein Polizeistaat, weil wir das gefördert haben. Nach dem Zweiten Weltkrieg war hier Bürgerkrieg, offensichtlich ein ziemlich grausamer. Viele Leute wollten hart durchgreifen, damit so etwas nie wieder passiert. Ich will nicht sagen, dass ich das gut finde und ich mache alles, um mich dagegen zu wehren. Heute gibt es so was wie Exil nicht mehr. Nicht so, wie du dir das vorstellst. Wir leben alle in einer Welt.«

»Das bezweifle ich allerdings. Zu Hause bin ich politisch ziemlich aktiv, ich hab' was zu sagen. Hier hätt' ich nicht so viel Einfluss, richtig?«

»Als Ausländer natürlich nicht.«

»Na bitte. Das ist doch auch ein Anzeichen dafür, dass du abgedankt hast. Du nimmst zu viele Beschränkungen in Kauf, George. Das wird Auswirkungen auf deine Arbeit haben.«

»Ich will mich nicht politisch engagieren, verdammt noch mal«, sagte George. Es klang heftiger, als er beabsichtigte hatte. Ein sensibles Thema hatte Mike da angeschnitten. George hatte viel nachgedacht und sich entschieden, dass er sich nicht gegen das System stellen würde, solange es ihn nicht beschränkte – genauso wie zu Hause. »Ein Mensch hat nicht unbegrenzt Zeit. Ich hatte immer das Gefühl, dass meine Arbeit wichtiger ist, als den Amateurpolitiker zu spielen. Alle sagen, dass hier alles mehr oder weniger immer gleich bleibt. Solange die Griechen nicht die Schnauze voll haben, fühle ich mich nicht dazu verpflichtet, auf die Barrikaden zu steigen.«

»Der alte Dschingis George. Kein Wunder, dass wir dich wiederhaben wollen.« Mike tarnte seinen Rückzug mit Gelächter. Er mochte keine heftigen Auseinandersetzungen, zuschlagen und abhauen war eher sein Stil. Aber George war in der Defensive, es wäre interessant zu sehen, wohin die Sache führen würde.

Sie kletterten gemeinsam über die Felsen hinunter zum Ufer. Auf dem Weg bemerkte George, dass jetzt auch Pavlo da war und nickte ihm von Weitem zu. Wie immer stellte Pavlo seinen Körper in der knappsten, gerade noch tolerierbaren Badehose zur Schau. Pavlo war nicht wichtig. Sarah heute morgen neben ihm zu finden, hatte George nicht gefallen, aber er wusste, dass sie sich nicht für so ein aufdringlich exhibitionistisches Stück Fleisch interessieren würde. Verträumte junge Intellektuelle waren eher ihr Geschmack.

Brust und Magen fühlten sich unangenehm an, aber er riss sich zusammen. Ein wenig weiter sah er die schicke schweizer Schwuchtel, über die sie sich alle amüsiert hatten, wie sie mit einer Gruppe Offiziersanwärter der Handelsmarineschule herumalberte. Sein Besitzerinstinkt gegenüber der Insel meldete sich und er runzelte die Stirn. Ginge es nach ihm, würde er eine Hafenkontrolle einführen und alle unerwünschten Personen abweisen. Sie brachten ihre Zivilisationskrankheiten mit und hinterließen Korruption. Viele Homosexuelle waren anständige Menschen, das wusste er, aber sie verliehen der Insel langsam aber sicher einen komischen Beigeschmack.

Er tauchte in die bleierne See und ging dann mit Mike zu ihrem schattigen Plätzchen zurück. Bis er trocken war, blieb er noch liegen, dann stand er auf, zog seine Hose über die Badehose und schlüpfte in Hemd und Sandalen. »Bleibst du noch?«, fragte er Mike.

»Ja, warum nicht. Wär' blöd, freiwillig noch mehr zu schwitzen. Mir ist jetzt schon heiß genug.«

George blickte noch einmal die Felsen entlang, dahin, wo der Schweizer noch immer von den Kadetten umringt war und runzelte wieder die Stirn. »Sieht nach Ärger aus«, sagte er. »Ein paar von diesen Kadetten sind knallhart. Sie machen die Jungs an und prügeln sie dann zusammen.«

Mike stützte sich auf den Ellbogen, um zu sehen, worüber George sprach. Er lächelte zu ihm hinauf. »Ich würd' sagen, sie amüsieren sich bestens. Du hast so richtig das Gefühl, dass dir die Insel gehört, richtig?«

»Vielleicht schon irgendwie. Weißt du, als wir hergekommen sind, gab's hier nicht viel.«

»Und jetzt kontrollierst du die Polizei.«

»Wie meinst du das jetzt wieder?«

»Oder etwa nicht? Wie könntest du diesem Amerikaner helfen, wenn es nicht so wäre?«

»Ach so. Nein, das hast du falsch verstanden. Ich übersetze nur für ihn. Wir treffen uns später in dieser Kolonialwaren-Taverne, die ich dir vorhin gezeigt hab'. Die findest du schon. Such einfach die Admiralstatue. Ich bin ungefähr um sieben da. Und dann gibt's bei uns zu Hause Abendessen.«

Mike nickte zustimmend und sie winkten einander zum Abschied zu. George kletterte die Felsen hinauf, zur holprigen Straße, die zur Stadt führte. Als er die letzten steilen Felsspitzen umrundete, die den Hafen verdeckten, blieb er nicht stehen, um das Panorama zu bewundern. Seine Angst wegen des Geldes brach wieder voll durch und bedrohliche Gedanken quälten ihn. Er tat, was er konnte. Costa hatte seine Chance gehabt. Wenn dieser das Geld mitbrachte oder irgendwas davon gehört hatte, schön und gut. Costa wusste alles, was auf der Insel los war. Niemand konnte zweitausend Dollar stehlen, ohne dass Costa davon gehört hätte. Nur das Geld war wichtig.

Das Geld. Das Wort schrillte ihm in den Ohren. Wie er den Tag überstehen und so ruhig hatte wirken können, war ihm auf einmal völlig schleierhaft. Was sollten sie ohne das Geld machen? Peter hatte ihm auf seine süße, rücksichtsvolle Weise Geld angeboten, aber hatte er an die ganze Summe gedacht? Niemand würde glauben, dass das all sein Geld war. Wäre Mike immer noch der gleiche alte Mike, wäre er ein Geschenk des Himmels, aber jetzt konnte er ihm es nicht mal erzählen. Mike und seine Hunde. Herrgott. Er wischte die schwitzenden Handflächen an der Hose ab und fuhr sich durch die Haare.

Die Stadt betrat er von der Westseite des Hafens aus und ging an der amerikanisierten Touristenkneipe vorbei, wo Jeff häufig mit seinem Freund Dimitri herumhing. Jetzt war sie wie ausgestorben. Er ging weiter auf der breiten Hafenpromenade entlang und entdeckte Joe Peterson, der mit einem Stapel Bücher vor einem Glas im Lambraiki saß.

»Hast du diesen griechischen Wermut schon mal probiert?«, begrüßte ihn Joe. »Für den Nachmittag nicht schlecht.«

»Ich bewundere deinen unermüdlichen Forschergeist. Los jetzt. Trink' aus. Bringen wir's hinter uns.«

»Bist du sicher, dass das wirklich 'ne gute Idee ist?«

»Ich seh' keine andere Möglichkeit. Ich hab' Costa gesagt, was wir machen wollen. Was ist los? Hast du's dir anders überlegt? Glaubst du jetzt doch, dass deine Chaoten dein Geld geklaut haben?«

Joe wurde rot, antwortete jedoch, ohne zu zögern. »O nein. Das steht außer Frage. Es war Costa. Ich hab' einfach 'nen Hass auf diese ganzen Bullen. Irgendwie kommt's mir nicht korrekt vor.«

»Ich glaub' nicht, dass du auf der Kanzel viel taugen würdest. Los jetzt.« Er stand nervös da und rüttelte an einem Stuhl, während Joe sein Glas leerte.

»Okay. Ich kann meine Bücher auch hier lassen.« Er stand auf und sie gingen los in Richtung Polizeiwache, die auf der anderen Seite des Hafens lag. Peter wartete schon auf sie.

»Na so was«, rief George, bestürzt, dass Peter bei diesee unerfreulichen Sache anwesend war. »Ein Clantreffen. Was machst du denn hier?«

Peter nickte beiden zu und sagte zu George: »Ich hab' überall nach Costa gesucht und hatte gehofft, dass er hier ist.«

»Hab' ich auch. Es ist nach sechs.«

Peter, fast immer überschwänglicher Laune, wirkte auf einmal besorgt. »Er hängt doch sonst hier irgendwo rum. Sein Boot ist da. Ich frag' mich, was er vorhat.«

»Glaubst du, dass ich ihm Angst gemacht hab' und er mit der Knete abgehauen ist?«

»Im Gegenteil. Ich bin mehr und mehr überzeugt, dass er nichts damit zu tun hat. Ich hab' 'nen leisen Verdacht, aber ich kann's dir jetzt nicht erklären, es ist zu vage. Wenn ich auf der richtigen Spur bin und Costa das weiß, kann ich verstehen, dass er sich da raushalten will.«

»Du klingst ja ganz schön geheimnisvoll, Kumpel.« Automatisch legte George eine Hand auf Peters Schulter und schüttelte ihn ein bisschen. »Warum sagst du mir nicht, was in deinem wunderschönen Köpfchen vor sich geht?«

Peter lächelte kurz, er dachte an etwas anderes. »Was hast du vor?«

»Zweitausend Dollar sind verschwunden. Ich werd's der Polizei melden. Wenn es irgendwer in die Finger bekommt, wissen sie, dass es meins ist.«

»Das ist nur fair. Aber sei verdammt noch mal vorsichtig, du kannst Costa ganz schön reinreiten. Ich mag Costa. Ich bin mir sicher, dass er's nicht war.«

»Ich mag ihn auch, aber ich kann mir nicht leisten, mir da so sicher zu sein. Ich hab' das mit der Hose ausprobiert. Das Papierbündel, das ich verwendet hab', war dicker als das Geldbündel. Man konnte es nicht wirklich sehen.«

»Verstehe.« Peter sah einen Augenblick nachdenklich zu Boden. »Wart' doch bitte noch, bis ich Costa gefunden hab'.

»Ich hab' ihm gesagt, was ich machen will. Wenn er noch was zu sagen hätte, wär' er jetzt hier.«

»Das stimmt«, gab Peter deutlich zögernd zu. »Jeff ist vorhin vorbeigekommen. Er denkt, dass du das Geld irgendwo verlegt und dann vergessen hast. Ist mir nicht sehr wahrscheinlich vorgekommen.«

»Danke.« George klang leicht ironisch. »Wenn du's jetzt noch nicht weißt, wirst du schon noch merken, dass Kinder ihren Eltern kein Fünkchen Verstand zutrauen. Wenn ich morgens aufwache, bin ich vielleicht nicht immer ganz bei mir, aber ich hab' noch nie erlebt, dass ich mich nicht an die wichtigen Ereignisse des Vorabends erinnern konnte. Zweitausend Dollar wegzulegen zählt bei mir als wichtig.«

»Aber ...« fing Peter an, hatte jedoch das Gefühl, dass er nichts sagen konnte, ohne Jeffs Vertrauen zu verletzen. George würde sich sicherlich fair verhalten. »Klar, du hast Recht. Jetzt erzähl' das Ganze mal lieber der Polizei. Viel Glück.«

Sie klopften sich freundschaftlich auf die Schulter, Peter nickte Joe zu und ging. George und Joe marschierten ins Polizeirevier.

Die Eingangstür führte zu einer langen Holztreppe, die bei jedem Schritt krachte, so dass die Polizei nicht überrascht werden konnte. Oben lag eine Art Wartezimmer, von dem Türen abgingen. Als George und Peterson hinaufpolterten, warteten schon zwei alte Männer steif auf einer Holzbank, aber ein Polizist begrüßte George mit Namen und er wurde auf der Stelle in das Büro des Polizeidirektors geführt. Eine schwarzgekleidete Frau saß zusammengekauert vor dem Schreibtisch des Polizeidirektors und wurde, als sie eintraten, sofort aufgescheucht und hinausgeschickt. War das die ominöse Kontrolle über die Polizei? Oder war es die normale überschwängliche Höflichkeit, die jedem Ausländer zuteil wurde? Der Direktor stand auf, frisch und prächtig in seiner hellbraunen Uniform mit Gürteln, Schnallen und Bändern. Er schüttelte George über den Tisch die Hand. Joe nickte er streng zu. Befehle wurden gebrüllt, Stühle gerückt, die beiden Ausländer und der Direktor setzten sich.

»Es ist mir ein Vergnügen Sie zu sehen, Herr Jiorgo«, sagte der Direktor. »Sie bekommen einen Kaffee. Wie möchten Sie ihn?« Die Einladung galt auch Joe, so wenig nachdrücklich aber, als würde es ihn überstrapazieren, zu zwei Personen gleichzeitig herzlich zu sein.

Er brüllte nach Kaffee, ein Polizist entfernte sich. Dann zog der Direktor eine Zigarettenschachtel hervor und drängte George eine Zigarette auf. Provokativ schob er die Schachtel dann Joe zu. Für einen Griechen hatte er ungewöhnlich klare, präzise Züge. In Zivil sah er recht unscheinbar aus, aber die Unform ergriff von ihm Besitz und verwandelte ihn in eine furchteinflößende Respektsperson. Selbst die Plauderei mit George klang ein wenig nach Verhör.

Er fragte nach Sarah, den Kindern, nach Georges Meinung über die Touristensaison im Vergleich zum Vorjahr. George wusste, dass man diese Nettigkeiten hinter sich bringen musste, bevor man über das Geschäft sprechen konnte. Der Kaffee kam, weitere Zigaretten wurden angeboten. Joe wurde ignoriert. Schließlich beschloss George, dass den guten Sitten nun genüge getan war.

»Sie kennen ja Herrn Peterson«, sagte er und zeigte auf Joe, als wäre dieser gerade erst ins Zimmer gekommen. »Er wohnt im Gripari Haus.«

»Aber natürlich«, sagte der Direktor und versteifte sich in seinem Stuhl, runzelte die Stirn, als er seine offizielle Rolle einnahm.

»Herrn Peterson sind gerade tausend Drachmen gestohlen worden und ich vermute, dass mir fast sechzigtausend gestohlen worden sind.«

Der Direktor zuckte zusammen, als wäre angeschossen worden. »Sechzigtausend Drachmen! Das ist nicht möglich.«

»In meinem Fall habe ich keine Anhaltspunkte, aber Herr Peterson ist sich recht sicher, was mit seinem Geld passiert ist.« George erzählte die Geschichten und betonte peinlich genau, dass er das Geld auch verloren haben könnte.

Ungläubig und verärgert warf der Direktor die Arme hoch. »O nein, Herr Jiorgo. Ich glaube nicht, dass Sie die Sorte Mann sind, die eine solche Summe verlieren würde. So etwas könnte nur ein Narr. Sie sind bekannt und geachtet. Sie verlieren nicht einfach mal so sechzigtausend Drachmen. Nein. Nein. Nein. Herr Peterson hat Recht. Es war zweifellos Costa. Er ist vorbestraft. Wir lassen ihn nicht aus den Augen. Heute Vormittag hat er nur für Bier fast hundert Drachmen ausgegeben. Woher hat er das Geld? Keine Angst. Sie müssen mir die Namen aller Leute nennen, die gestern Abend mit Ihnen zusammen waren.«

George wollte ihm nicht sagen, dass er sich nicht erinnern konnte, weil er zu betrunken gewesen war. »Die übliche Gruppe«, sagte er. »Sie wissen schon, die ganzen Ausländer. Meine Freunde.«

»Ich kenne die Hausbesitzer und diejenigen, die hier ansässig sind. Was ist mit den Durchreisenden, die jetzt hierher kommen? Ich würde nicht allen diesen Personen trauen.«

»Ich kenne nur sehr wenige. Ich weiß, dass keiner von ihnen gestern Abend mit dabei war.« Er war sicher, dass dies der Wahrheit entsprach. Mittlerweile war ihm genügend wieder eingefallen, um zu wissen, dass keine unbekannten Gesichter dabei gewesen waren.

»Und Griechen? Die Einheimischen?«

George zögerte, musterte die Spitze seiner Zigarette. Fakten waren Fakten. »Costa«, sagte er. Er hörte, wie der Direktor auf den Tisch schlug und zwang sich, ihn anzusehen. Der Direktor wuchs förmlich vor seinen Augen, seine Autorität wirkte bedrohlich.

»Also gut. Wir wissen, Sie hatten das Geld zu einem gewissen Zeitpunkt in der Hand. Wir wissen, die Familie Lambraiki würde es nie behalten, wenn Sie es dort gelassen hätten. Costa kennt Ihr Haus sehr gut. Er folgt Ihnen nach Hause. Er wartet, bis die Lichter ausgehen. Er geht kein Risiko ein. Wenn ihn jemand im Haus sieht, kann er einen Grund erfinden, warum er Sie sprechen will. Es ist sehr einfach, Herr Jiorgo.« Der Direktor bellte Befehle. George hatte Probleme, dieser staccatohaften Sprechweise zu folgen, verstand jedoch, dass Costa sofort herbeigeschafft werden sollte. Er rutschte auf seinem Stuhl herum, bereit aufzustehen.

»Danke«, sagte er sobald der Polizist draußen war. »Verstehen Sie, Herr Peterson und ich wollen niemanden anzeigen, wir wollen nur unser Geld zurück.«

»Das liegt jetzt in den Händen der Polizei, Herr Jiorgo. Sechzigtausend Drachmen! Davon kann man ein Jahr leben.«

»Nun ja, ich denke, wir können ebenso gut jetzt gehen. Ich bin gespannt, was Sie herausbekommen werden.«

»Setzen Sie sich. Setzen Sie sich, Herr Jiorgo. Sie müssen hier bleiben und ihn beschuldigen.«

Ein weiterer Polizist taumelte unter dem Gewicht einer monströsen Schreibmaschine herein und platzierte diese auf einem kleinen Tisch an der Wand. Der Direktor erteilte eine Reihe weiterer Befehle.

»Jetzt wiederholen Sie bitte, was Sie mir eben gesagt haben«, sagte er zu George und änderte dabei kaum seinen Ton. »Wir brauchen eine offizielle Anschuldigung.«

In George wuchs der Widerstand. Es passierte alles zu schnell. Er hasste Vereinfachungen, Verurteilungen ohne Beweise und diese brutale Atmosphäre. Zur Polizei hätte er auf keinen Fall gehen dürfen. Er stand auf. »Ich kann keinesfalls eine offizielle Anschuldigung aussprechen. Sie können ihn verhören. Vielleicht gibt er das Geld zurück und damit wäre die Sache erledigt.«

Der Direktor starrte erstaunt und empört zu George hinauf. »O nein, damit wäre die Sache keinesfalls erledigt. Diebstahl bleibt Diebstahl, völlig unabhängig davon, ob das Geld zurückgegeben wird. Costa ist ein Unruhestifter. Möglicherweise ein Kommunist. Ich weiß nicht, warum Sie Ausländer sich mit ihm angefreundet haben. Alle diese Faulenzer sind Kommunisten. Setzen Sie sich, Jiorgo.«

»Ich kann jetzt nicht bleiben. Ich werde erwartet.«

»Sie möchten Ihr Geld also nicht zurückbekommen?«, fragte der Direktor kalt.

Eine direkte Frage, auf die es nur eine Antwort gab. Er konnte es sich nicht leisten, empfindlich zu sein. Er brauchte das Geld. Wenn er blieb, konnte er vielleicht sicherstellen, dass mit Costa anständig umgegangen wurde. »Okay. Okay. Aber ich kann nicht lange bleiben.« Er setzte sich. Er hatte sich da in etwas verstrickt, mit dem er nicht gerechnet hatte. Vielleicht würde die Polizei Costa gar nicht finden. Peter war es ja auch nicht gelungen.

»Was passiert jetzt?«, fragte Joe. »Was soll das Ganze?«

»Er will es schriftlich festhalten«, murrte George. Noch einmal umriss er die Umstände, unter denen Peterson sein Geld verloren hatte. Der Polizist, der mit dem Rücken zu ihm saß, tippte mühsam mit. Dann schilderte er seine eigene Geschichte und der Direktor begann ihn häufig zu unterbrechen, veränderte Redewendungen und formulierte das Geschehen deutlicher, belastender. Als George geendet hatte, fügte der Direktor sogleich hinzu: »Ich beschuldige Constantine Petropoulos dieses Diebstahls.«

»Einen Augenblick«, protestierte George. »Ich habe Ihnen bereits gesagt, dass ich niemanden beschuldigen kann.

»Sie stimmen doch damit überein, dass es sehr untypisch für Sie ist, eine solche Summe zu verlieren«, erinnerte ihn der Direktor.

»Ja, natürlich.« Er war froh, noch so viel Feingefühl zu besitzen, rot zu werden.

»Und wer ist am wahrscheinlichsten der Dieb?«

»Niemand. Ich kann nicht glauben, dass Costa ein Dieb ist. Ich kann nur sagen, dass er die einzige Person ist, die mir einfällt, die es getan haben *könnte*«.

»Na bitte. Sie beschuldigen ihn.«

»Ich beschuldige ihn mitnichten. Ich könnte ihn verdächtigen. Das ist ein großer Unterschied.«

Ärgerlich trommelte der Direktor mit den Fingern auf den Tisch. »Herr Jiorgo, für polizeiliche Zwecke muss eine Anschuldigung vorhanden sein. Verdacht beschränkt unseren Handlungsspielraum. Es ist lediglich eine Formsache.«

»Herr Peterson ist imstande, eine Anschuldigung auszusprechen. Ich nicht.«

»Na gut.« Während dieses Schlagabtauschs hatte der Polizist die Blätter aus seiner Maschine gezogen und sie dem Direktor vorgelegt. Dieser hob sie jetzt auf und wedelte damit George vor der Nase herum. »Es ist alles hier, genau wie Sie es gesagt haben. Wollen Sie, dass alles noch einmal ganz neu geschrieben wird? Wofür? Für eine Formsache. Wir haben Herrn Petersons Anschuldigung.«

»Streichen Sie die letzte Zeile.« George sah, wie die Augen des Direktors wütend blitzten, als dieser einen Stift nahm und wie gefordert die letzte Zeile mürrisch durchstrich. Die Aussage war drastischer formuliert, als er es hätte zulassen sollen, aber Joe hatte dem Direktor die Anschuldigung geliefert, die dieser unbedingt haben wollte, und deshalb hoffte George, dass dies nicht stärker ins Gewicht fallen würde. Trotzdem warf er sich unterbewusst vor, dass Joe nicht hierher gekommen wäre, wenn er ihn nicht dazu ermutigt hätte.

Der Direktor hielt ihm Stift und Dokument hin und George unterschrieb. Im gleichen Augenblick entsetzte er sich über sich selbst. Ein ausgemachter Verrat, obwohl er nicht wirklich festmachen konnte, was oder wen er verriet. Der Polizei auch nur Costas Namen zu nennen, dies hatte er gewusst, würde den Griechen ernsthaft in Gefahr bringen. Wo waren seine Prinzipien? Er glaubte daran, dass die Macht der Polizei strikt begrenzt werden musste, aber er wusste um deren Notwendigkeit in einer unvollkommenen Welt. Gleichwohl: Die Überzeugung, etwas völlig Falsches getan zu haben, blieb. Vielleicht würde es weniger falsch erscheinen, wenn er es benennen könnte. Was er getan hatte, missfiel ihm. Überhaupt ärgerte er sich ganz allgemein, dass er hier war, ärgerte sich über Zeitverschwendung und Polizeimethoden. Er wandte sich zu Joe. »Los, unterschreib', damit wir hier abhauen können.«

Peterson hatte kaum Zeit, sich aus dem Stuhl zu winden, als Costa ins Zimmer geworfen wurde. Zumindest machte sein Auftritt diesen Eindruck. Zwei Polizisten folgten ihm. Costa hatte gerade seine Balance vor dem Schreibtisch des Polizeidirektors wiedererlangt, als er abermals grob angefasst, grundlos herumgeschubst und -gezerrt wurde. George und er sahen sich an. Ohne dass etwas aus seinem Mund kam, spuckte Costa feierlich aus. George fühlte, wie er innerlich zurückzuckte, nicht aus Empörung sondern aus Schamgefühl vor sich selbst. Er wollte sich verstecken. Ein Polizist schlug Costa ins Gesicht. Die barsche Stimme des Direktors ratterte Flüche und Befehle herunter. Costa hatte sein großspuriges Gehabe verloren, nicht jedoch seinen Kampfgeist. In seinen Augen glitzerte mörderische Angst.

George wandte sich ab, versuchte sich von der Szene zu distanzieren. Er hörte den Direktor Formulierungen aus seiner Aussage brüllen. Costa brüllte zurück, er schien den Tränen nahe. George nahm mehr Handgreiflichkeiten und einen dumpfen Schlag wahr. Plötzlich schrieen alle, die Stimmen wurden so laut, dass es körperlich gewalttätig wirkte, schmerzhaft und betäubend. George wollte sie alle zum Schweigen bringen. Das Geld war dies nicht wert. Der Mann, der ihn angespuckt hatte, war sein Freund gewesen. Er hörte, wie Costa seine Unschuld beteuerte, wie er anbot, Peterson tausend Drachmen zu geben, wenn dieser das Geld so verzweifelt brauchte. Er vernahm, wie Jeffs Name gebrüllt wurde und der betäubende, chaotische Lärm schlagartig abbrach. George wandte sich wieder der Szene zu.

Costa stand vor dem Schreibtisch, ein Bündel hundert Drachmen Noten in der ausgesteckten Hand. Der Direktor starrte ihn finster an, sein Blick war jedoch nicht uninteressiert. Die Polizisten zu beiden Seiten des Gefangenen rutschten eigenartig hin und her.

»Drogen meinst du?«, fragte der Direktor nach einer kurzen, heilsamen Stille. Costa stopfte das Geld in seine Tasche zurück und warf George einen Seitenblick zu. »Sein Sohn und Dimitri im *Meltemi* – ich glaub' sie sind Partner. Dimitri beliefert die Ausländer mit Marihuana.«

»Von so was will ich gar nichts hören«, fuhr George dazwischen und ging auf die Gruppe zu. Er war froh, seinen Ärger auf etwas außerhalb seiner selbst richten zu können, um seine Scham zu vergessen. »Du wirst da aber nicht einen siebzehnjährigen Jungen mit reinziehen.«

Der Direktor hob die Hand, ohne die Augen von Costa zu wenden.

»Bitte, Herr Jiorgo. Einen Augenblick. Wir wissen etwas von Marihuana auf der Insel. Du sagst Dimitri ist die Quelle?«

»Für alle Ausländer. Alle wissen das außer Ihnen.«

»Wir versuchen uns nicht mit den Ausländern zu befassen, aber Dimitri ist Grieche. Was hat das mit deinem Diebstahl zu tun?«

»Ich stehle nicht. Aber vielleicht Herrn Jiorgos Sohn. Ich weiß, dass er Dimitri heute morgen Geld gegeben hat. Ich hab' gesehen, wie er viele tausend Drachmennoten abgezählt hat. Als sie mich gesehen haben, haben sie's versteckt.«

Der Direktor wandte sich zu George. »Ist es normal, dass Ihr Sohn über große Geldsummen verfügt, Herr Jiorgo?«

»Selbstverständlich nicht. Ich gebe ihm dreißig Drachmen Taschengeld pro Woche.«

»Wer mit Drogen handelt, macht viel Geld.« Der Direktor drehte sich wieder Costa zu. »Warum sollte jemand stehlen müssen?«

»Woher soll ich das wissen? Ich kann nur sagen, was ich weiß.«

Der Direktor schlug mit der Faust auf den Tisch und hob seine Stimme wieder, brüllte: »Und was ist mit Herrn Peterson? Woher hast du das Geld, das du ihm so bereitwillig anbietest?«

»Ich hab' Geld. Ich hab' mein Boot. Ich arbeite.«

»Ich weiß alles über deine Arbeit. Es ist schlimm, wie hart du arbeitest. Jetzt werde ich dir mal eine Pause gönnen. Du bleibst heute Nacht hier und denkst noch mal nach. Wenn du mir morgen früh nichts zu erzählen hast, bist du auf dem ersten Schiff nach Piräus ins Gefängnis. Zweifellos wirst du dort alte Freunde wiedersehen. Mit deinen Vorstrafen wird dir diese Aussage mindestens fünf Jahre Pause garantieren. Raus mit ihm!«

Die Polizisten ergriffen Costa, zerrten und schoben ihn aus dem Zimmer.

»Herrgott noch mal, das ist nicht sehr amüsant, richtig?«, murmelte Joe unglücklich.

Der Direktor stand auf, steif und militärisch in seiner glanzvollen Uniform. Anscheinend hatte ihn die Episode erfrischt und er lächelte breit. »Na, sehr schön, Herr Jiorgo. Ich denke, unser Freund ändert bis morgen früh seine Meinung. Er wird keine ruhige Nacht haben.«

»Ja. Na ja, eine Nacht im Gefängnis wird ihm nicht schaden. Es gefällt mir nicht, wie er diese idiotische Geschichte über meinen Sohn benutzt hat.« George schaffte es nicht, das Lächeln zu erwidern, drückte jedoch kurz die Hand, die der Direktor ihm entgegenstreckte. »Ich muss Sie daran erinnern, dass ich einflussreiche Freunde habe. Ich will nicht, dass Costa irgendetwas geschieht.« George sah, wie sich der Gesichtsausdruck des Direktors veränderte. Sein Blick wurde stählern, sein Lächeln noch jovialer.

»Sehr einflussreiche Freunde. Ja. Ich glaube, Herr Michael Cochran ist speziell gekommen, um sie zu sehen. Eine große Ehre für die Insel. Man hat mich angewiesen, alles nur Erdenkliche zu tun, damit sein Aufenthalt hier angenehm wird. Es ist das erste Mal, dass ich wegen eines Ausländers solche Anweisungen bekommen habe, obgleich auch Sie, Herr Jiorgo, zweifellos sehr einflussreich sind.«

Würde es nie aufhören? Alles was er jetzt noch brauchte, war mit der Nase auf Mikes Wichtigkeit gestoßen zu werden. Es war dumm gewesen, den Direktor zu bedrohen, aber er wollte nicht nachgeben. »Ich möchte nur darauf hinweisen, dass ich mich persönlich verantwortlich fühle, wenn Costa in irgendeiner Weise misshandelt wird. Sie würden es bereuen.«

»Ein Polizist bereut viel, aber er muss trotzdem seine Pflicht tun. Es ist interessant, was er über Dimitri sagt. Wir wissen bereits, dass Dimitri Jungen sehr mag. Ein harmloses Laster vielleicht. Aber Drogen? Es ist wahr, dass Ihr Sohn mit ihm befreundet ist. Das Letzte, was ich möchte, ist gegen einen ausländischen Minderjährigen Maßnahmen ergreifen zu müssen. Sie verstehen mich?«

Er verstand. Jetzt war er dran, sich bedroht zu fühlen. Seinen beschützenden väterlichen Instinkten versetzte dies einen herben Schlag. »Ich werde mit ihm darüber sprechen, aber Costas Geschichte ist einfach lächerlich. Wie Sie gesagt haben: Was hat Drogendealen mit Stehlen zu tun? Es war einfach ein dummer Versuch, den Verdacht von sich selbst abzulenken.«

»Wir haben unsere eigenen Methoden, Wahres von Falschem zu unterscheiden. Wir werden Costa dazu ermutigen, uns mehr zu erzählen. Kommen Sie morgen früh vorbei. Vielleicht haben wir dann Ihr Geld.«

Türen öffneten und schlossen sich, die Treppe krachte. Peterson folgte ihm. George wollte allein sein. Er ekelte sich, sein Stolz war vernichtet und er fühlte wie sich in völliger Auflösung begriffen. Er wusste nicht, woher er die Kraft für das notwendige Gespräch mit Jeff nehmen sollte. Auf der Straße blieb er stehen und wandte sich zu Peterson. »Hast du das alles verstanden?«, fragte er.

»Nicht viel. Aber ich hab' kein Griechisch gebraucht, um zu sehen, wie sie Costa behandeln.«

»Na ja, es ist ihr Land. Ich bekomme möglicherweise mein Geld zurück. Du kommt am besten morgen früh noch mal hier vorbei.«

»Okay. Lass uns einen trinken gehen. Ich brauch' 'nen Drink.«

»Ich muss nach Hause. Bis später.« George nickte und machte sich in eine Nebenstraße davon, flüchtete wie ein Krimineller. Außer Sichtweite verlangsamte er seinen Schritt, versuchte sich wie der vernünftige, intelligente Mensch zu fühlen, den er kannte. Er war für die Taten der Polizei nicht verantwortlich. Um sein Geld zurückzubekommen, hatte er einen völlig normalen Schritt unternommen. Trotzdem konnte er das Gefühl nicht unterdrücken, dass so etwas früher nicht passiert wäre. Anscheinend hatte er seine Stärke, seine Selbstsicherheit eingebüßt. Dass er gestern so betrunken gewesen war. Dass er jetzt ein so starkes Verlangen nach einem Drink hatte. Auflösung. Das Wort geisterte in seinem Kopf umher, warf ein neues, ernüchterndes Licht auf die Episode im Polizeirevier. Er hatte von Anfang bis Ende alles vermasselt. Er war nicht mehr der einflussreiche Mann, den er im Polizeirevier markiert hatte. Jetzt schienen ihm seine Worte von vorhin nur noch töricht, empörend, wie die eines Versagers. Trotzdem, er war kein Versager. Der Erfolg verblasste langsam und sein, in den ersten Jahren des Ruhmes geformtes Auftreten, war unter den gegenwärtigen

Umständen einfach unangemessen geworden. Könnte Mike Recht haben? War es unrealistisch und uneinsichtig von ihm gewesen, dass er es so weit hatte kommen lassen, wo der Verlust von zweitausend Dollar sein ganzes Leben ändern konnte? Jeff und der Barjunge. Er hatte diese Freundschaft missbilligt, hatte aber die Autorität eingebüßt, damit umgehen zu können. Jetzt wurde ihm eine Chance geboten, sich wiederherzustellen, zumindest als Vater. Das mit Jeff musste ihm gelingen. Er konnte sich nicht noch mehr Verluste leisten

Wieder beeilte er sich, rannte fast und keuchte, als er durch das Gartentor trat. Er musste Jeff erwischen, bevor dieser loszog. Das Haus beruhigte ihn, es bot ihm Zuflucht und seine Schönheit sagte ihm, dass das Leben gut war. George hielt inne, sog die Anmut des Hofes in sich auf, erinnerte sich an damals, als sie das Haus gekauft hatten und war stolz auf diese Leistung. Der Anblick des großen knorrigen Olivenbaumes in der Mitte des Hofes und der kleineren Zitrusbäume darunter, die eine falsche Perspektive und große Tiefe vortäuschten, tat ihm wohl. Durch den überdachten Balkon, den sie als zusätzlichen Durchgang zum Badezimmer gebaut hatten, wirkte das ansonsten eher kantige, würfelförmige Haus asymmetrisch, merkwürdig romantisch. Wuchernde Bougainvillea verlieh der anderen Hauswand Farbe. Langsam ging George in die üppig grüne Dämmerung hinein, die fast ebenso greifbar wie das Mauerwerk war. Die Atmosphäre verbannte die unangenehmen Erfahrungen aus seinem Gedächtnis und sperrte sie aus. Kein Polizeistaat drang hier ein. Er konnte Jeff Rat und Verständnis bieten. Plötzlich sehnte er sich tief nach Sarah. Das Haus war so völlig und grundlegend ihre gemeinsame Schöpfung, so verbindend wie ein Liebesakt; Sarah war für seine Freude daran von zentraler Bedeutung. Wie als Antwort auf seine Gedanken erschien sie in der Tür.

»Hallo«, begrüßte sie ihn. »Gibt's was Neues?« Als sie zu ihm trat, schenkte sie ihm ein strahlendes, warmes Willkommenslächeln. Für ihn war das wie ein körperlicher Schock, so überraschend und wohltuend wie ein Sprung in Eiswasser an einem glühend heißen Tag. Er fühlte sich dessen nach der Erfahrung mit der Polizei nicht würdig und empfing es in Demut und Dankbarkeit.

»Ich hab' keine Ahnung, was passieren wird. Kein Geld bis jetzt. Bei der Polizei haben sie irgendwie den Eindruck gemacht, dass sie's zurückkriegen könnten.«

»Irgendwer *muss* es genommen haben. Geld verschwindet nicht so einfach. Wer könnte es gewesen sein?«

Ihr Blick war voller Sympathie ihm gegenüber, ganz anders als heute morgen, als sie sich so schnell von ihm distanziert hatte. Ihm fiel auf, dass er seitdem keine Möglichkeit gehabt hatte, mit ihr über das Geld zu sprechen. Er nahm ihre Hand und drückte sie. »Die Polizei verdächtigt scheinbar Costa.«

»Unseren Costa? O nein, das würde er nie machen.«

»Na ja, es ist sinnlos, rumzuraten. Wir müssen einfach abwarten und sehen, was sie rausfinden. Ist Jeff da?«

»Ja, er ist in seinem Zimmer.«

»Ich will mal mit ihm reden. Es schaut so aus, als würde sein Kumpel Dimitri ziemlich in der Scheiße stecken. Willst du jetzt was trinken?«

»Ich kann warten. Was ist mit Dimitri?«

»Erzähl' ich dir gleich. Ich komm' gleich wieder. Wir können was zusammen trinken und dann runtergehen und Mike aufsammeln.« Er hob die Hand und berührte ihre Brust. »Du wirkst richtig ausgeruht. Wunderbar siehst du aus.«

Sie errötete vor Freude. »Ich hab' in der Küche herumgewurstelt. Das Abendessen ist ziemlich gut vorbereitet.«

Lächelnd sah er ihr in die Augen. Etwas erblickte er darin, das ihn mit irrationalem Vertrauen erfüllte. Er gab ihr einen leichten Klaps und wandte sich widerstrebend ab. Er ging ins Haus, kletterte die Treppen hoch und zog sich schnell für den Abend um. Dann ging er zu Jeffs Zimmer und klopfte an die geschlossene Tür.

»Ja«, antwortete es ungnädig von innen.

George öffnete die Tür und sah hinein. Jeff saß am Schreibtisch über einen dieser furchteinflößenden Wälzer gebeugt, die er so gerne las. »Ich würd' gern einen Augenblick mit dir reden«, sagte George und versuchte möglichst nicht väterlich, sondern freundschaftlich zu klingen.

Jeff wandte ihm sein dunkles, misstrauisches Gesicht zu, die großen Augen waren Sarahs so verblüffend ähnlich, dass George von Liebe für beide überwältigt wurde.

»Was ist los?«, fragte Jeff.

»Ich werd's dir erzählen. Komm' rauf ins Arbeitszimmer, da ist es vielleicht ein bisschen kühler.«

Er wartete, während Jeff sich nachlässig aus seinem Stuhl wand und vor ihm die steile Treppe hinaufstieg. George schloss die Tür hinter Jeff, ging zu der Couch, wo er letzte Nacht geschlafen hatte und setzte sich. Jeff schlenderte zu einem Stuhl und fläzte sich hinein – die Beine von sich gestreckt, den Hintern auf der vorderen Stuhlkante, den Kopf auf der Lehne. Sein Blick streifte rastlos umher und vermied den seines Vaters.

George unterdrückte den Drang, ihn zurechtzuweisen. So war die gegenwärtige Mode unter Jugendlichen. Sie fanden es altmodisch, gerade zu sitzen. Sie hielten nichts davon, beim Sprechen die Lippen zu bewegen. Sie kultivierten einen gelangweilten, arroganten Blick. Das würde vorbeigehen. Es ging um etwas viel Wichtigeres. »Wir konnten immer miteinander sprechen, Jeff.« George nahm die einschmeichelnde

Kameradschaftlichkeit in seiner Stimme wahr und schämte sich.

»Ja, klar.« Jeff hatte die Gnade, nicht völlig desinteressiert zu klingen.

»Na ja, kommen wir gleich zur Sache. Es sieht so aus, als würde dein Freund Dimitri ernsthafte Schwierigkeiten mit der Polizei kriegen. Hab' ich grade gehört. Zu deinem eigenen Besten solltest du dich lieber von ihm fernhalten. Du hast vielleicht das Gefühl, dass es deine Pflicht als Freund ist, ihn zu warnen. Abgesehen davon, will ich nicht, dass du ihn wiedersiehst.« Während er sprach, sah George, wie die Arme und Beine des Jungen zu zucken begannen, wie Jeff sich bei seinen letzten Worten zusammenriss und seinen Körper umklammerte. Er wirkte bestürzt.

»Ihn nicht wiedersehen? Was soll er gemacht haben?«

»Es ist ernst. Drogengeschichten. Costa hat dich beschuldigt, dass du mit ihm da drinsteckst. Ich nehm' das natürlich nicht ernst, aber die Polizei wird jeden verdächtigen, der häufig mit ihm zusammen ist.«

»Warum sollte ich verdächtigt werden? Ich hab' nix gemacht.« Der gereizte Ton in Jeffs Stimme erinnerte George daran, wie sehr der Junge noch immer ein Kind war – sein Kind – und Zärtlichkeit stieg in ihm auf. Er beugte sich nach vorne und tätschelte das Bein des Jungen.

»Ich bin sicher, dass du nichts getan hast, aber wichtig ist, wie's aussieht. Costa hat gesagt, du hättest Dimitri heute morgen viel Geld gegeben.«

Jeff lachte gezwungen, setzte sich auf die Füße und wischte sich die Haare aus dem Gesicht. »Woher sollte ich Geld haben? Er ist hereingeschlichen, wie er das immer so macht, als ich Dimitri geholfen hab' seine Abrechnung zu machen. Wenn ich Geld in der Hand habe, bedeutet das gleich, dass ich's ihm welches gebe?«

»Verstehe.« Also hatte Costa nicht gelogen; er hatte

Jeff und Dimitri tatsächlich mit Geld gesehen. »Wenn das schon so ist, dass du über seine Geldangelegenheiten Bescheid weißt, ist es ernster, als ich dachte. Du machst dich zum Mittäter bei allem, was er macht.«

Jeffs dunkle Augen wanderten im Zimmer umher. Ihre Blicke trafen sich, aber Jeff sah schnell weg. »Ihm bei seiner Abrechnung helfen ist kein Verbrechen. Warum interessierst du dich eigentlich plötzlich so für die Polizei?«

»Ich interessier' mich für die Polizei, weil ich mein Geld zurückkriegen muss. Was würdest du vorschlagen – zu wem sollte ich gehen?« George ärgerte sich, dass er sich rechtfertigen musste. Knapp fügte er hinzu: »Tatsache ist, Costa sitzt jetzt in Untersuchungshaft.«

Jeff starrte George ungläubig, vorwurfsvoll an. »Wie konntest du? Das steht im Gegensatz zu allem, an was du glaubst.« Jeff schnellte auf dem Stuhl nach vorne und hielt sich am Sitz fest. »Wie konntest du einen Unschuldigen da mit reinreißen? Das Geld ist doch offensichtlich irgendwo im Haus. Die Hälfte der Zeit weißt du doch gar nicht, was du machst.«

George blieb vor Staunen der Mund offen stehen und klappte ihn dann wütend wieder zu. »Was soll das genau heißen?«, fragte er.

»Ist doch wahr. Ich wohne auch hier, weißt du noch? Ich sehe doch, was los ist. Du bist ein Säufer. Jeder weiß, dass du ein Säufer bist. Du und Mama, ihr beide. Gestern Abend bist du nach Hause getorkelt. Wahrscheinlich hast du das Geld in irgendeine Schublade gestopft und vergessen. Das ist doch für dich zur Zeit normal. Hast du der Polizei erzählt, wie besoffen du warst? Hast du ihnen erzählt, dass du dich an die Hälfte der Dinge, die du machst, nicht mehr erinnern kannst?«

George wartete, bis der Schock nachließ. Selbst wenn Jeffs Worte gerechtfertigt wären, so war er doch fassungslos, dass sein Sohn sie aussprechen konnte. Er hatte das instinktive Gefühl, dass mehr dahinter steckte, als Costa und sein Gang zur Polizei. Ein wütender Rüffel blieb ihm im Halse stecken. Er musste das Vertrauen des Jungen gewinnen, anstatt ihn sich noch weiter zu entfremden. »Jeff«, sagte er leise, »du bist sicherlich alt genug, um einzusehen, dass manchmal zu viel zu trinken und ein Säufer zu sein, zwei verschiedene Paar Schuhe sind. Du hast noch nie so mit mir gesprochen. Irgendwas Ernstes liegt dir doch auf der Seele. Raus mit der Sprache, wir sind da, um dir zu helfen und dir beizustehen.«

Jeff sank in den Stuhl zurück und legte die Hand auf die Stirn. »Ich kann Heuchelei nicht ertragen«, knurrte er in tiefsten Tönen. »Wie soll ich deiner Meinung nach auf diese große väterliche Szene reagieren? Was weißt du über meine Gefühle und was kümmern sie dich? Du bist zu beschäftigt, mit Mama zu streiten und dich zu besaufen.«

George dachte an seine eigenen Eltern. Er konnte sich keine Situation vorstellen, in der er so mit seinem Vater gesprochen hätte. Immer war es »nein, Vater« oder »ja, Vater« gewesen. Darunter hatte seine Rebellion gekocht, so dass es keinerlei Verbindung mehr zwischen ihnen gab, als er sich endlich befreit hatte, keine Grundlage für *irgendeine* Art von Beziehung. Jeff würde zumindest wissen, wer seine Eltern waren. Er beneidete ihn beinahe darum, sich wie auch immer mit einem Drogendealer eingelassen zu haben. Es klang so gefährlich und erwachsen. In Jeffs Alter hatte George nur an Schule und Debütantenbälle gedacht. Zumindest nahm er an, dass er nur daran gedacht hatte. Er konnte sich nicht erinnern.

»Wenn du dich mal 'n bisschen beruhigen würdest«, versuchte er zu überzeugen, »würdest du merken, dass ich mich durchaus für dich interessiere. Sehr sogar.«

»Auf ganz schön seltsame Art. Du kümmerst dich doch einen Dreck darum, was ich mache und plötzlich machst du mir Vorschriften und sagst mir, dass ich einen der wenigen Leute, die ich hier mag, nicht mehr sehen darf. Wen soll ich verdammt noch mal sehen?«

George musste zugeben, dass er Recht hatte. Auf der Insel gab es kein organisiertes soziales Leben für junge Leute. Die Geschlechter hatten keinen Kontakt miteinander. Jeff hatte schon lange aufgegeben, intellektuelle Ansprache bei seinen Altersgenossen zu finden. Die einheimischen Jungs, selbst diejenigen, die nicht lange, bevor die Schule zu Ende war, arbeiten gingen, hatten simple Interessen, wohl einschließlich einiger flüchtiger sexueller Spielchen, bevor sie bereit für ihre jungfräulichen Bräute waren. Keine stimulierende Szenerie. Er konnte es Jeff nicht verübeln, von einer kosmopolitischen Touristenkneipe angezogen zu werden. »Du weißt, ich mach' dir normalerweise keine Vorschriften«, sagte er. »Ich kenn' Dimitri fast gar nicht. Es heißt, dass er Jungs mag, aber ich bin sicher, dass du genügend darüber weißt, um damit umzugehen, wie's dir gefällt. Du bist zu alt, als dass ich deine Freunde für dich aussuchen würde. Auch wenn Dimitri Satan persönlich wäre, würd' ich mich nicht einmischen, wenn ich nicht sehr gute Gründe hätte. Ich kann dir ab jetzt nur noch Ratschläge – wenn sie dich überhaupt interessieren – geben und dir Verständnis anbieten. Ich bin ziemlich sicher, dass ich das besser kann, als die meisten Leute. Aber bleiben wir beim Thema. Was weißt du über die Sache?«

»Die Drogensache? Viele Leute rauchen Marihuana, wenn du das meinst. Man kann leicht drankommen.«

»Das hab' ich inzwischen auch schon gehört. Ist mir bis jetzt noch nie aufgefallen, außer bei Sid. Hast *du* es schon mal genommen?

»Einmal. Mir ist schlecht geworden. Ist das hier ein Verhör?«

»Ich will nur wissen, wie die Sache steht. Du weißt, das Dimitri die Quelle ist?«

»Das ist kein Geheimnis. Alle kriegen's von ihm.«

»Du sagst, Costa hat das Geld nicht gestohlen. Er versucht dauernd eine Verbindung zwischen dem Geld und dir und Dimitri und dem Dope herzustellen. Was denkst du, worauf will er raus?

Jeff warf den Kopf zurück und öffnete den Mund. Sein großer Adamsapfel bewegte sich, als würde er nach Luft schnappen. »Ich kann's nicht aushalten«, brach es aus ihm heraus. »Nichts davon wär' passiert, wenn du nüchtern geblieben wärst. Glaubst du, dass ich dein Geld geklaut hab'? Na los. Sag's. Beschuldig' mich. Sag' wenigstens einmal die Wahrheit.« Er ruckte in seinem Stuhl hin und her, die Beine flogen wild herum.

»Jetzt beruhig' dich mal, um Gottes willen. Ich beschuldige dich doch nicht.« George hatte ihm Verständnis angeboten, aber er konnte Jeffs Verhalten jetzt überhaupt nicht verstehen. Vielleicht steckte er mit Dimitri unter einer Decke. Geschäftlich oder waren sie ein Liebespaar? Was hatte er da aufgedeckt? »Hör mal zu. Ich wollte dich nur warnen, dass dein Freund in Gefahr ist. Ich weiß, dass Jungs in deinem Alter manchmal unter wahnsinnigem Druck stehen. Ich weiß, dass du kein Dieb bist, aber wenn man genügend tief in der Scheiße sitzt, würde vielleicht jeder klauen. Ich würd' nicht einfach schweigend drüber wegsehen, aber es wär' jetzt auch kein Weltuntergang. Ich bin verdammt noch mal stolz auf dich. Du bist kein bisschen schlecht. Deshalb will ich nicht, dass dir irgendwas passiert.«

»Was ist schlecht daran, sich mit einem Freund zu treffen?« Jeff versuchte seiner Stimme einen aufsässigen Klang zu geben, aber sie war tränenerstickt. »Das ist das Einzige. Er wartet heute Abend auf mich. Wir … er … ich will sein Freund sein.«

»Und ich möchte deine Freundschaften respektieren. Das Problem ist, ich bin noch drei Jahre für dich verantwortlich. Ich kann nicht zulassen, dass du riskierst, mit dem Gesetz in Konflikt zu kommen. Ich steck' da dann auch mit drin. Bis wir wissen, worauf das Ganze rausläuft, darfst du nichts mehr mit Dimitri zu tun haben. Wenn du willst, können wir gemeinsam hingehen und es ihm erklären. Wenn er Wert auf deine Freundschaft legt, wird er's verstehen. Ist das klar?«

Jeff fing an, am ganzen Köper zu zittern. »Es ist alles so schrecklich«, brach es aus ihm hervor, seine Worte purzelten chaotisch durcheinander. »Ich find' jemanden, der mich da haben will und… er ist nicht perfekt, aber ich bin gern mit ihm zusammen. Wenn du wüsstest, was hier alles so los ist… warum lässt du mich nicht in Ruh'? Was ist mit Mama? Bist du für sie nicht verantwortlich? Vielleicht willst du wissen, wo sie heute Nachmittag war. Sie war oben in Pavlos Haus. Ich hab' sie gesehen, als ich…«

George war aufgesprungen, ragte über ihm empor. Dann schlug er Jeff mit der flachen Hand hart ins Gesicht. Aus der Kehle des Jungen drang ein leises Wimmern. George holte aus und schlug nochmals zu, so fest, dass der Schlag Jeff fast aus dem Stuhl warf.

Jeff saß zusammengekrümmt, das Gesicht auf den Oberschenkeln, die Arme schützten den Kopf. »Nein. Tu' das nicht. Ich hab' nicht… ich hab' nicht gewusst, was ich sage«, weinte er, von heftigem Schluchzen geschüttelt.

George hörte ihn nicht. Er wusste nicht, wie er auf die Beine gekommen war, fühlte sich von einer verzweifelten Wut gepackt, zitterte so heftig wie sein Sohn. Er ergriff Jeffs Arme und zerrte ihn hoch. Zaghaft versuchte sich Jeff zu wehren. George fing ihn auf, als er fast hinfiel, schlang seine Arme um ihn und zog ihn an seine Brust. Mehr hatte er ihm nicht zu bieten. Die ausgebrannte Ruine in ihm hatte niemandem mehr etwas zu bieten. Völlig ausgebrannt. Völlig ruiniert. Es war irrelevant, dass es ihn tröstete, Jeffs Schluchzen zu stillen. Er drückte sein Gesicht ins Haar des Jungen und küsste es.

»Geh'«, sagte, als er wieder sprechen konnte. »Geh' in dein Zimmer. Ich wollte dir nicht weh tun.« Er half Jeff, zur Tür zu stolpern. George sah nicht, wie Jeff ging. Irgendwie kam er zur Couch zurück, setzte sich, hielt die Hand, die noch immer taub vom Schlagen seines Sohnes war.

Natürlich war das unmöglich. Jeff war ein hysterisches Kind. Es war unmöglich. Er hatte den Beweis. Momentan wusste er allerdings nicht, welchen. Langsam fiel es ihm wieder ein: Er hatte Pavlo auf den Felsen gesehen. Er und Mike waren vor vier zum Baden gegangen. Da war sie hier gewesen. Als sie dort angekommen waren, war Pavlo auf den Felsen. Nein. Er hatte gesehen, wie Pavlo dort ankam. Wann? Kurz bevor er Mike alleingelassen hatte, um zur Polizei zu gehen. Er rieb sich die Hand und versuchte sich zu erinnern, ihn früher gesehen zu haben. Es hatte keinen Sinn. Zeit wäre genug gewesen.

George stich sich leicht über die Stirn. Wenn es wahr war, müsste er sie umbringen. *Wenn?* Egal, ob hysterisch oder nicht, Jeff hatte das nicht erfunden. Es war unabsichtlich aus ihm herausgebrochen.

Sie war heute morgen mit Pavlo zusammengewesen und hatte es praktisch unter seiner Nase geregelt.

Eine läufige Hündin. Sie konnte alle Pavlos haben, die sie wollte, ihm war es egal. Er würde einfach in ein Boot steigen und abfahren. Verschwinden.

Nein. Warum sollte er sie davonkommen lassen? Er würde sie damit konfrontieren, würde sie schlagen und hinauswerfen. Damit war alles zu Ende. Nichts konnte er tun, um das zu ändern. Außer sich umzubringen. Die unendliche Erlösung der Nichtexistenz.

Er bedeckte die Augen mit den Händen, erinnerte sich, in welch eigenartigem Zustand sie beim Mittagessen gewesen war. Sie hatte wenig getrunken, war ungewöhnlich lebendig und aufgewühlt gewesen. Als er später zu ihren Füßen gesessen und sie berührt hatte,

hatte er gespürt, wie sie vor Aufregung gebebt hatte. Natürlich. Sie hatte an diesen obszönen männlichen Fleischklumpen gedacht, hatte nach einem Fick gehechelt.

Wutentbrannt packte er den Stuhl, auf dem Jeff gesessen hatte und schleuderte ihn ans Fenster. Der Stuhl krachte in einem Glasregen zu Boden. George stapfte zu den Regalen, riss Bücher heraus und warf sie im Zimmer herum. Dann packte er eine Lampe und zerschmetterte sie am Boden. Er würde das ganze verdammte Haus dem Erdboden gleichmachen. *Home sweet home.* Durch das Getöse, das er verursachte, hörte er ihre Stimme von unten:

»George? Schatz? Bist du da? Was ist los?«

Er stand regungslos, seine Schreibmaschine in der Hand und Mike fiel ihm ein. Er konnte ihr jetzt nicht entgegentreten und gemeinsam mit ihr einen angenehmen Abend mit Mike verbringen. Mike durfte das nicht wissen. Er musste die nächsten paar Stunden durchhalten und Sarah behandeln, als wüsste er von nichts. Seine Armen schmerzten, so sehr sehnte er sich danach, die Schreibmaschine die Treppe hinunter, ihr an den Kopf zu werfen. Vor nur einer halben Sunde hatte sie ihn mit einem liebevoll interessierten Blick willkommen geheißen. Ein befriedigter Blick. Hastig stellte er die Maschine wieder hin. Er konnte ihr nichts antworten. Wenn sie hinaufkäme, wäre er nicht imstande, sich zurückzuhalten. Die Wunde war zu frisch und zu offen, um ihr etwas vorzumachen.

»Alles okay«, rief er und stellte fest, dass er seine Stimme unter Kontrolle hatte. »Ich hab' 'ne Lampe umgeschmissen.«

»Kaputt?«

»Man kann sie reparieren. Bist du fertig? Ich will Mike nicht warten lassen.«

»Bin gleich soweit.«

»Ich komm' gleich runter.« Leise bewegte er sich im

Raum umher, sammelte die Bücher auf und stellte sie ins Regal zurück, dann hob er den Stuhl auf. Das Fenster war kaputt, aber er konnte es selbst reparieren. Die Lampe war demoliert. Er sah sich noch mal um. Man konnte nichts erkennen. Für das Fenster musste er sich eine Erklärung ausdenken.

Auf Zehenspitzen lief er nach unten und ging zu dem Schrank im Wohnzimmer, wo der Alkohol aufgehoben wurde. Zweimal hintereinander goss er sich großzügig Brandy ein und schüttete ihn hinunter. Nach dem zweiten Glas hielt er mit der Flasche in der Hand einen Moment inne und sah sich um, um den Effekt zu beurteilen. Besser. Viel besser. Irgendetwas war entsetzlich im Argen, zerstört, aber im Moment konnte er es ertragen. Auf der Treppe draußen waren Schritte zu hören. Noch einmal goss er sich Brandy ein und schluckte. Er konnte sie nicht ansehen, sie nicht berühren. Unter Leuten würde es gehen. Da sie annahm, er wäre noch immer im obersten Stockwerk, rief sie unnötig laut seinen Namen. Er stellte die Flasche zurück und ging los.

»Komme. Bin hier drin.« Er traf sie an der Tür. Alles war so weit in Ordnung. Dass er es vermied, sie anzusehen, würde sie nicht merken, wenn sie das Haus erst verlassen hatten und die Straße hinuntergingen. Sie war nur eine Erscheinung neben ihm, ohne Identität, ohne Macht, ihn zu verletzen oder zu rühren.

»Wegen dem Abendessen ist alles geregelt«, sagte sie. »Ich hab' Chloë gesagt, dass wir ungefähr um neun wieder da sind.«

»Schön.« Alles war in Ordnung. Alles war absolut normal. Als sie aufbrachen, stolperte er auf dem holperigen Kopfsteinpflaster und konzentrierte sich darauf, auf den Beinen zu bleiben. Es würde nicht helfen, betrunken zu wirken. Die Sonne stand tief im Westen und langsam schlich sich wieder Farbe in die Stadt. Die wuchernden Weinreben an der Mauer vor ihnen leuchteten in sattem Grün, den ganzen Tag über waren sie schwarz gewesen.

»War das Baden mit Mike schön?«, versuchte sie ein Gespräch anzuknüpfen. Sie merkte, dass er getrunken hatte und fragte sich: *Hatten er und Mike sich besoffen?*

»Klar. War nett.« Sie hatten fröhlich gebadet, während Sarah ... und hier erwies sich der Drink als äußerst nützlich. Während sie was? Er wusste es, aber das Wissen darum war ein tiefer, finsterer Schmerz in ihm, formlos, wie das Wissen um den Tod. Sie gingen weiter. Hatte sie etwas gesagt? Hatte er geantwortet? Er hielt sich von sich selbst so fern wie von ihr, setzte sorgfältig einen Fuß vor den anderen.

Sie erreichten die Geschäfte und automatisch begann er, Leute zu grüßen. Auf der Hafenpromenade sah er Peter und eine Frau in Richtung des Mills-Martin Hauses gehen. Er konnte die Frau nicht sofort identifizieren und war so geistesabwesend, dass er nicht noch mal hinsehen wollte. Gleich würde die Sonne ihr tägliches Wunder vollführen. Alle Häuser auf der Ostseite des Hafens erglühten in rotgoldenem Glanz, in ihren Fenstern flackerte Feuer. In fünfzehn Minuten würde es dunkel werden.

Die Tische vor dem Lambraiki waren voll. Als sie näher kamen, sahen sie die Varnums, Sid Coleman mit Freundin und Joe und Lena an einem Tisch sitzen. An einem anderen Tisch in ihrer Nähe saß Mike mit Roberto, dem italienischen Maler und Paul, dessen holländischem Freund. Er fragte sich, wo Mike sie aufgerissen hatte. Schnell wandte er sich ab, als er Pavlo ein paar Tische weiter entdeckte.

Mike winkte. »Wir haben euch Plätze besetzt«, sagte er, als sie ihn erreicht hatten. Alle drei standen für Sarah auf.

George blieb noch einen Moment stehen und tauschte einige Bemerkungen mit der Gruppe am

Nachbartisch. Charlie war immer ein eindrucksvolles Ausstellungsstück für Besucher. Er bemerkte, wie ihn eine vor kurzem eingetroffene französische Delegation, die er noch nicht kennen gelernt hatte, musterte und wie die Leute einander zunickten. Die französischen Übersetzungen seiner Werke waren sehr erfolgreich gewesen. Ein französischer Lokalmatador. Er setzte sich vorsichtig hin und bemühte sich um Smalltalk mit den anderen. Nur noch ein paar Stunden. Morgen würde Mike weg sein. Roberto und Paul fingen sofort an, Fragen über Costa zu stellen. Offensichtlich handelte es sich dabei um die jüngste Sensation. Roberto und Paul fanden Costas Verhaftung empörend.

»Wie können sie ihn einsperren, wenn sie keine Beweise haben?«, fragte Paul.

»Die machen haargenau das, was sie wollen«, sagte George gleichgültig. Einen Drink wollte er. Er klatschte in die Hände und als einer der Lambraiki Jungen gerannt kam, bestellte er für Sarah gleich mit.

»Ich hab' gehört, er hat angeboten, Joes Geld zurückzugeben.«

»Ja, Vielleicht klären sie es so. Am Morgen wissen wir's.«

»Auch wenn er das macht, kannst du dir vorstellen, dass die Polizei ihn laufen lässt?«, insistierte Roberto. »Weil er vorher schon mal in Schwierigkeiten war, werden sie ihn jahrelang einsperren. Ich hab' von einem ähnlichen Fall in Athen gehört. Vier ganze Jahr hat er im Gefängnis geschmachtet.«

»Warum hast du mir das nicht erzählt?«, fragte Mike. »Du hast gesagt, du wolltest nur für einen Amerikaner übersetzen. Ich hab' gehört, dass dir siebzigtausend Drachmen gestohlen worden sind.«

»Morgen sind's bestimmt hunderttausend.«

»Was soll das alles?«, mischte sich Sarah verspätet ein. »Costa ist verhaftet worden?«

George war verwirrt. Hatte er das nicht mit Sarah besprochen? Wie hatte Mike die ganze Sache rausgefunden? Da er nicht daran erinnert werden wollte, legte er der Tischrunde ganz allgemein die nackten Tatsachen dar, Jeff erwähnte er nicht. »Joe ist sich sicher wegen Costa«, schloss er. »Sonst wäre der da nicht mit reingezogen worden.«

»Ja, aber die Polizei!« Roberto und Paul wollten einfach nicht aufhören.

»Es ist wirklich nicht ungewöhnlich, dass nach einem Raub die Polizei gerufen wird.«

»George ist ein Zyniker«, sagte Mike leichtfertig. »Wenn die Polizei ihre Macht hier missbraucht, muss man grinsen und beide Augen zudrücken.«

»Du weißt doch überhaupt nichts darüber, Mike«, sagte Sarah. Ihre übliche Show unerschütterliche Loyalität, dachte George plötzlich hasserfüllt. »Roberto und Paul regen sich auf, weil wir alle Costa mögen. Er hat nichts zu befürchten, wenn er unschuldig ist.«

George wollte Sarah nicht als Verbündete. Er wollte niemanden als Verbündeten. Stets hatte er in Inselangelegenheiten als letzte Autorität gegolten und war daher die Kritik nicht gewohnt, die aus Robertos und Pauls Worten sprach. Er musste die Sache klarstellen. Welche Sache? Der Brandy begann zu wirken. Ein Augenblick der Konzentration. Also dann: »Das ist nicht ganz richtig. Normalerweise könnte er einfach weggebracht und vergessen werden. Das werd' ich nicht zulassen. Ich werd' mich drum kümmern, dass er fair behandelt wird.«

»Klar, das ist was anderes. Die hören auf dich«, stimmte Paul zu. George warf ihm einen dankbaren Blick zu. Die Drinks kamen und er nahm einen langen Schluck.

»Großer Manitu auf Insel«, sagte Mike. »Ich bin überrascht, dass du noch nicht Bürgermeister bist.«

George fragte sich, ob Mike auch getrunken hatte. Sein Hohn war unverhohlen. Na ja, wenn er es so wollte. »Wir können ja nicht alle Kumpel vom Präsidenten sein«, sagte er warnend.

Roberto und Paul griffen die Bemerkung auf und fingen an, Mike über das Weiße Haus zu befragen. George trank schnell aus und bestellte noch einen Drink. Er bemerkte, dass Sarah versuchte, Blickkontakt mit ihm aufzunehmen, aber tat, als folgte er der Unterhaltung. Ungeheurer Druck baute sich in ihm auf, der ihn körperlich erzittern ließ. Er musste trinken, bis dieser Druck nachließ, sonst würde er explodieren. Pavlo saß nur zwei Tische weiter. Sarahs Show war widerlich glaubwürdig, alles an ihr erschien ihm falsch und beleidigte, was sie einander gewesen waren. Mike stellte seine wichtigen Verbindungen elegant bescheiden zur Schau und Roberto und Paul sogen seine Worte begierig auf. Wie viel mehr könnte er noch aushalten? Er sah über die Köpfe hinweg zur anderen Seite des Hafens. Das Licht auf den weißen Häusern hatte einen satten Kupferton angenommen. Während er hinübersah, verblasste es und auch die Luft erschien plötzlich grau. Er trank.

»Los, Leute. Noch 'ne Runde«, sagte Mike. »Geht alles auf mich.«

»Wir müssen gehen. Wir haben 'ne Verabredung«, sagte Roberto. Paul trank aus und das Paar stand auf. Sie dankten Mike und zogen ab. George fragte sich, wer ihre Plätze einnehmen würde. Normalerweise gab es immer einen Ansturm auf seinen Tisch.

»Ich mag die beiden«, sagte Mike. »Dein Freund Peter Mills-Martin ist heute nicht dabei?«

»Ich hab' ihn vorhin gesehen. Vielleicht kommt er ja noch.«

»Roberto und Paul sind sehr nett«, sagte Sarah. »Sie tun mir schrecklich Leid.«

»Wirklich? Auf mich haben sie den Eindruck gemacht, dass sie recht zufrieden miteinander sind.«

»Sie meint, weil sie schwul sind«, sagte George und befahl sich dann, sich da rauszuhalten. Es war schon beinahe, als würde er direkt mit ihr sprechen. Gefährlich.

Mike lachte. »Frauen können es nicht ertragen, wenn ein Mann ihren Fängen entkommt.«

»Das ist das Einzige, was dir dazu einfällt?«, widersprach Sarah. »Es macht mir wegen ihnen was aus. In den beiden ist so viel Liebe. Wenn die in normalen Bahnen laufen würde, wär' ihr Leben viel vollständiger.«

»Du meinst, sie könnten Ehefrauen und Babys haben?« Mike lachte sie aus.

»Ja genau. Und mehr. Was alles zwischen einem Mann und einer Frau geschehen kann, ist viel mehr als körperliche Vereinigung.«

»Woher weißt du, dass es das zwischen zwei Männern nicht gibt?«

»Wie denn? Da gibt's keine natürliche Dualität von männlich und weiblich. Es ist alles das Gleiche. Kannst du dir eine ganze Gemeinschaft von Homosexuellen vorstellen?«

»Natürlich. Hollywood. Alle sind da stockschwul. Wunderbare Leute.«

»Wahrscheinlich weißt du überhaupt nicht, von was ich rede«, sagte Sarah und wischte seine Leichtfertigkeit beiseite. »Offensichtlich hast du das in deinen Ehen nicht gefunden.«

»Das kannst du laut sagen.«

George bemerkte, dass er unter dem Tisch die Fäuste ballte. Körperliche Vereinigung! Da saß sie, sah so sauber und pingelig aus, ihre großen herrlichen Augen strahlten in geradezu heiligem Licht und sprach über das Wunder der Ehe. Er wollte sie zu Boden schleudern, sie mit Füßen treten, auf ihr herumtrampeln. Und auf Mike auch. Selbstgefällig, oberflächlich, arrogant. Er gab einen Scheiß auf andere Leute. Das war es – er hatte es die ganze Zeit gespürt und es nicht wahrhaben wollen. Absolute Ichsucht.

»Vielleicht reden wir aneinander vorbei«, sagte Sarah, unvoreingenommen wie eine nach Erleuchtung Strebende. »Vielleicht versuchst du mir zu sagen, dass du auch homosexuell bist.«

Mike lachte unbeschwert. »Meine Ehefrauen wären überrascht, das zu hören. Aber ich mag Schwule. In der Regel hab' ich viel Spaß mit ihnen.«

»Angesichts deiner herausragenden Stellung«, mischte sich George ein, »könnte das ganz schön gefährlich sein.«

»Du meinst, was die Leute denken sollen? Du bist wirklich ab vom Schuss, Cosmo.« Er schnippte mit den Fingern und bestellte bei dem vorbeigehenden Jungen in Zeichensprache mehr Drinks. »Heutzutage sind sie überall. Ich könnte dir ein paar Namen sagen, die dich umhauen würden. Jeder weiß, dass es nur eine Verhaltensstörung unter vielen ist. Da können sich ja die Seelenklempner drum kümmern.«

»Seelenklempner! Toleranz in den USA. Die Unterschiede zwischen richtig und falsch werden da nur verwischt und getilgt.«

»Ihr toleriert doch Roberto und Paul.«

George nahm einen Schluck. Der Drink schwappte über und er wischte sich das Kinn, während er sich am Tisch festhielt. »Nicht tolerieren. Wir *akzeptieren* Roberto und Paul, weil sie zwei Menschen sind, die anständig miteinander leben. Was ich nicht akzeptiere, sind diese beutegierigen Streuner, die die Einheimischen verderben und jeden für Freiwild halten, meine Kinder eingeschlossen.«

Mikes Blick drückte plötzlich verstärktes Interesse aus. Seit sie beim Baden gewesen waren, hatte er viel über die Leightons erfahren. Georges Kampftrinken bestätigte seinen Verdacht, dass der so selbstsichere und putzmuntere Eindruck, den er vorhin gemacht hatte, wenn auch ein heldenhaftes, so doch ein fragiles Täuschungsmanöver gewesen war. »Und was ist mit den beutegierigen Heterosexuellen?«, fragte er.

George schlingerte vorwärts gegen den Tisch und die Drinks schwappten über. »Was meinst du verdammt noch mal damit?«, wollte er wissen.

»Ach, nichts Besonderes.« Konzentriert und hingebungsvoll wie beim Pokern spielte Mike seine Karten aus. »Ich hab' beobachtet, dass die Ehe womöglich nicht die vollkommenste aller menschlichen Beziehungen ist. Hier gibt's doch bestimmt genauso viele Techtelmechtel wie überall.«

George musterte ihn aufmerksam und versuchte aufrecht sitzen zu bleiben. Wusste er was? Zumindest war Sarah so gütig, den Mund zu halten. Die drei leeren Stühle an ihrem Tisch waren ihm wohl bewusst. Warum kamen denn keine Leute wie sonst immer und beendeten diese unmögliche Unterhaltung? Jetzt, nachdem die Auseinandersetzung in vollem Gange war, wusste er nicht, wie er sie wieder beenden sollte. »Ich frag' mich, warum du wirklich hergekommen bist, Mike«, sagte er fast wie im Selbstgespräch.

Scheinbar erwartete Mike diese Frage und freute sich darüber. »Gute Frage. Ich hätte sagen können, wegen der guten alten Zeit und es dabei belassen, aber ich bin kein Fan davon, die liebe Vergangenheit wiederzubeleben und so. Mal sehen. Vielleicht wollte ich in Wirklichkeit wissen, ob du irgendwas hast, was ich verpasst hab'. Es ist immer interessant, seinen eigenen – wie auch immer du's nennen willst – Fortschritt oder seine Leistung anhand von jemanden, der mehr oder weniger mit einem angefangen hat, zu überprüfen. In erster Linie haben mich viele Leute veranlasst zu denken, dass ich dir vielleicht helfen könnte.«

»Mir helfen?«

»Wie wir's besprochen haben. Deiner Karriere wieder auf die Sprünge zu helfen. Wenn du dich entschlossen hast, zurückzukommen, könnte ich an den richtigen Stellen ein Wörtchen für dich einlegen. Zufällig hab' ich nämlich wirklich ganz schön viel Einfluss. Du wirst es ziemlich hart finden, dich alleine wieder aufzurappeln. Speziell in Hollywood. Du musst den Schwierig-zu-Kriegenden spielen, bevor dich irgendwer will. Da könnte ich dir behilflich sein.«

George nahm einen langen Schluck von dem frischen Drink, den man vor ihn hingestellt hatte. Der Alkohol hatte ihn mittlerweile in einen anderen Bewusstseinszustand versetzt. Er fühlte sich jetzt klar und unvoreingenommen, frei von Zwängen wie Stolz und Scham. »Hättest du das Gefühl, dass sich dein Besuch gelohnt hat, wenn ich dich fragen würde, ob du mir tausend Dollar leihen kannst?« Was er sich sagen hörte, verblüffte ihn, aber alles erschien plötzlich absolut logisch. Welch eine prächtige Idee. Welch einfache Lösung des finanziellen Wirrwarrs.

Mike richtete sich auf und ließ das ganze Ausmaß von Georges Verfall auf sich wirken. Georges Fassade war brutal in sich zusammengebrochen. Vor ihm saß der besoffene Schmarotzer, den er erwartet hatte. Ein ziemlicher Niedergang. »Ich dachte, du würdest vielleicht finanziell in der Klemme sitzen«, sagte er angesichts Georges erbärmlicher Kapitulation voller Freundschaft und Liebenswürdigkeit. »Aber würden tausend Dollar wirklich so einen Unterschied machen?«

»Ach, ich dachte, ich könnte vielleicht ein paar Hunde kaufen. Die würden 'n bisschen Leben ins Haus bringen.«

Sarah legte ihm die Hand auf den Arm. »Schatz, glaubst du wirklich, dass das sein muss, wo er doch nur so kurz da ist?«

Er zog seinen Arm weg. »Halt dich da raus. Zu dir kommen wir gleich.«

»Jetzt hör mal zu ...« versuchte Mike zu protestieren, aber George hob die Hand. »Bleiben wir beim Geschäft, Mike. Also, was sagst du, ja oder nein?«

»Natürlich. Ich nehm' an, damit du nach Hause kommen kannst. Ich könnt's nicht verantworten, mehr von ... na, mehr von dem hier zu subventionieren.«

»Aber wir wollen nicht ...« fing Sarah an.

»Ich hab' gesagt, du sollst dich da raushalten«, fuhr er sie an, ohne sie anzusehen.

»*Von dem hier* hast du gesagt, Mike, mein Junge? Trunksucht und Ehebruch. Meinst du das? Das habt ihr nicht da drüben in eurer antiseptischen, manipulierten, klimatisierten, uramerikanischen Hölle? Nein, wahrscheinlich nicht. Ihr habt dagegen 'ne Pille. Alles um den Schmerz zu betäuben, damit ihr in Ruhe zur Sache kommen und Nigger zusammenschlagen und Zivilisten bombardieren und Geld machen könnt. Geld! Das ist die Allzweckpille. So, los, lass uns weitermachen. Was ist mit dem *Geld?*«

Mike sah ein wenig gequält aus, fing jedoch dort wieder an, wo er aufgehört hatte. »Ich sag' dir was. Wenn du mir einen Brief schreibst, in dem du eine Idee für ein Szenario skizzierst – egal, was für eine – können wir einen Deal machen. Ich setz' es von der Steuer ab und du musst es nicht als Kredit betrachten. Es wär' verdientes Geld.«

»Okay. Sagen wir zweitausend.«

»So viel wird das Finanzamt nicht anerkennen, außer ich mach' was damit. Fünfzehnhundert. Vielleicht wird's mehr, wenn du wieder im Geschäft bist.«

»Absetzbar. Du tust mir einen Gefallen, ich tu' dir einen. Wir sind beide zufrieden. Was sagst du dazu, Alter? Fünfzehnhundert für zwei Minuten Arbeit. Hast du dein Scheckbuch dabei?«

»Zufällig ja. Aber willst du nicht bis morgen warten?«

»Nein, nein. Geschäft ist Geschäft. Unterschreiben Sie auf der gestrichelten Linie.«

Mike betrachtete ihn einen Augenblick und fragte sich, ob George ihm sogar jetzt noch einen kniffligen Streich spielte. George entgegnete seinem prüfenden Blick ein irres Grinsen. Ohne die Augen abzuwenden, zog Mike sein Scheckbuch und einen Stift aus der Tasche, zuckte leicht mit den Schultern, beugte sich dann vor und stellte einen Scheck aus. Er riss ihn heraus und reichte ihn George, der ihn mit einer Verbeugung entgegennahm, einen Augenblick musterte und dann wurde sein Gesichtsausdruck fest, verhärtete sich voll boshafter Wut. Er wandte sich zu Sarah und wedelte ihr mit dem Scheck unter der Nase herum. »Siehst du das? Weißt du, was das ist?« Seine Stimme klang wutererstickt.

Sie wich zurück und hob die Hände, die Handflächen nach außen, wie um einen Hieb abzuwehren und sah ihn mit großen glänzenden Augen flehentlich an. »Bitte«, murmelte sie, aber in dem Sturm, der über sie hereinbrach, war es nur ein schwaches Flüstern.

»Das ist eine einfache Fahrkarte hier raus. Für einen. Für die Kinder ist gesorgt. Du kannst hier bleiben und mit jedem Mann auf dieser gottverdammten Insel schlafen. Leider wirst du Geld dafür nehmen müssen. Wie sollst du sonst an Geld rankommen. Aber Nutten *sollten* bezahlt werden. Du hast das Recht, das zu verlangen.«

Instinktiv blickte sie um sich und in ihrem Gesicht machte sich so etwas wie Langeweile breit. »Es wird dir Leid tun, dass du solche Sachen vor Mike gesagt hast, ganz abgesehen von den Anderen, die zuhören.«

»Warum sollte Mike das kümmern? Er ist doch auch 'ne Nutte. Seine Freunde sind Nutten. Die ganze Welt ist ein gottverdammtes Bordell. Und jetzt bin ich auch 'ne Nutte.« Er wedelte wieder mit dem Scheck herum. »Ich nehm' meinen Gewinn und hau' ab. Ich hau' ab, verstehst du? Du kannst die prächtige Insel und deine hübschen Jungs ganz für dich alleine haben.«

»Das reicht, George. Ich geh' jetzt.« Sie machte Anstalten aufzustehen.

»Hinsetzen«, brüllte er und Leute drehten sich um.

Sarah sank in den Stuhl zurück. Ihre Hände zitterten und Tränen stiegen ihr in die Augen, aber für die Öffentlichkeit brachte sie ein zaghaftes Lächeln zustande. »Also gut, Schatz. Wenn es dir hilft, diese Sachen zu sagen, werd' ich versuchen, zuzuhören. Aber vielleicht würde Mike lieber was anderes machen.«

»Glaub' das ja nicht. Ich erzähl' dir was über Mike. Er ist extra hergekommen, um zu sehen, wie ich mein Leben zugrunde gerichtet hab' und ich will auf keinen Fall, dass er enttäuscht wieder wegfährt. Wir haben unsere kleine Komödie für ihn aufgeführt, aber es wär' nicht fair, wenn er denken würde, dass das irgendwas mit dem wirklichen Leben zu tun hat. Es ist meine Pflicht, ihm zu sagen, dass das unser erstes zivilisiertes Mittagessen war, seit wir das letzte Mal Besuch hatten und dass du abends normalerweise zu besoffen bist, um mitzukriegen, ob es überhaupt Abendessen gibt.«

»Wenn das hier der Moment der Wahrheit ist«, sagte Sarah mit gramvoller Stimme, »solltest du ihm vielleicht auch sagen, warum wir trinken.«

Obwohl George sie ansah, blendete ihn die Wut so, dass ihm eine wirkliche Kommunikation mit ihr erspart blieb. Mike war nur ein Schatten neben ihm. »Oh, ich werd's ihm erzählen. Weil ich dir kein normales Sexleben gebe. Mein Problem ist, dass ich Untreue nicht auf die leichte Schulter nehmen kann. Es ist etwas Anderes, einen Körper zu berühren, der schon von …« Seine Stimme zitterte und brach. Er beugte den Kopf über die Flaschen und Gläser auf dem Tisch. »Ach, Scheiße«, sagte er.

»Bitte, Schatz. Wir können uns wegen etwas, was absolut erledigt ist, nicht ewig weiter quälen. Wir haben lange genug dran festgehalten. Es ist ein Teil der Vergangenheit.«

Er riss den Kopf nach oben und durchbohrte sie mit Blicken, ohne sie zu sehen. »Du dreckige Schlampe. Hau ab. Los, fang mit deiner Abendrunde an. Du kannst ruhig ein bisschen üben.«

»Es tut mir sehr Leid, Mike«, murmelte Sarah. Sie presste die zitternde Hand auf ihre Stirn, als hätte sie Fieber. »Du siehst, wie's ist.«

»Hau ab, du Fotze.« Er sprach leise und seine Stimme klang wie das heisere Echo eines Schreis. »Hau ab, bevor ich dich umbringe.«

Während er sprach, flammten die Hafenlichter auf. Aus der intimen Abenddämmerung gerissen, saßen sie plötzlich auf einer von Scheinwerfern angestrahlten Bühne. Alle blinzelten.

»Versuch' nicht, mich herumzukommandieren, George.« Sie hatte die Selbstbeherrschung nicht verloren und strahlte eine von blauen Flecken gezeichnete, tapfere Würde aus. »Ich wollte vor zehn Minuten gehen, aber ich bin hier geblieben, weil ich dachte, es würde dir helfen, dir das von der Seele zu reden, was auch immer das ist.« Sie war sicher, er konnte nichts von diesem Nachmittag wissen. Vielleicht hatte sie einen Fehler gemacht – war er zum Haus zurückgekommen, nachdem sie gegangen war? – etwas, was ihn eventuell misstrauisch gemacht hatte, aber er konnte es nicht *wissen*. Zu seinem wie zu ihrem Besten durfte sie keinerlei Schuld auch nur andeuten.

»Um Gottes willen, geh'«, flüsterte er schmerzerfüllt, Gesichts- und Halsmuskeln in qualvoller Selbstbeherrschung verkrampft. »Siehst du nicht, was du mir antust? Willst du, dass ich dich vor allen Leuten aus dem Stuhl prügle?«

Angst hatte sie nicht vor ihm, sie wusste, welche Grenzen er nicht überschreiten würde. Sogar in diesem Zustand würde er sie nie schlagen. Gefasst trank sie aus und hob ihre Strohtasche auf. »Das ist sicherlich für keinen von uns sehr angenehm«, sagte sie. »Ich warte zu Hause auf dich. Entschuldige, Mike.« Sie stand auf und ging.

George griff nach seinem Drink und schüttete ihn in sich hinein. Das Getränk lief ihm übers Kinn und spritzte auf Hemd und Hose. Heftig schlingernd kippte er fast um. Er packte den Tisch und stützte sich ab. »Besser. Jetzt sind nur noch wir Jungs übrig. Trink aus, Mike.«

Mike sah ihn kalt an. Die Haare waren George über die Augen gefallen, Lippen und Kinn glitzerten feucht, das Hemd war nass und knittrig. Schwankend saß er auf seinem Stuhl. Mike schüttelte leicht den Kopf. Hatte er wirklich gedacht, dieses Wrack verkörperte einen geheimen Wert, eine Kritik an konventionellem Erfolg? Von sicherer Warte, hinter dem Schutzschild eines dicken Bankkontos, einträglicher Zinsen, prominenter und wichtiger Freunde, Luxusgebäude in New York und Hollywood, unfertiger Verträge im Wert von nahezu einer Million Dollar, blickte er zu den Überresten seines Freundes hinüber und wusste, selbst wenn er zu Sentimentalität neigen würde, würde George ihm kaum Leid tun. Es gab nicht genug, was einem Leid tun konnte. George hatte dieses Leben gewählt und Mike hatte ihm geholfen, soweit er konnte, aber das Geld würde George vor dem unausweichlichen endgültigen Zusammenbruch sicher nur eine kurze Gnadenfrist gestatten.

»Ich glaub', du solltest lieber auch heimgehen«, sagte er. »Wenn Sarah dich reinlässt. Ich würd's nicht machen, wenn ich sie wäre.«

»Würdest du nicht, ne? Was du nicht alles weißt. Oh Gott, was für ein Wichser du geworden bist. Traurig.« Da Sarah weg war, ließ er seine Gehässigkeit ungehindert an Mike aus.

»Wenn du dich mal im Spiegel anschaust, wirst du was wirklich Trauriges sehen. Aber ich glaub' nicht, dass es sich lohnt, darüber zu reden. Machen wir Feierabend, George.«

»Gute Idee. Machen wir Feierabend. Ich glaub' nicht, dass das Abendessen sehr spaßig sein würde. Du findest bestimmt 'ne Menge Unterhaltung in der Stadt. Sarah denkt, dass du richtig scharf auf Jeff bist. Lass die Finger von ihm, sonst lass ich dich von der Insel verjagen.«

»Herrgott noch mal. Der kleine Napoleon. Noch so'n Witz und ich könnte den Scheck genauso gut sperren lassen.«

George hob die Hand, fummelte nach der Haarlocke, die ihm in die Augen hing und zog daran. »Ich hab' vergessen, dass ich dein Auftragsskiave bin.«

»Da wir uns schon seit unserer Kindheit kennen, ist es wahrscheinlich normal, dass wir wieder auf diesen Kindergarten-Unsinn zurückkommen. Ich find's allerdings nicht sehr amüsant.«

»Tut mir schrecklich Leid. Ich muss meine Seele mal zum Klempner bringen. O Gott, was für ein Scheiß.« *Vergiss das alles*, dachte er. *Schmeiß die Vergangenheit weg. Trampel auf Freundschaft und Dankbarkeit rum.* Er wollte Mike die Hand hinstrecken und gemeinsam mit ihm weinen.

George klatschte in die Hände und der Junge kam gerannt. In ihm weinte es, als Mike die Rechnung bezahlte. Würde er die Chance bekommen, zumindest einen Talisman der alten Liebe zu retten?

»Na, das wär's«, sagte Mike. »Ich rechne mit einem Brief von dir. Du musst vielleicht noch ein paar Papiere unterschreiben, um die Fiktion zu stützen, dass du zu einer Idee imstande bist, die fünfzehnhundert Dollar wert ist. Meine Rechtsanwälte regeln das.«

Das war das Ende. Das zerriss das letzte Band. »Ich weiß, das ist als Beleidigung gemeint, Mike. Aber mal ehrlich, wenn ich denken würde, dass ich imstande wäre, eine solche Scheiße zu schreiben wie du, würde ich meine Schreibmaschine zurückgeben und mir einen anständigen Job suchen.« Er lachte glücklich vor sich hin.

Mike stand auf, steif und mit zusammengepressten Lippen. »Ich wink' dir auf dem Weg zur Bank zu, Spaßvogel.«

George war allein. Schwer atmend saß er da, dachte nicht nach, war sich jedoch bewusst, dass der innere Druck wieder zunahm und sein Körper sich zu klein dafür anfühlte. Sicherlich würde er unter der Spannung bersten. Er packte die Sitzfläche seines Stuhles und fragte sich, ob er noch einen trinken sollte. Es würde nichts helfen. Alkohol half nur, wenn er mit anderen konfrontiert wurde, aber er war allein und mit sich selbst konfrontiert. Plötzlich fühlte er sich schrecklich auffällig, unanständig exponiert inmitten einer hellbeleuchteten, lachenden, fröhlichen Menschenmenge. Vielleicht würde jemand versuchen, sich zu ihm zu gesellen. Andererseits würde es übermenschlicher Kräfte bedürfen, sich zu bewegen. Er versuchte es. Er musst hier weg. Durfte nicht in aller Öffentlichkeit abkratzen.

Langsam zog er sich hoch, hielt sich einem Moment am Stuhl fest. Der erste Schritt war der schwierigste. Danach würde es schon gehen. Er machte ihn, torkelte genauso, wie er das vorausgesehen hatte, richtete sich auf und begann dann, sich zwischen den Tischen hindurchzuschlängeln. Leute riefen ihn in einem halben Dutzend verschiedener Akzente. Hände versuchten ihn zu erreichen, aber er wich ihnen aus. Sein Ziel war die Dunkelheit. Jeder Schritt drohte, ihn auf erniedrigende Weise auf einen Stuhl oder Tisch krachen zu lassen. Er lachte leise vor sich hin, als er an die Verwüstungen dachte, die er anrichten würde, wenn er in einem Gewirr von Beinen und zerbrochenen Flaschen und umgestützten Tischen enden würde. Sein Selbstvertrauen nahm zu, während er sich vorwärts bewegte. Es ging im bestens, wirklich. Er hatte nur zu lange gesessen.

Irgendwie kam er ohne Missgeschick aus dem Café heraus und wankte um den Hafen herum. Er wusste nicht, wohin er ging. Irgendwohin, wo es dunkel war. Amerikanischer Jazz plärrte ihn aus Lautsprechern an, als er an der Touristenkneipe vorbeikam. Er ging dicht am Rand der Hafenmauer entlang und versuchte, so viel als möglich im Schatten zu bleiben. Nach ein paar Augenblicken war er an den letzten Gebäuden vorbei. Geschafft. Er stieg die Straße hinauf, die um die Badefelsen führte, weg von den Lichtern der Stadt und plötzlich breitete sich über ihm der funkelnde Sternenhimmel aus.

Beim Feigenbaum verließ er die Straße, stieg einige Stufen hinunter, stolperte über unebenes Gelände und erreichte dann die ersten Strandterrassen. Er blieb oben, ging nicht hinunter ans Meer und folgte den Wehrgängen der alten Festung hin zu dem Platz, wohin er, wie er jetzt wusste, von Anfang an hatte gehen wollen. Die Wehrgänge machte einen Bogen und vereinten sich dann mit der massiven Böschungsmauer an der Straße, die hoch über ihm aufragte. Er ging weiter und berührte die Mauer leicht mit der linken Hand. Die Felsformationen zu seiner Rechten wurden immer schmaler, so dass die See näher heranrückte bis er zu einem schmalen Vorsprung gelangte, knapp über einen Meter breit, der hinten von der Mauer begrenzt wurde und nach vorne 30 Meter schroff zum Meer und überschwemmten Felsblöcken hin abfiel. Hier setzte er sich vorsichtig hin, den Rücken an die Wand gelehnt, die Knie unter dem Kinn, die Füße nur ein paar Zentimeter vom Abgrund entfernt. Er hatte es geschafft.

Seufzend legte er den Kopf zurück und sah in den Himmel. Sterne pulsierten und wirbelten ihm vor den Augen. Kurz nacheinander lösten sich drei von ihnen und rasten als strahlende Funken über das Himmelszelt. Es war ebenso nervenaufreibend wie es wäre, der Schöpfung beizuwohnen. Er sah hinunter zum Meer, dunkel und bewegungslos lag es unter ihm. Kleine Inselchen, mit Höckern oder Zacken, schwammen darauf. Gegenüber auf dem Festland konnte er die fließende Linie dunkler Hügel ausmachen. Eine Welt der Schönheit, die vages Verlangen und Anzeichen von Frieden in ihm aufsteigen ließ.

Das sanfte Atmen des Meeres umspielte ihn mit warmer, knisternder Luft. Allein zwischen dunkler See und funkelndem Himmel, völlig allein. Er fühlte sich wieder recht nüchtern, schläfrig konfus als erwachte er eben. Die Proportionen waren verzerrt, lösten sich auf und er hatte das Gefühl, auf eine winzige Handvoll Materie zusammenzuschrumpfen – sein Bewusstsein, ärmlich und leicht aus dem Weg zu räumen. Er musste nur plötzlich aufstehen und allein dieser Impuls würde ihn über die Kante tragen. Oder er könnte einfach in dieser Stellung einschlafen und musste nicht einmal eine Entscheidung treffen. Sein Körper würde vornüber sinken und das wär's.

Und warum auch nicht? Was hatte er zu verlieren? Sein Leben steckte in einer Sackgasse, es gab keinen Ausweg. Das Geld hatte nichts damit zu tun, trotz seiner übertriebenen Angst heute.

Er hatte nur eine vage Vorstellung über die Transaktion, die er gerade mit Mike abgeschlossen hatte, aber in letzter Minute war wie üblich doch noch Geld aufgetaucht. Als er Sarah gesagt hatte, dass er das Geld nehmen und weggehen würde, wohin hatte er da gehen wollen? Zurück in die Staaten? Er sagte sich, dass es keine Rolle spielte, dennoch fühlte er einen massiven Widerstand in sich. Zurückkehren könnte er nur, wenn er die Umstände absolut unter Kontrolle hätte und seine Unabhängigkeit gewährleistet wäre. Niemals würde er Mikes Bedingungen akzeptieren, Leute zu benutzen und benutzt zu werden für Ziele, an die er nicht glaubte.

Der gähnende Abgrund zu seinen Füßen übte eine stärkere Anziehungskraft aus. Vorkehrungen waren getroffen. Er konnte sich nicht erinnern, ob es in den verschiedenen Versicherungspolicen Selbstmordklauseln gab, aber man konnte ja nichts beweisen. Er wanderte oft hier entlang und suchte nach einem abgeschiedenen Badeplatz. Betrunken konnte er leicht ausrutschen und in die Tiefe stürzen.

Die Alternative war zu bleiben. An einem Platz zu bleiben, an dem jeder Stein, jeder Ausblick, selbst die Luft ihm ein paar undenkbare Worte eines hysterischen Jungen in Erinnerung riefen. Der Kampf dieser Monate, während er sich durch Schichten von Stolz, Schock und Verletzung gearbeitet hatte, um den Lebensnerv seiner Bedürfnisse und seiner Liebe für Sarah wiederzufinden, betend, dass er seinen Körper wieder kontrollieren könnte, war beleidigt worden. Manchmal hatte er das Gefühl gehabt, dass er sein Ziel fast erreicht hatte. Ein vernichteter Traum. Sicherlich hatte sie seine lange Reise zu ihrer Wiedervereinigung verstanden oder geahnt oder gefühlt. Sie hätte wenigstens auf ihn warten können. Alkohol war eine Möglichkeit gewesen, zu vermeiden, sie unverhohlen zurückzuweisen. Weil sie immer so sehr aufeinander eingestellt gewesen waren, hatte sie mit ihm getrunken. Vom Schnaps narkotisiert waren sie dem Problem, das sie verursacht hatte, ausgewichen. Was wollte sie mehr? Die Antwort darauf war nur zu offensichtlich. Mit gespreizten Beinen hechelte sie danach, dass ihre Leere gefüllt würde. Glück? Er hatte ihr Glück geboten und sie hatte es wegen einem kurzen unmittelbaren Nervenkitzel ausgeschlagen. Es war einfach zu anstrengend, das Glück aufrechtzuerhalten oder wiederherzustellen, wenn es einmal verloren war.

Konnte man Liebe exorzieren? Nach allem, was er getan und gesagt hatte, war sie doch immer noch in ihm, hielt ihn unerbittlich in ihrer lähmenden Umklammerung. Er konnte seine Freilassung nicht anordnen, genauso wenig wie er das Funktionieren seines Körpers anordnen konnte. Einmal hatte er sich fast zu ihr zurückgekämpft, es war ein Ringen gewesen, das niemals wiederholt werden konnte. Er war an dem Punkt angelangt, den er hatte kommen sehen. Er konnte nicht mit ihr, aber auch nicht ohne sie leben. Konnte nicht. Würde nicht. Seine Gedanken schweiften ab. Irgendwas mit einem Hund. Mikes Hunde. Nein, ein sprechender Hund. Ein Traum? Was wusste ein Hund schon? Bedingungslose Hingabe? Schwanzwedeln? Es gab keine Geheimnisse, nur unentdeckte Wahrheiten.

Die Augen fielen ihm zu. Sein Kopf sank seitlich gegen die Mauer. Er schlief.

Peters Schritt war unbeschwert, aber seit er sich von George und Joe getrennt hatte, damit diese ihre Angelegenheiten mit der Polizei regeln konnten, machte er sich Sorgen. Er hatte Angst, Costa nicht zu finden. Wie wichtig das war, wurde Peter erst klar, als ihm im Zusammenhang mit Jeffs Besuch und dessen eigenartiger Haltung gegenüber der Verabredung mit Dimitri ein Licht aufging. Hatte Jeff herausgefunden, das Dimitri das Geld seines Vaters gestohlen hatte? Das würde erklären, warum Dimitri zugestimmt hatte, ausgerechnet heute Nacht mit Jeff ins Bett zu gehen. Dimitri könnte auf diesem Weg versuchen, Jeff auf seine Seite zu ziehen. Jeffs gequältes Verhalten bedurfte einer überzeugenderen Erklärung als lediglich sexueller Unwissenheit. Widersprüchliche Loyalitäten waren da eher wahrscheinlich.

Peter konnte sich kein überzeugendes Szenario für den eigentlichen Diebstahl vorstellen, aber um George zur Zeit zu bestehlen, brauchte man nicht gerade ein Meisterdieb zu sein. Gestern Abend hatte die ganze Insel gewusst, dass ein Bankkurier George das Geld überbracht hatte. Vielleicht war Dimitri schon einmal im Haus der Leightons gewesen und kannte sich aus. Jeff könnte ihn dabei erwischt haben.

Die Geschichte war vielleicht nicht ganz stimmig, aber sie war überzeugender, als die Schuld Costa zuzuschieben. Wenn Costa die Sache gewusst oder vermutet hatte, wäre er der Letzte gewesen, der George geholfen hätte, das Geheimnis aufzudecken. Costas grundlegende Liebenswürdigkeit hätte ihn dazu veranlasst, George davor zu bewahren, unangenehme Entdeckungen über seinen Sohn zu machen. Peter war zuversichtlich, Dimitri und Jeff im Griff zu haben.

Als er die Hafenpromenade erreichte, wollte er eigentlich nach Hause gehen, drehte sich aber um und ging in die Gegenrichtung. Möglicherweise war Dimitri in seiner Bar und mit etwas Glück würden ein paar Worte dazu beitragen, den Verdacht zu erhärten – oder zu zerstreuen.

Jetzt, am frühen Abend, bevor die Sonne den Hafen von ihrem mörderisch grellen Licht erlöste, waren nicht viele Leute auf der Straße, aber dennoch hielt er nach dem Mädchen von vorhin Ausschau. Er wollte sie unbedingt wiedersehen. Wenn sie nicht das Nachmittagsschiff genommen hatte, musste er ihr früher oder später begegnen.

Früher.

Sie umrundete eben die Hafenpromenade und lief direkt auf ihn zu. Da war sie. Wunderschön und gelassen kam sie näher. Jetzt konnte er wahrnehmen, dass sie die Figur hatte, die ihm an Frauen gefiel *(jungenhaft, natürlich,* dachte er lächelnd), mit schmalen Hüften und Brüsten, die das gemusterte Hemd, das sie trug, nicht übertrieben spannten, sondern sich rund und fest daran schmiegten. Er verlangsamte seinen Schritt und begab sich auf Kollisionskurs.

Als er in Hörweite war, erblickte sie ihn. Endlich konnte er ihr direkt ins Gesicht sehen. Ihre Augen waren so wunderschön wie er erwartet hatte, vollkommen geformt, dunkel, samtig, mit langen Wimpern. Sein Herz machte einen Satz, als er bemerkte, dass ihr

Blick ihn nicht nur unbeteiligt streifte, sondern auf ihm ruhte. Ein Lächeln umspielte ihre Mundwinkel. Sie würde ihn ansprechen! Würde sie ihn um Feuer bitten? Sein Lächeln wurde zu einem Grinsen.

Sie begegneten sich, als würden sie sich kennen. Er musste sich zusammennehmen, um sie nicht sofort auf den erwartungsvollen Mund zu küssen.

»Sie sind Peter Mills-Martin, nicht wahr?«, fragte sie und klang einfach überwältigend.

»Ich wollte Sie kennen lernen.«

Der Akzent war zweifellos amerikanisch, aber ihre Stimme war nicht schrill, etwas, was er an vielen seiner Landsleute nicht mochte. Nun, da sie vor ihm stand, sah er, dass sie kein Mädchen mehr war, sondern eine junge Frau in der vollen Blüte ihrer Schönheit, wahrscheinlich Ende Zwanzig. Keine unberührte Jungfrau. Er fühlte, wie sie ihn erregte. »Ich wollte *Sie* unbedingt kennen lernen.« Peter lächelte erfreut und nickte in Richtung Hafen. »Ich habe Sie heute Vormittag gesehen. Seitdem musste ich immer an sie denken. Woher kennen Sie meinen Namen?«

»Das ist eine lange Geschichte. Ich frage mich …«

»Je länger, desto besser.« Peter nahm ihren Arm, drehte sie um und führte sie auf Dimitris Bar zu. »Mal sehen, ob wir einen Drink dazu bekommen können.«

»Wollen Sie nicht wissen, wer ich bin?« Amüsiert sah sie zu ihm hinauf, aber in ihren entzückenden Augen war keine Koketterie zu erkennen.

»Ist mir völlig egal, solange Sie nur so aussehen.«

Sie lachte gleichmütig. »Mein Name ist Judy Menzies.«

Ein sehr nüchterner Name für ein solch glamouröses Geschöpf. »Sie sehen nicht wie eine Judy aus. Fräulein oder Frau?«

»Fräulein.« Ungezwungen wissend lächelte sie ihn an. »Eine herumstreunende Frau. Passen Sie auf!«

»Ich werde sehr gut aufpassen, dass niemand Sie mir

ausspannt.« Er hatte bereits beschlossen, dass ihre Schönheit einen nüchternen und widerspenstigen Charakter verbarg. Obwohl sie nicht so aussah, schätzte er ihr Alter inzwischen auf Anfang Dreißig. Sie hatte etwas Kühles, Erfahrenes an sich, war sich aber auch merklich der Wirkung ihres Aussehens bewusst, was sie älter als Dreißig erscheinen ließ.

»Wie lange sind Sie schon hier?«, fragte er.

»Erst seit heute Vormittag. Es ist wunderschön hier. Eigentlich bin ich gekommen, um mit Ihnen zu sprechen.«

»Eine fabelhafte Idee. Sind Sie Kunstsammlerin?«

»Irgendwie schon – vorläufig jedenfalls.«

»Ich kann's kaum erwarten, alles zu hören.« Er führte sie unter das Vordach des Meltemi. Die Kneipe war wie ausgestorben. Durch die Tür rief er in den dunklen Innenraum und ein wenig attraktiver junger Mann tauchte auf. Dimitri duldete keine Konkurrenz in seinem Lokal. Sie einigten sich auf Ouzo. »Mit Eis«, bestellte Peter. Dimitri besorgte irgendwie Eiswürfel, obwohl die Elektrizität auf der Insel die meiste Zeit abgestellt war. Sie saßen draußen auf Dimitris gemütlichen Stühlen. Die Abwesenheit des Besitzers entband Peter von der Pflicht, dem Geheimnis um Georges Geld weitere Gedanken zu widmen. Stattdessen bewunderte er Judy Menzies hübsche Beine, als sie diese übereinander schlug. Er betrachtete ihre Hände und bemerkte, dass sie ebenfalls wohlgeformt und zart waren. Alles an ihr gefiel ihm.

»Sie haben sicherlich über den Raubüberfall bei Bertin gelesen«, sagte sie.

Er setzte sich auf. »Abteilung komische Zufälle«, sagte er. »Grad heut' morgen hab' ich einen Brief von Raoul Bertin bekommen.«

»Es ist aber kein Zufall, dass *ich* hier bin. Ich habe Ihnen bereits gesagt, dass ich hergekommen bin, um mit Ihnen zu sprechen.«

»Auweia. Erzählen Sie mir nicht, dass sie eine internationale Kunsträuberin sind. Ich könnte sie niemals der Polizei ausliefern.«

Sie lächelte. »Ich bin Timothy Thorntons Sekretärin.« Während sie sprach, streckte sie leicht die Schultern, beugte sich nach vorne, neigte den Kopf und sah ihm in die Augen.

Sein Herz setzte aus. Nicht einmal die Nennung von Tims Namen konnte einen Bruchteil seiner Aufmerksamkeit von ihr ablenken. Er musste die Beine überschlagen; sein Glied spielte verrückt. Genau diese Geste hatte ihm heute Vormittag den Atem verschlagen. Die Neigung des Kopfes, die Kontur von Hals und Schultern, der Ausdruck der Augen, alles an ihr schien sich ihm anzubieten, zum Zerschmelzen großzügig. Irgendwie schaffte er es, weiterzuatmen. »Mit wem waren Sie zusammen, als ich sie heute Vormittag gesehen habe?«, wollte er wissen.

»Heute Vormittag? Ach, da drüben? Nur eine Frau, mit der ich vorhin gesprochen habe.«

»Eine Frau? Dann sollte es verboten werden, dass Sie Leute so ansehen. Sie geben mir das Gefühl, der sensationellste Mann zu sein, den sie jemals gesehen haben. Sie haben mich genauso angesehen, wie diese Frau. Das ist nicht fair.« Er meinte, einen Anflug von Erröten unter ihrer sonnengebräunten Haut zu entdecken. Sie lehnte sich zurück und warf die Haare aus dem Gesicht.

»Sie sind sehr irritierend«, sagte sie. »Und gleichzeitig auch ziemlich sensationell. Aber Sie haben Recht. Ich darf nicht rumlaufen und Leuten eindeutige Blicke zuwerfen. Das hat mir noch niemand gesagt.«

Er lächelte sie an und nahm einen Schluck von seinem Ouzo, der inzwischen auf den Tisch gestellt worden war. »Besser. Wenn Sie so sitzen bleiben, kann ich Sie anschmachten, ohne vor Ihnen auf die Knie zu fallen. Wo waren wir? Timothy Thornton. Wie geht's dem alten Tim?«

»Gut. Die Firma, die die Bertin-Sammlung versichert hat, ist Kunde bei uns.«

»Aha, wie sie in den Detektivgeschichten immer so sagen.«

Tim war ein außerordentlich erfolgreicher Anwalt und ein Muster an Ehrbarkeit, aber vor zwanzig Jahren hatte er Peter fast Charlie ausgespannt. Als Charlies Ehe zerbrochen war, hatte Peter mit Tim zusammengelebt. Und als sich Peter dann entscheiden musste, war ihm das erst sehr schwer gefallen. Komisch, an ein Leben mit Tim zu denken. Er hatte eine sehr reiche ältere Frau geheiratet und ganz im Geheimen eine Reihe junger Liebhaber gehabt. Peter fragte sich, ob Judy Menzies von ihnen wusste. »Na, auf jeden Fall ist es gut zu wissen, dass Sie auf der Seite des Gesetzes stehen.«

»Oh, ja.« Sie lächelte bezaubernd und enthüllte eine Reihe perfekter Zähne. »Das Gesetz steht nicht immer auf der Gewinnerseite. Die Polizei kommt angeblich nicht weiter. Ich war hier im Urlaub – auf Mykonos, um genau zu sein. Herr Thornton hat mir telegraphiert und mich gebeten, nach Athen zu fahren, um zu schauen, ob ich etwas herausfinden kann. Er hat 'ne ziemlich übertriebene Meinung von meinen Fähigkeiten. Ich hatte keinen Schimmer, was er von mir wollte. Etwa in verlotterten Kneipen abhängen und von irgendwelchen Gangstern Tipps aufschnappen? Er hat sogar darauf bestanden, mir eine Jacht zur Verfügung zu stellen. Etwa für aufregende Verfolgungsjagden in der Ägäis? Sie ist da drüben. Die dritte von hinten. Diese Offshore-Jacht oder wie auch immer man so was nennt.«

Peter hörte wiederstrebend auf, sie anzusehen, lange genug um einen Blick in die Richtung zu werfen, in die sie gezeigt hatte. Er sah ein großes glitzerndes Rennboot, das an der kürzlich für Jachten wiederaufgebauten äußeren Mole festgebunden war. Lachend wandte er sich zu ihr zurück. »Ein verrückter Ort hier. Man weiß nie, was als nächstes passiert.«

»Ich hab' eine ganze Reihe langer Briefe von meinem Chef bekommen. Er hat geschrieben, dass Sie hier sind. Wer auch immer die Bilder gestohlen hat, scheinbar waren es keine normalen Gauner. Sie haben gute Beziehungen. Zumindest denkt er das. Er denkt auch, dass sie per Jacht operieren. Der Zoll lässt sich offensichtlich von Jachten einschüchtern. Egal, auf jeden Fall gibt es hier 'ne ganze Menge davon. Die Polizei kann nicht alle durchsuchen.«

»Welche Rolle hab' ich in diesem faszinierenden Märchen? Hat Tim den Verdacht, dass ich mit heißer Ware handle?«

»Er hat gesagt, wenn ich seinen Namen erwähne, würden Sie mir helfen, wo immer Sie können.« Sie lächelte wieder, diesmal freute sie sich offen über sich selbst. »Komischerweise war ich wirklich ein bisschen erfolgreich. Eine Frau ohne sichtbare Verunstaltungen kann in einer Kleinstadt wie Athen ziemlich problemlos Aufsehen erregen. Ich hab' alle wichtigen Leute kennen gelernt. Ich hab' gehört, dass Michael Cochran ein paar Bilder gekauft hat, als er da war. Ich verfolge ihn nicht wirklich, aber ich hab' gedacht, dass es vielleicht eine gute Idee ist, mit ihm zu sprechen, solange er hier ist. Sie werden ihn doch wahrscheinlich sehen, oder? Vielleicht erzählt er ihnen ja, dass er ein paar Bilder gekauft hat. Sie kennen die Bertin-Sammlung, richtig? Könnten Sie Stücke davon identifizieren?«

»Ja, aber wird Cochran über gestohlene Bilder reden? Ich hab' ihn ein paar Mal auf Partys gesehen. Er ist sehr attraktiv und lässt seinen ganzen Charme spielen, wenn er will. Vielleicht sollte ich so was nicht sagen, weil ich ihn fast nicht kenne, aber er ist mir aalglatt vorgekommen. Ich kann mir gut vorstellen, dass er eine linke Tour mit gestohlener Kunst probiert, wenn er denkt, dass er damit durchkommt.«

»Ach, ich glaub' gar nicht, dass er unbedingt weiß, dass die Bilder gestohlen sind. Er hätte sie in gutem Glauben kaufen können. Verstehen Sie mich nicht falsch. Ich weiß nicht, ob er irgendwas von der Bertin-Sammlung hat. Der Punkt ist nur, dass das das einzige Kunstgeschäft war, von dem ich gehört hab', seit ich Detektiv spiele. Da kann man schon nachdenklich werden.«

Sie sahen sich an und brachen in Lachen aus. Es gab eigentlich nichts, worüber man lachen konnte, es war ein Weg, einander zu sagen, dass sie Spaß hatten. In dieser Diebstahlsaison interessierte Peter die Bertin-Sammlung viel mehr als Georges Geld – so sehr er sich auch wünschte, dass es wieder auftauchte. »Ja, so was«, sagte er fröhlich. »Wenn sich rausstellt, dass Ihr Gefühl richtig ist, was würden Sie dann machen?«

»Das ist der brenzlige Teil. Herr Thornton will dann übernehmen. Oder Sie, wenn Ihnen was einfällt, wie man damit umgehen kann. Michael Cochran ist ein sehr großes Tier. Er ist ein persönlicher Freund vom Präsidenten. Die Regierung hier macht ein riesiges Theater wegen ihm. Er ist quasi ein inoffizieller Botschafter. Da muss man mit Glacéhandschuhen ran.«

Peter zwinkerte. »Wissen Sie, ich hab's Raoul nie erzählt, aber ich bin ziemlich sicher, dass 'ne ganze Menge von der Sammlung gefälscht ist. Mike Cochran würde ganz schön doof dastehen, wenn er nicht nur heiße, sondern auch gefälschte Ware gekauft hätte.«

»Gefälscht? Wie können die Bilder gefälscht sein?« Ihre kompetente, geschäftstüchtige Seite kam jetzt stärker zum Tragen. »Wenn sie versichert sind, ist doch bestimmt die Echtheit bestätigt worden.«

»Auf dem Markt mit gefälschter Kunst machen sie heutzutage keine halben Sachen mehr. Es gibt massenhaft gefälschte Echtheitsbestätigungen. Moderne Kunst ist ein Gebiet, auf dem ich sehr misstrauisch bin.«

»Der Chef springt an die Decke, wenn ich ihm das erzähle. Sind unter den gestohlenen Sachen irgendwelche Fälschungen? Er wird gar nicht glücklich sein, wenn seine Kunden für Fälschungen blechen müssen.«

»Ich hab' noch keine komplette Liste von den gestohlenen Werken gesehen. Ich hab' nur was in der Zeitung gelesen.«

Sie griff in die große Leinentasche auf dem Boden neben sich und hielt sich dabei mit der anderen Hand an der Armlehne ihres Stuhles fest. Unter dem gespannten Stoff ihres Hemdes konnte Peter zum ersten Mal die klaren Konturen ihrer Brüste sehen. Sie waren klein, aber fest und voll, Brüste, die sich aufregend heben würden, wenn sie nackt wäre. Sie zog ein gefaltetes Papier heraus und reichte es ihm. Er faltete es auf und pfiff leise durch die Zähne, als er es überflog.

»Sie sind mit all dem hier entkommen? Ganz schön fette Beute.«

»Sind da auch die Fälschungen dabei, über die Sie gesprochen haben?«

»Haben Sie was zu schreiben?«

Sie reichte ihm einen Kugelschreiber. Während er ihn entgegennahm, bestellte er noch mehr Ouzo. Dann legte er die Liste auf den Tisch und hakte einen Pissarro, drei Bonnards, fünf Modiglianis und zwei Utrillos ab.

»Bei denen bin ich mir fast sicher«, sagte er und schob ihr die Liste zu. »Vielleicht sind's noch mehr.«

»Das ist ein Drittel von den gestohlenen Werken«, sagte sie entrüstet und musterte seine Anmerkungen.

Dass sich eine derartige Schönheit wegen täglichen, praktischen Angelegenheiten aufregen konnte, fand er urkomisch. Er stellte sich vor, wie sich die Venus von Botticelli mit dem Klempner oder dem Fernsehtechniker herumärgerte – pikant und auf absurde Weise unpassend. »Nicht, was den Wert angeht«, erklärte er und nahm einen Schluck frischen Ouzo. »Die Picassos, Braques und Matisses sind erstklassig, Raoul hat sie vor den meisten Leuten gekannt. Leider haben zu viele Maler zu viele Bilder gemalt, die genauso ausschauen. Das macht's den Fälschern leicht. Ich hab' von Fällen gehört, wo berühmte Maler ihre eigenen Bilder verleugnet haben. Können Sie sich vorstellen, dass ein Vermeer für was anderes als für einen Vermeer gehalten wird?«

»Wahrscheinlich würde ich einen Vermeer nicht erkennen, wenn ich einen sehen würde«, sagte sie offen und einfach, ihre Lippen erwarteten noch immer einen Kuss. »Alle haben gesagt, dass Sie ein sehr guter Kunsthändler sind. Es macht ganz bestimmt mehr Spaß, mit Ihnen über diese elenden Bilder zu reden, als ihnen allein nachzujagen.«

Ein perlendes Lachen begann unter ihrer Oberfläche herauszusprudeln. »Es macht Spaß, mit Ihnen zusammen zu sein. Mit den meisten Leuten ist das nicht so. Sie helfen mir doch wegen Michael Cochran?«

»Ich hab' gedacht, ich hätte klargestellt, dass ich für Sie fast alles machen würde, solange Sie nur nicht weggehen.« Peter berührte leicht ihr Handgelenk. Wieder setzte sein Herz aus. Hastig zog er die Hand zurück. »Es dürfte nicht schwierig sein, an Cochran heranzukommen. Ich spreche mit ihm einfach über Bilder und frage ihn dann, ob er in letzter Zeit was gekauft hat. Wir werden sehen, was das bringt. Trinken wir aus. Ich möchte Sie gern mit zu mir nach Hause nehmen und Sie meiner Familie vorstellen.«

»Das wär' nett. Ist Ihr Bruder da? *Seine* Arbeit kenne ich.«

»Sie meinen Charlie?«

»Ja. Haben Sie noch mehr?«

»Noch mehr Brüder? Bei der letzten Zählung hatt' ich vier. Mit meinem Vater und 'ner ganzen Menge Onkel bilden sie das Rückgrat der Armee der Vereinigten Staaten. Charlie ist nicht mein Bruder. Er ist mein geliebter Freund und ein entfernter Cousin. Tatsache ist, sein Name ist Mills und meiner ist Martin. Wir haben uns zusammengeschlossen.«

»Das ist ja superkomisch. Sie sind verheiratet oder irre ich mich?«

»Ja, bin ich. Ich hab' normalerweise keine Lust, das allen Leuten zu erklären, aber ich schau' Sie so gerne an, dass ich's lieber gleich von Anfang an klarstellen will.«

»Sie stellen es klar?« Lachend lehnte Sie sich zurück. Ihr Lachen klang mädchenhaft, was Peter mit Freude erfüllte. »Sie sind wirklich absurd. Macht es Ihrer Frau nichts aus, wenn Sie herumstreunende Frauen am Hafen aufreißen und sie mit nach Hause bringen?«

»So was passiert nicht jeden Tag. Sie wird sich sehr freuen. Und Sie sollten es einfach nehmen, wie's kommt.« Mit lebendigen, spottenden Augen leerte er sein Glas, als er ihre Verwirrung bemerkte. Er fühlte sich nicht nur zu ihr hingezogen, begann sie wirklich sehr zu mögen. Auf sein unkonventionelles Familienleben musste er sie wohl oder übel vorbereiten.

Er warf Geld auf den Tisch und sie standen auf. »Kann ich so gehen?«, sinnierte sie, eher für sich als an ihn gerichtet. »Ich glaub, 'ne Dusche ...«

»Nein, Sie sind perfekt.« Er hatte nicht wirklich darauf geachtet, was sie anhatte, er wusste nur, dass sie gepflegt und frisch aussah und ihre Brüste mit einem teuer aussehenden Seidenzeug in Grün- und Blautönen bedeckt waren. Jetzt bemerkte er, dass Sie einen grünen Leinenrock trug und stellte sie sich sofort ohne vor. Bei Frauen war er immer leidenschaftslos gewesen. Wenn sich eine Gelegenheit ergeben hatte, hatte er immer bereitwillig zugegriffen. Was er jedoch Judy gegenüber empfand, kam dem drängenden, brennenden Verlangen, das er vor langer Zeit für Jungen empfunden hatte, überraschend nahe. Er hatte das dringende Bedürfnis, ihr zu gefallen, ihr Freude zu bereiten. Als er so nah neben ihr stand, wurde ihm unmittelbar bewusst, wie gut sie zueinander passten, wie gut sie einander ergänzen würden. Sie war groß, nur ein paar Zentimeter kleiner als er und dunkelhaarig. Er musste sie einfach haben.

Sie gingen gemächlich los, wanderten nebeneinander den selben Weg über die Hafenpromenade zurück, vermieden es aber, sich zu berühren. Wäre sie ein Junge, hätten sie bereits offen vereinbart, miteinander ins Bett zu gehen. Als Mann oblag es ihm, die Initiative zu ergreifen. Eine Verbindung war da und sollte sich entwickelen. Sie hatte seine extravaganten Schmeicheleien wohl richtig aufgenommen. Seine Annäherungsversuche, die er hinter scherzhaften Bemerkungen versteckt hatte, erzwangen keine Entscheidung von ihr. Er nahm Judy als sehr verschlossen, unantastbar wahr und schrieb dies ihrer Schönheit zu. Sie hatte es nicht nötig, kokett zu sein, sie konnte Männer mit einem einzigen Blick ohnmächtig werden lassen. Und heute morgen auch ein Mädchen? Er wunderte sich.

»Das Licht ist absolut umwerfend«, sagte sie. Die Sonne versank im Westen und überflutete die weißen Häuser auf dem östlichen Vorgebirge mit rosigem, kupfernem Glanz. »Wohin gehen wir?«

Er zeigte hinauf zu dem Haus, das den Hang dominierte. »Das mit dem Säulengang.«

»Das mit diesen vielen Terrassen? Es sieht großartig aus.«

»Ist ’n tolles Haus.«

»Wann glauben Sie, dass Sie mit Michael Cochran sprechen können?«

»Bis jetzt hab’ ich ihn noch nicht gesehen, aber er besucht einen guten Freund von mir. George Leighton, den Schriftsteller, wissen Sie. Sie essen doch bei uns? Wir gehen dann später wieder runter und treiben uns am Hafen rum. Sicher hängt er da mit George irgendwo ab. Wenn es so heiß ist wie heute, bleiben alle wohl oder übel die ganze Nacht auf.«

»Ich bin wirklich froh, dass Sie die Verantwortung übernehmen. Es war nicht fair vom Chef, die Bilder mir aufzudrücken. Jetzt komm' ich mir schon eher wie im Urlaub vor. Langsam verliebe ich mich in diese Insel. Haben Sie Ihr Haus schon lange?«

Peter erläuterte, dass er und Charlie es für zweihundert Dollar gekauft hatten, nachdem sie es auf einer Kreuzfahrt mit Martha entdeckt hatten. Er versuchte nicht zu erklären, dass die Jacht Marthas erstem Mann gehört hatte oder dass Martha schon vor Ende der Kreuzfahrt von Charlie schwanger gewesen war. Wenn der Abend endete, wie er inständig hoffte, würde er ihr die ganze Sache vielleicht im Bett erzählen.

Aus einer Seitenstraße tauchten George und Sarah auf und Peter winkte. Sie reagierten nicht. Er führte seine Eroberung durch Gässchen und steile Straßen hinauf. Um sich der Hitze nicht vollständig auszuliefern, kletterten sie langsam und machten häufig Pausen. Das glühende Amphitheater der Stadt, der rote Sonnenball, der dem Rand der blanken See entgegensank und das gewaltige Panorama entfernter Inseln und des bergigen Festlandes ließen Judy in Entzückensschreie ausbrechen. Als sie das Haus erreichten, war die Sonne nur noch ein Feuerzeichen am Horizont, dann war sie verschwunden und ließ nur flammendes Glühen im Westen zurück.

»Jetzt sollte es eigentlich abkühlen«, sagte Peter. »Aber es fühlt sich nicht so an.« Er öffnete die Tür und begleitete sie hinauf durch den ausladenden, auf verschiedenen Ebenen liegenden Bau.

»Das ist ja ein Palast«, rief sie, als sie das Wohnzimmer durchquerten, an das eine lange säulengesäumte Loggia grenzte.

»Paläste sind hier sehr beliebt«, sagte er. »Sie kosten ungefähr genauso viel wie ein Hühnerstall zu Hause.«

Er führte sie durch einen Hof und lächelte, als er die Stimmen der Kinder hörte. Sie stiegen eine Steintreppe zu einem Garten hinter dem Haus hinauf. Dieses Grundstück hatten sie kürzlich für Charlies Studio erworben. Es lag fast den ganzen Tag im Schatten und hatte keinen Ausblick. Ein paar große Oliven- und Mandelbäume standen darauf und auf der Rückseite das einstöckige Studio.

Als Peter den oberen Treppenabsatz erreichte, hingen die Kinder schon an ihm und hießen ihn lautstark willkommen. Sie umklammerten seine nackten Beine und packten seine Hände. Klein Petey schaffte es, ihn mit dem Kopf zwischen die Beine zu stoßen. Peter wich lachend zurück. »Hey da, mach mal halblang! Jetzt haltet mal die Luft an. Ruhe allesamt! Wir haben Besuch.« Er legte Charlotte die Hand auf die Schulter und schob sie nach vorne. »Charlotte, das ist Judy. Die Superblondine ist Klein Petey.«

Charlotte knickste ordentlich. Petey lächelte mit heruntergezogenen Brauen hinauf und sagte etwas in seiner eigenen Sprache. »Sie ist eine sehr hübsche Dame, Papi«, sagte Charlotte bedächtig.

Judy beugte sich hinunter und nahm ihre Hände. »Und du bist ein wunderschönes Mädchen«, sagte sie.

»Ist sie eine Mami, Papi?«, wollte Petey wissen, der sich jetzt wieder einer verständlichen Sprache bediente.

»Weiß ich nicht. Du musst sie schon selber fragen.«

»Bist du?«, bohrte Petey nach.

»Leider nicht. Ich wäre gerne deine Mami. Du siehst wie ein großartiger kleiner Junge aus.«

Klein Petey sah sie mit weit aufgerissenen Augen an, drehte sich dann um und schoss über das Steinpflaster auf das Studio zu. »Papi, Papi«, schrie er. »Papi hat eine schöne Frau mitgebracht.«

Judy sah Peter leicht fragend an, als sie in den Garten gingen. Die vielen »Papi« seitens der Kinder warnte Fremde immer, dass sie mit einer ungewöhnlichen Situation konfrontiert waren. Er fragte sich, ob er sagen sollte, dass beide seine Kinder waren. Dann trat Charlie aus dem Studio. Er trug einen kurzen Sarong und wischte gerade einen Pinsel an einem Lappen ab. Peter sah automatisch auf die Falten, die das um die Hüfte geschlungene Tuch warf. Er wusste auf einen Blick, welche Falte Charlies gewaltiges Glied verhüllte. Sein geübtes Auge nahm die Konturen, die das Tuch ein wenig hoben und das leichte Wippen beim Gehen wahr. Peter ging auf Charlie zu. »Wie geht's, Kumpel?«, fragte er.

»Ganz gut, Kumpel.« Charlie legte die Hand auf die Innenseite von Peters Hemdkragen und packte ihn am Nacken. Sie sahen einander an und tauschten ein Lächeln, das ihren gegenseitigen völligen Besitz unterstrich und die restliche Welt ausschloss.

Peter wandte sich zu Judy und stellte sie Charlie vor. »Schau, was ich gefunden hab'. Hast du schon mal so was gesehen?«

»Wer ist das? Hedy Lamarr? Elizabeth Taylor?«

Peter bemerkte Judys Überraschung, als sie von einem zum anderen blickte.

»Ich hätte Sie wirklich für Brüder gehalten«, sagte sie zu Peter. »Sie sind sich so unglaublich ähnlich.«

»Das kommt mit den Jahren. Sie wissen ja, was man von Leuten sagt, die zusammenleben. Das ist unser Hausgenie. Charlie. Judy Menzies. Tim Thorntons Geheimagentin. Sie ist auf der heißen Spur von Raouls Bildern.«

»Und verzweifelt Ihrer Hilfe bedürftig.« Charlie zwinkerte Peter zu, drückte ihn noch einmal am Nacken und ließ ihn dann los. Er ging zu ihrem Gast und schüttelte Judy die Hand. Seine purpurgrauen Augen musterten sie einen Moment aufmerksam. »Vergessen Sie die Weiber, die ich gerade erwähnt habe. Sie sind viel schöner als beide zusammen. Sie sind die Echte. Peter ist eben ein Experte.« Sein Lächeln war warm und einladend. Peter trat hinzu und stützte sich mit dem Ellbogen auf Charlies Schulter. »Was gibt's Neues?«, fragte Charlie. »Hast du mit Jeff geredet?«

Peter warf den Kopf zurück und lachte. »Aber klar doch. Ich erzähl's dir später. Trinken wir doch was. Wo ist Martha? Die Sonne ist weg. Gehen wir auf die Loggia.«

Charlie gab Charlotte Pinsel und Lappen. »Bring das rein, ja, Schatz?«

Klein Petey griff ihn an, zog an seinem Sarong und machte Anstalten, ihn auszuziehen. »Pferdchen, Pferdchen, Pferdchen«, krähte er. Charlie packte ihn und schwang ihn auf die Schultern. Gemeinsam gingen sie die Treppe hinunter, durch das Haus auf den langen Säulengang. Peter und Charlie riefen auf dem Weg nach Martha. Ein Tisch mit Flaschen, Gläsern und Eiswasser erwartete sie. Hübsche Gartenmöbel standen herum, Säulen umrahmten die Aussicht. Ein auf ein Stativ montiertes Teleskop stand an der Steinbrüstung. Peter ging hin und richtete es auf das Lambraiki.

»Dort ist Mike Cochran«, sagte er zu allen, die es hören wollten. »Er sieht verdammt gut aus. Bei den Leighton ist scheinbar alles in Ordnung. »

»Das ist das schönste Haus, das ich jemals gesehen hab'«, sagte Judy.

»Hallo, ihr Süßen, alle zusammen.« Martha tauchte auf. Sie hatte eines ihrer langen, weiten Gewänder an, die sie zu Hause trug, eher Kleid als Bademantel.

Peter wandte sich von dem Teleskop ab, ging zu ihr und nahm ihre Hand. »Komm, ich stell' dir unseren Gast vor«, sagte er und führte sie zu Judy. »Das ist die Frau des Hauses.« Er bemerkte, wie Judy sich leicht versteifte, als die Frauen einander die Hand gaben.

»Was für ein wunderschönes Geschöpf«, sagte Martha unbefangen und lächelnd. »Ist das die Frau, der du mittags nachgeglotzt hast? Sie bleiben zum Essen? Das freut mich sehr. Ich sag's Kyria Tula.«

Charlie reichte ihnen die Drinks. Sie setzten sich auf die gemütlichen Stühle. Klein Petey fesselte Peters Aufmerksamkeit mit einer verwickelten Story über einen Fisch, den er am Nachmittag gefangen hatte. Der Fisch hatte ein kompliziertes und zusammenhangloses Familienleben, zahlreiche Väter und Mütter miteingeschlossen. Er war wieder im Meer gelandet, es war ihm jedoch nicht gelungen, davonzuschwimmen. »Er ist gestorben, Papi«, verkündete das Kind traurig, kaum fähig seine Tränen angesichts des tragischen Endes zu verbergen.

Peter schnappte Bruchstücke der Unterhaltung zwischen Judy und Charly auf, die nebeneinander auf einem Sofa saßen. Er hörte, wie Judy sagte: »... und dann wieder in den Staaten in die Schule?« Und: »... weil er mein echter Vater ist« von Charlotte. Er sah, wie sich Judys Schultern streckten und sein Atem stockte wieder, als es geschah: Körper und Kopf neigten sich nach vorne, die Augen schmolzen vor großzügiger Anteilnahme. Er begriff jetzt, dass es eine Eigenheit war, eine körperliche Verhaltensweise, die nichts zu bedeuten hatte und derer sie sich offensichtlich nicht bewusst war. Trotzdem fühlte er, wie es ihn durchfuhr, fühlte es in Armen und Beinen und im Schritt kribbeln.

Die Lichter um den Hafen flammten auf und er sah noch einmal durch das Teleskop. »Oh, oh, George sieht so aus, als hätte er früh angefangen. Er gibt es Cochran«, sagte er und wandte sich zu Martha.

»Oh je«, sagte sie und runzelte besorgt die Stirn. Die Lichter waren das Signal. Sie stand auf. »Okay, Babys. Zeit für euer Abendbrot.« Sie wartete, während die Kinder ausgiebig *Gute Nacht* sagten und trieb sie dann hinaus.

»Das heißt, dass wir auch bald was zu essen bekommen«, sagte Charlie. »Ich zieh' mir mal lieber was weniger Bequemes an.« Er leerte sein Glas, berührte Peter am Arm und folgte Martha ins Haus.

Peter schlenderte zu Judy hinüber. »Sie haben wirklich einen Draht zu Kindern«, sagte er.

»Ich bin froh, dass Sie mich eingeladen haben. Es ist ein so fröhliches Haus.«

»Wir kommen zurecht. Es ist besonders fröhlich, wenn Sie da sind.«

Sie sah zu ihm hinauf. Er bemerkte, wie ein Muskel neben ihrem Mund leicht zuckte, während sie sich abwandte. Es war das erste Anzeichen, dass sie Nerven hatte, dass es dort unter ihrer gelassenen Schönheit Spannungen geben könnte. Das erregte ihn. Er dachte wieder daran, nackt mit ihr zusammenzusein, sie aufzureizen, um ihre lässige Verschlossenheit zu brechen. Sein Herz begann schneller zu schlagen.

»Ich weiß nicht, ob ich das alles verstehe«, sagte sie und brach das kurze Schweigen.

»Werden Sie schon noch. Ich möchte es gern.«

Schnell wandte sie sich ihm zu und sah ihn mit fragenden Augen an. »Tatsächlich?«

Er sah auf ihren Mund und seine Lippen öffneten sich. Er hob die Augen und ihre Blicke begegneten sich. »Ich glaub', das ist unbedingt nötig«, sagte er.

Langsam wachte George auf. Er fühlte sich steif und unbehaglich und fragte sich, wo er war. Eigentlich wollte er sich ausstrecken, aber etwas erinnerte ihn daran, seine Bewegungen zu beschränken. Er richtete den Kopf auf und es fühlte sich an, als lehnte er an einem Felsen. Als er die Augen öffnete, sah er den sternenübersäten Himmel. Dann blickte er nach unten und starrte in das schwarze Nichts, nur einen halben Meter entfernt. Plötzlich stürmte alles wieder auf ihn ein – die Szene im Lambraiki, die selbstmörderische Flucht über diese Felsen. Wie war es ihm gelungen, sich hier hinzusetzen ohne abzustürzen?

Der Kopf drehte sich, die Magengrube fühlte sich hohl an, die Beine waren angstvoll verkrampft. Er konnte nicht aufstehen. Der kleinste Ausrutscher wäre tödlich. Mit ungeheurer Vorsicht drehte er sich zentimeterweise um, saß jetzt im rechten Winkel zur Mauer. Mit Händen und Füßen arbeitete er sich vorwärts, bewegte immer nur einen Fuß.

Nach ein paar Minuten, während er sich darauf konzentrierte, dem Sog des schroffen Abhangs neben sich zu widerstehen und die scharfen Steine nicht fühlte, die in seine Hände einschnitten, wurde der Vorsprung breiter und er konnte sich schneller, weniger vorsichtig bewegen.

Sobald er sich sicher fühlte, zog er sich an der Wand hoch und hörte auf, den Atem anzuhalten. Sein Herz raste und er zitterte von Kopf bis Fuß. Plötzlich wurden ihm auch andere Organe unangenehm bewusst. In seinen Nieren spürte er einen stechenden Schmerz und das Brennen in seiner Brust rührte von seiner revoltierenden Leber her.

Den Tod hatte er akzeptiert, war ihm entkommen und nun wollte er höchstwahrscheinlich leben. Leichter sollte er sich jetzt fühlen, befreit, auf das Wesentliche reduziert, bereit für Entscheidungen. Er war noch am Leben, um etwas bei Costa wieder gut zu machen, konnte das tun, was er angekündigt hatte: zusehen, dass Costa gerecht behandelt wurde. Auch wegen Mike musste eine Entscheidung getroffen werden. Wenn er Mikes Geld behielt – überzeugt war er davon noch nicht, aber Mike hatte ihm einen Scheck gegeben, der seinen Verlust mehr oder weniger ausglich – sollte er das Geld in Dankbarkeit annehmen und sich dessen Bedeutung eingestehen.

Er fühlte in seiner Tasche nach dem Scheck, zog ihn heraus und fuhr mit den Fingern über die steife Oberfläche. Sicherheit. Er zerriss ihn in zwei Teile. Dann dachte er an Sarah, seine Finger verkrampften sich und er zerfetzte den Scheck in winzige Stückchen. So viel zu ihrem gemeinsamen Leben. An alles konnte er sich nicht erinnern, was er zu ihr gesagt hatte, aber er wusste, dass er ihre Beziehung so unwiederbringlich wie den Scheck zerstört hatte. Endlich hatte er es gesagt. Warum hatte nicht eine Fügung des Himmels ihn von seinem hohen Ross geholt? Warum hatte er solche Schmerzen auf sich genommen, um sich wieder in Sicherheit zu bringen? Er brauchte einen Drink. Alkohol gab ihm die Illusion, dass das Leben auch ohne Sarah lebenswert war. Niemals würde er sie wiedersehen.

Er stieß sich von der Mauer ab und wanderte weiter über das felsige, unebene Gelände. Er hatte keine Ahnung, wie spät es war. Hatte er fünfzehn Minuten oder vier Stunden geschlafen? Als er wieder auf die Straße geklettert war, schwitzte er heftig. Auch ein paar Meter vom Meer entfernt leistete die Hitze fühlbaren Widerstand. Er musste sich dagegenstemmen.

Als er die letzte Straßenkurve hinter sich hatte, schrak er angesichts der Hafenlichter zurück. Die Tavernen waren voll und die Uhr am Glockenturm zeigte erst kurz nach zehn. George verlangsamte seinen Schritt. Immer noch Essenszeit. Er wollte nichts essen. Nach Hause konnte er nicht gehen und wollte mit niemandem sprechen. Alkohol war die einzige Lösung.

Er erreichte das Meltemi, wo Jeff immer herumhing. Er musste Jeff helfen, auf den richtigen Weg zurückzukehren. War das Grund genug weiterzuleben? Jeff und Kate? Kate war ein ungezwungenes, ausgeglichenes, ziemlich normales Mädchen, aber Jeff war etwas Besonderes. Jeffs Ausbruch heute Abend wies darauf hin, dass George ihn vielleicht falsch eingeschätzt hatte. Der Junge durfte nicht in allgemeine Vernichtung mit hineingerissen werden. Ein Anfang konnte gemacht werden, indem er sich Dimitri einmal näher ansah.

Bisher war er nie in Dimitris Bar gewesen. Sie hatte den Ruf, die anspruchsvollsten Drinks der ganzen Stadt zu servieren. Musik plärrte in die bleierne Nacht. Es war noch zu früh für Kundschaft. Ein paar Leute saßen draußen an den Tischen. George ging hinein, die Kneipe war fast ausgestorben. Zwei Jugendliche lagen auf einem Sofa, reglos, nur die Füße bewegten sich im Rhythmus der lauten Musik. Dimitri kam von irgendwo hinter der Theke hoch. George stand vor ihm.

»Wenn das nicht Herr Leighton ist! Meine Güte. Welche Ehre!« Über das Gesicht des jungen Mannes zog ein nervöser Schatten und war gleich wieder verschwunden. Dimitri hatte einen klassischen, irgendwie charakterlosen Kopf, der Fröhlichkeit ausstrahlte. Seine weißen Zähne blitzten George an. »Trinken Sie doch was aufs Haus. Einen Whisky?«

»Es muss nicht so was Ausgefallenes sein.« Die eigene Stimme kam George komisch vor, als hätte er sie lange nicht gehört. Er räusperte sich. »Ein Ouzo wär' nett. Sie können ihn stark machen, wenn Sie wollen.«

»Nicht mal im Traum würd' ich daran denken, bei Ihnen einen Messbecher zu verwenden.« Dimitri sah George von der Seite an und hob kokett die fein geschwungenen Augenbrauen. Das hellbraune Haar wellte sich hübsch. In dem braun gebrannten Gesicht wirkten die Lippen sehr rot. Er trug ein weißes, hauchdünnes Hemd, das bis zur Hüfte aufgeknöpft war und seinen wunderschönen sonnengebräunten Oberkörper enthüllte. Muskulös, grazil und gertenschlank. Seine schwarze Hose lag eng an. Obgleich er nicht so widerwärtig ordinär wie Pavlo wirkte, schien er seine Genitalien doch zu einer auffälligen, geschmeidig gerundeten Wölbung im Schritt arrangiert zu haben. Als er George den Drink hinschob, lag die andere Hand auf der nach vorne geschobenen Hüfte, die Finger zeigten darauf.

»Sie sind heute das erste Mal hier, nicht wahr? Suchen Sie Jeff?«

»Ach? Ist er hier?« Hatte er Jeff nicht verboten, wieder herzukommen?

»Ja. Ich hab' gedacht …«

»Wo?«

Dimitri deutete mit seinem dekorativen Kopf nach hinten. Der Raum war tief in den Felsen gegraben und hatte einst als Werkstatt eines Schiffbauers gedient. Im Vorderteil war ein Dachboden eingezogen worden, hinten war die rohbehauene bogenförmige Felsdecke zwei volle Stockwerke hoch. Eine Holztreppe führte zum Dachboden.

»Sie meinen oben? Wohnen Sie denn hier auch?«

Dimitri lächelte und sah George durch halbgeschlossene Lider an. Wieder schob er die Hüfte anzüglich nach vorne. »Es ist ein Büro, aber ich übernachte manchmal da. Ich wohne hinter Ihrem Haus bei meiner Mutter, aber Sie wissen ja, wie das mit Müttern so ist. Manchmal braucht man einfach seine Privatsphäre.«

»Kann ich mir vorstellen.« George trank in einem Schluck aus. Mit langer, sorgfältig manikürter Hand nahm Dimitri das Glas, drehte sich um und schwenkte dabei die Hüften, um die aufreizenden Umrisse seiner Pobacken zur Schau zu stellen. Dann kam er mit einem wiedergefüllten Glas zurück an die Theke. George versuchte einen freundlichen Gesichtsausdruck aufzusetzen. »Ich bin froh, mit Ihnen sprechen zu können«, sagte er leichthin.

Dimitris rote Lippen öffneten sich und er benetzte sie mit der Zunge. »Ich fühle mich sehr geschmeichelt, Herr Leighton.«

»Jeff hält sehr viel von Ihnen. Offensichtlich sind Sie hier sein bester Freund.«

Dimitri lächelte und enthüllte wiederum seine blitzend weißen Zähne. »Wir sind dieses Jahr sehr gute Freunde geworden. Er ist ein lieber Junge.«

»Haben Sie eine Affäre mit ihm?«

Dimitri wich zurück und demonstrierte seine Fassungslosigkeit. »Bitte, Herr Leighton …«

»Jetzt hören Sie bloß auf. Wir sind beide erwachsene Männer. Jeder kennt Ihre Vorlieben. Sie bemühen sich ja nicht mal, es zu verbergen. Warum sollten Sie auch? Ich bewundere, dass sie so offen damit umgehen.«

Dimitri schien einen Moment fassungslos zu sein, dann lachte er fröhlich. Er kam näher, lehnte sich an die Theke und sah George plötzlich sehr interessiert an. »Gütiger Himmel. Wer hätte gedacht, dass Sie so nett sind?«

»Haben Sie ein Ungeheuer erwartet? Jeff ist ein bisschen zu jung, um offen mit ihm zu sprechen. Haben Sie eine Affäre mit ihm?«

»Bis jetzt hab' ich ihn nicht mal angefasst.« Beinahe klang er ungläubig, was seine Aussage komisch, aber überzeugend wirken ließ.

»Können Sie das beschwören? Nein, ist egal. Ich bin sicher, Sie können genauso gut lügen wie ich. Vielleicht denken Sie, dass ich nicht das Recht habe, so was zu fragen. Wahrscheinlich liegen Sie damit gar nicht so falsch. Es ist nur so, dass ich Jeff helfen will und ich weiß nicht besonders viel über so was. Er ist in einem Alter, wo er sicher viel an Sex denkt. Wenn er eine Affäre mit einem Jungen in seinem Alter hat, muss das nicht unbedingt heißen, dass er schwul ist. Aber wenn er doch schwul ist, will ich, dass er glücklich wird. Hab' ich mich verständlich ausgedrückt?«

Dimitri malte mit dem Zeigefinger Muster auf die Theke. Er hob die Augen und sah George lange nachdenklich an. Dann zog er den Kopf zurück und lächelte einnehmend. »Ja. Danke. Sie sind sehr rücksichtsvoll. Ich hab' das Nötige getan. Wegen der Polizei mach' ich mir keine Sorgen.«

»Gut. Fakt ist, dass Sie Drogen dealen. Das ist illegal. Ich kann nicht zulassen, dass Jeff da mitreingezogen wird. Ich hab' ihm gesagt, dass ich nicht wünsche, dass er Sie weiterhin sieht, aber wenn zwischen Ihnen etwas Ernstes ist, würde ich das zurücknehmen. Aber es gefällt mir nicht, dass er hier rumhängt.«

»Gütiger Himmel, sie überraschen mich. Jeff hat wirklich Glück, so einen Vater zu haben.«

»Ich wünschte, ich wär' mir da sicher. Ich würd's sehr schätzen, wenn Sie Jeff nichts von unserem Gespräch erzählen. Könnten Sie ihn bitte runterholen?« George trank aus.

Sofort griff Dimitri nach dem Glas und füllte es wieder. »Einen Moment«, sagte er und sah George einen Augenblick provokativ an. Wieder lachte er, fröhlich, dümmlich und herzlos, dann duckte er sich, schlüpfte unter einem Brett am Ende der Theke durch und ging mit wiegenden Hüften zum Fuß der Treppe. Wie ein Zwerg sah er unter der höhlenartigen Decke aus und rief hinauf. Seine Stimme wurde von der lauten Musik verschluckt. Als Jeff auf dem Treppenabsatz auftauchte, ging Dimitri zur Theke zurück. Jeff war zu schnell erschienen, um ausgezogen gewesen zu sein, überlegte George. Jeff schlurfte über den Steinfußboden und duckte sich hinter Dimitri unter der Theke durch.

»Hallo, Kleiner«, sagte George leichthin.

»Hallo.« Jeff hielt Distanz zu seinem Freund.

»Ich hab' auf einen Drink hier reingeschaut und Dimitri hat gesagt, dass du hier bist. Hast du mit deiner Mutter zu Abend gegessen?«

»Mehr schlecht als recht. Scheinbar geht's ihr nicht besonders. Ich glaub' nicht, dass sie besoffen war.«

»Bitte, Jeff. So spricht man nicht über seine Mutter.« George nahm einen langen Schluck aus seinem Glas. Ihm war bewusst, dass Dimitri ihn genau beobachtete, als erwartete er Ärger. Jeff war ein bisschen größer als der Grieche und wirkte sehr maskulin neben ihm. »Ich dachte, ich hätte mich deutlich ausgedrückt. Ich will nicht, dass du hier auch nur noch einen Abend verbringst.«

»Ich war nicht mit ihm zusammen. Du hast es selber gesehen. Ich war oben und hab' die Bücher überprüft.«

»Er kann super rechnen«, warf Dimitri ein.

George sah seinen Sohn an. »Ich hab' Dimitri grad gesagt, dass ich nicht will, dass ihr beide euch seht.« Er hob die Hand, als er sah, dass Jeff etwas sagen wollte. »Ich hab' mir überlegt, dass das vielleicht zu extrem war. Ich verbiete dir zwar absolut wieder herzukommen, aber du hast ein Zuhause und da kannst du empfangen, wen du willst. Ich hab' Dimitri gesagt, dass er herzlich willkommen ist, was mich angeht.«

»Warum sollte ich wollen, dass er mit zu uns nach Hause kommt?« Jeffs große Augen brannten vor Verzweiflung. »Wie können wir … Ich will nicht, dass er da ist. Ich will auch nicht allein da sein. Wenn ich weg von Zuhause will, ist das der einzige Ort, wo ich hingehen kann.«

George schloss die Augen und versuchte, die Selbstbeherrschung zu bewahren. Dann öffnete er sie wieder und sah, dass die beiden Freunde jetzt näher beieinander standen, sich fast berührten. Dimitri stand ein wenig zurückgesetzt hinter Jeff, als würde er auf seinen Schutz zählen. »Es tut mir Leid, dass du dich zu Hause so unwohl fühlst. Ich kann da nichts dazu sagen. Ich wünschte, ich könnte dir versprechen, dass es besser wird, aber ich weiß es nicht. Du wirst bald weggehen. Deine Mutter und ich …« Seine Stimme brach ab. Hastig leerte er sein Glas und hielt es Dimitri hin, der es nahm. Ihre Finger berührten sich. War das eine zweideutige Zärtlichkeit? Schnell zog George die Hand zurück und hätte fast das Glas fallen lassen. Nur noch einen Drink, dann würde er sich besser fühlen. Dann würde er es ziemlich logisch finden, dass der vermutliche Liebhaber seines Sohnes ihn anmachte. Das Einzige, was zählte, war, dass er sich Jeff gegenüber durchsetzte.

Vor ihm stand ein frischer Drink auf der Theke. Er nahm ihn und schluckte. »Schau, das Haus ist ziemlich groß. Du hast ein gemütliches eigenes Zimmer. Du hast eine abschließbare Tür. Du musst nur den Schlüssel umdrehen und kannst vergessen, dass der Rest von uns überhaupt existiert. Mein Gott, Jeff. Ich weiß, dass du ein Recht auf ein Privatleben hast. Es ist nicht zu viel verlangt, dass sich ein Minderjähriger nicht in irgendwelchen Kneipen rumtreibt. Anscheinend ist dir entgangen, dass unser Gespräch hier eigentlich überflüssig ist. Ich muss nur der Polizei sagen, dass du hier nicht zu sein hast und die wird dafür sorgen, dass du hier nicht mehr rumhängst.«

»Die Polizei! Dein ganzes Gerede über Verständnis und am Ende holst du doch immer die Polizei.«

»Ich hab' die Polizei da reingebracht, weil man mit Vernunft bei dir nichts ausrichten kann. Verstehst du nicht, ich versuch' nicht, deine Freundschaft zu zerstören, ich red' nur über eine gewisse Kneipe.«

»Ihr Sohn ist sehr stur. Das hab' ich auch schon gemerkt.« Dimitri lachte fröhlich und packte Jeff von hinten an den Haaren, schüttelte ihn. Es war eine natürliche, freundschaftliche Geste und er wurde George sympathischer. Es lockerte die Atmosphäre. Ungeduldig, wie alle normalen Jungen, entzog sich Jeff. »Ich versteh's nicht. Ich komm' seit Wochen hierher und jetzt plötzlich ist das verboten.«

Das erste Anzeichen, dass er nachgab. Er musste dem Jungen Zeit geben, damit klarzukommen. »Das ist genau das, was du vergisst«, sagte er milde. »Ich hab' heute was rausbekommen. Du bist in Gefahr. Du bist verdammt noch mal Ausländer. Willst du, dass wir alle ausgewiesen werden?«

»Ist mir doch egal, was mit mir passiert. Was für einen Unterschied macht das schon?«

George betete um Geduld. Jeff war plötzlich wieder genauso wie das Kind, das dieser noch vor Kurzem gewesen war. Ein Kind mit einem Trotzanfall. Er fühlte den Drang, ihm beim Genick zu packen und ihn hinter der Theke hervorzuholen. »Bitte, Jeff. Es hat sich nichts geändert, außer, dass du momentan nicht mehr herkommen sollst.« Zu seiner Bestürzung sah er, wie sich Jeffs Augen mit Tränen füllten.

»Ich hoffe nur, dass du nicht von mir erwartest, jetzt zu gehen.« Die Stimme des Jungen klang erstickt. Er fuhr sich durchs Haar. »Wir haben ... ich kann nicht ... wenn ich nicht mehr herkomme, muss ich noch was erledigen. Ich muss ihm bestimmte Sachen erklären. Wir müssen miteinander sprechen. Ich komm' später nach Hause.«

George atmete erleichtert auf. Irgendwie hatte er es geschafft. »Also gut. Machen wir einen Deal. Ich lass' dich noch dableiben, wenn du mir versprichst, dass du nicht mehr hier rumhängst. Geh' nach oben und lass dich hier unten nicht mehr blicken. Klärt, was auch immer ihr miteinander habt und damit Ende.« Wieder leerte er sein Glas und stellte es auf die Theke. Er nickte und lächelte in ihre Richtung, drehte sich um und ging.

Er hatte Probleme, sich gerade zu halten. Der Schlaf hatte ihn nicht so sehr ernüchtert, wie er gedacht hatte. Ein paar Ouzos sollten eigentlich keine solche Wirkung auf ihn haben. Trotzdem hatte er sich vor Jeff nicht blamiert. Mit dem Jungen würde schon alles in Ordnung kommen. Das würde er schon hinkriegen. Eine Herausforderung für die nächsten paar Wochen. Heute Nacht hatte er schon genug durchgemacht. Er konnte sich betrinken, wie er wollte.

Draußen erschien ihm die Hitze irgendwie unheilverkündend. Irgendetwas war auf jeden Fall nicht in Ordnung. Vielleicht war's der Ouzo. Dimitri hatte ihm damit wirklich Saures gegeben.

Da er sich bemühen musste, einen geraden Kurs zu halten, marschierte er sehr entschlossen, aber er hatte keine Ahnung, wohin er eigentlich ging. Automatisch steuerte er aufs Lambraiki zu. Von einem Tisch aus wurde er gegrüßt, er schlingerte zur Seite und fiel Sid

Coleman und seiner Freundin gegenüber in einen Stuhl.

»Hallo, Jiorgo«, begrüßte ihn Sid. »Das war 'ne super Landung. Ich hab' fast schon gedacht, du würdest über die Landebahn hinausschießen.«

»Was trinkt ihr?«, wollte George wissen und spähte zu den Gläsern auf dem Tisch.

»Apfelsaft. Tolles Zeug. Erzähl's ihm, Dorothy. Erzähl ihm was über Apfelsaft.«

»Der wird aus besten ausgewählten Äpfeln gemacht, die nach wissenschaftlichen Methoden reifen, un berührt von menschlicher Hand.« Der Spruch passte perfekt zu Dorothys geschrubbtem, frischem Puppengesicht. Sie hatte Grübchen auf den Wangen und ihr Lächeln war bezaubernd.

»Was hältst du davon, Jiorgo? Wie es so richtig auf der Flasche heißt: Ausgewählt. Erwählt wie die Juden. Willste 'nen Apfelsaft?«

»Ihr habt ja wohl nicht alle. Bestell mir 'nen Brandy.« Es wurde in die Hände geklatscht und Bestellungen aufgegeben.

Sid lehnte sich ernst nach vorne. »Du trinkst zu viel, weißt du das, Jiorgo? Warum darf ich dir nicht ein bisschen Pot besorgen? Du solltest es wirklich versuchen.«

»Wirklich sehr nett von dir, aber ich hab' dir schon gesagt, dass ich dieses Zeug nicht mag. Ihr glaubt, dass ihr's entdeckt habt, aber ich hab's schon vor Jahren probiert.« Sobald der kleine Krug vor ihn hingestellt wurde, füllte er sein Glas mit Brandy und trank es in einem Schluck aus.

Coleman schüttelte traurig den Kopf. »Dieses Zug ist echt schlecht für dich, Mann. Pot ist das Richtige für dich. Ich wette, Sarah würde total drauf abfahren. Jeff könnte dir besorgen, was du brauchst. Schau dir Dorothy an. Ich muss ihr nur ein paar Züge verpassen und sie denkt, ich bin Marlon Brando. Es ist super, oder etwa nicht, Schatz?« Sie beugten sich einander zu und tauschten einen offensichtlich begehrenden, aber zärtlichen Blick.

»Pass mal lieber auf«, sagte George warnend und der drohende Ton ließ ihn sich nüchterner fühlen. »Sie fangen an, wegen dem Dope richtig streng zu werden.«

»Um Gottes Willen! Sag doch so was nicht. Hörst du das, Schatz?« Seine feinen Züge verzerrten sich abrupt. »Du meinst wegen der Sache mit Costa und Dimitri? Du darfst das nicht zulassen, Jiorgo. Wir haben nicht die richtige Jahreszeit um selber was anzubauen.«

»Du baust das Zeug an? Du spinnst wohl. Wann hörst du endlich auf, Spielchen zu spielen und stellst dich mal der Realität?«

»Der Realität stellen?« Coleman spielte übertrieben den Ungläubigen. »Hast du das gehört, Schatz? Er denkt, wir sollten uns der Realität stellen. Weißt du, was für sie Realität ist, Jiorgo? Heiraten. Sie will, dass wir heiraten.«

»Was soll daran komisch sein? Ihr lebt seit zwei Jahren zusammen. Warum solltet ihr nicht heiraten?«

»Hörst du das, Geliebter?«, sagte Dorothy mit bedächtiger Zufriedenheit. »Hast du gehört, was der Mann gesagt hat?«

»Herrgott noch mal. Frauen sind Besitz. Weißt du das, Jiorgo? Eigentlich gehören sie zu den Kühen in den Stall. Man muss ihnen einen hübschen, sauberen Stall und viel Heu geben, sie regelmäßig decken. Was anderes verstehen sie nicht. Ich *mag* Kühe, aber ich würde keine heiraten.«

George schenkte sich wieder großzügig Brandy ein und schüttete das halbe Glas in sich hinein. »Was du sagst ist ziemlich ... äh ... wahr, Coleman.«

»Klar ist es das. Auf jeden Fall. Wie steht's mit anderen realen Sachen? Du bist doch der Realitätsfanatiker, Jiorgo. Welche anderen Realitäten hast du noch anzubieten?«

»Das kommt schon noch, alter Knabe. Sogar in

deinen Marihuanagarten werden sie zu dir durchdringen.«

»Genau das. Genau das. Kannst du dir was harmloseres … nein, ich geh' noch weiter. Kannst du dir ein beispielhafteres Leben vorstellen? In Harmonie mit der Natur leben. Ich säe. Ich schau' zu, wie sich die zarten Sprösslinge der Sonne entgegenkämpfen. Ich umsorge sie. Ich gebe ihnen Wasser. Aber es ist nicht einfach. Das kann ich dir sagen. Was ist, wenn es plötzlich friert? Oder hagelt? Weißt du, was ein plötzlicher Hagelschauer mit der Ernte macht? Im Handumdrehen vernichtet. Hagel. Es ist wirklich Mord. Ich bin vernichtet. Ich muss noch mal von vorne anfangen, von der Natur zu lernen, mit nichts als meinen bloßen Händen. Die Würde des Menschen. Im Angesicht der Not ausharren. Es ist das Thema aller großer Literatur. Das weißt du, Jiorgo.«

»Ich sag' dir eins, Sid. Du bist ein fröhlicher Mistkerl. Ich hoff', du schaffst es, so zu bleiben.«

»Weißt du, was dein Problem ist, Jiorgo? Du glaubst.«

»Tu' ich das?«

»Klar. Die Fahne. Du glaubst, dass das alles was bedeutet. Jetzt nimm mal Peter, ja, nimm Peter. Peter könnte ein Heiliger oder ein Teufel sein. Was ist damit, Jiorgo? Es ist egal. Richtig? Er ist eine heidnische Gottheit. Er lebt. Peter lebt. Er rennt nicht rum und versucht überall den Sinn zu finden.«

»Nicht Sinn. Das ist Religion. Vertrauen. Vertrauen in den Menschen, seine Fähigkeit sich mit dem, womit er geboren wird, ein gutes Leben aufzubauen.« Erstaunt, wie viel er sagen konnte, ohne zu stocken, machte George weiter. »Peter kannst *du* nicht nehmen. Ich nehme ihn. Genau darüber rede ich. Er ist der einzige Mensch, den ich kenne, der den Mut hat, einen … einen konsequenten Versuch zu machen, glücklich zu sein. Ich bin nicht sicher, ob kreative Leute auf Glück hoffen können, also mach weiter, vermassle dein Leben, aber du hast kein Recht, allen zu erzählen, dass Glück nicht existiert. Peter ist glücklich, weil er sich seines Glücks bewusst ist und bereit ist, Opfer dafür zu bringen. Die meisten Leute sind das nicht. Das ist nämlich Realität.« Seine Klarheit und Folgerichtigkeit beeindruckten George. Die Worte kamen langsam, aber vernünftig. Sein Körper war vielleicht betrunken, nicht jedoch sein Geist.

George öffnete gerade den Mund, um weiterzusprechen, als die Erde unter ihm erzitterte. Ein schlechtes Zeichen. Der Tisch schlingerte. Er wich zurück und versuchte, sein Glas zu greifen. Die Erde bebte wieder unter ihm, als versuchte sie, ihn vom Stuhl zu werfen. Ein Zischen wie von einer Peitsche war zu vernehmen, gefolgt von einem donnernden Krachen. George lag auf dem Kopfsteinpflaster, den Arm über der Lehne seines umgekippten Stuhls. Das war nicht gut. Einfach unmöglich, wie er sich in der Öffentlichkeit aufführte. Er hörte, wie Coleman neben ihm etwas sagte und merkte, dass alle Lichter ausgegangen waren. Schnell zog er sich hoch und konnte Sid Coleman erkennen, der sich über seine Freundin beugte. Brocken zerbrochenen Mauerwerkes lagen herum. Ihm fiel keine unmittelbare Erklärung ein, hatte aber plötzlich das Gefühl, wegrennen zu müssen.

»Los«, schrie er. »Los, wir müssen hier raus.« Er warf sich nach vorne und zerrte an den Beinen des Mädchens.

»Alles in Ordnung?«, fragte Sid benommen.

»Los, wir müssen hier weg. Das verdammte Haus fällt zusammen.«

Coleman folgte seinem Beispiel und sie schafften es, Dorothy aufzusammeln und bewegten sich mit ihr hinunter aufs Wasser zu. Schwankend und schlingernd unter der Last fielen George die Leute auf, die auf der Hafenpromenade durcheinander liefen, Stimmengewirr war zu vernehmen und hin und wieder ein Ruf oder Schrei.

»Was ist das? Was ist los? Was ist passiert?«, wiederholte Sid immer wieder, als sie zur Hafenmauer torkelten.

Sie legten das Mädchen auf das Kopfsteinpflaster. Sie stöhnte.

»Schatz, ist alles in Ordnung? Los, Schatz. Es kommt alles in Ordnung. Los, Schatz, setz dich auf.« Sids Beschwörungen dauerten, bis Dorothy sich in eine sitzende Position gekämpft hatte.

»Was ist passiert?« Dorothy schnappte nach Luft. »Oh Gott, mein Kopf.«

»Du hast eins auf die Rübe gekriegt. Da, bleib noch einen Moment sitzen. Du kommst in Ordnung.«

Langsam fing George an, in der Dunkelheit etwas zu erkennen. Er sah dahin zurück, wo sie gesessen hatten. Ein Gebäude war tatsächlich über ihnen zusammengefallen. Aber welches und warum? Ihm fiel die Veränderung in der Stadtsilhouette auf. Irgendetwas war anders. Irgendetwas fehlte.

»Herrgott noch mal«, rief er. »Der Glockenturm! Der ganze verdammte Glockenturm ist auf uns gefallen.«

»Erzähl doch keinen Scheiß.«

»Schau doch, da. Siehst du? Da sollte der eigentlich stehen.« Die Konturen der Dächer gegen den sternengesprenkelten Himmel waren alle gleich hoch, wurden nicht mehr von dem prunkvollen viereckigen Turm überragt. Während sie hinsahen, füllte sich die Luft mit seltsamem Gebrüll, das stärker wurde, wie das Herannahen einer gewaltigen Welle. Einen Augenblick später begannen Leute auf die Straße zu stürzen. Es wurden immer mehr und das Gebrüll wurde zu dem Lärm tausender Stimmen und dem Patschen rennender Füße. Die ganze Stadt versammelte sich am Ufer.

»Was ist los?«, beschwerte sich Sid wiederum.

»Ein Erdbeben, Dummkopf«, verkündete Dorothy, als würde so etwas jeden Tag vorkommen. »Hast du das nicht gefühlt?«

»Also *das* war's!«, rief George. »Ich dachte, es war der Alkohol. Es war wohl wirklich ein Erdbeben.«

Sie halfen Dorothy auf die Beine.

»Ich hab' schon ein paar Mal leichte Erdbeben erlebt«, sagte George. »Aber so was noch nie. Hier hat's seit dem achtzehnten Jahrhundert kein echtes Erdbeben mehr gegeben.«

»Das eben war aber echt, Mann. Für mich war's echt genug. Wir könnten tot sein.«

George lachte über die schockierte Entrüstung in Sids Stimme. Er sah noch einmal hinüber zu der Lücke im Himmel, wo der Turm gestanden hatte. Im Dunkeln strömten Leute an ihnen vorbei. Wohin gingen die? Vielleicht gab es einen sicheren Ort, den alle kannten. Taschenlampen blinkten, Lampen tauchten vor den Tavernen an der Promenade auf. George hörte, wie das griechische Wort für Erdbeben aufgeregt wiederholt wurde: »Sismos. Sismos. Sismos.« Klagende Frauen umklammerten Kinder. Er bemerkte, dass es plötzlich viel kühler war. Eine Briese war aufgekommen. Er dachte an Sarah und nahm sich vor, nicht nach ihr zu sehen. Wenn er nicht so viel getrunken hätte, wäre er jetzt schon auf dem Weg nach Hause. Aber er war nicht in der Stimmung oder fähig, irgendwo hinzustürzen. Das Haus. Er verstand Jeffs Gefühle dem Haus gegenüber. Hoffentlich hatte das Erdbeben es zusammenkrachen lassen. Und Sarah mitgerissen. Das war seine einzige Hoffnung auf Freiheit. Joe Peterson tauchte mit seiner schwedischen Freundin Lena aus der Menge auf. »Bist du das, George?«, wollte die jungenhafte, begeisterte Stimme wissen. »Hallo allerseits. Was haltet ihr davon?«

»Wir haben gehofft, es würde dir gefallen«, sagte

George. Drei dunkle Gestalten, die er nicht erkannte, kamen heran, ein Junge und zwei Mädchen.

»Warum trinken wir nicht was? Was hältst du davon, George? Glaubst du, dass sie im Lambraiki vielleicht Champagner für uns ausgraben können? Ich glaub', dass Champagner nach einem Erdbeben auf jeden Fall eine prima Idee ist.«

»Sollten wir nicht was *tun*?«, fragte Sid. »Leute aus dem Schutt ausgraben? Die Beulenpest ausrotten? Die Wasserversorgung reinigen?

»Ich glaub' nicht, dass wir mit so was anfangen sollten, bevor die Lichter wieder angehen«, sagte George.

Jeff und Dimitri waren noch immer hinter der Theke, dort, wo George sie verlassen hatte. Trotz der lauten Hintergrundmusik sprachen sie unnötig leise, diskutierten über Georges Besuch. Sie standen so nah beieinander, dass Dimitri nur einen Finger heben musste, um zärtlich über Jeffs Handrücken zu streichen.

»Ich sag' dir«, insistierte Dimitri, »ihm ist es praktisch egal, ob wir miteinander ins Bett gehen.«

»Nein. Ich könnte das nicht. Nicht zu Hause. Verstehst du denn nicht? Alle wüssten doch, was passiert.«

Dimitri lachte und fuhr wieder über Jeffs Hand. »Klar, werden sie's wissen, mein Jeff. Mir gefällt so was. Es wär' genauso, als hätt' ich 'ne neue Familie. Wenn du ein guter Liebhaber bist, werd' ich ziemlich oft die Nacht mit dir verbringen.«

»Vielleicht, wenn du ...«

Der Boden schwankte unter ihren Füßen und mit einem Bums fielen sie gegeneinander. Sie hielten sich an der Theke fest und sahen sich ratlos an.

»Warum hast du ...«

Der Boden erzitterte wieder und von den Regalen hinter ihnen fielen Gläser herunter. Das ganze Gebäude bebte, draußen krachte es gewaltig und die Lichter gingen aus. Dimitri griff nach Jeffs Hand und schob ihn unter dem Brett am Ende der Theke durch. Sie rannten Hand in Hand zur Tür. Während sie in die Dunkelheit spähten, stand Dimitri nahe bei Jeff. Es war, als würde das Echo des großen Krachs noch immer in der Luft schwingen. Sie hörten Menschen rufen. Die wenigen Kunden des Meltemi waren nur mehr dunkle Gestalten vor ihnen, alle standen da und unterhielten sich aufgeregt.

»Ein Erdbeben?«, wiederholte Jeff, der es noch nicht ganz begriff.

Dimitri lachte. »Auf jeden Fall fällt dieses Gebäude hier nicht zusammen. Es ist aus massivem Fels.« Er zog die Hand zurück und Jeffs Herz setzte aus, als die Hand im Schutze der Dunkelheit sein Glied erforschte. Er dachte an Peter und besiegte den Reflex zurückzuweichen, sich zu verstecken. Sogleich hatte er keinerlei Gefühl für Ort und Situation mehr: Ein Mann berührte seinen Körper liebevoll an intimen Stellen. Jeff steckte ebenfalls die Hand aus, berührte das hauchfeine Hemd, die weiche, nackte Haut und plötzlich lag Dimitri in seinen Armen. Ihre Münder fanden einander und die Zungen berührten sich. Jeffs Herz raste wild, reagierte auf die Bereitwilligkeit des Körpers, den er seit vielen Monaten begehrte. Er legte die Hand auf die vollen, kurvigen Pobacken. Unter der Berührung tanzten und bebten die Muskeln. Jeffs Beine begannen zu zittern. Eifrige Hände richteten sein steifes Glied in der Hose auf, bis es gerade an seinem Bauch stand, arrangierten den Stoff um es herum und bewegten sich an ihm hinauf und hinunter. Sicher würde er einen Orgasmus haben.

Dimitri lachte sanft und zog seinen Mund zurück. »Meine Güte! Du bist kein Junge, du bist ein richtiger Mann. Heute Nacht wird aufregend …«

Jeffs Brust hob sich unter den ersten Auswirkungen dieses Liebesspiels, elektrisiert vor Lust. Ihm wurde klar, wie vorsichtig Peter ihn heute Nachmittag behandelt hatte, belehrend und doch unbeteiligt. Getrieben von dem Orgasmus, der in ihm hochstieg, griff er nach Dimitris Kopf und zog ihn wieder an sich, nahm dessen Mund mit seinem, hoffte, er würde erfahren wirken. Mit flacher Hand glitt er vorne in die enge Hose, bis seine Fingerspitzen aufregend feines Haar und hartes Fleisch erreichten. Dann zog er die Hand zurück, bewegte sie in Dimitris Hemd herum, ließ sie wieder in den Hosenbund schlüpfen. Ihn schwindelte ob der Freiheiten, die er sich bei diesem unbekannten Körper nahm und wusste gleichzeitig, dass diese erwünscht waren. Das endlich war das Leben! Seine Finger streichelten die samtenen Kurven der oberen Popacken und verblieben in der Spalte zwischen ihnen. Er fühlte, wie Dimitris Körper mit seinem verschmolz.

Erregt wie er war, fühlte er undeutlich seine Inkompetenz. Dimitri hatte in seinen Augen immer überwältigendes Selbstbewusstsein und weltmännische Autorität ausgestrahlt, war ein älterer Mann mit kultiviertem Geschmack gewesen, dessen Interesse zu erwecken, er kaum hatte hoffen können. Gleichwohl hielt er jetzt einen Bittsteller in den Armen, weich, unterwürfig und männlichen Forderungen ganz ergeben.

Das Kind, das Jeff noch immer in sich fühlte, wurde verleugnet, gefordert war eine aggressive Männlichkeit, deren Geheimnisse er nicht kannte. Wahres Begehren hatte er von Peter gelernt und hoffte auf weitere Offenbarungen.

Dimitri zog sich lachend, ein wenig atemlos zurück. »Zieh mich nicht gleich hier aus«, flüsterte er, seine Stimme klang entzückt und deutete an, dass ihm nichts besser gefallen würde. Schnell drehte er sich um, packte Jeffs Hüften und zog sie an sich heran. Jeffs Hände glitten wieder unter das Hemd und streichelten die weiche Haut von Brust und Bauch. Einen Augenblick hielten sie sich eng umschlungen und Dimitris Pobacken rieben an

Jeffs aufrechtem Glied. Nur ein paar wenige Schichten dünnen Stoffes trennten sie von der Ausführung eines unvorstellbaren Aktes. Jeff schnappte nach Luft, als sich der Orgasmus wieder ankündigte. Ein leichtes Wimmern entfuhr ihm, als ihm bewusst wurde, dass die Gefahr plötzlich vorbei war und seine Erektion nachließ.

Dimitris Kopf lehnte an seinem. »Genau so, mein Jeff. Ganz bald«, flüsterte er. Zu Jeffs unendlicher Erleichterung lösten sie sich voneinander. »Wir müssen jetzt die Lampen holen. Komm, hilf mir.«

Beide kannten sich in dem tiefen, höhlenartigen Raum gut aus. Eine Reihe Lampen stand auf einem Tisch im hinteren Teil immer bereit, um die Unterbrechungen in der unregelmäßigen Stromversorgung der Stadt zu überbrücken. Gemeinsam gingen sie nach hinten, führten sich gegenseitig im Dunkeln. Dimitri zündete ein Streichholz und damit eine der Lampen an. Im aufflackernden Licht der Lampe sahen sie sich an. Dimitri lächelte freudestrahlend in Jeffs junges, leidenschaftliches Gesicht.

»Schau mich nicht so an. Noch nicht. Ich muss erst arbeiten. Wir werden super zusammenpassen.«

Jeff senkte den Blick und fragte sich, ob er jemals wieder etwas so intensiv fühlen würde, wie ihre erste flüchtige Umarmung. Sie überprüften und rückten Dochte zurecht, dann zündeten sie die anderen Lampen an.

Jeff stellte sie auf Theke und Tische und dachte an den Handel mit seinem Vater. Er wusste, er sollte hier nicht mehr sein, aber sicherlich könnte er wegen des Erdbebens auf mildernde Umstände plädieren. Sobald sie fertig waren, würde er nach oben gehen und warten. Während er das dachte, wusste er: Würden sie jetzt miteinander sprechen, könnte ihn sein Vater recht einfach überreden, nach Hause zu gehen. Er wollte noch immer, dass es mit Dimitri passierte, aber dieser Moment körperlicher Intimität hatte seine Leidenschaft bereits so gestillt, als hätten sie den Akt vollzogen. Der unbestreitbar kleine Phallus, den er für einen Augenblick in der Hand gehalten hatte, passte nicht zu den Träumen des hochaufragenden männlichen Mysteriums, von denen er besessen war. Dimitri bezauberte ihn, trotzdem war dieser nicht wert, was er für ihn getan hatte und vor allem nicht die kindischen Ausbrüche gegenüber seinem Vater. Diese Erkenntnis umgab ihn mit Einsamkeit. Er fing bereits an, etwas über das Leben zu lernen.

Als sich ihre Wege kreuzten, zwinkerte Dimitri ihm zu. »Ich wische hinter der Bar auf. Wir brauchen vielleicht noch mehr Gläser. Bring den Karton von oben runter.«

Jeff beeilte sich zu gehorchen. Viel mehr als zu helfen konnte er nicht. Oben wurde ihm der zunehmende Lärm um den Hafen herum bewusst. Offensichtlich war die halbe Stadt auf den Beinen. Als er die Gläser hinuntertrug, war Dimitri wieder im hinteren Teil der Bar und er konnte sehen, wie sich immer mehr Leute draußen versammelten.

»Ich glaub', das wird heute Abend ein gutes Geschäft«, sagte Dimitri in freudiger Erwartung und gab sich keine Mühe, mit ihm zu flirten. »Bring noch die zwei restlichen Lampen raus, ja?«

Jeff holte sie und beschloss, dass das sein letzter Auftrag sein würde. Noch länger hier herumzuhängen, würde die Geduld seines Vaters überstrapazieren. Er brachte die Lampen nach draußen und stellte sie ab. Die Tische füllten sich schnell.

Er wollte gerade zurückgehen, als Mike Cochran aus der Nacht auftauchte. An seiner Seite ging der blonde Schweizer, über den in den letzten Tagen alle Witze gemacht hatten.

»Aha«, sagte Mike, als er auf ihn zukam. »Also hier versammelt sich die Jugend und Schönheit der Insel. Gut zu wissen, dass du das Erdbeben überlebt hast.«

»Guten Abend, Herr Cochran. Ich bin grad am Gehen.« Jeff fühlte sich gegen seinen Willen zunehmend mürrisch und verschlossen. Irgendetwas hatte der Mann an sich, was ihn einschüchterte.

»Meine Güte! Könntest du mich nicht wenigstens Mike nennen?« Er trat nahe an Jeff heran, legte ihm die Hand auf den Bizeps und umfasste diesen fest und freundschaftlich. »Ich hab' mich schon gefragt, ob ich dich wiedersehe. Du bist das einzige Mitglied der Familie Leighton, auf das ich wirklich einen richtig guten Eindruck machen will.«

Jeff sah ihn an und dann schnell zur Seite. Im Lampenschein wirkte er sehr schnittig und gut aussehend. Er strahlte den Glamour einer erfolgreichen Welt aus, war reich, berühmt, kannte jeden und hatte eine Menge Ehefrauen gehabt. Mike Cochran konnte das keinesfalls so meinen, trotzdem war es irgendwie eigenartig, wie er Jeff ansah. Die Anwesenheit des Schweizers bestätigte aber genau dies.

Jeff rückte von ihm ab. »Tut mir Leid, Mike«, stieß er hervor. »Ich muss gehen. Anweisungen.«

»Verstehe. Schade. Unsere Freundschaft ist von Anfang an zum Scheitern verurteilt.« Er drückte Jeffs Arm noch einmal fester und ließ ihn dann los.

Jeff hatte das Gefühl, als wäre in ihm etwas ausgeschaltet worden. Mikes Anziehungskraft war direkt, fesselnd und regte irgendwie seine Fantasie an. Er war ein Satyr, leicht diabolisch, aber unwiderstehlich. Jeff wandte ihm wieder seine dunklen Augen zu und versuchte trotz seiner Schüchternheit nicht feindlich zu klingen: »Wir sehen uns bestimmt morgen. Ich muss da drin was erledigen. Ich sag' Bescheid, dass du bestellen willst.« Einen Moment zu lange sahen sie sich in die Augen und Jeff hatte das Gefühl, sich völlig preisgegeben zu haben. Er hatte Mike Cochran gegenüber zugegeben, sexuell auf Männer zu reagieren. Dafür schämen wollte er sich nicht (Peter hatte gesagt, dass das schlecht war), aber das mit Mike Cochran war ihm ein bisschen zu familiär. Er drehte sich um und floh, das Herz trommelte ihm in der Brust.

Mike blickte ihm ein wenig erleichtert nach. Es mit Georges Sohn zu machen, reizte ihn sehr. Das würde seinen völligen Triumph über seinen alten Freund besiegeln. Aber diese großen leidenschaftlichen Augen waren gefährlich. Zu haben, aber nur zu einem hohen Preis. Besser hielt man sich an solche einfach zu handhabenden Schwuchteln wie den Schweizer, oder an dieses Prachtexemplar, dachte er, als er Dimitri sah, der sich unbekümmert mit wiegenden Hüften näherte.

Plötzlich gingen überall um den Hafen die Lichter wieder an, wie auf Stichwort, um den wundervollen halbnackten Jungen zu feiern. Aus allen Kehlen drangen dankbare »Ahs«. Als Dimitri vor ihm stehen blieb, sah Mike ihm in die koketten, einladenden Augen und die kleine schweizer Schwuchtel war augenblicklich nicht mehr Teil seiner Abendpläne.

Sarah lag ausgestreckt auf dem Bett in ihrem Zimmer, angezogen, frisch geschminkt, auf dem Tisch neben sich ein unberührter Drink. Obwohl sie absolut still dalag, schwitzte sie. So ein Wetter hatte sie noch nie erlebt. Es wurde drückender und drückender, als würde sich eine Explosion zusammenbrauen. Jemand hatte auf den Felsen heute Vormittag gesagt, dass das Erdbebenwetter war. Das fehlte gerade noch. Georges Ausbruch war für einen Abend genug gewesen.

Sie versuchte sich vorzustellen, in welcher Laune er sein würde, wenn er nach Hause kam. Irgendetwas passierte momentan. Ihr Leben begann jetzt völlig aus den Fugen zu geraten. Nun, da er tatsächlich seine Anschuldigungen ihr gegenüber in Worten ausgedrückt hatte, könnte alles geschehen. Sie fühlte, dass sie sich einer Art geistigem Schattenboxen stellen musste, wie ein Ringer, der sich auf einen Kampf vorbereitet. Für die nächste Runde würde sie ihre ganze Kraft brauchen.

Trotz all dieser Jahre wusste sie nicht, was ihm als Nächstes einfallen würde. Sie hatte gelernt, für das, was sie wollte, zu kämpfen. In den ersten Jahren war es schwierig gewesen, sich seiner Rücksichtsnahme anderen gegenüber anzupassen, seiner Ehrerbietung gegenüber Menschen, die er nicht besonders mochte, seine Güte, die niemand anders wahrnehmen konnte. Zu oft war ihr sein Charakter weich und selbstverleugnend erscheinen, bis sie seine Stärke entdeckt hatte und seine Werte übernommen hatte.

Wenn er sich eingeredet hatte, sie zu verlassen, musste sie sich auf einen Streit einstellen, um ihn halten zu können. Sicher konnte sie das irgendwie verhindern, auch wenn Mikes verdammter Scheck nicht gerade half. Sie brauchte George genauso sehr, wie er sie brauchte. Selbst wenn sie sich gegenseitig zu Grunde richten würden, mussten sie das durchstehen.

Sollte sie eine Krankheit vortäuschen? Einmal hatte das in seiner ersten erfolgreichen Zeit schon funktioniert, als er sich zu sehr für ein Mädchen interessiert hatte, das er nicht wirklich wollte. Welche Krankheit könnte sie vortäuschen?

Das Bett schwankte unter ihr und sie setzte sich hastig auf, schockiert. War das ein Angriff? Der Boden bebte wieder, diesmal noch heftiger. Ein seltsam berstendes, zersplitterndes Geräusch war zu vernehmen und die Lichter gingen aus. Von draußen hörte sie eine Reihe dumpfer Schläge, schwere Gegenstände fielen zu Boden. Sie sprang vom Bett auf und drehte sich instinktiv zum Fenster. Oberhalb des Fensters sah sie Sterne. Sie brauchte einen Moment, bis sie begriff, dass sie durch die Wand blickte. Ein breiter Riss klaffte neben dem Fenster. Ihr stockte der Atem, sie rannte ein paar Schritte in verschiedene Richtungen.

Von weitem hörte sie Schreie, dann verstärkte sich ein eigenartig grollendes Brüllen. Sie konnte es nicht identifizieren, aber es machte ihr Angst. Was war los? Eine Bombe? War das der Weltuntergang? Sie musste hier raus, bevor ihr das Dach auf den Kopf fiel.

Sie stürzte zur Tür. Einen grauenhaften Moment lang fürchtete sie, sie versperrt zu finden, aber sie war offen und Sarah tappte so schnell sie es wagte durch das dunkle Haus und die Treppe hinunter.

Sie hatte freie Bahn zur offenen Haustür und rannte in den Garten. Erst dort blieb sie schwitzend und keuchend stehen. Als sie auf festem Boden stand und sich der Sternenhimmel über ihrem Kopf wölbte, legte sich die Panik. Wie gebannt starrte sie auf den Riss in der Hausmauer. Eine Erinnerung stieg in ihr hoch. Irgendetwas über Erdbeben und bauliche Mängel, damals, als sie das Haus gekauft hatten. Könnte das ein Erdbeben gewesen sein? Sie sah hinunter auf den Schutt, der zwischen zerquetschten Blumen verstreut lag. Als ihr das Ausmaß der Zerstörung klar wurde, brach sie fast in Tränen aus. Dann fiel ihr auf, dass ihr das einen Vorwand liefern würde, George zu suchen. Das Haus war nicht mehr sicher.

Stockend begann sie zu lachen. Sie musste keine Krankheit vortäuschen. Er musste bleiben, um gemeinsam mit ihr das Haus wiederaufzubauen.

Das Dröhnen fiel ihr wieder auf, aber jetzt konnte sie die einzelnen Bestandteile unterscheiden. Das Geräusch rennender Füße und das Gemurmel unzähliger Stimmen. Sie ging zur Gartentür und entdeckte, dass die dunkle Straße voller Menschen war, die alle hinunter zum Meer eilten. Sie musste herausfinden, was los war. Sie trat hinaus, schloss die Tür hinter sich und tauchte in die Menge. Der Übereifer war ansteckend und sie bemerkte, dass auch sie schnell zu laufen, fast zu rennen anfing. Überall um sie herum hörte sie das Wort »sismos«. Also war es tatsächlich ein Erdbeben gewesen. Dieses kurze Rucken des Bettes. Sie hatte sich immer vorgestellt, dass sich die Erde öffnen und alles verschlingen würde.

Am Hafen herrschten chaotische Zustände. Leute rannten herum, schrieen und stießen gegeneinander. Sie versuchte, aus der Menge herauszukommen, aber überall waren Menschen, sie hatte sich also damit abzufinden, herumgeschubst zu werden. Zumindest waren George und Jeff draußen gewesen, wahrscheinlich irgendwo hier auf der Hafenpromenade. Wenn irgendwer verletzt worden wäre, würden die Leute nicht so ziellos durcheinanderlaufen, es wären Schreie zu hören und um die Opfer würden sich Menschen versammeln. Sie hörte etwas über den Glockenturm, sah hinauf und bemerkte, dass das vertikale Gepräge des Turmes weg war. Angesichts des eingestürzten Turmes fühlte sie sich wegen ihrer Hauswand besser. Sie waren nicht von der rachsüchtigen Vorsehung auserwählt worden. Ein Polizist, den sie kannte, lief ihr über den Weg.

»Ist jemand verletzt worden?«, fragte sie und hob die Stimme, um sich verständlich zu machen.

»Wer weiß? Hier am Hafen glaub' ich nicht. Der Glockenturm ist umgefallen, aber hauptsächlich in den Hof. Da war niemand.

»Gott sei Dank.« Sie wurden voneinander getrennt und Sarah ließ sich in Richtung Lambraiki weitertreiben. So schnell wie möglich wollte sie George finden, damit ihnen die Dringlichkeit der Ereignisse über seine Wut hinweghelfen würde.

Plötzlich merkte sie, wie sich Mike neben sie drängte. An seiner Seite erblickte sie den kleinen Schweizer, der sich auf den Felsen so auffallend präsentiert hatte. Natürlich. Sie hatte es die ganze Zeit gewusst.

»Eine lebendige Kleinstadt habt ihr hier«, schrie Mike.

Sie wusste nicht, wie sie sich ihm gegenüber verhalten sollte, aber er klang freundlich.

»Wo warst du, als es passiert ist?«, fragte sie. »Hast du's gespürt?«

»Nur ein paar Stöße. Wir sind da drüben irgendwo rumgelaufen. Ich hab' gesehen, wie der Turm umgekippt ist, grade, als der Strom ausgefallen ist. Passiert so was oft? Habt ihr noch mehr davon auf Lager?«

»Hoffentlich nicht. Sie haben über Erdbeben geredet, aber seit Jahren hat's hier keins mehr gegeben.«

»Ich schätze, dass das dieses Chaos hier erklärt. Willst du, dass ich dir aus dem Pöbel hier raushelfe?«

»Nein, danke. Ich lass mich grad zum Lambraiki treiben.«

»Ich glaub', ich such mir einen Laternenpfahl zum Raufklettern, bis die sich hier abregen. Danke.«

Die Menge trennte sie. Sarah sah, dass Lampen vor dem Lambraiki aufgestellt worden waren. Sie betrat die ruhige Oase zwischen den Tischen, ging an Helen Mansfield und dem kleinen griechischen Gigolo vorbei, den diese gerade geheiratet hatte und sagte etwas zu ihnen. In dem allgemeinen Lärm hörte sie die Stimme von Sid Coleman und steuerte in seine Richtung. Sie fand ihn neben Dorothy sitzend.

»Hey, ist das nicht cool?«, begrüßte sie Sid. »Kommst du, um das Opfer zu besichtigen? Wir haben hier ein echtes Opfer des großen Erdbebens von 1960. Los, Schatz. Zeig der Dame deine Beule.«

Sarahs Hand wurde auf Dorothys Hinterkopf gelegt. Tatsächlich war da eine Beule. Sid erzählte von dem Glockenturm und Georges Rolle bei der Rettung.

»War er da?«, fragte Sarah.

»Klar. Klar. George Löwenherz. Er ist grad mit Joe und ein paar anderen Kids abgehauen. Sie suchen Champagner.«

»Hat jemand von euch Jeff gesehen?«

»Der war vorher mit seinem Kumpel Dimitri zusammen.«

»Habt ihr was mitgekriegt, ob jemand schlimmer verletzt worden ist?«

»Sie haben gesagt, dass eine alte Dame in eine Zisterne gefallen ist. Sie sind hingegangen, um sie rauszuziehen.«

»Ich schau nur schnell, ob Jeff heil ist«, sagte Sarah und stand auf. »Wenn George vorbeikommt, sagt ihm bitte, dass ich gleich zurückkomm'. In unserer Mauer ist ein großer Riss.«

»Nein. Echt? Hey, hast du das gehört, Schatz? Das Haus von den Leighton ist zusammengefallen. Diese Nacht wird in die Inselgeschichte eingehen.«

Sarah ging über die Hafenpromenade die kurze Strecke zum Meltemi. Auch hier standen Lampen draußen. Sie wollte gerade hineingehen, als sie Jeff entdeckte, der mit einem Karton eilig zur Theke lief. Als sie ihn erblickte, fühlte sie Stolz in sich aufsteigen. Im Lampenschein sah er so erwachsen und männlich aus. Sie wandte sich ab. Er hatte keine Zeit und sie wollte keine nervige Mutter sein.

Dimitri als Kameraden für Jeff konnte sie nicht gutheißen, war jedoch nicht wirklich beunruhigt. Mit Homosexuellen befreundet zu sein, hieß nicht, dass er selber einer war. Als Ronnie ein mehr als beiläufiges Interesse an ihm bekundet hatte, hatte Jeff nicht im Geringsten reagiert. Jeff zeigte ziemlich offen, dass er Dimitri mochte. Sicherlich würde er das nicht so deutlich machen, wenn es irgendwie unnatürlich wäre. Dimitris häufig wechselnde sexuelle Eroberungen waren Gegenstand des öffentlichen Klatsches. Dieser war Garantie dafür, dass Dimitri sich nicht auf solche Weise für einen unbeholfenen Schuljungen interessieren würde. Er war hinter Männern mit Geld her. Zumindest würde er Jeff nicht ermutigen, Mädchen nachzusteigen. Dafür würde später noch genug Zeit sein.

Sie ging zurück zu Sids Tisch und wollte sich gerade hinsetzen, als die Lichter wieder angingen. Von der

Menge war ein erleichtertes »Ah« zu hören. Die krisenhafte Atmosphäre war sofort wie weggefegt. Die Menge strömte in die Tavernen und alle Tische draußen füllten sich. Jetzt, da sowieso jedermann auf den Beinen war, wollte man sich anscheinend auch richtig amüsieren.

»Ich sollte mal heimgehen«, sagte Sarah ohne sich zu bewegen. »George sucht mich vielleicht.«

»Ein Mann, der seine Frau sucht?«, rief Sid. »Siehst du, Dorothy? Siehst du, Schatz? Siehst du, wie die Ehe das Gehirn zerstört? George besäuft sich gnadenlos, Sarah, meine Liebe.«

»Wenn das so ist, kann ich genauso gut auch was trinken«, sagte Sarah gefasst. George würde früher oder später von der Katastrophe zu Hause hören und sie abholen kommen.

Das große Dröhnen hallte vom Hafen wider, gefolgt von kleinerem Gepolter im Haus der Mills-Martins. Charlie und Peter waren im Dunkeln damit beschäftigt, Lampen und Kerzen anzuzünden, sie arbeiteten effizient und routiniert, was sie im Laufe vieler Stromausfälle gelernt hatten. Als sie fertig waren, nahm Martha eine der Lampen.

»Ich schau' noch mal nach, ob mit den Kindern alles in Ordnung ist.«

»Was ist los? Irgendwas nicht in Ordnung?«, fragte Judy.

»Ich hab' einen leichten Stoß gefühlt, kurz bevor das Licht ausgegangen ist«, sagte Charlie. »Haben Sie nichts gespürt? Ich schätze, das war ein leichtes Erdbeben.«

Peter stand vor dem Teleskop an der Brüstung der Loggia. »Keine Ahnung, ob ich dieses verdammte Ding in die richtige Richtung halte, aber der Glockenturm ist anscheinend verschwunden.«

»Hat das diesen Lärm gemacht? Los, wir schauen

mal, ob das Haus noch steht.« Charlie gab Peter eine Lampe, sie entschuldigten sich bei Judy und brachen zu einer Tour durchs Gebäude auf.

Sobald sie außer Sichtweite waren, legte Charlie Peter den Arm um die Schulter, zog ihn nah an sich heran und küsste ihn auf die Wange. »Sie ist ein Schatz. Sehr selbstbeherrscht, aber offensichtlich verrückt nach dir.«

»Das denkst du doch von jedem, du süßer Dummkopf.«

»Normalerweise stimmt's ja auch. Erzähl mir von Jeff.«

Peter tat das, bagatellisierte zwar, ließ aber nichts aus. »Also hab' ich ihm kurz erlaubt, seine Kleider auszuziehen, um ein Urteil über seinen Schwanz abgeben zu können. Sehr ansehnlich. Ich war so 'ne Art Puffmutter, die ein neues Mädchen einarbeitet. Er ist absolut unberührt.«

Als sie eine Treppe hinaufstiegen, nahm Charlie seinen Arm von Peters Schulter. »Ich denke mal, er hat gehofft, dass du sein Erster werden würdest«, meinte er, als Peter seine Geschichte fertig erzählt hatte.

»Nein, er ist zu feinfühlig und intelligent, um zu glauben, dass ich Interesse haben könnte. Egal, es war sowieso von Anfang an klar, dass ich nicht interessiert war. Für ihn sind wir so was wie Helden und eine Familie. Er hat gesagt, er stellt sich vor, wie wir alle möglichen wilden Sachen miteinander machen, wenn er wichst. Er würd' tot umfallen, wenn er dich jemals nackt sehen würde. Er steht total auf Schwänze. Er betet den Phallus an, im wahrsten Sinn des Wortes, am liebsten einen monumentalen.«

»Noch ein Rekrut für die Sache. Irgendwie ist doch 'ne Überraschung, auch wenn wir's erwartet haben. Man könnte meinen, wenn jemand hier aufwächst mit den Einheimischen, würde er auch deren Sitten übernehmen – mit Jungs rumspielen, aber immer mit Blick auf das ultimative Ziel, eine gehorsame Braut. Ein bisschen Homosexualität ist kein großes Tabu.«

Charlie legte Peter wieder die Hand auf die Schulter. Bei dem Gedanken an Peter und Jeff, nackt beieinander, hatte er einen wütenden Stich gefühlt. Aber es war nur ein blasser Abglanz davon, was er früher einmal empfunden hätte. Vielleicht hätte er sich auf die Lauer gelegt, um Jeff ebenfalls zu besitzen, weil er jedes Erlebnis an sich reißen musste, das Peter möglicherweise sexuell berührt hatte. Vielleicht hätte er dem Jungen sogar erlaubt, seinen »monumentalen Phallus« anzubeten, als würde jemand seine Vorrangstellung anzweifeln. O Gott. Und jetzt missfiel es ihm nur kaum noch, dass Jeff das Privileg genossen hatte, Peter nackt zu sehen. Ruhe und Frieden. Hatte er sich *darum* während all dieser Jahre bemüht, als er versucht hatte, sich alle möglichen Listen oder Strategien anzueignen, um seine Eifersucht zu besiegen? Wie konnte es sein, dass er aus Eifersucht fast mal imstande gewesen war, einen Mord zu begehen?

Er dachte an Peters Untreue – die erste Salve eines Sommers schwerer Geschütze, als sie gemeinsam mit Martha und ihrem Mann Griechenland entdeckt hatten. Charlie hatte aufgehört, seine Seitensprünge während ihrer Trennung aufgrund von Peters Militärdienst zu zählen, aber er konnte Peter nicht einen einzigen zugestehen. Befriedigt hatte es ihn nicht, Peters Affäre einfach abzubrechen. Das hatte er getan, als er mit Peters französischem Liebhaber gesprochen hatte, um – wie immer – die Vorherrschaft dieses monumentalen Phallus zu etablieren. Damals, wenn eine Krise drohte, war sein Glied immer bereit gewesen, aktiv zu werden. Er hatte es bei Martha als egoistischen Ausweg aus der Sackgasse eingesetzt, in die ihn Peters Untreue gebracht hatte.

Es war ihm schließlich gelungen, die eifersüchtige Wut in sichere Bahnen zu lenken, aber diese Bemühungen hatten Kalkül in seine Liebe gebracht, hatte zu einem Verfall an Spontanität, zu einer Verstärkung seiner kalten Eigenliebe geführt. Er sehnte sich danach zu lieben, wie Peter liebte, frei, mutig und ohne Vorsicht.

Charlie drückte Peters Schulter und lachte. »Du bist ein Heiliger«, sagte er, um die Geschichte mit Jeff aus seinem Gedächtnis zu verbannen und aus der Welt zu schaffen. »Ich bin mir nicht sicher, dass ich mich mit einem attraktiven Jungen, der mich so anbetet, zurückhalten könnte, auch wenn ich mir so eine Szene nicht wirklich vorstellen kann.«

»Da kannst du mal sehen, wie schwul du mich gemacht hast. Er hat immer noch so was pubertär Mädchenhaftes. Wenn ich was Mädchenhaftes will, such' ich mir lieber ein richtiges Mädchen.«

Sie lachten. »Du hast eine Schönheit gefunden«, sagte Charlie beschwichtigend. Schliche und Kriegslisten. Er hatte gewusst, dass sich seine wahnsinnige Eifersucht nicht auf Frauen beziehen würde, darum hatte einen »Mann« aus Peter gemacht, hatte auf die Möglichkeit spekuliert, dass es für Peter zu spät war, echte Erfüllung mit einer Frau zu finden. Er versuchte sich vor der Bedrohung, verletzt zu werden, in Acht zu nehmen. Frieden und Ruhe. War es das, was er wirklich gewollt hatte?

Obwohl er der Vorstand des seltsamsten Haushaltes war, den er je kennen gelernt hatte, war dieser so bieder und konventionell wie jene, die er aus den Vorstädten von Philadelphia kannte, woher er stammte. War schon mal jemand angesichts eines Übermaßes an Beständigkeit verrückt geworden? Umgeben von Liebe und sichtbaren Beweisen seines Erfolges wunderte er sich gelegentlich, wofür er lebte. Glück? Natürlich war er glücklich, normal, erstickend glücklich. Einst hatte ein Feuer in ihm gelodert, dass ihn zu verschlingen drohte. Manchmal konnte er es noch tief in sich flackern fühlen. Fast wollte er, dass es aufwallen, brennen, reinigen, zerstören und ihn entblößt zurücklassen würde, dem Entsetzen ausgeliefert, das die Menschheit in Angst und Schrecken versetze, um wieder in der Welt zu leben, die er sich unterworfen hatte.

Sie erreichten das Studio und hielten die Lampen in die Höhe. Alles war in Ordnung. In dem weichen Licht sah Peter nicht älter aus als damals, als sie einander kennen gelernt hatten. Seine Schönheit verschlug Charlie den Atem und seine Brust schwoll vor heftigem Besitzerstolz, der das leidenschaftlichste Element in seiner Liebe für Peter war. Charlie legte Peter die Hand in den Nacken und zog ihn an sich, so dass sie einander ansahen.

»Du bist unglaublich. Ich schwöre, du hast dich überhaupt nicht verändert, seit ich dich zum ersten Mal dazu gebracht hab', dich auszuziehen. Einundzwanzig Jahre. Unglaublich.«

»Du machst dich auch ganz gut.« Peter lachte. »Du siehst viel besser aus und ich bin einundzwanzigmal verliebter in dich.«

Charlie verstärkte den Druck auf Peters Nacken. »Wenn du 'ne lange Nacht hast, werd' ich aufpassen, dass sie dich morgen früh schlafen lassen.« Er deutete mit der Lampe auf das Bild auf der Staffelei. »Ich muss bei Sonnenaufgang aufstehen und dieses Blau überarbeiten. Du hast natürlich Recht gehabt. Jetzt ist mir das auch klar.«

Sie küssten sich flüchtig und gingen zurück in das verschachtelte Haus. Peter wollte offensichtlich unbedingt den Abend mit dem Mädchen alleine verbringen und Charlie teilte indirekt dessen erwartungsvolle Freude. Peter war der Impuls, der das ganze Haus belebte. Er interessierte sich aktiv und mitfühlend für Georges Geldprobleme, hüpfte nackt umher, um einem jungen Freund zu helfen, seine sexuelle Verwirrung zu überwinden, riss ein bezauberndes Mädchen am Hafen auf. Wie er dem Leben auf verschiedene, enthusiastische Weise verbunden, zu einem gewissen Grad auf sich selbst gestellt war, war genau so, wie Charlie ihn haben wollte. Trotzdem fragte er sich, was wäre, wenn Jeff ihn selbst jemals sexuell erregt hätte. Tatsächlich hatte die Mädchenhaftigkeit, die Peter erwähnt hatte, die hinter entstehenden männlichen Zügen verborgen lag, zeitweise anziehend auf ihn gewirkt. Fantasiegestalten und phallische Verehrung beim Masturbieren? Nein. Die Herrschaft des monumentalen Phallus war vorbei.

In dem zweiten Zimmer des Studios entdeckten sie, dass eine von Charlies großformatigen Arbeiten von der Wand gefallen war. Sie untersuchten sie, Peter vorsichtiger als Charlie, fanden jedoch keinen Schaden und gingen zur Loggia zurück.

Martha war bereits wieder bei ihrem Gast. »Sie schlafen wie Engel«, berichtete sie. »Was soll denn dieser ganze Lärm unten am Hafen?«

»Scheinbar sind 'ne Menge Leute auf den Beinen«, sagte Peter und erblickte freudig, wie der Lampenschein Judys Züge verklärte. »Vielleicht war das Erdbeben stärker da unten. Wir haben massiven Fels unter uns.«

»Ich hoffe, niemand ist verletzt worden«, sagte Martha.

»Ich schau mich mal um, wenn ich Judy runterbringe, aber ich hab' irgendwie nicht das Gefühl, das es eine Katastrophe gegeben hat. Los. Trinken wir was, bis die Lichter wieder angehen. Mein Gott! Fühlt ihr das? Es ist kühl! 'Ne Brise kommt auf.

Sie hatten gerade begonnen, sich nach dem Abendessen auf der Loggia niederzulassen, als des Dröhnen sie alle auf die Beine gebracht hatte. Jetzt setzten sie sich wieder hin. Der Abend war nett verlaufen, mit viel leichter Unterhaltung und zunehmender Vertrautheit. Peter wollte Judy jetzt für sich haben, saß in ihrer Nähe und beobachtete sie, wie sie mit Charlie angeregt über dessen Arbeit sprach. Als die Lichter wieder angingen, war vom Hafen her ein großes »Ah« zu hören. Martha und Peter gingen herum, bliesen Lampen und Kerzen aus, und unterhielten sich beiläufig. Sie waren sich einig, dass sie die Hafenpromenade noch nie so voller Menschen gesehen hatten.

Charlie stand auf. »Ihr müsst mich entschuldigen. Ich muss bei Sonnenaufgang aufstehen. Das ist die einzige Zeit des Tages, in der man Farbe hier richtig sehen kann.« Er ging zu Peter und legte ihm die Hand auf die Schulter. Sie lächelten sich in die Augen. »Wenn du Cochran siehst, gratulier' ihm bitte, dass er Hattie überlebt hat.«

Peter legte seinen Arm auf Charlies und sie standen in lockerer Umarmung. Es war ihm bewusst, dass das Mädchen sie beobachtete. »Schlaf gut. Diese Brise macht sicher einen großen Unterschied.«

»Viel Spaß, Kumpel.«

Nachdem sie einen amüsierten, privaten Blick ausgetauscht hatten, trennten sie sich. Charlie ging zu Judy und nahm ihre Hand. »Bringen Sie ihn dazu, Sie wieder mal mitzubringen. Es war sehr nett.« Er drehte sich um, küsste Martha auf die Wange und ging.

»Ich möcht' noch kurz mit dir über was sprechen«, rief sie ihm nach. »Ich komm' gleich mit rauf.« Sie verabschiedete sich von Judy, machte ein warmes, herzliches Theater darum. Peter sah, dass das Mädchen das Misstrauen verloren hatte. Der Abend war verlaufen, wie er sich das vorgestellt hatte.

Als sie allein waren und er vor ihr stand, streckte er lächelnd die Hand aus und sah sie ebenso freundschaftlich an, wie er das von Anfang an getan hatte. »So, wollen wir jetzt Mike Cochran trotzen?«

Sie nahm seine Hand und lächelte, akzeptierte ihn als Freund. »Ich denke, wir sollten wohl. Es war so ein netter Abend. Ich will ihn nicht verderben.«

Er führte sie durch das Haus, hatte nun keine Hemmungen mehr, sie zu berühren. Leicht legte er ihr den Arm um die Hüfte, hielt ihre Hand und gewöhnte sich daran, wie sich ihr zarter, bezaubernder Körper anfühlte. Nicht weit vom Haus, auf der holprigen Straße draußen war eine niedrige Mauer, wo das Land steil zum Meer hin abfiel. Er blieb stehen, drehte sie zu sich, dann beugte er sich hinunter und küsste sie auf den Mund. Anscheinend hatte sie das erwartet, reagierte gelöst, aber drückte ihren Körper nicht an ihn und versuchte auch nicht, ihn an sich zu ziehen. Nach einem Augenblick zog er den Kopf zurück und sah sie an. Das Licht einer Straßenlaterne fiel auf sie. Er legte ihr eine Hand um die Hüfte und steckte die andere in die Hosentasche, um sein Glied komfortabler zu arrangieren. Ihre Wirkung auf ihn war unverkennbar.

»Das wollte ich seit heute Mittag«, sagte er. »Dein Mund ist dazu geschaffen, dass ich dich küsse. Das ist dir vielleicht noch nicht klar gewesen, aber es ist so.«

»Es macht so viel Spaß mit dir zusammenzusein. Du bist so nett.« Eine einfache Aussage ohne Ausschmückungen oder versteckten Bedeutungen.

»Verstehst du jetzt alles?«

»Ziemlich viel. Ich glaub', Martha ist in Charlie verliebt.«

»Bingo!«

»Und du und Charlie, ihr seid einfach ein wundervolles Paar.«

»Danke für die Ausdrucksweise. Wir haben keine Geheimnisse vor dir.«

»Hab' ich welche vor dir? Hast du nicht erraten, dass ich dafür bekannt bin, auf Mädchen zu stehen.«

»Wirklich, wir sind ein schwullesbisches Paar?« Er lachte, lachte dabei hauptsächlich sich selbst aus, weil er sich über ihr Eingeständnis ärgerte. Er war absolut scharf auf sie und sie vielleicht nicht einmal im Geringsten interessiert. Zumindest schien es ihr nichts auszumachen, geküsst zu werden. Er legte den Arm um sie, zog sie an sich und gab seiner Leidenschaft für ihren

Mund nach. Diesmal drückte er sie an sich, so dass sie sein steifes Glied fühlen musste. Sorgfältig bemühte er sich, es nicht vielsagend zu bewegen, wollte ihr nicht das Gefühl geben, dass er es für etwas hielt, das ein großes Theater wert war. Wenn sie es so wollte, wäre er auch zufrieden, alles mit dem Mund zu machen. Er streichelte die Brüste, die ihr Hemd jetzt zu dehnen schienen. Ihr Kuss wurde atemlos und dann trennten sich ihre Münder, aber Peter hielt sie noch immer an sich gedrückt. »Hast du genauso tolerante Ansichten über Heterosexualität wie ich?«, fragte er, seine lächelnden Lippen berührten beinahe ihre.

Sie streichelte sein Gesicht mit den Fingern und trotz ihres Lächelns enthüllte das spärliche Licht die Unsicherheit in ihren Augen. »Ich glaub', das ist es, was ich nicht versteh'.«

»Die Sache mit uns? Das mit mir? Ist doch ganz einfach. Ob du's glaubst oder nicht, das ist das erste Mal, dass ich das gefühlt hab', diese ganze Sache mit einem Mädchen. Wenn es einem so richtig durch Mark und Bein geht, so wie es mir früher manchmal mit einem Jungen gegangen ist. Wenn du ein Junge wärst, hätte ich mich im Haus eingeschlossen und wär' nicht rausgekommen, bevor ich sicher gewesen wär', dass du von der Insel runter bist. Was ist mit dir? Stehst du überhaupt auf Männer oder bin ich eine Ausnahme? Ich mein', scheinbar passiert doch was zwischen uns.«

Sie legte die Hand auf seine Brust und bewegte leicht die Finger, wie um ihre Reaktion auf ihn zu testen. »Sicher bist *du* eine Ausnahme. Ich muss leider immer an deine Familie denken. Erzähl mir ein bisschen mehr.«

»Mach dir wegen denen keine Sorgen. Ich bin in Charlie verliebt, das weißt du. Er hat kein Problem mit Mädchen. Und Martha, ich bin nur formaljuristisch ihr Ehemann, wie du siehst. Du gibst mir ein Gefühl, als wär' ich dafür gemacht, mit dir zu schlafen. Ich möchte, dass es dir gefällt. Ich werd' mein Bestes tun, wenn du mich lässt.«

Sie sah ihn nachdenklich, wenn auch mit einem humorvollen Augenzwinkern an. »Ich hab's schon zu oft mit Männern ausprobiert. Weiß Gott, aber es hat nie wirklich geklappt. Ich werd' immer ganz aufgeregt, wenn ich mir vorstell', dass es vielleicht doch mal funktioniert. Mit dir. Ich bin mehr als nur aufgeregt. Elektrisiert ist vielleicht ein besseres Wort.«

»Das klingt gut. Geht's auf deiner Jacht?«

»Ach ja, die Jacht. Die hab' ich schon fast wieder vergessen. Vielleicht macht das den Unterschied – auf einer Jacht zu sein.« Sie brach für einen kurzen Moment in Lachen aus. »Scheinbar war's kein Zufall, dass ich dich heute Nachmittag auf diese Weise angeschaut hab'. Auch wenn das nicht bewusst war. Du bist wirklich der sensationellste Mann, den ich jemals gesehen hab'.« Sie hob die Hand und streichelte mit Fingerspitzen sein goldenes Haar. Dann legte sie kurzzeitig den Zeigefinger auf seine Lippen. Ihre Handfläche presste sich auf seine Brust, die Hand wanderte zu seinem Glied, fuhr daran entlang und sie sah ihm leicht spöttisch in die Augen. »Ihr Männer! Ja, so was. Da ist ja ganz schön viel der Hose.«

»Wegen dir zeigt es seine volle Leistungsfähigkeit. Wir können aber so tun, als wär's nicht da, wenn du willst.«

Freimütig brach sie wieder in Lachen aus. »Da müssten wir uns ganz schön anstrengen. Ich unterdrück' verzweifelt den peinlichen Drang, deine Hose aufzumachen. Wie mach' ich mich als Heterosexuelle? Ich will's sehen und überhaupt alles von dir. Es war so schwierig, dich nicht den ganzen Abend anzustarren. Noch nie wollte ich einen Mann so unbedingt nackt sehen.«

Peter führte ihre Hand zu seinen Lippen und küsste ihre Finger, sprach durch sie hindurch: »Na ja, das ist dann wohl klar. Klasse, dass wir beide an das gleiche denken. Das spart viel Zeit. Offen gesagt, kann ich mich auf keinen Fall auf Raouls Bilder konzentrieren. Ich hoffe, wir brauchen nicht zu lange bei Cochran.«

Es war schwierig, die Intimität aufzuheben, die ihre Körper herstellten, aber er nahm ihren Arm und, wie als Vorgeschmack auf ihre körperliche Vereinigung, bewegten sie sich im Gleichschritt, als sie die unebenen Stufen zur Stadt hinunterstiegen. Sie schwiegen, ihre Körper bewegten sich instinktiv aufeinander zu und fanden Ausreden für Berührungen. Bei einer unebene Stufe fassten sie sich an den Händen. Bei einem Felsbrocken auf dem Pfad musste Peter den Arm um sie legen. Es war definitiv kühler. Zum ersten Mal schwitzte er an diesem Tag nicht.

Der Hafen wimmelte von Menschen. Ein Brummen von Stimmen und Gelächter lag in der Luft. Peter winkte vielen Leuten zu, als sie an der Hafenpromenade entlanggingen und nach George und Cochran Ausschau hielten. Er erblickte Sarah und Sid vor dem Lambraiki, aber Cochran war nicht dort und sie gingen weiter. Peters Augen suchten ständig die Menge ab, aber er war nicht wirklich darauf aus, den prominenten Besucher zu finden. Es war viel wichtiger, Judy auf die Jacht zu bekommen. Sie mussten nur noch an einem Ort nachsehen, dann stand es ihnen frei, sich ganz aufeinander zu konzentrieren.

Sie gingen um die Hafenmauer herum und steuerten auf das Meltemi zu. Peter sah Cochran draußen mit der kleinen schweizer Schwuchtel sitzen. Dimitri stand über ihm. Peter sah zu, wie Dimitri sich kokett hinunterbeugte und etwas sagte. Dann richtete sich dieser wieder auf, woraufhin er und Cochran in Gelächter ausbrachen. Peter erinnerte sich an etwas, was er in New York über Cochran gehört hatte. Wenn die Sache so stand, was war dann mit dem armen Jeff? Als er nah genug herangekommen war, um den Ausdruck in

Cochrans Augen zu sehen, wusste er, dass Jeff heftige Konkurrenz bekommen hatte. Er lächelte in sich hinein. Nur selten dachte er in der Öffentlichkeit daran, aber er vertraute Leuten, die seinen sexuellen Geschmack teilten, bei geschäftlichen Dingen immer etwas mehr als anderen. Es dürfte nicht schwierig sein, herauszufinden, ob Mike etwas über Raouls Bilder wusste.

Er wandte sich zu Judy. »Ich hab' vergessen, ob du ihn schon kennst?«

»Ich hab' ihn nur ganz flüchtig auf 'ner Party kennen gelernt – ist noch nicht lange her.«

»Na ja, ich glaub', er kennt mich. Er schaut ein bisschen beschäftigt aus. Vielleicht sollten wir mit dem ernsthaften Gespräch bis morgen warten. Macht dir das was aus?«

Judy lachte leise. »Ich hab' dir schon gesagt, an was ich denke. Es wird immer schlimmer. Nicht besonders anständig.«

Peter drückte ihre Hand und nickte Dimitri zu, als sie vor Mikes Tisch stehen blieben. Cochran sah hoch und sprang dann auf, um Peter zu begrüßen. Er wirkte charmant, wenn auch ein wenig unsicher. War es ihm peinlich, beim Herumspielen ertappt zu werden? »Ich wollte Sie auf jeden Fall noch aufsuchen, wenn ich Sie nicht zufällig getroffen hätte«, sagte er. Peter stellte ihm Judy vor. Mike nahm ihre Hand und hielt sie fest. »Natürlich. Wir haben uns in Athen kennen gelernt. So ein Gesicht würde ich doch nicht vergessen.«

Sie tauschten ein paar weitere Nettigkeiten aus, aber Mike bot ihnen keinen Platz an und stellte ihnen auch nicht seinen kleinen schweizer Freund vor. Offensichtlich hatten sie alle andere Dinge im Kopf.

»Wir hoffen, dass Sie zu uns zum Abendessen kommen, wenn Sie einen oder zwei Tage hier sind«, sagte Peter.

»Das ist sehr freundlich von Ihnen. Übrigens bin ich

ein großer Fan von Ihrem Freund oder Cousin – wer auch immer er ist – Charlie Mills-Martin. Der Exmann von meiner Exfrau. Wir haben etwas gemein. Es wär' mir eine Ehre, aber leider fahre ich morgen schon wieder.«

»Das ist ja schade.«

»Ich hab' gehofft, die Gelegenheit zu ergreifen, dass Sie hier sind und einen Rat von einem Experten zu bekommen. Ich hab' in Athen unter ziemlich komischen Umständen ein paar Bilder mitgenommen. Wenn es Sie nicht langweilt, würde ich gern wissen, was Sie davon halten.«

»Haben Sie sie hierher mitgebracht?«

»Es war leichter, sie mitzunehmen, als sie irgendwo zu deponieren. Abgesehen davon war der ganze Deal ein bisschen ... irgendwie ...«

Er wurde von Dimitri unterbrochen, der sich zwischen sie drängte und jedem eine Hand auf die Schulter legte. »Bitte, Peter. Warum setzt du dich nicht zu deinem Freund? Ich bring euch Drinks. Die Dame ...«

Peter schüttelte die Hand ab. »Schon in Ordnung, Dimitri«, sagte er demonstrativ. »Wir sagen Bescheid, wenn wir was wollen.«

»Aber sicher, Sie müssen sich zu mir setzen. Auf jeden Fall. Ich lad' Sie ein.« Mike war herzlich, aber es war klar, dass es ihm nichts ausmachen würde, wenn sie ablehnten. Er beugte sich hinunter und griff um Peter herum um an seinen Drink heranzukommen. Gleichzeitig murmelte er in Peters Ohr: »Ein Leckerbissen.«

»Finger weg«, sagte Peter, als sich Mike wieder aufrichtete. Dieser warf ihm einen amüsierten, schlauen Blick zu und berührte Peters Arm um zu bestätigen, dass er die Warnung verstanden hatte. Er gefiel Peter besser als bei früheren Begegnungen. Er wirkte natürlicher, vielleicht war er froh, aus sich herausgehen zu können. Auf eine harte, männliche Weise sah er sehr gut aus. Peters Lächeln war offen und freundlich. »Es ist schrecklich voll hier. »Was halten Sie davon, wenn ich morgen – sagen wir mittags – ins Hotel komm' und mir die Sache mal anschaue. Es sind doch keine Antiquitäten, oder?«

»Nein, französische Impressionisten. Das ist mein Stil.«

»Gut. Man glaubt nicht, was für Sachen die hier einem als Antiquitäten andrehen. Ein echter Skandal!«

Sie tauschten noch ein paar freundliche Worte, Judy wurde in die Verabredung für morgen miteinbezogen und dann trennten sie sich freundschaftlich.

»Es sieht so aus, als wär' er mehr als bereit, uns zu zeigen, was er gekauft hat. Leider interessiert sich heute Abend niemand wirklich dafür.« Peter lachte. »Wir sind alle ganz schön komisch, lächeln wie verrückt und wollen eigentlich alle nur das Eine.«

»Das wusste ich gar nicht von ihm«, sagte Judy.

»Ich hab' davon gehört.«

»Und all diese Ehefrauen? Ihr Männer macht euch das Leben schwer. Armer Herr Thornton. Ich kann nichts dafür, dass ich 'ne Menge über ihn weiß.«

»Ja, der arme Tim. Er hat nie Glück gehabt. Es war schon schwierig für ihn, bevor er mich kennen gelernt hat.«

»Du meinst, du und er ...«

»Oh, ja, aber ganz gewaltig. Es hat gewaltig gefunkt ... Der Einzige, von dem ich gedacht habe, dass er was für's Leben sein könnte. Charlie hab' ich nie mitgezählt. Er *ist* einfach mein Leben. Das hat sich nie geändert, selbst nicht, als Charlie verheiratet war. Aber mit Tim hätt's funktionieren können, wenn Charlie mich nicht zurückgewollt hätte.« Peter klang reuig. »Ich kann mir nur dafür vergeben, dass ich ihn hab' sitzen lassen, weil ich mir geschworen hab', es ab da mit Charlie perfekt zu machen.«

»Offensichtlich ist dir das gelungen.«

»Wir sind uns verdammt nahe.« Der Gedanke an Judy brachte ihn wieder auf den Boden. Hatte er ihr absolut klar gemacht, wie die Sache stand? Es war gut und schön, darüber zu sprechen, dass alles möglich war, aber er wollte nicht mit den Gefühlen anderer Leute spielen. Es war nicht wahrscheinlich, dass sie sich plötzlich in einen Mann verlieben würde... Genug davon. Die Vorstellung, dass sie sich in ihn verlieben könnte, fand er auf egoistische Weise irgendwie aufregend, aber er würde aufpassen, dass es nicht passierte. Es wäre für sie beide nicht gut.

Als ob sie gespürt hätte, dass er sich ihr innerlich entzog, sagte sie: »Wenn du alles hast, warum willst du dann jemand anderen? Warum mich?«

Er sah sie an. Sie hatte das Gesicht abgewandt und von irgendwoher aus der Dunkelheit wurde ihr bezauberndes Profil beleuchtet. »Vielleicht bist du ein Teil davon«, sagte er und ergriff die Gelegenheit, alle möglichen Zweideutigkeiten auszuräumen. »Was hältst du von Treue? Glaubst du, dass zwei Menschen einander ihr ganzes Leben lang treu sein können? Ich schon. Und dann hat mir ein alberner französischer Junge den Kopf verdreht, also zähle ich nicht. Charlie hat gedacht, dass wir uns im Laufe der Zeit immer untreuer werden würden, aber er hat mir geholfen herauszufinden, dass ich nicht hundert Prozent schwul bin und das Problem war gelöst. Soweit ich weiß, ist Untreue Untreue, egal ob man mit einem Jungen oder einem Mädchen fremdgeht, aber ich hab' bei Mädchen keine Schuldgefühle, weil es Charlie egal ist. Er mag das. Frag mich nicht, warum. Vielleicht glaubt er, dass das beweist, dass er mich nicht pervertiert hat. Er ist selber nicht sehr gut damit klargekommen, schwul zu sein. Ich fühl' mich schon zu anderen Leuten hingezogen – damit hat er Recht gehabt – aber ich *brauche* niemanden sonst. Nicht wirklich. Nicht tief drinnen. Es gibt Zeiten, wie heute, wie vor Jahren mit dem Franzosen, in denen es sich ziemlich genau wie brauchen anfühlt. Ich geb' zu, dass es eine Überraschung ist, das für ein Mädchen zu empfinden. Aber es ist so, weißt du. Ich würde nicht wollen, dass Charlie wüsste, was ich jetzt fühle. Nicht so lange es so ist. Natürlich werd' ich's ihm später erzählen. Klingt das alles zu egoistisch und unpersönlich? Willst du, dass ich gehe?«

Sie sah ihn an und holte tief Luft. »Nein.« Dann atmete sie aus und lachte bescheiden. »Das ist doch eine direkte Antwort, oder? Ich bin ein einfaches Geschöpf. Du elektrisierst mich. Ich würd' dich nicht mal gehen lassen, wenn ich wüsste, dass ich mit einem gebrochenen Herzen ende. Du hast aus mir eine hilflose Frau gemacht. Ich kann nur daran denken, dass es mit dir das erste Mal gut sein wird. Ich wusste das, seit ich dich nurl gesehen hab'.«

»Klar wird es das. Wenn Schwule Frauen nicht ein oder zwei Sachen beibringen können, für was sind sie dann gut?«

Sie lachten und ihre Körper drängten sich wieder aneinander, als sie auf die Jachtmole einbogen. Die Freude, die er mit ihr verspürte, verblüffte ihn, die gleiche Freude, die er vor Jahren empfunden hatte, als er einen neuen, seelenverwandten Jungen gefunden hatte, es war die Freude mit jemandem zu kommunizieren. Er hatte gedacht, das so etwas nur mit jemandem des eigenen Geschlechts möglich wäre.

Die Laufplanke der großen Offshore-Jacht war heruntergelassen und das breite Achterdeck war beleuchtet. Peter sah eine Gestalt die zusammengekauert am Bug saß. Sie bewegte sich, als sie an Bord kamen und Judy rief: »Alles in Ordnung. Wir brauchen nichts.«

Solide, gemütlich aussehende Gartenmöbel standen auf dem Deck herum. Da war ein Tisch mit vielen Flaschen. Judy ging hin, nahm den Deckel von der Thermoskanne und sah hinein. »Es gibt Eis. Ich hab' vorher noch nie so viele verschiedene Alkoholsorten gesehen wie hier an Bord. Da kannst du drüber nachdenken, solange ich weg bin.« Sie zog sich zurück, als er sich ihr nähere. »Nein. Komm mir nicht zu nahe. Wenn wir irgendwas anfangen, kann ich nicht mehr aufhören. Du hast mir heute schon mal eine Dusche ausgeredet. Ich muss mich durchsetzten, solange ich noch kann. Ich brauch' nur fünf Minuten.«

»Ist das große Problem ausgeräumt?«, fragte er als Erinnerung.

»Keine Angst.« Sie drehte sich um und verschwand auf dem Niedergang.

Er goss sich einen schlichtenWhiskey ein, schlenderte an die Reling und blickte hinauf zum Haus. Marthas Fenster waren erleuchtet, aber sonst war alles dunkel. Als er an die Familie dachte, breitete sich in ihm ein warmes Glühen aus. Am meisten dachte er an Charlie, vielleicht schlief der schon, auf dem Bett ausgestreckt, seine sagenhafte Erektion hob das Laken. Klein Petey drängte sich ins Bild, in Embryonalhaltung zusammengerollt mit geballten Fäustchen. Kurzzeitig wünschte er sich wieder bei ihnen zu sein. Es war schön zu wissen, dass er, wenn er rannte, in genau sechs Minuten zurück sein könnte.

Er verließ die Reling und wandte sich zum Navigationsbereich. Es gab ein breites Armaturenbrett mit Zifferblättern und Anzeigen. Er sah, dass das Schiff zwei Motoren hatte, ziemlich beeindruckend. Nur einen Augenblick später, so erschien es ihm, hörte er ein Geräusch hinter sich. Er drehte sich um und sein Mund blieb offen stehen. »Oh, mein Gott!«, murmelte er.

Das dunkle Haar hatte sie sich weich aus dem Gesicht gekämmt, das Make-up abgewaschen. Sie trug einen langen seidenen Bademantel, darunter war sie offensichtlich nackt und ging barfuß. Die Verkleinerung ihrer Körpergröße erregte eine beschützende Zärtlichkeit in ihm. Er machte einen Schritt nach vorne und hielt inne, als er sich der Boote um sie herum, der Offenheit des Decks, auf dem sie standen, bewusst wurde.

»Wie sollten lieber runtergehen, wenn wir es nicht vor den Augen der ganzen Stadt machen wollen.«

Ihre unwiderstehlich lächelnden Lippen ließen sie so jung erscheinen. Sie streckte ihm die Hand hin und kehrte schnell auf den Niedergang zurück. Als sie unten waren, hatte er den Arm um sie gelegt und eine Hand hatte den Seidenstoff des Bademantels beiseite geschoben, eine Brust enthüllt, klein, rund, sich fest hebend, wie er das vorausgesehen hatte. Die tiefe Sonnenbräune ging unterhalb des Edelsteins der Brustwarze in milchiges Weiß über.

»Mein Gott! Wunderschön«, sagte er, hielt sie fest und strich mit einem Finger über das unendlich weiche Fleisch.

Sie legte die Hand auf seinen Hosenbund und zog leicht daran. »Hier rein«, flüsterte sie und trennte sich von ihm, zog den Bademantel fester um sich. Sie führte ihn durch einen kurzen Gang zur Hauptkabine im Bug. Peter folgte ihr und knöpfte sein Hemd auf, während er eintrat. Er warf die Sandalen ab und schloss die Tür hinter sich. Das Bett füllte die Kabine von einem Schott zum anderen. Peter zog sich Hose und Unterhose aus. Dann drehte er sich ihr nackt zu, sein Glied bis zum Äußersten gespannt. Sie ließ den Bademantel zu Boden gleiten. Ihre Blicke trafen sich, einen Augenblick standen sie da wie angewurzelt und studierten sie den Körper des anderen.

»Peter.« Ein leiser, erstaunter, bewundernder Schrei entfuhr ihr. Er ging auf sie zu, aber sie wehrte ihn leicht mit der Hand ab. »Warte. Ich will dich anschauen. Wenn du mich berührst, kann ich dich nicht sehen. Ich will sehen, wer mich so etwas fühlen lässt.«

»Beeil dich. Ich weiß nicht, wie lange ich noch die Hände von dir lassen kann. O Gott, du bist wunderschön.« Von allen Frauen, die er je gesehen hatte, war sie seiner idealen Frau am ähnlichsten. Er wusste, es war nicht das Ideal jedes Mannes. Ihre Brüste waren klein, ihre Hüften rund, doch nicht breit, ihre Beine lang und dünn. Ihr Schamhaar war kurz und so spärlich (sie sah nicht bärtig aus, wie andere Frauen, die er gesehen hatte). Bezaubernd, wie die Innenseiten den Schenkel in den Rumpf flossen, wo die kleinen Falten ihrer Scheide sichtbar wurden. Er hatte einige Zeit gebraucht, um sich an die verborgenen weiblichen Geschlechtsorgane zu gewöhnen, aber inzwischen faszinierte ihn der Gedanke, welche Erregung er dort erwecken konnte. Ihre Schultern waren irgendwie entzückend zerbrechlich und das rührte ihn tief. Er wollte sie liebevoll halten und ihre glühende Haut streicheln.

Sie ging langsam auf ihn zu, ihr Blick lag ebenso konzentriert auf ihm, wie seiner auf ihr. »Wie schön du bist«, sagte sie staunend. »So schön wie das schönste Mädchen, das ich jemals gesehen hab'. Ich hab' nicht gewusst, dass ein Mann so schön sein kann. Deine Brust ist so schön ohne Haare, aber hart und kraftvoll. Dein Hintern ist auch schön. Hab' ich gesehen.« Sie war bis auf Armeslänge herangekommen. Peter lachte und streckte ihr die Hände entgegen. Sie schüttelte den Kopf. »Nur noch ein bisschen. Und *das* ist das Schönste von allem.« Sie streckte die Hand aus und fuhr mit der Rückseite ihrer Finger an seinem Glied entlang. Peter schnappte nach Luft und seine Hüften zuckten leicht nach vorne. »Er ist groß, aber auch so weich und blass und graziös, er sieht überhaupt nicht bedrohlich und geschwollen aus, wie der von den Männern, die ich bisher gesehen hab'.« Ihre Fingerspitzen streiften seine Hoden.

»O Gott. Wenn du wo weitermachst, komme ich gleich jetzt und hier.«

Peter trat auf sie zu und beide schrieen auf, als sich ihre Körper und Münder begegneten und sie sich gegenseitig umschlangen. Einen Augenblick später waren sie im Bett, stöhnten, während sie begannen, den jeweils anderen Körper zu erforschen.

Das Vergnügen, das Peter mit Frauen empfand, gründete in dem Vergnügen, das er ihnen bereiten konnte. Das erregte ihn sexuell. Geruch, Geschmack und das Heraussickern geheimnisvoller Essenzen sollten ihn erregen, das wusste er, aber es war nie der Fall gewesen. Er hatte gelernt, diese zu ignorieren und sich auf die erogenen Zonen zu konzentrieren. Seine Leidenschaft wurde freigesetzt, als er herausfand, dass ihr Körper nur subtil diese urzeitlichen Signale aussandte. Er befriedigte sie mit Mund und Händen. Er wollte (und lächelte in sich hinein, als er das dachte) ihr beweisen, dass ein Mann mit einer Frau als Liebhaber konkurrieren konnte. Als er sie mit der Zunge nahm, zitterte sie, schlug mit den Füßen auf die Matratze, verhedderte ihre Finger in seinem Haar. Er lachte in sich hinein und brachte sie zu ihrem ersten Orgasmus ohne sein aufregend schmerzendes Glied ins Spiel zu bringen. Als er wusste, dass sie es wollte, drang er langsam in sie ein, während sie mit den Händen nachhalf. Sie bewegten sich in Judys Rhythmus, ihre Hände auf seinen Pobacken, während sie sein Glied behutsam in sich aufnahm. Die Dualität seines Charakters war dergestalt, dass er ihre Erregung bei seinem Eindringen teilen konnte. Seine kraftvolle Hand auf ihrer zarten Brust, sein langer muskulöser Arm, mit dem er sich auf dem Bett abstützte, wie sein Schwanz emporwuchs, um sie zu befriedigen – alles versetzte ihn in einen Freudentaumel, ein Mann zu sein. Da er sich mit ihren männlichen Anteilen identifizierte, ließ er sich auf den Rücken rollen, lag passiv da und ließ sie die dominante Stellung einnehmen. Sie bewegte ihre Hände über seinen Bauch hinunter, so dass sie die Wurzel seines Gliedes halten und es benutzen konnte, als wäre es ihres. Fast augenblicklich brachte er sie zu einem zweiten Höhepunkt. Sein ganzer Körper zuckte angesichts des gewaltigen Orgasmus, der sich in ihm aufbaute und den er bislang hatte unterdrücken können.

Er nahm wahr, wie etwas in ihr kapitulierte, unter seinem Druck schmolz und wieder war er auf ihr, stieß härter in sie, während sie ihn antrieb. Ihre Hüften hoben sich ihm entgegen. Ihre Hände glitten zwischen seine zustoßenden Pobacken, fanden seine Hoden und streichelte sie. Die Spannung war zu groß, als dass er den Orgasmus noch länger hinauszögern konnte. Er fühlte, wie sie ihn nun voll und ganz wollte. Er packte sie entschlossen und, als ob sie spürte, dass der Moment gekommen war, warf sie die Arme über den Kopf und brach in einen gewaltigen Triumphschrei aus, während ihr Körper von einem weiteren Orgasmus erschüttert wurde. Sie warf ihm die Hüfte entgegen, um ihn zu empfangen. Er hatte das Gefühl, von seinem Orgasmus zerrissen zu werden, alles in ihm zerbarst, als er sein Glied noch einmal tief in ihren jubelnden Körper trieb. Sie schrieen weiter, ihre Körper bäumten sich auf und warfen sich herum. Schließlich lagen sie ein paar Minuten reglos da, bis Peters schrumpfendes Glied aus ihr herausglitt und er sich auf den Rücken rollte.

»O Gott!«, seufzte er. »Der helle Wahnsinn!«

Nahe rutschte sie an ihn heran. Er hob den Arm und zog sie noch näher an sich. Sie legte den Kopf in seine Achselhöhle, die Lippen streiften seine Brust. »Wahnsinn«, murmelte sie. »Wahnsinn. Wahnsinn. Ich weiß endlich. Du hast die ganze Süße und Zärtlichkeit, die ich von Frauen kenne – und *das.*« Sie fuhr mit der Hand über seinen Körper und legte sie auf sein feuchtes Glied. »Er ist so kraftvoll und doch so sanft. Er hat alles in mir liebkost und beruhigt, bis ich wollte, dass er mich ganz besitzt. Ich glaub', er ist größer als der von anderen, die ich gesehen hab', aber er erschreckt mich nicht. Das macht ihn außergewöhnlich. Weißt du, was ich mein'?«

»Nicht wirklich. Logischerweise weiß ich nichts über

heterosexuelle Männer, die großen Wert drauflegen, ein richtiger Mann zu sein.«

»Ja, na ja, das sind die, die auf Mädchen wie mich stehen. Du glaubst nicht, wie manche von denen drauf sind. Wie du sagst, die müssen immer beweisen, dass sie richtige Männer sind. Machen wir's noch mal?«

»Die Vorbereitungen sind fast abgeschlossen. Gleich.«

»Ich fühl', wie's passiert. Weißt du, was ich dieses Mal gern hätte? Ich will, dass du alles mit diesem – wie soll ich ihn bloß nennen?«

»Was? Ach so, alles, nur nicht Penis. Das ist das schmutzigste Wort von allen. Was mich betrifft: das ist mein Schwanz.«

»Okay, ich will, dass du deinen Schwanz in mich reinsteckst und ich so oft komme wie möglich, bis du noch einen so gewaltigen Orgasmus in mir hast.« In diesem Moment richtete sich sein Glied auf und entschlüpfte ihrer Hand. Beide lachten. »Nimm mich wie die meisten Männer – fick mich einfach mit deinem Schwanz. Wenn du das machst, ist das so wunderbar. Ich kann mir nicht vorstellen, irgendwas anderes zu wollen. Kein Ersatz. Ich muss mir genau so einen Mann suchen wie dich und glücklich bis an mein Ende leben. Ich frag' mich, ob ich das könnte, auch wenn ich ihn finden würde.«

Er stützte sich auf den Ellbogen, so dass er nah bei ihr auf der Seite lag und sie lächelten sich fragend in die Augen.

»Ein einfacher, altmodischer Fick ohne Drum und Dran im Anmarsch«, kündigte er lachend an. »Es scheint deinem göttlichen Körper und meinen exotischen Fertigkeiten völlig unwürdig. Vielleicht macht's einen richtigen Mann aus mir. Ich werd' vielleicht nicht so lang aushalten wie vorher.«

»Ganz egal. Ich will später noch andere Sachen machen. Wir haben die ganze Nacht, richtig?«

Sie hatten die ganze Nacht und die meiste Zeit verbrachten sie in verschiedenen leidenschaftlichen Akten. Als die Sonne den Himmel zu erhellen begann, fielen sie in einen tiefen, erschöpften, befriedigten Schlaf. Keiner von beiden hatte das Wort Liebe erwähnt.

Mike Cochran stand an der Theke und wartete darauf, die Details auszuhandeln, wie er Dimitri bekommen würde. Dieser war hinter der Theke, füllte sechs Gläser auf einem Tablett. Währenddessen legte er für seinen berühmten Kunden eine kleine Varieteevorstellung hin. Er schwang die Hüften, wenn er sich nach einer Flasche umdrehte, warf mit komisch schlaffen Handgelenken Eis in ein Glas, drehte sich um, ließ die Pomuskeln spielen, während er ein paar Papierservietten aufsammelte, sah Mike dann über die Schulter hinweg an und zwinkerte ihm zu. Als er mit seinen Vorbereitungen fertig war, stellte er das Tablett auf die Theke und neigte sich dem Gesicht des älteren Mannes zu, einen Finger herausfordernd unter dem Kinn, die Lippen öffneten sich, ein Augenlid hatte er halb geschlossen.

»Also, Herr Cochran? Was darf ich Ihnen bringen? Möchten Sie noch einen Drink? Es ist eine große Ehre, dass Sie den ganzen Abend hier verbringen.«

Mike sah ihn an ohne sich zu bewegen, auf den Lippen hatte er ein leichtes Lächeln. Er hatte die letzten paar Stunden damit verbracht, die körperlichen Reize des jungen Mannes zu bewundern, den er jetzt besitzen wollte. Der verführerische Körper, den das offene Hemd und die enge Hose so verlockend enthüllten, war so begehrenswert, wie ein Junge nur sein konnte. Mike hatte seinem Geschmack für junge Männer nicht nachgegeben, bis er erfolgreich geworden war. Das Scheitern zweier Ehen hatte ihn davon überzeugt, dass seine Beziehungen mit Frauen möglicherweise zur Vergänglichkeit verdammt waren. Er achtete sorgfältig darauf, sich zu beherrschen – außer auf Reisen, wo das Risiko gefährlicher oder peinlicher Verwicklungen gering war. Hin und wieder frönte er seinen Vorlieben auch in New York oder Hollywood, wenn er mit Leuten zusammen war, denen er absolut vertrauen konnte. Dieser Anteil seiner sexuellen Veranlagung war ihm das erste Mal bewusst geworden, als er eine starke körperliche Leidenschaft in seinen Gefühlen gegenüber George Leighton wahrgenommen hatte. Während er mit ihm Mädchen nachjagte und sie sich gegenseitig Begeisterung vorspielten, wurde er von Liebe für seinen Freund gequält.

Als er seiner unerwiderte Gefühle endlich bezwungen hatte, hatte er beschlossen, seltsamen und unprofitablen Liebeskomödien keinen Platz in seinem Leben mehr einzuräumen. Die Erfahrung hatte ihm schnell gezeigt, dass es zwei Arten von Menschen gab: Die, die verletzt wurden und die, die verletzten. Er musste einfach zu den letzteren gehören. Sex war ohne weiteres zu bekommen und man durfte Sex keinesfalls auf ein Individuum beschränken und zur Sucht werden lassen.

Dimitri war den ganzen Abend mit Kunden beschäftigt, hatte aber auch Zeit gefunden, sich besonders mit Mike zu befassen. Mike war an so etwas gewöhnt, viele junge Männer hofften darauf, durch ihn beruflich voranzukommen. Allerdings war es bei Dimitri offensichtlich nicht Ehrgeiz – er wirkte vielmehr sexsüchtig, strahlte Verlangen aus, das Mike befriedigen würde. Einmal flüsterte er ihm zu, dass er später keine Zeit hätte, klang jedoch so unüberzeugend, dass Mike das als Verhandlungsschachzug abtat. »Schließt du denn nicht bald?«, fragte Mike.

»Ja. Sehr bald. Vielleicht noch eine Viertelstunde.«

»Gut. Kommst du ins Hotel oder hast du eine bessere Idee?«

»Aber ich hab' dir doch schon gesagt, heute nicht. Es geht nicht.« Mit wiegenden Hüften kam er noch ein wenig näher und klimperte mit den Wimpern. »Morgen den ganzen Tag. Wann immer du Zeit hast.« Mike sah Dimitri weiter in die Augen und suchte in seiner leichten Jacke nach seiner Brieftasche. Er zog sie heraus, legte sie auf die Theke und öffnete sie ein wenig, um die Geldschein darin zu zeigen.

Dimitris Blick huschte darüber und dann zog er sich mit einer Geste der Entrüstung zurück. »Was denkst du von mir? Du gefällst mir sehr. Warum sollte ich Geld nehmen?«

Mike wünschte, er würde nichts sagen. Jedes Wort, das er sagte, klang so verlogen, es war unendlich langweilig. »Sicher nimmst du kein Geld, aber warum sollte ich dir nicht etwas dafür schenken, wenn du deine Pläne für heute Abend ändern musst?«

Dimitri ließ die Hand auf die Theke fallen und streifte dabei Mikes Hand und die Brieftasche. Er beugte sich nach vorne und leckte sich verführerisch über die Oberlippe. »Was soll ich machen?« Sein Blick war bezaubernd, aber leer. »Es ist sehr schwer für mich, nein zu sagen, aber ich habe heute Abend einen Freund da. Er wartet.«

»Jung und attraktiv?«

»O ja, sehr. Sehr jung. Nur ein Junge, aber wo's drauf ankommt ein richtiger Mann.«

»Was ist das Problem? Ein Dreier macht doch auch Spaß.«

»Sehr. Aber das hier ist was Besonderes.« Ein Finger tippte leicht auf Mikes Hand und Dimitri schlug die Augen nieder.

Mike griff in die Brieftasche und wählte drei Geldscheine aus.

»Was *ganz* Besonderes.« Dimitri legte seine Hand neben Mikes und fügte noch drei Geldscheine hinzu.

»So besonders?« Es waren fast zweihundert Dollar. Sie hoben gleichzeitig die Augen und sahen einander an.

Dimitri lächelte jetzt selbstgefällig. »Du kennst meinen Freund«, sagte er. »Er wird total sauer auf mich sein wegen dem hier. Er ist in mich verliebt. Es ist Jeff, der Sohn von Herrn Leighton.«

»Jeff!?« Mike war so überrascht, dass er fast den Rest seines Drinks verschüttete. Gleichzeitig zitterte er vor lüsterner Vorfreude und er dachte an die beiden jungen Männer, wie er Dimitri nahm, während Jeff dabei zusah und wie er Georges Sohn verführte. Das Bürschlein war jung genug, um geführt zu werden, er und Dimitri konnten mit ihm machen, was sie wollten. Er lächelte zustimmend und nahm sechs Geldscheine aus seiner Brieftasche.

Eine kurze, schnelle Drehung von Dimitris Handgelenk und das Geld war verschwunden. Dimitri zwinkerte frech. »Ich bin wirklich niederträchtig. Du aber auch, schätze ich. Ich hab' keine Ahnung, was Jeff von uns denken wird.« Plötzlich wieder ganz Geschäftsmann duckte er sich unter der Theke durch. »Ich sag' den Kunden, dass sie austrinken müssen. Die Polizei hat die Sperrstunde wegen dem Erdbeben schon eine Stunde verlängert.«

»Wo triffst du dich mit Jeff?«

Dimitri sah ihn schlau von der Seite an. »Wir gehen gemeinsam hin. Ich glaub' du musst ihm beibringen, was du magst. Er sagt, er will's nur andersrum. Du kannst es ihm beibringen, während er's mit mir macht. Er hat Glück.«

Mike folgte Dimitri hinaus und ging zu dem Tisch, an dem er gesessen hatte. Vor einer Stunde hatte er den kleinen Schweizer weggeschickt. Eine ganze Menge Leute waren vorbeigekommen und hatten sich vorgestellt. Es war ihm gelungen, sie alle elegant loszuwerden. Jetzt war er froh, dass er einen Augenblick für sich hatte, um sich auf den Rest des Abends einzustellen. Georges Sohn war also eine Tunte. Der eigenartig flehende Blick, den er ihm zugeworfen hatte, bevor er vorhin verschwunden war, war ja schon fast ein Eingeständnis gewesen. Dass er bereits ein Kenner war, minderte Mikes Triumph irgendwie, aber wenn Dimitri Recht hatte, würde Mike ihm ein paar neue Tricks beibringen und seine Spuren hinterlassen. Sein Körper verkrampfte sich und ohne es zu merken biss er die Zähne zusammen, als er daran dachte, Jeff zu besteigen, Georges Sohn zu ficken.

Er beobachtete, wie sich die Tische leerten. Sobald niemand mehr da war, stand er auf und ging in die Bar zurück, wo Dimitri gerade die Kassenschublade leerte. Er lächelte Mike spöttisch an.

»Ich hab' heute Abend ein gutes Geschäft gemacht.« Er kam hinter der Theke hervor, ging durch den Raum zu einer Schalttafel und löschte die Lichter. Dann kam er im Dunkeln auf Mike zu und taxierte mit den Händen Mikes Glied.

»Scheinbar groß genug. Du und Jeff. Ich hab' Glück heut' Abend.« Er stürzte davon und sein prächtiger Körper zeichnete sich gegen den Nachhimmel ab, während er die Türen schloss. Dann stand er wieder vor Mike, nahm dessen Hand und führe ihn zurück in den hohen Raum.

»Was ist mit Jeff? Wann kommt er ins Spiel?«

»Er ist hier. Er wartet oben.«

»Du Schuft. Ich hätte die ganze Zeit bei ihm sein können!«

»Und deine ganze Energie verbrauchen, damit für mich nichts mehr übrig bleibt?« Dimitri lachte und ging die Treppe hinauf, hielt noch immer Mikes Hand. Er öffnete die Tür auf dem oberen Treppenabsatz und Licht drang heraus.

Über Dimitris Schulter sah Mike, wie sich Jeff auf dem Bett, auf dem er lag, aufrichtete, vollständig bekleidet. Die Augen des Jungen weiteten sich, als er merkte, dass Dimitri nicht allein war, er sprang auf die Beine und wirkte sowohl erfreut als auch bestürzt. Dimitri war sofort bei ihm, plapperte Unsinn, während Jeff einen Schritt nach hinten machte und wild flüsterte.

Mike ging an einer Badezimmertür vorbei in den Raum hinein.

Er war ziemlich groß, mit stilistisch undefinierbaren Möbeln eingerichtet, Büro und Schlafzimmer zugleich. Das Fenster überblickte den Hafen. Mike sah zu, wie Dimitri Jeff mit einem Kuss ruhig stellte. Er beobachtete, wie Jeffs Widerstand sich in aktive Teilnahme verwandelte und die beiden begannen, sich gegenseitig auszuziehen.

Dimitri hatte bereits Jeffs Hemd aufgeknöpft und widmete sich jetzt der Hose. Jeff drehte den Kopf weg, mit offenem Mund, die flache Brust hob und senkte sich unter dem offenen Hemd und er warf Mike – diesmal über Dimitris Schulter – einen schockierten, aber begierigen Blick zu. Klugheit und Unschuld lag darin, ein junger und widersprüchlicher Blick, berechnend und offen, abhängig, ungestüm. Die großen Augen brannten vor ungenutzter, ungelenkter Leidenschaft.

Jeffs Blick jagte einen Schauer durch Mikes Körper. Er musste diesen Jungen schnell zähmen, ihn wie ein Fohlen zureiten, bevor er seinen Schutzschild bedrohen und eine Gefahr werden würde. Er ging zu einem Stuhl und schlüpfte eilig aus den Kleidern.

In Jeff tobte ein Aufruhr, zu gewaltig, ihn zu steuern oder zu identifizieren. Zuerst hatte er gedacht, Mike höflich begrüßen und so tun zu müssen, als handle es sich um eine absolut normale Situation, hatte sich jedoch mit Dimitri in Intimitäten gestürzt, die soziale Konventionen irrelevant machten. Anscheinend war es zwei Liebenden erlaubt, sich zu küssen und ein unverhohlenes Interesse an dem Körper des anderen zu zeigen. Er erinnerte sich an Peters Ermahnung, Sex zu genießen und zwang sich, Dimitris Beispiel zu folgen.

Hände griffen nach seinem Glied, bemühten sich eifrig, es voll sichtbar zu machen. Er war schockiert, wehrte ab, aber der Blick in Mikes Augen war so amüsiert, so bewundernd, dann so voll geheimer Bedeutung, dass Jeff wiederum versuchte, sich der Situation anzupassen und selbstbewusst, erwachsen mitzuspielen.

Abgesehen von dem offenen Hemd war er jetzt nackt und Dimitri hielt seinen Schwanz und pries ihn. Jeffs Hände zögerten an Dimitris Hosenbund, er wünschte sich Privatsphäre, eifersüchtig unwillig, Mike den jungen Mann zu zeigen, der irgendwie sein Rivale geworden war. Die Entschlossenheit, seine Unerfahrenheit zu verbergen, trieb ihn weiter und einen Augenblick später hatte er Dimitri ausgezogen und warf sein eigenes Hemd zu Boden.

Dimitris Schönheit überwältigte ihn. Seine idealen Männer, Charlie und Peter, hatten athletische Renaissancekörper mit plastisch modellierten Muskeln. Dimitri wirkte wie einer klassischen Zeichnung entsprungen, eine einzige graziöse Linie, nicht von Muskeln oder Sehnen unterbrochen, ein Körper, nicht für physische Anstrengungen, sondern zum Spielen gemacht. Wie auf einer Zeichnung war sein Glied diskret, aber mit befriedigenden Ausmaßen, nur von einem Anflug von Schamhaar verborgen. Ansonsten war seine glatte, sonnengebräunte Haut unbehaart.

Er sah so perfekt aus, dass sich in Jeff für einen Moment das Verlangen regte, ihn männlich zu nehmen, auch wenn er dies kurz vorher noch für unmöglich gehalten hatte. Jeff griff nach ihm, aber Dimitri ließ sich zu Boden sinken und fing an, Jeffs Glied mit dem Mund zu liebkosen. Jeff stand mit flammenden Wangen da, entblößt und unsicher, entsetzlich bewusst, dass er beobachtet wurde, obgleich er nicht mehr auf dem Laufenden war, wo sich Mike gerade aufhielt und betete, dass er nicht schlappmachte.

Er musste nur einen Moment Angst haben. Sein Körper zuckte und er schrie auf, als Mike ihn von hinten in die Arme nahm. Sein Herz raste und sein Augenlicht schien zu schwinden. Alle Sinne waren auf das Gefühl der starken Arme konzentriert, die seine Brust umfassten. Irgendwie gelang es ihm, die Hände zu heben und Mikes Arme an sich zu drücken. Die Muskelbewegung seiner Pobacken wurde ihm bewusst, so wie Dimitri das bei ihm gemacht hatte, um das Fleisch, das zwischen sie gepresst wurde, ganz zu besitzen. Es fühlte sich wuchtig an. Jeff strich an Mikes Seite entlang, packte dessen Hüften und zog sie noch enger an sich.

Er schnappte nach Luft, die Brust hob sich und ließ seinen Kopf auf Mikes Schulter fallen. Mike lachte in sein Ohr.

»Du magst das, oder? Ich hab' gehofft, dass wir zusammenkommen. Hast du es schon mal so gehabt?«

Jeff schüttelte den Kopf und wurde rot. »Noch nie.« Er musste keine Erfahrung mehr vortäuschen. Er wollte, dass Mike wusste, dass er noch unschuldig war. Plötzlich wollte er alles von Mike.

Dimitri lachte und stand auf. »Er ist sehr hart, sehr steif. Los. Wir sind alle so weit.«

»Später«, sagte Mike, seine Stimme klang scharf, autoritär, als hätte er Jeffs Gedanken gelesen. »Jeff und ich müssen was unter uns ausmachen. Du kannst zuschauen, aber du mischt dich nicht ein. Verstanden?«

»Oh nein. Du kannst nicht …«

»Hast du unsere Abmachung vorhin vergessen? Willst du, dass ich …«

»Nein, nein.« Hastig stimmte Dimitri zu. »Aber wenn das so ist, musst du mir versprechen, dass ich als Nächster dran bin.«

»Keine Angst. Du wirst schon noch gefickt. Schließlich bis du der Hübsche.« Das war wahr. Keine Frage, welchen der beiden Mike normalerweise attraktiver gefunden hätte. Aber bei Jeff war es nicht nur körperliche Anziehungskraft. An ihm war etwas – eine Reinheit, die befleckt werden wollte? – was ihm keine Ruhe ließ. Um ihn ganz für sich zu haben, drehte er Jeff um, damit er ihn ansehen konnte und sein Geschlecht Dimitris Blick zu entziehen.

Nicht aus Widerstand, sondern um Mikes Aufmerksamkeit vollständig auf sich zu ziehen, stellte sich Jeff tot. Als er umgedreht wurde, versuchte er, das Bild von Mikes Körper mit Blicken aufzusaugen, ihn sich einzuprägen.

Er sah einen einfachen Männerkörper, nicht schön, aber mit der Stattlichkeit der Stärke. Ein Satyr mit derbem, zotteligem Körper, schlank, zäh und funktional. Wie bei den meisten Männern waren nicht nur die Oberschenkel, sondern auch Bauch und Brust behaart. Jeffs romantische Träume lösten sich auf, als er sich der Realität stellte: Mikes Phallus, der sich von hinten an ihn gedrückt hatte, hatte sich verschwenderisch groß angefühlt, aber als er ihn jetzt im Vergleich zu seinem eigenen betrachtete, war kein wirklicher Größenunterschied festzustellen. Mike hielt Jeff fest und starrte ihm in die Augen. Sein Blick wirkte oberflächlich sicher, darunter jedoch seltsam beunruhigt.

Mike zog Jeff grob an sich und nahm seinen Mund. Jeff sank gegen Mikes Brust. Dessen Hände bewegten sich über seinen Körper, fanden Stellen, die alles in Jeff zum Singen brachten. Sein Körper reagierte nur noch auf den Mann, der ihn hielt. Michael Cochran. Innerlich wiederholte er den Namen, um der Erfahrung, die er machte, etwas Bekanntes hinzuzufügen. Mike Cochran. Gut aussehend. Prominent. Mike würde sein erster Liebhaber sein. Mike wollte ihn. Mike hatte ihn Dimitri vorgezogen. Mike würde ihn erwachsen machen.

Jeff stöhnte erstickt, als Mike ihm auf die Lippen biss und klammerte sich noch enger an ihn. Mikes Hand glitt zwischen seine Pobacken und Jeff wurde von einer Reihe kleinerer Krämpfe geschüttelt. Ein Finger drang vor. Jeffs Körper zuckte unkontrolliert. Er riss den Mund von Mikes, schrie auf und verstärkte den Druck seiner Arme um ihm, hing an ihm, sein Körper wand sich.

»O Gott, du bist wirklich heiß«, sagte Mike. »Komm.«

Jeff ließ sich zum Bett führen. Die Tube, die er gekauft hatte, wie ihm Peter gesagt hatte, lag auf dem Nachttisch und er gab sie wortlos Mike. Er legte sich aufs Bett und wandte Mike, auf der Seite liegend, den Rücken zu. Plötzlich ekelte er sich eigenartig, dass er an dieser Gruppenaktivität teilnehmen sollte, aber er musste diesen inneren Widerstand überwinden und bemühte sich, alles ganz natürlich zu finden. Er hörte, wie Mike und Dimitri kurz miteinander sprachen, aber er konnte den Sinn ihrer Worte nicht verstehen. Alle Gedanken und Gefühle waren so von Mike in Beschlag genommen, dass er merkte, wie es ihm langsam egal wurde, dass Dimitri anwesend war. Er hatte vielleicht schon öfter beim Sex zugesehen. Mike würde ihn in eine Welt entführen, in der nur sie beide existierten.

Sein Herz raste und er atmete keuchend, dann begann er am ganzen Körper zu zittern. Als er wahrnahm, dass Mike näher kam, stöhnte er bei jedem Ausatmen. Mike drehte Jeff auf den Bauch, setzte sich rittlings auf ihn und hob dessen Hüften an, so dass Jeff sich auf Knien und Ellbogen stützte. Jeff biss sich in den Unterarm, um seine Zähne am Klappern zu hindern. Einen Augenblick später fühlte Jeff, wie Mike sein Glied zwischen seine Pobacken führte. Die Zähne vergruben sich im Arm, während er die erste Penetration spürte.

Mike packte die Hüfte mit beiden Händen, positionierte sie, hielt sie fest und zwang langsam sein Glied in ihn hinein. Zuerst fühlte Jeff Angst, dass ein widerlicher Unfall passieren könnte. Er wurde geöffnet, seine Beherrschung gab nach, seine Eingeweide würden herausquellen. Verzweifelt versuchte er Muskeln zu finden, die die Katastrophe verhindern würden und dann durchzuckte ihn der Schmerz. Nur mit Mühe unterdrückte er einen Schrei. Zähne bohrten sich in sein eigenes Fleisch, um den Schmerz umzulenken. Er hatte keine andere Wahl, als die Beherrschung aufzugeben und seinen Körper zu zwingen, sich zu entspannen und zu akzeptieren.

Sofort ließ der Schmerz nach. Er fühlte, dass Mike tiefer eindrang. In seinem Kopf schwirrte es, er wollte sich damit trösten, was ihm gesagt worden war. Dimitris Genussmaßstab war Größe. Mike musste aus Erfahrung wissen, was funktionierte, sonst würde er es nicht versuchen. Er zwang sich, seine Pobacken hinaufzurecken und das qualvolle Eindringen zu beschleunigen. Mikes Griff an seinen Hüften verstärkte sich.

»Jetzt mach mal halblang«, warnte Mike scharf.

»Ich will es.« Es gelang Jeff, die Worte keuchend hervorzustoßen. Das war wahr, auch wenn es nicht mehr eine Frage des Begehrens war, sondern eine Entschlossenheit, sich jeder Qual zu unterwerfen, die Mike für ihn auf Lager hatte. Jeffs Glied war schlaff geworden.

Er fühlte, wie Mike seine Hüfte leicht drehte, wie der Schmerz die Richtung änderte und dann knallten Mikes Eier gegen seine Pobacken. Den Bruchteil einer Sekunde war er sicher, dass die Katastrophe eingetreten war, dass seine Eingeweide aus ihm herausgerissen wurden. Dann verschwand der Schmerz so völlig und plötzlich, dass er ihn nach einem Augenblick schon vergessen hatte, er wurde von Stolz erfüllt, dass er die Fleischsäule, die in ihn hineingetrieben wurde, aufnehmen konnte. Jeff rotierte mit den Hüften, um tiefer genommen zu werden, Mikes Besitznahme zu genießen.

Mike begann rhythmisch in ihn hineinzustoßen und zurückzuziehen. Jeff fühlte das erste Aufwallen des Orgasmus. Als sein Körper von der exstatischen Verehrung des Fleisches in ihm erfüllt wurde, drang ein tiefes Stöhnen aus seiner Kehle, klang weiter, wurde lauter, höher. Leidenschaft peitschte seine Hüften und Pobacken zu wildem Willkommen. Das Stöhnen wurde lauter und der Mund öffnete sich, um es herauszulassen. Er hörte, wie Mike lachte und dann waren dessen Hände auf seiner Brust, zogen ihn hoch, zurück, dass er seinen Kopf noch einmal auf Mikes Schulter legen konnte, als sich der Orgasmus unmittelbar ankündigte. Das Stöhnen mündete in heiserem Bellen. Jeffs Körper wurde von Krämpfen geschüttelt. Mike legte seine Hand über sein Glied, fing den herausspritzenden Samen auf und massierte das Sperma in seine Haut.

»Du«, schrie Jeff. »O Gott! Jetzt du.«

Er wusste nicht, ob er weinte oder lachte. Er fühlte sich zersplittert, als würde er nie wieder ganz werden. Er wurde von einem Sturm von Empfindungen und Gefühlen geschüttelt, nichts nahm er mehr wahr, nicht einmal, dass er einen Orgasmus gehabt hatte. Diese Erfahrung stand in keiner Relation zu dem, was er jemals zuvor erlebt hatte. Als der Sturm abnahm, merkte er, wie Spannung und Verlangen gelindert wurden. Eine unendliche Befriedigung erfüllte ihn.

Er begleitete Mikes Bewegungen mit langsam rotierendem Anheben die Hüfte, so dass Mike tiefer und tiefer in ihn eindrang und sie einen Moment in hochgradiger Einheit ineinander verkeilt waren. Langsam stellte sich seine Erektion wieder her. Nach und nach beschleunigten sich Mikes Bewegungen bis dieser hart und schnell in ihn hineinstieß. Jeff lachte freudig, aufgeregt. Sein Körper diente als Gefäß für Mikes Lust.

Jeff rotierte die Hüften jetzt schnell in Mikes Rhythmus, überließ diesem seinen Körper – sie würden eins werden. Als Mikes Atmung sich beschleunigte und er leise und gebrochen zu stöhnen begann, lachte Jeff wieder. Der Gedanke daran, dass Mike seine Leidenschaft in ihn entladen würde, ließ ihn aufschreien, er stöhnte im Gleichklang mit dem Hämmern von Mikes Körper. Grunzend und knurrend kommunizierten sie miteinander.

Die Tiefe ihrer Intimität überraschte Jeff. Der selbstsichere und weltgewandte Mike Cochran war sein keuchender, leidenschaftlicher Liebhaber geworden. Er hätte sich nicht träumen lassen, dass es möglich war, sich einem anderen Lebewesen zu nah zu fühlen. Plötzlich biss Mike fest in Jeffs Schulter, sein Glied bewegte sich mit einem Mal nicht mehr, schwoll riesig an. Jeff fühlte wieder einen schmerzenden Stich und dann schlugen Mikes Beine wild um sich, sein Körper torkelte auf Jeffs Rücken herum und die Zähne verbissen sich tiefer in dessen Schulter. Der Junge legte Mike die Hand auf den Kopf und streichelte ihn. Ein paar Augenblicke später hatte Mike seinen Körper wieder unter Kontrolle und Jeff fühlte, wie Mikes Glied in ihm zu schrumpfen begann. Sein erster Liebhaber. Er war zum Mann geworden.

»Ich will es wieder«, flüsterte er. »Wieder und wieder und wieder. Das nächste Mal werde ich besser sein.«

Mike antwortete nicht. Kurz darauf glitt sein Glied aus Jeff heraus, auch wenn dieser sich anstrengte, es in sich zu halten. Mike sprang auf und war weg. Jeff empfand die Leere in sich wie einen Schock. Von irgendwoher tauchte Dimitri an seiner Seite auf. Er schubste an Jeffs Hüfte, um das Glied unter ihm herauszubekommen und hielt es fest.

»Es schaut so aus, als hättest du Spaß gehabt.« Er lachte und schmiegte sich nah heran, küsste ihn und drückte sein Glied. »Ich will es unbedingt. Jetzt gleich oder musst du dich erst waschen?«

Jeff beugte sich über ihn, drückte ihn aufs Kissen, küsste ihn tief und seine Hände liebkosten den bezaubernden Körper. Er fragte sich, ob es ihm gelingen würde, diesen Funken männlicher Triebe in Dimitri zum Glühen zu bringen, diesem Funken, dem sein Körper, wie er jetzt wusste, von nun an dienen würde. Die neue Erfahrung entflammte ihn. Er hatte eine seltene und kostbare Gabe in sich entdeckt. Er wusste, die Bedürfnisse des höchsten, mysteriösen Phallus zu befriedigten. Dies war eine so gewaltige Entdeckung, dass er von brennendem Verlangen erfüllt wurde, diese Gabe bis zum Letzten auszuschöpfen, aber er war völlig unsicher, ob Mike ihn noch einmal haben wollte. Kurz bevor Mikes Orgasmus sich gelegt hatte, hatte Jeff das Gefühl gehabt, sein Liebhaber kapsele sich ab.

Er hielt Dimitris bescheidenes Glied und dachte daran, wie süß das Gefühl wäre, wenn es in ihn eindrang. Wenn Mike sie dabei überraschte, würde die Eifersucht vielleicht die Maske sprengen, hinter der sich Mike versteckte und ihn dem Eingeständnis näher bringen, dass er Jeff brauchte, ein Bedürfnis, das in ihm diese zerstörerische Kraft entfacht hatte. Bei Dimitri empfand Jeff lediglich das passive Vergnügen daran, dass dieser seinen Schwanz hielt. Er löste sich von seinem Freund, sprang aus dem Bett und lief ins Badezimmer. Feuchtigkeit begann an den Innenseiten seiner Schenkel herunterzulaufen.

Mike stand vor dem Waschbecken und trocknete sich ab. Als Jeff hereinkam, drehte er sich um und lächelte ihn zwanglos an, charmant, ohne das Band, das zwischen ihnen entstanden war, anzuerkennen. Sein Blick fiel auf Jeffs Schwanz, der noch immer steif war.

»Du kannst es nicht abwarten, bis es wieder losgeht? Ich kann nicht glauben, dass das dein erstes Mal war. Auf jeden Fall hast du's mit Begeisterung aufgenommen.«

Jeff sah ihn ohne Scham an. »Ich hab' schon gesagt, ich will es wieder und wieder machen. Du hast mir beigebracht wie. Können wir jetzt gehen? Ich möchte die Nacht mit dir verbringen.«

»Sehr schmeichelhaft, aber würde das nicht ein wenig zu weit gehen?«

»Wovor hast du Angst?« Ohne eine Antwort abzuwarten, ging Jeff zu einer primitiv aussehenden Dusche in der Ecke hinüber. Er ging nahe an Mike vorbei und hoffte, ihn mit Blicken provozieren zu können. Mikes zeigte keine Reaktion, aber Jeff konnte sehen, dass etwas in ihm vorging, etwas, das Mike nicht wahrhaben wollte. Er war ein guter Schauspieler und Jeff konnte es nichtgenau ausmachen, aber er fühlte, wie sehr sich Mike zusammennehmen musste, um nicht nach ihm zu greifen, als er vorbeiging.

Jeff drehte den Wasserhahn an und sah Mike noch immer in die Augen. Ein schwacher Wasserstrahl floss aus dem verbeulten Rohr, genug um zu duschen. Er wusch sich gründlich, Mike zugewandt, stellte er seinen Körper zur Schau, nicht weil er stolz auf ihn war (er fand sich frustrierend flach, knochig und unreif), sondern weil in der mythologischen und literarischen Tradition die verführerische Wirkung der Jugend auf ältere Männer immer so besonders betont wurde, dass etwas Wahres daran sein musste.

Auf jeden Fall blieb Mike stehen, wo er war und versuchte zu wirken, als würde er beiläufig auf ihn warten. In Wirklichkeit war er jedoch von Jeff gefesselt, konnte nicht hinausgehen. Jeff seifte sein Glied ein, streichelte es leicht, um es steif zu halten und sah Mike herausfordernd an. Er spielte ein Spiel, dessen Regeln er nicht kannte. Wenn jemand das vor seinen Augen täte, nur das wusste er, könnte er nicht anders, als mitzumachen.

Mike tat so, als würde er seine Fingernägel überprüfen, nur um einen Blick auf Jeffs streichelnde Hand werfen zu können. Ein Lächeln glitt über Jeffs Lippen, als er das Wasser abdrehte und begann, bewusster an sich herumzuspielen. Mike tat nicht mehr so, als würde er nicht zusehen. Jeff sah, wie Mikes Glied länger wurde und sich langsam vom Körper abhob.

»Willst du, dass ich weitermache?«, fragte Jeff.

»Findest du nicht, dass du dir das für unseren Gastgeber aufheben solltest?« Mike sah auf und sein Gesicht war wieder wie versteinert.

Jeff lies seinen Schwanz los, trat aus der Dusche und stellte sich dicht vor Mike auf. »Lässt du mich es mit Dimitri machen?«

»Dich lassen? War das nicht der Plan, dass du ihn fickst? Ich dachte, das war ausgemacht.«

»War's auch.« Jeff streckte die Hand aus und strich unter Mikes länger werdendem Glied entlang. Als er es hielt, fühlte er, wie es schwerer wurde und sich die Spitze zu heben begann. »Du bekommst wegen mir eine Erektion. Warum bringst du mich nicht von hier weg, dann kannst du mich ganz für dich allein haben.«

»Das wär' nicht sehr rücksichtsvoll gegenüber deinem Freund. Ich will zusehen, wie du ihn fickst. Ich kann mir keinen schöneren Anblick vorstellen, als wenn zwei hübsche Typen miteinander Sport treiben.«

»Willst du ihn?«

»Ich hab' mich noch nicht entschieden, aber scheinbar turnst du mich an. Warum nicht?«

Anstelle einer Antwort schnellte Jeff vorwärts und nahm Mikes Mund in seinen. Er fühlte, wie sich das Glied in seiner Hand vollständig aufrichtete. Mike umarmte ihn, zog ihn nahe an sich heran. Jeff legte die andere Hand auf Mikes Hinterkopf und steckte seine Zunge tief in dessen Mund.

Mikes Hände bewegten sich über seinen nassen Körper, trockneten ihn und bezeugten eine Leidenschaft, die seine Augen verleugneten. Wieder biss Mike in Jeffs Lippe. Dieser protestierte tief in der Kehle, aber er entzog sich nicht. Er gestattete Mike, seinen Mund zu beherrschen, bis Atmen so schwierig wurde, dass er fast erstickte. Dann zog er den Kopf zurück und starrte in Mikes erregte Augen. Er atmete tief und zitternd durch.

»Ich glaub', ich verliebe mich in dich«, sagte er und strich Mike das Haar aus der Stirn.

Mike zog den Kopf zurück und lachte grell. »Ich glaub', das solltest du dir ersparen. Frag meine Ehefrauen, wie das ist.«

»Warum hast du Ehefrauen? Dir gefallen junge Typen. Ich mag Männer. Ich glaub', du bist vielleicht in mich verliebt. Es ist mir egal, wenn du's nicht sagen willst.« Mikes Lächeln war verächtlich und ungezwungen. Seine Maske war sehr effektvoll, aber Jeff konnte sich nicht vorstellen, warum jemand all das verbergen wollte, was an ihm interessant war.

»So ein Quatsch. Du bist ein albernes, romantisches Kind. Ich könnte dein Vater sein. Im Bett bist du sehr gut, das kann ich dir versichern. Die meisten Jungs in deinem Alter geben nicht zu, dass es ihnen so gefällt. Ich will zuschauen, wie du deinen hübschen Freund fickst. Wenn du fertig bist, ficke ich ihn auch. Mein Sperma wird sich mit deinem vermischen. Regt das deine romantische Fantasie an?«

»Ich glaub' nicht, dass du ihn wirklich willst, nicht so wie mich, aber ich kann nichts dagegen machen. Ich will, dass du mich noch mal fickst.«

»Selten war ich so gefragt. Vielleicht können wir's morgen irgendwann dazwischenschieben.« Mike riskierte es, den Jungen an der Wange zu berühren. Sein Herz setzte einen Moment aus, aber er glaubte nicht, dass sein Gesichtsausdruck sich geändert hatte. So kurz davor, die Gewalt über sich zu verlieren, war er schon seit Jahren nicht mehr gewesen. Jeff stand vor ihm, glühend und feucht, verlangte danach, verletzt zu werden. Ihm zuzusehen, wie er den griechischen Stricher fickte und den Griechen dann selbst zu nehmen, musste den Bann brechen, mit dem Jeff ihn belegt hatte.

Die Ursache dieses Bannes war so offensichtlich und banal, dass sich Mike selbst dafür auslachen könnte, dass er in die Falle gegangen war. Der Junge war Georges Sohn. Er sah wie George aus, mit Spuren von Sarahs weiblicher Schönheit. Er bot seinen schlaksigen Körper so unbekümmert an, wie es Mike selten erlebt hatte. Auch wenn sie kaum miteinander gesprochen hatten, strahlte Jeff Originalität und Intelligenz aus, was faszinierender war als körperliche Schönheit. Er war jung. Er war ein Instrument, auf dem Mike spielen konnte, wie es ihm gefiel. Wenn ihn irgendetwas reizte, war es, Jeff auf den Höhepunkt der Leidenschaft zu bringen, die er an ihm wahrnahm, ihn ekstatischer Erniedrigung auszuliefern. Er sorgte sich zu sehr um sich selbst, um ein Machtexperiment zu unternehmen, mit dem er riskierte, etwas in sich zu zerstören.

Noch einen Augenblick verharrten seine Hände auf dem jungen Körper, er war sich bewusst, wie ihre Schwänze sich gegeneinander hoben und dann machte er einen Schritt zurück, mühsam und schmerzhaft, und nahm Jeffs Arm, um ihn zur Tür zu führen. »Na, komm.«

Jeff fühlte genau, wie er behandelt wurde. Mike wusste offensichtlich nicht, dass er sich verriet. Seine Hände waren besitzergreifend, Respekt einflößend und er schuf eine Beziehung, die vielleicht geleugnet, aber nicht geändert werden konnte. Dimitri war eine Ablenkung. Sobald sie ihn los wären, würde Mike sich zu dem neuen Band bekennen, das zwischen ihnen entstanden war. Mike hatte es selbst gesagt; »Jeff und ich müssen das unter uns ausmachen.« Das sagte alles.

»Endlich«, begrüßte sie Dimitri, als sie das Zimmer betraten. »Ihr habt wieder einen Steifen. Hab' ich mir schon gedacht, dass ihr deshalb so lang gebraucht habt. Immerhin kommt ihr jetzt damit zu mir.« Er lag mit gespreizten Beinen auf dem Bauch, auf die Ellbogen gestützt. Während Mike und Jeff sich näherten, lag sein Blick auf den erigierten Schwänzen. »Ein hübsches Paar. Ich weiß gar nicht, welchen ich am meisten will. Tut nichts drauf. Ich hatte genug Zeit, mich vorzubereiten.« Er breitete die Arme aus, stütze den Kopf auf das Kissen und lächelte aufreizend zu ihnen hinauf. »Wer will, dem besorg' ich's mit dem Mund.«

Mike schob Jeff nach vorne, der sich rittlings auf Dimitri setzte. Dimitri hob die Hüften, griff nach Jeffs Glied und zog es zu sich heran.

»Oh, mein Jeff«, murmelte er und führte es zu sich.

Jeff hatte einen größeren Widerwillen dagegen, dominant sein, als er sich vorgestellt hatte. Es war eine Verletzung der Männlichkeit, die er anbetete. Der Widerstand wurde durch die unmittelbare Erregung gemildert, einen anderen Körper zu nehmen. Während er tiefer in ihn eindrang, schnurrte Dimitri vor Vergnügen. Jeff dachte an den Schmerz, den er erlitten hatte, beherrschte sich vorsichtig, aber Dimitri bewegte die Hüften und mit einem Stoß war sein Glied völlig in Dimitri. Jeff schrie auf und sein Körper brach zusammen, als der Orgasmus den Versuch abrupt beendete. Als die Krämpfe abgeklungen waren, hörte er Mike sagen: Er muss fantastisch sein, wenn du so schnell kommst. Los, mach Platz und lass mal einen Mann ran.«

»Ich konnte nichts machen«, murmelte Jeff in Dimitris Ohr. Der Orgasmus hatte ihn relativ intakt gelassen, es war eher wie bei einem seiner einsamen Spiele gewesen, nicht wie die betäubende Zersplitterung, die er mit Mike erlebt hatte. Sein Glied glitt aus Dimitri heraus, er sprang von der Mike gegenüber liegenden Bettseite und rannte ins Bad. Er konnte nicht zusehen, wie Mike seinen Platz einnahm.

Er wusch sich im Waschbecken ohne an sich hinunterzusehen, bis er sicher war, dass sein Glied sauber war und versuchte, die Geräusche aus dem Nebenzimmer zu überhören. Dimitri mit seiner Erfahrung würde Mike viel besser als ein Anfänger befriedigen. Was das Aussehen anging, war er keine Konkurrenz für Dimitri, der eine Schönheit war. Jeff blickte in den Spiegel und entdeckte, dass seine Lippe geschwollen war. Seine Schulter schmerzte. Er berührte sie vorsichtig und fand eine Schramme, da wo Mike ihn gebissen hatte.

Er hatte erwartet, dass auch andere Stellen weh tun würden, aber er fühlte nur einen leichten Schmerz und ein leeres Verlangen nach Mike. Die Geräusche, die er zu überhören suchte, sagten ihm, dass Mike dort nie wieder eindringen würde. Dennoch hing die Einsamkeit nicht mehr wie ein Mühlstein an seinem Hals. Er hatte viel gelernt. Er verfügte über eine Gabe, die lebenslangen Träume und Sehnsüchte reale Gestalt annehmen zu lassen. Die männliche Welt öffnete sich ihm endlich. Nie wieder musste er allein sein. Unglaublich, dass er Peter erst heute Nachmittag mit kindischen Fragen auf die Nerven gegangen war.

Er stand kurz davor, zu Mike durchzubrechen, da war er sich sicher. Wenn er einen anderen Mike gefunden hatte, würde er selbstsicher genug sein, um seine Rolle geschickter spielen. In jedem Fall würde er Dreiern in Zukunft aus dem Weg gehen. Anhaltende Lachanfälle und Schreie der Leidenschaft aus dem Nebenraum. Er wollte gehen, aber seine Kleider waren dort.

Plötzlich fiel ihm die Stille auf, die lange andauerte, während er sich weiter mit geneigtem Kopf auf das Waschbecken stützte und wartete. Mike hatte wahrscheinlich vergessen, dass er existierte.

Schließlich waren Schritte zu vernehmen und einen Augenblick später trat Mike ins Badezimmer. Jeff erwartete, dass Mike verändert wirkte, irgendwie davon erschüttert, was nach einer stürmischen und exstatischen Begegnung geklungen hatte. Aber Mike sah genau so aus wie vorher, genau so unbeteiligt, sein Gesichtsausdruck wirkte leicht amüsiert. Das war der Todesstoß für Jeffs Hoffnungen. Mikes war nicht zu halten.

»Das ist ganz schön …« begann Mike, aber Jeff duckte sich an ihm vorbei und rannte hinaus, verschloss seine Ohren davor, was auch immer er sagte.

Er steuerte auf seine Kleider zu, irrational entschlossen, mit Mike zu gehen, oder, wenn Mike blieb, alleine zu gehen und draußen auf ihn zu warten. Dimitri stand neben dem Bett und hantierte mit einem Handtuch. Er warf es auf den Boden und glitt mit seinen schmalen, wiegenden Hüften auf Jeff zu und lächelte komplizenhaft. Der gleiche Mann hatte sie genommen. Die Unordnung, die sie im Zimmer angerichtet hatten, hatte etwas Charmantes: schmutzige, zerknitterte Laken, fallengelassene Handtücher, die Tube mit Gleitmittel offen auf dem Nachttisch.

Dimitri stand vor ihm und fuhr mit der Spitze seines Zeigefingers über Jeffs Körpermitte, von der Brust über den Nabel hinunter zum schlaffen Glied. »Ich will ihn noch mal«, sagte er und strich mit der Fingerkuppe daran hinauf und hinunter. »Er wird wohl nicht lange so bleiben.«

Jeff zögerte, sah, wie Dimitris bescheidenes, aber wohlgeformtes Glied zum Leben erwachte. Mike konnte jeden Augenblick wieder hereinkommen. Er wollte nicht dabei ertappt werden, dass er immer noch Sexspielchen spielte. Warum eigentlich nicht? Mike war es egal. Mike hatte ihn genommen. Dimitris Schönheit und die gewissenlosen, aber kameradschaftlichen Augen trösteten ihn. Jeff hatte sich bereits so sehr an ihren zügellosen Umgang gewöhnt, dass es ihm nicht einmal mehr etwas ausmachte, in unerregtem Zustand gesehen zu werden. Was würde es für einen Unterschied machen, wenn er keine Erektion bekommen würde? Die Qualen, die Dimitri ihm bereitet hatte, schienen sehr weit weg. Mit Schrecken fiel ihm ein, dass er mit ihm ein wichtiges Gespräch führen musste. Er konnte nicht mit Mike weggehen. Jeff legte den Arm um den wunderbaren Oberkörper und strich mit der Hand über die glatte, sonnengebräunte Brust. Sie gingen zum Bett zurück und legten sich hin.

Dimitri hielt ihn in den Armen und spielte mit seinem Haar. »So. Jetzt haben wir unseren ersten Liebhaber geteilt«, sagte er zufrieden. »Er ist ein feiner Typ, sein

Schwanz ist nicht so groß wie andere, aber sehr aufregend. Findest du nicht auch?«

»Klar. Ich weiß nicht, warum ich das nicht schon vorher probiert hab'.« Jeff wunderte sich noch immer über Dimitris Sorge was Schwanzgrößen betraf. Er hatte immer von kolossalen Ausmaßen geträumt, aber jetzt würde er sich mit Freuden von Dimitri nehmen lassen, egal, ob sich der Akt hauptsächlich in seinem Kopf abspielen würde. Er wünschte, dass sogar Mike, der sich in ihm so riesig angefühlt hatte, noch tiefer in ihn eingedrungen wäre, um die Eroberung noch enormer zu machen. Es hörte nicht auf. »Ich denk', wir sind uns ziemlich ähnlich. Ich war schon immer fasziniert von Schwänzen. Ich hab nicht so viele gesehen, wie ich gesagt hab'. Deiner ist wunderschön.«

»Oh? Bist du jetzt meine Schwester?« Dimitri brach in sein fröhliches, gedankenloses Lachen aus. »Vielleicht teilen wir noch mehr Liebhaber. Sogar Schwestern können viel Spaß miteinander haben.«

Jeff nahm an, dass er beleidigt sein sollte, weil von ihm in der weiblichen Form gesprochen wurde, aber es war ihm egal. Es stimmte irgendwie. Peter würde es zweifellos missbilligen, aber Peter und Charlie vertraten ein Ideal, weit entfernt und vielleicht unerreichbar. Er konnte Dimitri nicht verübeln, dass er sich jedem dahergelaufenen Mann hingab. Ein Ausdruck der Gabe, die sie beide hatten. »Es ist wunderbar, so mit dir zusammenzusein, wo ich dir doch so lange hinterhergelaufen bin.«

»Auch wenn meine Schwester nicht mehr so sehr in mich verliebt ist?« Dimitri lachte wieder, dann zog er Jeffs Kopf zu sich hinunter und öffnete den Mund um geküsst zu werden. Er machte aufregende Dinge mit der Zunge und die Hände strichen neckend über Jeffs Körper. Einen Moment später stand Jeffs Glied wieder aufrecht. Dimitri griff danach, schnurrte und rutschte hinunter. Er kniete zwischen Jeffs Beinen, beugte sich darüber und nahm es in den Mund.

Mike kam wieder ins Zimmer. Jeff hob schnell die Hand, um Dimitris Kopf wegzuziehen, überlegte es sich dann aber anders und ließ sie liebkosend auf die dichten Locken sinken. Ihn so zu sehen würde Mike vielleicht dazu bringen, sich wieder um ihn zu kümmern. Alles andere hatte nicht funktioniert. Er sah Mike an und wartete darauf, Blickkontakt zu ihm herzustellen. Plötzlich schlug sein Herz schneller. Mike überblickte die Aktivität auf dem Bett, hob dann die Augen und blickte Jeff leicht verächtlich, amüsiert an. Für einen Augenblick nahm Jeff tief in seinem Blick eine Aufforderung wahr, die ihn fast dazu brachte, aus dem Bett zu springen. Sie war jedoch so schnell wieder verschwunden, dass Jeff beinahe glaubte, sie sich eingebildet zu haben.

Dimitri richtete sich auf, da er Mikes Anwesenheit spürte und kicherte. »Wir haben Gesellschaft,« sagte er unbekümmert.

Jeff beugte sich nach vorne, hielt ihn in der knienden Stellung und zog ihn vor sich, während er die prägnante, ästhetische Erektion beobachtete, die vor Dimitri herumwippte. Jeff wusste genau, wie das Bild aussehen sollte, das er kreieren wollte. Er kauerte sich in die Kissen, als Dimitri ihn erreichte, so dass sein Mund auf einer Höhe mit dessen Latte war. Ja, Latte, dachte er entschlossen, eignete sich klare Worte an. Er legte den Arm um Dimitris Hüfte und hielt ihn eng umschlungen, führte die Latte mit einem Finger, so dass er seine offenen Lippen streifte. Er strich spielerisch mit der Zunge darüber und warf Mike kurze Blicke zu, beobachtete, wie die Kleider den zähen, bestens vertrauten Körper in die elegante Gestalt des berühmten Michael Cochran zurückverwandelten. Es war verrückt, diese beeindruckende, prominente Persönlichkeit eifersüchtig machen zu wollen, aber er würde sein Bestes geben. Er dachte, den Schlüssel gefunden zu haben. Warum hielt Mike sich ihnen leicht seitlich abgewandt? Er hatte gesagt, er wollte zusehen. Warum sah er nicht zu?

Dimitri machte mit und kicherte und schnurrte vor Vergnügen. Wenn Mike nicht da wäre, würde es ihm nicht gelingen, die Augen von diesem bezaubernden Schwanz zu nehmen. Er war nicht monumental, aber er forderte zur Anbetung auf. Jeff beugte sich nach vorne, nahm ihn ganz in den Mund, bis die Lippen das weiche Schamhaar streiften. Das könnte man mit einem Monument nicht machen. Er zog den Kopf langsam zurück und sah aus den Augenwinkeln, dass Mike sich ihnen endlich zugewandt hatte, behielt den Schwanz noch einen Augenblick im Mund, damit Mike das sehen konnte und ließ ihn dann los. Als sich ihre Blicke trafen, stockte sein Atem. Die Aufforderung war da, eindeutig und bohrend. Jeffs Augen weiteten sich und er hatte das Gefühl, von Ergebenheit gegenüber Mikes Willen überflutet zu werden, musste sich anstrengen, nicht zu ihm aufzuspringen. Ein einfacher Sieg würde Mike langweilen.

Er sah Mike fest an, sein Herz raste, nahm eine annähernd sitzende Position an und zog Dimitri zu sich hinunter, so dass er sich an seine Seite kuscheln konnte. Er legte Dimitris Hand auf sein Glied und Dimitri hob es entgegenkommenderweise vom Bauch ab und begann es zu streicheln.

Mike hatte seine Maske wieder aufgesetzt, aber Jeff konnte sehen, dass der ruhige Schein seiner Fassade trog. Er gesellte seine Hand zu Dimitris und bewegte sie träge über seinen Schwanz, forderte Mike mit Blicken heraus.

»Sehr hübsch«, sagte Mike höhnisch, belustigt. »Ich bewundere euer jugendliches Stehvermögen.«

»Ich muss noch …« Jeff hatte es hervorgestoßen, bevor er sich zurückhalten konnte. Der Junge wollte sagen, dass er bleiben und mit Dimitri reden musste, aber entschuldigende Erklärungen würden nicht reichen. »Bis später«, sagte er – irgendetwas zwischen Aussage und Frage – und freute sich, wie sicher er klang.

»Später?«, wiederholte Mike. »Ich hab' mittags eine Verabredung. Kommt nach dem Mittagessen vorbei, wenn ihr wollt. Ihr beide. Jetzt, wo wir uns alle kennen, könnten wir doch ein angenehm versautes Stündchen verbringen, bevor ich abfahre. Danke.« Er spielte den Makellosen, zwinkerte Jeff bedeutungslos zu, drehte sich dann um und schlenderte zur Tür.

Jeff fühlte, wie sich ihm alle Muskeln verkrampften. Er wollte aufspringen und ihm folgen. Schnell wandte er sich wieder Dimitri zu, küsste ihn leidenschaftlich und versuchte, den Schock zu verdauen, dass Mike ohne ihn gegangen war. Er würde ihm in ein paar Minuten hinterherlaufen, sobald er hier seine Pflicht getan hatte. Mike wollte ihn. Jeff hatte einen Weg gefunden, ihn aus der Reserve zu locken. Jeff dachte an die Zukunft. Wenn Mike eifersüchtig war, konnte alles passieren.

Der Kuss zerstreute seine Gedanken. Jeff war überrascht, welche Wärme körperlicher Kontakt erzeugen könnte. Trost und Freundschaft bei Dimitri zu finden, hätte er sich niemals träumen lassen. Dass Mike zugesehen hatte, hatte seine Erregung vergrößert, aber auch jetzt war es noch schön, Dimitri in den Armen zu halten. Jeff war froh, eine Schwester zu haben. Wenn Mike nicht dabei gewesen wäre, hätte sich vielleicht sogar eine Art Beziehung zwischen ihnen entwickelt. Er musste Dimitri sagen, dass er Mike nicht wieder mit ihm teilen würde. Bedauernd zog er sich von dem weichen, einladenden Mund zurück.

Dimitri lachte und drückte sein Glied. »Er ist sehr steif, vielleicht sogar größer als Mikes, glaub' ich. Vorhin warst du so schnell, aber er hat sich wunderbar in mir angefühlt. Du kannst mich ganz lang durchficken und wir sind glücklich, nur wir beide.«

»Ja, will ich, aber wir müssen zuerst miteinander reden«, sagte Jeff ablenkend. Es war ziemlich schwierig, klar zu denken, während sie so ineinander verschlungen waren. Jeff strich an Dimitris Hals entlang, über Schulter und Brust, liebkoste die kleinen Brustwarzen. Er konnte Schönheit fühlen. Das schlanke Fleisch über der perfekten Symmetrie des Körpers war tastbare Freude. Wenn Dimitri Anstalten machte, ihn zu nehmen, würde er überhaupt nicht mehr denken können. Er atmete tief durch und versuchte entschlossen, seine Pflicht zu tun. »Ich hab' mir den ganzen Tag Sorgen gemacht. Wir müssen meinem Vater das Geld zurückgeben.«

Ein störrischer Ausdruck verzerrte Dimitris freundlich gedankenloses, hübsches Gesicht. »Das Geld? Es wird nicht so einfach sein, bis sich die Sache hier wieder beruhigt hat. Ja, größer als Mikes. Oh, mein Jeff. Ich hab' was mit Sid ausgemacht. Vielleicht kann er ja helfen. Was soll ich machen, wenn ich von der Polizei überwacht werde?«

»Sie werden dich nicht weiter überwachen, wenn wir uns an das halten, was du gesagt hast. Du hast versprochen, dass du das Geld von meinem Vater auf keinen Fall länger als vierundzwanzig Stunden behalten wirst.« Er hielt Dimitris Arm fest, um ihn an seinen einschmeichelnden Handbewegungen zu hindern.

»Aber, Jeff, was soll ich denn machen, wenn ich meinen Geschäften nicht nachgehen kann? Du weißt alles über meine finanzielle Situation.«

»Nicht alles. Ich weiß, dass du 'ne Menge beiseite gelegt haben musst.«

Dimitri lächelte selbstgefällig, schloss halb die Augen und ließ sich verträumt nach vorne sinken, um Jeffs Brustwarzen mit der Zunge zu berühren. »Ich komm' nicht leicht an das ran, was ich beiseite gelegt hab'.

Deshalb hab' ich mir von dir das Geld von deinem Vater geben lassen. Du hast drauf bestanden, dass es okay wär'.«

»War's ja auch, aber verstehst du nicht? Es ist auch für dich wichtig.« Er packte die Locken und zog Dimitris Kopf hoch, damit dieser ihn ansah. »Wenn ich's nicht hinkriege, dass Papa morgen früh das Geld findet, werden die von der Polizei mit Costa machen, was sie wollen. Die müssen ihn einfach freilassen. Du hast's versprochen.«

»Aber es ist doch jetzt alles ganz anders. Mach' dir keine Sorgen. In einer oder vielleicht zwei Wochen ist wieder alles in Ordnung.«

»Eine Woche ist zu lang«, protestierte Jeff. Sicher fühlte Dimitri seine Angst. Ihre körperliche Nähe musste doch gegenseitiges Interesse geweckt haben. Er durfte sich nicht durcheinanderbringen lassen. Seine Gefühle waren von dem verdeckten Kampf mit Mike bereits angeschlagen. Dimitri wusste nicht, wie nahe er einem Zusammenbruch war. Hysterische Appelle würden an Dimitris dekorativer Oberfläche einfach abprallen. Jeff versuchte, ruhig zu sprechen. »Ich weiß, dass du sechzigtausend herbeischaffen könntest, wenn du müsstest. Deshalb hab' ich mir keine Sorgen gemacht, dir's für einen Tag zu leihen. Du weißt, dass ich es nicht klauen wollte.«

»Wir wissen doch beide, warum du's mir geliehen hast.« Dimitri rutschte näher an Jeff heran und lehnte sich aufreizend an ihn. »Vielleicht hat Sid morgen früh 'ne Idee. Jetzt hast du, was du wolltest. Warum genießt du's nicht? Dein Schwanz ist mehr als bereit. Wo wir gerade über Versprechen reden, warum machst du nicht, was du gesagt hast?«

»Noch nicht. Bitte. Ich will, aber wir müssen das klären.«

»Du kannst auch an meinem Schwanz lutschen, wenn du das andere nicht willst.«

»Du weißt genau, wie sehr ich das will. Du bist traumhaft. Es ist erregend, dich endlich nackt zu sehen und mit dir so zusammenzusein. Bitte mach' nicht alles kaputt, indem du so tust, als wär' dir unsere Abmachung völlig egal.«

Dimitri lächelte spitzbübisch, ließ den Kopf auf Jeffs Schulter sinken und berührte mit der Zunge dessen Ohr. »Du lutscht an meinem Schwanz und ich lutsch' an deinem. Das gefällt mir sehr. Wir sind wieder Schwestern. Wenn du sehr gut bist, denk' ich vielleicht noch mal nach, wie ich dir dein Geld zurückgeben kann.«

Lächelnd machte er sich an die Arbeit, drückte gewaltsam Jeffs Hüfte aufs Bett. Sein Schwanz wippte verlockend nah an Jeffs Mund. Dimitris Mund spielte mit Jeffs Glied, dann ließ er sich neben ihm aufs Bett sinken und beide versanken in der Verehrung der Männlichkeit des jeweils anderen. Vielleicht konnte er Dimitri so überzeugen. Leere Drohungen würden ihn nur störrisch machen.

Jeff dachte, unten Geräusche zu hören und verharrte einen Augenblick völlig reglos. Hatte Mike auf ihn gewartet? Er musste sich beeilen. Er strich über Dimitris Pobacken, glitt mit liebkosenden Fingern zwischen sie. Dimitris Hüften bäumten sich auf und er gluckste vor Freude während sein Schwanz in Jeffs Mund herumsprang. Durstig nach seinem Saft rollte Jeff die Zunge um Dimitris Erektion. Peter hätte ihm nicht sagen müssen, den Samen zu schlucken. Er wollte den Geschmack genießen und begierig aufnehmen. Jetzt kannte er alle Aspekte seines Verlangens und würde lernen, seine Gabe zu perfektionieren. Dimitris erfahrener Mund ließ ihm den Atem stocken und stimulierte seinen Appetit nach dem seidigen Fleisch, das zwischen seinen Lippen umherschnellte.

Er hörte, wie sich die Tür öffnete. Selbst wenn Mike zurückkam – das Wunder einen Mann auf diese Art zu erfahren, hatte ihn so fundamental ergriffen, dass er nicht einmal daran dachte, aufzuhören.

»Jeff!«, schrie Dimitri und die unersättliche Verbindung zwischen ihnen wurde abrupt unterbrochen. Dimitri riss sich los, sprang aus dem Bett und zog das Laken mit sich.

Jeffs Mund stand noch immer offen, er drehte den Kopf und – er traute seinen Augen nicht – sah zwei Polizisten, die er kannte, neben der Türe stehen. Dimitri hatte das Laken um sich geschlungen und schrie sie schrill an.

Jeff bäumte sich auf, warf die Beine über die Bettkante und wollte eben auf die Füße springen, als ihm bewusst wurde, dass er nichts hatte, um sich zu bedecken. Er ließ sich zurückfallen und umklammerte seine Beine, um sich unsichtbar zu machen und das Zittern, das ihn schüttelte, unter Kontrolle zu bekommen. Seine Wangen brannten. Hatte er sich strafbar gemacht? Er kannte die griechischen Gesetze nicht. Nie würde er seiner Familie wieder begegnen können. Gebrandmarkt fürs Leben. Er saß zusammengekauert auf der Bettkante und zwang sich zu begreifen, was hinter ihm gesagt wurde. Das Herz hämmerte gegen den Brustkorb und das Zittern wurde unkontrollierbar.

Die Streitlust in Dimitris Stimme beruhigte ihn. Der Polizist klang peinlich berührt, aber entschlossen. Langsam gelang es Jeff, Zusammenhänge zu begreifen. Aus einer höhnischen Anmerkung schloss er, dass Dimitri mit einem oder sogar beiden Polizisten im Bett gewesen war. Jeff hoffte wieder. Der Austausch enthüllte zudem, dass sie Jeffs Unsichtbarkeit akzeptiert hatten. Sein Herz beruhigte sich zunehmend. Die Polizisten waren gekommen, um Dimitri wegen eines Drogenvergehens festzunehmen. Dieser schlug höhnisch vor, das Zimmer zu durchsuchen. Sie hatten den Befehl, die Bar zu versiegeln und Dimitri mit auf die Wache zu nehmen. Eine gründliche Durchsuchung würde am nächsten Morgen stattfinden. Das Gespräch wurde unzusammenhängend und Jeff merkte, wie Dimitri im Zimmer herumging, ins Bad lief und zurückkam. Er sah jetzt in seiner engen Hose und seinem hauchfeinen Hemd wieder wunderbar aus und gab Jeff dessen Kleider.

»Hast du das gehört?« Dimitri zuckte verächtlich, aber nicht beunruhigt mit den Schultern. »Du musst gehen. Die wollen das Haus offiziell schließen, damit sie's durchsuchen können. Die armen Blödmänner. Ich werd' tierisch Ärger machen, wenn sie rausfinden, dass ich unschuldig bin.«

Im Sitzen zog sich Jeff an. Als er fertig war, stand er auf, steckte das Hemd in die Hose und machte den Gürtel zu. Dimitri trat nahe an ihn heran.

»Du weißt, wen ich gemeint hab«, murmelte er ohne die Lippen zu bewegen. »Der Jude. Geh' am Morgen hin.«

Jeff sah in an und nickte. Er zwang sich, sich umzudrehen und schlurfte mit gesenktem Kopf zur Tür. Die Polizisten grüßten ihn, als wäre er soeben aus dem Nichts aufgetaucht. Sobald er auf der Treppe war, rannte er los, hinaus in die Nacht. Er trabte auf das neue Hotel zu. Mike konnte ihn jetzt nicht wegschicken. Jetzt hatte er einen Vorwand, nämlich Hilfe und Rat zu suchen.

Ein schläfriger Portier sagte ihm die Zimmernummer. Er sprang die Treppe hinauf. Auf sein leises Klopfen hin öffnete sich die Tür. Mike stand in einem kurzen Leinenbademantel oder einer Leinenjacke vor ihm. Für einen Moment wirkte er überrascht und dann veränderte sich einiges in den undurchdringbaren Augen, was Jeff nicht deuten konnte, jedoch zu seinem Vorteil auslegte. Weder Langeweile noch Ablehnung waren zu sehen. Der Junge sehnte sich danach, in den Arm genommen oder zumindest berührt zu werden, aber Mike öffnete nur die Tür ein wenig mehr und trat beiseite, um ihn einzulassen.

»So schnell?«, fragte er und schloss die Tür hinter Jeff. »Ich hab' dich ja erwartet, aber frühestens am Morgen. Du hast so angenehm beschäftigt gewirkt.«

»Du weißt, dass das nichts zu bedeuten hat, aber ist ja auch egal. Ich muss mit dir reden.« Jeff sah, dass das Bett noch nicht berührt worden war. Er ging hin und warf sich darauf, während er Mike in die Augen sah. Ohne die Atmosphäre von zügellosem Sex in Dimitris Zimmer, konnte er sich kaum noch vorstellen, dass dieser Mann mit ihm geschlafen hatte. Der kurze Bademantel wirkte sehr vorteilhaft, Mike war gut aussehend, wohlhabend und viel zu weltmännisch für einen achtzehnjährigen Jungen. »Dimitri ist verhaftet worden.«

»Ist schon ein außergewöhnlicher Ort hier. Was meinst du damit?«

»Grad eben. Die Polizei ist reingekommen, als wir ... Sie haben die Bar zugesperrt und ihn mitgenommen. Es geht um Dope.«

»Verstehe. Ein paar Polizisten sind draußen gestanden, als ich gegangen bin. Nimmst du Dope?«

»Nein.« Er ließ den Kopf wieder aufs Bett sinken, stützte sich auf die Ellbogen, streckte die Beine weit von sich und sah mit gehobenem Kinn zu Mike hinauf, suggerierte diesem, sich neben ihn zu setzen. Nach der brutalen Unterbrechung mit Dimitri war er mit den Nerven am Ende. Mike blieb stehen, als würde er erwarten, dass dies ein kurzer Besuch werden würde. »Fährst du wirklich morgen?«, fragte Jeff. »Also, ich mein' ... ich schätze, ich mein' heute.«

»Ja, ich hab' gehört, dass es ein Nachmittagsschiff gibt.«

Jeff seufzte tief. Plötzlich war der wichtigste Augenblick in seinem Leben gekommen. *Du musst das ganz nüchtern angehen*, beschwor er sich. »Kann ich mitkommen? Ich mein' das ernst. Nein ... wart' mal kurz. Ich geh' im Herbst doch sowieso in die Staaten. Du musst nur für meine Reise zahlen und mich bei dir wohnen lassen, bis die Uni anfängt. Dann hab' ich eigenes Geld. Niemand würde sich etwas dabei denken, dass du George Leightons Sohn bei dir hast.«

»Außer wahrscheinlich George Leighton.« Mike wandte sich ab und spielte den Gleichgültigen, blickte auf verstreute Papiere auf dem Tisch, ging hin – eine vernünftige Entschuldigung, sich leicht zurückzuziehen, während er Jeffs Vorschlag verdaute. Er sortierte Flugtickets, Briefe, Hotelrechungen, während er rasch seine Gedanken ordnete. Als er Dimitris Dachboden verlassen hatte, hatte er gewusst, dass einmal nicht genug gewesen war. Jeff hatte eine unheimliche Art, zu ihm durchzudringen. Es war nicht Liebe. Ein vernünftiger Mann über vierzig konnte sich nicht in einen Teenager verlieben. Es hatte nichts mehr mit George zu tun. Der Junge war eine eigenständigen Bedrohung geworden.

Er hatte sich gesagt, dass er erst mal eine Nacht drüber schlafen müsste, dann würde er den Jungen schon aus dem Kopf bekommen und seine Unabhängigkeit wiedererlangen, aber jetzt war er da, die großen Augen glühten vor Unschuld und unangebrachter Liebe und verkündigte durch seine bloße Anwesenheit, dass er ihm etwas zu bieten hatte. Albernes Kind! Stellte er sich etwa vor, dass Liebe Glück war, dass das Leben von Emotionalität und gefühlsmäßigen Impulsen bezwungen werden konnte?

Er könnte ihn jetzt sofort wegschicken, aber wäre es nicht vielleicht befriedigender, ihn noch einen oder zwei Tage dazubehalten, sich selbst einmal mehr die Fehlbarkeit großer Emotionen zu beweisen und ihn dann aller Unschuld beraubt und zumindest mit einer vagen Vorstellung von Wirklichkeit zurückzulassen? Ihn zu führen und dabei zu unterstützen, einen albernen kleinen Trottel aus sich zu machen, würde Mike davor schützen, von ungelöstem Verlangen verfolgt zu werden.

Er stapelte die Papiere sorgfältig und drehte sich dann wieder zu dem Jungen auf dem Bett. »Weißt du, was mich interessiert? Weiß dein Vater, dass du 'ne Schwuchtel bist?«

Jeff schleuderte seine Sandalen von sich, hob die Füße und rutschte mit den Ellbogen auf dem Bett zurück, bis er am Kopfende lag. Er legte die Handflächen auf die Oberschenkel, rahmte seine Genitaliten ein. »Weiß er, dass du auf Jungs stehst?«

»Ich hatte nie was dagegen, mit einem hübschen Jungen rumzumachen, wenn sich die Gelegenheit ergeben hat. Darauf läuft's doch raus, das ist alles.«

Der Junge bewunderte seine Sicherheit. Er sagte es, ohne irgendetwas zu sehr zu betonen, ohne auch nur leicht genervt zu klingen. »Glaub' ich nicht«, sagte Jeff. Langsam knöpfte er sein Hemd auf und sah Mike unverwandt an. Als er seine Brust entblößt hatte, öffnete er die Hose, zog die Boxershorts hinunter und ließ seinen Schwanz herausschnellen. Seine Dreistigkeit hatte ihn erregt und ein wenig Streicheln machte ihn hart. Während Jeff weiter mit Mike redete, streichelte er sich weiter, hielt sein Glied aufrecht, vom Bauch abgewandt – wie Dimitri das getan hatte. »Ich hab' gesehen, wie du mich von Anfang an angeschaut hast. Beim Mittagessen. Du hast es sehr gut versteckt, aber ich hab's gesehen. Ich hab' auch heute Abend was gesehen und gefühlt. Ich weiß nicht, ob du in mich verliebt bist, aber ich weiß, dass es dir mehr bedeutet, als nur mit einem hübschen Jungen rumzumachen. Ich bin ja nicht mal hübsch. Da kannst du nichts dafür. Ich bin verliebt in dich. Zumindest glaub' ich, dass es das ist. Auf jeden Fall hab' ich vorher noch nie so was empfunden. Ich glaub' nicht, dass ich mit jemand anderem Sex will, solange wie *du* mich willst. Ich wette, du bekommst grad 'ne Erektion. Warum behältst du das Ding an? Willst du nicht, dass ich's sehe?«

In Mikes Augen blitzte ein erregtes, gefährliches Licht auf. »'Nen Ständer kriegen und verliebt sein, dürfte wohl kaum das Gleiche sein, du dämliche Schwuchtel.« Mike öffnete seinen Bademantel und warf ihn ab. Jeff sah, was er erwartet hatte. Mikes Glied war steif und unbeweglich. Er kam auf das Bett zu. »Ich hab' dir gesagt, du bist 'n guter Fick. Wahrscheinlich bist du auch ein erfahrener Schwanzlutscher. Was ist damit?«

Jeff setzte sich auf und rutschte an die Bettkante, triumphierend angesichts dieses Etappensieges und begierig darauf, seine Gabe unter Beweis zu stellen, auch wenn Dimitri darauf keine Vorbereitung gewesen war. Er griff nach Mikes Hüften und duckte den Kopf um es zu nehmen. Es schwoll in seinem Mund und er spielte damit, bis sein Kiefer schmerzte. Mike griff mit beiden Händen in Jeffs Haar, hielt seinen Kopf, während er es tief in Jeffs Mund stieß. Der Junge würgte erstickt. Er riss den Kopf umher und es gelang ihm, sich zu befreien, da er in dem Konflikt eine neue Stärke an sich entdeckte. Mikes Fassade geriet ins Wanken. In seinen Händen war Gewalt zu spüren.

»Du musst mich nicht zwingen«, jappste Jeff. »Ich will es.«

»Du machst es, wie ich will oder überhaupt nicht.« Mike packte wieder die Haare und hielt Jeffs Kopf ganz ruhig. »Öffne den Mund.« Mike führte sein Glied hinein. »Weiter. So ist's besser.« Er zwängte seinen Schwanz so tief hinein, wie es überhaupt möglich war und ließ ihn dort. Er begann sein Glied leicht zu bewegen, dass es Jeffs Rachen kitzelte und dieser zu würgen begann. »Ich bin nicht Dimitri. Ist er zu groß für dich?« Er zerrte Jeffs Kopf vor und zurück, und zwang ihn, den Mund so weit wie möglich zu öffnen. »Schau mich an«, befahl er. Jeff hob die Augen und Mike sah einen devoten Masochismus, der eine sadistische Reaktion herausforderte. Um ihn aus der Balance zu bringen, ließ Mike Jeffs Haar los und streichelte liebevoll die angespannten Wangen. »Mach weiter. Schauen wir mal, wie schnell du's schaffst, dass ich komme. Ich hab' noch nie 'n Jungen gesehen, der so verrückt nach Schwänzen war.«

Mit Hingabe stellte sich Jeff dieser Aufgabe, erregt von dem Nervenkitzel, der Mikes Körper in ihm entflammte. Wieder fingen sie an, grunzend und schreiend zu kommunizieren. Nach ein paar Augenblicken fühlte Jeff, wie Mikes Körper in Ankündigung eines Orgasmus zu vibrieren begann und in Vorfreude auf seine letzte Initiation schlug ihm das Herz bis zum Hals. Begierig stöhnte er, wollte Mikes Saft schlucken. Er hörte einen Schrei über sich und der Schwanz in seinem Mund sprang so heftig herum, dass er ihm fast entkam und würgte, als sein Mund von einer dicken Flüssigkeit überschwämmt wurde, ein seltsamer, aber nicht unangenehmer Geschmack. Freudig schluckte er. Er hinterließ einen starken moschusartigen Nachgeschmack. Jetzt wusste er es. Sein Mund hing an dem Schwanz, er nahm alles auf, bis er grob von der Bettkante gezogen und auf die Knie gedrückt wurde.

»Hier! Los! Hol dir einen runter!«, befahl Mike herrisch. »Das ist doch, was du wolltest.«

Jeff ließ sich ans Bett sinken. Durch halbgeschlossene Lider beobachtete er Mike, der seinen Bademantel wieder anzog. Er hielt seinen steifen Schwanz, war noch frustrierter, als bei Ankunft der Polizei. Mike begehrte ihn, wollte jedoch dem beiderseitigen Verlangen noch immer nicht nachgeben. Jeffs Hand bewegte sich, um Mikes Befehl nachzukommen, plötzlich wurde er sich jedoch seiner Niederlage bewusst und er hielt inne. »Du bist verliebt in mich. Du würdest nicht versuchen, mich zu hassen, wenn das nicht stimmen würde«, sagte er dreist, kalt, logisch. Er lernte. Er zog sich an und stand auf. »Du nimmst mich mit. In die Staaten, mein' ich.«

»Und was hält dein Vater davon?«

»Das ist es doch. Es wär' ihm scheißegal. Der hat seine eigenen Probleme.«

»Das hab' ich auch schon mitgekriegt. Na ja, wenn du nur die Reise willst, könnte ich mich überreden lassen. Ich bin ja hergekommen, um der Familie Leighton wieder auf die Beine zu helfen.«

»Ich will viel mehr als das. Ich will bei dir leben und dein Liebhaber sein. Wenn ich in die Uni gehe, hab' ich auch Ferien. Für dich ist es bestimmt interessant zuzusehen, wie ich mich entwickle. Ich bin intelligent. Körperlich passen wir perfekt zusammen. Ich glaub', es wird uns gefallen, zusammenzusein.«

»Du klingst, als würdest du um meine Hand anhalten.«

»Mach' ich auch.«

Mike lachte, versuchte abschätzig zu klingen, was ihm nicht völlig gelang. »Ich war mit den intelligentesten, attraktivsten Frauen der Welt verheiratet. Warum glaubst du, dass ich ausgerechnet dich haben will?«

»Du willst von einem Jungen geliebt werden.«

»Hatte ich schon.«

»Die waren nicht schlau genug für dich.« Sie standen einander gegenüber, jeder in einer anderen Ecke des Raums, bewegungslos, mit wachsamen Augen. Jeff machte einen Schritt nach vorne, blieb dann aber wieder stehen. »Kann ich die Nacht mit dir verbringen?«

»Na, mal sehen.« Die Situation hatte etwas Faszinierendes. »Scheinbar glaubst du, dass wenn sich zwei Leute anschauen, sie sich auf der Stelle ineinander verlieben. Die Wahrheit ist, wenn ich jemals in irgendwen verliebt war, dann war das dein Vater. Eine sehr unangenehme Erfahrung und ich geb' mir alle Mühe, das nicht zu wiederholen. Es ist sehr angenehm, dass mir jetzt sein Sohn zu Füßen liegt und nach mir bettelt. Ein wirklich männlicher Typ und außergewöhnlich gut aussehend. Ich bin sicher, du bist deines Vaters Augapfel. Das spricht für dich. Wenn du so intelligent bist, wie du sagst, wirst du sicher einen Weg finden, dir das zu Nutzen zu machen.«

»Versuch' ich, Danke.« Jeff ging ganz nah an Mike heran, sein Körper berührte dessen kurzen Bademantel. Er nahm Mikes Hände, legte sie auf seine Brust und genoss das Verlangen, das er an ihnen wahrnehmen konnte. Er beugte sich nach vorne und berührte Mikes Lippen leicht mit den seinen. Dann zog er sich zurück. »Du hast keinen Sohn, oder? Nimm mich. Du bist dann mein Vater und mein Liebhaber. Ich bleibe da.«

Mikes Gesicht wirkte kurzzeitig gestresst und dann trat ein spöttisches Lächeln auf seine Lippen. »Wenn du dich auf dem Boden wohlfühlst, ist's mir egal, was du machst.« Die erste Lektion, eine, mit der seine Ehefrauen immer größte Probleme gehabt hatten: Wenn jemand sich entschloss, sich an ihn zu binden, musste er sich anpassen.

»Gut. Wenn du Lust auf Ficken hast, sag's einfach. Dann gehöre ich ganz dir.«

»Da reden wir morgen drüber.«

»Werd' ich auf jeden Fall.« Jeff ließ Mikes Hände los und entfernte sich von ihm. Er nahm ein Kissen von einem Stuhl und die Decke, die am Fußende des Bettes zusammengelegt war und legte sich auf den Boden, dahin, wo Mike ihn berühren konnte, wenn er ihn wollte. Er schloss die Augen und lauschte, wie Mike sich im Zimmer umherbewegte, fragte sich, ob dieser es über sich bringen würde, ihn hier unten liegen zu lassen. Das Licht wurde gelöscht. Er hörte das Quietschen und Rascheln des Bettes. Dann herrschte Stille, nur ihr Atmen war zu vernehmen. Jeff hielt einen Moment die Luft an, und lächelte, als er seinen Atem an Mikes angepasst hatte und sie synchron ein- und ausatmeten. Diese eine Art der Vereinigung konnte ihm sein Liebhaber nicht verweigern.

Bei Tagsanbruch kam eine Briese aus nördlicher Richtung auf. Trotz der strahlenden Sonne, die über dem Meer im Osten aufging, blieb es relativ kühl. Aufgrund der unerwartet angenehmen Erfrischung regten sich überall auf der Insel Körper und rutschten zu ihren Partnern hinüber. Sid Coleman und seine Freundin Dorothy lagen nebeneinander nackt im Bett. Wie üblich begannen sie den Tag mit einem gemeinsamen Joint. Sie nahmen tiefe Züge, hielten den Rauch lange in der Lunge, so dass beim Ausatmen nur noch wenig herauskam. Beide lagen unbedeckt auf dem Rücken.

»Heiliger Strohsack! Das Zeug ist der Wahnsinn!«, rief Sid und reichte Dorothy den winzigen Stummel. »Schau mich mal an, Schatz. Hey, schau mich an! Coleman, der wahrhaft Mannhafte. Was hältst du davon, wenn du mir nett und gepflegt einen bläst? Was hältst du davon, Schatz? Ist dir eigentlich klar, dass wir Stoff im Wert von dreitausend Dollar unter dem Stein im Hof haben? Dimitri ist ein Genie!«

»Sei ruhig«, sagte Dorothy wie von weit her. »Ich beginne langsam, klar zu sehen. Ich glaub', ich kann alles ganz einfach ausdrücken, so einfach, dass sogar du es verstehst.«

Colemans Körper wurde von Lachen geschüttelt. »Wie kannst du in einer solchen Situation reden, wie kannst du auch nur denken? Du musst doch vor Verlangen verrückt werden. Bist du etwa keine Frau? Jetzt wart mal kurz. Dieser Frage müssen wir nachgehen. Vielleicht hab' ich die ganze Zeit mit einem verdammten Jungen geschlafen.« Seine Hand glitt zwischen ihre Oberschenkel und untersuchte sie gründlich. »Beruhigend. Heutzutage darf man niemandem mehr trauen. Vielleicht hast du dich umoperieren lassen. Pack aus, Schatz. Ich hab' keine Vorurteile gegenüber Jungs. Ich will nur wissen, wo ich stehe.« Er stützte sich auf den Ellbogen und starrte auf ihre Brüste hinunter. Sie waren flach, aber noch immer reif und üppig und genauso gleichmäßig gebräunt wie ihr restlicher Körper. Mit einem Finger zeichnete er ihre Kurven nach und streichelte ihre Brustwarze. Sie reagierte nicht. »Hey, bist du tot oder was? Schatz, red' mit mir. Sag' was! Bist du tot?«

Sie wischte seine Hand weg und sagte: »Es ist eigentlich total einfach. Der springende Punkt, verheiratet zu sein, ist …«

Er warf sich auf den Rücken und johlte. »Oh, nein! Oh, nein, Schatz. Jetzt hör' einfach mal zu. Herrgott noch mal! Schau doch, was du mir angetan hast. Du hast mich ruiniert. Willst du Coleman, Homo Erectus, oder willst du Coleman, den kleinen verschüchterten Ehemann? Glaubst du, dass der Schlag auf den Kopf Auswirkungen auf dein Gehirn hatte?«

»Du weißt doch nicht mal, was ich sagen wollte. Ehe ist nur …«

»Hör' auf mir doch damit! Eine Geisteskrankheit. Vielleicht bekommst du das. Schau Henry Varnum an. Schau George Leighton an. Ich mag sie. Sie sind nett. Aber sie sind *verheiratet*. Das heißt, die wollen doch nur ausbrechen! So sind Menschen nun mal. Denk' mal dran, was Unterdrückung mit Menschen macht. Ich *will* Angst haben, dass du mit einem anderen Typen abhaust. Wenn du das machst, dann werd' ich bereuen, dass ich dich nicht geheiratet hab'. So sind Menschen nun mal. Hey, schau doch mal! Schau mich an, Schatz. Ich hör' ja gar nicht mehr auf zu labern.« Wieder schüttelte er sich vor Lachen und drückte die Zigarette aus. »Los, Schatz. Worauf warten wir? Du bist dran, du musst den ersten Schritt machen.«

Sie seufzte, beugte sich vor und sah ihn an. Dann griff sie sich ins Haar und es fiel wie ein goldener Vorhang über seinen Kopf. Unten an der Tür klopfte es. Sid packte ihren Arm. »Geh nicht. Ich will keinen Menschen sehen. Ist das nicht wunderbar? Wenn ich nicht vorsichtig bin, frag' ich dich vielleicht wirklich noch, ob du mich heiraten willst.«

»Wenn du das machen würdest, würd' ich ablehnen. Du bist eben zu blöd, um das zu verstehen.« Sie rollte sich weg, band ihre Haare zusammen und stand auf. In dem langen Zimmer gab es viele Fenster und wenig Möbel. Sie ging zu dem Fenster an der Stirnseite, kniete sich auf den Fußboden, so, dass nur Kopf und Schultern sichtbar waren und blickte hinaus. »Es ist Jeff. Guten Morgen!«, rief sie hinunter. »Komm' rein. Ich komm' gleich runter.«

Sie zog ein Männerhemd an, dass ihr bis zu den Knien reichte, durchquerte das Zimmer und ging gemächlich die Treppe hinunter. Kurze Zeit später stieg Jeff herauf.

Als er Jeffs Schritte hörte, bedeckte Sid sich mit einem Laken.

»Sie hat gesagt, ich kann raufkommen«, sagte Jeff, als er oben angekommen war. Sid setzte sich auf. »Klar. Hallo. Komm rein. Wie läuft's?«

»Dimitri ist verhaftet worden.«

»Hey. Meine Fresse! Soll das ein Witz sein? Herrgott. Das ist ja totale Scheiße. Wann hast du's gehört?«

»Es ist gestern Abend passiert. Ich war bei ihm. Wir haben grade drüber geredet, dass wir vorsichtig sein müssen und wie wir die Sache mit dir hinkriegen wollen, als die Polizei reingekommen ist. Er hat mir gesagt, ich soll morgens zu dir kommen.«

»Vor der *Polizei*?«

»Sie konnten's nicht verstehen. Ich hab' gewusst, was er meint, weil wir grad über dich geredet haben. Hat er dir die letzte Lieferung gebracht?«

»Ja, klar. Gestern Nachmittag. Ich hab's unten versteckt. Heiliger Strohsack. Hoffentlich ist's da sicher. Setz dich.« Sid saß im Yogisitz in der Mitte des Bettes.

Jeff setzte sich ans Fußende. »Scheinbar glaubt er, dass du weißt, wie du's zu Geld machen kannst«, sagte er dringlich. »Er braucht das Geld. Er muss es zurückzahlen.«

»Geld ist ja wohl das kleinste Problem. Auch wenn sie ihm nichts anhängen können, werden sie ihn jetzt überwachen. Uns alle, um Himmels Willen! Das war bestimmt Costa. Ich kann's ihm nicht verdenken, dass er sich versucht zu schützen, aber es ist total beschissen, uns zu denunzieren. Was hat das Geld damit zu tun? Hey! Versuchst du mir zufällig zu verklickern, dass Dimitri das Geld von deinem Papa geklaut hat?«

»Nein.« Jeff schlug die Beine über, zog ein Knie zur Brust und legte den Kopf darauf. »Alles ist schrecklich kompliziert. Er hatte kein Geld und dann hatte er die Chance, dieses Zeug billig zu kriegen, deshalb hab' ich's ihm geliehen. Nur für einen Tag. Er sollte es eigentlich heute Morgen zurückgeben.«

»Um Gottes Willen!« Warum sagst du das deinem Vater nicht? Warum gehen wir nicht zur Polizei und holen Costa raus?«

»Und beschuldigen Dimitri, dass er es geklaut hat oder sagen, für was er es gebraucht hat? Er hat keine Angst, dass er Ärger kriegt. Sie können ihn nicht festhalten, wenn sie seine Wohnung durchsucht haben. Du musst ihm klarmachen, dass es auch für ihn wichtig ist, dass Papa sein Geld zurückkriegt. Wenn Costa wieder frei ist, ist die ganze Sache erledigt. Ich hab' versucht, ihm das zu erklären, aber ich bin nicht sicher, ob ich ihn überzeugt hab'. Wahrscheinlich seh' ich ihn nicht mehr, bis ich fahr'. Ich hab' nicht mehr viel Zeit. Ich fahre mit Mike Cochran.«

»Du fährst? Hey, wart mal kurz. Was ist da los? Von was redest du eigentlich?«

Jeff stellte seine Beine wieder nebeneinander, stand auf, fuhr sich durchs Haar und setzte sich wieder. »Mike nimmt mich mit in die Staaten. Ich wär' sowieso in drei Wochen gefahren. Was ist daran so komisch?«

»Nichts. Ein alter Kumpel von deinem Vater. Ich hatte nur den Eindruck, dass zwischen den beiden gestern Abend nicht alles so einwandfrei gelaufen ist.«

»Macht das irgendeinen Unterschied?«

»Nö. Hey, hör mal jetzt. Was machst du, wenn du da bist? Wohnst du bei Mike?«

»Klar«, verkündete Jeff aufsässig. »Zumindest bis ich nach Harvard gehe. Es ist mir egal, was die Leute reden.«

»Warum? Ich hab' nichts gegen Homos, Kumpel. Ein Mann hat das Recht, mit seinem Körper zu machen, was er will. Ich mein', es ist simpel. Könnt' sogar mir passieren. Aber Mike Cochran! Er ist ein komplexer Typ. Ich hab' mir schon gedacht, dass er auf Jungs steht, aber er würd' keine Risiken dafür eingehen, dafür bist du zu ... Ich weiß, es ist schrecklich, so was zu einem Typen zu sagen, aber es ist wahr: Du bist zu jung und unerfahren für ihn. Hast du da drüber schon mit Peter oder Charlie geredet?«

»Nein.« Er war Sid dankbar, dass dieser ihr Verhältnis für selbstverständlich hielt. Er fragte sich, was mit ihm passieren würde, wenn er in einer Gesellschaft lebte, in der das nicht so leicht akzeptiert werden würde. Was war mit Mike?

»Na, glaubst du nicht, dass du das machen solltest? Ich mein', die wissen wirklich, von was sie reden.«

»Wenn sie sagen würden, dass ich nicht fahren soll, würd' ich wahrscheinlich denken, dass ich das nicht machen sollte. Aber ich muss doch.« Er sprang auf, warf die Arme in die Luft und sein Gesicht verkrampfte sich zu einer gequälten Grimasse. »Ich kann es mit meinen Eltern nicht mehr aushalten. Ich bin verliebt. Ich weiß, ich bin zu jung und unerfahren, aber ich werd' jetzt Erfahrungen machen. Sag Dimitri einfach, was ich gesagt hab'. Wenn du helfen kannst, indem du Geld für das Zeug auftreibst, kommt schon alles in Ordnung. Die Sache mit Papa kannst du handhaben, wie du willst. Sag' ihm, dass ich's geklaut hab'. Sag ihm, es war ein verrückter Schulbubenstreich. Ich weiß, was ich tue. Mama und Papa brauchen sich keine Sorgen machen, wenn sie merken, dass ich nicht mehr da bin. Ich geh' zur Uni, wenn sie anfängt. Kannst du ihm das sagen? Du musst ihm nichts über die Sexgeschichte erzählen, außer sie fangen selber damit an. Ich glaub', Papa weiß schon Bescheid über mich. Ich muss los.«

»Geh' in Frieden, Kamerad.« Sid hob segnend die Hand.

»Du bist ein klasse Typ, Sid.« Jeff drehte sich um und rannte die Treppe hinunter.

Als Peter aufwachte, lag Judys Kopf auf seiner Schulter. Regte er sich, so regte auch sie sich und ihre Körper bewegten sich automatisch in eine Stellung, um miteinander zu schlafen. In den frühen Morgenstunden waren sie bereits geübte Liebhaber, beglückten sich gegenseitig mit bekannten Freuden und kamen kurz darauf wieder zu einem gemeinsamen Höhepunkt.

Kurz nachdem die Leidenschaft abgeflaut war, fragte sich Peter, wie viel Uhr es wohl war. Er setzte sich in dem riesigen Bett auf und versuchte sich daran zu erinnern, wo er eine Uhr gesehen hatte. Er entdeckte eine hinter sich, die in die Täfelung des Schottes eingelassen war. Es war fast halb zwölf. »Mein Gott!«, rief er. »Schatz, ich will dich nie wieder angezogen sehen, aber wollten wir uns nicht mit Mike Cochran treffen?« Als er die Frage beendet hatte, lag er schon wieder im Bett, seinen Mund auf ihrer Brust.

Sie strich durch sein zerzaustes Haar und hielt einen Augenblick seinen Kopf. Dann schob sie ihn bestimmt beiseite und setzte sich nun ihrerseits auf. »Du schläfst so wundervoll. Du schläfst so wundervoll mit mir. Ich will sehen, ob du auch wundervoll bist, wenn du den ernsthaften Kunstexperten gibst.«

Sie verließ ihn. Schnell war sie gebadet, angezogen und sah trotz ihrer lebhaften Nacht wunderschön aus. Er traf sie auf dem überdachten Deck. Gemeinsam tranken sie eine Tasse Kaffee – nur noch ein paar Minuten bis zu ihrer Verabredung mittags.

Er war froh, dass sie die nächsten ein oder zwei Stunden beschäftigt sein würden. Er brauchte Zeit, um sich auf das, was zwischen ihnen passiert war und noch passierte, einzustellen. Abgesehen von Geschäftsreisen war er noch nie eine Nacht von zu Hause weggewesen. Er fühlte beschämend untreu, auch wenn er wusste, dass es Charlie nichts ausmachte. Vielleicht hatte dieser nicht einmal gemerkt, dass er nicht zu Hause gewesen war, wenn Charlie früh genug aufgestanden war. Dem Ostteil des Hafens und dem Haus hielt er geflissentlich den Rücken zugewandt. Er hatte eine der sexuell befriedigendsten Nächte seines Lebens erlebt – mit einem Mädchen! – und sein Körper sehnte sich nach mehr. Glücklicherweise hatten sie dafür keine Zeit. Wenn sie unter Leuten waren, würde sich die verzehrende körperliche Verbindung zwischen ihnen schon auflösen.

Er blickte auf das Chronometer und trank seinen Kaffee aus. »Hier macht keiner was pünktlich«, sagte er, »aber Cochran kommt von einem anderen Stern. Wir müssen uns beeilen.«

Sie hielt sich nicht mit nervtötenden weiblichen Verzögerungstaktiken auf, sondern war sogleich auf den Beinen und bereit zum Abmarsch. Er gestatte sich nicht, sie zu berühren, bis sie auf der Laufplanke waren. Als er seine Hand auf ihren Arm legte, überkam ihn sofort der Drang, sie umzudrehen und zurück in das riesige Bett zu schubsen. Pflichtbewusst gingen sie an Land. Sie wanderten am Meltemi vorbei und Peter fiel auf, dass es geschlossen war. Das war seltsam für diese Tageszeit. Der Hafen wirkte ungewöhnlich ruhig, nur ein paar Menschen waren unterwegs.

Sid Coleman und Dorothy saßen auffallend einsam vor dem Lambraiki. Peter und Judy kamen heran und Sid winkte wie wild. Kaum waren alle einander vorgestellt waren, platzte er schon mit Dimitris Verhaftung und Jeffs morgendlichem Besuch heraus.

»Er ist mit Mike abgefahren«, schloss Sid. »Was hältst du davon?«

»Abgefahren? Wie denn? Du meinst schon ... schon mit dem Morgenschiff?«

»Michael Cochran? Mit einem normalen Schiff? Nein, ein Spezialboot. Von der Polizei bereitgestellt. Sie bringen ihn aufs Festland und *chauffieren* ihn nach Athen. Ich glaub', wir sollten auch mal dran denken, Drehbücher zu schreiben. »

»Komisch. Wir hatten eigentlich eine Verabredung mit ihm.« Peter und Judy tauschten einen Blick. »Hat Jeff irgendwas gesagt, was diese Eile erklärt?«

»Ich hab' mir zusammengereimt, dass sie miteinander durchbrennen, mein Lieber. Vielleicht wollten sie's George und Sarah nicht erklären müssen.«

Peter runzelte die Stirn. »Jeff ist ein fixes Kerlchen. Ich frag' mich, wie er und Mike zusammengekommen sind. Hat er dir erzählt, was sie machen wollen?«

»Nur, dass Mike ihn mit in die Staaten nimmt. Ich hab' ihm abgeraten, doch wer hört schon auf mich? Aber wart mal. Hör mal zu jetzt. Noch was. Sie haben Costa nach Piräus gebracht. *Er* ist mit dem Morgenschiff gefahren. In Handschellen. Hat mir Stavro erzählt.«

»Ach, Scheiße.« Peters Stirnrunzeln vertiefte sich.

»Und weißt du was? Er hat das Geld nicht geklaut. Jeff war's, um's Dimitri zu leihen.«

»Ach, Quatsch? Ist das dein Ernst? Dieser blöde kleine Scheißkerl. Warum hat er mir das nicht erzählt? Ich hab's mir ja fast schon gedacht. Wir müssen deinen Kumpel Dimitri dazu bringen, es zurückzugeben.«

»Keine Sorge. Das wird er schon machen. Dem Flittchen tret' ich schon in die emsigen kleinen Eier!«

»So ein blödsinniges Chaos! Der Einzige, der wieder was drüber kriegt, ist Costa. Verdammt noch mal, das geht mir auf den Sack!« Peter starrte nachdenklich auf den Tisch und wandte sich dann an Judy. »Weißt du, wann Mike in die Staaten zurück will?«

»Nicht genau. Wenn ich richtig verstanden hab', ist er hierher gekommen und wollte dann direkt nach Hause fahren.«

Sie sahen sich einen Moment in die Augen und Peter nickte ihr leicht zu. Dann drehte er sich wieder zu Sid. »Hängst du hier noch 'ne Weile rum?«

»Keine Ahnung. Wo sind die denn alle? Bevor ihr gekommen seid, hab' ich schon geglaubt, dass wir die einzigen Überlebenden sind.«

»Wahrscheinlich schlafen die alle ihren Rausch aus. Pass mal auf. Bleib hier und wart auf George. Er kommt bestimmt gleich vorbei. Erzähl ihm, was du für das Beste hältst. Auf jeden Fall musst du ihn dazu kriegen, dass er zur Polizei geht und sich dafür stark macht, dass sie Costa wieder zurückbringen. Vielleicht glauben sie nicht, dass er sein Geld wieder hat, außer er präsentiert es ihnen. Leider hab' ich nicht genug Bargeld, um's ihm dazulassen. Ich bring' Jeff dazu, mit der Wahrheit rauszurücken. Dann kriegen wir Costa bis spätestens morgen raus.« Er sah Judy an. Ihr strahlender Blick lag auf ihm, ihr Gesichtsausdruck war aufmerksam und erwartungsvoll. »Es war nicht so blöd von Tim, dir eine Jacht zur Verfügung zu stellen. Wir können ungefähr gleichzeitig mit ihnen dort sein.«

»Fahren wir gemeinsam mit der Jacht?«

»Ich glaub', das wär' 'ne prima Idee.« Er sah ihr in die Augen und in seiner Stimme schwang eine private Nachricht mit. Dann atmete er tief durch und brach in Lachen aus. »Wir sollten nicht auf die Öffentlichkeit losgelassen werden. Geh lieber zurück zum Boot und sag deiner Crew, dass wir gleich abhauen. Ich renn' schnell zum Haus hoch und hol' ein paar Sachen. Bin gleich wieder bei dir.«

Beide blieben stehen. Sid sah sie an. »Das ist ja super. Ihr seid wunderbar. Soll ich noch irgendwas machen? Ich mein', ihr kriegt ja da richtig was auf die Reihe.«

»Lass Dimitri ausrichten, dass du dich mit ihn treffen willst, sobald sie ihn rauslassen. Bist du sicher, dass du das Geld von ihm kriegst? Wenn ja, dann gib's so schnell wie möglich George.«

»Null Problemo, Kamerad. Vielleicht heute nicht mehr, aber sicher morgen.«

»Gut. Ich schätze, dass das alles was mit deinem wertvollen Dope zutun hat, aber ich hab' jetzt keine Zeit, mir das anzuhören. Jeff wird's mir schon erzählen.« Er hielt Judys Hand, drückte sie leicht und sie sahen einander wieder an. Hastig wandte er sich von ihr ab und war verschwunden.

Als er das Haus erreicht hatte, hatte er sich entschieden, Charlie nicht bei der Arbeit zu stören. Er hatte nicht die Zeit, mit Charlie über Judy zu sprechen. Charlie würde ihn auf seine zustimmende, liebevolle Art ausfragen. Peter war nicht sicher, ob er bereits fähig war, schnelle Antworten zu geben.

Das Haus war ruhig. Die Kinder waren wahrscheinlich beim Baden. Er hatte eine Geschichte für Martha, aber nachdem er einige Toilettenartikel und Kleider zum Wechseln in eine kleine Tasche geworfen hatte, entschloss er sich, sie nicht zu suchen. Wahrscheinlich war sie sowieso baden gegangen. Auf dem Bett hinterließ er eine kleine Notiz für Charlie:

Liebster, ich eile. Bin mit Judys Jacht unterwegs und versuche Costa rauszuholen. Sie haben ihn nach Piräus gebracht. Sid weiß alles. Helfe Judy wegen Raouls Bildern und amüsiere mich prächtig. Bin morgen oder übermorgen zurück. Ich liebe dich.

Als er wieder um den Hafen lief, sah er, dass sich an Sids Tisch bekannte Gesichter eingefunden hatten, aber

George und Sarah waren nicht dabei, deshalb blieb er auch nicht stehen. Die Schiffsmotoren liefen schon, ein Matrose arbeitete vorn ab Bug und der Kapitän stand am Ruder. Ein Steward in weißem Jackett bot ihm Getränke an. Er fragte nach Judy und bekam zur Antwort, sie sei unten.

Ohne etwas zu bestellen, drehte er sich abwesend um und ging rastlos auf dem Deck auf und ab. Immer, wenn er auf einem Boot den Hafen verließ, hatte er das Gefühl, in ein Abenteuer hineingeworfen zu werden. Auch jetzt vermittelte ihm das Dröhnen der Motoren unter seinen Füßen den Eindruck, sich dem Unbekannten zu überlassen. Um keine Zeit zum Nachdenken zu haben, hatte er sich eingeredet, dass er sich beeilen müsse. Er wusste, dass er Charlie zu Hause nicht hatte sehen wollen, dass er seine Gefühle gegenüber Judy unangetastet, nicht durch Gespräche darüber zerreden wollte. Das erste Mal seit Jahren erlaubte er einem anderen Menschen, seine Aufmerksamkeit von Charlie abzulenken. Das gefiel ihm nicht, auch wenn es Charlie egal war. Er wünschte sich ungeduldig, dass Judy kommen und ihm das Gefühl geben würde, dass er das, was er machte, auch wirklich wollte.

Ein paar Minuten später kam sie herauf und der Blick, den sie einander zuwarfen beruhigte sein Gewissen. Sie saßen gemeinsam auf dem überdachten Deck und bestellten Bier, während die Vorbereitungen auf die Abfahrt weitergingen.

»Prima, dass wir Mike zusammen verfolgen«, sagte sie. »Das machen wir doch, oder … wir suchen doch nach Mike?«

»Sicher, und wir versuchen, diesen Insel-Schwachsinn auf die Reihe zu kriegen.«

»Das verwirrt mich ein bisschen. Das Wunderschöne daran ist, dass alles anscheinend irgendwie zusammenhängt.«

»Wie wir.«

»Ja. Ich fand es grade eben toll, das Mittagessen für uns zu bestellen. Das gibt mir das herrliche Gefühlchen, für dich den Haushalt zu führen. Wenn ich noch einen Tag mit dir verbringe, werde ich mich in eine nette kleine, normale Hausfrau verwandeln.«

»Wir verbringen sicher noch einen Tag miteinander. Steh' ich dann mit einer normalen kleinen Hausfrau da?«

Ihre Stimme klang jetzt irgendwie irdisch – ganz anders als gestern. »Ich glaub' nicht, dass du mich in so eine Hausfrau verwandeln kannst – nicht einml du. Irgendwas fehlt mir da. Ich hab' heute Nacht sehr viel über mich rausgefunden.«

Bei diesem Stichwort trafen sich ihre Blicke, intim, ekstatisch. Dann glitzerte ein Fünkchen Humor in Judys Augen und gleichzeitig brachen sie in Gelächter aus. Für Peter war es ein entlastendes Lachen. Es reinigte die Luft. Was auch immer zwischen ihnen passierte, sie steckten nicht zu tief drin.

»Willst du's mir nicht erzählen?«, fragte er.

»Dir was sagen?« Ihre Augen glänzten.

»Was du rausgefunden hast.«

»Klar. Aber jetzt noch nicht. Nicht im Moment. Ich muss mir genau überlegen, wie ich's sagen soll.«

Der Blick, den sie ihm zuwarf, war bezaubernd, aber beruhigend. Er sah zu, wie die Laufplanke eingeholt wurde und fühlte sich erleichtert. Wenn sie erst einmal auf dem Weg wären, müsste er nicht mehr zwischen ihr und Charlie wählen. Er war sich sicher, dass er sich dann eher das Recht zugestehen würde, sich zu amüsieren.

Immerhin rannte er nicht einfach zum Vergnügen weg. Es war wichtig, dass er Jeff traf, er musste Costa befreien und vielleicht könnte er sogar Tim einen Dienst erweisen. Mit Judy machte es Spaß, aber die ganze Sache hatte einen ernsthaften Zweck.

Die Heckleinen waren jetzt los und der Anker wurde eingeholt. Er blickte noch ein letztes Mal hinauf zum

Haus, sein schlechtes Gewissen hatte etwas nachgelassen. Es war doch eigentlich eine Geschäftsreise und nicht das erste Mal, dass er die Familie alleingelassen hatte. Morgen oder übermorgen würde er wieder zurück sein.

Das Rasseln der Kette hörte auf. Der Bug schwang hinüber zur Hafeneinfahrt. Die Motoren dröhnten jetzt dumpf unter ihnen. Sie waren auf dem Weg. Ihre Blicke trafen sich wieder und sie lachten, einfach aus Freude zusammenzusein.

George Leighton wachte in einem fremden Zimmer auf, in einem fremden Bett, mit fremden Bettgenossen. Als er die ungewohnte Umgebung bemerkte, kam er mit einem Mal zu Bewusstsein und kämpfte sich hoch. Zuerst fiel ihm auf, dass er noch immer Hemd und Hose trug und dass zwei nackte Mädchen schlafend neben ihm im Bett lagen. Eine war Lena, die Freundin von Joe Peterson, mehr begriff er im Moment nicht.

Sein Herz schlug heftig, sein Magen hob sich und er fiel beinahe wieder aufs Bett zurück. Dann jedoch fiel sein Blick auf das Bett auf der anderen Zimmerseite. Darin lag ein Trio verschiedenen Geschlechts – Joe, der hübsche deutsche Junge und ein Mädchen, alle nackt. Bruchstückhaft fielen ihm wieder Aspekte des Vorabends ein. Schlagartig war die Szene mit Sarah wieder da. Panik erfüllte ihn und er stand mühsam auf. Auf beiden Seiten des Zimmers bewegten sich Körper, schnaubten und seufzten und dann kehrte wieder Stille ein. Er schwankte und torkelte ein paar Schritte durchs Zimmer.

Sarah und das Erdbeben und wie Joes Gruppe ihn ins Schlepptau genommen hatte. Das Geld. Das war gestern Abend gewesen. Joe und dessen Gruppe und die Sauferei bis zur Bewusstlosigkeit. Schnell oder langsam, er konnte sich einfach nicht erinnern. Er war noch immer vollständig angezogen, fummelte an seinem Hosenschlitz. Der war geschlossen. Noch immer im Zölibat?

Sein Kopf schwang hin und her, als er versuchte, einen Weg aus dem unbekannten Zimmer zu finden. Er sah eine Treppe im Boden und torkelte darauf zu, versuchte, so wenig Lärm wie möglich zu machen. Er fühlte sich dem physischen Zusammenbruch nahe, als wenn sein Körper nie wieder in Ordnung kommen würde. Gleichzeitig empfand er eine Ruhe oder Gefühllosigkeit in sich, die dieses Erwachen weniger entmutigend erscheinen ließ, als er es seit langem gewöhnt war.

Die Treppe sah gefährlich aus, aber irgendwie schaffte er es, ohne Fehltritt hinunterzukommen. Das Haus war eine primitive Inselwohnung mit Küche, aber ein Badezimmer war nicht zu entdecken. Er ging in den Hof hinaus und erleichterte sich von den Getränken des Vorabends. Die Sonne stand seltsam hoch am Himmel.

Zurück in der Küche, die mit schmutzigem Geschirr vollgestopft war, hielt er den Kopf unter den Zapfen, der aus einem kleinen Tank über einem Tisch mit eingelassenem Waschbecken herausragte. Möglicherweise würde er sich doch wieder erholen, aber erst nach einigen Tagen völliger Ruhe.

Ein lautes Ticken war zu vernehmen. Irgendwo musste eine Uhr sein. Er folgte dem Geräusch und fand einen verbeulten, alten Wecker auf einem Regalbrett. Die Zeiger zeigten zwanzig nach eins. Das konnte nicht stimmen.

Die Unannehmlichkeiten mit der Polizei gestern fielen ihm wieder ein. Er erinnerte sich daran, wie er leichthin behauptet hatte, dass er es nicht zulassen würde, dass Costa schikaniert wurde. Er und Joe hätten heute Morgen als erstes zur Polizei gehen sollen. Zum Teufel mit Sarah. Zum Teufel mit Mike (hatte er den Scheck aufgehoben, den Mike ihm gegeben hatte?). Die Niederlage auf allen Fronten hatte er sich jedoch noch nicht eingestanden. Für Costa war er noch immer verantwortlich.

An der Wand fand er eine Spiegelscherbe, beugte sich hinunter und sah sich an. Schockiert, fast verärgert sah er, wie viel seine Heilkräfte bereits vollbracht hatten. Abgesehen von den sprießenden Bartstoppeln wirkte er recht ansehnlich. Seine Kleider waren schmutzig und verknittert, aber dagegen konnte man jetzt nichts machen.

Er musste sofort den Polizeidirektor aufsuchen. Zweifellos war es später, als es sein sollte, aber es konnte keinesfalls Nachmittag sein. Er strich sich durchs Haar, zog die Hose hoch und merkte, während er durch den Hof ging, dass er mit seinem Körper ganz gut zurecht kam.

Langsam orientierte er sich und wusste, wo er war. In dem Amphitheater der Stadt lag das Haus recht tief. Ein Labyrinth von Gässchen lag zwischen ihm und der Polizeiwache. Weil es viel kühler als gestern war, konnte er ohne starkes Schwitzen relativ flott gehen.

Als er sich seinem Ziel näherte, kam er auf einen kleinen Platz, der von großen Kiefern beschattet wurde und auf dem es eine Taverne gab, die bei der einheimischen Bevölkerung sehr beliebt war. George überquerte den Platz und erblickte unter den verstreut sitzenden verschlafenen Trinkern den Polizeidirektor. Dieser saß allein und sehr aufrecht an einem Tisch, seine Militärmütze auf ihrem Platz, vor ihm stand ein Glas Ouzo. George änderte seinen Kurs und ging auf ihn zu. Als der Direktor ihn erblickte, erhob er sich, verbeugte sich steif und zeigte auf den Stuhl neben ihm.

»Oh, Herr Jiorgo. Ich hatte Sie schon früher erwartet. Leisten Sie mir Gesellschaft?«

George setzte sich. »Ich war gerade auf dem Weg zu Ihnen.«

»Um diese Zeit? Sicherlich dürfte auch einem armen Polizisten Zeit fürs Mittagessen zugestanden werden.«

»Die Uhr zu Hause geht mal wieder nach«, sagte George hastig. Also war es tatsächlich nach eins.

»Was darf ich Ihnen anbieten?«

»Ein Bier wär' vielleicht eine gute Idee.«

Der Direktor schnippte mit den Fingern und bestellte. »Haben Sie an der Feier gestern Abend teilgenommen?« Ein scharfer Blick streifte Georges unordentliche Kleider.

»Ich hatte etwas zu feiern. Ich habe direkt unter dem Glockenturm gesessen, als er umgefallen ist.« Musste man deshalb feiern? Wenn der Turm ihm auf den Kopf gefallen wäre, hätte er sich den heutigen Tag ersparen können. Er war obdachlos, weil er nicht dahin gehen konnte, wo Sarah war, hatte einen Freund verloren und war am Ende.

»Die ganze Insel hatte Grund zu feiern. Niemand ist schwer verwundet worden. Nur kleinere Schäden. Ich denke, der Glockenturm war das Schlimmste. Wir haben Glück gehabt.«

Durstig nahm George einen Schluck von dem Bier, das vor ihn hingestellt worden war. In seinem Kopf drehte sich alles – dann hatte er plötzlich das Gefühl, dass sein Inneres sich beruhigte. »Und was ist mit meinem Geld? Hatten Sie Erfolg?«

»Oh, nein. Es tut mir Leid. Bisher haben wir versagt. Costa ist sehr stur. Meine Männer haben es mit allen möglichen Überredungskünsten versucht, aber er wollte nichts sagen.«

»Wenn das so ist, ist er unschuldig. Sie müssen ihn laufen lassen.«

»Ihn laufen lassen?« Mit starrem Blick wies der Direktor den Vorschlag zurück. »Wir haben ihn mit dem Morgenschiff nach Piräus geschickt.«

George lehnte sich nach vorne. »Wie bitte?«

»Das ist normale Routine. Vier oder fünf Monate wird er in einem sehr ungemütlichen Gefängnis verbringen müssen, bevor sein Fall verhandelt wird. Er ist vorbestraft. Mit der Anschuldigung von Herrn Peterson wird er sicherlich ein Jahr bekommen. Wie viel mehr es angesichts Ihrer... äh... Verdächtigungen wird, ist schwer zu sagen.«

»Ohne Beweise?«, wandte George ein.

»Welche Beweise sollen wir bei gestohlenem Geld schon finden? Denken Sie, Costa würde mit sechzigtausend Drachmen in der Tasche herumlaufen?«

Für einen Moment schwieg George. Ein weiterer Beweis für sein Versagen auf der ganzen Linie und sein Selbstekel erwachte wieder zum Leben. Rückblickend erschienen seine gestrigen Einwände wenig überzeugend. Sein Verhalten war ihm völlig fremd, es war so ganz anders als früher. Wegen zweitausend Dollar das Leben eines Mannes zu zerstören? Er musste verrückt geworden sein. Er trank sein Bier aus und lehnte sich entschieden zurück. »Na gut. Dann muss ich ebenfalls nach Piräus fahren. Ich werde mir die besten Rechtsanwälte in Athen suchen und Costa herausbekommen.«

»Wie Sie wünschen. Sie sind ein Philosoph, Herr Jiorgo. So etwas geht einen Polizisten nichts an. Ich mache meine Arbeit so gut ich kann. Für mich ist Costa ein Unruhestifter. Wenn er ein paar blaue Flecken hat, kann ich dann zulassen, dass er sie zeigt und behauptet, dass die Polizei ihm das angetan hat? Nein, nein, nein. Zu Recht möchten Sie ihr Geld zurück. Ich tue, was nötig ist, um es wieder zu beschaffen. Mit welchem Ergebnis? Ich verhafte Dimitri, weil Costa ihn beschuldigt, mit Drogen zu handeln. Ich durchsuche die Bar. Nichts. Costa blamiert mich. Er gibt mir eine Liste von Dimitris Kunden, weil Leute, die Drogen wollen, auch dafür stehlen würden. Soll ich die ganze ausländische Kolonie einsperren? Nein, nein, nein. Ich werde das Übel bei der Wurzel packen. Wenn es Dimitri ist, werde ich ihn bald schnappen. Keine Angst. Aber Drogen sind eine ernsthafte Angelegenheit. Costa nimmt seine Geschichte mit. Wir werden spezielle Polizeikräfte für Betäubungsmittel hierher holen, die alle ausspionieren werden. Sie haben gehört, wie er Ihren Sohn beschuldigt hat, dass er Dimitri Geld übergeben hat. Sie möchten einen solchen Mann befreien? Vergessen Sie Ihre Philosophie, Herr Jiorgo. Überlassen Sie Costa mir.«

»Das kann ich nicht. Ich bin für ihn verantwortlich.« Dass Joe wegen Costa so sicher war, war einfach absurd. Er hatte gesehen, in was für einem Chaos dieser lebte. Jeder hätte den tausend Drachmenschein nehmen können, ohne sich auch nur zu fragen, wem der gehörte. »Ich kann mich nicht zurücklehnen und zusehen, dass er monatelang für etwas eingesperrt wird, was er wahrscheinlich nicht getan hat.«

Als der Direktor einen Schluck von seinem Drink nahm, knisterte seine Uniform bedrohlich. »Gestern waren sie sicher, dass er es in jedem Fall war. Warum haben sie dieses Papier unterschrieben? Sie sind nicht gezwungen worden.«

»Ich hab' den Kopf verloren. Sie haben es mir unmöglich gemacht, nicht zu unterschreiben. Sie machen ihre Arbeit sehr gut, Herr Direktor.« Er war beinahe froh, dass Costas Schwierigkeiten nicht gelöst waren. Das gab ihm etwas zu tun. Seine verbohrte Entschlossenheit, den Griechen zu befreien, gab ihm das Gefühl, dass das Leben wieder lebenswert wäre, zumindest bis er Erfolg gehabt hatte. An das Gespräch mit Jeff und Dimitri konnte er sich nur unscharf erinnern, aber er hatte den Eindruck, dass es in freundlichem Einverständnis geendet hatte. Wenn er Costa befreien konnte, wenn er eine Verbindung zu Jeff herstellen konnte, während dieser erwachsen wurde, gäbe es noch immer Hoffnung auf Anstand und Integrität. Er freute sich über alles, was ihn von dem Gedanken an Sarah ablenkte.

Der Direktor lächelte selbstzufrieden. »Ihnen ist aufgefallen, dass Sie unterschrieben haben, auch wenn Sie vielleicht ein wenig unwillig waren? Ich bin stolz auf meine Arbeit. Ich sage Ihnen, es wäre der Erfüllung meiner Pflicht nicht sehr zuträglich, Costa zu diesem Zeitpunkt wieder hier zu haben. Es würde aussehen, als hätte ich einen Fehler gemacht. Besorgen Sie ihm einen Anwalt, wenn Sie dies wünschen. Er hat das Recht auf Rechtsbeistand. Dann vergessen Sie die Angelegenheit.«

»Sie meinen, Sie glauben nicht, dass ein Rechtanwalt irgendwas für ihn tun könnte? Na gut. Ich habe wichtige Freunde in Athen. Wir werden sehen, was sie bewegen können.«

Der Direktor stellte sein Glas mit einem kleinen Knall auf den Tisch. Seine Uniform schien sich gefährlich auszudehnen. »Wieder Ihre einflussreichen Freunde? Wenn Sie sich unbedingt einmischen müssen, muss ich Sie warnen. Ihre Aufenthaltserlaubnis läuft in fünf oder sechs Tagen aus? Ich habe die Macht, die Verlängerung zu verweigern. Die Ausländer sind so lange willkommen, solange sie sich um ihre eigenen Angelegenheiten kümmern. Sie können tun, was sie möchten, aber täuschen Sie sich nicht über die Konsequenzen.«

»Sie meinen, sie würden mich ausweisen?« Nun starrte George ungläubig. »Aus welchem Grund?«

»Gründe können immer gefunden werden, Herr Jiorgo.«

»Wenn Sie das versuchen, werden Sie sich ein paar Schlagzeilen einhandeln.« Je mehr Hindernisse ihm in den Weg gelegt wurden, desto wichtiger wurde der Fall für ihn. Wenn seine schiere Existenz hier gefährdet war, wurde dieser Kampf zu einer wichtigen Herausforderung.

»Schlagzeilen sind schnell vergessen«, sagte der Polizeidirektor. »Aber, ich bitte Sie. Ich vernachlässige meine Pflichten als Gastgeber.« Er schnippte mit den Fingern. Wieder wurde Bier und Ouzo vor sie gestellt. »Ich war überrascht, dass Sie sich heute Morgen nicht von Ihrem Sohn verabschiedet haben.«

»Von meinem Sohn verabschieden?«

»Verabschieden Sie sich normalerweise nicht von jemandem, der abfährt?«

»Ja, natürlich. Aber wer fährt ab?«

»Ihr Sohn und Herr Cochran natürlich. Wir haben für Herrn Cochran ...« Der Direktor hielt inne. Zweifellos erschreckte ihn Georges bestürzter Gesichtsausdruck. »Sicherlich wissen Sie das. Sie wollen doch nicht sagen, dass Herr Cochran ihren Sohn mitgenommen hat, ohne ...«

»Nein, nein. Natürlich nicht.« Mühsam gelang es George, sich in die Gewalt zu bekommen. Er nahm einen Schluck Bier und versuchte, seine Gedanken zu ordnen. »Ich hab' an etwas anderes gedacht. Ja. Meine Frau ...«

»Ich habe das für eine weise Entscheidung gehalten. Bei Ihrem Freund, Mr. Cochran, wird es ihm gut gehen. Er und Dimitri waren ...« Der Direktor zuckte mit den Schultern und kippte den Kopf hin und her, als würde er Mehrdeutigkeit suggerieren.

»Ich habe gestern Abend mit den beiden gesprochen«, hörte George sich sagen, während unzusammenhängende Fragen wild durch seinen Kopf purzelten.

»Oh, ja. Unter uns, als meine Männer Dimitri verhaftet haben, haben sie ihn im Bett mit Ihrem Sohn überrascht. Beide begingen gerade einen unnatürlichen Akt. Wir alle machen viele Sachen, wenn wir jung sind, die im späteren Leben nicht viel bedeuten, aber es ist jetzt vielleicht besser für ihn, bei ihrem bedeutenden Freund zu sein.«

George erinnerte sich daran, wie er Mike beim Abschied gedroht hatte. Es hatte etwas damit zutun gehabt, die Finger von dem Jungen zu lassen. Hatte Mike Jeff nur mitgenommen, um seinen Triumph über George zu besiegeln? Sarah, mit ihren Verdächtigungen, hätte das nie zugelassen. Wenn sie Recht gehabt hatte, wenn Mike sich vorgenommen hatte, den romantischen und empfänglichen Jungen zu verführen, konnte er nichts tun, um das Verbrechen angemessen zu bestrafen. »Das kam alles sehr plötzlich«, sagte er vorsichtig und hoffte, seine Unwissenheit nicht noch weiter zu verraten. »Ich hatte erwartet, dass Herr Cochran das Nachmittagsschiff nehmen würde.«

»Natürlich, aber als mir Ihr Sohn erklärt hat, dass Herr Cochran es eilig hatte, haben wir selbstverständlich sofort reagiert. Sie mussten ein Flugzeug in die Staaten erreichen, stimmt das etwa nicht?«

»Ja, ein Flugzeug in die Staaten«, wiederholte George. In seinem Kopf lief noch einmal die Szene des gestrigen Nachmittags ab. Jeff hatte deutlich gemacht, dass er sein Leben hier hasste. Vielleicht war das Kneipenverbot der letzte Tropfen gewesen. Vielleicht hatte er Mike aufgesucht und diesen gebeten, ihn mitzunehmen. Vielleicht hatte er Sachen gesagt, so dass Mike in einem diskreten Freundschaftsakt zugestimmt hatte. In aller Fairness Mike gegenüber war das eine Möglichkeit. Er konnte nur hoffen, dass es tatsächlich so gewesen war.

Er trank sein Bier und versuchte, auf die Bemerkungen des Direktors zu reagieren. Die Höflichkeit erforderte, dass er noch ein paar Minuten blieb. Als er andeutete, dass er gehen musste, sah ihn der Direktor bedeutungsvoll an.

»Vergessen Sie nicht, was ich Ihnen gesagt habe, Herr Jiorgo. Das sind keine leeren Drohungen. Ich bevorzuge es, die Ereignisse auf meine Art zu regeln. Zum Besten der Meisten. Ich dulde keine Einmischung.«

»Ich werd' mir das mal überlegen. Aber ich muss tun, was mein Gewissen mir vorschreibt. Danke, dass Sie Ihren Standpunkt klargemacht haben.«

Sie nickten einander zu. Dann stand George auf und ging. Entschlossen überquerte er den Platz, aber sobald er außer Sichtweite war, verlangsamte er seinen Schritt.

In dem Chaos aus Gedanken und Gefühlen wusste er dennoch, dass ihm die letzte Warnung des Direktors gleichgültig war. Dies zeigte ihm, dass seine Prinzipien noch nicht erschüttert waren. Gerechtigkeit war Gerechtigkeit. Seine Verpflichtung ihr gegenüber wankte nicht.

Zumindest dafür konnte er sich eigentlich bewundern – es sei denn, dieses Gerechtigkeitsempfinden gründete auf einer Unfähigkeit zu glauben, dass er tatsächlich ausgewiesen werden könnte. Den George Leightons dieser Welt passierte so etwas einfach nicht. Die Welt der Kultur stand hinter ihm. Wenn er ausgewiesen werden konnte, hatte er sich über die Fundamente seines Lebens und seiner Arbeit getäuscht und Mike Cochran Recht gehabt.

Mike Cochran. Er durfte sich den Verdacht gegenüber Mike nicht eingestehen. Er durfte sich nicht erlauben, sich vorzustellen, dass Mike Vergnügen am Körper seines Sohnes finden würde, sonst würde alle Entschlossenheit von kopfloser Wut übermannt. Ihre alte Vertrautheit verbat dies. Es wäre ein unaussprechlich widerlicher Inzest. Er und Mike hatten einander innig geliebt, so innig, dass sich ihre Beziehung immer an der Grenze zu einer körperlichen Verbindung bewegt hatte. Damals wäre er angesichts eines Hinweises auf Homosexualität entrüstet gewesen. Im Laufe der Jahre hatten ihm Verständnis und Toleranz die Augen geöffnet und mittlerweile war ihm bewusst, dass ihre Beziehung jederzeit zu sexueller Leidenschaft hätte führen können.

In diesem Sinne war Jeff ihr gemeinsamer Sohn. Egal wie verdorben oder pervers das auch immer war, Mike wäre genauso unfähig wie er selbst, eine körperliche Beziehung zu dem Jungen zu haben. Nein, Jeff hatte ihn als Geschenk des Himmels betrachtet und überredet, ihn mitzunehmen. Er wäre sowieso in ein paar Wochen gefahren. Und was Dimitri anging: Wenn Jeff diesen

Weg einschlagen würde, war es besser für ihn, irgendwo zu sein, wo die Auswahl nicht auf Barjungen beschränkt blieb. Das »Unnatürliche« schreckte ihn nicht. Er konnte sich keinen Akt vorstellen, bei dem der menschliche Körper zu etwas fähig wäre, was vernünftigerweise als »unnatürlich« bezeichnet werden konnte.

Sarah würde Genaueres über die Abreise des Jungen wissen, aber er konnte nicht mit ihr sprechen. Noch nicht. Vielleicht hatte Jeff einen Brief hinterlassen. Wenn nicht, kannte er mehrere vertrauenswürdige Freunde, die in New York oder Hollywood oder Harvard oder sonst irgendwo Nachforschungen über ihn anstellen konnten.

Er kam auf eine Straße, die zum Hafen hinunterführte, zögerte, ging dann aber weiter. Alle würden jetzt zum Mittagessen nach Hause gehen. Er hatte nicht die Kraft, Jeff zu verfolgen und war unsicher, ob er das tun sollte, selbst wenn er könnte. Augenblicklich war er nur für Costa unmittelbar verantwortlich. Seine Unwissenheit über die Justiz dieses Landes schockierte ihn. Er würde nach Athen fahren und sich informieren müssen. Es gab eine Reihe Leute, die er um Rat fragen konnte. Aber wenn er nach Athen fahren wollte, musste er nach Hause gehen und er konnte sich keine Begegnung mit Sarah vorstellen, die ihn nicht dauerhaft verkrüppeln und handlungsunfähig machen würde. Vielleicht würde ihn nur die Ausweisung dazu zwingen, anzuerkennen, wie endgültig, völlig und gründlich sein Leben hier zu Ende war.

Er kam zu einer Straße, die ihn wieder hinauf und schließlich auf Umwegen zu seinem Haus führen würde. Er bog ein und fing an zu klettern. Vielleicht schaffte er es, sich hineinzuschleichen, ohne Sarah zu sehen. Oder vielleicht war sie nicht da, ließ sich von Pavlo trösten. Vor seinem inneren Auge sah er wieder das nackte Mädchen, neben dem er geschlafen hatte.

Bis zu dem Zeitpunkt, nach dem er sich an nichts mehr erinnern konnte, war sie sehr süß und willig gewesen. Petersons Freundin. Lena.

Er würde sich Geld für die Reise nach Athen leihen müssen. Wieder dachte er an Mikes Scheck, befühlte seine Taschen und fand nichts außer einer fast leeren Zigarettenschachtel. Plötzlich erinnerte er sich, dass er den Scheck irgendwann gestern Abend in Fetzen gerissen hatte und wie die Schnipsel hinter ihm weggeflattert waren. Geld von Peter. Kleider und Pass aus dem Haus.

Lenas verführerischer Körper erschien wieder vor seinem inneren Auge. Es war zu spät, um das Nachmittagsschiff zu erreichen. Bis Morgen früh würde er keine Chance haben, die Insel zu verlassen. Der Polizeidirektor würde ihm keinen Spezialtransport zur Verfügung stellen. *Vergiss mal einen Moment die großen Erfahrungen, die Leidenschaften und Verpflichtungen!* Konnten Menschen Glück nicht ertragen? War sein Leben zu gut gewesen? War Sarahs Drang, ihre gegenseitige Treue zu zerstören, normal und unausweichlich gewesen? Sollte er mit einer anderen Frau wieder ganz von vorne anfangen? Lena wäre gar nicht mal so schlecht.

An der nächsten Kreuzung der stufigen Gässchen änderte er wieder seinen Kurs und ging hinüber in Richtung von Joe Petersons Haus.

Charlie war mit der Arbeit des Nachmittags nicht zufrieden. Er legte die Pinsel beiseite und ging im Studio umher. Dabei blieb er immer mal wieder vor einer der unfertigen Leinwände stehen, die hier und da aufgestellt waren. Er strich sich über die nackte Brust und versuchte neu zu formulieren, was er in diesen Bildern hatte ausdrücken wollen. Ihre kühle mathematische Eleganz, die ihm beträchtlichen Ruhm eingebracht hatte, bereitete ihm plötzlich seltsames Unbehagen.

Waren sie wirklich so tot wie sie ihm jetzt erschienen?

Seit er vor dem Mittagessen Peters Nachricht auf dem Bett gefunden hatte, hatte er sich rastlos gefühlt. Offensichtlich war es plötzlich zu einer Krise gekommen, aber er konnte sich nicht mit der überstürzten Abreise abfinden. Er hatte sich gefreut, dass Peter sich mit dem Mädchen amüsierte, aber jetzt, da sie gemeinsam auf der Jacht weggefahren waren, hatte sich das irgendwie verändert, schloss ihn mehr aus, als er akzeptieren konnte.

Martha war zu spät zum Mittagessen vom Hafen zurückgekommen und erzählte seltsame Geschichten von Verhaftungen und zusätzlichen Abreisen. Jeff und Mike Cochran. Jeff und Georges Geld. Offensichtlich war Peter daran beteiligt, den Knoten zu entwirren. Jeff war abgefahren und Peter war ihm gefolgt.

Der Gedanke hatte ihn den ganzen Nachmittag gequält. Peter war mit dem Mädchen zusammen, erinnerte er sich immer wieder. Jeff war bei Mike. Wenn sie sich sahen, würde es nur um die Geldsache gehen. Oder vielleicht hatte Martha etwas falsch verstanden. Vielleicht flüchtete Jeff auf seine überspannte Art vor der Justiz und Peter wollte ihn aufhalten. Da alle auf Jachten oder unter Polizeischutz reisten, konnten alle jederzeit wieder auftauchen, unabhängig vom regelmäßigen Schiffsverkehr. Sobald er für heute fertig wäre, würde er hinuntergehen und herausfinden, was tatsächlich los war.

Er ging zu den Pinseln zurück und reinigte sie sorgfältig. Zum Aufhören war es eigentlich noch zu früh, aber er konnte sich nicht mehr konzentrieren. Er ging über Terrassen und Höfe hinüber in sein Zimmer und duschte. Während er sich abtrocknete, stand er vor einem großen Spiegel und betrachtete kritisch seinen ganzen Körper. Dieser war noch gut in Schuss. Nach dem gründlichen Abtrocknen war sein Schwanz unübersehbar, ästhetisch übertrieben und warf die Proportionen aus dem Gleichgewicht. *Monumental.* Während er sein beachtliches Glied betrachtete, erschien ihm das nackte zur Schaustellen vor jemandem einer sexuellen Handlung sehr nahe. Bedachte man die Aufmerksamkeit, die es immer auf sich zog, war es überraschend, dass es ihm so leicht gefallen war, es in die relativ unwichtige Rolle zu zwingen, die es jetzt spielte. Lächerlich, welche Macht dieses lange Fleisch ausgeübt hatte – über ihn und über andere. Peter war noch immer davon fasziniert und würde seinen Körper freudig seinen Forderungen beugen, aber sein eigenes Verlangen danach war versiegt und er würde Peter einen schlechten Dienst erweisen, ihn wieder seiner Tyrannei zu unterwerfen. Nach Jahren des Nehmens, machte es ihm Freude, sich Peters Befriedigung hingeben zu können. Manchmal erfüllte ihn ein wilder Drang, der auf niemanden oder nichts gerichtet war, dem außergewöhnlichen Instrument wieder die volle Herrschaft zu übergeben und es wie früher durchs Leben toben zu lassen. Das Feuer war nicht völlig erstickt.

Er sah sein Glied im Spiegel an, nach dem Abtrocknen war es lang und ragte riesig hervor, ein eigenständiges Gebilde unabhängig von ihm, der Widersacher des Kopfes, dessen Überlegenheitsgefühl ihm in seiner Jugend eingeimpft worden war. *Eher eine Verschwendung, ihn so gründlich eingepackt zu halten*, dachte er ironisch, *aber so ist das nun mal.* Er legte seine Hand darauf, wie üblich überrascht, wie groß es war und strich einige Male fest darüber. Er sah zu, wie es lang wurde, anschwoll und durch das einströmende Blut versteift wurde. Das war alles – ein flexibles Gefäß, dass sich bis zum Anschlag mit Blut füllte und ausdehnte, bis es gezwungen war, aufrecht zu stehen. Lächerlich.

Er zog eine gut geschnittene, enge Leinenhose und ein hellblaues Sporthemd an, das seinen tiefbraunen Körper vorteilhaft betonte. Da er sich ein wenig mehr

Mühe mit seinem Erscheinungsbild gab als normalerweise, hatte er das Gefühl, gegen seinen Willen ein wenig anzugeben. Er hörte die Kinder irgendwo im Haus herumpoltern und sein Lächeln verbreiterte sich. Hoffentlich kam Peter morgen zurück. Die Kinder vermissten ihn so sehr wie ihr älterer Papi.

Er ging durch das Haus hinunter zu Marthas Wohnbereich. Eben kam sie in einem Negligé aus dem Bad. Sie sah süß mollig und taufeucht aus. Ihre Augen leuchteten, als er eintrat.

»Ja so was, schauen wir nicht wundervoll aus heute Abend«, begrüßte sie ihn.

»Hallo, Süße. Was hältst du davon, auf einen Drink runter zum Hafen zu gehen? Ich hab' Lust auf 'nen Spaziergang und 'n bisschen Klatsch.«

»Ach, Schatz, macht's dir was aus, ohne mich zu gehen? Ich hab' den Kindern versprochen, dass ich ihnen was vorlese. Ich fühl' mich grad so wohl im Haus, nachdem diese grässliche Hitze vorbei ist.«

»Ja, klar, kein Problem. Fast keins. Ich wollte mit Sid reden.«

»Mach das doch. Du hast so hart gearbeitet. Haben Sie Dank für das Angebot, mein Herr.«

Er lachte. Sie hatte sich an ihrem Frisiertisch niedergelassen und er ging von hinten auf sie zu, beugte sich über sie, küsste sie auf das blonde Haar. Sie hielt seine großen Hände und lehnte für einen Moment ihren Kopf an seine Brust. Er drückte ihre Hände. »Ich bin bald wieder da. Vielleicht gibt's 'n paar Neuigkeiten.«

Früher, bei Peters ersten Geschäftsreisen, war er ihr gegenüber immer ein wenig unsicher gewesen, da er in ihr eine unterdrückte, aufgeregte Erwartung fühlte, die mit seinen Gefühlen nicht übereinstimmte. Diese Phase war vorbei. Vielleicht wollte sie noch immer, dass er mit ihr schlief, aber es schien kein dringendes Bedürfnis mehr zu sein. Möglicherweise würden sie die heutige Nacht gemeinsam verbringen. Wahrscheinlich fühlte er sich wegen der Abkühlung angeturnt. Er wünschte, Peter wäre da.

Er ließ ihre Hände los und wandte sich ab. »Bis ungefähr in ’ner Stunde.«

Der Hafen sah seltsam ausgestorben aus. Ein paar Männer, jüngere und ältere saßen verstreut an den Tischen vor den Cafés. Die einzigen Frauen in Sicht waren im Lambraiki, der große Tisch war nur halb besetzt. Wahrscheinlich erholten sich alle vom Erdbeben Da waren Sid, die Varnums, das nette männliche Pärchen, der Schriftsteller und der Maler, und Sarah ohne George. Enthusiastisch, wie ein Mitüberlebender eines Schiffbruches, wurde er begrüßt. Er wollte sich fast schon zu Sarah setzen, seiner besten Freundin auf der Insel, aber da er keine Ahnung hatte, wie viel sie über Jeff wusste, beschloss er, sich zuerst von Sid instruieren zu lassen. Als er sich einen Stuhl zu Sid heranzog, wurden ein halbes Dutzend Unterhaltungen wieder aufgenommen.

»Du bist genau der, den ich sehen wollte, Alter.« Sid sprach leise und dämpfte seine gewöhnliche theatralische Extravaganz, so dass das Gespräch trotz der vielen Leute einen privaten Anstrich bekam.

»Weißt du, dass Dimitri rausgelassen worden ist?«

»Martha hat gesagt, dass sie ihn gehen lassen wollten.«

»Er hat’s geschafft – für den Augenblick. Und jetzt, gib dir das mal.« Sid sprach noch leiser. »Es war nicht einfach, aber ich hab’ ihn dazu gekriegt, dass er morgen früh das Geld zurückgibt. Ich bring’s dann George. Fragen werden nicht gestellt, bis wir rausfinden, was für eine Geschichte Peter mit Jeff ausgemacht hat.«

»Zumindest ist das geklärt. Ich wünschte, Peter wüsste das. Das würd’s ihm einfacher machen, Costa rauszuholen.«

»Er hört das bestimmt von der Polizei dort. George soll organisieren, dass sie informiert werden.«

»Wo ist denn George?«

»Hast du nicht gehört? Er ist mit Joes Bande zusammengezogen und hat sich dort verschanzt. Ich geh' später mal hin und erzähl ihm, was los ist. Der gute alte George! Ich hab's doch gewusst, er bricht eines Tages noch aus.«

»Um Himmels Willen, wie kommt Sarah damit klar?«

Sid schien innerlich zu glühen. Sein kühnes Gesicht neigte sich nach vorne. »Sie gibt sich edel und schwer geprüft. Wir haben ihr nicht erzählt, wer das Geld geklaut hat. Ein Teil von ihrem Haus ist gestern Abend zusammengefallen.«

»Na, wunderbar.« Charlie hatte für beide Verständnis, sein Mitgefühl wurde jedoch von seiner Ungeduld gemäßigt. Er fand es schwierig zu verstehen, warum intelligente Erwachsene ihre Probleme nicht in den Griff kriegen konnten, solange sie sich liebten. »Weiß sie das von Jeff? Ich mein', steht Cochran wirklich auf Jungs? Geht's darum?«

»Oh, Mann. Ich hab's sogar gesehen. Ich glaub' Jeff hat sich richtig in ihn verknallt, aber ich hab' Sarah gegenüber nichts von Sex gesagt. Jeff hat mich drum gebeten.«

Sie brachen in Lachen aus. Charlie sah verstohlen zu Sarah hinüber. Sie saß leicht zurückgezogen, in ihrem wunderschönen Gesicht ein kleines, tapferes Lächeln, aber so wie sie dasaß, wirkte sie irgendwie am Boden zerstört und ihre Augen waren tränenfeucht. »Na ja, ich sollt' ihr's wahrscheinlich sanft beibringen. Ich werd's nur so als Möglichkeit anklingen lassen. Peter wird in Athen alle Hände voll zu tun haben.«

»Er hat heute Morgen super ausgesehen. Was für 'n Typ! Und dieses Weib! Ihr Typen habt echt den ganzen Spaß. Zwischen denen hat's so richtig geknistert. Weißt du was? Ich glaub, ich sollt' auch mal meinen Horizont erweitern. Schau dir doch mal zum Beispiel Jeff an. Auf den könnt' ich fast abfahren. Sein Mund ist doch ein verdammtes Juwel. Den will ich haben und mir um den Hals hängen. Hey, das ist doch fast schon schwul! Mein großes Problem ist, dass Typen sich anscheinend nicht für mich interessieren.«

»Vielleicht hilft's ja, wenn du Jeffs Mund um den Hals trägst.«

Sid brüllte vor Lachen. Charlie lächelte und wunderte sich. Knisternd? Es war eine passende Beschreibung von Peters euphorisch guter Laune, aber er hatte nie daran gedacht, dass Peter mit einem Mädchen so sein könnte. Es war so untypisch für ihn, einfach abzuhauen, ohne Kontakt aufzunehmen, damit sie sich berühren und die gegenseitige Abhängigkeit bestätigen konnten. Sollte er auch nach Athen fahren? Es war wichtig für Peter, auf dem neuesten Stand der Entwicklungen zu sein. Er wollte nicht, dass es aussah, als wolle er Peters Pläne mit Judy durchkreuzen, aber er war genauso bemüht, Costa zu helfen wie Peter. Anrufen kam nicht in Frage, das würde den halben Tag in Anspruch nehmen. Peter hatte gesagt, dass er vielleicht morgen schon zurück sei. Es wäre wirklich blöd, wenn sie sich verpassten. Er wollte auch seine Arbeit nicht unterbrechen. Nein, Peter würde schon damit klarkommen.

Er nahm das Glas und den kleinen Ouzokrug, der ihm gebracht worden war, mit hinüber zu Sarah. Als er sich einen Stuhl hinter ihr heranzog, sah sie zu ihm auf. Sie drehte sich im Stuhl, um ihm gegenüber zu sitzen und schloss so die anderen aus.

»Es schaut so aus, als hätte uns das Erdbeben ganz schön aus dem Gleichgewicht gebracht«, sagte er.

»Charlie, Schatz. Ich hab' mich so danach gesehnt, mit dir zu reden. Hast du das von Jeff gehört? Kannst du dir vorstellen, dass jemand so was machen kann – einen Jungen, fast noch ein Kind, zu entführen?«

»Vielleicht gibt's ja eine vernünftige Erklärung. Hat er keine Nachricht hinterlassen?«

»Jeff? Nur durch Sid, dass wir uns keine Sorgen machen sollen und dass er pünktlich in Harvard antreten wird. Ich weiß, dass George gestern mit ihm geredet hat. Vielleicht hat er irgendwas Taktloses gesagt. Ich bin sicher, dass Mike die Gelegenheit beim Schopf gepackt hat, ihn mitzunehmen. Ich hab' gleich gemerkt, was er wollte, aber das macht mir nicht so große Sorgen. Jeff hat gesehen, wie es überall um ihn herum abgegangen ist und er hat nie irgendein Interesse gezeigt. Der Gedanke, dass Mike Hand an ihn legt, ekelt mich ziemlich. Aber Jeff würde das nicht zulassen. Hast du irgendein noch so kleines Zeichen wahrgenommen, dass er sich in diese Richtung entwickelt?«

»Na ja, kommt dir die Vorstellung wirklich so widerlich vor? Offen gesagt, ja. Ich hatte schon immer das Gefühl, dass vielleicht so was kommen könnte.«

»Warum? Woher hattest du so ein Gefühl?« Sie klang eher verletzt als vorwurfsvoll. »Er war immer so männlich und so adrett und natürlich.«

Charlie lächelte ein wenig und sah ihr einen Moment länger als notwendig in die Augen. »Und was macht mich zum Gegenteil von all dem?«

»Ach, Schatz. Ich red' doch nicht über dich. Du und Peter, ihr seid anders. Ihr habt Martha und die Kinder.«

Charlies Lächeln wurde breiter. »Die Kinder? Am Anfang waren sie für mich nur ein weiterer Grund, damit Peter nicht streunen geht. Viele Schwule haben Frau und Kinder, wenn du dir nur *darüber* Sorgen machst.«

»Ja, aber Mike!«

»Ich kenn' ihn nicht, aber hör auf, ihn für einen Kindsverführer zu halten. Jeff ist alt genug zu wissen, was er will. Achtzehnjährige werden nicht von einem älteren Mann, der ihnen über den Weg läuft, schwul gemacht. Ganz im Gegenteil. Vielleicht hast du Recht. Vielleicht läuft überhaupt nichts zwischen den beiden, aber wenn du Jeff nicht ganz verlieren willst, musst du akzeptieren, dass er sein Glück auf eine Art und Weise findet, die dir seltsam oder vielleicht sogar unerträglich vorkommt.« Er machte eine Pause und seine purpurgrauen Augen verdunkelten sich. »Ich wünschte, jemand hätte diesen Gedanken ein paar von meinen weiblichen Verwandten vermittelt, als ich in seinem Alter war.«

Impulsiv nahm Sarah seine Hand. Ihre Augen waren feucht und gefühlvoll. »Charlie Schatz, wenn das sich so rausstellt, werd ich's versuchen. Aber, bitte, lieber Gott, lass es nicht Mike sein.«

»Da bin ich wahrscheinlich deiner Meinung. Der Altersunterschied ist zu groß, das ist das eine. Was ist eigentlich mit George?«

Sie lehnte sich zurück, faltete die Hand im Schoß und senkte den Kopf. »Es könnte nicht schlimmer sein. Aber irgendwie hab' ich trotzdem mehr Hoffnung als seit langem. Endlich ist alles raus. Gestern gab's 'ne schreckliche Szene. Er hat Sachen gesagt … ich hätt' nie dacht, dass er so was sagen könnte. Hässlich. Brutal. Scheinbar ist er jetzt auf einer Sauftour. Wenn's vorbei ist, können wir vielleicht wieder miteinander reden. Zumindest ist er nicht abgehauen. Davor hatte ich am meisten Angst.«

»George? Dich verlassen? Das könnte er doch überhaupt nicht.«

Sie hob den Kopf. Tränen standen ihr in den Augen. »Es ist so schwer, mit einem Mann zusammen zu leben, der so unumstößliche Ideale hat. Er kann nicht verstehen, dass andere die nicht immer erfüllen können. Warst du nie in Versuchung? Du weißt schon, was ich mein'.«

Er zögerte.

»Nein. Nicht wirklich. Ich hab' das nicht zugelassen. Sprichst du über Pavlo?«

Sie senkte die Augen und nickte. »George kann's auf keinen Fall wissen. Ich kann nicht glauben, dass ich so viel schlechter bin als andere Leute. Was ist mit Peter? Haben ihn die Kinder vom Streunen abgehalten?«

»Mit Jungs?«

Das Thema brachte sie offensichtlich aus der Fassung. »Nein, natürlich nicht. Aber da war dieses Mädchen, das hierher …«

»Ich weiß von den Mädchen«, unterbrach er sie. »Sie sind Teil vom Vertrag. Ich weiß, dass die Menschen von Natur aus promisk sind, Männer wahrscheinlich mehr als Frauen. Ich dachte, ich könnte es nicht ertragen, aber es funktioniert. Ich kann verstehen, was George durchgemacht hat, seit …«

»Er hat mich genügend dafür leiden lassen«, rief sie dazwischen.

»Als es bei Peter – mit einem Jungen – passiert ist, hab' ich gedacht, ich könnte ihn nicht genügend dafür leiden lassen. Ich habe unser Leben auseinander gerissen und war kurz davor, mich umzubringen. Da haben dann Martha und die Kinder angefangen, eine Rolle zu spielen. Ich hab' gedacht, dass wir mit einer Familie zusammenbleiben würden. George liebt vielleicht weniger selbstsüchtig als ich. Ich glaub' nicht, dass er dich leiden lassen wollte. Wenn er's gewollt hätte, hätte er so wie ich zurückgeschlagen. Er hat das ganze Leid auf sich genommen. Du musst einen Weg finden, es ihm leichter zu machen. Pavlo schöne Augen zu machen, ist keine Lösung.«

Sie warf ihm einen schnellen Blick zu und sah dann wieder zu Boden. Ihr Mund bewegte sich. »Nein«, murmelte sie schließlich. »Das ist vorbei.« Sie atmete tief durch, ihre Brust hob sich, dann sah sie ihn fest an. »Du hast mir was Erstaunliches gesagt. Ich muss drüber nachdenken, bevor ich genau versteh', was es bedeutet. Du bist ein wunderbarer Mensch.«

Charlie machte eine kleine Grimasse und sah dann weg. »Ich hab' mich all die Jahre oft von Außen betrachtet. An mir gibt's nicht viel Wunderbares.«

Er fühlte die Kälte, die tief in ihm verborgen lag. Peter war mit diesem wunderschönen Mädchen weg und es machte ihm nicht wirklich etwas aus. Irgendwie schmerzte ihn seine Gleichgültigkeit. Er schluckte. »Egal, was wir lernen, es ändert wohl nicht viel. Was es bringt, ist, dass wir fähig sind, so zu tun als wär' alles in Ordnung. Ich versuch' 'ne gute Nummer zu bieten. Also ich mein' damit nicht, verliebt zu sein, die Familie zu lieben ... nicht alles ist 'ne Nummer. Ich glaub', die Nummer fängt bei all den zivilisierten, geordneten Sachen an, die wir in unser Leben aufnehmen. In vieler Hinsicht bleiben wir Kinder und brüllen uns die Seele aus dem Leib: ›Ich will dies. Ich will das.‹ Nicht sehr würdevoll.«

Er beobachtete, wie die Häuser, die auf den Hängen des östlichen Vorgebirges verstreut lagen, in heißen, rosigen Glanz getaucht wurden. Die Gruppe verstummte, als in allen Fenstern Feuer aufloderte. Einen Moment lang war jeder Felsbrocken, jede Mauer, jeder Baum in Licht gehüllt und sehr präzise dreidimensional umrissen. Das Feuer erlosch und der Glanz verblasste. Die Sonne war untergegangen.

Alle begannen wieder zu reden. Charlie wandte sich an Sarah. »Du solltest dir wirklich keine Sorgen um Jeff machen. Wenn Peter zurückkommt, kann er dir wahrscheinlich alles erzählen. Warum lässt du Kate nicht bei ihrer Freundin in Athen bleiben? Dann habt ihr das Haus noch ein bisschen für euch. Versuch' doch George dazu zu bringen, aufzuhören so viel zu trinken. Ihr seid beide intelligent. Ihr kriegt das doch grarntiert auf die Reihe.«

»Ich weiß nicht wirklich, wie ich das mit seinem Trinken in den Griff kriegen soll, wenn er bei diesem alkoholabhängigen Theologen wohnt.«

Seit jeher hatte er ihren Stil bewundert. Sie hatte etwas Scharfes an sich, was manchmal ihre weltmännische Fassade einriss, die sie immer nach außen präsentiert hatte.

Er sah in ihre großen ausdrucksvollen Augen und sie erinnerte ihn an ihren Sohn. »Irgendwas muss doch diese neue Wendung verursacht haben. Du sagst, dass er es auf keinen Fall wissen kann. Da war doch bestimmt was, war er vielleicht rausgefunden hat?«

»Ich kann's dir nicht erklären. Ich hoffe, du verstehst mich. Ja. Gestern Nachmittag. Er war die ganze Zeit mit Mike zusammen. Ich musste es einfach loswerden.«

Charlies Gesichtsausdruck verhärtete sich. »Das hab' ich schon mal gehört. Herrgott noch mal, Sarah. Ich weiß nicht, was ich sagen soll. Manche Sachen kann man nicht loswerden, aber wir können so was todsicher unterdrücken, ersticken, auch wenn wir dabei etwas in uns abtöten müssen. Ich weiß, dass du ihm für das andere Mal um Verzeihung gebeten hast. Du kannst nicht weiter darum betteln, dass er dir verzeiht. Schlaf mit ihm. Bring ihn dazu, dass er mit dir schläft. Das klingt vielleicht distanziert und berechnend, aber es ist die einzige Möglichkeit, das durchzustehen.«

»Wenn du nur wüsstest, wie sehr ich mich danach gesehnt hab'. Warum ist das gestern wohl passiert?«

Sie sahen sich an. Ihr Blick kannte Fleischeslust. Ein Lächeln zuckte um Charlies Mund. »Mach's einfach, Baby. Hör auf, die Modellehefrau und -mutter zu spielen. Reiß ihm die Hose runter. Gib ihm das volle Programm. Du kennst doch den Trick genauso gut wie ich, wie man einen Mann heiß macht.« In ihrem Lachen schwang das Wissen mit, das sie teilten.

»Kannst du dir irgendjemanden vorstellen, der George die Hose vom Leib reißt?«, fragte sie. »Und wo soll diese unwahrscheinliche Szene stattfinden, wo er doch nicht nach Hause kommt.«

»Wenn er morgen noch nicht zu Hause ist, geh' ich hin und werd' mal ein ernstes Wörtchen mit ihm zu reden. Peter wär' da knallhart«

»Stell dein Licht nicht untern Scheffel. George bewundert dich sehr. Aber danke, Schatz. Du bist eine große Hilfe. Ich werd' drüber nachdenken, was du gesagt hast.«

Sie wandten sich wieder der Gruppe zu. Charlie blieb, bis es beinahe Abendessenzeit für die Kinder war. Seine Ruhelosigkeit war vorüber. Sarah hatte ihn daran erinnert, dass er und Peter über die belanglosen Konflikte hinaus waren, die die meisten Leute quälten.

Er lachte und unterhielt sich mit den Kindern, während diese aßen. Er bekam Peters Anteil ihrer Küsse, als sie ins Bett geschickt wurden. Klein Petey klammerte sich an seinen Hals und wollte lautstark wissen: »Papi, wann kommt Papi heim?«, als fühlte das Kind ihr gemeinsames Bedürfnis nach Peter. Er versicherte Petey, dass Peter nicht lange wegbleiben würde und die Kinder wurden von der jungen Griechin, die sich um sie kümmerte, hinausgetrieben.

Weil sie allein waren, hatte Martha von Kyria Tula einen kleinen Tisch auf der säulengesäumten Loggia fürs Abendessen decken lassen. Charlie trank noch ein paar Ouzos bevor sie aßen. Peter hatte Kyria Tula einen kultivierteren Kochstil beigebracht, als auf der Insel üblich, und sie hatten ein ausgezeichnetes Mahl, während sie über den Klatsch schwatzten, den Charlie am Hafen aufgeschnappt hatte. Sie sprachen in einer Weise über Jeff, wie Charlie es mit Sarah nicht gewagt hatte und waren sich einig, dass es Jeff möglicherweise mit Mike besser getroffen hatte, als wenn sich seine Vernarrtheit in Dimitri weiterentwickelt hätte.

Sie standen auf und ließen sich für den Kaffee in gemütlichen Stühlen am Rand der Loggia nieder, von wo aus sich ein überwältigendes Panorama des sternenübersäten Himmels und der ruhigen See öffnete. Charlie brachte eine Flasche Wein mit.

»Ich freu' mich, dass du endlich ernsthaft mit Sarah geredet hast«, sagte Martha. »Glaubst du, dass es mit Pavlo endgültig aus ist?«

»O ja, aber das hilft nichts, wenn George auch nur den kleinsten Verdacht hat.«

»Kannst du ihn nicht besuchen und ihm sagen, dass er falsch liegt? Wie um alles in der Welt kann George sicher sein? Sie ist doch nicht so blöd und hat sich verraten.«

»Ach, ich red' schon mit ihm, aber Peter würde das bestimmt besser machen. Ich frag' mich, ob Peter Jeff heute Abend irgendwann treffen wird. Sie treffen sich bestimmt alle im Grande Bretagne. Dann muss er die Polizei dazu bringen, was zu tun. So wie die Dinge in Athen laufen, dauert es bestimmt länger als einen Tag, bevor er irgendwas für Costa machen kann. Und dazu kommt noch diese Sache mit Bertin. Ich glaub' nicht, dass er vor übermorgen zurückkommt.«

»Wenn überhaupt«, sagte Martha.

»Wenn überhaupt?«, wiederholte er. »Er hat gesagt, *spätestens* übermorgen.«

»Lass ihn.« Martha lehnte sich zurück und ihr Körper schien zu erschlaffen, als hätte sie schwere Arbeit geleistet. Sie lächelte zu ihm hinüber. »Du weißt, über was ich rede.«

Charlie starrte sie an. »Ich hab' keine Ahnung.« Er fühlte den kalten Stahl seiner Seele und betete, sie würde jetzt nicht das sagen, was er befürchtete.

»Ach, Schatz.« Ihr Lachen klang fröhlich und scherzhaft. »Du hast doch bestimmt gesehen, was gestern Abend passiert ist. Ich hab' das seit Jahren erwartet. Er hat sich in sie verliebt.«

Charlie sprang auf, ging im Zimmer herum, blieb hinter der Lehne seines Stuhles stehen und schenkte sich mit zitternder Hand ein Glas Wein ein. Mit einem Schluck stürzte er die Hälfte hinunter und fühlte sich dann ruhiger, wiederhergestellt. Sie hatte es gesagt und es war völlig bedeutungslos. »Wenn du das wirklich denkst, versteh' ich nicht, was es da zu lachen gibt«, sagte er überlegen.

»Die beiden waren so süß zusammen. Ich muss lachen, wenn ich auch nur an sie denke.« Ein gefährliches Thema, aber er schien heute Abend friedlicher Stimmung zu sein und sie wollte ihn auf etwas vorbereiten, vor dem er die Augen zu verschließen suchte. So wie gestern Abend hatte sie Peter noch nie gesehen. Selbst seine Hingabe an Charlie hatte sie nie derart elektrisierend empfunden. Zweifellos war er damals so gewesen, als er Charlie kennen gelernt hatte, aberwitzig jung, hitzig, entflammt. Sie dachte liebevoll an ihn, als sie sagte: »Peter ist wirklich köstlich. Und Judy. Ihr Blick hat den ganzen Abend an ihm geklebt. Sie hat sich total in ihn verknallt.«

»Das hab' ich ihm auch gesagt.« Er nahm noch einen langen Schluck Wein, füllte sein Glas wieder – Judy war völlig egal.

»Das beruht auf Gegenseitigkeit. Mach dir keine Sorgen. Ich muss Peter nicht seit zehn Jahren kennen, um die Zeichen zu deuten. Er hat sich verliebt. Deshalb sag' ich, ›lass ihn‹. Gib ihnen Zeit, damit sie es unter sich ausmachen können. Jeff, Costa, Mike Cochran und diese Bilder – das sind doch alles nur Ausreden, damit sie alleine weg können. Vielleicht findet er einen Weg, sie in den Haushalt zu integrieren.«

»Welchen Haushalt? Sei doch nicht lächerlich.« Seine Stimme klang gefährlich. »Glaubst du, ich könnte mit ihm zusammenleben, wenn er in jemand anderen verliebt ist?«

»Sag' das nicht, Schatz. Wir haben das in der Vergangenheit hingekriegt. Wir haben eine Herausforderung angenommen, mit der sehr wenig Leute klarkommen würden. Wir dürfen jetzt nicht unsere Flexibilität verlieren. Dass Peter ein Mädchen findet, war ja wohl von Anfang an zu erwarten.«

»Warum? Weil er herausgefunden hat, dass es hin und wieder Spaß macht, mit 'ner Frau ins Bett zu gehen? Das hat nichts damit zu tun, wie er wirklich ist.

Glaubst du nicht, dass ich das vor dir wüsste? Wir haben miteinander geredet, als sie hier war, weißt du. Wenn du mir gesagt hättest, dass er sich in Jeff verliebt hat – Jeff, um Gottes Willen – hätt' ich's vielleicht ein bisschen ernster genommen.«

»Dann gibst du zu, dass dir gestern Abend eine Veränderung an ihm aufgefallen ist«, sagte sie und lächelte noch immer entspannt und ruhig.

»Ich geb' überhaupt nichts zu.« Knistern? Davonrennen, ohne mit ihm zu reden? Das allein bewies, dass nichts anders war. Wenn er eine wichtige Erfahrung machte, würde er sich verpflichtet fühlen, zu ihm zu kommen. Charlies Hand verkrampfte sich um das Glas und ihm wurde bewusst, dass er Gefahr lief, es zu zerdrücken. In ihm geschahen Dinge, die er, wie er sich geschworen hatte, nie wieder zulassen wollte. *Er ist nicht mit einem Jungen zusammen*, erinnerte er sich. »Ich wünschte, du würdest mir sagen, woher du diese idiotische Idee hast.« Er hatte erwartet, dass in seiner Stimme Gewalt mitschwingen würde, aber seine Beherrschung funktionierte so gut, dass sie nur ein wenig bockig klang.

»Aber Schatz, es ist so offensichtlich. Ich sag's dir. Ich konnte es sehen. Du musst es doch auch gesehen haben.«

»Hör auf, so was zu sagen«, schrie er. Er ergriff die Weinflasche und schleuderte sie durch die Loggia. Sie zerschmetterte an der Mauer und ein dunkler Fleck breitete sich auf der makellosen Tünche aus. Er ließ sich in einen Stuhl fallen und packte die Armlehnen.

»Ach, Schatz.« Martha sprang auf und eilte zu ihm hinüber. Sie kam nahe heran und versuchte, den Arm um ihn zu legen. Er sprang auf, schubste sie grob beiseite, warf sie fast um. Sie fand ihr Gleichgewicht wieder und setzte sich auf die Armlehne. »So kann man damit nicht umgehen, weißt du. Wir haben Kinder, an die wir denken müssen.«

»Die Kinder!« Er drehte sich um und sah sie an, vor Wut und Schmerz zitternd. »Wenn du bis jetzt nicht weißt, dass er alles am Laufen gehalten hat, weißt du überhaupt nichts. Was wären wir ohne ihn?«

»Wir hätten einander.« All die Jahre, in denen sie sich mit den Überbleibseln zufrieden geben musste, hatten sie nicht darauf vorbereitet, wie leer ihre Worte klingen würden. Sie hatte ihr Leben immer passiv hingenommen, aber jetzt ergriff sie eine ungewohnte Wut, so wenig bekommen zu haben. Es brach aus ihr heraus: »Peter ist ein Mann. Er ist vierzig Jahre alt. In seinem Alter fangen Männer an, sich für die Jugend zu interessieren. Judy passt perfekt zu ihm. Schön, intelligent, nicht zu weiblich, auf diese lästige Art und Wiese. Du solltest dich für ihn freuen. Denk dran, wie du in ein paar Jahren sein wirst, wenn der Glanz der Jugend für immer erloschen ist. Absurd, zwei alternde Männer klammern sich aneinander.«

»Du musst verrückt sein«, sagte er mit erstickter Stimme. »Ich warne dich. Wenn du noch ein Wort sagst, ist es ein für alle Mal vorbei.«

»Ich sag' nichts Falsches«, verteidigte sie sich protestierend, nicht fähig zu einem ausdauernden Angriff. »Ich hab' dich immer geliebt. Ich war loyal und hab' ohne Sachen existiert, die andere Frauen für wesentlich halten. Es war nicht unangenehm für mich. Die Kinder sind zu meinem Lebensinhalt geworden. Ich habe deinen Körper immer geliebt, wenn ich ihn haben durfte. Ich kann mich daran erinnern, dass du oft genug gesagt hast, dass Sex nicht das Wichtigste in deiner Beziehung mit Peter ist. Wenn das vorbei ist und du herausfindest, dass du von Zeit zu Zeit Jungs haben willst ...«, sie zuckte leicht mit der Schulter, »kommen wir auch damit klar.«

»Du bist wirklich verrückt!«, sagte er und starrte sie an. »Klarkommen? Was glaubst du wohl, wie wir aussehen würden, wenn der Glanz der Jugend vorbei ist?

Eine alte Tunte, die Jungs nachrennt, während seine Frau den Kinder Lügenmärchen über ihn erzählen muss? Kinder? Glaubst du, Peter würde irgendwas tun, was Klein Petey verletzen würde? Hast du die ganze Zeit überhaupt nichts verstanden?«

»Vielleicht versteh' ich Sachen, die du nicht verstehst.« Das Bild, das er ihr zeigte, eliminierte so vollständig alle Verbundenheit und Zuneigung zwischen ihnen, dass sie einen Augenblick taumelte. Auf einen Streit war sie nicht vorbereitet, aber sie hatte das Gefühl, wenn sie jetzt nicht kämpfte, würde nichts mehr übrig bleiben, für das es sich zu kämpfen lohnte, wenn er herausfand, dass sie Recht hatte. Sie sprach das Erste aus, was ihr einfiel: »In deinen Anstrengungen, ihn zu halten, hast du dich in eine Frau verwandelt. Das beleidigt deine Männlichkeit.«

Er stürzte sich auf sie und ohrfeigte sie brutal. Sie schrie auf und legte die Arme schützend vor ihr Gesicht. »Du blöde Schlampe«, tobte er. »Das war's. Ich könnte dir vergeben, wenn du nicht so froh darüber klingen würdest, was passiert ist.«

Sie ließ die Hände sinken und sah zu ihm hinauf. Still weinte sie und ihre Stimme klang tränenerstickt. »Bin ich. Ich freu' mich für Peter, weil ich ihn liebe. Ich freu' mich für dich, auch wenn du offensichtlich nicht glaubst, dass das viel bedeutet. Wir kriegen das hin. Ich weiß, wie sehr ich dich liebe.«

»Was hat dich auf den Gedanken gebracht, dass ich das brauche? Ich war immer ehrlich zu dir. Damit hör' ich auch jetzt nicht auf. Peter und ich haben auf dich Rücksicht genommen und versucht, dir das Leben angenehm zu machen. *Peter und ich*. Das ist der Anfang und das Ende. Verstehst du das?«

»Es ist mir egal, was du sagst, armer Schatz. Ich weiß, es ist schwer für dich, anzunehmen, dass Peter ein eigenes Leben braucht. Das muss nicht viel ändern. Gemeinsam kriegen wir das schon in den Griff.«

»In den Griff kriegen?«, brüllte Charlie. »Peter hat niemanden anderen gefunden und wird das auch nie. Zwei alternde Männer, die sich aneinander festklammern? Was ist daran so absurd? Es ist heroisch. Es ist so berührend, wie das Überleben von allem Wunderbaren. Lach ja nie wieder über etwas, das zu groß und zu tief ist, als dass du irgendwas darüber wüsstest.«

Sie verschränkte die Arme vor der Brust und neigte den Kopf. Wie sie erwarte hatte, fühlte sie keinerlei freudige Erregung, die sie früher bei der Aussicht empfunden hätte, ihn ein bisschen mehr für sich zu haben. Wenn sie wegen Peter Recht hatte, würde sie alles ihr Mögliche tun, um es so wenig zerstörerisch wie möglich zu gestalten. Sie hatte ihn nur aufgestachelt, um ihn vorzubereiten. Seine Gewalt hatte er an ihr abreagiert, nicht an Peter. »Du musst mein Lachen falsch verstanden haben«, sagte sie. »Ich weiß nicht, was du glaubst, dass ich gesagt hab'.«

Er stand über ihrer bezwungenen Gestalt, sein Sieg war ihm gleichgültig. Der Sieg, auf den sich all seine Gedanken konzentrierten, wäre zu beweisen, dass sie Unrecht hatte. Vorher würde sie ihn nicht einmal dazu bewegen können, sie zu bemitleiden. »Ich weiß sehr gut, was du gesagt hast«, erwiderte er knapp. »Ich fahr' morgen früh nach Athen. Ich werd' Peter zurückbringen. Darauf kannst du Gift nehmen. Gute Nacht.« Er drehte sich um und ging. Seine Beine zitterten, so dass er sich ruckartig bewegte. Als er außer Sichtweite war, stürmte er weiter, hatte Probleme zu atmen. Den Anblick des Bettes, das er normalerweise mit Peter teilte, konnte er nicht ertragen. Er sperrte sich in Peters Arbeitszimmer ein, lehnte sich von innen gegen die Tür und atmete tief, um Magen und Brust von dem eingeschnürten Gefühl zu befreien. Warum machte er das? Warum fühlte er sich genötigt, sie wegen einer leichten Provokation so grausam zu vernichten? Sie hatte fröhlich und eingebildet dagesessen und das Ende von allem, auf dem sein Leben basierte, vorhergesagt. Nur Worte, wahrscheinlich gut gemeint. Es war verrückt zuzulassen, dass ihn so etwas körperlich krank machte.

Die alte Geschichte. Niemand konnte seine Herrschaft über seinen Geliebten bedrohen, niemand konnte sich in die schmerzlichen Verpflichtungen seines Herzens einmischen, ohne die zerstörerische Wut seiner kalten Eigenliebe herauszufordern. Er kannte nur einen Menschen, der zu einer derartigen Rücksichtslosigkeit imstande war – seine Großmutter, die er innig geliebt hatte. Fröhlich, witzig, elegant, dem Leben gegenüber leidenschaftlich aufgeschlossen, mit einem Herzen aus Stahl, dass er so gut kannte und einem untrüglichen Instinkt für die Schwächen von anderen. Da er Opfer dieser zerstörerischen Kräfte geworden war, hätte er eigentlich fähig sein sollen, ihre führende Hand abzuschütteln. Um ihn für sich zu behalten, wollte sie sich seine unbeständigen Reaktionen gegenüber Mädchen ausnutzen, war aber daran gescheitert, die Macht der Liebe zwischen zwei Männern richtig einzuschätzen. Als ihr ihre Fehleinschätzung vor Augen geführt wurde, hatte sie ihn ebenso rücksichtslos beiseite geschoben, wie sie das immer mit ihren Fehlern gemacht hatte.

Sie war eine Dame der Südstaaten gewesen. In ihren Adern floss das Blut der Sklavenbesitzer. Auch in seinen. Er hatte alles zusammengefügt, was er über sich wusste und von ihr gehört hatte und ein Bild von sich gemacht. Männerverschlingend, gepanzert und verrückt. Mit der Zeit hatte er gelernt, die Ähnlichkeit zu mildern. Er hatte gelernt, dass wenn man von anderen blinde, bedingungslose Unterwerfung fordert und als einzige Alternative die Verbannung steht, die Verbannung auch unausweichlich folgte. Er war ihr bis zu diesem Punkt entkommen. Der Spielraum, den er zugelassen, Peter sogar aufgezwungen hatte, war ein Anzeichen für zunehmende Weisheit.

Es war ihm bewusst, dass sie ihn noch immer führte, als er seinen nächsten Schritt plante. Er würde morgen früh nach Athen fahren. Dimitri und das Geld waren ein guter Vorwand, damit es nicht so wirkte, als würde er in Peters Privatsphäre eindringen. Wenn er das leiseste Anzeichen entdecken würde, dass Martha vielleicht auf der richtigen Spur war, würde er wissen, wie er die Affäre abbrechen konnte, ohne dass Peter es auch nur merken würde.

Allerdings konnte Martha nicht Recht haben. Er dachte einen Augenblick an die wenigen Minuten, als er nach dem Erdbeben mit Peter allein gewesen war. Das war, als er angeblich bereits wahnsinnig in Judy verliebt war. Völliger Schwachsinn. Er würde nach Athen fahren, anbieten, bei der Angelegenheit mit Costa zu helfen und dann würden sie am nächsten Tag gemeinsam zurückfahren.

Er bewegte sich fahrig im Zimmer umher, von der Szene mit Martha fühlte sich noch immer ausgepumpt, erschüttert und beschämt. Für so was hatte es nie Platz in ihrem Leben gegeben. Sie stritten und zankten, besonders über die Kinder, aber es hatte nie Konflikte gegeben, die ihre Dreierbeziehung betrafen. Er dachte darüber nach, zu ihr zu gehen und sich zu entschuldigen, aber das könnte dazu führen, dass sie mehr erwartete und jetzt konnte er ihr einfach nicht mehr geben. Er wollte zu der Verletzung nicht auch noch eine Beleidigung hinzufügen. Wahrscheinlich hatte sie seinen Ausbruch jetzt bereits – nachsichtig wie sie war – als unbedeutend abgetan. Sie wusste genauso gut wie er, dass ihr Leben zu festgelegt war, um irgendwelche Überraschungen zu bieten. Er ging zu einem Fenster und sah hinunter auf den Hafen. Es gab nichts, was ihn ablenkte. Irgendwann würde er schlafen.

»Früher oder später müssen sie ja wohl ins Hotel zurückkommen«, sagte Peter und lächelte Judy über den

Tisch hinweg an. Sie aßen in einem Gartenrestaurant zu Abend, hoch über dem Lycabettus-Hügel mit Blick auf die ganze lärmende Stadt. Unter ihnen spiegelte die Akropolis das fahle Mondlicht, das der Szenerie eine sehnsüchtige Note verlieh, die sie nicht brauchten, um ihre Freude aneinander zu verstärken. Peter fügte hinzu: »Ich bin sicher, dass Jeff anrufen wird, sobald er die Nachricht bekommt.«

Als sie im Grande Bretagne angekommen waren, hatten sie erfahren, dass Jeff und Mike nur eine halbe Stunde vor ihnen eingetroffen, aber schon ausgegangen waren. Als sie das Hotel zum Abendessen verlassen hatten, waren der Dramatiker und sein Schützling noch immer nicht zurück.

»Du glaubst nicht, dass Mike das Gefühl hat, dass wir ihn verfolgen?«

»Warum sollte er? Als wir mit ihm geredet haben ... wann war das? Erst gestern Abend?« Ihre Hände berührten sich auf dem Tisch. »Mein Gott. Ein neues Zeitalter. *Vorher.* Du machst es mir immer noch unglaublich schwer, an Mikes Bilder zu denken. Egal, er hätte überhaupt nicht offener über die Bilder reden können. Jeff muss der einzige Grund sein, dass er so plötzlich abgereist ist.«

»Glaub' ich auch. Trotzdem, das Telegramm vom Chef macht den Eindruck, als würd's keine aussichtslose Suche werden.«

Ein Telegramm von Peters altem Freund hatte auf Judy gewartet. Darin hieß es: Mehrere Bertin Bilder eindeutig in Athen Besitzer gewechselt. Dies hatte die Verfolgungsjagd für sie wieder interessanter gemacht.

»Wie sollten bald zurück ins Hotel gehen. Wenn Jeff zu einer vernünftigen Zeit anruft, treff' ich mich sofort mit ihm. Das wird kein Problem sein. Wenn Mike die Bilder hat und sie in gutem Glauben gekauft hat, übergeben wir sie der Polizei und das war's dann. Wenn nicht ... na ja, was können wir machen? Wenn er den

Verkäufer decken will, wird's heikel für ihn, aber wir können ja immer noch die Bullen holen.«

»Mal angenommen, er hat sie, was würde er tun, wenn wir ihm kein Bein stellen würden? Gibt's denn bei der Einreise in die Staaten etwa keine Zollvorschriften? Würden sie ihn nicht schnappen?«

»Bei Kunst weiß man nie. Man soll's eigentlich deklarieren, aber viele Leute machen's nicht. Ich halt' mich an die Bestimmungen, aber ich hab' ja auch geschäftlich zu tun. Wenn Mike sie reinschmuggeln wollte, würd' er nicht viel riskieren. Der Zoll belästigt doch keine VIPs.«

»Es klingt viel leichter, als es sein sollte. Ich hab' immer gedacht, dass Interpol überall die Fühler ausstreckt. Bei geheimnisvollen nächtlichen Begegnungen und so was in der Art.«

»Du meinst den großen internationalen, kriminellen Kunsthandel? Den gibt's, aber der ist ziemlich unspektakulär und gut organisiert. Nicht annähernd so aufregend wie du. Gehen wir?«

Peter bat um die Rechung, sie tranken ihren Kaffee aus und gingen. Er hatte aneinander grenzende Hotelzimmer für sie genommen. Die Mills-Martins waren hier bekannt und er wollte dem Management Peinlichkeiten ersparen. Die Räume waren mit prunkvollen Möbeln verblassender Erhabenheit ausgestattet. Die Türen zwischen beiden Zimmern wurden aufgerissen, damit sie viel Platz zur Verfügung hatten. Peter klingelte nach dem Zimmerservice und als nach ein paar Sekunden ein Kellner auftauchte, bestellte er eine Flasche Champagner. Dann rief er Mikes Suite an und ihm wurde gesagt, dass dieser noch immer nicht antwortete. Die ganze Zeit lagen ihre Blicke aufeinander, lockten, bestätigten ihren Anspruch aufeinander und stachelten sich gegenseitig an. Der Kellner kehrte mit einer Flasche in einem Eisbehälter zurück und begann sie zu öffnen. Peter winkte ihn hinaus. Champagnerflaschen waren bei Griechen nicht gut aufgehoben. Einmal war er aus fünf Metern Entfernung von einem Champagnerkorken am Hinterkopf getroffen worden und fast bewusstlos zusammengebrochen. Charlie hatte Erste Hilfe geleistet. Charlie. Er öffnete die Flasche, füllte zwei Gläser und gab Judy eines.

Dann hob er das Glas und lächelte sie an. »Es ist ein Jubiläum. Wir sind einen ganzen Tag zusammen.«

»Was für ein Tag! Alles, was du machst, machst du furchtbar gut.« Sie lachte, erhob ihr Glas. »Kleine Sekretärinnen aus New York kommen nicht so oft dazu, in Athener Hotelsuiten herumzulümmeln und Champagner zu schlürfen.«

Sie tranken. Dann trat er zu ihr und legte ihr den Arm um die Schulter. »Kleine Sekretärinnen aus New York sehen normalerweise nicht so aus wie du. Wenn du darauf Wert legst, kannst du in Champagner baden.« Er küsste ihr Haar.

»Du bringst mich auf die unverschämtesten Ideen. Ich würd' nicht wagen, dir zu sagen, an was ich grad gedacht hab'. Was hältst du von einer Zusammenfassung?«

»Von unverschämten Ideen? Auf jeden Fall.«

»Eine Jubiläumszusammenfassung. Sachen, die man an einem Glückstag gelernt hat.«

»Was hast du vorher gesagt? Was hast du heute Nacht rausgefunden?« Er ging um sie herum, so dass sie sich in die Augen sehen konnten. Sie legte eine Hand auf seine Schulter. Sie standen Brust an Brust, Hüfte an Hüfte, Oberschenkel an Oberschenkel. Er öffnete seinen Mund und sie gab ihm ihren. Peter zog sie näher an ihn heran, knurrte aus tiefer Kehle, als sich ihre Münder trennten. »Jedes Mal, wenn ich dich küsse, denke ich an das erste Mal, dass ich deinen wunderschönen Mund gesehen hab' und kann nicht glauben, dass er mir gehört. Das hab' *ich* heute Nacht rausgefunden. Ich kann einfach nicht glauben, dass es dich wirklich gibt.«

Ihr Blick wanderte über sein Gesicht. Sie hob die Hand und berührte das Haar auf seiner Stirn. »Du bist ein einmaliges Geschöpf. Und jetzt bist du wieder so wunderbar heterosexuell. Und ich auch, auch wenn das bei mir nicht so deutlich sichtbar ist.« Sie lachten über die schamlosen Reaktionen ihrer Körper und schwankten leicht gegeneinander. »Wir kreieren nicht gerade die passende Atmosphäre für eine Zusammenfassung. Ich sag's dir lieber gleich, solang ich überhaupt noch was sagen kann. Wir waren den ganzen Tag ineinander verliebt...« Als er etwas sagen wollte, legte sie einen Finger auf seine Lippen. »Wir sind irgendwie in einander verliebt und wir haben versucht herauszufinden, warum das für uns nicht das Gleiche bedeutet wie für die meisten Leute. Was hältst du davon?«

»Sehr Aufsehen erregend.« Sie lachten und ließen einander los. Er schenkte nach und trug das Tablett mit dem Eisbehälter hinüber zu einer Sitzgruppe vor den großen französischen Fenstern, die auf einen Balkon hinausführten. Er war dankbar dafür, wie sie sich ausgedrückt hatte, sie hatte ihre gegenseitige Erregung nicht heruntergespielt, aber sich gleichzeitig auch eine leichte Unvollständigkeit darin eingestanden. In den letzten Stunden hatte er gemerkt – er wusste nicht wirklich wann und warum – dass er *Was-wäre-wenn* spielte. Wenn er Judy vor zwanzig Jahren kennen gelernt hätte, wäre dann sein Leben völlig anders verlaufen? West Point, wofür ihn die Familientradition auserkoren hatte, bevor er Charlie kennen gelernt und ein Leben mit ihm gewählt hatte, Heirat als junger Offizier, eine militärische Karriere mit Frau und Kindern, seine Fähigkeit, einen Mann zu lieben unerschlossen und unentdeckt? Judy hatte ihn dazu gebracht, dies als Möglichkeit zu betrachten. Wenn dem so war, mussten in ihm zwei Menschen wohnen. Fast, aber nicht ganz. Es war eine Möglichkeit, die er seinem tatsächlichen Lebenslauf jedoch nicht vorziehen würde.

Sie hatte etwas in ihm berührt, was keiner Frau bisher gelungen war und trotzdem gab es da diese Unvollständigkeit, etwas Vorenthaltenes, eine Unzulänglichkeit. Nur, weil sie eine Frau war? Was auch immer es war, sie hatte ihm fast aus der Seele gesprochen und er streckte ihr die Hand hin. Sie setzten sich nebeneinander, so dass sie sich berühren konnten, wenn das nötig wurde und sahen einander fragend an.

»Macht es dir was aus, wenn ich sage, dass wir ineinander verliebt sind?«, frage sie und neigte ihren Kopf leicht. »Ich glaub', es stimmt, auf eine komische Art. Ich hab' rausgefunden, dass ich den Körper von einem Mann lieben kann. Mein Gott, das ist noch milde ausgedrückt. Wenn ich deinen lieben kann, kann ich auch andere lieben, aber ich kann mir nicht vorstellen, dass es mit jemandem anders passiert. Wie kann ich in dich verliebt sein und trotzdem ist mir der Gedanke, ohne dich zu sein, egal?«

Das war der Punkt, der ihm Sorgen machte. Als sie die Frage stellte, klang ihre Stimme so gelassen, dass er sie dafür umarmen wollte, dass sie ihn davonkommen ließ. »Ich wollte darüber nicht nachdenken. Der Zustand bei dir zu Hause ist jetzt schon so verrückt, dass ich mich manchmal gefragt hab', ob ich da auch irgendwie reinpassen würde, aber ich konnte es mir nicht wirklich vorstellen.«

Sie schüttelte den Kopf und sah weg. »Nein. Auch wenn du frei und ungebunden wärst, würd' ich nicht drauf warten, dass du mir einen Antrag machst. Und wenn du's tun würdest, würd' ich wohl ablehnen. Da ist noch was anderes, was ich rausgefunden hab'. Ich bin zu unabhängig und bieder. Schon allein mit dir zu schlafen ist zu anspruchsvoll für ein normales Leben. Mit einer Frau zusammenzusein hat was Friedliches. Ich weiß nicht, ob mir etwas fehlt oder ob ich etwas zusätzlich hab', etwas Maskulines und ich deshalb jede Situation, in der ich bin, dominieren muss. Mit dir geht das nicht. Erzähl' mir noch mal was von hilflosen Frauen! Es würd' nicht lange gut mit uns gehen.« Sie legte die Hand auf seine und streichelte sie.

»Du klingst, als wüsstest du ganz genau, was du willst«, sagte er ein wenig bedauernd. Auch wenn alles, was sie gesagt hatte, eine Zusicherung war, dass sie alle offensichtlichen Gefahren sicher umschifft hatten, so fühlte er sich doch auf verrückte Weise unbefriedigt, dass alles so fein säuberlich gelöst war. Wesentlich für seine männliche Reaktion auf sie war ein Impuls, seine Ansprüche auf sie geltend zu machen und zu bewahren. Er wusste, dass er diesen Impuls kontrollieren musste. Den ganzen Tag schon hatte er den zuckenden Geburtsschmerz potentieller Bande gefühlt – in Blicken, die sie getauscht hatten, in Sachen, die sie gesagt hatte, in dem Gefühl eines speziellen Teils ihres Körpers, in ihrem Lachen und in ihrem berauschenden Begehren – Bande, für die es keinen Platz in seinem Leben gab und die sie jetzt so gelassen bestritt. Sie hatte ihm den Fremden gezeigt, mehr Schatten als Realität, der mit seinem Ich zusammenlebte. Ein Teil von ihm, der allein für sie gedieh, musste in einem oder zwei Tagen herausgeschnitten werden, eine kleine Amputation. Es sah so aus, obwohl er zuerst vor allem an *ihre* Gefühle gedacht hatte, dass er derjenige war, der verletzt werden könnte.

Er reagierte auf den Druck ihrer Hand, hob diese hoch und küsste sie. Sie streichelte seine Lippen mit der Rückseite ihrer Finger, während er zufrieden brummte. »Das ist besser als Sekt. Haben wir nun alles gesagt, was gesagt werden musste? War das die Zusammenfassung?«

»Mehr oder weniger. Noch eins: Wärst du damit einverstanden, mir ein Kind zu schenken?« Der Blick, den er ihr zuwarf, war erschreckt und sie lachte auf ihre mädchenhafte Art. »Ich bin noch nicht sicher, ob ich es will. Ich glaub' schon, aber es wär' genauso wie ich sage: Du schenkst *mir* ein Baby. Ich wär' nicht Teil von irgendeinem ausgefeilten Arrangement, so wie du das mit deiner Familie kreiert hast. Das Baby wär' nur meins, mit der Unterstützung von deinem wunderschönen Schwanz. Immerhin warst du ja auch nicht in Martha verliebt, als du ihr ein Kind geschenkt hast, oder?«

»Nein, das war Charlies Idee und Martha hat zugestimmt.« Auch wenn er auf ihren Vorschlag nicht beiläufig reagieren konnte, schaffte es Peter trotzdem, leise vor sich hin zu lachen, als er nachschenkte. »Du bist wirklich was Besonderes. Ein Mädchen, in das ich irgendwie verliebt bin, will ein Kind von mir. Was glaubst du, wie ich mich dabei fühle?« Nun hatte sie endgültig klar gemacht, dass sie bereits über ihre gemeinsame Zeit hinaus dachte, das Zwischenspiel abrundete, indem sie etwas suchte, was sie davon behalten und verwenden konnte. *Einer Frau trauen!* Das reichte schon, um jemanden schwul werden zu lassen. Kein Mann könnte so kaltblütig realistisch sein. Eine wunderschöne Teufelin.

»Ich würd's nicht einfach so hinter deinem Rücken machen und es passieren lassen, ohne dass du's weißt«, sagte sie besonnen. »Wir können drüber nachdenken. Wenn du nach Hause fährst, werd' ich's wissen. Ich würd's verstehen, wenn du das Risiko nicht eingehen willst. Ich glaub' meine Familie würd' sich freuen, auch wenn's ein kleiner Bastard ist. Sie werden sich wundern, was ...«

Sie wurde vom Klingeln des Telefons unterbrochen. Sie sahen sich an, dann sprang er auf und nahm ab.

Jeffs tiefe Stimme antworte auf sein *Hallo.* »Peter? Bist du wirklich da?«

»Na klar. Warum bist du einfach abgehauen, ohne dich zu verabschieden? Du hast mir doch versprochen, dass du mir über die Nacht Bericht erstattest, erinnerst du dich?«

»Es war alles irgendwie ziemlich kompliziert. Tut mir Leid. Was machst du hier?«

»Ach, ein paar Kleinigkeiten erledigen. Unter anderem will ich dich sehen. Hast du geglaubt, dass ich dich gehen lasse, ohne dir noch mal in die wunderschönen Augen zu sehen?« Peter zwinkerte Judy zu. Aus dem Apparat war ein Grollen zu vernehmen, das fast wie ein kurzes Lachen klang.

»Haben dich meine Eltern geschickt?«

»Nein, aber was wär' wenn? Willst du mich nicht sehen?«

»Natürlich. Mehr als sonst irgendwen. Ich kann nur …«

»Ist Mike da?« Er sah Judy in die Augen und schüttelte den Kopf als Jeff einsilbig verneinte. »Na, also, dann kann ich doch kommen und dich besuchen?«

»Du meinst jetzt? Hier? O Gott, ja. Bitte. Kannst du?« Die tiefe Stimme klang plötzlich gequält.

»Na, klar. Ich bin in einer Minute da.« Er legte auf und ging zu Judy zurück, beugte sich über sie und küsste ihr leicht auf den Mund. »Alles perfekt. Er ist allein. Ich glaub' nicht, dass er was dagegen hat, wenn ich ein bisschen rumschnüffle. Ich bin bald wieder da, Schatz.«

»Mach dir keine Sorgen um mich. Ich werd' mich in der Badewanne rekeln und dann ins Bett gehen. Da bin ich am liebsten, wenn du in der Nähe bist.«

Peter umarmte sie leicht und eilte nach draußen. Er ging den langen Korridor hinunter, fuhr mit dem Lift einige Stockwerke hinauf, wanderte noch einen langen Korridor entlang, fand die Zimmernummer und klopfte. Jeff öffnete sofort die Tür, nahm Peter bei den Händen, zog ihn ins Zimmer und schloss die Tür. Peter küsste ihn schlicht auf die Lippen und zog den Kopf hastig zurück, als er merkte, wie Jeff die Lippen bereitwillig öffnete. Peter wich einen Schritt zurück, sah Jeff an und lachte.

»Ich hab' dich noch nie mit so vielen Kleidern gesehen.« Jeff trug eine Krawatte, ein Sommerjackett und eine lange Hose. Sein eckiger Körper ließ das schlechtsitzende und zusammengeschusterte Kostüm wirken, als würde es jeden Moment abfallen.

»Nur ein paar Sachen, die Mike für mich gekauft hat«, sagte er ein wenig stolz.

Peter war sofort aufgefallen, dass er sich in seinem Körper wohler fühlte. Er schlurfte weniger und die Art, wie er sich bewegte, wirkte ein wenig weiblich, provokativ. Wieder hielt er Peters Arm, als sie auf eine Sitzgruppe zugingen. Das Zimmer war als Wohnzimmer eingerichtet und auf beiden Seiten führten Türen zu den Schlafzimmern.

»Na ja, das ist was ganz anderes als unsere spröde Einfachheit auf der Insel«, sagte Peter. »Du betrittst die weite Welt mit Stil.«

»Wir haben getrennte Schlafzimmer. Mike mag es nicht, mit irgendwem zu schlafen. Ist Charlie auch da?«

»Nein, ich bin mit einem Mädchen da, das ich gestern kennen gelernt habe. Sie hat eine Jacht. Wir sind alle ganz schön stilvoll.«

»Bist du wirklich da, um mich zu sehen?«

»Es gab einige Sachen, die alle irgendwie miteinander zusammenhängen. Du bist allerdings der Teil, der mich am meisten interessiert. Ich will alles hören.« Er blieb stehen, wandte Jeff das Gesicht zu und befreite seinen Arm. In den außergewöhnlichen Augen des Jungen leuchtete Verehrung, bevor sein Blick sich umwölkte und sich dann auf den Boden richtete. Der Junge fuhr sich mit den Fingern durchs Haar. »Ich hab' mit Sid geredet«, betonte Peter. »Was in Gottes Namen hattest du vor?«

»Ist Dimitri immer noch im Gefängnis?«

»Ich weiß nicht. Ach komm, Jeff, Schätzchen. Erzähl' mir die ganze Geschichte.«

Die dunklen Augen hoben sich flehentlich. Gleich darauf senkte der Junge wieder den Blick. »Es ist so schwer. Vor dir fühl' ich mich wie ein kompletter Vollidiot.«

»Sei nicht albern! Wir haben doch keine Geheimnisse voreinander. Darüber waren wir uns doch gestern einig. Ich hab' gewusst, dass dir was auf der Seele gelegen hat.« Seine Macht über den Jungen wurde von einem Blick und einer Berührung bestätigt. Peter ging nah an Jeff heran und nahm dessen Arme. Er konnte das Zittern fühlen, das den jungen Körper durchlief. »Na, komm. Du hast's Sid erzählt. Ich will alles von dir selber hören.«

»Ich will nicht, dass du mich hasst. Bitte. Ich ...« Wieder hob er die bewundernden Augen, jung, hilflos, rührend. »*Stehlen* wollte ich es nicht«, besteuerte er vehement. »Ich hätt' nie gedacht, dass Papa zur Polizei gehen und Costa da mit reinziehen würde. Ich wollte es irgendwo im Haus hinlegen, wo er es dann wieder gefunden hätte. Das war alles.«

»Okay, ich hab' eh' nicht gedacht, dass du ein Dieb ist.« Peter umarmte Jeff, löste sich von ihm und drückte ihn auf einen Stuhl. Er setzte sich neben ihn. »Hat Dimitri dich dazu angestiftet?«

»Nein.« Jeff streckte sich auf gewohnte Weise aus, aber einen Unterschied zu früher gab es jetzt. Die Beine waren gespreizt, die Hände lagen auf den Oberschenkeln und er betonte bewusst seine Genitalien. »Verstehst du nicht? Ich hätte alles gemacht, um seine Aufmerksamkeit auf mich zu ziehen. Er hatte kein Geld. Ich hab' ihm gesagt, dass ihm das Geld gebe, wenn ich die Nacht mit ihm verbringen kann. Ich glaub', ich hab's nicht so deutlich gesagt, aber darauf lief's raus. Seine Kunden standen Schlange und er hat gehofft, ein gutes Geschäft zu machen. Und dann hat die Polizei alles vermasselt.«

»Das haben sie auf jeden Fall. Ich hoffe, dir ist klar, wie beschissen du dich verhalten hast. Du hast einen Unschuldigen für etwas leiden lassen, was *du* getan hast.«

»O Gott, Peter. Es hat mich verrückt gemacht.« Er

hob die Hand und griff sich an den Kopf. »Ich konnt's dir gestern nicht erzählen, als das mit Dimitri immer noch am Laufen war. Und dann ist alles so chaotisch geworden. Ich wär' deshalb auch dann mit Mike gefahren, wenn ich nicht verliebt in ihn wär'.«

»Weißt du, du hättest dableiben sollen«, sagte Peter. »Du hättest alles tun müssen, was in deiner Macht steht, um Costas Unschuld zu beweisen, auch wenn das bedeutet hätte, deinem Vater die Wahrheit zu sagen.«

»O Gott, ja, ich weiß, ich hätt' das tun sollen.« Seine Augen füllten sich mit Tränen und er streckte flehentlich die Hände aus. »Bitte, Peter. Alles ist auf einmal passiert. Ich hab' kaum gewusst, was ich getan hab'. Ich hab' Dimitri gestern Abend gesagt, dass er das Geld zurückgeben muss. Er hat gesagt, dass er sich ruhig halten muss, bis sich die Aufregung legt. Vielleicht stimmt das ja, was das Dope angeht, aber er hätte doch das Geld irgendwo auftreiben können. Er hat mich einfach ausgelacht. Es liegt doch in seinem eigenen Interesse, Costa rauszukriegen. Ich hab' Sid gesagt, dass er ihn dazu bringen soll das einzusehen. Was hätte ich sonst noch tun sollen? Sag's mir! Ich mach alles, was du sagst.«

Peter war gerührt. Jeff fühlte tief, oft übertrieben, aber seine Instinkte funktionierten. Er hatte seine sexuellen Fesseln abgeschüttelt, brauchte jetzt Zeit die Folgen in den Griff zu bekommen und zu lernen sich zu kontrollieren. Peters Auftreten wurde weicher. »Ich glaub', *du* solltest *mir* sagen, was du tun musst.«

Jeffs Brust hob sich unter einem tiefen Seufzer. »Zur Polizei gehen? Müsste ich dann zurück auf die Insel?«

»Ich wüsste nicht, warum. Wir können rausfinden, wie wir das geregelt kriegen. Wann wollt ihr in die Staaten abfahren?«

»Morgen nach dem Mittagessen. Ich bin ziemlich sicher, dass Mike nicht auf mich warten würde. Lässt du mich gehen, wenn ich die Wahrheit sage?«

»Du brauchst dich nicht zu belasten. Wir erfinden schon eine Geschichte. Lass es klingen, als wär's 'n Streich gewesen. Ha-ha. Bist du bereit, das zu tun?«

Jeffs Augen weiteten sich und die Lippen hatten Mühe, die Worte zu formen: »Ja.«

Peter beugte sich nach vorne und tätschelte ihm das Knie. »Braver Junge. Ich hab' gehofft, dass du das sagen würdest. Okay. Ich sag' dir jetzt, was *ich* tue. Zuerst müssen wir das Geld präsentieren. Ich leg's aus. Morgen kann ich's von der Bank holen. Ich will, dass du eine Erklärung schreibst. Du kannst sagen ... na, zum Beispiel, dass du's im Haus gefunden hast und es behalten hast, um zu zeigen, wie unvorsichtig dein Vater war. Dann hast du den Kopf verloren, als die Polizei eingeschaltet wurde. Irgend so was. Anschließend kannst du mit Mike abfahren und ich nehm' das dann in die Hand.«

Jeff zog sich im Stuhl hoch und nahm Peters Hände. »Du bist wirklich mein Gott.«

Peter hielt die Hände bewegungslos und zog sie nach einem Augenblick zurück. »Ich will, dass du noch eine andere Erklärung schreibst, in der haargenau die ganze Wahrheit steht, mit dem Pot und allem. Die ist für mich. Dir würd' ich das Geld auch schenken, aber eben nicht Dimitri. Deshalb werd' ich's mir von dem auch wiederholen. Morgen lassen wir deine falsche Erklärung mit deinem Pass notariell beglaubigen.

Jeffs Lippen umspielte ein Lächeln. »Den hätt' ich fast vergessen. Ich musste mich am Morgen ins Haus zurückschleichen und ihn holen. Du solltest das Haus sehen. Das Erdbeben hat eine ganze Wand aufgebrochen.«

»O nein! So ein verdammtes Pech. Dein Vater kriegt es von allen Seiten. Ich glaub', du solltest ihm schreiben und ihm sagen, was du machst.«

»Wegen Mike und so?«

»Warum nicht? Denk' dran, was ich dir gesagt hab'. Fang' bloß nicht an, dich schuldig zu fühlen.«

Jeff streckte sich wieder im Stuhl aus. »Okay. Mach' ich.«

»Erwartest du Mike bald zurück?«

»Nicht in den nächsten ein oder zwei Stunden. Nur um mir zu beweisen, dass ich keine Rolle spiele, ist er nicht mit zurück ins Hotel gekommen. Er sagt, ich bin zu jung, in solche Bars zu gehen, die ihm gefallen. Ich denk', es wird so bleiben.« Er gab wieder dieses Grollen von sich, dass eigentlich ein Lachen sein sollte. »Ich hab' dir nichts von gestern Nacht erzählt. Ich hab' stundenlang auf Dimitri gewartet, bis er die Bar zugemacht hat. Als er aufgetaucht ist, hatte er Mike dabei. Da waren wir also, wir drei zusammen. Mein erstes Mal. Mike hat mir erzählt, dass er Dimitri zweihundert Dollar bezahlt hat, damit er mich haben kann.«

Peter hielt sich die Hand vor Augen. Er merkte, dass sein Gesicht zu einer angewiderten Grimasse verzerrt war und schüttelte den Kopf. »Herrgott noch mal, Jeff. Lass das bleiben. Fahr' heim.«

Jeff ließ seinen Kopf zurücksinken und schloss die Augen. »Nein. Es ist nicht so schlimm wie es vielleicht klingt. Wenn er mich nimmt, ist es unglaublich. Dann will er mich zweifellos. Nur die restliche Zeit muss er beweisen, dass er mich nicht braucht. Er weiß noch weniger über Liebe als ich. Ich werd's ihm beibringen.«

»Dann vergiss lieber mal dein perfektes Erstes Mal. So was kann dich kaputt machen. Wenn du keine anständige Beziehung haben kannst, vergiss es. Sex funktioniert nur bis zu einem bestimmten Punkt und dann bringt er dich nicht weiter. Liebe ist dann nur noch ein Schwanz in deinem Arsch. Du willst doch nicht ein zweiter Dimitri werden. Es würd' dich umbringen.« Er sah den Jungen an, der mit geschlossenen Augen ausgestreckt im Stuhl lag, regungslos, als wäre er bereits tot.

»Tut mir Leid«, sagte Jeff schließlich. »Weißt du, was das Problem ist? Ich stecke immer noch tief in meinen Träumen. Mike ist die Realität. Das weiß ich. Ich weiß, dass ich versuchen muss, das Beste draus zu machen.«

Peter nickte, stand auf und sah sich im Zimmer um. Überall lagen Haufen von Briefen und Papieren und Zeitschriften herum, aber abgesehen von den Hoteldrucken an den Wänden keine Bilder. Er spähte in die Schlafzimmer und versuchte herauszufinden, welches von beiden Mike gehörte. »Hat Mike dir irgendwas über Bilder erzählt, die er hier gekauft hat?«, fragte er beiläufig und drehte sich wieder zu Jeff um.

Der Junge öffnete die Augen und schüttelte den Kopf. »Was für Bilder?«

»Französische Impressionisten, hat er, glaub' ich, gesagt. Er wollte mit mir über sie sprechen. Wir hatten mittags eine Verabredung und er wollte sie mir zeigen. Überflüssig zu sagen, dass er nicht aufgetaucht ist. Glaubst du, dass es irgendwelchen Schaden anrichten würde, wenn ich mich mal ein bisschen umschaue, wenn ich schon mal da bin? Morgen früh werden wir alle viel zu tun haben.«

Jeff zog sich aus dem Stuhl und kam mit seinem neuen, sinnlich gleitenden Gang näher. »Ist jetzt wieder alles in Ordnung? Meinst du immer noch, was du gestern gesagt hast, dass wir immer ein wenig zusammengehören werden?«

»Natürlich, aber lass mich nicht noch mal hängen. Und lass dich auf keinen Fall von Mike kaputt machen.«

»Ich bin durcheinander. Ich weiß das. Mike ist 'ne ganz schön harte Nuss für jemanden, der nicht viel über's Leben weiß, aber immer wenn ich mit dir rede, hab' ich das Gefühl, dass ich den Boden unter den Füßen verliere. Darf ich dich küssen?«

»Ja.« Der Kuss war so keusch wie Peters gewesen war. Peter lachte und verstrubbelte Jeffs ungepflegte Haare. »Guter Junge. Welches ist Mikes Zimmer?«

Jeff führte ihn hin. Eine Menge Gepäck lag herum und teuer aussehende Herrenartikel waren hier und da auf die Möbel geworfen worden. Peter sah an den Wänden entlang, ob dort ein Paket mit Bildern stand. Er öffnete die Schranktüren. Gerade als er eine wieder schließen wollte, erblickte er ein flaches Päckchen auf dem obersten Schrankbrett. Er langte hinauf und holte es herunter. Es fühlte sich für seine Expertenhände richtig an, steif und rau und hatte das richtige Gewicht. Das braune Packpaper war gefaltet, nicht zugeklebt oder zugebunden. Peter sah Jeff an.

»Glaubst du, es wär' zu penetrant nachzuschauen, was hier drin ist?«

»Wenn's Bilder sind, wollte er sie dir sowieso zeigen. Klar, mach.«

Peter schob einige Seidentaschentücher auf dem Tisch beiseite und legte das Päckchen dorthin. Obgleich er auf Raouls Bilder vorbereitet gewesen war, war er ein wenig geschockt, sie hier zu sehen. Ohne Rahmen sahen sie so schäbig aus. Er blätterte sie schnell durch und schlug sie wieder in das Packpapier ein.

»War das nicht ein Modigliani?«, fragte Jeff über seine Schulter.

»Schaut wie einer aus. Ich bezweifle aber, dass es einer ist.« Er glättete das Paper wie es vorher gewesen war, legte das Päckchen wieder auf das Schrankbrett und wandte sich an Jeff. »Ich glaub', du sagst ihm lieber nicht, dass ich hier rumgeschnüffelt hab'«, sagte er und seine Augen blitzten aufgeregt. »Sag' ihm, ich bin geschäftlich hier und wollte mich mit dir treffen. Ich ruf' ihn morgen früh an und werd' mal schauen, ob er noch mit mir reden will. Weißt du, wann er normalerweise aufsteht?«

»Er hat gesagt, dass wir morgen um zehn aufstehen müssen. Er will, dass ich einige Botengänge für ihn erledige, bevor wir fahren.«

»Okay. Lass mich mal überlegen.« Er nahm Jeffs

Arm und sie gingen ins Wohnzimmer zurück. »Was hältst du davon, wenn wir uns mittags im Foyer treffen? Sagen wir um zwölf. Du bringst diese Erklärungen mit. Du kannst sie ruhig kurz halten und nur das Wesentliche schreiben, aber ich will alle Tatsachen in der für mich. Ich glaub', wir können das andere im Hotel notariell bestätigen lassen. Wenn du um zwölf keine Zeit hast, sag' mir einfach Bescheid. Ich muss am Vormittag viel telefonieren. Ich werd' also da sein.« Als sie die Tür erreichten, wandte er sich Jeff noch einmal zu und legte ihm die Hand auf die Schulter. »Wir sehen uns morgen, aber möglicherweise haben wir dann keine Gelegenheit mehr, miteinander zu reden. Versprich mir, dass du nicht die Uni schwänzt. Da ist das Wichtigste.«

»Ich versprech's. Versuch' Papa davon zu überzeugen, dass ich nicht geisteskrank bin.«

»Ach, ich glaub' nicht, dass das ein Problem sein wird. Dein Vater ist ein sehr weiser und verständnisvoller Typ. Ich glaub' nicht, dass es ihm gefallen wird, dass es Mike ist, aber mir gefällt's auch nicht. Ich würd' alles machen, um dich aufzuhalten, wenn du nicht sowieso bald nach Harvard gehen würdest. Schick mir deine Adresse. Ich komm' vorbei und besuch' dich, sobald ich wieder zu Hause bin.«

Jeff berührte Peters Hand und drückte sie. »Ich würd' dich so gerne küssen«, stieß er hervor. »Aber ich glaub' nicht, dass ich mich dann noch unter Kontrolle hätte. Sag Charlie Lebwohl von mir. Bis morgen Mittag.«

Peter nickte, lächelte und ging hinaus. Er raste den Gang entlang, wartete nicht auf den Lift, sondern rannte das große Treppenhaus hinunter und kam schnaufend vor Judys Tür an. Er klopfte, sie ließ ihn hinein und er nahm sie triumphierend in die Arme. »Ein Volltreffer. Ein eindeutiger Volltreffer«, rief er. »Mitten zwischen die Augen. Tim sollte dir einen gepfefferten Bonus dafür geben. Hast du den Champagner ausgetrunken?«

Sie lachte über seine Aufregung. »Wir haben vorher schon ganz schön viel davon getrunken.«

Er ließ sie los und klingelte nach dem Kellner. Als er sich wieder zu ihr wandte, sah er, dass sie nur den Bademantel anhatte, der sie so wundervoll nackt aussehen ließ. Ihr dunkles Haar fiel weich um ihr strahlendes Gesicht. Er sollte diesem hinreißenden Geschöpf ein Baby schenken und nicht mehr daran denken? *Vorsicht vor intriganten Frauen!* Er warf seine Jacke ab und fing an, seine Krawatte zu öffnen, während er zu ihr zurückging. Es klopfte. Er bog zur Tür ab und bestellte noch eine Flasche Champagner. Dann warf er die Krawatte auf einen Stuhl und ging zu ihr.

»Erzähl' mir alles«, forderte sie und begann sein Hemd aufzuknöpfen.

»Er hat fünf von ihnen«, sagte er und beobachtete seine Fingerspitzen, während er zärtlich ihr Gesicht berührte. »Braque, Modigliani und drei Pissarros. Der Braque ist echt. Ich kenn' sie alle gut.« Mit dem Zeigefinger zeichnete er die bezaubernde Linie ihrer Oberlippe nach. Gerade wollte er sich vorbeugen, um sie zu küssen, als es wieder klopfte. Er schloss das Hemd über der Brust, um den Kellner hereinzulassen. Als der wieder weg war, öffnete er die Flasche und füllte ihre Gläser. Eins reichte er Judy und nahm einen Schluck aus dem anderen, bevor er sich hinsetzte, um die Schuhe auszuziehen.

»Was machen wir jetzt?«, fragte Judy.

»Ich ruf' ihn morgen früh an und werd' sehen, ob er immer noch mit mir reden will. Wenn ja, sag' ich ihm direkt, was Sache ist. Wenn nicht … na ja, dann haben wir die Wahl, ihn anzuzeigen und ihn der griechischen Justiz mit ihren Methoden zu überlassen oder die Sache Tim und den USA anzuvertrauen. Ich bevorzuge irgendwie die zweite Variante. Wir bleiben außen vor, haben Zeit für uns und Tim kann dafür sorgen, dass die Bilder wieder zu ihrem Besitzer zurückkommen. Was hier aus ihnen werden würde, weiß der liebe Gott.« Er zog eine Socke aus und schwenkte sie abwesend durch die Luft, während er noch einmal über alle Möglichkeiten nachdachte. »Wie auch immer, hoffentlich hat Mike 'ne gute Ausrede.«

»Wenn ich nicht völlig daneben liege, hat er die bestimmt. Was ist mit dem Geld?«

Peter zuckte mit den Schultern und warf den anderen Schuh ab. »Alles okay. Ich werd' das morgen Nachmittag in den Griff kriegen.« Barfuß stand er da und zog sein Hemd aus.

»Du bist ein sehr netter Typ, nicht wahr?«

»Wer? Ich? Was erwartest du? Costa ist mein Freund.« Er machte seine Hose auf und zog sie samt der Unterhose aus. Sein Glied sprang aus seiner Gefangenschaft. Er befreite seine Beine, richtete sich dann auf und lachte. »Viel besser. Zieh' das Ding aus. Ich will dich auch anschauen, weißt du.«

Sie machte den Bademantelgürtel auf, entblößte ihre Schultern, ließ den Bademantel fallen. Seine ideale Frau. Langsam inspizierte er ihren Körper. Sein Glied kitzelte bei dem Gedanken, ihren Körper mit Leben zu erfüllen, aber er wusste, er konnte ihre Bedingungen nicht akzeptieren und deshalb durfte es nicht geschehen. Dass dies so war, sagte ihm, wie kurz davor sie gewesen war, seinen Schatten ans Tageslicht zu bringen. Kurz davor, aber nicht ganz. Wenn es eine einfache, glückliche Tollerei im Heu blieb, würde es vielleicht nicht einmal weh tun.

Peter wurde von einem Klopfen an der Tür geweckt. Er brauchte einen Augenblick, um zu Bewusstsein zu kommen, hörte, wie das Klopfen in vertrautem Rhythmus wiederholt wurde. Schnell wandte er den Kopf und sah, dass Judy noch immer schlief. Ohne abrupte

Bewegungen glitt er weg von ihr, sprang aus dem Bett und rannte ins andere Zimmer, während seine Erektion abklang. Er schloss die Verbindungstür, versperrte sie und eilte zur Korridortür. Während er sie öffnete und hinausspähte, versteckte er sich hinter ihr. Charlie stand auf dem Korridor. Sofort bekam Peter ein schlechtes Gewissen, als wäre er auf frischer Tat ertappt worden. Hastig erinnerte er sich daran, dass er nichts zu verheimlichen hatte. Der Neuankömmling überraschte ihn. »Hey«, rief er und duckte sich wieder hinter die Tür. »Was um Himmels Willen machst du hier?«, wollte er wissen, als Charlie hereintrat. »Ist etwas zu Hause nicht in Ordnung?

Charlie blickte von dem unberührten Bett zu seinem nackten Lebensgefährten und lächelte so, dass Peter sich sofort beruhigte. »Du siehst so wunderschön aus, zerzaust und sexy. Warst du die ganze Nacht auf?«

»Na ja, mehr oder weniger.«

Charlies Lächeln wurde breiter. Er schloss die Tür, ließ eine kleine Tasche auf den Fußboden fallen und griff nach ihm.

Peter wich aus. »Einen Moment, Schatz. Ich muss mir erst die Zähne putzen. Bist du grade angekommen? Ist es schon so spät?«

»Nach halb elf.«

»Um Gottes Willen! Ich bin ja ganz ein Schlimmer! Klingle nach Kaffee, ja?« Er wanderte ins Badezimmer und rief über die Schulter: »Es ist wunderschön, dich zu sehen.«

Charlie tat wie ihm geheißen und nach ein paar Minuten war Peter wieder zurück, das Haar gekämmt, ein Handtuch um die Hüfte gebunden. Direkt ging er auf Charlie zu, der sich hingesetzt hatte, ließ sich auf die Knie fallen und küsste ihn auf den Mund. Charlie zog ihn näher an sich heran und gab ihm einen Zungenkuss, so dass Peter fühlen konnte, wie sich sein Schwanz gegen das Handtuch hob. Charlie war jedoch dann auch wieder der erste, der sich zurückzog. Peter blieb, wo er war, gegen die Armlehne es Sessels gelehnt. »Also, sag mir alles. Was machst du hier?«

»Ich wollte helfen.« Charlie streichelte Peters goldenes Haar und lächelte neckisch. »Ich hatte den Verdacht, dass du vielleicht alle Hände voll zu tun hast. Ich dachte, ich könnte Costa übernehmen.« Er berichtete, was Sid ihm über Dimitris Versprechen erzählt hatte, das Geld zurückzugeben. Peter erzählte eben von seinem Gespräch mit Jeff, als es an der Tür klopfte und er aufstehen musste, um den Kellner mit dem Frühstückstablett hereinzulassen. Er goss sich eine Tasse Kaffee ein und setzte sich auf die Bettkante.

»Es kommt also alles in Ordnung«, sagte Charlie. »Schön. Ich hätte wissen sollen, dass du alles im Griff hast.«

»Es wird einfacher, wenn George sein Geld zurück hat. Das ist gut zu wissen. Wie wunderbar von dir, dass du den ganzen Stress auf dich nimmst, um mir das zu sagen.«

»Sid und ich dachten, ich sollte das machen.«

Als der Kaffee Peter vollständig aufgeweckt hatte, konnte er langsam die Situation, die sich durch Charlies Ankunft ergeben hatte, beurteilen. Das bekannte Klopfen an der Tür hatte ihn verwirrt und er wusste, dass er im ersten Augenblick Charlies Anwesenheit missbilligt, diesem sogar übel genommen hatte. Charlies Gegenwart nahm seiner Freude an dem Mädchen die Heimlichkeit – zusammen mit Charlie in den Zimmern zu sein, die Peter so offensichtlich mit Judy teilte, untermauerte ihr völliges gegenseitiges Verständnis. Nichts, was dem auch nur annähernd vergleichbar war, hatte sich jemals vorher ereignet. Peter wollte Charlie plötzlich nahe sein, ihn berühren, seine Hand halten und ihm einen Arm um die Schulter legen als körperlichen Ausdruck ihrer tiefen Solidarität. Er wollte das Unmögliche. Er wollte, dass Charlie bei ihm war und wollte allein sein. Der Tag versprach, seltsam und interessant zu werden. »Es tut mir Leid, dass ich gestern abgehauen bin ohne zu dir zu kommen«, sagte er und sah Charlie in die Augen. »Ich war in Eile und ich wollte deinen Vormittag nicht unterbrechen.«

»Klar, hab' ich schon verstanden. Na ja, was denkst du? Kann ich dir hier was helfen oder soll ich das Nachmittagsschiff nach Hause nehmen?«

»Ach, nein. Nur einen Moment.« Er trank seinen Kaffee aus, stand auf und ging ans Telefon. Er verlangte Mikes Suite. Nach kurzem Warten wurde ihm gesagt, dass niemand antwortete. Er hängte auf und erzählte Charlie, wie er die Bilder gefunden hatte.

»Du hast wirklich alle Hände voll zu tun«, sagte Charlie.

Es war eine harmlose Bemerkung, aber Peter spürte eine ungewohnte Spannung zwischen ihnen. Charlies übliche Art – reserviert, amüsiert, zärtlich – war heute Vormittag schärfer und engagierter. Er fühlte eine aufgestaute Kraft in Charlie, die er mit der Zeit ihres gemeinsamen Lebens assoziierte, bevor die Kindern gekommen waren. Er war fasziniert und stimuliert, als wären sie schon lange nicht mehr zusammengewesen. Sie hakten die Themen ab, die unmittelbar von Bedeutung waren – Costa, Jeff, Mike, Dimitri – ein kurzer, lebendiger Austausch, voller vertrauter Leichtigkeit.

Ihre Gespräch bestätigte, was Charlie schon gestern Nacht gewusst hatte: Er hatte Recht und Martha hatte Unrecht. Nichts hatte sich geändert. Peter schien ein bisschen nervös und gedankenverloren. Immer wieder blickte er zur Verbindungstür, aber das war verständlich. »Na, wann ich also bleibe«, sagte Charlie entschieden, »besorg' ich mir erst mal ein Zimmer.« Er nickte zur Verbindungstür. »Ist sie da?«

»Ja. Ich hab' zwei Zimmer genommen, um den Schein zu wahren.«

»Das haben sie mir unten auch erzählt. Sehr diskret.« Charlie lachte. »Um den Schein zu wahren, nehmen wir lieber ein Doppelzimmer weiter den Gang runter. Judy kann sich mit dir in ihrer Suite amüsieren. Ich möchte' nicht, dass sie das Gefühl hat, dass ich ihr im Nacken sitze.«

»Okay. Sie fährt morgen. Wir fahren dann zusammen nach Hause. Wie geht's der Familie?«

»Alles in Ordnung. Klein Petey ist sauer auf dich. Er sagt, Papi darf im Sommer nicht weggehen. Schon *ein* Tag ohne dich erinnert uns daran, dass wir mit dem wunderbarsten Typen der Welt zusammenleben.«

»Klar tut ihr das.« Er lachte in Charlies Augen, ging zu ihm hinüber und beugte sich über seine Schulter. »Ich weck' lieber mal die Dame auf.«

»Nur noch eine Minute. Hast du drüber nachgedacht, wer uns sagen kann, wie wir mit Costa in Kontakt kommen können?«

»Ich wollte den alten Pericles anrufen. Er kennt die ganzen großen Tiere im Innenministerium.«

»Klar. Der macht das schon. Ich ruf' ihn an. Du und Judy, ihr könnt euch auf Raouls Bilder konzentrieren.« Charlie bemerkte die große Erleichterung, als wäre eine Last von Peters Schultern genommen worden.

Peter ging unauffällig zu der verschlossenen Verbindungstür hinüber. »Wunderbar. Ich weck' sie mal lieber auf, falls Mike anruft. Immerhin geht's um ihr Zeug.«

»Wenn Mike kooperiert, habt ihr den restlichen Tag für euch. Ich dürfte Costa am Nachmittag rausgepaukt haben. Vielleicht sollte ich mal jemanden anrufen und was für heute Abend ausmachen.«

Peter kam wieder zurück und legte ihm die Hand auf den Nacken. »Sei doch nicht albern. Wir machen alle zusammen was. Judy würde das auch gefallen.«

Charlie sah ihn an. Peters Blick war nicht mehr so direkt wie vorhin. Offensichtlich wollte er dieses Tête-à-Tête schnellstmöglich beenden. Natürlich. Verständlich. Das Mädchen war nur ein paar Meter weiter. Bestimmt dachte er dauernd an sie. »Sie will doch nicht, dass ich dabei bin. Es ist ihr letzter Abend. Es gibt wirklich ein paar Leute hier, die ich sehen will. Pentelis und Konsorten.« Alles hing von Peters Überzeugungskraft ab. Wenn er darauf bestehen würde, dass sie den Abend gemeinsam verbrachten, wäre das genauso verdächtig wie wenn er ihn einfach gewähren ließ. Er fühlte, wie sein Nacken losgelassen wurde und Peter wegging.

»Wirklich? Na ja, wir werden sehen, wie's so wird. Was Judys letzte Nacht angeht, bin ich sicher, dass sie's mit dir viel unvergesslicher finden würde, als nur mit mir allein.«

Ganz gut. Sollte er? Sollte er nicht? Er stand auf und wandte sich zu Peter, der sich wieder in der Nähe der Tür herumdrückte.

Für Peter schien Charlie plötzlich das Zimmer zu füllen. Er war für die Insel gekleidet, in Sandalen, Shorts, Hemd, das nur halb zugeknöpft war und die blonden Haare auf seiner Brust enthüllte. Sein großartiger Liebhaber – einen Augenblick hatte er das Gefühl, dass ihre Beziehung alles andere ausschloss, aber noch immer wollte er einen zu intimen Kontakt vermeiden. Er hatte Angst, zu den entscheidenden Reaktionen nicht fähig zu sein, so lange Judy Anspruch auf ihn hatte. Morgen würde sie weg sein und sie würden wieder einander gehören. In der Zwischenzeit staunte er über den Einfluss von Charlies Anwesenheit auf ihn, trotz ihrer Vertrautheit. Er sah das teuflische Lächeln in Charlies Gesicht und war überrascht, wie zielbewusst und machtvoll dieser heute war.

»Schön«, sagte Charlie. »du siehst aus wie ein Tempelwächter. Ist dieses Handtuch da notwendig? Du warst so hübsch nackt, als ich reingekommen bin.« Er sah, worauf er gewartet hatte. Ein Schatten überzog Peters Gesicht, so leicht, dass es unmöglich war, dessen Ursprünge auszumachen, vielleicht war es ein kleines Zucken des Augenlids, vielleicht war es, wie sich kaum wahrnehmbar die Lippen aufeinander pressten. Charlie hatte eine Entscheidung getroffen. Etwas hatte sich in ihm zusammengezogen, die Muskeln spannten sich und er stand aufrechter da. Peter war sein. In dieser Hinsicht konnte er keinerlei Verwirrung dulden.

»Ich hab' das doch nicht für dich an, Dummkopf«, sagte Peter und es gelang ihm recht erfolgreich, fast so unbeschwert wie üblich, zu klingen. Der Schatten zog vorüber.

»Für wen dann?«

»Du erwartest doch nicht von mir, dass ich den ganzen Tag nackt rumrenne.« Sie gingen aufeinander zu, magnetisch von einander angezogen und grinsten.

»Nein, ich denke nicht. Sie würde dir wahrscheinlich keine Sekunde Ruhe gönnen. Martha ist überzeugt, dass Judy wahnsinnig verliebt in dich ist.«

»Wahnsinnig ist wohl kaum das richtige Wort. Verliebt vielleicht, in dem Sinn, dass ich der erste Mann bin, mit dem sie wirklich gern ins Bett geht. Darauf läuft's ungefähr raus. Und wir mögen uns wahnsinnig gern. Ich muss sie jetzt wirklich aufwecken.«

Sie waren einander nahe genug, um die Hand auszustrecken und sich zu berühren. Noch ein Schatten zog über Peters Gesicht, wegen ihrer Nähe deutlicher sichtbar und er machte den zaghaften Versuch, sich umzudrehen. Charlie war es nicht gewohnt, dass Peter vor ihm zurückwich. Es verletzte ihn und eine gefährliche Wut stieg in ihm hoch. Martha hatte Unrecht, aber dies musste erst noch eindeutig bewiesen werden. Er zog das Hemd aus den Shorts, knöpfte es auf und warf es beiseite. »Da ich mich mit Beamten befassen muss, sollte ich lieber mal 'ne Hose anziehen. Los, lass uns duschen. Ich schrubb' dir den Rücken.«

»Du spinnst doch. Ehrlich. Es wird spät.« Peters Gelächter war ärgerlich, aber liebevoll. Er konnte nicht rundweg ablehnen. Sie duschten oft gemeinsam und er ließ sich gern den Rücken schrubben.

Charlie zog den Rest seiner Kleider aus. »Nach 'ner wilden Nacht ist 'ne Dusche genau das Richtige. Du fühlst dich dann bestimmt besser. Und ich könnt' auch eine gebrauchen. Diese schweißtreibende Bootsfahrt. Na, komm.«

»Es muss aber schnell gehen.« Charlies herrische Stimmung brach jeden Widerstand. Peter zog sich das Handtuch vom Leib und ließ sich von Charlie ins Badezimmer führen. Gemeinsam nackt zu sein schuf eine häusliche, beruhigte, zufriedene Atmosphäre.

Der geschmeidige, tiefbraune Körper an seiner Seite, auch wenn er seinem Blick nicht gestattete, darauf zu verweilen, erschien Peter so schön – keine Frau der Welt konnte mit ihm konkurrieren. Plötzlich war er bester Laune. Sie schlugen einander spielerisch und schubsten sich gegenseitig in das riesige, altmodische Badezimmer, ringend schoben sie sich in die Duschkabine, die groß genug für eine Basketballmannschaft war. Peter drehte das Wasser an, ihre Augen und Zähne blitzten einander an, während sie unter dem Strahl herumspritzten.

»Das ist wirklich klasse«, schrie Peter. »Wir müssen uns beeilen. Schrubb' mir den Rücken.« Er trat leicht aus dem Strahl und wandte sich von Charlie ab, versuchte entschlossen und erfolgreich, keinen Blick unter Charlies Gürtellinie zu werfen. Das Duschen war schön, entspannt, liebevoll, glücklich und spielerisch. Er spürte Charlies Hände auf seinen Schultern, wie sie ihn einseiften und fest über seinen Rücken glitten. Peters männliche Vorherrschaft war seit langem etabliert, aber er genoss die Augenblicke, in denen er sich in eine sinnliche Trägheit und Passivität zurücksinken lassen konnte, von seinem Liebhaber gehegt und umsorgt. Charlie schrubbte mit den Frotteetüchern, die in der Duschkabine hingen, Peters Rücken kraftvoll, so wie dieser das mochte. Nach einigen Augenblicken, drängte Peter weg, aber eine Hand streunte liebkosend über seine Pobacken, zwischen seine Beine und fing an, seine Eier zu streicheln. Peter lachte und wollte sich zurückziehen, aber die bändigende Hand griff jetzt seine Schulter und die andere wanderte wieder zwischen seine Pobacken, seifte sie ein. Ein Finger drang so geschmeidig in ihn ein, dass er es am Anfang gar nicht merkte. Dann zuckte sein Körper und er schrie auf.

»Hey. Das ist im CVJM nicht erlaubt.«

»Da wärst du aber überrascht.« Der Finger drang tiefer ein, massierte ihn zärtlich. Sein Glied wurde länger und richtete sich auf.

»Herrgott, Schatz. Weißt du, was du tust? Passiert das wirklich?«

»Das kannst du laut sagen.«

Wie als Beweis fühlte Peter, wie Charlies Glied an die Hinterseite seiner Oberschenkel stieß. Er griff hinter sich und bekam es zu greifen. Es war vom Seifenschaum ganz rutschig und schwoll in seiner Hand voll an. »O Gott, *der* auch noch … Weißt du, was er mir antut?«

»Willst du ihn, Baby?«

»Ja, o Gott, ja. Warum haben wir so viele Jahre gewartet?« Kurzzeitig dachte er an Judy, an seine männlichen Siege über ihren Körper und dann wurde der Gedanke von der erregenden Aussicht weggewischt, wieder auf diese Weise genommen zu werden. Seine Beine fühlten sich an, als würden sie gleich unter ihm nachgeben. Er taumelte aus der Dusche ohne das Wasser abzudrehen, ließ sich auf der Badematte auf die Knie fallen und zog Charlie hinter sich hinunter. Als seine Hüften gepackt wurden, schrie er wieder auf und das ungeheure Eindringen begann.

Charlies Herz schlug gegen die Rippen als er seine Herrschaft über Peters Körper bekräftigte. *Vergiss die Vorsicht, wirf die Tricks und Strategien über Bord.*

Lass den monumentalen Phallus wieder herrschen! Er jubelte ob seiner Macht und Fähigkeiten. Hatte er sich in eine Frau verwandelt? War Peter wahnsinnig in ein Mädchen verliebt? Er wiederholte die Bewegungen, die Peters Körper immer hatten zucken und taumeln lassen, angesichts des massiven Fleisches, das in ihn getrieben wurde. Er brachte zum Lachen und Stöhnen und Schreien. Charlie hörte, wie an der Verbindungstür im Nebenzimmer geklopft wurde und wie eine gedämpfte Stimme rief, aber selbst wenn Peter das auch hörte, zeigte er es nicht. Dessen gesamter Körper wand sich in zielstrebiger Kapitulation. Charlie brachte sie schnell zu einem stürmischen Höhepunkt, der von Schreien und Gelächter begleitet und von einem letzten triumphalen Stoß gekrönt wurde, exstatisch wie seit Jahren nicht mehr.

Sie lagen zusammengesunken auf dem Boden und atmeten heftig, brachen immer wieder in Lachen aus, klammerten sie fest aneinander, um die letzten Krämpfe ihrer Körper zu verkraften.

Sie rissen sich zusammen und duschten noch einmal, berührten einander, sahen sich selbstgefällig, während sie süßen Nachwirkungen der Vereinigung genossen. Arm in Arm verließen sie das Bad und blieben in der Zimmermitte stehen, um sich festzuhalten, sich in die Augen zu sehen. Peter schüttelte verwundert den Kopf.

»Wie du auf die Idee gekommen bist, dass ich Mädchen will, wo du doch sowas mit mir machen kannst, werd' ich nie verstehen«, sagte er. »O Gott, wir sind wirklich gut zusammen. Dein Schwanz, Schatz. Ich wusste nicht, wie sehr ich mich danach gesehnt habe. Wenn wir doch schon wieder zu Hause wären …« Sein Körper machte eine lustvolle Bewegung auf seinen Lebensgefährten zu.

Autoritär zog Charlie ihn an sich. Er hatte die unmittelbare Bedrohung zurückgeschlagen. Die jahrelange, von Vorsicht geprägte Routine war zerbrochen und er fühlte sich zu wunderbar, um sich über die Konsequenzen Gedanken zu machen. Vielleicht würden sie schließlich Marthas Beschreibung von »zwei alternden Männern, die sich aneinander klammern« entsprechen. Dann könnte er sich endlich ausruhen. Im Moment fühlte sich sein Körper wiederbelebt und potent an. Sein Einfluss auf Peter war bis zur nächsten Krise gewährleistet. Er sah ihn an und fühlte, dass er sich noch lange nicht ausruhen könnte. »Du bist bei beidem so gut, da hätt' jeder Typ Probleme, sich zu entscheiden«, sagte Charlie schlau lächelnd.

»Vielleicht sollt' ich öfters wegfahren. Komm. Wir müssen endlich mal was anziehen.« Peter nahm Charlies Hand und führte ihn zu einem Frisiertisch, wo er am Vorabend einige Dinge hingelegt hatte. Er schob eine Zeitung und seinen Pass beiseite und fand seine Uhr. »Also, ich treff' mich in ungefähr zwanzig Minuten unten mit Jeff. Ich zieh' mir lieber mal was an. Hab' ich irgendwas gesagt von wegen Judy aufwecken?« Einen Augenblick später waren beide angezogen. Peter blieb barfuß. Seine Schuhe waren im Nebenzimmer.

Gerade ging er auf Judys Tür zu, als vor der Korridortür Lärm zu vernehmen war, mehr ein dumpfer Schlag als ein Klopfen. Er blieb stehen und blickte zur Tür. Wieder war ein Geräusch zu hören, diesmal eher ein gleitendes Kratzen. Charlie und er sahen einander an und dann ging er zur Tür und öffnete sie. Jeff lehnte am Türrahmen. Er bewegte sich nicht und starrte zu Boden. Trotz seiner Sonnenbräune wirkte er blass und kränklich.

»Ja, hallo«, begrüßte ihn Peter. »Ich wollte grad runterkommen.«

Jeff zeigte nicht, dass er ihn erkannt hatte. Nachdem Peter einen Moment verblüfft gezögert hatte, zog er den Jungen ins Zimmer und schloss die Tür. Jeff war wie ein lebloser Gegenstand in seinen Händen. War er betrunken? Er hatte sich in einen Körper ohne Persönlichkeit verwandelt. Drogen? Irgendetwas war ganz und gar nicht in Ordnung.

»Was um Himmels Willen ist los? Was ist passiert?« Peter blickte wieder zu Charlie hinüber und sah, dass dieser Jeff anstarrte. Er schüttelte den Jungen. »Jetzt komm. Was ist los?«

Anstelle einer Antwort hob Jeff die leeren Augen und blickte ihn ausdruckslos an. Charlie stellte sich neben ihn. Peter konnte sehen, dass seine Anwesenheit langsam in Jeffs Bewusstsein einsickerte. Plötzlich drehte sich der Junge um und sein Mund öffnete sich, als würde er schreien, aber es war kein Geräusch zu vernehmen. Sein Körper schwankte und Charlie nahm seinen Arm und begann ihn zum Bett zu führen.

»Mike muss was passiert sein«, sagte Charlie über die Schulter zu Peter. Er legte Jeff aufs Bett und setzte sich neben ihn, legte eine Hand auf die Schulter des Jungen.

Jeff lag bewegungslos mit geschlossenen Augen auf dem Rücken. »Er ist weg«, sagte er und seine Stimme klang hohl.

Peter stand jetzt am Fuß des Bettes. »Mike?«, fragte er.

Jeff nickte, zog die Knie an, packte seinen Kopf mit beiden Händen und fing an, sich auf dem Bett herumzuwerfen.

»Jetzt mach mal halblang«, sagte Charlie ein wenig herrisch. Sofort streckte Jeff die Beine aus, ließ die Hände aufs Kissen sinken und lag ruhig.

»Ich dachte, euer Flug geht erst später«, sagte Peter.

»Tut er auch.« Jeffs Mund öffnete sich langsam, sein Hals bewegte sich und die Muskeln verkrampften sich, als wollte er schreien oder brüllen, aber sein Körper entspannte sich wieder, ohne einen Ton von sich gegeben zu haben. »Er hat einen früheren Flug nach London oder Paris genommen. Ich weiß nicht genau. Er hat mich in die Stadt geschickt und als ich zurückgekommen bin, war er weg.«

»Hat er alle seine Sachen mitgenommen?«, frage Peter.

»Ich musste Dinge tun, die niemand … ich nicht … glauben würd'«, sagte Jeff, als hätte er die Frage nicht gehört. »Ich hab' alles akzeptiert. Warum sollte er …« Er kletterte aus dem Bett, starrte wild um sich und versuchte zur Tür zu stürzen. Peter machte einen Satz, um ihn abzufangen. Auch Charlie war aufgesprungen, um ihm nachzulaufen.

»Jetzt bist du bei uns, Schätzchen«, sagte Peter beruhigend. »Wir kümmern uns schon um alles.« Charlie trat dicht an den Jungen heran und legte ihm den Arm um die Schulter. Jeff drehte sich blitzschnell um, warf die Arme in die Luft und vergrub dann den Kopf an Charlies Schulter. Er begann schrecklich zu zittern.

»Leg' ihn wieder ins Bett«, schlug Peter vor und nickte in Richtung von Judys Zimmer. »Ich muss mit ihr reden.« Er blieb da stehen, wo er war und sah zu, wie Charlie den Jungen fast durch das Zimmer trug. Der Geschlechtsverkehr hatte ihn hypersensibel auf jede Bewegung von Charlies Körper gemacht. War es nur Zufall, dass Jeffs Hand so nah an Charlies Genitalien hing? Der Junge hatte ziemlich deutlich gezeigt, von wem er getröstet werden wollte. Peter bemerkte, wie sich seine Nerven eifersüchtig anspannten. Seit langer Zeit hatte er so etwas nicht mehr gefühlt und es kam ihm wie eine neue, unerforschte Empfindung vor. Er war überrascht, dass er zögerte, sie alleine zu lassen, auch wenn er nur nach nebenan gehen würde. Als Charlie Jeff aufs Bett legte, zwang sich Peter, sich umzudrehen, ging zu der Verbindungstür und schloss sie auf.

Judy saß vollständig bekleidet in unmittelbarer Nähe des Fensters und las eine Zeitschrift. Auf einem Tablett neben ihr lagen die Reste ihres Frühstücks. Fragend blickte sie auf, als er hereinkam.

»Charlie ist vorhin aufgetaucht«, erklärte er und sammelte Socken und Schuhe auf.

»Ich hatte den Eindruck, als hätte ich Stimmen gehört.«

So, wie sie das sagte, fragte er sich, ob sie mehr mitbekommen hatte. Hatte es an der Tür geklopft, als sie im Badezimmer waren? Er war so abgelenkt gewesen. »Wir müssen uns jetzt auch um Jeff kümmern.« Er setzte sich neben sie und zog eine Socke an. Während er das tat, wurde ihm bewusst, dass die Amputation seiner Gefühle für Judy bereits stattgefunden hatte, recht schmerzlos. Welcher zerbrechliche Zauber auch immer zwischen ihnen bestanden hatte, er war verschwunden. Nie wieder würde er so empfinden. Sie war ein wunderschönes Mädchen, das er sehr mochte, aber sie war nicht fähig, seine Aufmerksamkeit von dem Paar im Nebenzimmer abzulenken.

Er versuchte, die Nachricht von Mikes Abfahrt sehr dramatisch klingen zu lassen, um eine oberflächliche Kontinuität ihrer gemeinsamen Zeit zu ermöglichen. Er glaubte nicht, dass es einem von ihnen helfen würde, wenn er deutlich machte, dass sie nichts mehr gemein hatten. Nach der Erfahrung mit Charlie war es schwierig, sich vorzustellen, noch eine Nacht mit ihr zu verbringen, aber er würde das schon irgendwie hinkriegen, wenn die Zeit gekommen war.

»Wir sollten sofort Tim anrufen«, sagte er und stand auf. »Wenn es nicht zu lange dauert, durchzukommen, können wir ihn noch zu Hause erreichen. Es ist dort erst fünf oder sechs Uhr morgens. Ich erklär ihm, dass es nicht unser Fehler war, dass Mike entwischt ist.«

»Warum ist Charlie gekomme? Gibt es Probleme?«, fragte sie. Nur noch ein Hauch erinnerte an die Zurückhaltung, die er gespürt hatte, als er vorhin hereingekommen war.

»Es gibt Neuigkeiten über das Geld von George Leighton. Das kommt alles in Ordnung. Der Junge ist ziemlich fertig. Ich muss auf ihn aufpassen. Kannst du nicht vielleicht doch anrufen?«

»Klar, aber Herr Thornton wird doch bestimmt wissen wollen, wohin Cochran gefahren ist.«

»Das ist kein Problem. Das können wir am Flughafen erfahren. Wenn wir Jeff beruhigen können, können wir vielleicht alle zusammen dort oben zu Mittag essen. Wär' das okay?«

»Prima.« Einen Moment standen sie beieinander und er nahm ihre Hand. Sie sah ihn an und er versuchte, in seinen Blick die Spontanität seiner gestrigen Reaktion zu legen. Er fühlte einen bedauernden Stich, dass er sich dafür anstrengen musste.

»Ich komm' gleich zurück.« Peter drehte sich um und ging hinaus.

Charlie saß noch immer auf der Bettkante, seine Hand lag auf Jeffs Schulter. Dieser hatte den Kopf so positioniert, dass seine Wange auf Charlies Hand lag. Als Peter hereinkam, stand Charlie auf und ging diesem entgegen.

»Er ist einverstanden, nach Hause zu fahren«, sagte er leise. »Ich hab' angeboten, mit ihm zu fahren. Ich glaub' nicht, dass er's allein schaffen würde.«

»Das ist wunderbar.« Ein unangenehmes Gefühl, die Eifersucht, machte sich in Peters Magengrube breit, während er nach Gründen suchte, gegen den Vorschlag zu argumentieren.

»Wenn wir jetzt gehen, haben wir genug Zeit, das Nachmittagsschiff zu erwischen. Zu Hause kann er dann das mit der Polizei persönlich erledigen. Wir brauchen die Erklärungen nicht.«

»Auf jeden Fall. Das ist die beste Lösung.« Peter zwang sich zuzustimmen. »Ich hätt's selber vorgeschlagen, abgesehen davon, dass ich es lieber hätte, wenn du dableibst. Du wirst ihm auf jeden Fall sehr helfen. Er verehrt dich.«

»Ich begleite ihn nach Hause und bring' George dazu, zu übernehmen. Ich wünschte, du könntest auch mitkommen.«

»Ich auch, aber es ist nicht nur Judy und die verdammten Bilder. Ich muss rausfinden, wer Costas Fall verhandelt, damit es keinen Schnitzer gibt. Ich werd' versuchen, ihn mitzubringen, wenn ich zurückfahre. Es wird einfacher sein, wenn Jeff wieder auf der Insel ist.«

»Kommst du morgen zurück?«

»Keine Angst. Judy ruft grade Tim an. Damit ist dann die Geschichte mit den Bildern erledigt. Ich werd' mich am Nachmittag um die Sache mit der Polizei kümmern. Du musst drauf achten, dass George alles auf der Insel erledigt. Tim will wahrscheinlich, dass Judy sofort zurückkommt. Ich komm mit dem Nachmittagsschiff.«

»Aber auf keinen Fall später, versprochen?«

Peter sah Charlie in die Augen und lächelte, erfreut, dass dieser ihn so drängte. »Versprochen? Glaubst du wirklich, dass ich nach heute Morgen zu spät kommen würde?«

Sie berührten sich an den Händen, Charlie hob seine Tasche auf und drehte sich zurück zum Bett. »Okay, Kleiner, gehen wir.«

Jeff öffnete die Augen und blickte Charlie an. Langsam stand er auf, ging zu ihm und stellte sich ganz nah an ihn heran, als würde er bei ihm Schutz suchen. Peter war froh, dass der Junge zu fertig aussah, um einen Verführungsversuch zu starten. Noch immer konnte er Charlies Schwanz gewaltig in sich fühlen. Nach all den Jahren, in denen ihm das perfekte Werkzeug verweigert worden war, spürte er seine Besitzansprüche. Er hatte keine Zeit, sich zu fragen, was Charlies plötzlicher Sinneswandel bedeutete. Als er zur Tür ging, wünschte er sich, mit den beiden fahren zu können.

»Es tut mir Leid, Schätzchen«, sagte er zu Jeff, »aber wenn du über den Schock hinweg bist, wirst du einsehen, was für ein Scheißkerl er ist. Nicht, dass das immer viel nützt. Hör' drauf, was dir Charlie sagt. Wir kennen uns mit solchen Sachen aus.« Auf der Türschwelle gab er seinem Lebensgefährten einen kurzen Kuss und winkte ihnen nach, während sie den Gang hinuntergingen. Jeff blieb nah bei Charlie, wenn auch einen Schritt hinter ihm und Peter bemerkte, dass sie sich nicht berührten.

Er schloss die Tür, blieb noch einen Moment im Zimmer stehen und bereitete sich innerlich darauf vor, zu Judy zurückzugehen. Ohne dass Charlie seine Aufmerksamkeit auf sich zog, fühlte er sich zuversichtlicher, dass sie diesen letzten Tag glücklich verbringen würden – wenn er es schaffte, nicht immer an Jeff zu denken. Er rief ihren Namen, während er ins andere Zimmer ging.

Charlie führte Jeff zu Mikes Suite. Er fragte sich, ob der Junge sich zusammenreißen könnte, bis sie das Schiff erreicht hatten. In Jeffs inneren Qualen konnte Charlie eine tiefe Sehnsucht danach spüren, von ihm kontrolliert und beschützt zu werden. Sex war dabei ein beinahe fühlbarer Bestandteil. Warum war das so, wenn der Junge vor unerwiderter Liebe zu Mike beinahe verrückt wurde, reagierte er sexuell auf jeden Mann? Er dachte an Peters Nachmittag mit Jeff und wollte unbedingt sicherstellen, dass es zu keiner verfänglichen Situation mit dem Jungen kommen würde. Jeff wirkte in seinem verstörten Zustand keinesfalls anziehend auf ihn, dennoch fühlte Charlie mit ihm. Der Junge appellierte an seine zärtlichen Beschützerinstinkte, aber dies würde schnell in Ungeduld umschlagen, wenn Jeff sich nicht zusammenriss. Dessen Hysterie war nicht völlig überzeugend. Der Junge hatte merkwürdig helle Momenten. Er hatte vorgeschlagen, nach Hause zu fahren. Als Peter das Zimmer verlassen hatte, war Jeff plötzlich sehr ruhig geworden und seine leidenschaftlichen Augen hatten Charlies gesucht.

»Würdest du mich nach Hause bringen?«, hatte er

mit heiserer Stimme gefragt. »Ich würde fahren, wenn du mich begleitest. Wär' das nicht die beste Lösung?«

Es hatte so ausgesehen, als würde Jeff allen eine solche Last sein und Charlie hatte das Gefühl gehabt, Peter mit seiner Zustimmung einen Gefallen zu tun. Er hatte sein Ziel erreicht, ohne dass man ihm etwas vorwerfen konnte und war deshalb bereit, nach Hause zu fahren.

Sie marschierten den Gang hinunter zu Mikes Suite. Plötzlich warf sich Jeff gegen die Wand und vergrub das Gesicht in den verschränkten Armen. »Ich kann nicht«, stieß er hervor.

Charlie fragte sich, ob jetzt Tränen kommen würden. Wenn der Junge erst einmal zu weinen begonnen hätte, wäre nichts mehr mit ihm anzufangen. Er ging nah an Jeff heran und legte ihm die Hand auf den Rücken. Sofort lag der Junge in seinen Armen.

»Nicht hier, um Himmels Willen!«, fauchte er und befreite sich.

Jeff stand vor ihm, den Kopf zurückgelegt, die Augen geschlossen, der hervorstechende Adamsapfel bewegte sich. »Ich kann da nicht mehr rein«, sagte er dumpf.

»Kein Problem. Gib mir den Schlüssel. Hast du alles zusammengepackt?«

»Da ist nur eine Tasche. Die ist gepackt. Und auf dem Tisch im Wohnzimmer sind die zwei Umschläge, die Peter wollte.«

Charlie nahm den Schlüssel und ging zu der angezeigten Zimmernummer. Er fand die Umschläge, hob die Tasche vom Fußboden auf und ging zu Jeff zurück. Der Junge nahm die Tasche und sie liefen los. Die Gefahr eines Zusammenbruches würde abnehmen, hoffte Charlie, sobald sie unter Leuten wären.

Sie verließen das Hotel, Charlie hielt ein Taxi an und schob Jeff hinein. Dann setzte er sich neben ihn und legte Jeff den Arm um die Schultern und tätschelte Jeffs Rücken. Er fühlte, wie Jeffs Körper sich an ihn schmiegte. Was auch immer er für Mike empfunden hatte, er würde zweifellos bald jemanden finden, der ihn tröstete. Jeff ließ seinen Kopf auf Charlies Arm fallen, schloss die Augen und wurde von einem erneuten Zittern erschüttert.

»Nimm's leicht, Kleiner«, sagte Charlie. »Auf dem Schiff nehmen wir eine Kabine und dann kannst du dich ausruhen.«

Sein Blick glittt über das markante Profil. Das lange, dunkle Haar, das Jeff in die Stirn fiel, lud dazu ein, damit herumzuspielen. Die geschwungenen Brauen, die gerade, starke Nase, die harte Linie des Unterkiefers und die Kurve des Halses, all dies würde er gerne auf Papier bannen. Sein Blick kehrte zu Jeffs Mund zurück. Die Rundung der Lippen war exquisit gemeißelt und in der Mitte der Oberlippe gab es eine leicht unregelmäßige Fülle, die er faszinierend fand. Es war ein männliches Gesicht, aber Spuren androgyner Jugendlichkeit übten eine Anziehungskraft aus, die er schon einmal wahrgenommen hatte. Plötzlich sah er Sarah darin. Er hielt Sarahs Sohn und wurde von ihm in Versuchung geführt.

Charlie fühlte einen kleinen Stich. Sicher konnte er den Jungen trösten, ohne dass es zu mehr kommen würde. Er konnte verstehen, dass diese devote, nicht ganz unschuldige Wehrlosigkeit Mike Cochran zu sadistischen Exzessen verleitet hatte, ihn ihm jedoch erweckte sie nur Mitgefühl. Er dachte an Peter, wie er diesen vor langer Zeit gedankenlos verletzt hatte. Der schreckliche Kummer der Jugend. Er wollte Jeff mit untadeligen Liebkosungen heilen. Er umarmte den Jungen. Jeffs Lippen teilten sich und er wandte Charlie das Gesicht zu, ohne die Augen zu öffnen und küsste dessen Arm. Das Zittern hörte auf.

Charlies Blick fiel auf Jeffs Hände, die auf seinen Oberschenkeln lagen. Sie waren nicht breit, hatten jedoch lange Finger mit starken Knöcheln und hübsch geformten Nägeln – gute, sensible, stimulierende Hände. Er sammelte diese Informationen mit großem Interesse – nur wenige Leute gelang es, ein solches Gefühl in ihm zu erwecken. Er lehnte sich zurück, wiegte ihn in den Armen, froh, dass lüsterne Gedanken weiterhin ausblieben. Von der sinnlichen Neugier seiner Augen befriedigt, musterte er Gesicht und Körper.

Der Kontakt zwischen ihnen wurde unterbrochen, als das Taxi inmitten des geschäftigen Treibens um die ablegenden Schiffe in Piräus anhielt, sie die Taschen ausluden, den Fahrer bezahlten, Fahrkarten kauften und die Laufplanke hinaufkletterten. Jeff war zu einem Roboter an Charlies Seite geworden. Charlie wurde von dem Schiffspersonal überschwänglich begrüßt und war einige Minuten gezwungen, seine öffentliche Rolle zu übernehmen, während ihnen eine Kabine zugewiesen wurde.

Als er sich nach Jeff umdrehte, sah er ihn mit abgewandtem Gesicht am Niedergang stehen, er klammerte sich an die Reling, die Schultern hoben und senkten sich. Charlie eilte zu ihm, ergriff seinen Arm und schob ihn die Treppe hinunter. Er fand ihre Kabine, stieß Jeff hinein und schloss die Tür ab, während die Flutwelle, die er erwartet hatte, über ihm zusammenbrach: Jeff stand hilflos da, während sein Körper von Schluchzern geschüttelt wurde und ihm die Tränen übers Gesicht strömten.

Charlie knöpfte Jeffs Jacke auf, zog sie ihm aus und half ihm hinüber zu einer der beiden Kojen, schmal und uneinladend und legte ihn hin. Jeff warf sich auf dem Bett herum, als würden ihm die Schluchzer aus der Seele gerissen. Charlie setzte sich neben ihn, löste die Krawatte und knöpfte den Kragen auf. Den Jungen so intim zu berühren, die weiche Haut am Hals zu fühlen. Die Explosion ungezügelter Emotionen zu erleben, erschütterte Charlies Kontrolle. Er konnte ihn in diesem Zustand nicht alleine lassen, aber er wusste, wenn er blieb, würde er sich einer gefährlichen Prüfung unterziehen.

Jeff strahle die wilde Sehnsucht eines Kindes aus, das in den Armen gehalten werden will. Charlie zögerte noch einen Augenblick, streckte sich dann neben ihm aus und nahm ihn in die Arme. Jeff war so dünn, dass es genügend Platz für sie beide gab. Die Süße, Jeff zu halten und zu trösten, erstickte Charlie, aber in ihrer Stellung, Körper an Körper, konnte er die Reaktionen, die in ihm ausgelöst wurden, nicht verbergen. Trotzdem bezweifelte er, dass es Jeff auffallen würde, während seine Verletzung, sein Schmerz und seine Schamgefühle aus ihm herausbrachen. Charlie murmelte tröstendende Worte, küsste die nassen Wangen und streichelte das Haar. Vielleicht könnten sie diese gefährlich sexbeladene Situation überwinden.

Ihre Körper waren bekleidet, Charlie hielt Jeff und gestattete seinen Händen keine größere Intimität, als zwischen Vater und Sohn. Er ertappte sich dabei, dass er etwas unerklärlich Erregenderes empfand – fast wie bei einem Liebesakt. Teilweise fühlte er sich zu einem seltsam sexlosen Orgasmus getragen.

Langsam wurde Jeff leiser und war schließlich ganz ruhig. In der Stille hörte Charlie, wie der Anker gelichtet wurde. Einige Minuten verstrichen und die Stille wurde von dem leisen Dröhnen der Motoren erfüllt. Dann öffnete Jeff schließlich die Tränen geläuterten Augen. Ihre Köpfe lagen auf dem Kissen nah beieinander und sie sahen sich an. Charlie hatte das Gefühl, in Jeffs Seele zu blicken und angesichts der leidenschaftlichen Kapitulation, die er dort wahrnahm, begann sein Herz zu klopfen.

»Es wird passieren, richtig?«, sagte Jeff.

Es klang so sachlich, dass Charlie nicht sofort glauben konnte, dass Jeff wusste, was er vorschlug. Charlie wurde so von der seltsamen Freude eingelullt, den Jungen zu halten und zu trösten, dass ihm am Anfang kaum bewusst gewesen war, dass sein Schwanz immer steifer wurde. Er hatte glauben können, dass es Jeff egal geworden war. Jeffs Frage machte es ihm nun unmöglich, sein Glied zu ignorieren und plötzlich stand es hart zwischen ihnen.

»Glaubst du, dass das eine gute Idee ist?«

»Ich weiß, dass Götter manchmal mit Sterblichen spielen. Es ist schön für die Sterblichen, aber es kann nicht wirklich etwas bedeuten. Ich weiß das.«

»Ich wünschte, ich auch. Du bist so ein komischer Typ. Ich hab' dich aufwachsen sehen und plötzlich bist du jemand, den ich gar nicht kenne.«

Ein müdes Lächeln glitt über Jeffs Lippen. »Ich weiß. Du wirkst immer so entrückt und unerreichbar, aber jetzt bist du ganz lebendig und schön. Du wirkst sogar jünger als Peter.«

»Hast du mit ihm geschlafen?«, fragte Charlie, um alle Zweifel auszuräumen. Peter sagte immer die Wahrheit, aber er wünschte fast, dass er diesmal gelogen hatte, um seine eigenen Skrupel zu zerstreuen.

Charlie streichelte Jeffs Haar und hatte für einen Moment das Gefühl, dass ihm das genügend Freude bereitete. »Ich fühl' mich sehr unsicher mit dir«, sagte er sanft. »Du bist völlig am Ende und ich will nichts machen, was es für dich noch schlimmer machen würde.«

»Das Einzige, was es schlimmer für mich machen würde, wäre, wenn du mich nicht nehmen würdest. Ich hab' von euch beiden geträumt, wie ihr mich nehmt. Jetzt hältst du mich und du hast eine Erektion. Ich will deinen Schwanz so wahnsinnig gern halten, aber ich werd' nichts machen, außer du sagst mir, dass ich es darf. Ich kann ihn wachsen und wachsen fühlen. Das macht für mich wett, dass Mike mich verlassen hat.«

»Bist du da sicher?«

»Oh, Charlie. Wenn du nur zulassen würdest, dass wir beide nackt zusammen sind, so wie ich und Peter, würd' das schon fast genug sein. Was soll das, wenn wir angezogen bleiben, wenn wir beide eine Erektion haben?«

Charlie stützte sich auf einen Ellbogen und sah den wundervollen Mund, beobachtete wie sich die Lippen teilten. War es möglich, diese Lippen *nicht* zu küssen? Aber wenn er sie küsste, würde er nicht mehr aufhören können. Noch immer konnte er Peters ekstatisch zuckenden Körper in jeder Faser spüren. Heute morgen hatte er seine kaltblütigen Prinzipien über Bord geworfen und in ihnen beiden frische Leidenschaft entfacht. Peter würde es wahrscheinlich für unverzeihlich halten, wenn er das Flehen dieses Jungen nach Trost nicht erhören würde. Jeff lag in seinen Armen und aus dessen Augen hatte er alles über den Jungen erfahren. Was er auch immer mit Jeff tun würde – es hatte nichts mit Peter zu tun.

Langsam senkte er den Kopf und küsste Jeff auf den Mund. Zu seiner Überraschung bewegte sich Jeff nicht. Er öffnete einfach die Lippen und ließ Charlie mit seinem Mund tun, was dieser wollte. Charlie hatte noch nie einen so völlig passiven Körper erforscht und es erschien ihm zutiefst provokativ. Jeff forderte ihn heraus, ihn von seinem Leid zu befreien. Er knöpfte Jeffs Hemd auf, küsste ihn gleichzeitig, richtete sich dann auf, um die blanke Brust zu betrachten. Diese Brust, die er tausend Mal gesehen hatte, schien ihm jetzt verwandelt, weil er sie entblößt hatte. Er liebte das unfertige Aussehen von Jeffs Körper. Er war wie ein Kunstwerk kurz vor der Vollendung, reich an Potenzial. Charlie streichelte den feinen dunklen Flaum auf der Brust und fuhr mit der Hand über den Bauch.

»Weiter. Zieh mich aus«, flüsterte Jeff ohne sich zu bewegen.

Charlie öffnete den Hosenschlitz, schob die Hose zur Seite und enthüllte die Unterhosen mit Knöpfen. Er machte sie auf und zog sie herunter, so dass der Körper bis zu den ersten Schamhaaren nackt war. Noch immer lag Jeff reglos da. Es war so aufregend wie ein Paket auszupacken. Charlie konnte sehen, wo sich Jeffs Schwanz abzeichnete, eine bedeutungsvoll gerade Linie.

Charlie hob den Jungen hoch, genug, um einen Arm aus dem Ärmel zu befreien und das Hemd zu entfernen. Dann kniete er sich vor die Koje und zog Jeff Socken und Schuhe aus. Er griff nach Hose und Unterhose und hatte Jeff vollständig entkleidet. Jeffs Schwanz lag starr auf dessen Bauch und wirkte im Kontrast zu Jeffs jungenhaftem Körper überraschend erwachsen. Charlie betrachtete Jeff, sein Herz raste und er fragte sich, oder er die Quelle dieser mächtigen Anziehungskraft finden würde.

Charlies Blick bewegte sich von den großen Füßen, über die langen, schlaksigen Beine und die schlanken Hüfen. Er betrachtete den konkaven Bauch, das knochige Becken, die noch immer unterentwickelte Brust und die breiten Schultern. Dann sah er Jeff in die Augen, die sich so schamlos nach ihm sehnten, dass Jeffs Ruhe wie ein Wunder der Ergebenheit wirkte und Charlies Herz sich atemlos beschleunigte. Bis jetzt hatte er wenig mehr als sein Partner getan. Schlichtweg das Fehlen von Begierde hatte es für Peter so einfach gemacht, sich zu kontrollieren.

»Jetzt du. Bitte«, murmelte Jeff.

»Ich werd' mich nicht so zurückhalten wie Peter.«

»Ich hab' ...« begann Jeff mit tiefer Stimme.

»Ich auch.« Charlie drehte sich schnell um und ging zurück zur Tür, wo er seine Tasche hatte fallen lassen. Dort gab es auch ein Wachbecken, Handtücher und einen Stuhl. Er zog sich aus, der Körper bejubelte seine Befreiung. Er öffnete die Tasche, fand die Tube und bereitete sich vor. Die massive Gestalt des Fleisches, das er berührte, fachte das Feuer seines alten phallischen Stolzes an. Er nahm ein Handtuch und wandte sich wieder zur Koje. Jeffs Blick war sofort auf seinem Glied und blieb dort, während Charlie auf ihn zukam. Jeffs Augen waren weit aufgerissen, die Lippen öffneten sich, sein Körper hob sich. Dann rollte sich Jeff auf den Bauch, die Beine gespreizt, die Arme über den Kopf geworfen und bot ein Bild völliger sehnsuchtsvoller Unterwerfung.

Charlie sprang nach vorne und setzte sich rittlings auf ihn. Er hielt sein Glied, um es zu führen. Bei ihrem ersten Kontakt schrie Jeff ekstatisch auf und lag dann wieder völlig devot unter ihm, während Charlie Besitz von ihm ergriff. Die Entspanntheit, mit der Jeff ihn empfing, wurde zu einem heroischen Willkommen. Es lag etwas wie Anbetung darin, als würde Jeff sich selbst anbieten, nicht so sehr einem Individuum, sondern einer Macht, die er als Meister anerkannte.

Charlie drang langsam und vorsichtig ein, seine Seele schmolz vor Zärtlichkeit und er wurde von unbekannter, selbstloser Verantwortung für Jeffs Wohlergehen und Glück überwältigt. Er war sich der Macht, die ihm von seinem unglaublichen Schwanz verliehen wurde, nie *so sehr* bewusst gewesen. Jeff vermittelte den Eindruck, nur dafür zu leben, von Charlie besessen zu werden. Plötzlich fühlte Charlie Wärme in dem kalten Kern seiner Seele. Das Feuer flammte auf, verbreitete sich überall in ihm, wärmte seinen Geist. Der Hals wurde ihm eng und Tränen stiegen ihm in die Augen. Er lag bewegungslos auf dem Körper des Jungen und fühlte einfach den Kontakt zwischen ihnen. Mühsam schluckte er und überwand seine Hemmungen. »Gott, du bist unglaublich«, flüsterte er neben Jeffs Ohr.

Jeff reagierte nicht, seine Ruhe war keine Abweisung, sondern bedingungslose Kapitulation. Charlie lag auf ihm und fühlte, wie sein Schwanz in Jeff anschwoll. Sein Atem stockte, er konnte nicht glauben, was in ihm geschah. Er stöhnte immer lauter, während die Spannung zunahm und in einem gewaltigen Orgasmus mündete. Jeff griff nach dem Handtuch und schob es unter sich, als sein Körper mit Charlies zuckte. Dann lagen sie wieder beide still da.

»Unglaublich«, murmelte Jeff und seine Stimme zitterte vor Staunen. »Wir sind gekommen, ohne uns zu bewegen. Wir haben uns zum Orgasmus gebracht, ohne es zu versuchen. Du hast mich genommen, ohne mich zu erniedrigen. Es muss nicht demütigend sein.«

»Hast du das gedacht?«

»Mike hat mir das vermittelt. Weißt du, warum ich einfach daliegen und nichts tun wollte, damit du mich nehmen konntest, wie du wolltest?«

»Vielleicht. Ich weiß nicht. Sag's mir.«

»Ich bete dich an. Ich will wissen, ob ich dich anbeten kann, ohne es zu etwas Bösem zu machen. Ich wollte nichts für mich. Ich gehöre dir. Es ist zu viel für mich, um's zu begreifen. Ich weiß, dass Götter Sterbliche nicht lang begehren, aber jetzt gehöre ich dir. Du bist in mir, Charlie. Ist das nicht wunderbar? Wenn das gestern oder vorgestern passiert wär', wär' jetzt alles anders.«

»Du weißt, dass das nicht möglich gewesen wär', aber erklär mir lieber ein paar Sachen.« Ohne aus ihm zurückzuziehen, begann Charlie sein Gewicht von Jeffs Rücken zu verlagern, aber Jeffs Hände lagen sofort auf seinen Oberschenkeln und hielten ihn zurück.

»Beweg dich nicht. Ich will, dass du da bleibst. Ich will dein ganzes Gewicht auf mir spüren. Das ist klar. Ich weiß nicht, ob ich mehr erklären kann.«

»Du kannst dich nicht jeden Tag in jemanden Neuen verlieben. Was fühlst du *tatsächlich* Mike gegenüber?«

»Ich bin in ihn verliebt. Trotzdem hab' ich ihn nicht angebetet. Ich hab' versucht, Peter das zu erklären. Ich kann euch nicht für normale Sterbliche halten. Es ist auf einem anderen Niveau. Peter ist ein verspielter dionysischer Gott. Du bist ein erhabener Gott. Du bist Apollo. Wahrscheinlich bist du tödlich.«

In seiner Brust rumorte ein Lachen.

»Ich fühl' mich überhaupt nicht wie ein Gott. Ich will mich nur um dich kümmern, auf dich aufpassen, dich lieben.«

»Du bist Peter untreu. Kannst du das erklären?«

»Ich hab' schon versucht, es vor mir zu rechtfertigen und kann mich fast davon überzeugen, dass er's billigen würde. Er hat dich mir irgendwie anvertraut. Natürlich wär' nichts passiert, wenn du in mir nicht das Bedürfnis geweckt hättest, dir irgendwie mein Leben zu geben.«

»Ich löse in dir all diese Gefühle aus?«, fragte Jeff, in seiner Stimme schwang Ungläubigkeit mit. »Wie wundervoll. Du hast immer noch einen Steifen, nicht wahr?«

»Wieder«, sagte Charlie wahrheitsgemäß.

»Wirklich? Dein Schwanz ist so gewaltig, dass ich den Unterschied gar nicht spüren kann. Peter hat mir von dir erzählt, aber ich konnte es mir nicht vorstellen. Ich will deinen Schwanz stundenlang anschauen. Ich hab' noch nie so was riesenhaft Schönes gesehen. Ich könnte den ganzen Tag weiter drüber reden.«

»Wenn du so drüber redest, will ich was mit ihm machen.« Er zog langsam zurück und stieß ebenso langsam wieder in Jeff hinein.

Plötzlich brachte Jeff seinen Körper ins Spiel. Er bewegte die Hüften und schrie ein paar Mal kurz auf, als Charlie wieder in ihn eindrang. »Oh, Gott! Charlie! Lass mich dieses Mal so tun, als wärst du ein Sterblicher. Lass mich alles mit dir machen. Ich will, dass du mich so durchfickst, dass es weh tut. Ich will morgen und übermorgen und überübermorgen fühlen, wo dein Schwanz war.«

»Das wird nicht das letzte Mal sein, weißt du.«

»Nein?«

»Ich will, dass du die Nacht mit mir verbringst. Und dann ... wer weiß? Es ist zu viel, um jetzt drüber nachzudenken.« Die Worte brachen aus ihm heraus, von unbekannten Gefühlen entfacht, die unter der Leidenschaft brodelten. Es war unvorstellbar, dass dieses Kind den lebenslangen Bund gefährden konnte, aber während er den liebeshungrigen Jungen in den Armen hielt und sein Glied in diesem bewegte, fühlte er, dass er ihn nie wieder loslassen könnte »Ich liebe dich, verdammt noch mal«, jappste er. »Verstehst du nicht?«

Ein glockenhelles Lachen brach aus Jeff hervor. »Ich weiß, dass das nicht möglich ist, aber ich finde es wunderbar, dass du es sagst. Zeig's mir. Ja, so. Du *bist* Apollo. Niemand sonst könnte einen so gewaltigen Schwanz haben.«

Sie überließen sich ihren Körpern. Charlie verschlug es angesichts der rasenden Leidenschaft den Atem. Was er tat, war in keiner Weise kunstvoll. Während er sich bemühte, das stürmische Verlangen des Jungen zu befriedigen, wurde er von einer entrückten Ekstase überwältigt. Jeff brach in wildes Schluchzen aus, heulte Charlies Namen. Als ihn schließlich der Orgasmus überwältigte, fühlte sich der Körper in Charlies Armen an, als würde er zerbersten. Charlie kämpfte mit ihm wie ein Ringer, bot seine ganze Kraft auf, ihn zu halten, während er seinen Orgasmus in ihn hineintrieb.

In der Stille, die folgte, schien ihre Anstrengung weiterzuhallen Charlie lag betäubt, erschrocken, aber triumphierend da. Liebe erfüllte ihn, Liebe, die sich aus Wut und Zärtlichkeit zusammensetzte, ein Verlangen, sich selbst furchtlos preiszugeben. Er fühlte Jeffs tiefe Verletzlichkeit und schämte sich seiner eigenen Feigheit, sich hinter so vielen Schutzwällen verstecken zu müssen. *Reiß sie nieder!* Sex mit Jeff war eine Schlacht. In den Nachwirkungen dieser ersten Begegnung erschien sie ihm als ein Kampf, den er gewinnen musste. Vielleicht würde dieses Gefühl die Nacht nicht überdauern, aber solange das Feuer in ihm loderte, würde er es wüten lassen.

Sein Glied schrumpfte, er raffte sich mühsam auf, zog es vorsichtig zurück und sprang aus der Koje. Er ging zum Waschbecken. Als er fertig war, kam er zur Koje zurück, beugte sich nach vorne und berührte Jeffs Nacken. Der Körper des Jungen wurde von einem langen Schauder geschüttelt.

»Solltest du dich nicht lieber mal waschen?«, fragte Charlie.

Jeff nahm sich zusammen, setzte sich auf den Rand der Koje und hielt ein Handtuch vor sich. »Du darfst nicht hinschauen«, sagte er, das Gesicht abgewandt.

»Ich werd' nichts machen, was du nicht willst, Kleiner. Nie, hoffe ich.« Als er sich abgewandt hatte, stand Jeff auf und entfernte sich eilig. So viele Fragen stürmten auf ihn ein. Charlie versuchte, an nichts zu denken. Stattdessen widmete er seine Aufmerksamkeit einem Fleck auf dem Schott vor ihm, entdeckte eigenartige Formen darauf.

»Okay«, sagte Jeff nach ein paar Minuten.

Charlie drehte sich um. Jeff stand zwischen ihm und dem Waschbecken und hatte eines der kleinen Handtücher um die Hüften geschlungen. Schmale Hüften. Aufs Neue beeindruckte Charlie die Schönheit des dunklen Gesichtes. Als er den jungen Körper betrachtete, den er besessen hatte, flammte Liebe in ihm auf. Er sehnte sich danach, ihn reifen zu sehen, ihm zu helfen, klarzukommen.

Jeff sah Charlie in die Augen. »Verachtest du mich jetzt nicht?«

»Warum sollte ich?«

»Weil ich so viel Spaß dabei hatte. Weil ich mich so habe gehen lassen.«

Charlie lachte. »Sex sollte kein Ballett sein.«

Jeffs Augen hellten sich auf und sein Gesicht wurde von jugendlicher Gedankenlosigkeit erfüllt, was einen solchen Kontrast zu seiner üblichen Melancholie darstellte, fast als lächelte er »Mike hat mich verspottet. Ich weiß, dass ich nicht ganz normal bin – ich mein', in Mike verliebt zu sein, und es so mit dir zu genießen.

Peter hat mich davor gewarnt, ein Flittchen zu werden, aber ich könnte so was jetzt nur mit dir. Und mit Peter, wenn er mich wollte.«

Scharf wurden Charlie die Warnsignale bewusst, aber er wich nicht davor zurück. Er konnte es Jeff nicht verübeln, Peter zu begehren. Glücklicherweise hatte Jeff nicht die Möglichkeit, sich nochmals an Peter zu versuchen. Charlie ging zu ihm, zog ihm das Handtuch herunter und warf es beiseite. »Du musst dich nicht bedecken, wenn du mit mir zusammen bist.« Er musterte Jeffs Gesicht. »Dein Mund ist so schön. Ich hatte keine Zeit, ihn richtig zu küssen.« Das tat er dann.

Dieses Mal reagierte Jeff begeistert, drückte seinen Körper an Charlie. Als sie sich wieder voneinander lösten, sah Charlie, dass er den Jungen wieder erregt hatte. Ein Jugendphänomen, aber es war reizvoll, diese Macht über jemanden zu haben. Jeff nahm Charlies Glied in die Hand und betrachtete es.

»Endlich. Wenn du nur wüsstest, wie oft ich davon geträumt hab', ihn zu sehen und zu berühren. Er ist gewaltig, auch wenn er nicht steif ist. Es ist zwanghaft. Ich will ihn so sehen, ich will sehen, wie er vor dir aufragt, so wie vorhin. Kannst du jetzt wieder eine Erektion haben?«

»Lass mir noch einen Moment Zeit. Wir haben ganz schön hart trainiert. Einen Rekord brauchen wir ja nicht gleich aufzustellen. Na komm. Ziehen wir uns lieber an. Wir müssen noch ein paar Sachen besprechen, bevor wir ankommen. Wenn wir beide nackt sind, reden wir bestimmt nicht sehr sinnvolles Zeug.«

»Nur noch ein bisschen.« Jeff ließ sich zu Boden sinken, ergriff Charlies Glied mit beiden Händen und nahm die Spitze in den Mund. Er umspielte es mit der Zunge, ließ es los. Dann legte er die Hände auf Charlies Oberschenkel und starrte es an. »O ja, ich kann dir eine Erektion schenken«, murmelte er. »Dein göttlicher Schwanz hängt, so lang und schwer und fängt an, steif zu werden, er ist absolut bezaubernd. Und zu wissen, dass er … riesig und anspruchsvoll wird und alles nimmt, was er will. Wenn mir das gelingt, wird er mich auch wollen.«

Charlie legte die Hand unter Jeffs fast bartloses Kinn und liebkoste es, als er ihn hochzog. Ihre Augen begegneten sich. »Ich liebe dich, weißt du«, wiederholte Charlie und gab seine Seele schmerzvoll noch weiter preis. Sie sahen sich einen Augenblick in die Augen, Jeffs wirkten aufrichtig, sehnsüchtig und seltsam unpersönlich.

Dann ließen sie sich los, sammelten ihre Kleider auf und zogen sich an. Charlie zog die Umschläge aus seiner Hüfttasche und führte Jeff zur anderen Koje. Er setzte sich hin, zog Jeff neben sich und legte den Arm um ihn. Einen Augenblick herrschte Frieden zwischen ihnen. Der Junge schmiegte seinen Körper an ihn. Jeff gehörte jetzt ihm. »Also. Peter hat mir alles erzählt. Der einzige Unterschied ist, dass wir das Geld doch nicht mehr auftreiben müssen. Sid bekommt es von Dimitri. Peter hat was über Erklärungen gesagt. Sind die das?«

»Ja. Ich hab die offizielle auf Griechisch und Englisch geschrieben.«

»Wir brauchen sie eigentlich beide nicht mehr, jetzt, wo du wieder da bist. Nimm sie für deinen Vater mit. Ich weiß nicht, ob er schon wieder zu Hause ist. Das Letzte, was ich gehört hab', war, dass er ins Gripari-Haus bei Joe Peterson eingezogen ist.«

Jeff drehte ihm plötzlich das Gesicht zu. »Wirklich? Er ist ausgezogen? Er weiß das vom Haus gar nicht?«

»Keine Ahnung. Egal, wir suchen ihn zuerst bei Joe. Ich möchte, dass du mit ihm redest, bevor du zu deiner Mutter gehst. Du wirst ihm doch alles sagen, oder?«

»Aber nicht das über uns?«

Charlie wollte eben den Mund öffnen, als er innehielt. Dass es ein *uns* gab, über das gesprochen werden musste, verschlug ihm die Sprache. Uns – Peter und er

– und Jeff? Nach dem ersten Schock erfüllte ihn die Vorstellung mit unerwarteter Zufriedenheit. Für diese kurze Zeit konnte er so weiter machen, ohne an die Konsequenzen zu denken. Bis zu Peters Rückkehr morgen hätte er Zeit nachzudenken. Vielleicht würde er dann wissen, was *uns* bedeutete. »Nein«, sagte er zögernd. »Ich weiß nicht, was *wir* damit zutun haben sollen, was in den letzten Tagen passiert ist. Bleib' dabei. Wenn dein Vater noch nicht bei der Polizei war, sag' ihm, dass Peter will, dass er sofort hingeht.«

Jeff öffnete die Umschläge und sah hinein. Einen gab er Charlie zurück. »Heb' den für Peter auf.«

»Ich glaub', das spielt jetzt keine Rolle mehr. Dein Vater wird wissen wollen, was mit Mike war und warum du Dimitri das Geld gegeben hast. Bist du bereit, darüber zu sprechen?«

»Ihm sagen, dass ich eine durchgeknallte Schwuchtel bin? Ich weiß nicht, wie, aber ich werd' versuchen, alles, was er mich fragt, wahrheitsgemäß zu beantworten. Halt mich fest, Charlie.«

Der mitleiderregende Klang seiner Stimme appellierte direkt an Charlies Zärtlichkeit und Liebe. Er zog den Jungen näher an sich heran, hob die Hand zu Jeffs Gesicht, drehte ihn um und küsste ihn wieder auf den Mund. Er musste seine Beine bewegen, um seinem steif werdenden Glied Platz zu verschaffen. Jeffs Hände fanden es. Charlie zog seinen Mund zurück. »Wir brauchen wirklich keinen Rekord aufzustellen. Du willst doch die Nacht mit mir verbringen, oder?«

»Natürlich, aber bis dahin ist noch so viel Zeit. Wir sind ja noch nicht mal in Poros.« Sehr bedächtig knöpfte er Charlies Hemd auf und strich mit forschender Hand über den Oberkörper, sein Blick ruhte darauf. Er glitt von der Koje hinunter auf den Boden, drückte Charlies Knie auseinander und rutschte dazwischen. »Wir haben viel Zeit«, sagte er und seine Hände bewegten sich gemächlich, um ihr Ziel zu erreichen.

Dann sprang Charlies Glied zwischen ihnen hervor. Jeff lehnte sich zurück und sein Blick wanderte darüber. »Ihr Götter, wie es emporragt. Bis zu deiner Brust. Ich könnte hier sitzen und es stundenlang anstarren.« Jeff zog an den Boxershorts, Charlie hob die Hüften und ließ zu, dass seine Oberschenkel entblößt wurden. Jeff hielt das Glied, streichelte sich damit über Wangen und Stirn, hielt es an die Augen, lehnte den Kopf dagegen. »Alles tut mir weh. Wo auch immer ich mich damit berühre, fühle ich mich geheilt.«

Es war eine offene, fast ritualisierte Verehrung, ehrfürchtig, leidenschaftlich, nicht Charlie gewidmet, sondern dem hochaufragenden Fleisch und dem männlichen Prinzip, wofür es stand. Die Herrschaft des monumentalen Phallus war mit Macht zurückgekehrt. Es erschien Charlie, als hätte er kaum das Recht, den Zugang zu einem Objekt zu verweigern, das solche Innbrunst in seinem Jünger entfachte. Seine selbstauferlegte Zurückhaltung schien angesichts dieser Vergötterung übertrieben. Er wusste, dass diese Verehrung nicht ihm persönlich galt. Jeff war zur Liebe fähig. Charlie konnte diese Liebe in Jeff fühlen, wie eine unvergossene Träne. Während diesem seltsamen Ritus gab es Augenblicke – gespannt, ekstatisch – in denen Jeffs Augen, Hände und Mund hypnotisiert waren und Charlie dem Drang widerstehen musste, ihn zu packen und auf sich aufmerksam zu machen. Stattdessen führte Jeff ihn in das Ritual, platzierte Charlies Hände, zeigte ihm, wie er ihn halten und liebkosen sollte, während Jeffs eigene Hände und Mund zusätzliche Zeremonien vollführten.

Schließlich zog er das offene Hemd herunter und platzierte Charlies Hände so auf der Matratze, dass er zurückgelehnt dasaß, auf seine Arme gestützt, mit gespreizten Beinen und entspanntem, gelöstem Körper, so dass sein Glied aus eigener, zielstrebiger Kraft frei dazustehen schien. Jeff nahm es noch einmal in beide

Hände, strich langsam, verlockend und verehrend darüber, bewegte es auf jede mögliche Art, bis er die Kombination gefunden hatte, die Charlie sofort an den Rand des Orgasmus brachte. Dieser schrie auf, als er den Orgasmus kommen fühlte. Jeff hatte sich zu Boden sinken lassen und beobachtete mit großen Augen den Moment des Ergusses. Er ließ den ersten Strahl in die Luft schießen, schnellte dann nach oben, um den Rest mit dem Mund aufzufangen. Als es vorüber war, wischte er sich mit dem Handrücken über das Gesicht und blickte mit weichen, dankbaren Augen zu Charlie hinauf. »Charlie«, murmelte er.

Dies brachte Charlie dazu, sich mit ausgebreiteten Armen nach vorne zu beugen, um ihn zu umarmen, berührt von der Gleichgültigkeit des Jungen angesichts der Zerbrechlichkeit der Liebe, die er ihm zu bieten hatte. Er drückte Jeffs Kopf an seine nackte Brust und küsste sein Haar. »Es war ein bisschen einsam«, sagte er, »aber ich bin froh über jedes bisschen, was ich dir geben kann.«

Jeff zog sich von ihm zurück und sah ihm forschend in die Augen. »Jedes bisschen? Alles! Verstehst du nicht, was mir das bedeutet hat? Ich hab' mein ganzes Leben darauf gewartet. Die Erfüllung meines Schicksals. So viel ist mir jetzt klar.«

Charlie sah in das Gesicht, dass mit der Vertrautheit immer schöner zu werden schien und lächelte über die hochtrabenden Worte. »Ich möchte, dass du's mir später erzählst. Wir sollten uns lieber zusammenreißen. Wir sind fast da.«

Charlie zog sich wieder an, Jeff schlüpfte in sein Jackett und stopfte die Krawatte in die Tasche. An der Tür küsste ihn Charlie auf den Mund und sah ihm in die Augen. »Ich wünschte, ich könnte dich bitten, zu mir rauf zu kommen, sobald du kannst, aber ich brauch' ein bisschen Zeit. Ich hab' zu Hause ein ganz schönes Chaos angerichtet. Die Kinder und Martha und so weiter. Komm um zehn. Ich wart' auf dich in Peters Zimmer. Du weißt schon.«

Jeff fuhr sich über den Schritt. »Ich find' dich schon«, sagte er.

In dem Chaos von Ankunft und Aussteigen klammerte sich Jeff an Charlies Arm. Sie wurden von der Menge herumgestoßen und konnten sich verstohlene, kleine Berührungen mit der Hand erlauben. Als sie in Richtung der Stadt gingen, lag Charlies Hand auf Jeffs Schulter. Er ging an den Stufen vorbei, die er normalerweise hinauf zum Haus nahm und wanderte mit Jeff durch das Gewirr der Gässchen weiter. Diese boten fast ein Gefühl der Privatheit. Charlie blieb stehen und sah Jeff an. »Irgendwo müssen wir uns trennen«, sagte er. »Ich denk', hier ist genauso gut wie sonst wo. Ich würde dich gern küssen, bevor ich dich gehen lasse.«

»Warum machst du's nicht?«

»Hier?«

»Den Griechen ist es egal. Die küssen sich doch dauernd. Sonst ist niemand wichtig.«

»Du hast wohl Recht.« Er lachte und ihre Münder berührten sich. Charlie gestattete sich nur einen Augenblick die eifrig geöffneten Lippen zu genießen und zog sich hastig zurück. Dass er es unter freiem Himmel tat, hier an seinem Wohnort, machte ihm klar, wie sehr dieser Tag ihn verändert hatte. Das Leben war wieder zu einem Abenteuer geworden. All die muffigen alten Muster waren zerschmettert. Alles konnte geschehen. »Ich warte auf dich«, sagte er. Dann drehte er sich abrupt um und lief davon.

Jeff blieb stehen, wo er war und blickte ihm nach, von der Haltung des herrischen Körpers verzaubert. Das Bild des großen Phallus erfüllte ihn. Dann bog die herrliche Gestalt um eine Ecke und war verschwunden. Auch wenn er Charlie niemals wiedersehen würde, würde er ihn immer im Gedächtnis bewahren. Fantasien brauchte er nicht mehr.

Irgendwann ging er los, wanderte durch die bekannten Straßen, aber nahm sie kaum wahr. Er hatte das Gefühl, lange weggewesen zu sein und nicht wirklich den Eindruck, zurückzukehren. In gewisser Weise hatte er sein altes Leben für immer verlassen. Da war ein neues Körpergefühl, der Drang, seinen Leib zur Schau zur Stellen, wurde ihm bewusst. Sein Körper war so großartig gebraucht und geliebt worden, aber in seiner Seele war nur Dunkelheit.

Wenn jemand dieses Gefühl hätte eliminieren können, dann Charlie, aber dieser hatte es nicht getan, nicht gekonnt. Mike hatte ihm den Grad seiner Bedürfnisse gezeigt. In ihren intimen Augenblicken hatte es grausame Bestialitäten gegeben, die das Ausmaß dessen sichtbar machten, was er leidenschaftslos seiner Lasterhaftigkeit zuschrieb. Er sehnte sich noch immer danach, sich der grenzenlosen Grausamkeit von Mikes Ego zu opfern. Die Luft, die er mit Charlie atmete, war zu dünn. Die Schönheit, die dieser ihm bot, wollte er nicht. Nur die Schönheit von Charlies gewaltigem Schwanz, wenn dieser ihn nahm. Übernacht hatte er sich selbst kennen gelernt und was er gefunden hatte, erfüllte ihn mit Verzweiflung. Er war verliebt, seine Liebe hatte ihn gebrochen und war nicht zu reparieren.

Er hörte wieder Charlies Worte vor seinem inneren Ohr. Liebe? So, wie Charlie das gesagt hatte, beschwor sie Sicherheit, Besorgtheit und Hingabe. Solche Begriffe hatte er überwunden, befand sich auf Kollisionskurs mit seinem Schicksal. Nicht einmal vor der Begegnung mit seinem Vater fürchtete er sich noch.

Joes Hoftor stand offen. Wie alle Inselbewohner verstand Jeff das nicht als Einladung hineinzukommen. Oft schlossen Türen hier nicht richtig. Er klopfte und wartete. Da niemand reagierte, trat er zögernd ein und stellte seine Tasche neben der Tür ab. Er hörte Stimmen und ihm wurde bewusst, wie peinlich ihm die

Aussicht war, seinen Vater mit anderen zu treffen. Langsam ging er in den heruntergekommenen Hof und rief »Hallo«.

Ein Mädchen, das er nicht kannte, tauchte in einem Fenster über ihm auf. Sie lächelte zu ihm hinunter. »Ein schöner Junge«, sagte sie mit leichtem Akzent. »Komm rein, schöner Junge.«

»Ist mein Vater da?«, fragte er. »Ich mein', ist George Leighton da?«

Das Mädchen sah zu ihm hinunter und lachte ärgerlich. Das Erscheinen seines Vaters in der Tür ersparte ihm eine weitere Unterhaltung mit ihr. George musste sich bücken, als er ins Freie trat. Einen Augenblick wirkte sein Gesichtsausdruck völlig überrascht, dann erhellte sich sein Gesicht. Er ging auf Jeff zu, schien diesen wie üblich zu überragen, obwohl es keinen wirklichen Größenunterschied mehr zwischen ihnen gab.

»Du bist wieder da. So eine schöne Überraschung! Man hatte mich glauben lassen, dass du für immer gegangen bist.«

»War ich auch.« Jeff sah, dass sein Vater betrunken war, nicht völlig besoffen, aber mehr als angeheitert. Seine Kleider sahen aus, als hätte er seit Tagen darin geschlafen, aber er war mehr oder weniger frisch rasiert und wirkte mit klaren Augen recht fähig, ein ernsthaftes Gespräch zu führen. »Ich muss mit dir über was Wichtiges reden.«

George legte die Hand auf Jeffs Schulter und schüttelte ihn freundlich. »Du siehst nicht schlechter aus als vorher. Schickt dich deine Mutter?«

»Nein. Warum? Wann warst du das letzte Mal zu Hause?«

»Na ja. Mal sehen. Du bist gestern gefahren? Ja, ich wollte am Morgen nach Athen fahren, aber es hat sich rausgestellt, dass das nicht nötig war. Sid hat mein Geld aus dem Hut gezaubert. Er wollte mir aber nicht sagen, wo er's her hat.«

»Darüber muss ich mit dir reden. Können wir irgendwohin gehen, wo wir ungestört sind?«

»Komm hier rüber. Sie werden uns in Ruhe lassen.« George nahm den Arm des Jungen und führte ihn in eine Ecke des Hofes, wo ein abgewrackter Tisch, dessen Farbe abblätterte, ein Küchenstuhl und eine umgedrehte Kiste stand. George setzte sich auf die Kiste und zeigte auf den Stuhl. Die Höflichkeit seines Vaters brachte Jeff immer ins Hintertreffen.

»Hier«, sagte der Junge und legte den Umschlag mit seiner Erklärung auf den Tisch.

George sah ihn an. »Hier was?«

»Lies es. Nein. Egal. Da steht nicht die ganze Geschichte drin. Ich hab' dein Geld genommen. Ich hab's Dimitri gegeben.« Er führte die Einzelheiten aus, weniger emotional als Peter gegenüber, versuchte aber auch nicht, sich herauszureden.

Als er geendet hatte, stützte George den Kopf in die Hand und drehte den Umschlag mit dem Zeigefinger auf dem Tisch. »Bist du in Dimitri verliebt?«, fragte er.

»Hab' ich gedacht.«

Einen schweigsamen Augenblick spielte George weiter mit dem Umschlag. »So, jetzt kommt also die Wahrheit. Gut. Ich möchte das verstehen. Wir verlieren oft den Kopf, wenn wir verliebt sind. Oh, ich mein' damit nicht, dass du dir das Geld für einen Tag ausleihen wolltest. Ich versteh' schon, was du dir gedacht hast. Aber nicht zu mir zu kommen, als du wusstest, dass ein Unschuldiger in Schwierigkeiten war – das war mies, Jeff.«

»Ich weiß. Ich kann nur sagen, dass alles außer Kontrolle geraten ist. Dimitri und die Polizei. Mike und die Chance, mit ihm wegzugehen. Ich hab's Sid erzählt, damit er Dimitri bearbeiten konnte, nachdem ich weg war. Zumindest hat er's geschafft. Ich bin ja selber nicht glücklich mit meinem Verhalten.« Er schob den Umschlag näher zu seinem Vater. »Peter hat mir gesagt, dass ich es so schreiben soll. Er hat keinen Grund gesehen, warum man Dimitri da mit reinziehen sollte, weil es doch meine Idee war. Solang nur Costa rausgelassen wird, hat er gedacht, dass es keine Rolle spielt, wenn ich die Sache ein bisschen hindrehe. Er ist davon ausgegangen, dass ich sowieso abfahre.«

George hob die Hand, zog das Blatt aus dem Umschlag, warf einen Blick drauf und ließ es fallen. »Du hast gute Freunde. Na, vergiss es. Ich hab' der Polizei schon gemeldet, dass ich das Geld im Haus gefunden hab'. Sie haben Costa gehen lassen. Das hab' ich zumindest hingekriegt. Warum bist du eigentlich zurückgekommen? Wolltest du nicht mit Mike weggehen?«

»Das hab' ich auch gedacht. Er ist heute Morgen ohne mich gefahren.«

»Verstehe. Ich mein', *ich versteh's überhaupt nicht.* Was hat dieser Hurensohn gemacht? Hat er dich rumgekriegt und dich dann sitzen lassen? Hat er dir die Reise angeboten, um dich ins Bett zu kriegen? Ich weiß es nicht. Ich red' nur so. Ich hoff', du kannst es mir erklären.«

»Ein bisschen war's so.« Jeff wandte das Gesicht ab. George konnte sehen, wie sich sein Adamsapfel bewegte. »Ich ... er hat ... auf seine Art hat er sich in mich verliebt. Ich ... ich war verliebt in ihn.«

George hob die Schultern und versuchte, den Schlag zu verdauen. Dann schüttelte er den Kopf, um wieder klar zu denken. »Das ergibt keinen Sinn. In Dimitri verliebt? In Mike verliebt? Meinst du nicht, du wolltest mit ihnen ins Bett gehen? Du kannst mir ruhig in die Augen schauen, wenn du's sagst.«

»Deshalb hab' ich nicht ...« Jeff warf sich nach vorne und schlug mit geballten Fäusten auf den Tisch. »Verstehst du nicht? Es zerreißt mich. Ich hab' gehört, dass du irgendwelche Typen tuntige Schwuchteln genannt hast. Na ja, *ich* bin so eine. Mit Mike wär's okay gewesen. Zwischen uns war was, was uns beiden gut getan hat. Das ist vorbei. Okay. Jetzt will ich nur noch mit irgendwelchen Männern ins Bett gehen.«

George griff nach Jeffs Arm. »Beruhig' dich. Es tut mir Leid. Ich war blöd.« George wünschte, er hätte nichts getrunken. Obwohl Jeffs Kummer offensichtlich war, konnte er ihn nicht teilen. Er hatte in seiner Jugend nichts Ähnliches erlebt. Einige beiläufige Affären hatte er gehabt, dann war da Sarah gewesen und mit ihr so viel Glück wie ein Mann nur erhoffen konnte – bis vor Kurzem. Dass es Mikes Idee gewesen war, den Jungen irgendwie zu ermutigen, stieß ihn ab, empörte ihn. Mehr Sympathie konnte er nicht aufbringen. Er wartete, bis sein Sohn sich wieder unter Kontrolle hatte.

»*Ich* bin blöd«, sagte Jeff endlich. »Ich weiß. Es ist vorbei. Offensichtlich konnte er nicht akzeptieren, was er für mich empfunden hat. Er brüstet sich damit, dass niemand für ihn eine Rolle spielt. Warum kann man nicht aufhören zu fühlen, wenn so eine Geschichte vorbei ist?«

»Ja, das wär' sehr angenehm. Aber dann würden wir nie etwas lernen.« Georges Haltung gegenüber Sarah veränderte sich grundlegend, während er redete. Seit zwei Tagen hatte er versucht, sich zu überzeugen, dass es zwischen ihnen vorbei war. In den letzten vierundzwanzig Stunden hatte er in Lena sogar mehrmals eine begeisterte Bettgenossin gefunden. Nichts hatte sich geändert. Jetzt war der Zeitpunkt gekommen, dies zu akzeptieren. »Weißt du, du wirst nicht als der einzige Junge in die Geschichte eingehen, der jemals mit einem Mann ins Bett gehen wollte. Das hab' ich damit gemeint, als ich gesagt hab', dass du mir in die Augen schauen kannst. Ich war bescheuert. Ich dachte, es wär' dir peinlich. Das ist natürlich nicht nötig. Ich verdamme Homosexualität nicht. Ich versteh's nur einfach nicht. Ich wünschte, wir könnten ein neues Wort dafür finden. Das alte ist mit Schande behaftet. Es gibt nicht viele Leute, die ich so bewundere wie Peter und Charlie. Wenn das dein Leben sein wird, mach's so gut wie sie. Zum Teufel mit Martha und den Kindern. Die beiden sind miteinander perfekt. Man könnte annehmen, dass so was wahnsinnig schwer ist, aber offensichtlich gibt es so was.«

Jeffs Wangen brannten, als der gewaltige Phallus vor seinem inneren Auge emporwuchs, er sah das Netz der Lebensadern, den weit nach hinten ausholenden Bogen der dunklen Eichel, die Wurzel, von der aus die große Säule aufragte, überall gleich dick und sich mit solcher Kraft hob, dass sie in Bewegung schien, der Eroberung entgegentrieb. Miteinander perfekt. Natürlich waren sie das. Trotzdem hatte er das mystische heilige Fleisch gehalten. Es war tief in ihn eingedrungen und hatte ihn zu seinem Sklaven gemacht. Er hatte seine geheimnisvolle Flüssigkeit getrunken. Eine oder zwei Stunden hatte er gewissermaßen an der Perfektion der beiden teilgehabt. Charlies Arm um ihn. Peters Mund süß und lehrreich, Charlie leidenschaftlich heilend. Er hatte ihr Geheimnis erkannt und wusste, es gab dort keinen Platz für ihn.

»Ich bezweifle, dass mir so was passieren kann«, sagte er leicht spöttisch. »Ich muss auf Plato zurückkommen und auf alle Fleischeslüste verzichten. Mir ist es immer so vorgekommen, als hätte Sokrates einen Riesenhaufen Jungs gehabt, bevor er zu dieser Meinung gelangt ist.«

Der scherzhafte Ton schockierte George – obwohl er wusste, dass er darauf hätte vorbereitet sein können. Der Junge war ein einziger Widerspruch. Irgendwie zog George die Qualen der Leichtfertigkeit vor. »Na ja, da wir grade ein ehrliches Gespräch führen, hättest du vielleicht nichts dagegen, mir mehr zu erzählen. Hast du schon lange ein aktives Sexleben?«

Jeffs Lippen umspielte ein Lächeln. »Seit vorgestern Nacht. Eigentlich seit gestern Morgen.«

»Du meinst, nie vorher? Nicht mit Dimitri?«

»Niemals vorher.«

»Und auf der Basis von vierundzwanzigstündiger Erfahrung bist du überzeugt, dass deine Gefühle immer so bleiben werden? Ein Mädchen hat dich nie auch nur leicht interessiert?«

»Nie. Ich hab's schon immer gewusst. Frag' mich nicht warum. Auch Charlie und Peter können mir das nicht sagen.«

»Du hast mit ihnen geredet? Da bin ich aber froh.«

Sie sahen sich an und keiner von beiden zuckte zurück. George hatte das Gefühl, Sarah in die Augen zu blicken und Liebe überwältigte Bereuen und Verwirrung. Das Kind in Jeff war tot. Sie konnten miteinander wie Gleichberechtigte sprechen. »Es tut mir Leid, dass du so einen harten Start gehabt hast, aber das meiste Leiden kommt aus der Liebe, genauso wie Freude. Ich will doch nicht, dass dir das erspart bleiben würde. Sag' dir einfach, dass das nur der Anfang war.«

»Das ist ein ziemlich grauenhafter Gedanke. Nein, du warst sehr ... na ja, ich schätze das. Mach dir wegen mir keine Sorgen.«

»Klar mach ich mir Sorgen. Aber ich werd' mir 'ne ganze Menge weniger Sorgen machen, wenn du mit mir redest. Du musst die Initiative ergreifen. Es ist nicht meine Aufgabe, dir irgendwelche Ideen einzuimpfen. Ich respektiere, dass du über das Geld die Wahrheit hast, auch wenn du das früher hättest tun sollen.«

»Peter hat mich dazu gebracht.«

»Niemand hätt' dich dazu bringen können, wenn du nicht gewusst hättest, was du tun solltest. Du bist nicht perfekt, aber du musst dich nicht schlechter machen, als du bist. Vielleicht ist es eine gute Idee, wenn du der Polizei erzählst, dass du das Geld versteckt hast. Dann klingt die Geschichte ein bisschen überzeugender. Alles, damit wir Costas Kopf endgültig aus der Schlinge kriegen.«

»Das will Peter auch. Er arbeitet daran in Athen.«

»Er ist in Athen? Ach so, ja, Sid hat mir das ja erzählt. Ich bin kein sehr inspirierendes Vorbild. Jeder macht was und ich sitze hier und betrinke mich.« Er fuhr sich durchs Haar und fühle, wie sich seine Gesichtsmuskeln anspannten, als er die nächste Frage stellte. »Hör' mal, Jeff, gestern gab's noch 'ne Menge Sachen, über die ich mit dir nicht reden konnte. Das ist jetzt anders. Du hast dir jetzt die Welt der Erwachsenen mal angeschaut. Die ist nicht immer hübsch. Ich muss dir was sagen. Du *hast* mir doch da die Wahrheit gesagt? Dass du deine Mutter gesehen hast?«

Jeff lehnte sich zurück und schlug die Augen nieder. »Ich weiß nicht, warum ich das gesagt hab', aber ich bin kein Lügner. Dimitris Haus ist in der Nähe da oben.« Er machte eine Pause und hob die Augen wieder. Sie waren vorwurfsvoll, hitzig und ungestüm. »Spielt das eine Rolle? Wenn man jemanden liebt, liebt man den, egal, was er tut.«

George seufzte, stützte den Kopf wieder auf die Hand und dachte an die unmögliche Konfrontation mit Sarah, die ihm bevorstand. Es konnte nichts dabei herauskommen, aber sein Wille würde gelähmt bleiben, bis er sich da durchgekämpft hatte. »Ja, na, ich frag' mich, wie lange du noch dieser Meinung bist. Man muss sehr großzügig sein, um damit zu leben. Ich bin trotzdem froh, dass du es gesagt hast. Es klingt einfach, aber vielleicht steckt ein Fünkchen Wahrheit drin.«

»Was ist Treue und Eifersucht und der ganze Rest? Man geht nur egoistisch mit dem Körper von jemandem anderen um. Ich würde nie erwarten, dass mir jemand treu ist.«

George ordnete seine Gedanken. Wenn er es nicht einmal Jeff verständlich machen konnte, wie dann Sarah? »Vielleicht ist das ein Ausdruck von deinem speziellen Geschmack«, sagte er, »aber ich geb' dir mein

Wort drauf, dass das bei normalen Paaren nicht so funktioniert. Wir sind einfach so gemacht, dass ein Mann an eine Frau größere Besitzansprüche stellt als ein Mann an einen anderen. Er will keine benutze Ware. Ist es wirklich so trostlos? Es muss keine Moralfrage sein. Jede gültige Moralvorstellung basiert sowieso auf Eigeninteressen. Es steht im Interesse des Mannes *und* der Frau, füreinander rein zu bleiben, wenn sie sich lieben, um eine Beziehung zu schaffen, die lebendig ist und wächst und stets auf Erfüllung zustrebt. Das ist nicht möglich, wenn man etwas so Wesentliches wie körperliche Leidenschaft für einen anderen gibt. Zu vergeben und selbstlos zu sein, ersetzt den Verlust nicht. Das ist ziemlich altmodisches Gerede, aber so was verändert sich nicht von einem Jahr aufs andere.«

»Warum redest du über altmodisches Zeug?«, brach es aus Jeff heraus. Er wischte sich das Haar aus der Stirn, sein Blick wurde grüblerisch und er beugte den Kopf über den Tisch. »Vielleicht ist das alles falsch. Vielleicht ist es unmöglich, so eine perfekte Beziehung zu haben. Was ist mit den Leuten, die sich jedem Dahergelaufenen hingeben? Wie zum Beispiel Dimitri. Ich weiß nicht. Du bist ein großer Mann. Du kannst den Leuten sagen, was Leben bedeutet. Du solltest hören, wie Mike über dich redet. Du bist tausendmal mehr wert als er – er weiß nur etwas über Zerstörung und Hass – warum machst du Sachen, die ihm Recht geben? Warum bist du hier, wenn du nicht sicher bist, dass es hier etwas gibt, was besser ist als sonst irgendwo? Mike sagt, weil du der Realität nicht ins Auge blicken kannst. Realität heißt für ihn, jemanden zu treten, der sowieso schon am Boden liegt. Du, Charlie und Peter – ihr seht Schönheit und einen Sinn im Leben. Betrügt ihr euch selbst? Könnt ihr uns anderen das mal genau erklären, damit wir es auch verstehen können? Ich möchte Schönheit auch sehen, aber alles was ich sehe, ist die

Schönheit des männlichen Körpers. Ist das genug?« Sein Atem stockte und ein Schauder schüttelte ihn. »Das Leben ist unmöglich«, schloss er und seine Stimme klang schmerzhaft melancholisch.

»Es ist ein bisschen früh, dass du zu diesem Schluss kommst.« George streckte die Hand aus, strich Jeff über den Arm und packte seinen Ellbogen. »Du hast mir ein paar wichtige Fragen gestellt und mir das Gefühl geben, dass ich mich wirklich schämen sollte, aber das ist nichts Neues. Ein Leben ohne Kraft, Geduld und Disziplin ist unmöglich. Ich habe zugelassen, dass das Leben für mich unmöglich geworden ist, aber es muss mein Fehler sein, obwohl ich noch nicht ganz verstanden hab', wo der Fehler liegt. Ich versuch's immer noch rauszufinden. Weiß deine Mutter, dass du wieder da bist?«

»Nein. Nur Charlie. Er ist mit mir gekommen. Ohne ihn hätt' ich's nicht geschafft.«

»Die beiden waren sehr nett zu dir. Du hast uns viel Gesprächsstoff geliefert, aber jetzt kann ich noch nichts dazu sagen. Wenn ich allerdings morgen deine Fragen immer noch nicht beantworten kann, kann ich genauso gut das Handtuch werfen. Jetzt machen wir mal alles startklar. Ich weiß zwar noch nicht für was, aber ich nehm' deine Erklärung mit zur Polizei. 'S wär schön, wenn du nach Hause gehen und deiner Mutter sagen würdest, dass ich bald vorbeikomm'.«

»Soll ich ihr auch was… na ja, was über mich und Mike und so weiter erzählen?«

»Ich würd' das mit dem Sex 'n bisschen runterspielen, bis ich mit ihr geredet hab'. Es ist sinnlos, sie ohne Grund aufzuregen. Sie wird die typisch weibliche Ansicht vertreten, dass es ein großer Verlust ist, keine Frau und Kinder zu haben und alles, was damit zusammenhängt. Ich glaub' das natürlich auch, aber ich kann mir vorstellen, dass man das vielleicht kompensieren kann. Wenn das keine Zumutung für dich ist, würd' ich dich bitten, dass du dann für ein paar Stunden das Haus verlässt. Iss was am Hafen. Ich brauch' dir nicht zu sagen, dass zwischen deiner Mutter und mir momentan nicht alles in Butter ist. Wenn ich versuchen soll, da irgendwelche Zukunftsperspektiven für uns rauszuholen, brauch' ich Privatsphäre.«

»Klar, ich will mich sowieso mit Dimitri treffen. Wunder dich nicht, wenn ich heute Nacht nicht nach Hause komm'.«

»Mit Dimitri? Entschuldige, du brauchst nichts zu sagen, wenn du nicht willst.«

»Das ist schon okay. Nicht Dimitri. Ich sag' jetzt lieber nichts mehr. Ich bin nicht grade bester Laune. Aber ich häng' nicht in der Bar rum, wenn du dir deswegen Sorgen machst.«

George hatte schon fast vergessen, dass er ihm die Bar verboten hatte. Das schien Wochen her zu sein und war für den jungen Mann, mit dem er jetzt sprach, nicht mehr relevant. »Das ist egal. Ich bezweifle, dass in der nächsten Zeit irgendjemand mit Dope rummachen wird. Ich hab' mir nur *darüber* Sorgen gemacht. Du entwickelst dich zu einem sehr gut aussehenden Typen, Jeff. Viele Leute werden dir nachrennen. Sei wählerisch, Herrgott noch mal. In deinem Alter hat Sex nur mal so zum Spaß noch keinem geschadet. Wenn du den männlichen Körper schön findest, mach das Beste draus. Das heißt, hör auf deine Gefühle genauso wie auf dein Verlangen. Du hast tiefe Gefühle, aber es ist nicht herablassend zu sagen, dass du in mancher Hinsicht noch sehr unreif bist. Schütte nicht jemandem, der deiner nicht Wert ist, dein Herz aus. Das ist alles. Ich erwarte nicht, dass du alles machst, was ich dir sage. Aber als Vater hat man einfach das Gefühl, dass man seinem Sohn so was sagen muss. Gehen wir?«

»Musst du dich nicht verabschieden?«

»Denen wird's nicht mal auffallen, dass ich weg bin. Ich bedanke mich bei Joe für seine Gastfreundschaft, wenn ich ihn treffe.« Er steckte den Umschlag in die Tasche und stand auf. Jeff folgte seinem Beispiel und gemeinsam gingen sie zum Tor, wo Jeff stehen blieb, um seine Tasche aufzuheben. »Ich schätze, die Polizei wird wollen, dass du persönlich kommst, um deine Geschichte zu erzählen, aber ich werd' versuchen, sie abzuwimmeln. Je eher wir das alles vergessen, desto besser.«

»Ich geh' hin, wenn sie das wollen. Ich mach' alles, was nötig ist.«

»Gut. Du kommst schon in Ordnung.« Sie verließen den Hof. George klopfte Jeff auf den Rücken und schob ihn in die Richtung auf ihr Zuhause.

Jeff machte einen Schritt und drehte sich noch mal um. »Ich glaub' an dich.« Sein Adamsapfel bewegte sich und seine großen Augen musterten George. »Das klingt vielleicht frech, wenn ein Sohn so was zu seinem Vater sagt, aber ich weiß, dass bei *dir* alles in Ordnung kommt. Das ist viel wichtiger als meine albernen kleinen Probleme. Ich hab' genug Verstand, um das zu wissen.« Er drehte sich wieder um und ging los. Sein Gang wirkte jetzt viel graziöser.

Sprachlos stand George da und starrte ihm nach. Ein Klumpen steckte ihm im Hals und er schluckte. War das der Wendepunkt? War er jetzt wieder auf dem Laufenden? Hatte er das mit Jeff gut in den Griff bekommen? Langsam fühlte er sich wieder recht nüchtern und wandte sich zur Stadt.

Was sollte man mit seinem Sohn machen, wenn der einem sagte, dass er schwul war? Ihn zusammenschlagen? Sich erschießen? Mike ging ihm gegen den Strich, aber Mike war Gott sei Dank abgefahren, bevor die primitive Abneigung, die Mike in ihm auslöste, ihn völlig auf aus der Bahn geworfen hatte. Ohne Grausen konnte er sich seinen Sohn in den Armen eines anderen männlichen Liebhabers vorstellen und das sogar gut finden, wenn der Typ annehmbar war. Jeffs unausgeglichene Intensität war teilweise richtig Furcht einflößend. Jeff brauchte jemanden, der ihn im Gleichgewicht halten konnte. George würde ihm jede Unterstützung anbieten, die er geben konnte, aber Eltern würden zu so etwas niemals ausreichen.

Zumindest waren bei ihrem Gespräch Zuneigung und Verständnis sichtbar gewesen, mit vielversprechendem Erfolg. Für Sarah war nicht mehr viel übrig. Jeff hatte ihm Sachen gesagt, die immer noch ungelöst in ihm nachklangen. Eine Stimme des Vertrauens. Sie hatten einander viel zu geben. Hatte er genug vor dem Ruin gerettet? Zu lange hatte er sich auf Sarah verlassen, Loyalität verlangt und war nicht fähig gewesen, ihr zu bieten, was sie brauchte. Eine lebendige, wachsende Beziehung? Verstümmelt. Ermordet. *Werd' sie auf saubere, männliche Art und Weise los!* Wenn er zu ihr ging, musste er die Kraft haben, mit dem Leben alleine fertig zu werden.

Als er sich der Polizeiwache näherte, sträubte er sich innerlich gegen die Atmosphäre blinder, selbstgefälliger Autorität, die er hier erleben würde. Der Polizeidirektor hatte heute morgen auf das Geld geblickt, als hätte er es weghexen wollen. Es beeinträchtigte dessen Routine und stellte deshalb einen Angriff dar. Unter Georges Anleitung hatte Joe ausgesagt, dass sein Geld von einem Ausländer zurückgegeben worden war, der es sich geliehen hatte, ohne etwas zu sagen. *Welcher Ausländer? Er ist mit dem Morgenschiff abgefahren.* Der Fall gegen Costa hatte sich in Luft aufgelöst. Hatten die Drohungen des Direktors trotzdem noch Gültigkeit? Die Tatsache, dass Peter in Athen seine Beziehungen spielen ließ, war beruhigend. Vielleicht würde er den Zorn des Direktors dämpfen können. Es war ihm egal, was auch immer dabei rauskommen würde. Er war allein, ohne die Unterstützung von Orten und Personen.

George war nicht traurig, dass der Direktor nicht anwesend war. Er zeigte Jeffs Erklärung vor, zeichnete die Unterschrift gegen und hinterlegte sie. Er ließ dem Direktor ausrichten, dass er und Jeff zu seiner Verfügung stünden, um Fragen zu beantworten und entfloh.

Als er zu Hause ankam, war er so eifrig damit beschäftigt, Sarah zu suchen, dass er schon in der Mitte des Gartens war, als er den Riss in der Wand bemerkte. Wie angewurzelt blieb er stehen und starrte zum Haus hinauf. Er zwinkerte und starrte wieder hin. Warum hatte ihm niemand etwas davon gesagt? Was um alles in der Welt war hier passiert? Wäre er nicht völlig nüchtern, hielte er den Riss für eine Sinnestäuschung.

Der Spalt fing beim Dach an, führte hinunter bis unterhalb des Schlafzimmerfußbodens, verlief über, neben und unter einem der Schlafzimmerfenster, so dass der Fensterrahmen fast freistand und die Möbel innen sichtbar waren. Nach der ersten Verblüffung, stieg Empörung ihn ihm hoch. Wer war verantwortlich? Wie hatte das geschehen können? Er erinnerte sich vage an ein Gespräch über bauliche Mängel, damals, als sie das Haus gekauft hatten. Etwas über Erdbeben und dass der Erbauer leichthin erklärt hatte, dass es hier kein erhebliches Erdbeben mehr gegeben hatte seit … er konnte sich nicht mehr erinnern, seit wie vielen Jahren.

Das Erdbeben. Das war vorgestern Nacht gewesen und niemand hatte ihm etwas gesagt. Kurz und unvernünftig erfüllte ihn zusätzlichen Groll auf Sarah. Sein ganzer Stolz auf das Haus verwandelte sich jetzt in Zorn. Das Haus war seine einzige Schöpfung, die er nicht in Frage stellte. Es war perfekt, auf eine Art, die nichts mit Architektur oder Ästhetik zu tun hatte. Sogar Mike Cochran hatte es zum Schweigen gebracht. Ihr ruiniertes Leben? Die Symbolik war so treffend, dass sie schon wieder absurd war. Wenn das Haus kaputt war, musste ihr Leben wieder erblühen. Totale

Zerstörung suchte einen Menschen nur heim, um göttliche Vergeltung zu versinnbildlichen. War er denn Hiob?

Er bemerkte, dass sich jemand Mühe gegeben hatte, die Mauertrümmer in saubere Haufen zu schichten, aber eines ihrer schönsten safrangelben Geranienbete war zerstört worden. Er lachte leise, ein seltsamer Klang, der ihm bestürzt im Halse stecken blieb. Was konnte er denn außer Lachen tun? *Es wieder aufbauen*, dachte er plötzlich entschlossen. Die Drohungen des Polizeidirektors hatten ihn mehr getroffen als er gedacht hatte. Er würde nicht ausreisen, bevor das Haus repariert war. Er würde seine Beziehungen spielen lassen, an die Öffentlichkeit gehen, zurückschlagen. Hier lebte er. Und er würde bleiben. Er war froh, dass so viel von ihm noch übrig war.

Aus dem Augenwinkel nahm er eine Bewegung wahr und merkte, dass Sarah in der Tür erschienen war. Langsam drehte er sich um und sah sie an. Er war so überkreuz mit ihr, so zutiefst entfremdet, dass er sich für einen Moment fragte, warum er gedacht hatte, dass er ihr etwas Wichtiges zu sagen hatte.

»Ist Jeff da?«, fragte er ohne ein Wort oder eine Geste der Begrüßung.

»Er ist vorhin gekommen. Ich war so erleichtert, ihn zu sehen, dass ich versucht hab', kein Theater zu machen. Er hat nur seine Tasche abgestellt und ist wieder gegangen.«

Wie er ihn gebeten hatte. Trotzdem tat es George Leid, dass Jeff jetzt nicht da war. Er wollte mit ihm über die Mauer sprechen. Ihn herbeizuwünschen war wie an einen geliebten Freund zu denken. Seltsamerweise hatte sie Jeffs Vorliebe für Männer einander näher gebracht, hatte Georges Beschützerinstinkt verstärkt und seine Reaktionen auf Jeff vertieft. Ohne viel darüber nachgedacht zu haben, fand er die Vorstellung schon normaler. Er würde Jeff gerne helfen, der Welt zu beweisen, dass Homosexualität kein Unglück war.

Sarah trat aus dem Haus und ging vorsichtig auf ihn zu. »Du hast noch nicht davon gehört?«, fragte sie und blickte zur Wand hinauf. »Einer der größten Erdbebenschäden.«

Er bewunderte sie dafür, dass sie kein Wort über seine Abwesenheit verlor. »Gibt es noch mehr Schäden?«

»Nur das, was du siehst. Aber es ist noch nicht klar, wie weit der Riss geht. Wir müssen Pano holen und schauen, wie man das reparieren kann. Sid hat mir gesagt, dass du das Geld wiederhast. Es ist mir egal, ob wir alles dafür ausgeben müssen, es muss repariert werden.«

George sah sie mit einem Fünkchen Interesse an. »Ich freu' mich, dass wir in diesem Punkt einer Meinung sind.« Diese Übereinstimmung stellte wieder den Anschein eines normalen Kontaktes zwischen ihnen her. Er nahm an, dass sie nun weitermachen und so tun könnten, als hätte es die letzten drei Tage nicht gegeben. Sie konnten, aber er war fest entschlossen, das nicht zu tun.

Sarah drehte sich um und ging ziellos ein paar Schritte auf ein paar Gartenmöbel zu. »Wie komisch, dass Jeff das Geld Dimitri leihen wollte. Ich mein, Dimitri ist ... glaubst du, dass da ... na ja, irgendetwas ungesund an ihrer Freundschaft ist?«

Genau darauf hatte er gewartet. Er hatte ihr eine Menge zu sagen. »Ich denke, sie waren miteinander im Bett, wenn du das meinst«, sagte er rundheraus. »In meinen Ohren klingt das recht gesund. Ein paar unserer besten Freunde bevorzugen ihr eigenes Geschlecht. Es ist keine Überraschung, wenn Jeff das auch tut. Ich will, dass du dir das gleich von Anfang an hinter die Ohren schreibst.«

Sarah drehte sich um und sah ihn schmerzlich an. »Aber Schatz, du kannst das doch nicht einfach so akzeptieren und ihn für's ganze Leben verurteilen. Er hat sich von Mike befreit, aber ich hab' gewusst, dass er so reagieren würde, wenn da irgend was in der Art reingespielt hätte. Er braucht Hilfe. Bestimmt können wir irgendwas tun. Könnest du ihm nicht ein Mädchen beschaffen? Väter machen doch so was für ihre Söhne.«

»Klar, ich könnte ihn vor Joe Petersons Tür absetzen. Er könnte drei Mädchen haben und einen oder zwei Jungen zusätzlich. Allmächtiger Gott, glaubst du, er ist nicht alt genug, um zu wissen, was er will? Er hat sich von Mike befreit, weil Mike ihn hat sitzen lassen. Das arme Kind ist schrecklich verliebt in ihn.«

»Wie kannst du so was sagen? Wie kannst du darüber reden, als wenn das keine Rolle spielen würde? Von allen Leuten kann ich das bei dir am wenigsten verstehen. Du hast selber gesagt, dass dir nicht gefällt, was da so passiert, dass jetzt so viele von denen hier auftauchen.«

»Ich hab' über 'ne spezielle Sorte geredet. Jeff braucht nicht so zu werden. Wenn er deinen Geschmack geerbt hat, bin ich natürlich wild entschlossen, ihm zu helfen.« Das war ein indirekter Angriff und er hatte seinen ganzen Mut zusammennehmen müssen, um das zu sagen. Es ebnete den Weg für Worte, die er nüchtern nie sagen konnte. In ihren ausdrucksvollen Augen war nur wenig Tadel sichtbar, wurde ihr Gesichtsausdruck kummervoll.

»Wenn du keine normale Fürsorglichkeit ihm gegenüber empfinden kannst, solltest du zumindest nicht leichtfertig sein«, sagte sie.

»Das war nicht leichtfertig gemeint und das weißt du genau. Okay. Ich hab' noch ein oder zwei Bemerkungen zu diesem Thema zu machen und dann können wir uns unangenehmeren Angelegenheiten zuwenden. Ich will Jeff ermutigen, über sein emotionales Leben, sein Sexleben, wie auch immer du's nennen willst, völlig offen zu reden. Wenn er einen Freund mit nach Hause bringen will, um mit ihm ins Bett zu gehen, kann er das ohne Probleme machen. Mir gegenüber wird er sich auf jeden Fall nicht schuldig fühlen. Ich will nie wieder ein abschätziges Wort von dir hören, oder dass du ihm das Gefühl gibst, dass irgendwas falsch läuft. Wenn du das trotzdem machst, verlass' ich dich und nehm' ihn mit. So leichtfertig geh' ich damit um, klar? Für das, was ich dir sonst noch zu sagen hab', sollten wir lieber reingehen. Es eignet sich nicht für eine Diskussion im Freien.« Er sah, wie sie sich aufrichtete, aber zugleich fühle er, dass sie seine Autorität anerkannte. All die Jahre, in denen er versucht hatte, eine ebenbürtige Partnerschaft aufzubauen, waren wahrscheinlich Zeitverschwendung gewesen.

»Du spielst dich ja heute Abend ganz schön auf«, sagte sie, nicht ohne Humor. »Du verschwindest für zwei Tage. Du machst ausreichend deutlich, dass du mit drei Mädchen geschlafen hast und dann ziehst du wieder ein und spielst dich hier als Gutsherr auf.«

»Der bin ich auch, auch wenn ich zugelassen hab', dass du das aus den Augen verloren hast. Übrigens war's nur *ein* Mädchen. Sollen wir reingehen?« Wieder musste er sich anstrengen, trocken zu klingen. Die Jahre, in denen sie über solche Dinge nicht hatten sprechen müssen, machten es schwierig, mit dem liebevollen Umgang zu brechen, der zwischen ihnen zur Gewohnheit geworden war. An dem Abend mit Mike war ihm das gelungen, als er betrunken gewesen war, aber auch da hatte er sich nicht dazu durchringen können, die Dinge beim Namen zu nennen und die Tatsachen auszusprechen. Trotz seiner Brutalität war er einer direkten Anschuldigung aus dem Weg gegangen. Das durfte nicht wieder geschehen.

Einen Augenblick stand sie nachdenklich da, betrachtete ihre Fingernägel und überlegte demonstrativ. Dann ging sie in Richtung Haus. Als sie an ihm vorbeiging, sah sie ihn fast kokett an, was sie noch nie getan hatte. Nie war sie auf so offensichtlich weibliche Tricks angewiesen gewesen. Warum sollte sie jetzt mit ihm flirten, da sie einen neuen Liebhaber gefunden, ihr Ehemann sie in der Öffentlichkeit beleidigt und so gut wie verlassen hatte? Dachte sie etwa, dass sie alles, was zwischen ihnen schief gelaufen war, mit einem einzigen suggestiven Blick auslöschen konnte? Er ballte die Fäuste für den Sturm, den sie so sehr verdiente. Ohne sie anzusehen, begleitete er sie ins Haus.

»Geh in mein Arbeitszimmer«, befahl er. »Da haben wir unsere Ruhe.«

»Willst du was trinken?«

»Das wird keine Party. Nein, kein Alkohol. Wenn du es nicht nüchtern kannst, brauchen wir's überhaupt nicht zu machen.«

Der Ernst des Anlasses schien ihr langsam klar zu werden. Während sie durch die Zimmer gingen, die Treppe hinaufstiegen und oben ankamen, blieb sie auf Distanz zu ihm. Er blickte auf das zerbrochene Fenster. Die kaputte Lampe lag noch dort, wo er sie hatte liegen lassen.

»Oh«, sagte sie, als sie das sah. Ihre Stimme klang schmerzerfüllt.

»Ja. *Oh*. Ich hatte einen kleinen Wutanfall, als ich herausgefunden hab', was du gemacht hast, als ich mit Mike an diesem Nachmittag zusammen war.« Angst ließ sein Herz heftig klopfen. Wenn alles gesagt sein wird, wenn er es ausgesprochen haben wird und es hässlich und unverhüllt zwischen ihnen liegen wird, was würde dann noch übrig sein, um ihnen eine Zukunft zu ermöglichen? Vielleicht nichts. Dieses Risiko nahm er auf sich.

»Ich wünschte, du würdest zum Punkt kommen«, sagte sie und setzte sich neben einen Tisch, auf dem Bücher stapelt lagen. »Was soll das alles?« Während er zum Bett ging, das auch als Sofa benutzt werden konnte und sich niederließ, beobachtete sie ihn genau. *Er kann es nicht wissen*, wiederholte sie innerlich. Nur diese Überzeugung hatte sie die letzten beiden Tage aufrecht gehalten. Sei durfte ihre Schuld nicht verraten, indem sie auch nur im Geringsten zögerte. Das musste sie schaffen – ihm zuliebe noch mehr als ihretwillen. Wenn er ein anderer wäre, könnte sie sich vorstellen, zusammenzubrechen, zu gestehen und zu hoffen, dass alles wieder ins Lot käme. Das war die normale, menschliche Art, aber er war nicht jemand, mit dem irgendetwas wieder ins Lot kam.

»Ich hab' dir an diesem Abend gesagt, dass ich abhaue«, sagte er, um das Gespräch zu beginnen. »Was hast du davon gehalten?«

»Ich hatte natürlich schrecklich Angst«, sagte sie dankbar für die Gnadenfrist. »Eigentlich hab' ich hier gesessen und mich gefragt, was ich tun könnte, um dich aufzuhalten, als das Erdbeben war. Nachdem ich gemerkt hab', dass die Wand kaputt ist, hab' ich als erstes gedacht, dass du jetzt dableiben musst, um die Reparaturen zu überwachen.«

»Ist ja rührend. Ich war ja in letzter Zeit nicht gerade amüsant. Warum warst du so scharf drauf, dass ich bleibe?«

»Ach, George. Weil ich dich liebe, Schatz, und immer geliebt habe. Was für 'ne Frage!«

»Du liebst mich also auf deine Weise? Du findest es schön, mich da zu haben und dich von anderen Männern befriedigen zu lassen?«

Sie wusste, seine Ruhe war trügerisch, hörte den Schrei, den er kaum unterdrücken konnte. Um ihn mit aufrichtig glänzenden Augen ansehen zu können, blendete sie Pavlo völlig aus. »Ich hab' gebettelt und gebettelt, dass du mir diesen einen Fehler vergibst. Etwas wollte ich dir nie sagen – etwas, über das ich nicht nachdenken wollte – aber es ist wohl an der Zeit, dass ich es sage. Ich hatte das Gefühl, dass er zwischen mir und Jeff hin und her gerissen war. Das war ein Grund, warum er meine Abwehr überwunden hat. Ich hatte das Gefühl, dass er so dringend eine Erfahrung mit einer Frau braucht. Das ist keine Ausrede, ich will nur, dass du weißt, dass ich nicht einfach den Kopf verloren hab'.«

»Ach Gott. Diese lächerliche Vorstellung, dass Homosexualität eine Art Krankheit ist, die geheilt werden kann.« Er fuhr sich durchs Haar. Ihre Gleichmut ließ eine Anschuldigung unangebracht wirken. In ihrem einfachen Sommerkleid sah sie frisch, kühl und hübsch aus. Nie würde er ihr wieder glauben können. »Du weißt genau, dass ich nicht über diesen beschissenen Ronnie rede. Ich hab' *Männer* gesagt.«

»Ich hab' dich gehört. Aber manchmal neigst du ja zu dichterischen Freiheiten.«

»Prima. Du bist wirklich klasse, Sarah. Okay. Bevor ich erwarten kann, dass du mir die Wahrheit sagst, muss ich dir wohl selber die Wahrheit erzählen.«

Er machte eine Pause, um seine Scham zu überwinden. Er hatte das recht offensichtliche Geheimnis für ein Jahr bewart, in Alkohol ertränkt, lieber sie beide in Alkohol ertränkt, als die jämmerliche Tatsache zu enthüllen. Jetzt war er bereit, es auszusprechen und plötzlich hoffte er wieder. Vielleicht würde ein Geständnis alles lösen. Er hatte Sarah etwas verschwiegen, was für ihr gegenseitiges Verständnis unentbehrlich war. Wenn er sich ihr völlig öffnen konnte, woran er immer geglaubt hatte, könnte er vielleicht wieder die alte Liebe für sie empfinden.

»Du sagst, dass ich dir vergeben soll«, fing er an. »Hatte ich schon. Mein Kopf hat alle notwenigen Entschuldigen gefunden. Ich war ein eloquenterer Fürsprecher für dich, als du jemals selbst sein konntest. Trotzdem war da was, von dem man annehmen könnte, dass du es erraten hast. Du hast mich impotent gemacht. Ich hab' immer gedacht, dass unsere Körper so ausschließlich füreinander gemacht sind, dass ich deinen nicht mehr wollte, als ich wusste, das jemand anderer ihn gehabt hat. Ich bin nicht generell impotent, nur bei dir, aber das heißt nicht, dass ich anderen Mädchen nachgelaufen bin und das weißt du genau. Ich hab das beste aus meinem Zölibat gemacht, darauf gewartet, zu dir zurückkehren zu können. Ich hab' mich mit Alkohol bestraft, um mich auf dich konzentrieren zu können. Natürlich war das Unsinn, aber ich glaub', dass sich was bewegt hat. In letzter Zeit gab's Augenblicke, wo ich gefühlt hab', dass der Damm am Brechen war. Ich hab' gehofft, dass du das Zölibat auch akzeptieren würdest.« Während er sprach, beobachtete er sie. Als er das Stichwort ausgesprochen hatte, machte sich schmerzliches Mitgefühl in ihrem Gesicht breit, aber er musste nun tiefer vordringen. Er beobachtete, wie der Schmerz sie zermalmte. Er war auf aufrechte Reue gestoßen. Was er gesagt hatte, war ein klares Schuldeingeständnis und es ließ ihn völlig verletzlich zurück, von dem alten Verlangen erfüllt, sie vor Schmerz zu bewahren. Er fühlte sich von ihr angezogen.

Gerade wollte er aufstehen. Als er jedoch daran dachte, sie zu umarmen, hinderte ihn das Schreckgespenst ihrer letzten Untreue daran. Er würde Pavlo nacheifern. Das konnte er nicht ertragen. Es war ihm nicht gelungen, seine Abscheu zu überwinden. Bis alles zwischen ihnen ausgesprochen war, musste er weitermachen, völlig ungeachtet der Konsequenzen. Er ließ sich aufs Bett zurückfallen, schlug die Augen nieder und strich sich durchs Haar.

»Oh, Schatz, warum hast du mir das nicht gesagt?« Ihre dunkle Stimme zitterte. »Was erwartest du von mir, wenn du dich von mir absonderst?«

»Stolz auf Manneskraft ist was Grundsätzliches«, sagte er entschuldigend. »Ein Typ, der keinen hochkriegt, ist einfach ein Witz.«

»Für mich könntest du doch kein Witz sein. Wenn du

mir das gesagt hättest, hätten wir doch was tun können. Wir hätten zusammen schon einen Ausweg gefunden.«

Er setzte sich auf und starrte sie ungläubig an. »Wenn du denkst, dass das so einfach ist, warum hast du das dann nicht gemacht? Muss ich so was offiziell bekannt geben? Glaubst du, dass ich zu einem sexuellen Pflegefall werden will, dass du mich in die Mache nimmst und versuchst, etwas wieder zum Leben erwecken willst, was früher mal wunderbar und spontan zwischen uns war?« Während er das sagte, konterten seine Gedanken mit: *Warum nicht?* Die Aufgabe seines Stolzes war ein kleiner Preis für wiederhergestelltes Glück. War jedoch Stolz nicht Grundvoraussetzung für ihr Glück? Beide waren sie keine Kriecher. »Ich hab' bei so vielen Sachen einen Ausweg gesucht. Jetzt ist der Zeitpunkt gekommen, entschieden einzuschreiten, sich da durchzukämpfen oder bei dem Versuch zugrunde zu gehen. Das will ich jetzt.« Er sprang auf, wanderte im Zimmer umher und blieb hinter ihr stehen. Er wollte sie nicht ansehen, während sie log. Sie log zu gut. Ein Stück Vertrauen zu ihr musste er einfach retten. »Ich fürchte, um den Nachmittag, als Mike hier war, kommen wir nicht rum. War das erst vorgestern? Kommt mir viel länger vor. Was hast du gemacht, nachdem wir weg waren?«

»Steh doch nicht so hinter mir, Schatz. Das ist nicht nett.«

»Ich will nicht nett sein. Ich versuche, dich dazu zu kriegen, mir die Wahrheit zu sagen. Vielleicht ist es einfacher für dich, wenn du mich nicht dabei anschauen musst. Ich will, dass du meine Frage beantwortest.«

»Was für eine Frage?« *Er kann es nicht wissen*, erinnerte sie sich, als ihr klar wurde, dass sie einem Verhör nicht entgehen würde. Sie atmete tief durch, um sich zu beruhigen. »Du meinst *den* Nachmittag? Du weißt genau, was ich gemacht hab'.«

»Ja, weiß ich, aber ich denke, es ist *für dich* wichtig, dass du mir das sagst.«

»Ich hab' ein Mittagsschläfchen gemacht. Ich ... es ist absurd. Was erwartest du, was soll ich dir erzählen?«

»Die Wahrheit.«

Hatte sie jemand gesehen? Sie durfte nichts sagen, worauf er sie festnageln konnte. »Ich ... ach, natürlich. Jetzt fällt's mir wieder ein. Ich bin spazieren gegangen.«

»Am heißesten Tag des Jahrhunderts? Das klingt ganz schön exzentrisch.«

»Ja, deshalb. Ich bin in einer Lache Schweiß aufgewacht. Das Haus war ein Backofen, deshalb bin ich rausgegangen.«

»Wo bist du hingegangen?«

»Wirklich, Schatz. Worauf willst du raus? Ich bin nur rumgelaufen. Rauf in Richtung Schule. Nirgendwohin.«

»Du weißt genau, worauf ich rauswill. Warum willst du die Todesqualen verlängern?«

Also wusste er tatsächlich etwas. Sie war froh, dass er sie nicht ansah. Trotz ihres unregelmäßigen Herzklopfens hatte sie ihre Stimme unter Kontrolle, aber sie wusste nicht, was in ihrem Gesicht los war. Dass sie die Armlehnen ihres Stuhles umklammerte, war ihr wohl bewusst. Sie rutschte auf ihrem Sitz herum. War sie zu weit gegangen, um jetzt noch eine Kehrtwendung zu versuchen? Sie hatte keine Wahl. »Ach, verstehe«, sagte sie und lachte, als wäre sie bei einem schlimmen Streich ertappt worden. »Jemand hat mich gesehen, wie ich in Pavlos Haus gegangen oder rausgekommen bin, wie auch immer, und konnte gar nicht abwarten, es dir zu erzählen. Die Leute sind wirklich außergewöhnlich.«

Langsam kam er um den Stuhl herum, blieb stehen und sah auf sie hinunter. Sie zwang sich, ihren Kopf zu heben und zu lächeln. Sein Mienenspiel ließ dieses Lächeln unpassend erscheinen und sofort setzte sie wieder ein ernstes Gesicht auf. Sie hatte viel mehr Angst als je zu vor in ihrem gemeinsamen Leben. Sein kalter, schmerzlich angewiderter Gesichtsausdruck sagte ihr, dass sie riskierte, ihn für immer zu verlieren. Eine Katastrophe stand bevor. Sie sprach schnell und hoffte, dass etwas herauskäme, was die Wucht abfederte, die sie den restlichen Abend bestrafen würde. »Wenn du mich gefragt hättest, ob ich in Pavlos Haus war, hätt' ich's dir erzählt. Warum hast du die ganze Zeit um den heißen Brei rumgeredet? Es wär' mir nie in den Sinn gekommen, dass du dich dafür interessierst. Außerdem gab's keine Gelegenheit, wo wir uns hätten unterhalten können. Du warst nicht da. Ich hab' mich mit ihm auf den Felsen angefreundet. Es war heiß. Ich hab' nur vorbeigeschaut, um mich abzukühlen. Hör auf, mich so anzustarren, Schatz. Ich schau' dauernd bei irgendwelchen Leuten vorbei. Ich denk' nicht immer dran, dir genauesten Bericht über mein Kommen und Gehen zu erstatten.«

Er sah sie an, und beobachtete, wie sie die Fassung verlor. Er empfand ein wenig rachsüchtige Befriedigung, dass er sie in die Flucht geschlagen hatte. Mit einer solchen Genugtuung würde er nicht leben wollen. »Du hast dich mit einer solchen Kreatur *angefreundet*? Meine Achtung dir gegenüber hat ja schon ganz schön gelitten, aber es ist immer noch genügend übrig, um das nicht zu glauben. Ich bevorzuge die Wahrheit. Sex ist Sex. Bevor wir weiter machen, werd' ich dir 'ne Alternative anbieten. Ich hab' mich entschlossen, nicht von hier wegzugehen. Willst du denn von hier weggehen? Mich verlassen? Kate nehmen und abhauen? Jeff gehört keinem mehr von uns beiden.«

Sei nicht lächerlich, George«, sagte sie, überrascht, dass ihr die Möglichkeit gegeben wurde, sich zu wehren. »Wohin sollte ich gehen? Du kannst es dir doch überhaupt nicht leisten, dass wir von hier weggehen, selbst wenn ich wollte. Ich will natürlich nicht. Du bist der Inhalt meines Lebens und das weißt du genau. Wir haben uns hier ein Leben aufgebaut. Keiner von uns geht irgendwohin.«

»Da wär' ich mir nicht so sicher. Vielleicht werden wir rausgeschmissen. Ich hab' dir von dieser Möglichkeit noch gar nichts erzählt.«

»Über was redest du jetzt schon wieder?«

»Ich werd' jetzt nicht ins Detail gehen, aber vielleicht wär's ja das Beste. Vielleicht hat Mike ja Recht. Möglicherweise sollte ich wirklich zurück in die Staaten gehen und mich daran beteiligen, was auch immer da drüben so los ist. Nachdem ich Mike gesehen hab', glaub' ich das zwar nicht, aber man kann ja mal drüber nachdenken. Merk dir: Wenn du bei mir bleibst, wirst du hier vielleicht nicht mehr lange wohnen.«

»Ich bleib' bei dir, George, egal, wo wir wohnen.«

Die aufrichtige Einfachheit, mit der sie das sagte, trieb ihm die Tränen in die Augen und er drehte sich um. Sie wusste, dass sie auf seine Verletzlichkeit spekulieren konnte. Die Versuchung, sie ungeschoren davonkommen zu lassen, war größer denn je, aber er musste ihr widerstehen. Nichts war zu Ende gebracht, nichts hatte sich geändert. Er räusperte sich und wandte sich ihr wieder zu. »In diesem Fall kommen wir jetzt zu Pavlo zurück, bevor ich mich entscheide, ob *ich* will, dass du bleibst. Erzähl' mir, was passiert ist.«

»Was glaubst du wohl, was passiert ist?« Die Unterbrechung hatte ihr die Möglichkeit gegeben, ihre Sicherheit wiederzuerlangen. Jetzt, da sie zugegeben hatte, zum Haus gegangen zu sein, gab es keinen Grund, warum sie nicht weiter bei ihrer Version von dem unschuldigen Besuch bleiben sollte. »Wir haben uns ein paar Minuten unterhalten. Es war übrigens tatsächlich kühler dort. Eine Wohltat nach dem Spaziergang.«

»Sarah, du weißt genau, warum du dort warst. Wenn du es mir nicht sagen kannst, will ich auf keinen Fall, dass du dableibst. Wenn du's kannst, na ja, die Wahrheit war ja in letzter Zeit nicht gerade das Übliche zwischen uns. Vielleicht würde ein wenig Ehrlichkeit die Luft reinigen. Ich weiß es wirklich nicht. Das ist das Risiko, das du auf dich nehmen musst.«

»Warum redest du so einen Quatsch? Welches Risiko? Das hier wird langsam ziemlich langweilig, weißt du. Mir gefällt die Unterstellung nicht, dass ich keinen Mann besuchen kann, ohne mich daneben zu benehmen.« Plötzlich wirkte sie absolut gleichgültig, als wäre sie jetzt außerhalb seiner Reichweite und hätte völlige Unabhängigkeit erlangt. Es war zweifellos ein Theater, aber es fröstelte ihn, weil es mit etwas übereinstimmte, das er auch an sich beobachtete. Ein Teil von ihm hatte sich von ihr befreit. Es war wirklich langweilig, weiterzumachen und sie dazu zu zwingen das Offensichtliche auszusprechen. Fast glaubte er, sich völlig von ihr befreien zu wollen.

»Herrgott noch mal,« erklärte er und begann zu brüllen. »Du bist hingegangen, um dich durchficken zu lassen. Glaubst du, ich bin ein Vollidiot? Es ist doch offensichtlich das, an was er in jeder wachen Minute denkt. Er stellt's doch aus, damit's jeder sehen kann. Wie war's? Ist sein Schwanz so groß, wie er ausschaut? Hat er ihn wirklich da reingeschoben und dich ihn fühlen lassen?«

»Bitte, George. Sei doch nicht ekelhaft.« Die Würde ihrer Gleichgültigkeit und ihrer Abscheu ließ sie ungerührt dasitzen. »Was ist nur in dich gefahren? Wir reden nicht so miteinander. Ich hab' dich noch nie so gesehen.«

»Es ist höchste Zeit, dass du mich so siehst. Du greifst dir einen jungen Blödmann, der deinem Sohn nachsteigt. Sollten wir das nicht erwähnen? Du geiferst einem Beach-Boy mit einem großen Schwanz hinterher. Was für ein schreckliches Wort. Herrgott. Du bist nicht mehr oder weniger schlampenhaft als jede andere Frau.

Wenn du's zu Hause nicht kriegst, musst du losgehen und's dir suchen. Können wir das nicht so sagen?« Wut kochte in ihm. Mit jedem Wort, das er sagte, befreite er sich ein wenig mehr von ihr. Er musste nur die derbe Primitivität wieder in ihr aufleben lassen, um sie beide zu den halbgezähmten Tieren zu machen, die sie eigentlich waren. Als Heuchler war er geboren und aufgewachsen, mit geheuchelter Sanftheit, geheuchelter Rücksichtnahme gegenüber anderen, geheuchelter Bildung und geheucheltem Verstand. Wenn ihr Verrat ihm half, durch all diese Schichten der Heuchelei zu brechen, würde er zumindest annähernd zu einem Mann werden.

»Ich brauch' mir das nicht anzuhören«, sagte sie in aufreizend arrogantem Ton. »Du musst verrückt geworden sein. Was ist mit Anstand und Glück, die wir zusammen geschaffen haben? Du schmeißt alles weg.«

»Da hast du verdammt noch mal Recht. Anstand passt nicht zu uns Menschen. Menschen können Glück nicht ertragen. Du hattest ein Jahr keinen Sex, aber was ist mit vorher? Warst du nicht glücklich, als du Ronnie kennen gelernt hast? Ist doch auch egal. Du musstest dich versichern, dass du nichts verpasst. Scheiß auf Anstand.« Er schnellte nach vorne und schlug ihr mit der flachen Hand brutal ins Gesicht. Sie schrie auf und sank im Stuhl zusammen. »Los, ich will dass du's sagst. Ich will, dass du hörst, wie du sagst: *Pavlo hat mich gefickt.* Sag's laut und deutlich. Dann können wir vielleicht wieder über Anstand und Glück reden.«

Tränen rollten lautlos über ihr Gesicht. »Man schlägt nciht«, protestierte sie ungläubig.

»Das glaubst aber auch nur du!« Er holte mit der anderen Hand aus und schlug sie noch fester. Er konnte kaum glauben, dass er das tat und sagte, aber er wurde von einem wilden Hochgefühl erfüllt. *Lass doch das*

Tier die Führung übernehmen, den zivilisierten Mann vertreiben. »Du wirst es sagen, verstehst du?« brüllte er. »Ich werd' dich schlagen, bist du's sagst.«

Wie als zerbrechliche Selbstverteidigung hatte sie die Hände vor sich gehoben. Sie bewegte den Kopf und wurde von Weinkrämpfen geschüttelt. »Du kannst mich nicht zwingen«, beteuerte sie mit erstickter Stimme.

»Das glaubst du!« Er holte mit beiden Händen aus, eine nach der anderen und schlug sie noch einmal ins Gesicht.

Sie schrie vor Schmerz auf und beugte den Kopf, den sie mit beiden Händen schützend umklammerte. Ihr Körper schwankte und wand sich, als würde sie mit einem inneren Dämon ringen. »Okay. Hol' dich doch der Teufel!« Plötzlich wurde ihre Stimme lauter – hart, derb und triumphierend. »Pavlo hat mich gefickt. Er hat mich durchgefickt. Ich wollte, dass er mich fi…«

Er sprang auf sie zu, schlug wild um sich, prügelte sie auf Kopf, Rücken und Schultern. Er packte ihr Haar und schüttelte sie hin und her, bis er ihre Zähne klappern hörte. Dann ließ er sie los, und schlug sie wieder, so brutal, dass sie fast zu Boden fiel. Sie schaffte es, sich aus dem Stuhl zu winden und tauchte unter seinen Armen weg. Er drehte sich um, packte sie und schleuderte sie gegen das Bett. Sie fiel auf den Rücken, der Rock rutschte über die Oberschenkel. Wild versuchte sie sich nach oben zu kämpfen, ihr Haar hatte sich vor ihrem Gesicht verheddert. Endlich hatte er ihr jede vorgetäuschte Würde ausgetrieben. Sie wischte sich das Haar aus dem Gesicht, ihre Blicke begegneten sich. Ihre Augen standen voller Tränen, begehrten ihn. Er langte sich an die Stirn. Sein Mund öffnete sich weit, um einen tierischen Empörungsschrei auszustoßen. Kein Ton drang heraus. Er bedeckte den Mund mit der Hand, um seine Abscheu zu unterdrücken. Wieder stellte sich die eine Frage: *Warum nicht?* Wenn dies der Weg zurück zu ihr war. *Geh' den Weg!* So viel zu Zärtlichkeit, Besorgtheit und Verständnis. Sollten sie sich gemeinsam in der Gosse wälzen! Er sprang aufs Bett, ergriff ihren Arm und zerrte sie zu sich hinauf. Dann packte er ihr Kleid, riss grob daran und zerfetzte es.

»Du bist widerwärtig,« keuchte sie. »Fass mich nicht an. Ich werd' nie …« Ihr Blick widersprach ihren Worten, drückte erstauntes, verletztes Begehren aus. »Was ist mit gestern? Hast du dich wieder von ihm ficken lassen?«

»Nein. Ich hab's gemacht, damit ich aufhören kann, ihn zu wollen. Es hat funktioniert.«

»Du Schlampe. Wie viele Männer wirst du noch haben, bis du aufhörst, sie zu wollen?« Er fetzte ihr die Überreste ihres Kleides vom Körper. Darunter trug sie lediglich knappe Unterhosen. Ihr Körper brauchte nicht gefesselt zu werden. Wieder zerrte er an Stoff. Das Gummiband hielt, aber er konnte genügend herunterreißen. Kleiderfetzen hingen an ihrer Hüfte, aber ihre Scham lag frei. Das Ergebnis befriedigte die Brutalität, die er in sich entdeckt hatte. Sie sah aus wie ein Vergewaltigungsopfer. Instinktiv hob sie die Hände, um die Brüste zu schützen. Er zerrte ihre Arme auseinander und hielt sie weit ausgebreitet, während er sie betrachtete und dann wieder aufs Bett warf.

»Du bist ekelhaft!«, schrie sie. »Wenn du weitermachst, werd' ich nie mehr mit dir reden!«

Er stand über ihr und riss sich das Hemd vom Körper. Das Gefühl ihrer Haut auf seinen Händen, ihre obszöne Nacktheit – nach all diesen Monaten, in denen er seinen Blick abgewandt hatte – alles sandte gebieterisch kribbelnde Kommandos durch seinen Körper. Jetzt war er nicht impotent. Er zog sich aus, richtete sich auf und stieß seine Hüfte in ihre Richtung. Er roch seinen starken Körperausdünstungen. Normalerweise hätte das gegen seine Pingeligkeit verstoßen, aber jetzt trug es zu seiner Euphorie bei. Er war froh, menschlich zu stinken. »Ich bin kein Bodyboy, aber ich bin der einzige Mann, den du hast, so lange ich lebe«, wütete er. Er griff nach ihrem Haar und zerrte ihr Gesicht nahe an sein steifes Glied heran. »Hier. Alles, was ich gebraucht hab', war dich so zu sehen, wie du bist. Ein verfügbarer Körper. Wenn's den umsonst gibt, werd' ich mir auch was davon nehmen. Los. Nimm ihn. Ich wette, du hast danach gegiert, Pavlos zu lutschen. Er muss ein ganz schöner Bissen sein. Meiner macht's dir leicht.«

»Warum willst du's so scheußlich machen?«, schluchzte sie. »Ich verabscheue dich. Ich will nicht, dass du mich jemals wieder anrührst! Es ist aus und vorbei!«

»Da hast du verdammt Recht! Seit vorgestern ist alles aus und vorbei. Warum ist es so scheußlich, meinen Schwanz zu lutschen? Du hast seinen gelutscht, richtig? Ich bin sicher, er musste nicht drauf bestehen. Sag's mir. Ich will, dass du's mir sagst.«

»Ja, ich hab' seinen Schwanz gelutscht.« Wieder war ihre Stimme hart und derb.

Sein Glied drückte nach oben. Er riss ihren Kopf näher heran. »Dann mach's, du gottverdammte Schlampe. Mach den Mund auf und mach's.

Sie tat, was ihr befohlen worden war und plötzlich waren alle Hemmungen verschwunden. Vergnügen bereitete ihm das nicht, er wurde innerlich zerrissen und sein Geist schien tränenüberflutet. Alles, was von ihm übrig war, war die rücksichtslose, schäbige Befriedigung, dass sie endlich vor ihm auf den Knien lag. Er wappnete sich, diesen beschämenden Kniefall zu akzeptieren, kletterte aufs Bett über ihr, während er ihre zarten Schultern grob packte, damit sein Glied in ihrem Mund blieb.

Als er seine Macht über sie bis zur Grenze seiner Strapazierfähigkeit ausgereizt hatte, zog er sich von ihr zurück. »Genug davon«, sagte er grob. »Wir wissen, dass dir das gefällt. Und jetzt werd' ich dich ficken. Schade, dass dir das auch gefällt. Ich werd' dir kein Vergnügen bereiten.«

Während er sie so platzierte, wie er sie wollte, fasste er sie grob an, behandelte ihre Schönheit mit kalter Autorität. Dann ließ er sich auf sie fallen und stieß brutal in sie hinein. Sie schrie auf, aber er konnte fühlen, wie ihr Körper sich ihm hingab. Er verschloss sein Herz. Er war entschlossen, sie wieder völlig zu besitzen, ohne seine neuerlangte Freiheit aufzugeben. Er zwang sich, sie selbstsüchtig zu nehmen, zwang sein Wesen, sich seinen niedrigsten Triebe zu unterwerfen, widerstand der Liebe, die aus ihrem Beieinander-Liegen nach ihrer langen Not entsprang.

Der Orgasmus wurde zu einer Hoffnung auf endgültige Freiheit. Er stieß heftig in sie hinein, um zum Höhepunkt zu gelangen, wusste, dass er schnell kommen musste, wenn er sich davor retten wollte, wieder von ihr eingewickelt zu werden. Die Macht, einen mechanischen Akt mit ihrem Körper zu vollführen, hatte er wiedererlangt, sonst nichts. Es war entmenschlichend, unpersönlich, von Verlangen unabhängig.

Mit einem Schrei ergoss er sich in sie. Er hatte ihr nicht die Möglichkeit gegeben, auf seinen kalten, einsamen Triumphakt Einfluss zu nehmen. Dann lag er mit geschlossenen Augen auf ihr, selig allen Gedanken oder Gefühlen entleert. Als er die Augen wieder öffnete, hatte die untergehende Sonne den Raum mit ihren kupfernen Strahlen zum Glühen gebracht. Diese Schönheit verklärte, was gerade zwischen ihnen geschehen war. Er zog hastig zurück und setzte sich auf die Bettkante, mit den Tränen kämpfend.

»Das ist *ficken* für dich. Mit der gleichen emotionalen Wirkung wie Zähneputzen.« Nach der Gewalt, die er in sich freigesetzt hatte, klangen seine Worte seltsam steril und überflüssig. Solche Worte zu benutzen, war eine Angewohnheit, die er noch überwinden musste.

»Ist das alles, was du von deinem Bodyboy und deiner hübschen Tunte wolltest?«

Einen Moment war es völlig still im Zimmer. Dann sprach sie mit erstickter Stimme. »Du hast mich entsetzlicher bestraft, als ich das je für möglich gehalten habe. Du hattest das Recht dazu. Ich wusste nicht, dass eine solche Grausamkeit in dir ist.«

»Ich auch nicht. Es gibt immer noch Sachen, die wir aneinander entdecken können.« Seine Stimme stockte und er neigte den Kopf, stützte ihn in die Hände. »Ach, Herrgott noch mal, Sal, warum müssen wir das einander antun? Haben wir uns so lange geirrt? Es wird nie wieder so sein, wie vorher, weißt du das?«

»Nein, nie wieder.«

»Vielleicht entdecken wir noch, dass es etwas Gutes ist. Das frag' ich mich.«

»Wie kann Hässlichkeit gut sein?«

»Hässlichkeit kann wahr sein. Ich hab' versucht, meine Augen nie vor Hässlichkeit oder Wahrheit zu verschließen. Die Wahrheit, die du mir sagen musstest, war hässlich genug. Vergiss das nicht. Ich bin froh, dass ich dich gezwungen hab', es mir zu sagen. Es war dumm, so zu tun, dass es in uns weniger hässlich aussieht als in den meisten . So lange ist alles gut gelaufen zwischen uns, wahrscheinlich haben wir's deshalb vergessen. Einander von Anfang an so sehr zu lieben, war vielleicht kein ungetrübter Segen. Wir sind immer irgendwie über der Schlacht geschwebt. Mein gottverdammter Erfolg. Hier zu leben war wohl auch ein Teil davon. Unsere Inselidylle. Wir schweben nicht mehr über der Schlacht.

»Tun wir doch und werden's auch immer. Du bist doch immer noch du. Niemand sieht die Schönheit des Lebens so wie du.« Sie sagte das voller Überzeugung und dachte gleichzeitig, welch eine Erleichterung es sein würde, ihn nicht mehr so zu fürchten. Er war nicht vollkommen. Er war ihr untreu gewesen. *Seine* Untreue hatte er weggewischt, als würde das keine Rolle spielen. Aber es würde sicherlich beeinflussen, wie sie in Zukunft miteinander umgehen würden.

»Wir sind wieder, wo wir angefangen haben und alles muss noch mal gemacht werden«, sagte er. »Glaubst du, wir schaffen das?«

»Was ich gesagt hab', hab' ich nicht so gemeint. Du warst Furcht einflößend, aber ...« Sie senkte ihre Stimme und flüsterte fast: »Es war schrecklich, aber aufregend.«

Er unterdrückte seinen Widerwillen. Sie hatte Recht, wenn sie das sagte. Ein Fick war ein Fick und zum Teufel mit ihren Empfindlichkeiten.

»Erwart' nicht von mir, dass ich oft so aufregend sein werd'«, sagte er. »Es ist hier drin, aber ich muss danach graben. Viel davon musste ich ganz schön erzwingen.«

Er hob den Kopf. Das Licht hatte seine durchdringende Klarheit verloren. Durch das Fenster beobachtete er den goldenen, grünen, rosa und lila Schein, der über den Himmel im Westen vergossen wurde. Diese verschwenderische Aufführung, die das Ende des Tages markierte, konfrontierte ihn mit der Bedeutung von Zeit. *Sie* hatten Zeit. Es gab *einen* Grund, warum er hier sein musste: Überall in der Welt wurde die Zeit knapp. Wo sonst hätte er für zwei Tage verschwinden und sich erlauben können, so völlig auseinander zu fallen, bis er keine Wahl mehr hatte, als sich zusammenzureißen? Zu Hause hätte er Termine, Verpflichtungen und all das gehabt, was Mike ihm als Rettung angeboten hatte, und er wäre zu beschäftigt gewesen, um zu merken, dass er Rettung nötig hatte. Eine Szene wie die, die sie gerade erlebt hatten, wäre unvorstellbar für sein altes Selbst. Er sah nun, dass all die Jahre hier eine Vorbereitung darauf gewesen waren. Ihre völlige Freiheit, die mit der Verpflichtung verbunden war, ihre eigenen Regeln aus ihren wahren Bedürfnissen zu erschaffen, hatte es ihm schließlich möglich gemacht, sich ihr zu offenbaren.

Er hatte eine Antwort auf eine von Jeffs Fragen gefunden. Nicht viel, wenn er Leuten etwas über den Sinn des Lebens erzählen sollte. Vielleicht hätte er etwas zu ein paar zurückgebliebenen Seelen zu sagen. Mike, zum Beispiel. Mike war eine Drohung, ein Test, eine Herausforderung für seine Überzeugungen gewesen und war so vernichtend in die Flucht geschlagen worden. Jeff hatte ihm das gesagt. Mike hatte nicht den Mut für seine eigenen bösen Überzeugungen.

George seufzte beinahe friedlich erschöpft. Nach all dem Geschrei und der Obszönität und Gewalt – was hatte er erreicht? Er hatte ein kleines neues Gebiet Freiheit in sich abgesteckt. Nie wieder würde er irgendeinen Teil von sich vor ihr verbergen. Seine Gefühle ihr gegenüber waren ein wenig überstrapaziert, aber das spielte keine Rolle. Er konnte sich nicht vorstellen, in Zukunft ganz so viel leidenschaftliche Aufmerksamkeit auf sie zu richten. Ansonsten war seine Liebe unversehrt. Viel hatte sich nicht verändert. Das war das Wunder. Sie würden weitermachen, wie er trotz seiner kurzen Rebellion gewusst hatte, würden sich anpassen und ... ja, wachsen. Wissen war Wachstum.

Er drehte sich um und sah Sarah an. Wangen und Kiefer waren geschwollen, ein Auge blutunterlaufen. Die Haut auf ihren Schultern begann sich zu verfärben. Seine Geliebte mit blauen Flecken. Er zog sie hoch, nahe an sich heran, auf die Bettkante. Sie kuschelte sich an ihn, wonach er sich so gesehnt hatte, wovor er so viele Monate solche Angst gehabt hatte.

Er hielt sie fest im Arm und streichelte ihr Haar. »Armer Schatz. Hab' ich dir sehr weh getan?«

»Ja, allerdings«, sagte sie leidenschaftlich.

»Nicht mehr, als du mir. Über Ronnie werd' ich nie hinweg kommen, aber ich verstehe endlich. Ich schätze, wir waren aus dem Alltagstrott nicht mehr herausgekommen. Der Trott der Zufriedenheit. Das können die Menschen nicht ertragen. Sie sehnen sich nach Höhen und machen sich keine Sorgen über die Tiefen, in die sie stürzen, wenn sie die Höhen nicht erreichen können. Das hält die Sache am Laufen. Gewinn und Verlust.«

»Ich dachte, von jetzt an wär' alles nur noch Verlust. Gott sei Dank hast du wieder die Verantwortung übernommen.«

Er drehte ihr Gesicht zu ihm und küsste liebevoll ihre geschwollenen Lippen. Er legte eine Hand auf ihre süßen Brüste und beuge sich hinab, um jede Brustwarze zu küssen. Dann setzte er sich wieder auf und sah ihr in die Augen. »So ein hübsches Mädchen. Ich will wirklich niemanden anderen als dich.«

»Niemand hat je ... niemand konnte das je wie du.« Er spreizte die Beine und erlaubte seinen gerade wieder steif gewordenen Glied seiner Gefangenschaft zu entkommen. Er lachte und legte ihre Hand darauf. »*Der* hat wieder die Verantwortung übernommen. Der arme Jeff, er wird nie wissen, wie schrecklich und faszinierend Frauen sind. Und doch, mein Gott. Wie großartig das sein würde. Ich hoffe das für ihn. Zwei harte Körper und zwei harte Köpfe, die zusammenprallen, die Liebe aus einem unmöglichen Zusammenstoß herauspressen. Es hat irgendetwas verrückt Tapferes an sich. Niemand von uns kann alles haben. Gewinn und Verlust. Das ist eine Lebensregel.«

»Kann ich es jetzt haben, wie es immer war?«

Er sah sie an und lächelte reumütig. »Wir waren uns doch einig, dass es nie wieder so sein wird wie früher. Na ja, das Leben ist hart. Wir werden sehen.«

Gemeinsam fielen sie auf die Couch zurück. Er bewegte seine Frau mit zärtlicher Vorsicht, entfernte die hässlichen Stofffetzen von ihrer Hüfte, legte sie gemütlich hin und dann richtete er sich über ihr auf und bereitete sich darauf vor, seine leicht verschlissene, leicht beschädigte Liebe zu feiern.

Charlie saß an Peters Schreibtisch und versuchte aus dem Gedächtnis Jeffs Kopf zu zeichnen. Immer kam etwas Falkenartiges dabei heraus. Irgendetwas musste er in den Zügen ausgelassen haben, was Ähnlichkeit zu dem Original herstellen würde. Er wünschte sich, sein Modell würde sich beeilen und herkommen, so dass er die Auslassung korrigieren konnte. Er konnte den Gedanken nicht ertragen, dass Jeff irgendwo allein herumsaß, gequält und verlassen. Hoffentlich hatten ihm seine Eltern nicht die Hölle heiß gemacht. In nüchternem Zustand würde George sicher vernünftig mit dem Jungen umgehen. Bei Sarah war er sich da nicht so sicher. Der Junge war schon bis zur Belastungsgrenze beansprucht und Charlies Muskeln spannten sich, wenn er daran dachte, was ein unbedachtes Wort bei Jeff anrichten könnte.

Mit Martha war alles einfacher gelaufen, als er erwartet hatte. Die Familie hatte ihn mit offenen Armen empfangen. Offensichtlich würde nicht mehr über den Vorabend gesprochen werden. Er hatte Peters Rückkehr für den nächsten Tag angekündigt, als wäre dies nie in Frage gestellt worden. Dabei war ihm mit großer Unruhe bewusst geworden, dass er das Schicksal herausforderte, indem er sich selbst gestattete, an Jeff zu denken, während Peter noch immer weg war.

Aber er hatte wirklich an Jeff gedacht, ohne Unterlass. Er hatte die ganze Situation durchdacht und sich ihr auf extremste Weise ausgesetzt.

Auf irgendeine Art hatte er sich in einen Jungen verliebt, der halb so alt war wie er. Jeden Moment lief er Gefahr, etwas zu sagen oder einen Schritt zu machen, der die gewaltige Liebe freisetzen würde, die in den letzten Tagen immer wieder so heftig aus dem Jungen herausgebrochen war. Charlie würde nach Boston ziehen. Lebwohl Familie. Er würde auf Jeff aufpassen, ihn leiten, ihm helfen, sich eine Karriere aufzubauen, was für eine dies auch immer sein würde. Angst würde es nicht geben, dass Jeff von anderen in Versuchung geführt werden würde, solang der Zauber des monumentalen Phallus anhielt. Charlie hatte zu seiner Zeit eine ganze Reihe Männerkörper gesehen und nur einer oder zwei waren dabei gewesen, die es eventuell mit seinem Schwanz hätten aufnehmen können. Sein Geist war von Jeffs unbändiger, undisziplinierter Sehnsucht gefangen worden. Sein Körper verzehrte sich danach, Jeffs jungen, ungeformten Körper mit Freude zu erfüllen. Seine Augen sehnten sich, die Stimmungen lesen zu lernen, die Jeffs Augen mit geheimnisvoller Schönheit erstrahlen ließen, die die bezaubernde Linie von Jeffs Lippen mit bewundernswerter Zartheit durchdrangen. Das bedeutete, ein neues Leben aufzubauen. Ein Leben mit Jeff. *Uns.*

Jeder Gedankengang war sehr schmerzhaft, aber als er an seine Trennung von Peter dachte, wurde er von Verzweiflung überwältigt. Er musste doch bei Peter sein! Ohne Peters herrlichen Körper zu berühren, ohne den bestärkenden Glanz seiner Anwesenheit würde er verdorren und sterben. Er konnte darüber nachdenken, wie es wäre, beide zu haben, aber gab es nicht eine realistische Lösung? Jeff als Sohn zu adoptieren, in die Familie zu integrieren und ihn heimlich zu nehmen, bis sein Körper sich langsam nicht mehr so nach ihm verzehrte? Vielleicht würde die heutige Nacht das Verlangen stillen, sich vor Jeffs anbetenden Augen zur Schau zu stellen. War das nicht, worauf dieses Verliebtsein hinauslief? Welche Worte er auch immer benutzte, es zu beschreiben, sie löschten nicht das Feuer, das in ihm loderte.

Seine Hand flog über das Papier, während er ein weiteres falkenähnliches Antlitz zeichnete. Es gelang ihm wieder nicht, die außergewöhnliche Tiefe und Sensibilität von Jeffs Augen auf Papier zu bannen. Er konnte sie so klar vor sich sehen, als wäre Jeff jetzt da und er sehnte sich danach, seinen Blick in diesen zu versinken und zu kapitulieren. Jeff würde jeden Augenblick kommen.

Bei diesem Gedanken schwindelte es ihn, er versuchte sich darauf einzustellen. Was hatte er gesagt? Was würde er sagen? Er hatte von Liebe gesprochen und Jeff hatte so getan, als hätte er ihn nicht gehört, Verpflichtungen und Erklärungen vermieden. Bis morgen früh konnten ihre Körper sprechen, dann müsste etwas geklärt werden. Dass Jeff hier schlafen würde, musste er nicht verheimlichen. Charlie hatte Martha gesagt, dass Jeff kommen würde und ihr die Umstände erzählt, unter denen sie ihn aufgelesen hatten. Sie hatte es recht natürlich gefunden, dass er sich um ihn kümmern würde.

Er hörte, wie unten die Tür dumpf zugeschlagen wurde. Sein Körper schien sich sofort zu sensibilisieren, als blühten auf seiner Haut augenblicklich tausend Knospen erotischen Vergnügens auf. Er stand nackt da, abgesehen von einem Sarong, den er um die Hüfte gebunden hatte, und fühlte, wie sein Schwanz sich mit dem Gewicht des Verlangens zu verlängern begann. Er ging durchs Zimmer und öffnete die Tür. Jeffs Schritt beschleunigte sich im angrenzenden Zimmer. Charlie breitete die Arme aus und der schlanke Körper warf sich hinein. Dann schloss er die Tür und drehte den Schlüssel um.

Hastig entfernten Jeffs Hände den Sarong und beeilten sich, das erregte Fleisch zu packen. »Es geschieht so schnell«, sagte er verwundert. Man sollte annehmen, dass er lange braucht, um so riesig zu werden.« Langsam ließ er die Hände sinken, trat einen Schritt zurück und starrte weiter auf Charlies Glied, während er sein Hemd aufknöpfte.

»Wie war's?« fragte Charlie ablenkend und ging auf ihn zu.

Jeff machte einen Schritt zurück, seine Augen waren immer noch auf Charlies Schwanz gerichtet.

»Ist egal, solange ich das nur anschauen kann.« Er drehte sich um und ging zum Nachttisch, von dem er wusste, dass dort das Gleitmittel aufbewahrt wurde und zog auf dem Weg seine restlichen Kleider aus. »Papa war klasse. Er ist wirklich ein wunderbarer Mann. Wenn du jemals die Chance bekommst, sag' ihm, dass ich das gesagt hab'.« Nackt stand er Charlie gegenüber, mit hingebungsvollem Blick musterte er Charlies Glied und trug gleichzeitig das Gleitmittel auf. Der Anblick des gertenschlanken, eckigen Körpers, der ungeniert bereit war zu empfangen, weckte wieder Charlies gesamtes Verantwortungsgefühl. So jung. So verdammt wehrlos. Er musste ihn vor Verletzungen bewahren. Schnell ging er auf ihn zu und Jeff griff nach Charlies Glied, schnappte nach Luft und schloss die Augen.

»O Gott, ja. Noch *einmal*«, murmelte er in sich hinein. Er drehte sich um, hob Charlies Hände, legte sie auf seine Brust und fiel in Charlies Arme. Sein Haar kitzelte Charlies Gesicht. »Noch einmal und für die Ewigkeit«, flüsterte er geheimnisvoll. Er zog sie beide nach vorne, sie fielen aufs Bett und Charlie lag sogleich auf ihm. »O Gott, Charlie, nimm mich!«, bettelte Jeff mit erstickter Stimme. »Rette mich!« Wieder brach er in Schluchzen aus und ihre Körper begannen miteinander zu ringen, hielten sich im Fesselgriff, wie Jeff das zu verlangen schien. Seine Stimme klang angsterfüllt, als er immer wieder Charlies Namen rief. Charlie packte ihn fest, grub seine Fingernägel in das schlanke Fleisch, zerwühlte das Haar und drückte das Gesicht hinunter ins Kissen, während er darum kämpfte, das schreckliche Verlangen zu dämpfen, das in dem Körper unter ihm noch immer glühte. Ihr Orgasmus war eher schmerzliche Unterbrechung als Befreiung. Charlie hatte das Gefühl, versagt zu haben. Je leidenschaftlicher er sich gab, desto mehr schien Jeff sich in sein wildes, verborgenes Elend zurückzuziehen.

Nachdem er sich kurz ausgeruht hatte, zog er zurück, sprang auf, packte Jeff und trieb ihn ins Badezimmer. Vielleicht könnten kleine Alltäglichkeiten eine Verbindung zwischen ihnen herstellen. Er schob ihn unter die Dusche, stellte sich nah zu ihm und sie wuschen sich. Er dachte an Peter heute morgen und an die sonnige Fröhlichkeit, die er zwischen ihnen geschaffen hatte, dachte daran, morgen Abend mit ihm zusammen zu sein und an das Entzücken, das dieser bei den Freuden empfinden würde, die er ihm so lange vorenthalten hatte. Sein Körper kribbelte bei diesem Gedanken. Was machte er hier mit diesem Jungen? Hatte er wirklich darüber nachgedacht, zwei Liebhaber zu haben, den Liebhaber der Dunkelheit und den Liebhaber des Lichtes? Vielleicht wäre dies in einem anderen Zeitalter oder an einem anderen Ort nicht so absurd, aber hier und jetzt hatte er nur eine Nacht und einen Tag, um sich über die Dimensionen der Wirklichkeit klar zu werden.

Jeff große Augen beobachteten jetzt sein Gesicht, fixiert und ruhig. Charlie konnte sich nicht dazu bringen, Jeffs Blick zu begegnen. Dann redete der Junge: »Wenn du wüsstest, was das für mich bedeutet, dich endlich anzusehen, mit dir so natürlich zusammen zu sein. Es verzehrt mich. Ich könnte das keine Woche überleben.« Die Worte drangen aus unendlichen Tiefen, unterdrückt und seltsam leidenschaftslos.

Impulsiv legte Charlie ihm eine Hand auf den Nacken, neigte den Kopf, so dass sich ihre Stirnen berührten. Er drehte das Wasser ab und zog Jeff aus der Dusche. Dessen glatter, schlanker Körper schien in Charlies Armen keinen Willen mehr zu besitzen. Augenblicklich stand sein Schwanz wieder steil nach oben.

»Ich bin unersättlich«, sagte Jeff, als Charlie ihn losließ und ihm ein Handtuch reichte. In dieser Aussage war keine Koketterie. Es klang wie eine deprimierende Tatsache und fügte hinzu: »Du bist so *jung*, ich fühl' mich bei dir glatt wie hundert. Ich schätzte, weil du unsterblich bist.«

»Du erzählst so einen Quatsch. Ich muss dir jetzt mal 'n paar sehr sterbliche Sachen sagen.«

»Ich mag dein graues Haar. Jedes Jahr, wenn du ankommst, siehst du so schön und vornehm aus. Wenn du 'ne Weile hier bist, macht die Sonne goldene Strähnen hinein und das Grau wird unsichtbar.« Jeff hob die Hand und strich durch Charlies Haar.

Bei dieser Berührung zitterte Charlie innerlich. Jeff hatte sich geweigert, ihn als Person anzuerkennen, aber jetzt klang es fast danach. Vielleicht würde es nun doch passieren. Vielleicht würde jetzt die Liebe aus ihm zu strömen beginnen. Er blieb ruhig und bewegungslos, um den Lauf der Dinge nicht zu stören.

»Wenn ich nur ein Teil von dir werden könnte, wär' alles anders«, sagte Jeff nachdenklich. »Ich mein' das wortwörtlich, so dass dein großer Schwanz immer in mir wäre. Der heutige Tag hat mein Leben vervollständigt. Ich will niemals mehr etwas anderes!«

Sie sahen sich an. Charlie hatte das Gefühl, als würde er in die schrecklichen Tiefen eines nicht zu befriedigenden Verlangens stürzen. Jeder Nerv, jeder Muskel und jede Faser wollte den Jungen umklammern und ihm Frieden bringen. Um wieder in die Wirklichkeit zurückzufinden, trocknete sich hastig ab. Dann nahm er Jeffs Arm und führte ihn wieder zum Bett. Beide waren feucht und klammerten sich aneinander. Liebevoll und langanhaltend küsste Charlie den Mund des Jungen. Eine Leidenschaft schlug ihm entgegen, die scheinbar nicht mit Jeffs Worten vereinbar war. Charlie zog den Mund zurück und legte den Kopf auf die Schulter des Jungen, wo Bissspuren zu sehen waren.

»Ich sollte gehen«, sagte Jeff.

Ruckartig hob Charlie den Kopf. »Sei doch nicht albern. Du bleibst über Nacht.«

Jeff lag mit geschlossenen Augen da. »Peter würd's rausfinden«, sagte er.

»Herrgott noch mal!«, rief Charlie. »Verstehst du nicht? Peter wird etwas rausfinden müssen.«

»Du hast doch das nicht gemeint, was du auf dem Schiff gesagt hast?«

»Normalerweise mein' ich, was ich sage. Wir hatten noch keine Gelegenheit miteinander zu reden. Ich will jetzt mit dir reden.« Trotz seines Entschlusses, Erklärungen zu vermeiden, musste er mit Jeff sprechen, um das Chaos in seinen Gedanken zu ordnen.

»Nein, bitte nicht! Versteh doch! Wir können nur das haben. Das weißt du genau.«

»Woher weißt du das?«, protestierte Charlie, während etwas in ihm erleichtert aufseufzte. Es wäre viel einfacher, wenn Jeff bei seiner seltsam distanzierten Haltung blieb, wenn sie nicht miteinander schliefen. Solange sie beieinander lagen, erschien es ihm fast gleichgültig, was morgen passieren würde. Trotzdem, es gab Sachen, die er sagen wollte, Sachen, die er nicht verstand. Das Gerede über Götter schuf eine Aura der Fantasie, die er nicht begriff. Dennoch spürte er, dass er dieses Gespräch auch zu Jeffs Bestem führen musste. Die Tiefen der Verzweiflung, die er in Jeff wahrnahm, machten ihm Angst. Er packte ihn fester. »Jeff, schau mich an.« Langsam öffnete der die Augen. Wieder hatte Charlie das Gefühl, als würde er in sie hineinstürzen. Einen Moment lang konnte er nichts sagen. Schließlich kamen die Worte, mühsam und verzerrt. »Ich hab' dir gesagt, dass ich dich liebe. Fast hätte ich gesagt, dass ich in dich *verliebt* bin, aber ich kann das nicht, weil … na ja, weil ich in Peter verliebt bin und angeblich ist es unmöglich, in zwei Leute auf einmal verliebt zu sein.«

Ein leichtes Lächeln umspielte Jeffs Lächeln. »Das ist idiotisch. Ich könnte in Duzende Leute auf einmal verliebt sein. Aber es war' schön, das zu hören, auch wenn es nichts bedeutet. Es würde keinen Unterschied machen. Glaub' mir.«

»Okay. Ich bin … verliebt in dich. Ich …« Bisher hatte er diese Worte nur zu *einer* anderen Person gesagt. Sie jetzt auszusprechen, war ein riesiger Verrat, aber das Feuer loderte weiter. Nie zuvor hatte er sich so ausgeliefert gefühlt. Was er sonst noch hatte sagen wollen, wusste er jetzt nicht mehr.

Jeffs Lächeln wurde ausgeprägter. »Ich werd' nie vergessen, dass du's gesagt hast. Das macht es wirklich vollständig. Ich hatte ein sehr erfülltes Leben. Ich war in einen weltberühmten Theatermann verliebt. Ein bekannter Maler sagt, dass er in mich verliebt ist und hat mich genommen. Du darfst Peter nie irgendwas erzählen.«

Monströse Worte. Sie bedeuteten nichts. Jeff machte es ihm leichter, als er wollte. »Verstehst du nicht, dass ich will, dass er das weiß? Nicht, dass wir miteinander schlafen. Darüber muss ich erst noch nachdenken. Ich mein', wie ich damit umgehen soll, wie ich's kontrollieren soll. Aber …«

»Ich hab' mich gefragt, ob du das sagen würdest.« Ein Lachen grollte in Jeffs Brust. »Es gibt nichts zum Nachdenken. Du wirst schon sehen. Dein gewaltiger Schwanz. Er hat mich genommen, ein für alle Mal. Du musst es nicht wieder machen.«

»Aber du willst es doch«, rief Charlie, der noch immer versuchte, Jeffs Worte dessen Verhalten zuzuordnen.

»O Gott, ja. Aber ich will so viele Sachen. Am meisten will ich, dass Peter mich immer lieb hat. Nicht dass ich das verdiene. Wahrscheinlich wusste er, was zwischen uns passieren würde. Er wusste, nur das würde mich davor beschützen, verrückt zu werden. Er war so verdammt süß. Ich möchte glauben, dass er es versteht. Ich liebe ihn. Ich liebe euch beide als unteilbares Paar. Das darf sich nie ändern, sonst wird nichts jemals einen Sinn ergeben. Versprich, dass du ihm nie was erzählst.«

»Wie kann ich dir das versprechen? Soll ich dir etwa versprechen, dich nie wiederzusehen, wenn er wieder da ist?«

»Davor hab' ich keine Angst. Du musst dir einfach sagen, was auch immer passiert, du hast mein Leben vervollständigst. Du hast mir alles gegeben. Glaub' nicht, dass du mir mehr hättest geben können. Wahrscheinlich klingt das jetzt nicht sehr logisch, aber du wirst es schon noch versehen.«

»Ich wünschte, du würdest nicht in Rätseln sprechen.« Sein Blick liebkoste die Lippen den Jungen. Er konnte Jeffs steifes Glied nah an seinem Körper fühlen. Das Gewicht seines eigenen sagte ihm, dass er bald wieder bereit sein würde, mit Jeff zu schlafen, aber er wollte das Ringen ihrer Körper verschieben, bis sie einander etwas gesagt hatten, was ihnen eine Zukunft eröffnen würde, die er sich vorzustellen versuchte. Er sehnte sich danach, ein Licht in Jeffs Augen zu entzünden und sie jugendlich glücklich strahlen zu sehen. Darum ging es eigentlich – Jeff aus dem Schatten der Verzweiflung zu führen – Geist wie Körper hatten sich dazu verpflichtet. »Wir müssen über einfache Sachen reden, wie morgen und übermorgen«, sagte er. »Eines Tages wirst du dich in jemanden in deinem Alter verlieben. Das ist einfach. Bis dahin sind wir da, Peter und ich, wir lieben dich. Du weißt, dass Peter dich nicht will, Gott sei Dank, aber ich will dich. Wir haben die ganze Nacht, um herauszufinden, was wir *voneinander* wollen. Fast alles ist möglich, außer, wie du sagst, etwas zwischen mich und Peter kommen zu lassen. Ich weiß, was ich am meisten will. Ich will dir helfen, glücklich zu sein.«

Ein leichtes Lächeln lag noch immer auf Jeffs Lippen. »Ich glaub' nicht, dass ich glücklich sein will, nicht so, wie normale Leute. Ich kann mir nicht vorstellen, mich niederzulassen, so wie ihr, du und Peter, das getan habt. Ich bin dafür nicht gut genug. Ich war heute Abend bei Dimitri. Ich hab' ihn dazu gebracht, mich zu ficken. Es war das erstes Mal, dass er das gemacht hat.«

Charlie starrte in das beinahe ausdruckslose Gesicht und versuchte, die Worte zu verdauen. Er wollte sie auslöschen und dann fing er wie wild an, sich von Jeff zu befreien, als läge er auf glühenden Kohlen. Er kämpfte sich nach oben und warf sich blindlings auf die andere Zimmerseite, um Raum zwischen ihnen zu schaffen. Ohne zu wissen, was er tat, schnappte er sich den Sarong und befestigte ihn um seine Hüfte. In seinen Ohren dröhnte es. Er beugte sich über den Tisch und schlug mit Fäusten darauf. »Du kleiner Scheißkerl!«, schrie er. »Hast du gar nichts kapiert? Du redest über Anbetung und du … du …« Wuttränen erstickten ihn.

»Ich musste das wissen«, sagte Jeff mit klarer Stimme. »Wenn er nicht fähig gewesen wär', irgendwas für mich zu tun, hätte ich gewusst, dass ich in Ordnung bin. Sein Schwanz ist kleiner als meiner, aber es war trotzdem erregend. Natürlich nicht wie mit dir, aber er war ein Mann, der seine Männlichkeit in mich getrieben hat. Weil ich dich anbete, möchte ich mich jedem schönen Mann hingeben, den ich finden kann und ein wenig von dir in ihm entdecken. Ich will die Welt mit einem Sturm männlicher Liebe erfüllen. Ich weiß, dass das unmöglich ist. Ich würd' mich zugrunde richten, aber das wird mich nicht dran hindern. Manche Leute gehen in die Kirche und verehren hoffnungsvoll und betend ihre Götter, aber wenn sie die Kirche verlassen, leben sie weiter ihr kleines sterbliches Leben. Du und Peter, ihr seid mein Tempel. ihr könntet nie etwas Alltägliches für mich sein. Denk immer dran. Du hast mir alles gegeben, auf was ich jemals hoffen konnte.«

»Hau ab! Geh!«, sagte Charlie dumpf und der Schmerz, dies zu sagen, zerfraß ihn, bis seine Beine unter ihm nachgaben. Es ließ sich in den Schreibtischstuhl fallen, saß aufrecht da und ballte die Fäuste. Die Verletzung raubte ihm fast den Verstand und betäubte ihm die Sinne. Warum hatte es nur so weit kommen können, dass er seine lebenslange Vorsicht missachtet hatte? Er wollte das Haus einreißen, wollte Jeff verprügeln. Ganz ruhig musste er sich halten, um die Gewalttätigkeit in sich zu unterdrücken.

Die Flamme, die Jeff in ihm entzündet hatte, war ihm als ein wertvolles Geschenk des Lebens erschienen. Irgendwie hatte er sich überzeugt, dass es ihn verkrüppeln würde, wenn er das Feuer erstickte. Dann würde er auch wieder zu allem und jedem auf Distanz gehen. Wollte er sich für die Zukunft bewahren, musste er nach vorne schauen und das Feuer am Glühen halten.

Er hatte nie ernsthaft daran gedacht, sein Leben mit Peter zu gefährden. Er hatte mit dem Gedanken gespielt, Jeff zu integrieren. Die Zeit, die praktische Umsetzung zu überdenken, hatte er nicht gehabt. Peter würde morgen wieder da sein. Auf Peter konnte er sich verlassen. Er dachte an Martha gestern Abend und was morgens im Hotel passiert war. Peter war sein. Er würde zurückkommen. Das hatte er versprochen.

Charlies Ohren hatten sich Jeffs Bewegungen im Zimmer verschlossen und er war überrascht, als dieser plötzlich neben ihm sagte:

»Ich wusste, dass du mich nicht mehr wollen würdest, wenn ich's dir erzähle. So sollte es sein.«

Charlie hob den Kopf, das Gesicht ausdruckslos. Jeff war bekleidet und stand neben dem Schreibtisch. Das lange dunkle Haar fiel weich über die Brauen. Nie war er schöner gewesen. »Natürlich hast du Recht«, stimmte Charlie kühl reserviert zu.

»Trotzdem, ich hoffe, du hasst mich nicht. Ich hab' zu lang in meiner Fantasiewelt gelebt. Als ich schließlich angefangen hab', etwas zu tun, hat nichts zu dem gepasst, was ich erwartet hab'. Ich muss weit weggehen, dahin, wo ich mit dem Leben nicht mehr überkreuz bin.«

Etwas in seiner Stimme erregte Charlies Aufmerksamkeit. »Was sagst du da?«

»Och.« Er zuckte mit den Schultern und seine Stimme wurde nüchtern. »Harvard ist ziemlich weit weg, weißt du.«

Plötzlich sprang Charlie auf die Beine, trat hinter dem Schreibtisch hervor, blieb aber stehen, bevor er den Jungen berührte. »Bleib, um Gottes Willen«, bettelte er und hatte das akute Gefühl, dass es lebenswichtig war, Jeff hier zu behalten. »Bleib heute Nacht noch hier. Lass mich versuchen, dich wenigstens *einmal* zu befriedigen. Ich weiß, ich hab' das bis jetzt noch nicht geschafft. Vielleicht ist das für uns beide wichtig.«

»Ich hab' dir gesagt, ich bin unersättlich. Speziell bei dir. Willst du mich immer noch? Willst du mich so sehr wie ich dich will?«

»Das weißt du genau, verdammt noch mal.«

Jeff ging schnell auf ihn zu, nahm ihn besitzergreifend in die Arme, küsste ihn so wild auf die Lippen, dass Charlie beinahe die Gewalt über sich verlor. Er packte den Sarong, riss ihn wieder weg, strich über das Fleisch, von dem er besessen war. Dann zog er den Kopf zurück und blickte Charlie einen Moment in die Augen. »Hier. Nur dieses eine Mal. So wie es sein sollte. Mann gegen Mann und niemand sonst ist von Bedeutung.« Er ließ Charlie los, trat einen Schritt zurück, sein Blick lag auf Charlies Körper. »Es passiert so schnell. Ich werde dich immer so im Gedächtnis behalten.« Sein Lachen drohte in einem Schluchzen zu enden. Als er die Augen hob, waren sie voll unerträglichem Verlangen. »Lebwohl, Apollo. Lebwohl, mein Liebhaber«, sagte er zärtlich. Dann drehte er sich um, lief zur Tür, schloss sie auf und ging, ohne sich noch einmal umzudrehen, hinaus.

Er hörte, wie Charlie seinen Namen rief, während er eilig durch ein Zimmer lief, die Treppe hinunter und zur Haustür hinaus. Tränen liefen ihm über die Wangen. Um in der Dunkelheit sehen zu können, wischte er sie sich aus den Augen und eilte weiter zu seinem nächsten Rendezvous. Schon mittags hatte er gewusst, was ihn erwartete. Ohne den Tag mit Charlie wäre er in blinde Verzweiflung gestürzt. Jetzt wurde er von einem Siegesgefühl aufrecht gehalten. Er hatte alles Notwendige gesagt, damit Charlie keinen Grund hatte, sich schuldig zu fühlen. Wenn Charlie davon erfahren würde, würde er wissen, dass er der Einzige war, der ihn hätte retten können. Wenn Mike davon erfahren würde, würde dieser die Wahrheit wissen. Vielleicht würde es in schließlich rühren. Vielleicht würde Mike dann verstehen, was er gemeint hatte, als er gesagt hatte, dass er ihn mehr liebte als das Leben. Wieder wischte er sich die Tränen aus den Augen und erinnerte sich daran, dass er bald frei sein würde.

Er überquerte die ruhige Hafenpromenade. Leute winkten von einem Tisch und er winkte zurück, ohne zu sehen, wer das war. Er nahm eine der stufigen Hauptstraßen, die hinauf in die Stadt führten. Als er den oberen Rand des Amphitheaters erreicht hatte, keuchte er. Die Straße fiel hinter einem Kamm wieder ab und führten zwischen Mauern ins offene Land hinaus. Er kam durch eine Art Vorort, weit vom Meer entfernt und hoch darüber. Als er die einzige ländlich geprägte Landschaft auf der Insel erreichte, atmete er wieder entspannt. Sanfte Hügel verliefen auf beiden Seiten. Hier gab es ein paar Bauernhöfe, ein paar Felder, auf denen das Korn bereits geerntet worden, sowie Mandel- und Olivenhaine. Das war einer von Jeffs Lieblingsplätzen, seine rustikale Einfachheit wirkte biblisch, das Land von Pan, dem Hirtengott. Hier hatte er sich immer den Göttern nahe gefühlt. Gewaltig und leuchtend umgab ihn die Nacht. Er fühlte sich völlig allein auf der Erde, keinem Menschen verbunden. Der

Gedanke an Mike tat nicht mehr weh. In ihm war nur ein Aufruhr heidnischer Hingabe.

Er bog von der Straße auf einen holpriger Weg unter Bäumen, der zu einem Haus hin abfiel, wieder anstieg und sich zwischen großen Felsbrocken verlief. Jeff suchte sich einen Weg über die Steine, sprang von Brocken zu Brocken, erkletterte den Rücken eines hohen Kliffs, das schroff ins Meer abfiel. Er kannte seinen Weg.

Sein Ziel war das recht ebene Felsplateau, das über dem riesigen Panorama der See im Westen hing. Der Mond versank im Meer. Jeff stand da und rang nach dieser Anstrengung nach Luft. Dann wagte er sich näher an den Rand. Als er nur noch ein paar Meter davon entfernt war, hielt ihn ein Prickeln in Beinen auf. So hatten sich die Menschen in der Antike sicherlich den Rand des Universums vorgestellt – ein abrupter, steiler Abfall in den Kosmos. Er ging zurück bis er sich wieder sicher fühlte, zog alle Kleider aus und legte sie sorgfältig auf einen Haufen. Es war wichtig, dass es aussah, als habe er alles genau durchdacht.

Er stand mit gespreizten Beinen da, hob die Arme hoch in die Luft, um die weiche Nachtluft in jeder Pore zu fühlen. Nackt unter dem Himmel zu stehen erregte ihn. Er fuhr sich über den Körper, legte die Hände auf die Pobacken und drückte den Rücken durch, dehnte sich vollständig, während er das Gefühl, von Charlie genommen zu werden, wieder lebendig werden ließ. Die Finger wanderten liebkosend herum und die Hüften schwankten, als sein Glied steif wurde und sich aufrichtete. Er legte die Hand darauf und streichelte es langsam. Ein vertrautes Ritual. Diesen Ort hatte er schon vor langem mit seinem Samen geweiht.

Bilder des riesenhaften Phallus, die Teil dieser Erfahrung waren, waren machtvoller als alles, was er sich jemals vorher vorgestellt hatte. Er konnte ihn in sich fühlen, warf den Kopf zurück und riss den Mund weit auf, um ihn zu empfangen. Der riesenhafte Phallus vervielfachte sich bis er sich auf jeden seiner Körperteile zu pressen schien, ein gewaltiges Netz harten Fleisches, das seine Gedanken im Bann hielt. Er war von Apollo geliebt worden, hatte die Eifersucht der Götter erregt. Der Diskus war aufgehalten worden und hatte seine Bahn geändert. Er konnte fühlen, wie die Scheibe auf ihn zuflog.

Die Bewegung seiner Hand beschleunigte sich. Sein Körper wand sich, sprang und vollführte einen orgiastischen, selbsthypnotischen Tanz. Er dachte nicht an den Abgrund, aber er wusste, dass er weit entfernt war. Sein Schwanz schwoll in seiner Hand bis er das Gefühl hatte, dass es explodieren würde.

Beim ersten riesigen Strahl des Orgasmus sprang er nach vorne, die Knie gebeugt, den Körper von Krämpfen geschüttelt, während er in den Kosmos geschleudert wurde, der Kopf schwirrte vor Erstaunen und Ekstase. Dann griff die Schwerkraft nach ihm und er stürzte.

Charlie erwachte früh. Er hatte eine unruhige Nacht gehabt und das Gefühl, dass er in eine Katastrophe verstrickt worden war. Ganz sicher war er nicht, ob er sie überlebt hatte. Schuldgefühle, Besorgnis und Erschöpfung bildeten einen Knoten in seinem Magen und trübten seine Gedanken. Er hatte wieder in Peters Zimmer geschlafen, weil Schuldgefühle ihn vom gemeinsamen Bett ferngehalten hatten.

Und die vage Hoffnung, dass Jeff vielleicht zurückkommen würde? Ja, er war erst eingeschlafen, nachdem er sich diese Hoffnung ausgeredet hatte. Jeff hatte lange vor ihm begriffen, dass sie gehabt hatten, was die Zeit ihnen erlaubte. Jeff war völlig unberechenbar, womöglich würde er sich Charlie bei nächster Gelegenheit wieder anbieten. Charlie musste unbedingt vermeiden, ihn allein zu treffen.

Während er seine Morgentoilette erledigte, wurde sein Kopf langsam klar. Neben Schuldgefühlen und Besorgnis, vielleicht von Erschöpfung verstärkt, wurde ihm ein seltsames Gefühl der Erwartung bewusst. Worauf? Auf das Leben selbst? Er war bereit.

Bei Kyria Tula holte er sich ein spartanisches Frühstück ab und nahm es mit in sein Studio. Als er sich umsah, wusste er, dass seine Stimmung ihn von seiner Arbeit entfremdet hatte. Die hochdisziplinierte, intellektuelle Kaltblütigkeit in seinen Bildern erweckte in ihm das Bedürfnis, loszulassen und Farbe herumzuspritzen. Hastig trank er seinen Kaffee aus, holte sich eine weiße Leinwand und ging an die Arbeit. Das angestrebte Endergebnis konnte er zum ersten Mal nicht verwirklichen. Als er zurücktrat um seine Fortschritte zu betrachten, lachte er laut auf. Sollte die Öffentlichkeit doch daraus machen, was sie wollte. Er fühlte sich tollkühn und inspiriert. Vielleicht war dies der Beginn einer neuen Periode. Dies war der Bereich, in dem er sein neues Gefühl der Befreiung ausleben konnte, nicht treulos mit jungen Liebhabern. Er konnte kaum abwarten, es Peter zu zeigen.

Immer mal wieder dachte er an Peter und Jeff, während er versuchte, konzentriert zu arbeiteten. Heute Abend würde Peter endlich zurück sein. Da er den Sarong als Einschränkung empfand, riss er sich ihn vom Körper und warf ihn beiseite. *So* konnte er arbeiten, nackt, der ganze Körper in Aktion. Möglicherweise würde er auch ein bisschen mit seinem Schwanz malen. Wieder lachte er laut und arbeitete weiter. Jeff. Natürlich würde er ihm nicht aus dem Weg gehen. Er liebte Jeff, war in ihn auf eine Art verliebt, die er Peter erklären konnte. Jeff, in seiner Phase jugendlicher Umtriebigkeit hatte den nächtlichen Wutanfall einfach verdient. Sollte er doch mit jedem Mann ins Bett gehen, der ihm über den Weg lief. Er würde wiederkommen, mit Sehnsucht in den großen Augen. Vielleicht konnte er dem Jungen dann Frieden schenken.

Beim Mittagessen mit der Familie war Charlie mit seinen Gedanken ganz woanders. Seine Arbeit begeisterte ihn. Als er ins Studio zurückging, war er das erste Mal seit mehr als zwanzig Jahren versucht zu masturbieren. Jeff hatte seine Aufmerksamkeit wieder auf den gewaltigen Phallus gelenkt. Er war drauf und dran es zu tun, aber er zwang sich zu warten. Peter war ja bereits auf dem Weg.

Früher als nötig ging er hinunter zum Hafen. Martha hatte er gesagt, dass er alleine gehen wollte, war jedoch froh George Leighton zu treffen, als er zum Landungssteg hinüberschlenderte. Sie setzten sich in ein Café in der Nähe des Anlegeplatzes und bestellten Kaffee. Keine Spur von alkoholbedingten Aussetzern waren an George zu bemerken, die in letzter Zeit so typisch für ihn geworden waren. Er wirkte fröhlich und entspannt. Was zwischen Charlie und Jeff passiert war, fügte seiner Zuneigung gegenüber George noch Wärme hinzu. Es gab ein Band geteilter Liebe.

»Peter soll heute zurückkommen, richtig?«, fragte George, als der Kaffee serviert wurde.

»Ja«, sagte Charlie fest, um alle Zweifel zu zerstreuen.

»Ich bin gekommen, um zu sehen, ob Costa an Bord ist.«

»Du kennst doch Peter. Er würde nicht zurückkommen, bevor er Erfolg gehabt hat.« Charlie musste einfach fest darauf vertrauen. Der einzige Grund, weshalb sich Peters Ankunft verzögern könnte, musste mit Costa zu tun haben. Wenn Peter ein Telegramm geschickt hatte, würde es vor morgen nicht ankommen.

»Hast du Jeff heute schon gesehen?«, fragte George.

»Nein. Ich hab' noch gar niemanden gesehen. Hab' grad erst das Haus verlassen.«

»Ich hab' mich nur gewundert. Er ist gestern Nacht nicht nach Hause gekommen. Das ist mir eigentlich egal. Er hat ja gesagt, dass er vielleicht nicht nach Hause kommt. Aber anscheinend hat ihn seit gestern Abend niemand mehr zu Gesicht bekommen.«

Um Charlies Herz zitterte ein klein wenig Angst. »Ich hab' ihn gestern Abend gesehen«, sagte er.

»Ach, gut. Schau mal, ich weiß, er hat keine Geheimnisse vor dir. Er hat recht offen mit mir geredet. Es hat mich nicht geschockt, wie ... na ja, als was er sich erwiesen hat. Du kennst mich gut genug, um das zu wissen. Ich sag' das nur, um dir nicht das Gefühl hast, ihn zu kompromittieren, wenn du mit mir über ihn sprichst.«

»Ich hab' keine Ahnung was er so treibt. Er ist nach dem Abendessen vorbeigekommen. Du weißt, dass ich ihn gestern zurückgebracht hab'? Ich hab' ihm gesagt, dass er über Nacht ... na, du weißt schon, Kids fühlen sich manchmal entspannter bei Freunden als bei ihren Eltern. Aber scheinbar hatte er was vor und ist abgezogen.« *Weiß der Himmel, ich hab' versucht ihn aufzuhalten,* dachte Charlie.

»Ich hab' gehört, dass du und Peter sehr lieb zu ihm gewesen seid. Dass ihr ihn mögt, macht mich sehr stolz auf ihn.«

»Er ist ein faszinierender Junge. Mike hat ihn fertig gemacht. Ich hab' ihm versucht zu helfen, so gut ich konnte.«

»Ich hoff', *ich* auch. Du wüsstest sicher besser, was man da so sagt, aber gestern hatte ich das Gefühl, als könnten wir endlich miteinander reden wie Freunde. Wenn eure beiden älter sind, merkt ihr, dass Eltern nichts Befriedigenderes passieren kann.«

»Er hat gesagt, du bist ein wundervoller Mann. Er hat mir aufgetragen, dir das auszurichten.«

»Wirklich? Mein Gott, ich glaub', ich werd' rot.« Ein süßes Lächeln machte sich auf seinem Gesicht breit. »Ich hoff', er hat jemanden gefunden, der ihn aufheitert.«

Charlies Hände verkrampften sich um die Armlehnen. Es war noch immer nicht angenehm, daran zu denken, dass Jeff sich anderen hingab. »Das würd' mich überraschen«, sagte er in einer Ruhe, die er selbst bewundernswert fand. »Du weißt, wie promisk alle in diesem Alter sind, insbesondere, wenn man von jemandem, den man liebt, in den Hintern getreten wird. Sex ist die erstbeste Therapie, an die man dann denkt.« Charlie suchte nach einer anderen Erklärung für Jeffs Verschwinden. Hatte sein Lebwohl etwas bedeutet? »Glaubst du, er könnte zurück nach Athen gefahren sein? Wenn ja, wird Peter das wissen. Er würd' auf jeden Fall Peter aufsuchen.« Etwa, um sich Peter wieder anzubieten und seine Eroberung der Zwillingsgötter perfekt zu machen? Aber nein, Peter wäre einfach nicht interessiert.

»Ich glaub' nicht, dass er wieder abhauen würde, ohne mir was zu sagen. Ich hab' das Gefühl, dass er jetzt wieder auf den Damm kommt. Immerhin hab' ich mich ja auch für ein paar Tage zurückgezogen. Was auch immer er tut, ich hoff', er hat Spaß. Er hat schon immer alles viel zu ernst genommen.«

»Ich weiß. Ich hab' gestern viel drüber nachgedacht, wie gern ich ihn zum Lachen bringen würd'.«

George stellte seine Tasse ab und sah Charlie aufmerksam an. »Er ist *so* wichtig für dich?«

Entschlossen hielt Charlie Georges Blick aus. »Er ist ein wunderschöner Junge. Du kannst das selber sehen. Wenn du akzeptierst, dass Männer voneinander angezogen werden können, braucht man kein spezielles Verständnis. Wir sind auch nur Menschen.«

»Dann denkst du, dass Mike ihn mitgenommen hat, weil er ihn wirklich wollte? Nicht nur ... Ich weiß nicht. Ich schätze, was ich eigentlich fragen will, ist, ob du denkst, dass Mike was damit zu tun hat, dass er ... äh, ich mein', sich entschlossen hat, homosexuell zu sein.«

»Um Gottes Willen, nein! Er hat Peter alles davon erzählt. Wann war das noch gleich? Vorgestern. Da war er noch immer unberührt.«

»Das hat er mir auch erzählt. Na ja, es war höchste Zeit, dass er sich dazu durchgerungen hat. Glaubst du, dass es realistisch ist, dass er einen Typen findet und etwas Gutes aus seinem Leben macht, so wie ihr beide?«

»Er glaubt nicht, dass er das kann. Das ist das Einzige, was mir Sorgen macht. Ich würd' ihn gern davon überzeugen, dass er Unrecht hat.«

»Gut. Ich hoff' nur, dass ich Mike irgendwann nicht mehr umbringen will. Ich bin froh, dass es keine Geheimnisse mehr gibt. Ich möchte' ihm helfen, alles zu finden, was gut dran ist. Ich weiß, dass ihr beide das auch tun werdet.«

»Das will ich auf jeden Fall. Ich hoff', dass wir ihn oft sehen, bevor er abfährt. Und in den Staaten natürlich auch. Es ist schön zu wissen, dass wir uns so nahe sein werden. Komisch. Vor einem oder zwei Tagen hab' ich ihn noch für ein Kind gehalten.«

Sie unterhielten sich über allerlei Inselklatsch. George war in bester Form. Charlie hörte mehrmals heraus, dass er und Sarah wieder zusammen gefunden hatten, was ihn erfreute. Versöhnung lag in der Luft. Er empfand dies als Unterstützung seines Eifers, die Reihen mit Peter zu schließen. Immer mal wieder lauschten sie nach der Schiffspfeife. Als sie endlich erklang, war Charlie sofort auf den Beinen und nahm seine Position an der Schranke ein und merkte kaum, dass George ihm gefolgt war und sich neben ihn stellte. Das Schiff hatte noch nicht den östlichen Ausläufer des Vorgebirges umrundet.

Als es schließlich einlief, streckte er sich und beobachtete angespannt wie der Bug auf die Hafenmauer zusteuerte. Die Motoren wurden in den Rückwärtsgang gelegt, das Wasser wirbelte, dann schwang das Schiff breitseits und die Leinen wurden ausgeworfen.

Während seine Augen die Decks absuchten, pochte sein Herz aufgeregt. Es gab nur einen Augenblick schmerzlicher Spannung. Dann sah er Peter, der an der Reling stand, da wo die Laufplanke an Bord gehievt worden war, um als erster vom Schiff zu kommen. Ihre Blicke begegneten sich. Während sich der Abstand zwischen ihnen verringerte, sah Charlie, was er wissen musste: Peter war sein. Das bedeutete ihm alles. Das Feuer glühte immer noch in ihm, es wärmte seine Gefühle für Peter. Sie bedeuteten sich, wie froh sie beide waren, wieder zusammen zu sein und dass zu Hause alles in Ordnung war.

»Er sieht aus, als hätt' er nur gute Nachrichten«, sagte George neben Charlie.

Sobald die Laufplanke an ihrem Platz war, sprang Peter leichtfüßig hinunter und um ihn war ein goldenes Strahlenmeer. Sie umarmten sich. Peter schüttelte Georges Hand und alle fingen auf einmal an zu reden. Angesichts der Rufe und dem aufgeregten Geplapper Zurückkehrender um ihn herum, gab sich Charlie keine Mühe, dem Unterhaltung zwischen George und Peter zu folgen. Jeffs Name erregte Peters Aufmerksamkeit.

»Was soll das heißen: Niemand hat ihn gesehen?« Vorwurfsvoll wandte er sich an Charlie. »Warum hast du ihn gestern Nacht nicht bei dir behalten?«

»Ich hab' ihm gesagt, dass er bleiben kann. Er wollte aber nicht. Ich dachte, er wäre vielleicht zurück nach Athen gefahren.«

»Glaub' ich nicht«, sagte George. »Er hätt' mir Bescheid gesagt. Hast du Costa nicht mitgebracht?«

Peter sah Charlie ratlos an und wandte sich dann wieder an George. »Er ist raus. Alles in Ordnung.«

Sie hatten sich von der Menge abgewandt und ein Gespräch war wieder möglich.

»Gut gemacht«, sagte George dankbar. »Wo ist er? Ich muss meine Blödheit wieder gutmachen.«

»Ich hab' ihm Geld gegeben. Er ruht sich aus und kuriert sich. Er musste ein Papier unterschreiben, auf dem stand das die Polizei ihn mit ausgesuchter Höflichkeit behandelt hat. Er musste versprechen, nicht zurückzukommen, bis die blauen Flecken, die das Gegenteil beweisen, nicht mehr zu sehen sind.

»Herrgott noch mal. Ist er schlimm zugerichtet worden?«

»Och, er sah nicht gerade aus, als hätten sie ihn mit Glacéhandschuhen angefasst. In einer Woche ist er sicher wieder in Ordnung. »

»Wenn du weißt, wo er ist, fahr' ich in ein paar Tagen mal rüber und red' mit ihm.

»Ich glaub', das würde ihn freuen. Er ist ein klasse Typ. Es hat ihm wirklich Leid getan, dass er Jeff da mitreingezogen hat.«

Peter ging flotten Schritts los. Sie hatten Zeit für ein paar Worte, bevor sie die Abzweigung erreichten und der Aufstieg zum Mills-Martin Haus begann. Sie blieben stehen.

»Ich kann euch gar nicht genug danken«, sagte George.

»Unter Freunden. Ist doch der Rede nicht wert«, sagte Peter. »Du siehst gut aus, George.«

»Dranbleiben, Jungs. Das ist meine neue Parole. Am meisten muss ich euch dafür danken, dass ihr mir meinen Sohn wiedergebracht habt. Wenn wir unsere Verluste mit ein paar Gewinnen ausgleichen können, sollten wir uns wohl nicht beschweren.«

Sie tauschten ein freundschaftliches Lächeln und hoben zum Abschied die Hand. Dann fing Peter an, die Stufen hinaufzusteigen, als wäre er in Eile nach Hause zu kommen. Sobald sie außer Sichtweite waren, verlangsamte er seinen Schritt auf normales Tempo.

»Erzähl' mir um Gottes Willen von Jeff!«, forderte er. »Ist er in Ordnung?«

»Ich denk' schon.« Charlie hatte immer mal an Jeff gedacht. Er hatte Verantwortung für ihn übernommen.

Ja, das war ihm von Anfang an bewusst gewesen. Dieses Lebwohl am Ende war ein wenig seltsam gewesen, aber er war so froh, Peter wiederzuhaben, dass er sich jetzt keine Sorgen machen wollte. »Wahrscheinlich überzieht er die Welt mit einem Sturm männlicher Liebe. Ich glaub', er hat's so ausgedrückt.«

Peter lachte ein wenig reuig auf. »Auweia. Ist das die nächste Phase? Das klingt nach ihm.«

Charlie wusste, dass er nicht das Recht hatte, diese tiefe, jubilierende Zufriedenheit zu empfinden. Er hatte Peter betrogen und das Unglaubliche war geschehen: Er hatte ihn wieder ganz für sich. Er war Peter nachlaufen, hatte ihn genommen – und das nicht aus wirklichem Bedürfnis, sondern aus Berechnung. Er hatte es ihm heimzahlen wollen, weil er sich Jeff nackt gezeigt hatte. Rache war wohl am Anfang seine Hauptmotivation gewesen, sich mit Jeff einzulassen, bevor es so viel tiefer geworden war. Er hatte Peter von Judy abbringen und durch die Affäre mit Jeff einen Ausgleich erzielen wollen, das war billig und Peters Glauben in ihn unwürdig. Wieder überwältigten ihn Schuldgefühle für all die unverzeihlichen Dinge, die er seit Peters Abfahrt getan hatte. Charlie fasste sich ein Herz: »Hör' mal zu. Ich glaub', wir sollten uns unterhalten, bevor wir nach Hause gehen.« Peters kurzen Blick fühlte er mehr als er ihn sah, bevor sie ihre Aufmerksamkeit wieder auf die unebenen Stufen lenkten. Beim Klettern fingen sie leicht zu keuchen an.

»Ich wundere mich ...« Peter unterbrach sich, um nach Luft zu schnappen. Er hatte die Zeichen erkannt, die Warnungen in Charlies Stimme gehört. Vor allem mussten sie Geständnisse vermeiden. Er wollte nicht, dass alles deutlich ausgesprochen wurde, zu Charlies Bestem noch mehr als für sich selbst. »Wir haben wahrscheinlich beide Sachen auf dem Herzen, über die wir reden sollten. Hoffentlich beschränken wir uns auf die wirklich wichtigen Sachen. Wir können uns da drüben auf die Mauer setzen und den Sonnenuntergang anschauen.«

Die stufige Straße öffnete sich direkt vor ihnen und wurde zu einem abschüssigen Pfad, wo die Häuser weniger wurden und die felsigen Grundstücke um sie herum immer größer. Noch weiter vorne konnten sie die verwinkelten Mauern ihres eigenen beeindruckenden Hauses sehen. Schweigend kletterten sie weiter den steinigen Pfad hinauf, bis sie die lange Mauer über dem steilen Abhang erreichten, wo Peter Judy zum ersten Mal geküsst hatte, jetzt ein bedeutender Markstein, eine Erinnerung. Peter verließ den Pfad, ging auf die Mauer zu und Charlie folgte ihm automatisch ohne den Schritt zu verzögern. Sie bewegten sich in völligem Einklang. Obwohl sie nah beieinander blieben, kamen sie einander keinen Augenblick in die Quere. Jede Bewegung hatten sie mit der Zeit aufeinander abgestimmt. Dies machte es Charlie noch schmerzlicher bewusst, welches Verbrechen er begangen hatte und vergrößerte seine Schuldgefühle.

Peter ließ seine Tasche fallen, setzte sich auf die Mauer zur untergehenden Sonne gewandt und stützte die Füße auf die schmale Felsformation, die ins Hafenbecken abfiel. Charlie nahm neben ihm Platz, mit dem Rücken zum Hafen. Sie drehten sich einander zu und sahen sich in die Augen, klares blau und purpurgrau. Sie nahmen keine Details wahr, sondern nur ein Ensemble, für beide die Summe der Freude an zwischenmenschlichen Kontakten. Peter lehnte sich nach vorne und sie küssten sich. Ihre Zungen strichen kurz über die Lippen des anderen, dann trennten sie sich. Es war ein beiläufiger Kuss, duzende Male am Tag tauschten sie solche Küsse. Trotzdem empfanden sie ihn aufregend, weil er für den körperliche Charakter ihrer Beziehung stand. Dieser Kuss ließ sogar die Vernarrtheit in Jeff falsch erscheinen. Peter legte eine Hand in Charlies Schoß und was er da spürte, ließ ihn leise auflachen.

»*Hier* scheint alles in Ordnung zu sein«, sagte er.

»Herrgott noch mal, mach das nicht.« In Charlie stieg unendliche Selbstverachtung hoch. »Du bist so verdammt süß und ich bin ein totaler Scheißkerl. Ich ekle mich wirklich vor mir.«

Peter zog seine Hand zurück und sah seinen Lebensgefährten mit plötzlicher Besorgnis an. »Jetzt hör' mal zu. Ich hab' gemeint, was ich gesagt hab', dass wir uns auf wichtige Sachen beschränken sollen. Wenn es irgendwas mit Jeff zu tun hat, will ich bloß wissen, ob du denkst, dass er darüber hinwegkommt.«

»Warum reitest du immer auf Jeff rum?«, wollte Charlie wissen und versuchte seine Schuldgefühle mit Entrüstung zu überdecken, bis er wusste, wie viel er preisgeben konnte. Jeff war nur ein Teil davon und er konnte über den Rest unbefangener reden. »Ich red' von mir. Dir gestern nachzurennen, dich auf dem Badezimmerboden zu nehmen, um zu beweisen, dass ich dir etwas geben kann, zu was dein Mädchen nicht fähig war. Ich dachte, ich wär' über so was hinaus. Es war widerlich.«

»Ach, Schatz. Nein.« Seine Stimme klang vorwurfsvoll, aber darunter perlte ein Lachen. »Es war ein absolutes Glück und das weißt du. Okay, ich pack' aus. Darüber wollte *ich* mit dir reden. Das zwischen mir und Judy ist ganz schön tief gegangen. Danach konnte ich bei ihr keinen mehr hochkriegen. Und trotzdem war ich *froh*, du alberner Scheißkerl. Es war himmlisch, zu fühlen, dass ich dir wieder völlig gehöre.«

»Herrgott noch mal«. Charlie stöhnte fast vor Verzweiflung. Wie konnte er hoffen, seine Balance wiederzufinden, sich auf die Sicherheit ihres sorgfältig disziplinierten Lebens zurückziehen zu können? Er konnte ja nicht einmal sein exhibitionistische Verlangen zügeln und musste wie ein Schuljunge immer nur Aufmerksamkeit auf seinen Schwanz lenken? Peter schien erpicht darauf, das zu fördern. Er konnte Jeffs knochigen jungen Körper unter sich fühlen, wie Arme und Beine um sich schlugen. Sein großer Schwanz, der sich fast so groß wie Jeff anfühlte, war tief in ihm und erhob Anspruch auf den Jungen. Charlie atmete tief durch und versuchte, seine Schuldgefühle loszuwerden. »Ich red' doch immer darüber, dass wir für neue Erfahrungen offen bleiben sollen. Ich hab' immer weiter darüber gelabert, dass wir uns nicht so auf unsere Beziehung zurückziehen sollen, dass wir nicht mehr atmen können und dann passiert was, was vielleicht wichtig für dich ist und ich tu' alles, um es im Keim zu ersticken. Es *ist* widerlich.«

»Aber das versuch' ich dir doch dauern klarzumachen«, unterbrach ihn Peter und lachte ärgerlich, weil er seine Gedanken lesen konnte. Nach zwanzig Jahren spielten sie immer noch Spielchen miteinander. Was hatte Jeff gesagt? Irgendetwas von *lichtgeboren* – in seiner typischen Ausdrucksweise. Sie hatten im grellen Licht ihrer eigenen Wirklichkeit gelebt und litten nun an den Konsequenzen der Enthüllung. Das Ganze war notwendige und nützliche Erfahrung gewesen, die ihnen etwas über das Wesentliche beibrachte. Sie konnten sich nun erlauben, im verführerischen Schatten zu spielen. Trotzdem bevorzugte er das Licht. »Ich will keine Erfahrung. Ich will deinen Schwanz. Ich weiß, du magst es nicht, wenn ich drüber spreche, aber ich muss. Ich weiß, er ist nicht der größte der Welt, weil ich ein paar gesehen hab', die vielleicht größer waren, aber die waren nicht am richtigen Kerl dran. Deiner muss reichen. Das ist eine Tatsache. Eine Tatsache unseres Lebens. Du kannst sagen, ich bin verrückt, weil ich ihn will. Es ist lächerlich, so zu tun, als wär' er nicht da. Ich wusste, dass der Augenblick kommen würde, wo du mit ihm der ganzen Welt zuwinken wolltest. Deshalb sag' ich, dass Jeff keine Rolle spielt. Ich hätt' ihn gestern auch wahnsinnig gern gehalten und getröstet. Wenn das anfängt, speziell mit einem Jungen wie Jeff, kann man nicht mehr sagen, wo's enden wird.«

»Was ist, wenn es damit endet, sich in ihn zu verlieben?«

»Hat es das?«

Beide schwiegen, die Stille eines Schocks. Peter richtete sich auf. Er fing an schnell zu reden, um seinen Mut aufrechtzuerhalten. »Also gut, ja. Ich seh' ein, dass das fast passieren *musste*. Na ja, wenn so was wie gestern, als du mich genommen hast, die alten Jägerinstinkte wieder geweckt hat, ist das ein Risiko, das ich auf mich nehmen kann. Ich hab' schon immer vermutet, dass es eigentlich darum ging. Wenn du siehst, wie wild du mich machst, musst du ja versucht sein, deinen Schwanz unter die Leute zu bringen. Du hattest doch da mal eine Theorie: Wenn ich von dir gefickt werd', würd' ich mich automatisch auch von jedem anderen Typen durchficken lassen. Ich fand diese Vorstellung nie besonders einleuchtend. Wenn ich losziehen würd', um einen anderen Schwanz zu suchen, der mir so viel bedeuten würde, wie deiner, würd' ich wahrscheinlich den Rest ...« Abrupt brach er ab. »Ich halt' lieber mal die Klappe und lass' *dich* reden.« Er hob die Fäuste und presste sie einen Augenblick gegen die Stirn, dann ließ er die Hände wieder sinken. »Wenn ich's aushalte.«

In Charlies Hals war ein Knoten, der das Sprechen unmöglich machte. Er schluckte mehrmals, dann legte er den Arm um Peters Schulter und zog ihn nahe an sich heran. »Nein«, presste er heraus. Er musste sich räuspern, bevor er wieder sprechen konnte. »Es gibt nichts zu erzählen. Sagen wir, die Sache zwischen mir und Jeff ist für ein paar Stunden ganz schön tief gegangen. Ich hatte den Eindruck, dass es gut wäre, dir das zu sagen.« Er fühlte, wie sich der Körper seines Lebensgefährten neben ihm entspannte.

Peter atmete auf. »Wow! Das war der gruseligste Moment seit sehr langer Zeit. Aber ich bin froh, dass du es gesagt hast. Vielleicht finden wir erst noch heraus, dass wir uns alles sagen können. Ich wollte schon lange mit dir über deinen Schwanz reden, aber ... O Gott, Schatz, wenn sich zwei Leute so sehr wollen wie wir, ist es doch eigentlich egal, wie wir's machen. Ich steh' total drauf, dich zu nehmen, aber wenn dieser Gigant in mich hineinkracht und mich zu einem Teil von dir werden lässt, weiß ich, dass die Sachen, um die du dir Sorgen machst, nicht wirklich passieren können. Ich bin froh, dass das mit Jeff tief gegangen ist. Das beweist, was ich sage. Natürlich, wenn du dir nicht all diese Jahre Sorgen gemacht hättest, weiß Gott, was aus uns geworden wäre. Wir haben uns nicht so von der Welt abgeschottet, wie wir das hätten tun können und alles unserer schuldbewussten Liebe geopfert. Dank dir haben wir die Familie. Judy hat mir gezeigt, wie besonders Martha ist. Es hat alles besser funktioniert, als wir das erwarten durften. Nach zwanzig Jahren können wir glaub' ich mit ziemlicher Sicherheit sagen, dass wir's geschafft haben.«

Charlie bezweifelte, dass sie sich noch einmal so etwas sagen konnten, bevor sie beide ins Grab fallen würden. Trotzdem, da er mit fast der ganzen Wahrheit über Jeff herausgerückt war, geschah etwas Außerordentliches in ihm, wuchs und durchdrang ihn. Er fuhr mit der Hand an Peters Schulter entlang, fühlte die geliebten Knochen und Sehnen unter seinen Fingern, bis er den starken Hals erreichte. Mit festem Griff umschlossen seine Finger den Nacken und hielten ihn fest. Das erregte die wilden Besitzansprüche, die ihn immer geängstigt hatten. Jetzt hatte er keine Angst. *Meiner.* Aber gestern hatte er das gleiche Wort gegenüber einem anderen verwendet. »Ich glaub', wir *können* das schon sagen, Schatz, aber wir lassen's lieber. So was fordert das Schicksal heraus.«

Peter lächelte ihm in die Augen. »Ich bin sogar *dazu* bereit. Du bist mein Schicksal und ich will dich herausfordern. Das war ein ziemlich guter Trick mit den Mädchen – die hatten ziemlich viel damit zu tun, dass ich reifer geworden bin. Ich glaub' nicht, dass es da wieder welche geben wird. Judy ist die einzige, die wirklich eine Rolle gespielt hat und es war so verdammt nahe dran, dass ich grob zu ihr werden musste. Weißt du, es gibt nicht viele Mädchen, denen man mit einem schlappen Schwanz kommen kann, die auch wissen warum, und die einem nicht ins Gesicht spucken. Glücklicherweise steht sie auf Mädchen und hat's verstanden. Deshalb konnten wir uns in Freundschaft trennen. Darüber bin ich froh. Ich hab' was gelernt. Ich bin vierzig, um Gottes Willen. Ich glaub', wir können uns vielleicht drauf einigen, dass ich erwachsen bin.«

Charlie sah die Liebe in seinen Augen, tief, stark und direkt. Sie blendete ihn. Er sah an Peter vorbei, über seine Schulter auf die endlos glitzernde Wasserfläche und wartete, dass die Schuldgefühle wieder in ihm hochsteigen und seine Reaktionen vergiften würden. Er hatte Peter sexuell lahm gelegt um seines verdammten phallischen Stolzes willen. Aber war es nur das? Er hatte gewagt, seinen Willen geltend zu machen, um das zu behalten, was sein war und eine Niederlage riskiert. Die Schuldgefühle nahmen ab.

Hier alleine mit ihm zu sitzen, von der Welt abgetrennt, schuf ein Gefühl unzerstörbarer Nähe zwischen ihnen, die ihre Gewohnheit, vorsichtig miteinander umzugehen, fremd wirken ließ. Angemessener war ein rücksichtsloser Mut, sich ganz für den Mann, den er seinen Lebensgefährten nannte, aufs Spiel zu setzen. Jeff war Teil dieses Glücksspiels. Er hatte das Gefühl, dass Jeff ihn nicht mehr brauchen würde, aber wenn doch, waren sie da, wie Charlie versprochen hatte. Wir. *Sie* würden damit klarkommen. Vielleicht hatten sie endlich ein Gleichgewicht gefunden, bei dem sie einander gleichberechtigt dominierten und sich unterwarfen. Darin lagen sowohl Gefahren als auch Herausforderungen, denen er sich in der Zeit, die ihm jetzt wie eine lange Stagnationsphase vorkam, nicht hatte aussetzen wollen. Wenn er ihrer Liebe fruchtlos vertraute – auf Peters Art – würde er vielleicht mit einem Anteil von Peters lebhaftem Optimismus belohnt werden.

Er brach in Gelächter aus, was beide überraschte. »Jawohl«, rief er, fast zusammenhangslos. »Ich kann kaum erwarten, es dir zu zeigen. Du wirst neue Ware unter die Leute bringen können. Was hältst du davon? Meine Schwanzperiode. Wenn du ...« Seine Stimme brach und Tränen stiegen ihm in die Augen. Die Spannung der letzten zwei Tage sammelte sich und zerbrach in ihm. Er wusste nur noch: Hier neben ihm auf der Mauer saß die Quelle von Frieden, Freude und Spaß, allem Vergnügen und allen Todesqualen. Er konnte Peter nicht ansehen, genierte sich vor dem, was absurderweise die Morgenröte der Liebe zu sein schien. Er drückte Peters Nacken und sprang von der Mauer.

Peter hob seine Tasche auf und ging neben ihm her. Die Sonne ging eben spektakulär unter, aber keiner der beiden bemerkte das. Peter fühlte, dass Charlie irgendwie von etwas gerührt war, das beide tief betraf. Vielleicht würden Erklärungen gefunden werden, aber er war nicht daran interessiert, nach ihnen zu suchen. Es war genug zu wissen: Sie waren einander so nah wie eh und je, so nah, wie zwei Menschen sich nur irgend sein konnten.

Keiner von beiden sprach, bis sie die schwere Haustür aufgedrückt hatten, über die Schwelle getreten waren und am Fuße der Marmortreppe standen, die hinauf in den ersten Hof führte. Dort zog Charlie Peter an sich, sie hielten einander in den Armen und küssten sich mit stärker werdender, liebender Aufregung.

»Dem Himmel sei Dank, dass es dich gibt«, sagte Charlie, als sie sich voneinander lösten.

»Das ist *mein* Spruch«, sagte Peter. »Trotzdem gefällt mir irgendwie, wie du's sagst. O Gott, es gibt noch so viel zu erzählen. Ich hab' dir noch nicht erzählt, dass Mike verhaftet worden ist, oder? Wart' bis du's hörst. Er hat ganz schönen Ärger. Er wird seine Beziehungen spielen lassen und sich da irgendwie rauswinden, aber trotzdem … Jeff ist der, der zuletzt lacht.«

Eine kleine blonde Gestalt hüpfte auf dem oberen Treppenabsatz ins Blickfeld. »Papi!«, rief er dem ganzen Haus zu. »Meine Papis sind da!« Klein Petey sauste die Treppe hinunter, ein goldener Streifen im All. *O Gott, wie wunderschön,* dachte Peter und dann mit rascher Besorgnis: *Vorsicht, Schatz! O Gott!,* dachte Charlie und seine Brust hob sich vor ununterdrückbarer Liebe für diesen Splitter von Peters Magie, in Gold reproduziert, der da heruntersauste, um sie zu begrüßen.

Jeff wurde am nächsten Morgen bei Tagesanbruch von einem Fischer gefunden. Sein blutiger, zertrümmerter Körper war auf einem Felsen über dem Meer aufgespießt, die aufgeschlagenen Augen starrten in den Himmel, ein schreckliches Lächeln auf seinen Lippen.

Die Untersuchung seines Körpers zeigte, dass er sich vor seinem Tod fleischlicher Lust hingegeben hatte, die viele für unerhört hielten. Tiere wurden flüsternd erwähnt. War er geschubst worden? War er ausgerutscht? Hatte er sich entschlossen zu springen? Jeff ging in die Insellegende ein, als Beispiel für Sünder, als liebeskranker Junge, der von der Ungeheuerlichkeit seiner unnatürlichen Verbrechen dazu getrieben worden war, sich zu zerstören.

Gordon Merrick

Ein Fall von Liebe – Teil 1

Ein amerikanisches Sommerhaus in New Jersey Ende der 30er Jahre: Charlie, Anfang 20, verbringt den Sommer bei seiner Großmutter bevor er sich in das New Yorker Berufsleben stürtzt. Für Gesellschaft hat die umsichtige Dame bereits gesorgt und Peter, einen entfernten Verwandten gleichen Alters, eingeladen.

Es beginnt eine gefühlvolle, energiegeladene, leidenschaftliche, erotische Liebe zwischen den beiden jungen Männern, die an Vorurteilen und Intrigen zunächst zerbricht. Doch die schmerzliche Trennung währt nur vorübergehend....

Roman, 320 Seiten
ISBN 3-86187-311-7
DM 19,80 / SFr 19,80 / Ös 145
ab 1.1.2002: € 8,95 (D) € 9,95 (A)

Gordon Merrick

Ein Fall von Liebe – Teil 2
Die Freiheit der Liebe

Liebe überwindet alle Grenzen und Konventionen. Im zweiten Band der Trilogie „Ein Fall von Liebe“ wird die leidenschaftliche Liebe von Peter und Charlie harten Prüfungen unserer Welt unterzogen: Bedrohungen ihrer Liebe von außen lauern allerorten. Gleichzeitig aber werden die beiden Männer auf ihrer Reise durchs Mittelmeer Versuchungen ausgesetzt, die ihre Liebe immer wieder auf die Probe stellen. Peter und Charlie müssen nicht nur die Freiheit ihrer Liebe gegenüber der Umwelt durchsetzen, sie müssen auch eine Klärung der eigenen Beziehung bewältigen.

„Ein Roman voller Schönheit und totaler Ehrlichkeit, die das Düstere heiter machen und viele Herzen mit Hoffnung erfüllen.“
Boston Globe

Roman, 432 Seiten
ISBN 3-86187-140-8
DM 29,80 / SFr 29 / Ös 255
ab 1.1.2002: € 8,95 (D) € 9,95 (A)